COLLECTION FOLIO

# Amos Oz

# Une histoire d'amour et de ténèbres

*Traduit de l'hébreu*
*par Sylvie Cohen*

Gallimard

*Ouvrage traduit avec le concours du Centre national du livre.*

*Titre original .*

**סיפור על אהבה וחושך**

SIPOUR AL AHAVA VAHOSHEKH

Amos Oz est né à Jérusalem en 1939. Il commence ses études dans cette ville et termine le cycle secondaire au kibboutz Houlda, dont il est membre depuis 1957. Après son service militaire, il travaille dans différents secteurs de l'exploitation agricole du kibboutz. Diplômé de littérature et de philosophie de l'université hébraïque de Jérusalem, il a enseigné au lycée du kibboutz. Il est marié et père de trois enfants. Pendant la guerre des Six-Jours, officier de réserve, il a pris part au combat de blindés du Sinaï.

Il est connu pour ses articles politiques et idéologiques publiés en Israël et à l'étranger. Il a milité dans le mouvement antiannexionniste après la guerre de 1967. Invité par l'université d'Oxford, il a séjourné un an en Angleterre.

Traduit en quatorze langues, Amos Oz est l'auteur de plusieurs romans et nouvelles. C'est la parution de son premier roman, *Ailleurs peut-être*, qui, en 1971, l'a tout de suite imposé en France.

Il est la figure la plus marquante de cette « jeune » génération israélienne aujourd'hui arrivée à maturité. Militant pour une réconciliation israélo-arabe, il est devenu l'un des leaders du mouvement « La Paix maintenant ». Cet engagement est illustré par son ouvrage *Les voix d'Israël* paru en 1983. Amos Oz a reçu le prix Femina étranger en 1988 pour son roman *La boîte noire* et le prix de la Paix en 1993.

# 1

Je suis né et j'ai grandi dans un rez-de-chaussée exigu, bas de plafond, d'environ trente mètres carrés : mes parents dormaient sur un canapé qui, une fois ouvert pour la nuit, occupait presque entièrement l'espace, d'un mur à l'autre de la chambre. De bon matin, ils l'escamotaient, dissimulaient la literie dans les ténèbres du coffre, ils rabattaient le matelas, repliaient et refermaient l'ensemble avant de le recouvrir d'une housse gris clair où ils jetaient quelques coussins orientaux brodés, effaçant les traces de la nuit. La pièce servait à la fois de chambre à coucher, de bureau, de bibliothèque, de salle à manger et de salon.

En vis-à-vis se trouvait ma chambre, un réduit glauque à moitié envahi par une armoire ventrue. Un couloir sombre, étroit, un peu en zigzag, semblable à un tunnel creusé par des prisonniers en cavale, reliait la minuscule cuisine et le cabinet de toilette aux deux petites pièces. Une faible ampoule, prisonnière d'une cage métallique, dispensait un simulacre de clarté, même en plein jour. Devant, il n'y avait que deux fenêtres — l'une dans la chambre de mes parents et l'autre dans la mienne — qui, à travers les fentes de leurs volets métalliques, lou-

9

chaient vers l'est d'où elles n'apercevaient qu'un cyprès poussiéreux et un muret de pierres sèches. La cuisine et la salle de bains donnaient par une lucarne grillagée sur une petite cour de prison cimentée, cernée de hauts murs, où agonisait par manque de lumière un pâle géranium planté dans un bidon d'olives rouillé. Des bocaux de cornichons hermétiquement clos et un malheureux cactus, retranché dans la terre d'un vase ébréché faisant office de pot, garnissaient les rebords des vasistas.

C'était une vraie cave : le rez-de-chaussée de l'immeuble était creusé dans le roc, à flanc de colline. Laquelle colline était notre voisine de palier — massive, renfermée et taciturne, une colline chenue, mélancolique, engluée dans ses habitudes de vieille fille, emmurée dans son silence, somnolente, hivernale, ne déplaçant pas les meubles et ne recevant jamais de visites, ni bruyante ni gênante mais, par les deux cloisons mitoyennes, s'immisçaient jusqu'à nous, telle une odeur de moisi opiniâtre, le froid, l'obscurité, le mutisme et l'humidité de cette morne voisine.

De sorte que, l'été durant, nous étions toujours un peu en hiver.

« C'est tellement agréable chez vous quand il fait chaud, s'extasiaient nos amis. C'est si frais, on a presque froid, mais comment faites-vous l'hiver ? Les murs n'absorbent pas l'humidité ? Ce n'est pas un peu déprimant ? »

*

La pénombre régnait dans les deux chambres, la kitchenette, la salle de bains et surtout le couloir de communication. Il y avait des livres partout : papa lisait seize ou dix-sept langues et en parlait onze (avec l'accent russe). Maman en parlait quatre ou cinq et en lisait sept ou huit. Ils discutaient en russe et en polonais quand ils ne voulaient pas que je comprenne (ce qui était pratiquement toujours le cas). « Chto s toboï?! Vidich maltchik ryadom s namï! Qu'est-ce qui te prend?! Tu ne vois pas que le gosse est là! » s'emporta papa en russe, un jour que ma mère avait lâché par mégarde, en hébreu, le mot « étalon » en ma présence. Pour la culture, ils lisaient surtout en allemand et en anglais, et rêvaient probablement en yiddish. Mais à moi ils n'enseignèrent que l'hébreu : peut-être craignaient-ils que je succombe à mon tour au charme de la belle et fatale Europe si j'en connaissais les langues.

Dans l'échelle des valeurs parentales, occidental équivalait à civilisé : Tolstoï et Dostoïevski étaient chers à leur âme russe, et pourtant il me semble qu'ils considéraient l'Allemagne, malgré Hitler, comme plus civilisée que la Russie et la Pologne, la France plus que l'Allemagne, et l'Angleterre plus que la France. Quant à l'Amérique, ils n'étaient pas très sûrs : on y massacrait les Indiens, on pillait les trains postaux, on courait après l'or et les filles.

L'Europe était à leurs yeux la terre promise défendue, le lieu nostalgique des clochers, des vieilles places pavées, des tramways, des ponts, des flèches de cathédrales, des villages perdus, des sources thermales, des forêts, des prairies enneigées.

Des mots tels que « chaumière », « pré », « gardeuse d'oies » m'ont fasciné et ému toute mon enfance. Ils avaient le parfum sensuel d'un monde authentique, paisible, loin des toits de tôle poussiéreux, des terrains vagues envahis par la ferraille et les chardons, et des talus arides de Jérusalem, suffoquant dans la chaleur de l'été incandescent. Il me suffisait de murmurer « pré » pour entendre le meuglement des vaches avec leurs clochettes autour du cou et le chant des ruisseaux. En fermant les yeux, je voyais la gardeuse d'oies aux pieds nus, sexy à pleurer, bien avant que j'y entende quelque chose.

*

Des années plus tard, j'appris que la Jérusalem mandataire des années vingt, trente et quarante, était une ville extraordinairement civilisée : on y trouvait de riches négociants, des musiciens, des érudits, des écrivains, Martin Buber, Gershom Scholem, Agnon, et beaucoup d'autres éminents savants et artistes. Parfois, alors que nous empruntions la rue Ben Yehouda ou le boulevard Ben Maïmon, papa me soufflait : « Tu vois là-bas, c'est un savant mondialement célèbre. » J'ignorais ce qu'il voulait dire. Je croyais que mondialement célèbre signifiait avoir les jambes malades, car c'était souvent un vieillard qui marchait avec une canne, d'un pas incertain, vêtu même l'été d'un épais costume de laine.

La Jérusalem que mes parents convoitaient se trouvait loin de chez nous : à Rehavia, noyée dans la verdure et le son du piano, dans trois ou quatre cafés aux lustres dorés, rue Yafo ou Ben Yehouda, dans les salons du YMCA, à l'hôtel King David, où des Juifs et des Arabes épris de culture retrouvaient des Anglais éclairés et aimables, où des dames rêveuses au cou gracile glissaient dans leur robe de bal aux bras de messieurs en habit sombre, où des Anglais à l'esprit large s'attablaient en compagnie de Juifs cultivés et d'Arabes instruits, où l'on donnait des récitals, des réceptions, des soirées de lecture, des thés dansants et des causeries artistiques raffinées. Et il est probable que cette Jérusalem-là, avec ses cristaux et ses thés dansants, n'existait que dans les rêves des bibliothécaires, des professeurs, des employés ou des relieurs de Kerem Avraham. Quoi qu'il en soit, elle ne se trouvait pas chez nous. Kerem Avraham, notre quartier, appartenait à Tchekhov.

Bien plus tard, en lisant Tchekhov (traduit en hébreu), j'étais certain qu'il était l'un d'entre nous : l'oncle Vania était notre voisin du dessus, le Dr Samoïlenko se penchait sur moi pour me palper de ses larges et fortes mains quand j'avais une angine ou la diphtérie, Laïévskï avec sa migraine chronique était le cousin germain de ma mère, et nous allions écouter Trigorine le samedi matin, au centre culturel.

En fait, il y avait chez nous toutes sortes de Russes, dont beaucoup de Tolstoïens. Certains étaient même le portrait craché de Tolstoï. Un jour que j'étais tombé sur une vieille photo sépia de l'écrivain au dos d'un livre, j'étais sûr de l'avoir très souvent rencontré dans le quartier : arpentant la rue Malachie ou descendant la rue Obadia, tête nue, la barbe blanche au vent, le port majestueux du patriarche Abraham, les yeux étincelants, une branche à la main en guise de bâton, une ample tunique, serrée à la taille par un méchant bout de corde, flottant par-dessus un large pantalon.

Les Tolstoïens de chez nous (les « Tolstoïsh-chiks », comme les appelaient mes parents) étaient tous végétariens invétérés, réformateurs de l'univers, moralisateurs, profondément épris de nature, philanthropes, aimant les êtres vivants sans distinction, pacifistes passionnés, nostalgiques d'une vie de labeur simple et pure, aspirant au retour à la campagne, au travail de la terre dans les champs et les vergers. Mais ils n'étaient même pas capables de s'occuper correctement de leurs malheureuses plantes : soit ils les arrosaient tellement qu'elles finissaient par mourir, soit ils oubliaient de les arroser, à moins que ce ne soit la faute de l'administration britannique qui, par pure malveillance, versait du chlore dans notre eau.

Certains étaient des Tolstoïens tout droit sortis d'un roman de Dostoïevski : torturés, bavards, réprimant leurs penchants, idéalistes tourmentés. Mais tant les Tolstoïens que les Dostoïevskiens de Kerem Avraham, ils travaillaient tous pour Tchekhov.

Chez nous, pour désigner le monde, on disait généralement le « vaste monde », mais il avait aussi d'autres patronymes : éclairé. Extérieur. Libre. Hypocrite. Je ne le connaissais pratiquement que par ma collection de timbres : Dantzig. La Bohême et la Moravie. La Bosnie et l'Herzégovine. L'Oubangui-Chari. Trinidad et Tobago. Le Kenya-Ouganda-Tanganyika. Lemondeentier était lointain, séduisant, merveilleux, mais très dangereux et hostile : on n'aime pas les Juifs car ils sont remarquablement doués et intelligents, mais aussi parce qu'ils sont bruyants et arrivistes. On n'aime pas ce que nous avons entrepris ici en Eretz-Israël et on nous envie même ce lopin de terre marécageux, rocailleux et désertique. Là-bas, dans le monde, les murs étaient couverts de graffitis haineux : « Sale youpin, va-t'en en Palestine », alors nous sommes allés en Palestine et aujourd'hui, lemondeentier nous crie : « Sale youpin, va-t'en de Palestine. »

Eretz-Israël n'était pas moins lointaine que lemondeentier : quelque part, par-delà les montagnes, vivait une espèce nouvelle de héros juifs, une race hâlée, vigoureuse, taciturne et efficace, l'antithèse du Juif de la Diaspora, sans aucune ressemblance avec les habitants de Kerem Avraham. Des pionniers, jeunes gens et jeunes filles, déterminés, bronzés, silencieux, qui avaient apprivoisé la nuit et transgressaient tous les tabous concernant les relations entre hommes et femmes. Ils n'avaient aucun scrupule. « Pour eux, ce sera très facile, affirma un jour le grand-père Alexandre. Le garçon n'aura qu'à le demander à la jeune fille, et les jeunes filles n'attendront d'ailleurs peut-être même pas qu'on les en prie et prendront l'initiative, comme si c'était juste un verre d'eau. » « Mais n'est-ce pas du bolchevisme pur et simple que de fouler aux pieds les secrets et les mystères ?! s'emporta l'oncle Betsalel, qui était myope, avec une exaspération polie. Faire fi des sentiments ! Assimiler la vie à un verre d'eau tiède ! » Dans son coin, l'oncle Néhémie se mit soudain à beugler les paroles d'une chanson — on aurait dit le rugissement désespéré d'une bête : « Oï, la rou-te me semble si-i longue, le chemin sinue et se déro-be, oï mamé, j'ai beau avancer, tu es si lo-in, plus proche est la lu-ne... ! » Et ma grand-tante Tsippora d'ajouter en russe : « *Nu*, ça suffit. Vous êtes tombés sur la tête ou quoi ? Le petit n'en perd pas une miette ! » Là-dessus, ils passèrent au russe.

*

Ces pionniers-là vivaient au-delà de notre horizon, en Galilée, dans le Sharon, dans les vallées. Des garçons robustes, chaleureux mais taciturnes et pensifs, et des filles bien en chair, directes et réservées, comme si elles connaissaient et comprenaient tout, savaient tout de vous et de vos doutes, et vous traitaient néanmoins avec amabilité, sérieux et respect, pas comme un enfant mais comme un homme, bien qu'encore très jeune.

Pour moi, les pionniers étaient forts, graves, secrets, capables de chanter, assis en cercle, des romances nostalgiques, des chansons bouffonnes ou puissamment érotiques, à la limite de l'impudeur, capables de se lancer dans des danses endiablées jusqu'à transcender leur enveloppe charnelle, capables de solitude et de méditation, de vivre au grand air et sous la tente, de travailler dur, « nous sommes toujours prêts », « tes gars ont fait la paix de la charrue, aujourd'hui, ils font la paix au bout de leurs fu-sils! », « où l'on nous enverra — nous irons », ils savaient monter un cheval sauvage ou conduire des tracteurs à larges chenilles, ils connaissaient l'arabe, chaque grotte et wadi, les pistolets et les grenades, et en même temps, ils lisaient de la poésie et de la philosophie, c'étaient des esprits curieux, peu démonstratifs, discutant à voix basse dans leur tente, à la lueur d'une bougie, jusque tard dans la nuit, du sens de la vie et du choix difficile entre l'amour et le devoir, l'intérêt national et la justice.

Je me rendais souvent avec mes amis dans la cour de la Tnouva, la coopérative laitière, pour les voir arriver d'au-delà les montagnes obscures dans un camion chargé de produits agricoles, « avec leurs vêtements frustes, leurs ceinturons et leurs gros godillots », et je leur tournais autour pour respirer l'odeur du foin et m'enivrer du parfum des lointains : là-bas, chez eux, il se passait vraiment de grandes choses. Là-bas, ils bâtissaient le pays et refaisaient le monde, ils édifiaient une société nouvelle, ils marquaient le paysage et l'histoire de leur empreinte, ils labouraient les champs et plantaient la vigne, ils composaient une poésie nouvelle, montaient à cheval, armés jusqu'aux dents, et répliquaient par le feu aux tirs des émeutiers arabes, là-bas on transformait de la misérable poussière d'homme en une nation combattante.

Je rêvais secrètement qu'ils me prendraient avec eux un de ces jours. Qu'ils me changeraient moi aussi en une nation combattante. Que ma vie deviendrait un poème nouveau, pure, simple et droite, comme un verre d'eau fraîche un jour de canicule.

*

Tout là-bas, par-delà les montagnes obscures, il y avait aussi Tel-Aviv, la ville bouillonnante d'où nous parvenaient les journaux, des échos de théâtre, d'opéra, de danse, de cabaret et d'art moderne, les partis politiques, le brouhaha de discussions passionnées et de vagues commérages. Il y avait aussi de grands sportifs, à Tel-Aviv. Et la mer, peuplée de Juifs bronzés qui savaient nager. Qui savait nager à Jérusalem ? Qui avait jamais entendu parler de Juifs sachant nager ? Ils n'avaient pas les mêmes gènes. C'étaient des mutants. « Tel le miracle de la métamorphose de la chenille en papillon ».

Le mot « Telaviv » exerçait une sorte de magie inexplicable. Il me suffisait de le prononcer pour imaginer un grand costaud bronzé en débardeur bleu, un poète-ouvrier-révolutionnaire, un garçon intrépide, un *hévréman*, comme on l'appelait, une casquette négligemment posée sur ses boucles, fumant des cigarettes Matossian, à l'aise dans le monde : toute la journée, il travaillait dur à paver les routes ou à répandre du gravillon, le soir, il jouait du violon, la nuit, il faisait danser les filles ou leur chantait des mélodies tristes au milieu des dunes, au clair de lune, et à l'aube, il allait chercher un pistolet ou un Sten dans la cache et se glissait dans le noir pour défendre les champs et les maisons.

Tel-Aviv était si loin ! Enfant, je ne m'y étais pas

17

rendu plus de cinq ou six fois : nous y passions les fêtes avec mes tantes, les sœurs de ma mère. Non seulement la lumière de la Tel-Aviv d'alors différait plus encore de celle de la Jérusalem d'aujourd'hui, mais les lois de la gravité n'y étaient pas les mêmes non plus. On ne marchait pas de la même façon à Tel-Aviv : on y planait, on bondissait, comme Neil Armstrong sur la lune.

Chez nous, à Jérusalem, on aurait dit un cortège funèbre, ou les retardataires à un concert : on tâtait d'abord prudemment le terrain du bout du soulier. Ensuite, une fois qu'on avait posé la plante du pied, on ne se hâtait pas de la déplacer : il nous avait fallu deux mille ans pour pouvoir mettre le pied à Jérusalem, on n'allait donc pas y renoncer si vite. Car si on bougeait, quelqu'un pourrait nous reprendre notre lopin de terre, l'agnelle du pauvre. D'un autre côté, une fois le pied en l'air, mieux valait ne pas se presser de le reposer : qui sait quel nœud de vipères grouillait là-dessous, quelles intrigues maléfiques ! Pendant des milliers d'années, nous avons chèrement payé le prix de notre imprudence et nous sommes tombés aux mains de nos ennemis parce que nous avons mis le pied n'importe où. Voilà à peu près comment on marchait à Jérusalem. Mais à Tel-Aviv ! Toute la ville ressemblait à une sauterelle géante. C'était un déferlement de gens, de maisons, de rues, de places, sans oublier le vent de la mer, les dunes, les boulevards et même les nuages dans le ciel.

Un jour, nous étions venus à Tel-Aviv la veille de la Pâque et, très tôt le lendemain matin, tandis que tout le monde dormait encore, je m'étais habillé pour aller jouer dans un petit square où il y avait un ou deux bancs, une balançoire, un bac à sable et trois ou quatre arbustes où chantaient des oiseaux.

Quelques mois plus tard, nous étions retournés à Tel-Aviv pour Roch Hachana, mais le square n'existait plus. On l'avait transféré avec les arbres, la balançoire, le banc, les oiseaux et le bac à sable à l'autre bout de la rue. Je n'en revenais pas : je ne comprenais pas comment Ben Gourion et les autorités compétentes avaient laissé faire une chose pareille. Comment était-ce possible ? Qui avait bien pu déplacer subitement le square ? Est-ce que demain ce serait le tour du mont des Oliviers ? De la tour de David ? Allait-on déménager le Mur occidental ?

Chez nous, on parlait de Tel-Aviv avec envie, fierté, admiration et une pointe de mystère : comme si Tel-Aviv représentait un projet confidentiel et vital pour le peuple juif. Projet sur lequel mieux valait ne pas trop s'étendre, les murs ont des oreilles, et les ennemis et les agents secrets sont partout.

Telaviv : la mer. La lumière. Le ciel bleu, les dunes, les échafaudages, le théâtre Ohel-Shem, les kiosques sur les boulevards, une ville hébraïque blanche, aux lignes dépouillées, poussant parmi les vergers et les dunes. Ce n'était pas simplement un endroit où il suffisait, pour s'y rendre, d'acheter un billet de car, c'était un autre continent.

*

Pendant des années, nous avions un rituel téléphonique immuable avec notre famille de Tel-Aviv. Nous lui téléphonions tous les trois ou quatre mois, même si nous n'avions pas le téléphone et elle pas davantage. Tout d'abord, nous envoyions une lettre à la tante Haïa et à l'oncle Tsvi pour les informer que, le dix-neuf du mois qui tombait un mercredi — le mercredi, Tsvi terminait son service au dispensaire à trois heures — nous appellerions leur pharmacie depuis la nôtre à cinq heures. La lettre était expédiée bien à l'avance, et nous attendions la réponse. La tante Haïa et l'oncle Tsvi nous confirmaient, par retour de courrier, que le mercredi dix-neuf leur convenait tout à fait, qu'ils seraient à la pharmacie un peu avant cinq heures, et de ne pas nous inquiéter si nous étions en retard, il n'y avait pas le feu.

Je ne me souviens pas si nous nous mettions sur notre trente et un pour téléphoner à la pharmacie, mais je ne serais pas étonné si tel était le cas. C'était un événement. Dès le dimanche, mon père annonçait à ma mère : « Fania, tu te rappelles, c'est cette semaine qu'on téléphone à Tel-Aviv. » « Arié, ne te mets pas en retard après-demain, qu'il n'y ait pas de contretemps », prévenait ma mère le lundi. « Amos, ne nous fais pas de mauvaise surprise, tu entends, m'avertissaient-ils tous deux le mardi, il ne manquerait plus que tu sois malade, ne t'avise surtout pas de prendre froid ou de tomber d'ici demain après-midi. » La veille au soir, ils me disaient : « Tu vas te coucher tôt pour être en forme demain au téléphone, je ne veux pas que, en t'entendant, ils pensent que tu es sous-alimenté. »

Voilà comment on entretenait le suspense. Nous habitions rue Amos, et la pharmacie se trouvait à cinq minutes de marche, rue Tsephania, mais il était à peine trois heures que papa s'écriait :

— N'entreprends rien maintenant pour ne pas être sous pression, Fania.

— Il n'y a aucun risque de mon côté, mais toi avec tes livres, tu es capable d'oublier.

— Oublier, moi ? Je n'arrête pas de regarder l'heure. Et puis Amos m'y fera penser.

À cinq ou six ans à peine, voilà que j'assumais déjà une responsabilité historique. N'ayant et ne pouvant évidemment pas avoir de montre, je courais consulter l'horloge de la cuisine et, comme pour le compte à rebours d'une fusée, j'annonçais : plus que vingt-cinq minutes, plus que vingt, plus que quinze, plus que dix minutes et cinq secondes — alors nous nous levions, verrouillions soigneusement la porte et nous mettions tous les trois en route, à gauche jusqu'à l'épicerie de M. Auster, puis rue Zekharia, à droite, rue Malachie, à gauche, rue Tsephania, à droite, et immédiatement après, nous entrions dans la pharmacie en déclarant :

« Bonjour, monsieur Heinemann, comment allez-vous ? Nous sommes venus téléphoner. »

Il savait évidemment que nous devions joindre nos parents de Tel-Aviv ce mercredi-là, et il n'ignorait pas non plus que Tsvi travaillait au dispensaire, que Haa occupait un poste important au comité des ouvrières, qu'Ygal serait un sportif professionnel quand il serait grand, et qu'ils étaient très liés avec Golda Meyerson et Micha Kolodani, qui s'appelait ici Moshe Kol, mais nous le lui rappelions quand même : « Nous sommes venus téléphoner à notre famille de Tel-Aviv. »

« Oui, bien sûr, répondait M. Heinemann. Asseyez-vous, je vous en prie. » Et il nous resservait sa plaisanterie favorite : un jour, lors du Congrès sioniste de Zurich, des vociférations s'élevèrent d'une salle attenante. À Berl Locker qui lui en demandait la signification, Herzfeld répondit que c'était le camarade Rubashov qui parlait à Ben Gourion, à Jérusalem. « Il parle avec Jérusalem ! s'étonna Berl Locker, alors pourquoi ne se sert-il pas du téléphone ? »

« Je vais demander le numéro », disait papa. Et maman : « Il est trop tôt, Arié. Nous avons encore quelques minutes devant nous. » Lui : « Oui, mais d'ici qu'on obtienne la communication » (il n'y avait pas alors de ligne directe). Maman : « Et si nous l'obtenons immédiatement et qu'ils ne sont pas là ? » « Nous n'aurons qu'à réessayer un peu plus tard », rétorquait papa. Et maman : « Non, ils s'inquiéteront, ils penseront qu'on s'est manqué. »

Le temps qu'ils discutent, il était presque cinq heures. Debout, papa décrochait le combiné et disait à l'opératrice : « Bonjour, madame. Je voudrais le 648 à Tel-Aviv » (ou quelque chose d'approchant. Nous vivions alors dans un monde à trois chiffres). Il arrivait parfois que l'opératrice réponde : « Veuillez patienter quelques minutes, monsieur, le directeur de la poste est en ligne. » Ou M. Sitton. Ou M. Nashashibi. Nous étions un peu tendus. Qu'allait-il arriver ? Qu'allait-on penser, là-bas ?

Je voyais littéralement ce fil unique reliant Jérusalem à Tel-Aviv, et par là, à l'univers tout entier, et cette ligne était occupée, et tant qu'elle l'était nous étions coupés du monde. Ce fil serpentait dans le désert, entre les pierres, les montagnes et les collines, c'était un vrai miracle. J'en tremblais : et si des bêtes sauvages venaient le dévorer la nuit ? Ou que de méchants Arabes le sectionnent ? Ou que la pluie y pénètre ? Ou qu'il y ait un feu de broussailles ? Sait-on jamais ? Il était si ténu le fil qui zigzaguait là-bas, si fragile, sans surveillance, grillé par le soleil, est-ce qu'on sait ? J'étais plein de gratitude pour ceux qui l'avaient installé, ils étaient si braves et zélés, ce n'était pas une mince affaire de déployer un fil de Jérusalem à Tel-Aviv, j'en avais fait l'expérience : un jour, nous avions tendu une ficelle de ma chambre à celle d'Eliahou Friedmann, distante d'à peine deux maisons et une cour, quelle histoire, entre les arbres, les voisins, le hangar, la clôture, les escaliers, les buissons...

Un peu plus tard, papa supposant que le directeur

de la poste, ou M. Nashashibi, avait terminé sa conversation, il décrochait à nouveau : « Excusez-moi, déclarait-il à l'opératrice, j'ai demandé le 648 à Tel-Aviv. » Et elle de rétorquer : « J'ai pris note, monsieur, veuillez patienter » (ou « attendez encore un peu, s'il vous plaît »). Et papa : « J'attends, madame, bien sûr que j'attends, mais il y a des gens qui attendent aussi à l'autre bout du fil. » Par là, il lui faisait comprendre que nous avions beau être des gens polis, il y avait une limite à la retenue et à la modération. Nous étions peut-être bien élevés, mais pas des *frayerim*, des poires, nous n'étions pas des moutons qu'on mène à l'abattoir. Le temps où l'on maltraitait les Juifs et où l'on pouvait leur faire tout ce qu'on voulait était révolu.

Soudain, la sonnerie du téléphone retentissait dans la pharmacie, excitante, c'était un moment magique, et la conversation se déroulait à peu près ainsi :

« Allo, Tsvi ?

— Lui-même.

— C'est Arié. De Jérusalem.

— Oui, Arié, bonjour, ici Tsvi, comment allez-vous tous ?

— Ça va. Nous vous parlons de la pharmacie.

— Nous aussi. Quelles nouvelles ?

— Rien. Et chez vous ? Qu'est-ce que tu racontes de beau ?

— Tout va bien. Rien de spécial. La vie continue.

— Pas de nouvelles, bonnes nouvelles. Chez nous non plus, il n'y a rien de neuf. Nous allons très bien. Et vous ?

— Nous aussi.

— Parfait. Je te passe Fania. »

Et le même scénario se reproduisait : Comment ça va ? Quoi de neuf ? Et puis : « Amos va vous dire quelques mots. »

Voilà à quoi se résumait la conversation. Quelles sont les nouvelles ? Bon. Eh bien, nous nous reparlerons prochainement. C'est bon de vous entendre. C'est bon de vous entendre vous aussi. Nous vous écrirons pour fixer une date. On se reparlera. Oui. Absolument. Bientôt. Au revoir. Et prenez bien soin de vous. Bien des choses. À vous aussi.

*

Mais ce n'était pas drôle : la vie ne tenait qu'à un fil. Aujourd'hui, je me rends compte qu'ils n'étaient pas sûrs de se reparler un jour, que c'était peut-être la dernière fois, qui sait ce que l'avenir leur réservait, il y aurait des émeutes, un pogrom, un massacre, les Arabes allaient tous nous égorger, la guerre éclaterait, une catastrophe se produirait, les tanks d'Hitler étaient à nos portes des deux côtés, par l'Afrique du Nord et le Caucase, Dieu seul savait ce qui nous attendait encore. Cette conversation vide ne l'était pas — elle était juste insipide.

L'histoire des conversations téléphoniques démontre le mal qu'ils avaient — tous et pas seulement mes parents — à extérioriser leurs sentiments. Quant aux déclarations publiques, ils n'éprouvaient aucune difficulté — c'étaient des gens émotifs qui savaient parler. Et comment qu'ils savaient ! Ils pouvaient se lancer pendant des heures dans un débat passionné sur Nietzsche, Staline, Freud, Jabotinsky, se plonger corps et âme dans un pathos larmoyant, s'enflammer à propos du colonialisme, de l'antisémitisme, la justice, « la question agraire », « le problème de la femme », « la question de l'art par opposition à la vie ». Mais dès qu'ils tentaient d'exprimer un sentiment personnel, il en résultait invariablement quelque chose d'emprunté, d'aride, d'effarouché même, le fruit de générations et de générations d'inhibitions et d'interdits. Interdits redoublés et multipliés : la civilité petite-bourgeoise européenne décuplait les blocages du shtetl traditionnel juif. Presque tout était « défendu » ou « ne se faisait pas » ou n'était « pas joli ».

En outre, les mots leur manquaient : ils ne maniaient pas spontanément l'hébreu qui ne leur était pas familier, et il était malaisé de savoir ce qui en résulterait quand on parlait hébreu. La peur du ridicule les taraudait. C'était une véritable hantise. Même ceux qui, comme mes parents, savaient parfaitement l'hébreu, ne le maîtrisaient pas totalement. Ils le parlaient avec une sorte de précision maniaque, se répétaient souvent, reformulaient ce qu'ils venaient de dire : un peu comme un conducteur myope, perdu la nuit dans un entrelacs de ruelles dans une ville étrangère, au volant d'un véhicule inconnu.

Un samedi, Lilia Bar-Samkha, une amie de ma mère, institutrice de son état, était venue nous rendre visite. Au cours de la conversation, notre invitée n'arrêtait pas de dire « j'en tremble » et, à une ou deux reprises, elle avait même affirmé « il y a de quoi trembler ». J'avais éclaté de rire, car en hébreu « trembler » veut dire aussi « péter », mais ils n'avaient pas compris pourquoi, à moins que si mais sans le laisser paraître. De même, quand ils signalèrent que la tante Clara « merdait » les frites pour dire qu'elle les ratait, et aussi lorsque papa aborda la course aux armements des grandes puissances et s'emporta violemment contre la décision des pays membres de l'OTAN d'armer l'Allemagne pour intimider Staline, lorsque l'on sait qu'en hébreu « armer » peut également signifier « baiser ».

Papa, lui, prenait un air furieux quand je disais « il

l'a eu », une expression bien anodine, et je ne comprenais pas pourquoi cela l'énervait tellement, il ne me l'avait pas expliqué, et il était impensable de lui poser la question. Des années plus tard, j'appris qu'avant ma naissance, dans les années trente, « il l'a eue » voulait dire engrosser et, qui plus est, sans épouser la fille. Parfois, l'expression « il l'a eue » signifiait simplement « il a couché avec elle » : « cette nuit-là, il l'a eue deux fois dans le hangar et, au matin, il a fait comme s'il ne la connaissait pas, le salaud ». De sorte que si je disais qu' « Uri a bien eu sa sœur », papa faisait la grimace et fronçait un peu le nez. Il ne m'a jamais dit pourquoi — comment l'aurait-il pu ?

Entre eux, ils ne parlaient pas l'hébreu. Peut-être, dans les moments les plus intimes, ne parlaient-ils pas du tout. Ils se taisaient. Toujours la peur du ridicule.

## 2

À l'époque, c'étaient apparemment les pionniers qui jouissaient du plus grand prestige. Mais ils vivaient loin de Jérusalem, dans les vallées, en Galilée, sur les rives désertiques de la mer Morte. Nous vénérions leur image solide et songeuse, avec un tracteur et des champs en toile de fond, sur les affiches du Fonds national juif.

À l'échelon au-dessous venait la communauté organisée : les lecteurs du *Davar* en maillot de corps sur leurs balcons, l'été, les membres de la Histadrout, de la Haganah et de la caisse d'assurance maladie, les patriotes en kaki qui versaient leur contribution à la « caisse communauté », les adeptes de la salade-omelette-fromage-blanc, les partisans de la retenue, de la responsabilité, d'un mode de vie solide, de la « caisse communauté », de la production locale, du prolétariat, de la discipline du parti et des olives non piquantes dans un bocal de la Tnouva, *Azur en haut et azur en bas, nous construisons un port là ! Un port là !*

Face à la communauté organisée, de l'autre côté de la barrière, il y avait les dissidents-terroristes, les orthodoxes de Mea Shearim, les communistes « ennemis de Sion », et une pléiade d'intellectuels, de carrié-

27

ristes, d'artistes égocentriques du genre cosmopolite décadent, d'insoumis originaux, d'individualistes, de nihilistes douteux, de *yekes* incapables de se débarrasser de leur côté teuton, de toutes sortes de snobs anglicisés, de riches séfarades francisés qui, d'ici, avaient l'air de majordomes cérémonieux, de Yéménites, de Géorgiens, de Maghrébins, de Kurdes, de Saloniciens, tous indiscutablement nos frères, tous vraiment une main-d'œuvre très prometteuse, mais que faire, nous devions encore user de patience à leur égard et ne pas ménager nos efforts.

Il y avait aussi des réfugiés et des immigrants clandestins, des rescapés, d'anciens déportés à qui l'on manifestait généralement une compassion mêlée de dégoût : pauvres diables, à qui la faute s'ils avaient eu la bêtise d'attendre Hitler au lieu de venir ici quand il en était encore temps ? Et pourquoi s'étaient-ils laissé mener comme un troupeau à l'abattoir au lieu de s'organiser et de résister ? Qu'ils cessent une bonne fois de baragouiner le yiddish, et qu'ils ne se mettent surtout pas à nous raconter ce qu'on leur a fait là-bas, parce qu'ils n'ont pas à s'en vanter et nous non plus. Et puis nous, nous étions résolument tournés vers l'avenir, pas vers le passé, et en parlant du passé, du passé hébraïque réjouissant, biblique, hasmonéen, on en avait à gogo, inutile de le ternir avec un passé judaïque démoralisant, englué dans le malheur (qui chez nous se disait *tsores*, en yiddish, avec une grimace horrifiée, pour que le petit sache que ce malheur-là était une sorte de lèpre qui leur collait à la peau, à eux, pas à nous). « Un million de *yelodzim* », un million de gosses, tel était le surnom dont les enfants affublaient M. Licht, un rescapé. Il louait un réduit, rue Malachie où, la nuit, il dormait sur un matelas posé à même le sol qu'il roulait pendant la journée, transformant les lieux en petit commerce, dénommé « Nettoyage à sec, repassage à la vapeur ». Les commissures de sa bouche étaient perpétuellement abaissées, comme pour exprimer un mépris ou une répulsion extrêmes. Il s'asseyait sur le seuil de sa teinturerie pour attendre le client et, apercevant un enfant du quartier, il crachait par terre et grommelait entre ses lèvres serrées : « Un million de *yelodzim*, ils ont tués ! Des *yelodzim* comme vous ! Massacrés ! » Il n'y avait aucune tristesse dans sa voix, mais plutôt de la haine, du dégoût, comme s'il vous injuriait.

*

Mes parents n'occupaient pas un échelon hiérarchique bien défini entre les pionniers et les *tsores* ; ils étaient assis entre deux chaises : ils étaient membres de la caisse de maladie et payaient leur dû au yishouv mais, en même temps, mon père avait des affinités avec l'idéologie des dissidents même s'il n'éprouvait pas la moindre sympathie pour les bombes et les fusils. Tout au plus, il offrait à la Résistance sa connaissance de l'anglais et rédigeait de temps à autre des tracts véhéments fustigeant la « perfide Albion ». Si l'intelligentsia de Rehavia fascinait mes parents, les idéaux de l' « Alliance pour la paix » de Martin Buber, prônant une fraternité sentimentale entre Juifs et Arabes et le renoncement au rêve d'un État hébreu afin que les Arabes nous prennent en pitié et nous permettent de vivre ici, à leur botte, leur semblaient coupés du réel, inconsistants et défaitistes, typiques de la mentalité de la Diaspora.

Ma mère, qui avait commencé ses études à l'université de Prague et les avait achevées à l'université de Jérusalem, donnait des leçons particulières d'histoire et de littérature à des lycéens qui préparaient leurs examens. Avec une licence de lettres de la faculté de Vilna et une maîtrise obtenue au mont Scopus, mon père n'avait aucune chance de décrocher un poste à l'université hébraïque à une époque où les spécialistes de littérature étaient légion. D'autant que la plupart avaient de vrais titres, de brillants diplômes émanant de prestigieuses universités allemandes, pas le vulgaire morceau de papier polono-hiérosolymitain de papa. Il obtint donc un emploi de bibliothécaire à la Nationale du mont Scopus et, la nuit, il rédigeait des essais sur la nouvelle hébraïque ou sur l'histoire de la littérature mondiale. Avec sa cravate, ses lunettes rondes et son veston avachi, c'était un bibliothécaire cultivé, courtois, à la fois strict et timide, qui ne manquait jamais de saluer ses supérieurs, ouvrait la porte aux dames, revendiquait ses droits, déclamait des vers avec émotion dans une dizaine de langues, il s'efforçait toujours d'être aimable et spirituel et ressassait les mêmes blagues (qu'il appelait anecdotes ou boutades), mais il forçait un peu le ton, ce n'était pas de l'humour mais une sorte de déclaration d'intention positive sur la nécessité de plaisanter en ces temps troublés.

Papa était mal à l'aise en présence d'un pionnier en kaki, un révolutionnaire, un intellectuel devenu ouvrier : à l'étranger, à Vilna, à Varsovie, on savait très bien s'adresser à un prolétaire. Chacun avait conscience de sa place, et cependant, on devait clairement montrer à cet ouvrier qu'on était démocratique et qu'on ne faisait pas le fier. Mais ici, à Jérusalem, tout était ambigu; pas sens dessus dessous, comme chez les communistes en Russie, simplement ambigu : d'un côté, papa appartenait à la classe moyenne, plutôt inférieure, mais moyenne malgré tout, un érudit qui écrivait des articles et des livres et occupait un modeste emploi de bibliothécaire à la Nationale, tandis que son interlocuteur était un ouvrier du bâtiment transpirant dans ses vêtements de travail et ses godillots. De l'autre côté, l'ouvrier en question était, disait-on, diplômé de chimie et un pionnier convaincu, le sel de la terre, un des héros de la révolution hébraïque, un travailleur manuel, alors qu'au fond de lui mon père se considérait comme un intellectuel déraciné, myope, godiche, ayant, en quelque sorte, déserté le front de la patrie en formation.

*

La plupart de nos voisins étaient des fonctionnaires, de petits commerçants, des caissiers de banque ou de cinéma, des professeurs, des répétiteurs ou des dentistes. Ils n'étaient pas religieux et n'allaient à la synagogue que pour Kippour et, parfois, pour Simhat Torah, mais ils ne manquaient pas d'allumer les bougies, le sabbat, afin de conserver un parfum de judaïsme et aussi peut-être, par mesure de sécurité, pour se préserver des malheurs. Tous étaient plus ou moins cultivés même s'ils en éprouvaient une certaine gêne. Ils avaient des idées bien arrêtées sur le mandat britannique, l'avenir du sionisme, le prolétariat, la vie culturelle en Israël, la controverse entre Marx et Dühring, les romans de Knut Hamsun, le « problème arabe » et la « question de la femme ». Il y avait toutes sortes de penseurs et de moralisateurs qui préconisaient de lever l'excommunication contre Spinoza, par exemple, ou d'expliquer aux Arabes qu'ils n'étaient absolument pas arabes mais descendaient des Hébreux de l'Antiquité, ou bien de faire une fois pour toutes la synthèse entre les idées de Kant et de Hegel, la doctrine de Tolstoï et le sionisme pratique, fusion dont il résulterait ici, en terre d'Israël, une existence merveilleusement pure et saine, ou encore d'encourager la consommation du lait de chèvre, de s'allier à l'Amérique voire à Staline afin de chasser les Anglais, ou de pratiquer chaque matin quelques exercices simples de gymnastique pour combattre la mélancolie et purifier l'âme.

Les voisins, qui se retrouvaient dans notre petite cour le samedi après-midi pour boire du thé russe, se sentaient tous plus ou moins perdus. S'il fallait changer un fusible ou un joint de robinet, on allait chercher « Baruch aux mains en or », le seul capable d'accomplir des miracles. Quant aux autres, ils savaient analyser avec une emphase fébrile l'importance du retour du peuple juif à l'agriculture et au travail manuel : de l'intelligence, disaient-ils, nous en avons à revendre, mais nous manquons cruellement de simples ouvriers. Chez nous, à l'exception de « Baruch aux mains en or », il n'y avait guère de simples ouvriers. Et nous n'avions pas non plus d'intellectuels de renom : tout le monde lisait quantité de journaux et adorait les palabres. Certains étaient sans doute experts en un tas de choses et d'autres avaient peut-être l'esprit vif, mais la plupart répétaient plus ou moins ce qu'ils avaient lu dans la presse ou dans divers pamphlets, manifestes ou autres tracts. Enfant, je pressentais confusément l'écart entre leur enthousiasme pour refaire le monde et la manière dont ils trituraient le bord de leur chapeau quand on leur offrait une tasse de thé, ou dont ils rougissaient de confusion lorsque maman se penchait (un tout petit peu) pour y mettre le sucre et que son modeste décolleté se creusait imperceptiblement : leurs doigts embarrassés qui tentaient de se replier sur eux-mêmes pour cesser d'exister.

Tout cela était tchekhovien — avec des relents de provincialisme : il y avait de par le monde des lieux où se passait la vraie vie, loin d'ici, dans l'Europe d'avant Hitler où une profusion de lumières s'allumaient chaque soir, des dames et des messieurs se retrouvaient pour déguster un café liégeois dans des salons lambrissés, confortablement installés dans des cafés somptueux sous des lustres dorés, bras dessus bras dessous, ils se rendaient à l'opéra ou à un ballet, côtoyaient de grands artistes, des amours tumultueuses, des cœurs déchirés, la maîtresse du peintre, qui s'était amourachée du meilleur ami de ce dernier, le compositeur, s'était retrouvée seule à minuit, tête nue sous la pluie, sur le vieux pont dont le reflet vacillait dans les eaux du fleuve.

*

Ces choses-là ne risquaient pas d'arriver chez nous : elles se passaient par-delà des montagnes obscures, là où les gens vivaient sans compter. En Amérique, par exemple, où il y avait des chercheurs d'or, des hold-up de trains postaux, des troupeaux galopant sur d'immenses plaines, et où celui qui avait massacré le plus grand nombre d'Indiens gagnait la jolie fille. Telle était l'Amérique du cinéma Edison : la jolie fille récompensait le meilleur tireur. Mais qu'en faisait-il ? Je n'en avais pas la moindre idée. Nous aurait-on montré une Amérique où, au contraire, celui qui avait tiré le plus grand nombre de filles gagnait le plus bel Indien, j'aurais cru que c'était dans l'ordre des choses, un point c'est tout. Quoi qu'il en soit, voilà comment ça se passait dans ces mondes lointains, en Amérique, et dans d'autres

33

merveilleux endroits figurant dans mon album de timbres, à Paris, à Alexandrie, Rotterdam, Lugano, Biarritz, Saint-Moritz, où des gentilshommes tombaient amoureux, se battaient courtoisement, perdaient, renonçaient au combat, vagabondaient, se hissaient sur un tabouret pour boire, en solitaire, un verre au comptoir de bars d'hôtels glauques, dans des boulevards fouettés par la pluie, et vivaient inconsidérément.

Et même dans les romans de Tolstoï et de Dostoïevski, que tout le monde commentait à n'en plus finir, les héros vivaient aussi sans compter et se mouraient d'amour. Pour un idéal. De tuberculose ou d'une peine de cœur. Et ces pionniers hâlés, *sur leur colline, là-bas, en Galilée*, vivaient eux aussi sans compter. Chez nous, personne ne mourait de tuberculose, d'une peine de cœur ou par idéalisme. On ne vivait pas inconsidérément. Pas seulement mes parents, tout le monde.

*

Il y avait chez nous une loi inflexible selon laquelle on ne devait acheter aucun article d'importation et privilégier la production locale. Mais quand on allait à l'épicerie de M. Auster, à l'angle de la rue Ovadiah et de la rue Amos, il fallait quand même choisir entre le fromage de la Tnouva, fabriqué au kibboutz, et le fromage arabe : le fromage arabe du village voisin de Lifta était-il un produit d'importation ou israélien ? Pas simple. Il faut dire que le fromage arabe était un chouïa moins cher. Mais en l'achetant, n'était-ce pas une légère trahison à l'égard du sionisme : quelque part, dans un kibboutz ou un mochav, dans la vallée de Jezréel ou les monts de Galilée, les yeux pleins de larmes, une pionnière exténuée avait peut-être emballé ce fromage hébreu à notre intention — comment pourrions-nous lui tourner le dos et acheter du fromage étranger ? En aurions-nous le cœur ? D'un autre côté, en boycottant les produits de nos voisins arabes, nous attiserions et perpétuerions la haine entre les deux peuples, et nous aurions le sang versé sur la conscience, le ciel nous en préserve ! Et puis le fellah, cet humble travailleur de la terre dont l'âme simple et honnête n'avait pas encore été corrompue par la pourriture des villes, n'était-il pas le frère basané du brave moujik généreux des récits de Tolstoï ? Et nous aurions la cruauté de nous détourner de son fromage artisanal ? Nous nous entêterions à le punir ? De quoi ? De ce que la perfide Albion et les effendis corrompus excitaient le fellah contre nous et notre entreprise ? Non. Cette fois, nous allions décidément acheter du fromage arabe qui, soit dit en passant, était un peu meilleur et moins cher que celui de la Tnouva. Par ailleurs, ce n'était peut-être pas très propre chez eux. Qui sait dans quel état étaient leurs laiteries ? Qu'arriverait-il si l'on apprenait, trop tard, que leur fromage grouillait de microbes ?

Les microbes étaient l'un de nos pires cauchemars. Comme l'antisémitisme : même si l'on ne s'était jamais retrouvé face à un antisémite ou à des microbes, on savait parfaitement qu'ils nous guettaient de partout, voyant tout sans être vus. En fait, il est faux de dire que personne n'avait jamais vu de microbes : moi, j'en avais vu. En fixant très longtemps un vieux bout de fromage, j'avais fini par distinguer des milliers de minuscules grouillements. Telle la loi de la gravité qui était jadis beaucoup plus forte à Jérusalem qu'elle ne l'est aujourd'hui, les microbes étaient alors beaucoup plus grands et résistants Je les avais vus.

La discussion s'engageait parmi les clientes de l'épicerie de M. Auster : acheter ou ne pas acheter le fromage des fellahs ? D'un côté, « charité bien ordonnée commence par soi-même », d'où l'obligation d'acheter le fromage de la Tnouva ; de l'autre — « La loi sera chez vous la même, qu'il s'agisse d'un citoyen ou d'un étranger », il convenait donc d'acheter de temps en temps le fromage de nos voisins arabes, « car vous avez été étrangers au pays d'Égypte ». Et puis Tolstoï serait mort de honte si quelqu'un achetait tel fromage et pas tel autre pour de simples questions de religion, de nationalité ou de race ! Quid des valeurs universelles ? De l'humanisme ? De la fraternité de tous les êtres créés à l'image de Dieu ? Et puis ce serait lamentable, dégradant et mesquin que d'acheter le fromage arabe parce qu'il coûtait deux mils moins cher que celui des pionniers, qui se tuaient à la tâche et arrachaient le pain de la terre avec leurs ongles ?

Quelle honte ! D'une manière ou d'une autre, c'était honteux !

La vie était remplie de turpitudes semblables.

\*

On était confronté par exemple à ce genre de dilemme : était-il convenable ou non d'envoyer des fleurs pour un anniversaire ? Et si oui, lesquelles ? Les glaïeuls étaient très chers, mais c'était une plante sophistiquée, aristocratique, pleine de sensibilité, pas une vulgaire fleur des champs asiatique à moitié sauvage. On pouvait cueillir les cyclamens et les coquelicots à poignées, mais il ne serait venu à l'esprit de personne de fêter un anniversaire ou la parution d'un livre avec des cyclamens et des coquelicots. Les glaïeuls évoquaient l'opéra, les fêtes somptueuses, le théâtre, les ballets, la culture, les sentiments profonds et raffinés.

Et on expédiait donc des glaïeuls. On ne regardait pas à la dépense. La question était alors de savoir si sept glaïeuls, ce n'était pas un peu excessif ? Et cinq, n'était-ce pas trop peu ? Six alors ? Et pourquoi pas sept, au fond ? On n'allait pas lésiner. On finissait par envoyer six fleurs, noyées dans une forêt d'asparagus. D'un autre côté, c'était peut-être un peu ringard. Des glaïeuls ? Qui offrait des glaïeuls de nos jours ? Les pionniers de Galilée le faisaient-ils ? Qui donc s'en préoccupait encore à Tel-Aviv ? Et à quoi servaient-ils ? Ils coûtaient les yeux de la tête et, quatre ou cinq jours plus tard, ils allaient à la poubelle. Quel cadeau pouvait-on faire alors ? Une boîte de chocolats ? Quelle idée ! C'était encore pire que les glaïeuls. Mieux valait choisir un set de petites serviettes, ou un ensemble de supports en métal argenté, en forme de spirale, avec de jolies anses, pour boire un verre de thé sans se brûler les doigts, voilà un présent modeste et esthétique, très pratique, qu'on ne jetterait pas aux ordures mais qui servirait de longues années avec à chaque fois, peut-être, une petite pensée pour nous.

# 3

On rencontrait partout de petits ambassadeurs de l'Europe, la terre promise. Les loquets, par exemple, *mentshelekh* comme on disait en yiddish, ces homoncules en métal ouvragé qui maintenaient les volets ouverts durant la journée : pour fermer les persiennes, on les tournait de sorte qu'ils se retrouvaient la tête en bas. Comme Mussolini et sa concubine, Clara Petacci, qu'on avait pendus par les pieds à la fin de la guerre. C'était horrible, épouvantable, non qu'on les ait pendus, ils le méritaient, mais qu'on les ait pendus la tête en bas. Ils me faisaient un peu pitié, même si c'était défendu, impensable, tu es fou ou quoi ? Tu as perdu l'esprit ? Avoir pitié de Mussolini ? Autant plaindre Hitler ! Mais j'avais tenté une expérience, je m'étais suspendu par les pieds à un tuyau fixé au mur : au bout de deux minutes, le sang avait reflué vers la tête et j'avais cru que j'allais m'évanouir. Dire que Mussolini et sa maîtresse étaient restés dans cette posture non pas deux heures mais trois jours et trois nuits, alors qu'ils étaient déjà morts ! Je pensais que c'était un châtiment trop cruel. Même pour un assassin. Même pour une concubine.

Il faut signaler que je n'avais pas la moindre idée

de ce qu'était une concubine. Il n'y en avait pas une seule dans tout Jérusalem. Il y avait des « amies », des « compagnes », des « camarades dans les deux sens du terme », peut-être même quelques flirts à droite et à gauche ; on racontait avec beaucoup de précaution que Tcherniansky avait une histoire avec l'amie de Lupatin, et, le cœur battant à tout rompre, je devinais qu' « une histoire » était une expression mystérieuse, fatale, dissimulant quelque chose de doux, terrible et scandaleux. Mais une concubine ?! C'était biblique. Cela dépassait l'entendement. C'était inconcevable. Pareilles choses arrivaient peut-être à Tel-Aviv, songeai-je, car là-bas il se passait un tas de choses qui, chez nous, étaient inexistantes et défendues.

*

J'étais haut comme trois pommes quand j'ai commencé à lire tout seul. Il n'y avait rien d'autre à faire. À l'époque, les nuits étaient beaucoup plus longues parce que la terre tournait plus lentement, car la gravitation, à Jérusalem, était alors beaucoup plus forte qu'elle ne l'est de nos jours. La lampe dispensait une lumière jaune pâle et il y avait de nombreuses coupures de courant. Aujourd'hui encore, l'odeur de chandelles fumantes et d'une lampe à pétrole noire de suie me donne envie de lire. Le couvre-feu imposé par les Anglais à Jérusalem nous bouclait à la maison dès sept heures du soir. Et même quand il était levé, qui se serait aventuré dehors, la nuit ? On se barricadait et on se calfeutrait chez soi, les rues étaient désertes, et toute silhouette passant dans ces venelles projetait sur l'asphalte vide trois ou quatre ombres à la fois.

Et même quand il n'y avait pas de coupure de courant, on s'éclairait parcimonieusement parce qu'il fallait économiser : mes parents remplaçaient une ampoule de quarante watts par une autre de vingt-cinq, non seulement à cause du prix mais surtout parce qu'une lumière vive était dispendieuse et que le gaspillage était immoral. Notre minuscule appartement contenait toute la misère du monde : les enfants mourant de faim en Inde, lesquels m'obligeaient à terminer mon assiette. Les réfugiés rescapés de l'enfer hitlérien, parqués par les Anglais dans des baraquements à Chypre. Les orphelins en haillons errant toujours dans les forêts enneigées de l'Europe dévastée. Assis à son bureau jusqu'à deux heures du matin, papa s'arrachait les yeux à la lumière d'une ampoule anémique de vingt-cinq watts parce qu'il répugnait à se servir d'une ampoule plus forte : pouvait-on ignorer que les pionniers des kibboutz de Galilée composaient des poèmes ou un traité philosophique dans une tente éclairée à la flamme vacillante d'une bougie ? Était-on Rothschild pour user d'une puissante ampoule de quarante watts ? Et que diraient les voisins s'ils voyaient notre appartement scintiller de mille feux ? Il préférait donc s'abîmer la vue plutôt que d'en mettre plein la vue.

Nous n'étions pas spécialement pauvres : papa était employé à la Bibliothèque nationale où il gagnait un salaire modeste mais régulier. Maman donnait des leçons particulières. Tous les samedis, pour un shilling, j'arrosais le jardin de M. Cohen à Tel Arza, les mercredis, j'entreposais des bouteilles vides dans des caisses, derrière l'épicerie de M. Auster pour quatre sous, et à raison de deux sous la leçon, j'enseignais au fils de Mme Finster à lire une carte (mais c'était à crédit et, jusqu'à ce jour, la famille Finster me les doit encore).

Malgré tout, nous économisions continuellement. La vie dans notre petit appartement se déroulait comme dans le sous-marin que j'avais vu au cinéma Edison, où les matelots passaient d'un sas à l'autre en refermant derrière eux un nombre incalculable de cloisons : j'allumais la lumière dans les toilettes d'une main en éteignant de l'autre celle du couloir pour ne pas gaspiller le courant. J'actionnais parcimonieusement la chaîne du Niagara car on ne gaspillait pas un réservoir entier juste pour un pipi. On le réservait pour d'autres besoins (qu'on ne nommait jamais chez nous). Mais un pipi ? Un plein réservoir ? Alors que les pionniers du Néguev utilisaient l'eau qui leur avait servi à se rincer les dents pour arroser les plantes ? Quand, dans les camps d'internement, à Chypre, un seul seau servait à toute une famille pendant trois jours ? Je sortais des WC en éteignant la lumière de la main droite tandis que la gauche allumait simultanément le couloir, parce que la Shoah datait d'hier, que des Juifs pourrissaient encore dans des camps entre les Carpates et les Dolomites ou sur de vieux rafiots branlants, vêtus de haillons, la peau sur les os, et que le dénuement et la souffrance régnaient aux quatre coins du monde : les coolies chinois, les ramasseurs de coton dans l'État du Mississippi, les petits Africains, les pêcheurs siciliens... Il fallait économiser.

Et puis qui pouvait prédire l'avenir ? Les malheurs n'étaient sans doute pas finis et le pire était encore à venir : les nazis étaient peut-être vaincus, mais l'antisémitisme continuait de sévir partout. Il y avait encore des pogroms en Pologne, on persécutait les hébraïsants en Russie, et chez nous, les Anglais n'avaient pas encore dit leur dernier mot, le grand mufti n'avait que le massacre des Juifs à la bouche, est-ce qu'on savait ce que tramaient les pays arabes, surtout que le monde soutenait cyniquement les Arabes à cause du pétrole, des marchés et divers intérêts. Ça n'allait évidemment pas être de la tarte, ici.

*

Des livres, en revanche, on en avait à profusion, les murs en étaient tapissés, dans le couloir, la cuisine, l'entrée, sur les rebords des fenêtres, que sais-je encore ? Il y en avait des milliers, dans tous les coins de la maison. On aurait dit que les gens allaient et venaient, naissaient et mouraient, mais que les livres étaient éternels. Enfant, j'espérais devenir un livre quand je serais grand. Pas un écrivain, un livre : les hommes se font tuer comme des fourmis. Les écrivains aussi. Mais un livre, même si on le détruisait méthodiquement, il en subsisterait toujours quelque part un exemplaire qui ressusciterait sur une étagère, au fond d'un rayonnage dans quelque bibliothèque perdue, à Reykjavik, Valladolid ou Vancouver.

Lorsque — et cela s'était produit à deux ou trois reprises — il n'y avait pas assez d'argent pour préparer le sabbat, ma mère regardait mon père qui, comprenant que le moment était venu de choisir l'agneau du sacrifice, se dirigeait vers la bibliothèque : en homme de principes, il était conscient que le pain venait avant les livres et que le bien de son enfant l'emportait sur tout le reste. Je me rappelle son dos voûté quand, franchissant la porte avec trois ou quatre de ses chers volumes sous le bras, il se rendait tristement à la boutique de M. Maier pour lui vendre quelques précieux ouvrages — on aurait dit qu'il taillait dans le vif. Abraham, notre père, devait avoir cet air-là en quittant sa tente, à l'aube, portant Isaac sur son dos, en route vers le mont Moriah.

Je devinais son chagrin : mon père entretenait un rapport charnel avec les livres. Il aimait les manipuler, les palper, les caresser, les sentir. C'était une véritable obsession, il ne pouvait s'empêcher de les toucher, même si c'étaient ceux des autres. Il faut dire que, jadis, les livres étaient beaucoup plus sensuels qu'aujourd'hui : il y avait largement de quoi sentir, caresser et toucher. Certains avaient une couverture en cuir odorante, un peu rugueuse, gravée en lettres d'or, qui vous donnait la chair de poule, comme si l'on avait effleuré quelque chose d'intime et d'inaccessible qui se hérissait et frissonnait au contact des doigts. D'autres possédaient une jaquette en carton recouverte de toile au parfum de colle très érotique. Chaque livre avait son odeur propre, mystérieuse et excitante. Et lorsque la jaquette de toile bâillait, telle une jupe impudique, on avait toutes les peines du monde à se retenir de loucher sur l'interstice entre le corps et le vêtement et s'enivrer des effluves qui s'en exhalaient.

Mon père rentrait généralement une ou deux heures plus tard, sans les livres, les bras chargés de sacs en papier kraft débordants de pain, d'œufs, de fromage, parfois même de corned-beef. Mais il arrivait qu'il revienne du sacrifice dans un état euphorique, souriant d'une oreille à l'autre, sans ses bouquins bien-aimés mais également sans nourriture : aussitôt vendus, il s'était empressé de les remplacer car il avait trouvé chez le bouquiniste des trésors comme l'on en rencontre peut-être qu'une seule fois dans sa vie, et il n'avait pas pu résister. Maman lui pardonnait, et moi aussi, d'autant que je n'aimais pratiquement que le maïs et les glaces. Je détestais les omelettes et le corned-beef. En fait, je crois bien que j'enviais les petits Indiens qui mouraient de faim et que personne n'obligeait jamais à finir leur assiette.

Le plus beau jour de ma vie — je devais avoir six ans — fut celui où papa me fit un peu de place sur l'une de ses étagères pour y ranger mes livres. Disons qu'il me céda quelque trente centimètres représentant le quart du rayonnage du bas. Je réunis tous mes livres qui, jusque-là, s'empilaient sur un tabouret près de mon lit, et les transportai à la bibliothèque paternelle où je les disposai à la verticale, comme il se doit : le dos vers l'extérieur et la tranche contre le mur.

C'était un rite de passage, une cérémonie initiatique : celui dont les livres tiennent debout n'est plus un enfant, c'est déjà un homme. J'étais comme mon père. Mes livres tenaient droit.

J'avais commis une terrible bourde. Papa était parti travailler, et j'étais libre de disposer à ma guise du bout d'étagère qui m'avait été attribué, mais j'avais une idée très puérile de comment faire quoi. Je classai donc mes livres d'après leur format, les plus grands étant précisément ceux qui étaient indignes de moi : les histoires en hébreu vocalisé, les poésies, les albums illustrés que l'on me lisait quand j'étais bébé. J'avais agi ainsi pour remplir tout l'espace qui m'était imparti sur l'étagère. Je voulais qu'il soit plein à ras bords, qu'il déborde, exactement comme chez mon père. À son retour, j'étais encore euphorique . il jeta un regard incrédule sur mon petit domaine avant de me dévisager en silence d'un air que je n'oublierai jamais — c'était une expression de mépris, de déception amère, indicible, de désespoir génétique total. « Dis-moi, tu as perdu la tête ? grinça-t-il finalement entre ses dents. Par ordre de taille ? Tu crois que les livres sont des soldats ou quoi ? Une garde d'honneur ? Le défilé de l'orchestre des pompiers ? »

Il se tut. Un long silence terrible à la Gregor Samsa, à croire que je me métamorphosais en cafard devant ses yeux. De mon côté, je gardais un silence coupable, comme si on venait de découvrir que j'avais toujours été un misérable insecte, et que tout était irrémédiablement perdu.

À la fin, mon père m'exposa les réalités de la vie pendant vingt minutes. Il ne me cacha rien. Il me fit pénétrer dans le saint des saints du monde des bibliothécaires : il me dévoila la voie royale ainsi que les chemins de traverse, les paysages vertigineux des variantes, des nuances, des fantaisies, des avenues retirées, des tonalités audacieuses, et même des excentricités : on pouvait classer les livres d'après les titres, l'ordre alphabétique d'auteurs, les collections et les éditions, la chronologie, les langues, les sujets, la thématique, le genre et le domaine, voire le lieu de publication, et ainsi de suite...

C'est ainsi que je m'initiai aux arcanes de la nuance : la vie comporte différentes voies. Les choses peuvent se passer de telle ou telle façon, suivant des partitions diverses ou des logiques parallèles. Chacun de ces raisonnements est conséquent et cohérent à sa manière, parfait, indifférent aux autres.

Les jours suivants, je passais des heures à organiser ma petite bibliothèque, vingt ou trente livres que je battais et étalais comme un jeu de cartes, puis redistribuais de multiples façons, selon toutes sortes de combinaisons et de critères.

Ce sont les livres qui m'ont enseigné l'art de la composition : non pas leur contenu, mais les livres eux-mêmes ; leur existence physique. Les livres m'ont appris les no man's lands vertigineux, la zone d'ombre entre le licite et l'illicite, le légitime et l'excentrique, le normatif et le bizarre. Cette leçon accompagne encore ma vie. Et quand vint le temps de l'amour, je n'étais pas vraiment un novice ; je savais qu'il existait des menus variés, une autoroute, des itinéraires panoramiques et des sentiers reculés que le pied de l'homme n'avait pratiquement jamais foulés. Il y avait le légitime à la limite de l'illégal et l'illégal à la limite du légitime. Et ainsi de suite...

*

Parfois, mes parents m'autorisaient à sortir les livres des étagères et à les emporter dehors, dans la cour, pour les aérer : jamais plus de trois livres à la fois, pour ne pas y mettre la pagaille et pour que chacun retourne à coup sûr à sa place. C'était là une responsabilité lourde et exquise, car l'odeur de poussière était si excitante qu'oubliant ma tâche, ma responsabilité et ma dignité, je restais dans la cour jusqu'à ce que ma mère, inquiète, envoie mon père à mon secours pour s'assurer que je ne souffrais pas d'insolation ou qu'un chien ne m'avait pas mordu, et il me trouvait invariablement recroquevillé dans un coin, plongé dans ma lecture, les genoux relevés, la tête penchée, la bouche entrouverte, et quand il me demandait, mi-figue, mi-raisin, ce qui m'était encore arrivé, il fallait un long moment pour revenir à la réalité, tel un noyé ou un comateux remontant lentement, à contrecœur, de profondeurs insondables à la surface de la vallée de larmes des tâches quotidiennes.

Quand j'étais petit, j'aimais ranger puis déranger les choses pour les remettre dans un ordre chaque fois un peu différent. Trois ou quatre coquetiers simulaient un système de fortifications, une flottille de sous-marins, ou encore les chefs des grandes puissances réunis à Yalta. Je faisais parfois de courtes virées au royaume anarchique du désordre. C'était là quelque chose de téméraire et très excitant : j'adorais éparpiller sur le sol le contenu d'une boîte d'allumettes pour les assembler dans toutes les combinaisons possibles.

Au cours de la guerre mondiale, une grande carte des champs de bataille européens — avec des épingles et des fanions multicolores — était fixée au mur du couloir. Papa les déplaçait tous les deux ou trois jours en fonction des bulletins d'information de la radio. Quant à moi, je m'étais fabriqué une réalité parallèle, personnelle : j'avais disposé mon propre théâtre des opérations sur la carpette, une réalité virtuelle dans laquelle je déployais des armées, effectuais des mouvements en tenaille, des simulacres, attaquais des têtes de pont, accomplissais des manœuvres de débordement, opérais des retraites tactiques dont je tirais parti à des fins stratégiques.

J'étais obsédé par l'histoire. Je m'imaginais réparer les erreurs des stratèges du passé : je réinventais, par exemple, la Grande Révolte juive contre Rome, empêchais la destruction de Jérusalem par les troupes de Titus, je transférais les combats sur le terrain ennemi, j'emmenais les bataillons de Bar Kochba devant les murailles de Rome, prenais d'assaut le Colisée et plantais le drapeau juif sur la colline du Capitole. À cette fin, je transplantais la Brigade juive de l'armée britannique à l'époque du Deuxième Temple et jouissais du désastre que deux mitrailleuses pouvaient causer aux magnifiques légions d'Hadrien et de Titus, de mémoire maudite. Grâce à un petit avion, un unique Piper, l'orgueilleux Empire romain se mettait à genoux. Je transformais le combat désespéré des défenseurs de Massada en une victoire juive écrasante à l'aide d'un mortier et de quelques grenades.

En fait, la curieuse impulsion qui m'animait, enfant — l'envie de donner une seconde chance à ce qui n'en avait et ne pouvait en avoir — est aujourd'hui encore l'un des moteurs de mon existence, chaque fois que j'entreprends d'écrire une histoire.

*

Quantité de choses se sont passées à Jérusalem. La ville a été détruite, reconstruite, à nouveau détruite et reconstruite encore une fois. L'un après l'autre, des conquérants l'ont prise, gouvernée quelque temps, et puis ils ont laissé derrière eux des murs et des tours, des encoches dans la pierre avec une poignée de tessons et de documents avant de disparaître. De s'évaporer comme les brumes matinales sur les pentes des collines alentour. Jérusalem est une vieille nymphomane qui presse ses amants comme un citron avant de s'en débarrasser en bâillant à s'en décrocher la mâchoire ; une veuve noire dévorant ses partenaires en pleine action.

Entre-temps, à l'autre bout du monde, des flottes prenaient le large et exploraient des continents et des îles. « C'est trop tard, mon chou, disait maman, Magellan et Christophe Colomb ont découvert même les îles les plus reculées. » Mais je lui tenais tête : « Comment peux-tu en être sûre ? Jusqu'à Christophe Colomb, on croyait aussi que tout était connu et qu'il ne restait plus rien à découvrir. »

Entre le tapis, les pieds des meubles et l'espace sous le lit, je repérais parfois non seulement des îles inconnues, mais de nouvelles étoiles, des systèmes solaires ignorés, des galaxies entières. Si j'allais en prison un jour, la liberté et un certain nombre d'autres choses me manqueraient certainement, mais je ne m'ennuierais jamais à condition de pouvoir disposer, dans ma cellule, d'un jeu de dominos ou de cartes, de deux boîtes d'allumettes, d'une douzaine de pièces de monnaie ou d'une poignée de boutons, grâce auxquels je passerais le temps. Je les rassemblerais puis les séparerais, les associerais, les éloignerais et les rapprocherais, je réaliserais diverses combinaisons. C'est peut-être parce que j'étais un enfant unique : je n'avais ni frères ni sœurs, et mes rares amis se lassaient au bout d'un moment parce qu'ils voulaient de l'action et ne supportaient pas le rythme épique de mes jeux.

Je commençais souvent à jouer un lundi et, le mardi, en classe, je passais la matinée à réfléchir au prochain coup, l'après-midi, je bougeais un pion ou deux, et remettais la suite au mercredi ou au jeudi. Les copains, qui en avaient par-dessus la tête, m'abandonnaient à mes chimères pour se poursuivre dans la cour, tandis que, pendant des jours et des jours, l'Histoire se déroulait au ras du sol : je déplaçais des armées, assiégeais des forteresses et des places fortes, asservissais l'ennemi, le conquérais, envoyais des bandes armées dans les collines, envahissais des citadelles et des lignes de fortification, les libérais pour mieux les reprendre, agrandissais et réduisais les frontières signalées par des allumettes. Si l'un des parents marchait malencontreusement sur mon univers, je les menaçais d'une grève de la faim ou du brossage des dents. Jusqu'au jour où, excédée par les moutons qui s'accumulaient partout, maman dispersait les îles, les armées, les forteresses, les collines, les baies, des continents entiers. Une vraie catastrophe nucléaire.

J'avais environ neuf ans lorsque Néhémie, un vieil oncle, m'avait appris un dicton français : « En amour comme à la guerre ». À propos de l'amour, j'ignorais tout, sauf le vague rapport qui, au cinéma Edison, le rattachait au massacre des Indiens. Mais, à en croire mon oncle, mieux valait ne pas se précipiter. Quelques années plus tard, je compris que je m'étais fourvoyé, concernant la guerre tout au moins, car, sur le champ de bataille, la rapidité est un grand avantage. Mon erreur découlait peut-être du fait que mon oncle Néhémie était un homme lent, hostile aux changements : une fois debout, il lui était pratiquement impossible de s'asseoir. Et s'il était assis, il était hors de question qu'il se relève. On avait beau lui dire, lève-toi, Néhémie, s'il te plaît, allez, à quoi penses-tu, il est très tard, debout, jusqu'à quand vas-tu rester assis comme ça ? Jusqu'à demain ? Jusqu'à l'année prochaine ? Tu attends la venue du Messie ou quoi ?

« Pour le moins », répondait-il.

Il méditait un certain temps, se grattait, souriait d'un air malin comme s'il voyait clair dans notre jeu, et ajoutait : « Il n'y a rien qui urge. »

Son corps obéissait naturellement au principe d'inertie.

Je ne lui ressemble pas. Moi, j'adore les changements, les rencontres, les voyages, mais il n'empêche que j'aimais beaucoup mon oncle Néhémie. Il y a peu, j'ai vainement cherché sa tombe au cimetière de Giv'at Saül. Le cimetière s'est tellement agrandi qu'il va bientôt déborder jusqu'au plan d'eau de Beit Neqofa ou atteindre la périphérie de Motsa. Je suis resté là plus d'une heure, assis sur un banc — une guêpe obstinée bourdonnait au milieu des cyprès, un oiseau répétait inlassablement la même trille, mais de là où je me trouvais, je ne voyais que les stèles, le sommet des arbres, les collines et les nuages.

Un peu plus tard, une femme maigre, en grand deuil, la tête couverte d'un fichu noir, et un enfant de cinq ou six ans, ses petites mains agrippées de toutes ses forces à sa jupe, passèrent devant moi en sanglotant.

# 4

Seul à la maison, l'hiver, à la tombée de la nuit. Il doit être cinq heures ou cinq heures et demie, et dehors, il fait noir et glacial, la pluie et le vent fouettent les volets clos. Les parents, qui sont allés prendre le thé chez Mala et Staszek Rudnicki, rue Chancellor, à l'angle de la rue des Prophètes, m'ont promis de rentrer un peu avant huit heures, ou huit heures et quart, huit heures vingt, au maximum. Et si par hasard ils tardaient, je ne devais pas m'inquiéter puisqu'ils étaient chez les Rudnicki, à un quart d'heure de la maison à peine.

Mala et Staszek n'avaient pas d'enfants, mais deux chats angora, Chopin et Schopenhauer qui, pareils à deux ours en hibernation, passaient l'hiver pelotonnés l'un contre l'autre dans un coin du canapé ou sur un pouf. Il y avait aussi un vieil oiseau, pratiquement chauve, aveugle d'un œil et au bec perpétuellement béant. Les Rudnicki l'appelaient tantôt Alma, tantôt Mirabelle. Et pour qu'Alma-Mirabelle ne souffre pas de la solitude, ils avaient introduit dans sa cage un compagnon que Mala avait fabriqué à l'aide d'une pomme de pin peinte, avec des allumettes en guise de pattes et des ailes en papier de toutes les couleurs où étaient collées cinq ou six vraies plumes. Selon maman, la solitude était comme un grand coup de marteau : elle brisait le verre en mille morceaux, mais elle trempait l'acier. « Lehasem », « tremper », voulait dire littéralement « durcir », comme « lehazeq », expliquait papa. « Lehasem » était synonyme de « lehasen », « fortifier », de « hosen », « force, puissance ». Mais « lehasem » se rapprochait plutôt de « hasima », « fermeture », ou de « mahsom », « barrage », et il faudrait vérifier s'il y avait un rapport avec « mahsan », « entrepôt », proche de l'arabe « mahzan », d'où dérive « magasin ».

Papa aimait bien me signaler les analogies ou les différences entre les mots. Comme s'ils faisaient également partie d'une grande famille originaire d'Europe orientale, pourvue d'une multitude de cousins du deuxième ou du troisième degré, alliés, nièces, parents, petits-enfants, arrière-petits-enfants et beaux-frères : « sheérim », parents, vient du mot « sheér » qui veut dire « chair » (« bassar »), il faut donc réfléchir, disait mon père, sur cette expression redondante « sheérei bassar », « proches parents », qui signifie littéralement « chair de la chair », et rappelle-moi de chercher par la même occasion le rapport entre « sheér », « chair », et « shearit », « reste ». Non, ce n'est pas la peine de me le rappeler, apporte-moi, s'il te plaît, le gros dictionnaire qui se trouve sur l'étagère, on va le consulter ensemble pour s'instruire un peu, toi et moi, et profites-en pour remettre ta tasse à sa place.

*

Il règne dans les cours et la rue un silence si vaste et sombre que l'on perçoit le murmure des nuages bas qui courent entre les toits en frôlant la cime des cyprès. On entend le robinet de la baignoire qui fuit, et un bruissement ou un léger frottement, presque inaudible, à peine perceptible par le duvet sur la nuque, un chuchotement venu de l'interstice obscur entre l'armoire et la cloison.

J'allume la lampe dans la chambre des parents, prends dans le bureau de papa huit ou neuf trombones, un taille-crayons, deux petits carnets, un encrier à long col rempli d'encre noire, une gomme, une boîte de punaises, et utilise le tout pour ériger un nouveau kibboutz frontalier. Une tour de guet et une palissade au cœur du désert, sur la carpette : je dispose les trombones en demi-cercle, place le taille-crayons et la gomme de chaque côté de l'encrier qui simule mon château d'eau, et entoure l'ensemble d'une clôture de crayons et de stylos, hérissée de punaises.

Le raid va bientôt être lancé — une horde de pilleurs assoiffés de sang (une vingtaine de boutons), venue de l'est et du sud, va fondre sur le village —, mais nous allons recourir à la ruse pour nous défendre : on va leur ouvrir la grille et les laisser pénétrer dans la cour de la ferme qui sera le lieu du massacre, la grille se refermera derrière eux, les acculant au mur, et quand j'en donnerai l'ordre, postés sur chaque toit et sur le bouchon de l'encrier — le château d'eau — les pionniers, figurés par les pions blancs du jeu d'échecs, ouvriront le feu et, en quelques salves nourries, ils anéantiront l'ennemi pris au piège : « ... à Toi sied la louange. Quand tu auras préparé l'anéantissement de l'ennemi hurlant, je terminerai par un chant de gloire », j'élèverai la carpette au rang de Méditerranée, une étagère de livres délimitera le rivage européen, le canapé figurera l'Afrique, le détroit de Gibraltar passera entre les pieds de la chaise, des cartes à jouer, posées ici et là, représenteront Chypre, la Sicile et Malte, les carnets seront des porte-avions, la gomme et le taille-crayons des destroyers, les punaises des mines flottantes, et les trombones des sous-marins.

*

Il fait froid dans l'appartement. Au lieu d'enfiler un second pull par-dessus le premier, comme on me l'a recommandé pour éviter le gaspillage, je vais allumer le chauffage électrique pour dix petites minutes. Il possède deux résistances, mais il y a un thermostat réglé de telle sorte qu'une seule fonctionne. Celle du bas. J'observerai la résistance chauffer. Elle s'enflammera peu à peu, lentement, on ne verra rien au début, mais on entendra de très légers crépitements, comme si l'on marchait sur des grains de sucre, suivis d'une sorte de vacillement violet pâle, puis, des bords vers le centre, s'ébauchera une sorte de frémissement délicatement rosé, telle une légère rougeur sur une joue timide, qui virera au cramoisi avant de se déchaîner sans vergogne jusqu'à ce que le rayonnement gagne le cœur de la résistance et s'embrase sans discontinuer, et alors, pareil à un soleil implacable, la flamme chauffée au rouge se reflétera sur la paroi incandescente en forme de conque qu'il sera impossible de fixer sans cligner des yeux, et la résistance en fusion, aveuglante, débordera, incapable d'en supporter davantage, elle ne tardera pas à jaillir, à se répandre sur la carpette de la Méditerranée, comme un volcan bouillonnant en cascades de feu, brûlant vives les flottilles de destroyers et l'armada des sous-marins.

Pendant ce temps, sa partenaire, la résistance supérieure, somnole, éteinte, froide et indifférente. Plus la première s'enflamme, plus la seconde sombre dans l'apathie, elle hausse les épaules, elle voit tout, mais ne se sent pas concernée. Je frissonne soudain, comme si je devinais ou éprouvais dans ma chair l'énorme tension existant entre la brûlante et la glacée, sachant qu'il y a une manière simple et rapide de forcer l'indifférente à se consumer, à trembler comme si elle était sur le point d'exploser sous le souffle du feu déferlant — mais c'est strictement interdit. Il est formellement défendu d'allumer les deux résistances du poêle ensemble, pas seulement à cause du gaspillage effréné mais en raison de la surchauffe, de peur qu'un fusible ne saute et que toute la maison ne soit plongée dans l'obscurité, qui irait me chercher Baruch aux mains en or au beau milieu de la nuit ?

La seconde résistance, c'était juste au cas où je serais complètement tombé sur la tête, et advienne que pourra. Et si les parents rentraient avant que je l'aie éteinte ? Ou que j'aie pu l'éteindre, mais qu'elle n'ait pas eu le temps de refroidir et de faire comme si de rien n'était, que pourrais-je invoquer pour ma défense ? Bon, on se calme. On n'allume rien. Et puis j'aurais intérêt à remettre de l'ordre et à ranger tout ce qui traîne sur le tapis.

# 5

Au fond, quelle est la part de l'autobiographie et de la fiction dans mes récits?

Tout est autobiographie : si j'écrivais un jour une histoire d'amour entre Mère Teresa et Abba Eban, elle serait sans doute autobiographique, mais ce ne serait pas une confession. L'ensemble de mon œuvre est autobiographique, mais je ne me suis jamais confessé. Le mauvais lecteur veut tout savoir, immédiatement, « ce qui s'est réellement passé ». Ce qui se cache derrière l'histoire, de quoi il s'agit, qui est contre qui, qui a baisé qui. « Professeur Nabokov », avait questionné un jour une journaliste, en direct, à la télévision, « *are you really so hooked on little girls* ? »

À moi aussi, des journalistes enthousiastes me demandent « au nom du droit de savoir du public », si ma femme m'a servi de modèle pour le personnage de Hannah dans *Mon Michael*, ou si ma cuisine est aussi sale que celle de Fima dans *La troisième sphère*. Ou encore : « Pourriez-vous nous révéler qui est exactement la jeune fille dans *Seule la mer* ? », ou bien : « Votre fils aurait-il lui aussi disparu en Extrême-Orient par hasard ? » « Qu'est-ce qui se trame exactement derrière la liaison entre Joël et

Ann-Mary dans *Connaître une femme* ? » Et « accep-
teriez-vous de nous dire, avec vos propres mots, le
sujet d'*Un juste repos* ? ».

Pourquoi ces journalistes essoufflés en ont-ils
après Nabokov et moi ? Et que cherchent donc le
mauvais lecteur — le paresseux —, le lecteur socio-
logique et le lecteur médisant et voyeur ?

Dans le pire des cas, munis d'une paire de
menottes en plastique, ils viennent chercher mon
message, mort ou vif. « La substantifique moelle ».
« Ce que voulait dire le poète ». Pourvu que je leur
transmette, avec mes propres mots, la thèse subversive, ou la moralité, le patrimoine politique, une
« vision du monde ». Aurais-je l'obligeance de leur
communiquer quelque chose de plus concret qu'un
roman, quelque chose qui ait les deux pieds sur
terre, quelque chose de palpable, comme « l'occupation des territoires est corruptrice », « le mécanisme
du fossé social est en mouvement », « l'amour
l'emporte », « les élites pourries », ou « les minorités
exploitées » ? En bref : ficelées dans des sacs en plastique mortuaires, je devrais leur livrer les vaches
sacrées que j'avais immolées pour eux dans mon
dernier livre. Merci.

Parfois, ils seraient prêts à renoncer aux idées et
aux vaches sacrées, et se contenteraient de « ce qui
se cache derrière l'histoire ». Ce sont des ragots
qu'ils veulent. Du voyeurisme. Que je leur avoue ce
qui m'est vraiment arrivé dans ma vie et non ce que
j'ai écrit a posteriori dans mes livres. Que je leur
dévoile enfin, sans fioritures et sans verbiage, qui l'a
réellement fait avec qui, comment et combien de
fois. Et ils s'estimeront satisfaits. Donnez-leur *Shakespeare in love*, Thomas Mann brisant le silence,
Dalia Ravikovitch à voix nue, les confessions de
Saramago, les amours de Léa Goldberg.

Le mauvais lecteur exige que je lui épluche mon livre. Il me somme de jeter les raisins à la poubelle et de lui offrir les pépins.

Le mauvais lecteur est un amant psychopathe qui déchire les vêtements de la femme qu'il a attirée dans ses filets ; une fois qu'elle est toute nue, il lui arrache la peau, écarte impatiemment sa chair, disloque son squelette et ce n'est que lorsqu'il se met à ronger les os de ses dents jaunes qu'il est enfin comblé : voilà. Je suis finalement dedans. J'y suis.

Où est-il exactement ? Retour au schéma éculé, banal, aux stéréotypes que le mauvais lecteur connaît par cœur, comme tout le monde, et où il est dans son élément : les personnages du roman sont évidemment l'auteur lui-même, ou ses voisins, qui ne sont pas des petits saints et sont aussi corrompus que nous. Une fois l'épluchage terminé, il s'avère que « nous sommes tous pareils ». Voilà ce que le mauvais lecteur cherche avidement (et trouve) dans chaque livre.

Qui plus est, le mauvais lecteur, comme le journaliste hors d'haleine, manifestent une méfiance hostile, une rancune vertueuse et puritaine, envers la création, l'inventivité, la ruse et l'exagération, les jeux de séduction, l'ambiguïté, la musique, l'inspiration, l'imagination elle-même : il consentira peut-être à s'aventurer dans une création littéraire complexe à condition qu'on lui promette la satisfaction « subversive » de l'abattage des vaches sacrées, ou le plaisir acide et hypocrite dont sont friands les consommateurs de scandales et de « révélations », qui font les choux gras des tabloïds.

Le mauvais lecteur trouve son plaisir dans ce que le grand Dostoïevski lui-même était vaguement suspect d'avoir eu un certain penchant pour le vol et l'assassinat des vieilles dames, que William Faulkner était probablement coupable d'inceste, que Nabokov forniquait avec des mineures, que Kafka était certainement recherché par la police (il n'y a pas de fumée sans feu), et que A. B. Yehoshua incendiait les forêts du Fonds national juif (il y a la fumée et le feu), sans parler de ce que Sophocle a fait à son père et à sa mère, sinon comment aurait-il pu décrire la chose avec autant de réalisme, plus vrai que nature?

*Je ne sais parler que de moi-même.*
*Mon monde est aussi borné que celui d'une fourmi...*
*De même que mon chemin — pareil à celui qu'elle*
     *parcourt jusqu'à la cime*
*est pavé de souffrances et de peines,*
*une main géante, malveillante et sûre,*
*s'amuse à m'anéantir.*

Un de mes élèves m'en avait jadis proposé le commentaire suivant :

*Quand la poétesse Rachel était petite, elle aimait beaucoup grimper aux arbres, mais chaque fois qu'elle se mettait à grimper, il y avait un voyou qui l'envoyait valser par terre. C'est pour ça qu'elle était si malheureuse.*

*

On se trompe si l'on cherche le cœur de l'histoire dans l'interstice entre la création et son auteur : il vaut mieux le rechercher non pas dans l'écart entre l'écrit et l'écrivain, mais entre l'écrit et le lecteur.

Non qu'il n'y ait rien en commun entre le texte et son rédacteur — il y a place en effet pour une analyse biographique, les commérages ne sont pas dénués de douceur, et l'étude du substrat biographique de la composition de certaines œuvres n'est sans doute pas sans valeur calomniatrice. Il ne faut peut-être pas mépriser la médisance, la cousine roturière des belles-lettres. Pourtant, la littérature ne s'abaissera généralement pas à la saluer dans la rue, bien qu'il y ait entre elles un air de famille, la propension éternelle et universelle à fouiner dans les secrets d'autrui.

Que celui qui n'a jamais joui des faveurs de la médisance lui jette la première pierre. Mais les charmes de la calomnie ressemblent à une barbe à papa. Le charme de la médisance est aussi éloigné du charme d'un bon livre qu'un soda bourré de colorants peut l'être de l'eau fraîche ou d'un grand cru.

Quand j'étais petit, on m'avait emmené deux ou trois fois, en l'honneur de la Pâque ou du Nouvel An, chez Eddie Rugoznik, le photographe de la rue Bograshov, à Tel-Aviv. Dans le studio d'Eddie Rugoznik, il y avait un monsieur Muscle en carton-pâte, étayé par-derrière au moyen de deux supports, un minuscule slip de bain tendu sur ses hanches monstrueuses, avec des montagnes de muscles et une puissante poitrine velue et tannée, couleur de cuivre. Ce géant de carton avait un trou en guise de figure et un escabeau dans le dos. On devait faire le tour, monter deux degrés de l'escabeau, et fixer la caméra en passant la tête par le trou de l'Hercule, Eddie Rugoznik vous sommait de sourire, de ne plus bouger ni cligner des yeux, et il appuyait sur le déclencheur. Une dizaine de jours plus tard, on venait chercher les photos où, auréolé de la tignasse de Samson, mon petit visage pâle et sérieux semblait perché sur un cou de taureau aux veines apparentes, rattaché aux épaules d'Atlas, au torse d'Hector et aux bras d'un colosse.

Toute grande œuvre littéraire nous invite en fait à

passer la tête à travers une créature à la Eddie Rugoznik. Mais au lieu d'essayer d'y planter la tête de l'auteur, comme le fait le lecteur lambda, peut-être serait-il intéressant d'y mettre la vôtre pour voir ce qui arriverait.

En d'autres termes, la distance que le bon lecteur choisit d'instaurer pendant la lecture n'est pas celle existant entre l'écrit et le narrateur, mais entre l'écrit et vous-même : non pas, « Dostoïevski a-t-il vraiment assassiné et dépouillé des veuves âgées lorsqu'il était étudiant ? », mais vous, lecteur, qui vous mettez à la place de Raskolnikov pour ressentir l'horreur, le désespoir, la détresse pernicieuse, combinée à un orgueil napoléonien, la mégalomanie, la frénésie de la faim, de la solitude, de la passion et de la lassitude, associées au désir de mourir, pour établir un parallèle (les conclusions resteront confidentielles) non entre le personnage du récit et divers scandales de la vie de l'auteur, mais entre le héros de l'histoire et votre ego intime, dangereux, misérable, dément et criminel, la terrifiante créature que vous enfermez au secret pour que personne n'en soupçonne jamais l'existence, ni vos parents, ni ceux que vous aimez, de peur qu'ils ne s'écartent de vous avec effroi, comme si vous étiez un monstre — et quand vous lisez le récit de Raskolnikov, en supposant que vous ne soyez pas un lecteur cancanier mais un bon lecteur, vous pourriez l'entraîner dans vos caves, vos labyrinthes obscurs, derrière les barreaux, au fond du cachot, pour lui faire rencontrer vos monstres les plus ignominieux, confronter les démons dostoïevskiens avec les vôtres que, dans la vie normale, vous ne pourrez jamais comparer à quoi que ce soit, puisqu'il vous sera impossible d'en parler à quiconque, pas même au lit, en le susurrant à l'oreille de celui ou celle qui partage vos nuits, au risque qu'il, ou elle, s'empare du drap pour s'en couvrir et s'enfuir en poussant des cris d'orfraie.

Voilà comment Raskolnikov pourrait atténuer un tantinet la turpitude et l'isolement dans lequel chacun tient son prisonnier intérieur, sa vie durant. Les livres auraient donc le pouvoir de vous consoler un peu de vos terribles secrets ; pas seulement vous, mon vieux, mais nous aussi qui sommes dans le même bateau ; personne n'est une île, mais plutôt une presqu'île, une péninsule, cernée presque de toutes parts par des eaux noires et rattachée aux autres presqu'îles par un seul côté. Voici ce que Rico Danon, dans *Seule la mer*, pense du mystérieux homme des neiges vivant dans l'Himalaya :

*L'enfant né d'une femme porte ses parents sur ses*
*    épaules. Non, pas sur ses épaules.*
*En lui. Toute sa vie, il sera condamné à les porter, eux*
*    et les légions de leurs parents,*
*les parents de leurs parents, une poupée russe, grosse*
*    jusqu'à la dernière génération.*
*Où qu'il aille il porte ses parents, il les porte en se cou-*
*    chant, en se levant,*
*s'il vagabonde au loin ou s'il reste en place. Nuit*
*après nuit, il partage son lit avec son père et sa couche*
*    avec sa mère*
*jusqu'à ce que son heure arrive.*

Ne demandez pas si ce sont des faits réels. Si c'est ce qui se passe dans la vie de l'auteur. Posez-vous la question. Sur vous-même. Quant à la réponse, gardez-la pour vous.

## 6

Les faits sont souvent les pires ennemis de la vérité. J'ai déjà parlé de la cause véritable de la mort de ma grand-mère Shlomit : arrivée de Vilna à Jérusalem par une étouffante journée de l'été 1933, elle considéra avec effroi les marchés moites, les étals bigarrés, les ruelles animées qui résonnaient des appels des colporteurs, des braiments des ânes, des bêlements des chèvres, des piaillements des poulets, suspendus par leurs pattes ligotées, sans oublier le cou sanguinolent des volailles qu'on venait d'égorger, elle regarda la carrure et les bras des Orientaux, les couleurs criardes des légumes et des fruits, elle contempla les pentes rocailleuses des collines environnantes et trancha : « Le Levant est infesté de microbes. »

Ma grand-mère vécut vingt-cinq ans à Jérusalem et, quels que furent les hauts et les bas de son existence, jusqu'à son dernier soupir elle ne revint jamais sur son jugement. Il paraît que, dès le lendemain de leur arrivée à Jérusalem, elle imposa à grand-père la tâche qui serait dorénavant quotidiennement la sienne, été comme hiver : levé à six heures ou six heures et demie du matin, il pulvérisait du DDT dans tous les coins de l'appartement pour repousser les germes — sous le lit, derrière l'armoire, dans le cagibi et entre les pieds du buffet —, avant de s'attaquer aux matelas, aux draps et aux édredons. Je revois encore grand-père Alexandre, à l'aube, en maillot de corps et pantoufles sur le balcon, battant la literie de toutes ses forces et maniant la tapette avec l'énergie du désespoir, tel Don Quichotte pourfendant les outres de vin. Grand-mère Shlomit se tenait un peu en retrait : le dominant d'une tête, enveloppée d'un peignoir de soie fleuri boutonné jusqu'au cou, les cheveux noués d'un ruban vert en forme de papillon, raide et compassée comme une directrice de pensionnat pour jeunes filles de bonne famille, elle surveillait le champ de bataille en attendant la victoire journalière.

Blanchir impitoyablement les fruits et les légumes participait également de la lutte perpétuelle qu'elle menait contre les microbes. Elle désinfectait même le pain avec un torchon imprégné d'un antiseptique rosâtre appelé *Cali*. Après les repas, elle ne lavait pas la vaisselle, mais l'ébouillantait, comme pour la fête de la Pâque. Traitement auquel elle se soumettait elle-même : trois fois par jour, en toutes saisons, elle se plongeait dans un bain presque bouillant pour éviter la contamination. Elle vécut longtemps, les microbes et les virus, qui la repéraient de loin, s'empressant de changer de trottoir et, à plus de quatre-vingts ans, après deux ou trois alertes, le Dr Krumholz la mit en garde : « Chère madame, si vous ne renoncez pas à vos bains chauds, je ne réponds plus de rien. »

Mais grand-mère ne pouvait s'en passer. La peur des microbes était trop forte. Elle est décédée dans sa baignoire.

D'une crise cardiaque, le fait est là.

En vérité, ma grand-mère est morte de propreté.

Les faits ont tendance à nous masquer la vérité. C'est la propreté qui l'a tuée. Même si sa devise : « Le Levant est infesté de microbes » témoigne sans doute d'une vérité antérieure, plus intime que son obsession de la propreté, une vérité refoulée et invisible : ma grand-mère venait en effet du nord-est de l'Europe où les microbes étaient vraisemblablement aussi nombreux qu'à Jérusalem, sans parler d'autres sortes de ravages.

Voilà peut-être une brèche par laquelle entrevoir et reconstituer ce qu'éveillaient les paysages, les couleurs et les odeurs de l'Orient dans le cœur de ma grand-mère et d'autres immigrants, rescapés de leurs bourgades au fin fond de la grisaille automnale est-européenne, si profondément bouleversés par l'exubérante sensualité levantine qu'ils érigèrent un ghetto pour se préserver de ses dangers.

Ses dangers ? Et si ce n'était pas en raison des dangers du Levant que ma grand-mère se mortifiait et se purifiait par des immersions brûlantes matin, midi et soir, tous les jours de sa vie, à Jérusalem, mais à cause de l'envoûtement, de la sensualité et de la fascination orientales, à cause de son propre corps, de la puissante attraction des marchés débordants, déferlant autour d'elle, à lui couper la respiration au creux du ventre, qui l'envoûtaient, décomposée, jambes flageolantes, par cette débauche de légumes, de fruits, de fromages épicés, ces odeurs âcres, et toutes ces incroyables nourritures gutturales, si curieuses, étrangères et excitantes, et ces mains avides qui palpaient, fouillaient jusque dans l'intimité du fruit et du légume, et ces piments rouges, ces olives assaisonnées, ces viandes grasses, sanglantes, qui, étalant leur nudité rougissante d'écorché, se balançaient au bout de leur crochet, et la profusion d'épices, d'aromates et de poudres, jusqu'à la liquéfaction, voire la syncope, toute la gamme des sortilèges dépravés du monde amer, piquant et salé, où dominaient les odeurs de café vert qui s'immisçaient jusque dans les entrailles, et les récipients de verre remplis de boissons multicolores où surnageaient des cubes de glace et des rondelles de citron, et les portefaix robustes, basanés et velus, nus jusqu'à la taille, dont les dorsaux jouaient sous l'effort à travers la peau tiède et dégoulinaient de sueur irradiant au soleil. Et si les rituels de propreté de ma grand-mère n'étaient qu'une combinaison spatiale hermétique et stérile ? Une ceinture de chasteté antiseptique qu'elle s'était forgée pour s'y barricader de son plein gré, depuis le premier jour, et qu'elle avait fermée par sept cadenas dont elle avait détruit les clés ?

Elle a finalement succombé à une crise cardiaque : c'est un fait. Bien que ce ne soit pas du cœur qu'elle est morte, mais de propreté. Et si ce n'était pas la propreté, mais ses désirs inavoués qui l'ont tuée ? Peut-être pas ses désirs, mais la peur atroce qu'elle en avait. Au fond, ce n'étaient peut-être ni la propreté, ni ses désirs, pas même la peur, mais la perpétuelle colère cachée que lui causait sa peur, une colère rentrée, pernicieuse, telle une plaie non drainée, une colère contre son corps, ses pulsions, et une autre sorte de rage aussi, plus profonde, provoquée par sa répugnance pour ses pulsions, un sentiment trouble, empoisonné, envers la prisonnière et sa gardienne, des années et des années de deuil secret du temps morne qui passe, du corps qui se dessèche, de la beauté physique, lessivée des milliers de fois, savonnée jusqu'à la trame, désinfectée, étrillée, ébouillantée, cette beauté levantine, souillée, suante, bestiale, délectable à en défaillir, mais infestée de microbes.

# 7

Près de soixante ans après, je me souviens encore de son odeur : elle me revient quand je l'évoque, une odeur un peu lourde, une odeur de poussière, mais forte et plaisante, qui me rappelle le toucher d'une toile de jute épaisse et que ma mémoire associe avec le contact de sa peau, ses boucles épaisses, son abondante moustache qui me râpait agréablement la joue — on aurait dit un jour d'hiver dans une vieille cuisine tiède et sombre. Saül Tchernichovsky est mort à l'automne 1943, quand j'avais un peu plus de quatre ans, mais le souvenir sensuel s'est perpétué grâce à certaines stations de transmission et d'amplification : mon père et ma mère évoquaient souvent ces moments-là, car ils aimaient se vanter devant leurs connaissances de ce que leur enfant avait sauté sur les genoux de Saül Tchernichovsky et qu'il avait joué avec sa moustache. Ils se tournaient alors vers moi pour quêter mon approbation : « Tu te souviens de ce samedi après-midi, quand oncle Saül t'a pris sur ses genoux et t'a appelé "petit coquin", n'est-ce pas ? »

Je devais alors réciter le refrain : « Oui. Je me rappelle très bien. »

Je ne leur avais jamais dit que la vision que j'en avais gardée était légèrement distincte de la leur.

Je ne voulais pas leur gâcher la besogne.

L'habitude qu'avaient mes parents de répéter cette histoire et de m'en demander confirmation avait conforté mes souvenirs qui, sans l'exagération parentale, se seraient sans doute effacés. Pourtant, l'écart entre leur récit et l'image que j'en ai conservée, le fait que ma mémoire n'était pas le simple reflet de leur récit mais possédait une vie antérieure, que la scène du grand poète et du petit garçon, selon l'interprétation de mes parents, différait quelque peu de celle qui m'en était restée, est la preuve que mon histoire n'est pas un simple héritage : pour mes parents, le rideau s'ouvrait sur l'enfant blond en culottes courtes, assis sur les genoux du géant de la poésie hébraïque dont il tripotait la moustache et en arrachait les poils, tandis que le poète le gratifiait pompeusement de « petit coquin » et que l'enfant, de son côté — ô douce innocence ! — rendait au poète la monnaie de sa pièce en rétorquant « coquin toi-même ! », à quoi, selon papa, l'auteur de *Face à la statue d'Apollon* aurait répondu : « Et si nous avions raison tous les deux ? » en m'embrassant sur le sommet du crâne, geste dans lequel mes parents avaient vu le présage d'une consécration, comme si, disons, Pouchkine se penchait pour donner un baiser au petit Tolstoï.

L'image que les feux des projecteurs de mes parents m'ont aidé à conserver n'est pas franchement celle qu'ils ont gravée dans ma mémoire — dans mon scénario, moins rose que le leur, je n'étais absolument pas assis sur les genoux du poète, et je ne tirais pas davantage sur sa fameuse moustache, mais j'étais tombé chez mon grand-oncle Yosef et, dans ma chute, je m'étais mordu la langue jusqu'au sang et j'avais fondu en larmes, et le docteur, qui était également pédiatre, avait devancé mes parents, il m'avait relevé et saisi dans ses grandes mains, je me rappelle qu'il m'avait soulevé par le ventre de sorte que ma figure hurlante était tournée vers la pièce, il m'avait fait pivoter d'un geste et m'avait dit quelque chose, puis autre chose encore, qui n'avait sûrement rien à voir avec la transmission de la couronne de Pouchkine à Tolstoï, et alors que je me tortillais dans ses bras, il m'avait ouvert la bouche de force, il avait prié qu'on lui apporte de la glace, et il avait constaté en examinant la blessure :

« Ce n'est rien, c'est une simple égratignure, voilà tout, nous passons sans transition des larmes au rire. »

C'est peut-être parce qu'il avait dit nous, ou à cause du contact rêche et plaisant de sa joue contre la mienne, tel le frottement d'une serviette tiède et moelleuse, et surtout, apparemment, grâce à son odeur forte, domestique, odeur qui me revient encore quand je l'évoque aujourd'hui (ce n'était pas un parfum d'after-shave, ni de savon, ou de tabac, mais l'odeur d'un corps dense, épais et nourrissant (un peu comme un bouillon de poule, l'hiver), c'est principalement parce qu'il sentait bon que je m'étais vite calmé et que, comme toujours, il y avait eu plus de peur que de mal. L'épaisse moustache à la Nietzsche m'avait un peu gratté et chatouillé, et ensuite, si je m'en souviens bien, le docteur Saül Tchernichovsky m'avait allongé sur le dos, avec précaution mais sans trop de cérémonie, sur le divan de mon grand-oncle Yosef, le professeur Yosef Klausner, et le poète-médecin, ou ma mère, m'avait mis sur la langue un peu de glace que ma grand-tante Tsippora s'était empressée d'apporter.

Pour autant que je le sache, nul aphorisme symbolique et spirituel digne d'être immortalisé n'avait été proféré en cette occasion entre le géant des poètes de la génération de la renaissance de notre littérature et son jeune fondé de pouvoir éploré, issu de la génération de l'État.

Deux ou trois années s'écoulèrent avant que je puisse correctement prononcer le nom de Tchernichovsky. Je n'avais pas été surpris d'apprendre qu'il était poète : à l'époque, quasiment tout le monde, à Jérusalem, était poète, écrivain, chercheur, penseur, savant ou réformateur. Le titre de docteur ne m'impressionnait pas : les hôtes de mon grand-oncle Yosef et de ma grand-tante Tsippora étaient tous professeurs ou docteurs.

Mais il n'était pas un docteur ou un poète comme les autres. Il était pédiatre, avec une tignasse ébouriffée qui se déplumait, des yeux rieurs, de grandes mains laineuses, une moustache hirsute, des joues feutrées et une odeur singulière, forte et douce à la fois.

Aujourd'hui encore, en voyant une photo ou un portrait du poète Saül, ou son buste trônant, me semble-t-il, à l'entrée de la maison de l'écrivain, son odeur consolatrice et réconfortante m'enveloppe, telle une bonne grosse couverture, l'hiver.

*

Mon père, imitant le vénéré oncle Yosef, préférait Tchernichovsky et ses boucles à Bialik et sa calvitie : Bialik, estimait-il, était un poète trop juif, diasporique, voire « féminin », alors que Tchernichovsky était le poète hébreu par excellence — c'est-à-dire viril, un peu voyou, légèrement goy sur les bords, sensible et courageux, un poète sensuel-dionysiaque, « un grec enjoué », comme le surnommait mon grand-oncle Yosef (occultant complètement la tristesse juive de Tchernichovsky et l'aspiration si typiquement judaïque à l'hellénisme). Mon père voyait en Bialik le poète de l'affliction juive, du monde d'hier, du shtetl, de l'infortune, de l'impuissance et de la commisération (excepté dans *Le rouleau de feu*, *Les morts au désert* et *La ville du massacre* où, d'après mon père, « Bialik rugissait littéralement »).

Comme beaucoup de Juifs sionistes de l'époque, mon père était un cryptocananéen : le shtetl comme ses représentants dans la littérature moderne, Bialik et Agnon, l'embarrassaient et lui faisaient honte. Il aurait voulu nous voir renaître en Hébreux blonds, robustes, bronzés et européens, et non plus en Juifs d'Europe orientale. Mon père exécrait le yiddish qu'il appelait « jargon ». Il considérait Bialik comme le poète de la misère, de la « perpétuelle agonie », tandis que Tchernichovsky annonçait une aube nouvelle, celle de la génération des *Conquérants de Canaan dans la tempête*. Enthousiaste, papa nous débitait par cœur *Face à la statue d'Apollon*, sans voir que le poète, tout en se prosternant aux pieds d'Apollon, entonnait sans le savoir un chant de louange à Dionysos.

Papa déclamait aussi avec l'exaltation des gens d'Odessa, façon Jabotinsky, mais avec la prononciation ashkénaze, les tonnerres et les éclairs de Tchernichovsky :

*Il est une mélodie, une musique d'autrefois...*
*un air de sang et de feu*
*à la montagne tu monteras et le champ tu fouleras,*
*tout ce que tu verras — tu t'en empareras,*

ou encore :

*Nuit... nuit... nuit idolâtre,*
*sans étoiles, sans lumières...*

Ses traits pâles, la figure d'un modeste érudit, s'illuminaient fugitivement, tel un moine qu'effleure la pensée du péché, tandis qu'il récitait des vers comme « je rendrai le sang pour le sang ». Moi, je dissimulais un sourire à cause du mot « pour » qui, en hébreu, signifie également « postérieur », et aussi parce qu'il accentuait la première syllabe de « rendrai », selon la prononciation ashkénaze.

Mon père savait par cœur plus de poèmes de Tchernichovsky que personne, et certainement davantage que Tchernichovsky lui-même, et il les disait sur un ton pathétique et grandiloquent, un poète si inspiré — et musical aussi, sans inhibition, sans complexe diasporique, qui évoquait sans scrupule l'amour, voire les plaisirs des sens, selon papa, Tchernichovsky ne se vautrait pas dans les *tsores* et les *krekhtsn*, les malheurs et les gémissements.

Maman lui lançait un regard sceptique, comme si elle s'interrogeait sur cette licencieuse volupté, en s'abstenant de tout commentaire.

*

Il avait le tempérament lituanien *par excellence*, mon père, expression dont il usait et abusait (les Klausner étaient originaires d'Odessa, plus anciennement de Lituanie, et plus loin encore de Mattersdörf, la Mattersburg d'Autriche orientale, à la frontière hongroise). C'était un homme sensible et passionné qui abhorrait tout ce qui avait trait à la mystique et la magie. Pour lui, le surnaturel appartenait *par excellence* au royaume des charlatans qui jetaient de la poudre aux yeux. Il tenait les contes hassidiques pour du folklore, mot qu'il prononçait avec la même grimace dégoûtée que « jargon », « extase », « haschich », et « intuitions ».

Maman l'écoutait et, en guise de réponse, elle nous offrait son sourire triste : « Ton père est intelligent et rationnel, même quand il dort », me disait-elle parfois.

Des années plus tard, après la mort de ma mère, alors que son optimisme béat et sa volubilité s'étaient quelque peu émoussés, les goûts de mon père avaient sensiblement évolué pour se rapprocher de ceux de ma mère : dans un sous-sol de la Bibliothèque nationale, papa était tombé sur un manuscrit inédit d'Isaac Leib Peretz, un cahier de jeunesse où, parmi des brouillons, griffonnages et autres ébauches de poèmes, se trouvait un récit intitulé *La vengeance*. Papa avait séjourné quelques années à Londres pour rédiger un doctorat sur cette découverte, grâce à laquelle il prenait ses distances avec la tempête et la rupture qu'incarnait Tchernichovsky à ses débuts pour se plonger dans les mythes, les sagas de peuples lointains et la littérature yiddish, cédant irrésistiblement à son attirance pour les récits de Peretz en particulier et les contes hassidiques en général, comme s'il finissait par lâcher un éventuel garde-fou.

*

Mais à l'époque où nous rendions visite à mon grand-oncle Yosef, le sabbat, à Talpiot, papa s'évertuait à faire de nous des gens éclairés, comme lui : mes parents discutaient de temps à autre de littérature. Papa aimait Shakespeare, Balzac, Tolstoï, Ibsen et Tchernichovsky. Ma mère préférait Bialik, Schiller, Tourgueniev, Tchekhov, Strindberg, Gnessin, et même M. Agnon, qui habitait juste en face de mon grand-oncle Yosef et pour lequel, du moins me semblait-il, il n'éprouvait pas une franche amitié.

Une politesse glaciale s'abattait sur la rue quand ces deux-là, le professeur Klausner et M. Agnon, se rencontraient. Ils soulevaient à peine leur chapeau avec une légère inclinaison de tête, chacun souhaitant intérieurement à l'autre de sombrer au fond de l'abîme de l'oubli universel : mon grand-oncle Yosef dédaignait Agnon auquel il reprochait son style verbeux, provincial, avec ses artifices liturgiques chichiteux.

Quant au vindicatif et rancunier M. Agnon, il avait fini par décocher à mon grand-oncle Yosef une de ses flèches sardoniques sous les traits du professeur Bachlam, dans l'un de ses romans, *Shira*. La mort à point nommé de mon grand-oncle Yosef, avant la parution de *Shira*, lui avait épargné cette humiliation. M. Agnon, lui, vécut très longtemps et reçut le prix Nobel de littérature et la consécration mondiale, en échange de quoi il dut grincer des dents le jour où l'impasse où il habitait, à Talpiot, était devenue la rue Klausner. Dès lors et jusqu'à sa mort, il fut condamné à être monsieur S. Y. Agnon, l'écrivain de la rue Klausner.

Et aujourd'hui encore, comme un fait exprès, la maison d'Agnon se dresse toujours rue Klausner.

En revanche, la maison de Klausner a été détruite pour laisser place à un modeste immeuble carré, face à la maison d'Agnon qui résiste encore à l'épreuve du temps.

## 8

Toutes les deux ou trois semaines, nous allions à pied rendre visite à mon grand-oncle Yosef et à ma grand-tante Tsippora, dans leur petit pavillon de Talpiot. Six ou sept kilomètres séparaient Kerem Avraham de Talpiot, un quartier juif isolé et un peu dangereux : au sud de Rehavia et de Qiryat Shmuel, par-delà le moulin de Mishkenot Sha'ananim, s'étendait l'autre Jérusalem : les faubourgs de Talbyeh, Abou Tor et Katamon, la colonie allemande, la colonie grecque, et Bakaa (Abou Tor, nous avait expliqué notre professeur, M. Avisar, tirait son nom d'un héros appelé « le père Taureau », Talbyeh appartenait autrefois à un homme nommé Taleb, Bakaa était Biqa'a ou Emeq Refaim, la plaine des Géants, quant à Katamon, c'était une déformation arabe du grec *kata mones*, « sous le monastère »). Plus au sud, au-delà de ces terres étrangères, des montagnes obscures, au bout du monde, scintillaient quelques rares points lumineux juifs, une source de vie, Talpiot, Arnona et le kibboutz Ramat Rahel, presque aux portes de Bethléem. Depuis notre Jérusalem, Talpiot ressemblait à un minuscule bouquet grisâtre de cimes poussiéreuses, planté au sommet d'une lointaine colline. Désignant du haut du toit quelques lueurs pâles clignotant à l'horizon, entre ciel et terre, notre voisin, l'ingénieur Friedmann, avait déclaré : « Là-bas, c'est le camp militaire Allenby, et là, ce sont peut-être les lumières de Talpiot ou d'Arnona. S'il y a d'autres émeutes, ils seront en première ligne. Sans parler d'une vraie guerre », avait-il ajouté.

*

Nous nous mettions en route après le déjeuner, à l'heure où la ville, cloîtrée derrière les volets clos, sombrait dans la sieste du samedi après-midi et que le silence retombait dans les rues et les cours des bâtiments de pierre avec leurs auvents en tôle, comme si Jérusalem était prisonnière d'une bulle de verre transparente.

Après avoir traversé la rue Geoula, nous pénétrions dans le dédale des ruelles du quartier orthodoxe miséreux, au-dessus d'Ahva, marchant sous une forêt de cordes à linge croulant sous le poids de vêtements noirs, jaunis et blancs, au milieu des balustrades rouillées des balcons et des escaliers de secours squelettiques, nous montions vers Zikhron Moshe où stagnaient des relents de cuisine ashkénaze bon marché — tchoulent, bortsch, ail, aubergines frites et chou aigre — et poursuivions par la rue des Prophètes. Il n'y avait pas âme qui vive à deux heures, le samedi après-midi. Après la rue des Prophètes, nous prenions la rue Strauss, ombragée par de vieux pins coincés entre deux murs, l'enceinte de pierre grise et mousseuse de l'hospice protestant des diaconesses et le muret massif et sinistre de l'hôpital juif Bikour Holim avec ses splendides portes de bronze gravées des symboles des douze tribus — une forte odeur de médicaments, de vieillesse et de désinfectant s'exhalait de ces deux édifices. Ensuite, nous traversions la rue Yafo, à la hauteur du fameux magasin de confection Maayane Staub, et faisions une halte devant la librairie Akhiasaf pour permettre à papa de loucher avidement sur les nouveaux livres exposés en vitrine. Nous longions ensuite la rue George-V, entre les belles boutiques, les cafés à hauts lustres et les commerces prospères, fermés à cause du sabbat, dont les devantures nous faisaient de l'œil derrière leurs barreaux métalliques en nous parlant de mondes enchantés, de continents lointains, étincelants, du parfum de villes illuminées, tumultueuses, paisiblement établies sur les rives de grands fleuves où de belles dames et des hommes flegmatiques, raffinés et fortunés, ignorant les troubles, les persécutions, les émeutes et la pénurie, n'ayant pas à compter chaque sou, à subir les lois des pionniers et des volontaires, exemptés du fléau de la caisse communauté, de la caisse d'assurance maladie et des tickets de rationnement, vivaient dans d'agréables demeures aux toits de tuiles surmontés de cheminées, ou de spacieux appartements, dans de superbes résidences avec tapis, portier en uniforme bleu, posté à l'entrée, liftier en costume rouge, et une armée de servantes, de cuisiniers, de nurses et de régisseurs pour les servir, où ils jouissaient de la vie. Rien à voir avec nous ici.

*

Ici, rue George-V, de même que dans la Rehavia *yeke* et dans le riche Talbyeh gréco-arabe, régnait un silence différent du silence orthodoxe du sabbat après-midi dans les ruelles ashkénazes, enchevêtrées et délabrées ; un autre silence, excitant, lourd de secrets pesait sur la rue George-V, déserte à cette heure, un silence étranger, anglais en fait, car il me semblait, quand j'étais petit, que cette artère — et pas uniquement à cause de son nom — était une sorte d'extension de la mirifique Londres du cinéma : il y avait des rangées de hautes bâtisses, des immeubles officiels, respectables, qui s'étiraient sur chaque trottoir sur un front ininterrompu, unique, sans les cours lépreuses, jonchées de ferrailles et de détritus entre les constructions, comme chez nous. Ici, rue George-V, il n'y avait pas de balcons vétustes, de volets usés pendouillant à des fenêtres béantes comme la bouche d'un vieillard édenté, misérables lucarnes révélant aux passants les pauvres entrailles de la maison, les édredons rapiécés, les chiffons de couleurs criardes, les meubles entassés, les poêles noircies, les poteries ébréchées, les casseroles émaillées tordues et quantité de bidons moisis. Ici, de part et d'autre de la rue, c'était une ligne continue, endimanchée, à l'arrogance discrète, dont les portes, les chambranles et les fenêtres tendues de mousseline respiraient la richesse, la dignité *mezza voce*, les tissus de qualité, les tapis moelleux, les vases délicats et les bonnes manières.

À l'entrée étaient apposées les plaques en verre dépoli de cabinets d'avocats, d'agents immobiliers, de médecins, de notaires, de fondés de pouvoir et de mandataires de prestigieuses sociétés étrangères.

En passant devant l'orphelinat *Talitha Koumi*, papa ne manquait pas de nous expliquer l'origine de ce nom (« lève-toi jeune fille » à propos de la résurrection de la fille de Jaïre dans l'Évangile de Marc), comme s'il ne l'avait pas fait deux semaines et deux mois auparavant, et maman remarquait invariablement : « Arrête, Arié, tu radotes, tu vas finir par l'endormir avec tes discours, cette jeune fille ! »

Nous longions le « Bor Schiber », hérissé des fondations d'un édifice dont on avait suspendu la construction, le bâtiment Frumin qui, plus tard, devait abriter les locaux provisoires de la Knesset, la façade circulaire de Beit Hama'alot, dans le style Bauhaus, qui proposait aux visiteurs les plaisirs austères d'une beauté sévère et parcimonieuse à l'allemande, et nous nous attardions pour contempler les remparts de la vieille ville par-delà le cimetière musulman de Mamilla en nous bousculant les uns les autres (déjà trois heures moins le quart, et nous sommes loin d'être arrivés !), un peu plus bas, nous dépassions la synagogue Yeshouroun et les bâtiments carrés de l'Agence juive disposés en fer à cheval (papa remarquait à voix basse, avec une jubilation respectueuse, comme s'il me dévoilait des secrets d'État : « Notre gouvernement siège ici, le Dr Weizmann, Kaplan, Shertok, et parfois même David Ben Gourion en personne. Le cœur du pouvoir politique juif est là. Dommage que ce ne soit pas un gouvernement national plus fort ! » Et, sur sa lancée, il m'expliquait aussi ce que « cabinet fantôme » signifiait et ce qui arriverait quand les Anglais s'en iraient enfin, « pour le meilleur et pour le pire ! »).

De là, nous descendions vers Terra Sancta (où mon père avait travaillé dix ans durant, après la guerre d'Indépendance et le siège de Jérusalem, quand la route menant à l'université du mont Scopus était barrée et que la salle des périodiques de la Bibliothèque nationale avait trouvé un abri temporaire dans le couvent franciscain, dans un recoin du troisième étage).

De Terra Sancta, il fallait une dizaine de minutes pour parvenir à une bâtisse ronde, la maison David, où la ville s'interrompait brusquement et débouchait sans transition sur des champs nus, vers la gare d'Emeq Refaim. Sur la gauche, on apercevait la silhouette du moulin de Yemin Moshe et, plus haut à droite, dans la pente, les dernières maisons de Talbyeh. Une angoisse indicible nous étreignait en quittant la ville juive : c'était comme si nous franchissions un poste frontière invisible et pénétrions en pays étranger.

Peu après trois heures, nous franchissions la route séparant les ruines de l'ancien caravansérail turc derrière lequel s'élevaient l'église écossaise et la gare désaffectée : une autre lumière régnait ici, plus nébuleuse, archaïque, mousseuse. Ce lieu rappelait à ma mère une ruelle balkano-musulmane, aux confins de sa bourgade natale, en Ukraine occidentale. Papa nous parlait alors de la Jérusalem sous domination turque, des persécutions de Djamal Pacha, des décapitations et des flagellations exécutées devant la populace ici même, sur les dalles de l'esplanade de la gare, construite sur une concession ottomane à la fin du dix-neuvième siècle par un Juif hiérosolymitain du nom de Yosef bey Navon.

*

De la gare, nous empruntions la route d'Hébron dépassions les casernes fortifiées du mandat britannique et des citernes entourées d'une clôture sur laquelle se balançait un grand écriteau en trois langues. En hébreu, on lisait les mots : *vekoum evil* (« Lève-toi, imbécile »). On se demande qui est l'imbécile à qui cette pancarte ordonne de se lever, ricanait papa, en donnant aussitôt la réponse : il s'agissait en fait de *vacuum oil* en hébreu non vocalisé, une preuve supplémentaire qu'il était grand temps de réformer une bonne fois, d'une manière moderne, à l'européenne, cette pauvre écriture hébraïque en introduisant des voyelles qui seraient, disait-il, des « sortes d'agents de la circulation » de la lecture.

Sur la gauche, quelques rues escarpées montaient vers le quartier arabe d'Abou Tor, et à droite, les ruelles plaisantes de la colonie allemande, paisible village bavarois qui retentissait de cris d'oiseaux, d'aboiements de chiens et de chants de coqs, avec ses pigeonniers, ses tuiles rouges rutilantes entre les cyprès et les pins et ses cours cernées de murs de pierre à l'ombre de cimes touffues. Chaque maison était pourvue d'une cave et d'un grenier dont le simple nom serrait le cœur de ceux qui étaient nés dans des lieux où l'on n'avait pas de cave obscure sous les pieds, de grenier sombre au-dessus de la tête, de garde-manger, de commode, de buffet, d'horloge antique ou de puits muni d'un treuil dans la cour.

En poursuivant vers le sud, en direction d'Hébron, nous dépassions de belles maisons en pierre de taille rose appartenant à de riches effendis, à des Arabes chrétiens exerçant des professions libérales, à de hauts fonctionnaires du Mandat britannique et aux membres du Conseil supérieur arabe, Mourdam bey al-Mattnawi, hadj Rashed al-Afifi, le docteur Émile Adwan al-Boustani, l'avocat Henry Tawil Toubakh, et d'autres résidents aisés de Bakaa. Ici, toutes les boutiques étaient ouvertes et les cafés résonnaient de musique et de rires, comme si nous avions laissé le sabbat derrière nous, prisonnier du mur imaginaire qui lui barrait la route là-bas, quelque part entre Yemin Moshe et l'hospice écossais.

Trois ou quatre messieurs d'un certain âge en costume marron, une chaîne dorée fixée à la ceinture de leur pantalon, dessinant une sorte d'arc avant de disparaître dans une poche, étaient assis sur des tabourets de paille autour d'une table basse installée devant un café, sur le large trottoir, à l'ombre de deux pins séculaires. Ils jouaient au trictrac en buvant du thé dans des verres épais ou un café très fort dans de petites tasses décorées. Papa les salua dans un arabe qui, dans sa bouche, ressemblait à du russe. Les joueurs s'interrompirent pour lui lancer un regard de surprise contenue, l'un d'eux bredouilla des paroles incompréhensibles, peut-être un seul mot ou la réponse à notre salut.

À trois heures et demie, nous passions devant les barbelés du Camp Allenby, bastion du pouvoir britannique, au sud de Jérusalem. Je m'étais introduit plusieurs fois dans cette caserne que j'avais conquise, soumise et nettoyée avant d'y planter le drapeau hébreu en jouant sur la carpette. Du camp, que mes troupes avaient envahi au cours d'une attaque nocturne surprise, je donnais l'assaut au cœur du pouvoir étranger, expédiais un commando contre les grilles du palais du gouverneur, sur la colline du Mauvais Conseil, dont mes bataillons s'emparaient par un large mouvement tournant — une colonne de blindés ouvrait une brèche dans le palais par l'ouest, depuis la caserne Allenby, pendant que l'autre donnait l'assaut à l'est, à partir des collines arides, aux confins du désert de Juda.

La dernière année du Mandat britannique — j'avais un peu plus de huit ans —, j'avais construit un missile terrifiant dans la cour arrière de notre immeuble avec l'aide de deux complices. Nous pensions le pointer sur Buckingham Palace (j'avais trouvé une carte détaillée du centre de Londres dans la collection paternelle).

Sur la machine à écrire de papa, j'avais adressé un ultimatum courtois à Sa Majesté le roi George VI d'Angleterre de la dynastie des Windsor (je m'exprimais en hébreu, supposant qu'il trouverait probablement un traducteur) : « Vous avez six mois, jusqu'à la veille de Yom Kippour, pour quitter notre pays, sinon notre Jour du Jugement sera le Jugement dernier de la Grande-Bretagne. » Mais ce projet n'avait pas abouti car nous n'avions pu mettre au point un système de guidage suffisamment sophistiqué (nous envisagions de frapper le palais de Buckingham, mais pas les passants innocents) et aussi parce que nous n'avions pas réussi à trouver le carburant susceptible de propulser notre missile de la rue Amos, à l'angle de la rue Ovadiah, à Kerem Avraham, sur sa cible, au cœur de Londres. Nous étions encore plongés dans la recherche et le développement technologiques quand les Anglais s'étaient finalement décidés à partir, de sorte que Londres n'avait pas souffert de ma colère nationaliste ni de mon missile, fabriqué avec la carcasse d'un réfrigérateur hors d'usage et les pièces détachées d'une vieille motocyclette.

*

Un peu avant quatre heures, nous prenions à gauche de la route d'Hébron et pénétrions dans Talpiot, parmi les rangées de cyprès sombres bruissant sous une légère brise d'ouest, mélodie qui suscitait en moi un mélange de surprise, d'humilité et de respect silencieux. À l'époque, Talpiot était une paisible cité-jardin, distante du centre ville commercial et bruyant, à la lisière du désert de Judée. Elle avait été dessinée sur le modèle des beaux quartiers d'Europe centrale, construits pour préserver la tranquillité d'érudits, de médecins, d'écrivains et de penseurs. Des deux côtés de la rue s'élevaient de coquets petits pavillons, entourés de jolis jardins où, supposions-nous, un grand chercheur, un célèbre professeur ou un savant de réputation mondiale, comme notre oncle Yosef — lequel n'avait pas d'enfants mais dont la renommée avait gagné toute la terre et dont les livres étaient traduits même dans les pays les plus reculés —, menaient une existence méditative et sereine.

En tournant à droite et en remontant la rue Koré Hadorot jusqu'au bois de pins, puis en obliquant à gauche, nous arrivions devant la maison de l'oncle. « Il est à peine quatre heures moins dix, disait maman, peut-être font-ils encore la sieste ? On pourrait s'asseoir sur le banc du jardin pour attendre tranquillement. » Ou encore . « Il est déjà quatre heures et quart, nous sommes un peu en retard aujourd'hui, je suis sûre que le samovar est en train de chauffer et que ma grand-tante Tsippora a déjà disposé les fruits sur le plateau. »

Derrière les deux washingtonias montant la garde de part et d'autre du portail, s'étendait une allée dallée, bordée de chaque côté par une haie de thuyas. Ce chemin menait aux marches du perron et à la porte où la devise de mon grand-oncle Yosef s'étalait en lettres carrées sur une belle plaque de cuivre :

JUDAÏSME ET HUMANISME

Sur un écriteau plus petit et brillant, cloué sur la porte, s'inscrivait en caractères hébraïques et latins :

DR YOSEF KLAUSNER  PROFESSEUR

Au-dessous était punaisé un bristol où l'écriture ronde de ma grand-tante Tsippora annonçait :

*Prière d'éviter les visites de 14 h à 16 h.*
*Merci.*

# 9

Dès l'entrée, j'étais saisi d'une crainte révérencieuse et un peu abasourdi, comme si mon cœur était prié de se déchausser, de marcher sur la pointe des pieds et de respirer poliment, la bouche fermée, comme il se doit.

Excepté un portemanteau en bois foncé qui dressait ses patères, un pan de mur nu et un tapis brodé de couleur sombre, le hall était entièrement recouvert de livres : les étagères, tapissant les murs du sol au haut plafond, supportaient des ouvrages dont certains étaient rédigés dans des langues dont je ne connaissais même pas l'alphabet, il y avait des livres debout, sur la tranche desquels d'autres étaient couchés, de splendides manuels, bien épais, prenaient leurs aises quand d'autres, empilés les uns sur les autres, tels des réfugiés entassés sur des châlits à bord de vieux rafiots, vous regardaient misérablement, de lourds bouquins respectables à la reliure de cuir gravée de lettres dorées, et d'autres tout légers, à la fragile couverture en papier, des seigneurs prospères et gras, des mendiants décolorés et dépenaillés, parmi lesquels grouillait une foule d'opuscules, gazettes, pamphlets, journaux, revues, bulletins, magazines et brochures, la racaille suante et bruyante, agglutinée autour de la place ou aux abords du marché.

Le vestibule comportait une seule fenêtre à barreaux qui, telle la lucarne d'un ermite, donnait sur les arbustes du jardin mélancolique. Ma grand-tante Tsippora y accueillait ses hôtes : c'était une vieille dame affable, au teint clair et aux hanches larges, vêtue d'une robe grise, un châle noir jeté sur les épaules, elle faisait très russe, avec sa chevelure blanche ramassée en un petit chignon sur la nuque, tendant les joues pour deux baisers, son bon visage rond souriant affectueusement, elle se hâtait de vous demander comment vous alliez et, sans attendre la réponse, sur le pas de la porte, elle vous donnait des nouvelles de notre cher Yosef qui, une fois de plus, n'avait pas fermé l'œil de la nuit, dont l'estomac avait enfin cessé de faire des siennes, qui avait reçu une lettre extraordinaire d'un professeur américain très très important de Pennsylvanie, que ses calculs biliaires harcelaient de nouveau, qui devait impérativement terminer pour demain midi un article très important. « Il s'est enfermé dans son bureau depuis six heures du matin, nous indiquait-elle parfois, il y a même pris ses repas, mais ça ne fait rien, ça ne fait rien, vous allez le voir maintenant, entrez, entrez donc, il sera très content de votre visite, ça lui fait toujours très plaisir, et à moi aussi, ce sera une bonne chose qu'il s'arrête, qu'il souffle un peu, il va s'user la santé à force ! Il ne se ménage pas du tout ! »

*

Le hall comportait deux portes : l'une, en verre, ornée d'une frise de bourgeons et de fleurs, s'ouvrait sur le salon. L'autre, close, lourde, sombre et sévère, menait au bureau du professeur, appelé aussi « bibliothèque ».

Quand j'étais petit, le bureau de mon grand-oncle Yosef représentait pour moi l'antichambre du temple du savoir : la bibliothèque personnelle de l'oncle, m'avait soufflé papa un jour, renfermait plus de vingt-cinq mille volumes, dont des livres anciens de grande valeur, des manuscrits de nos plus fameux écrivains et poètes, des premières éditions préfacées par les auteurs, des ouvrages publiés en fraude, en URSS, dans la région d'Odessa, qui avaient atterri ici par des chemins détournés, des pièces rares de collection, des écrits sacrés et profanes, presque tous les trésors de la sagesse juive et la quintessence de la pensée universelle, des bouquins que l'oncle avait acquis à Odessa ou à Heidelberg, certains dénichés à Colmar, à Berlin ou à Varsovie, des ouvrages commandés en Amérique, et d'autres qu'il était le seul à posséder avec le Vatican, en hébreu, araméen, syriaque, grec ancien et moderne, sanskrit, latin, arabe médiéval, russe, anglais, allemand, espagnol, polonais, français, italien et d'autres langues et idiomes dont je n'avais jamais entendu parler, comme l'ougaritique, le slovène, le cananéen-maltais et le slavon.

Une atmosphère austère et ascétique régnait dans la bibliothèque avec les tracés noirs et rectilignes des dizaines d'étagères disposées du sol au plafond, même au-dessus des linteaux des portes et des fenêtres, une majesté silencieuse rigide, solennelle, qui n'admettait ni le rire, ni la frivolité, et nous obligeait tous, même mon grand-oncle Yosef, à baisser la voix.

L'odeur de l'immense bibliothèque de l'oncle ne m'a jamais quitté : le parfum poussiéreux et excitant des sept sciences ésotériques, d'une vie d'étude, taciturne et confinée, l'existence d'un ermite détenteur de secrets, un silence d'outre-tombe qui montait des profondeurs des puits de la réflexion et de la sagesse, les murmures des penseurs trépassés, l'épanchement des pensées secrètes des écrivains défunts, la caresse glacée des désirs des générations antérieures.

Les trois hautes fenêtres étroites du bureau, tendues de rideaux sombres, donnaient également sur le jardin triste, un peu à l'abandon, dont la limite marquait le début du désert de Judée avec ses pentes rocailleuses qui descendaient vers la mer Morte : des lauriers-roses, des mauvaises herbes, des rosiers négligés, des thuyas poussiéreux, des allées de gravier grisâtre, une table en bois rongée par la pluie et un vieux mélia courbé et rabougri jonchaient le sol entre les grands cyprès et les pins bruissants qui bordaient le jardin. Même l'été ou les jours de canicule, le jardin avait quelque chose d'hivernal, de russe et de misérable, et je n'avais jamais vu mon grand-oncle Yosef et ma grand-tante Tsippora, lesquels nourrissaient pourtant les chats qui nichaient là, se promener ou s'installer sur l'un des deux bancs décolorés pour goûter la brise du soir.

Moi seul y vagabondais, le sabbat après-midi, pour échapper à l'ennui des conversations savantes qui se déroulaient dans le salon, j'y chassais le léopard entre les buissons, découvrais de vieux rouleaux dans une *geniza* cachée sous des pierres, rêvais de lancer mes troupes à l'assaut des collines arides, par-delà la clôture.

*

Les quatre hauts et larges murs de la bibliothèque étaient tapissés d'un bout à l'autre de livres, serrés les uns contre les autres en bon ordre, des volumes bleu sombre, verts et noirs, gravés de lettres d'or et d'argent. En certains endroits, l'affluence était telle que deux rangs de livres devaient coexister, l'un derrière l'autre, sur la même étagère. On y trouvait des rangées en lettres gothiques, sinueuses comme des tourelles de donjon, et les livres sacrés du judaïsme, gemaras, michnas, rituels de prières, codes de jurisprudence, recueils de midrashim, de contes et légendes, l'étagère de l'âge d'or espagnol, celle de l'Italie, la collection du mensuel berlinois *Hameasef* et d'autres publications du mouvement de la Haskala, des rayonnages à perte de vue sur la pensée juive, l'histoire d'Israël, l'Orient ancien, la Grèce, Rome, la chrétienté primitive et moderne, les paganismes, l'Islam, les sagesses orientales, le Moyen Âge, un mur entier consacré à l'histoire du peuple juif dans l'Antiquité, à l'époque médiévale et aux siècles derniers, et il y avait le vaste domaine slave auquel je ne comprenais goutte, le territoire grec, les secteurs gris-brun des classeurs et des fichiers en carton bourrés de tirés à part et de manuscrits. Il ne restait pas un seul pouce de terrain libre, et même le sol était jonché de dizaines de livres, certains ouverts à l'envers, ou truffés de signets, d'autres éparpillés çà et là, tel un troupeau terrifié, entassé sur trois ou quatre chaises à haut dossier destinées aux visiteurs, ou sur les rebords des fenêtres. Une échelle noire mobile permettait d'atteindre les rayons supérieurs qui touchaient le plafond, elle glissait sur un rail circulaire, et j'avais parfois le droit de la déplacer avec d'infinies précautions sur ses roues en caoutchouc d'une section à l'autre, d'une étagère à l'autre, dans toute la bibliothèque. La pièce ne contenait pas de tableau, ni de plante, de décoration ou de bibelots. Il n'y avait que des livres, des livres et le silence, et une merveilleuse odeur, l'odeur des reliures de cuir, de papier jauni, de moisi, une curieuse senteur d'algues, des relents de colle, de sagesse, de mystère et de poussière.

Au centre de la bibliothèque, tel un grand destroyer sombre jetant l'ancre au fond d'un golfe montagneux, trônait le bureau du professeur Klausner où s'entassaient des piles et des piles d'encyclopédies et de lexiques, des cahiers, des carnets, différentes sortes de stylos, des bleus, des noirs, des verts et des rouges, des crayons, des gommes, des encriers, des coupelles débordant d'agrafes, d'élastiques et de trombones, des enveloppes en papier kraft, d'autres blanches, certaines avec des timbres multicolores excitant la convoitise, des cahiers et des opuscules, des fiches et des cartes, des livres en langue étrangère étalés sur des ouvrages en hébreu avec, intercalées entre les pages, les feuilles détachées d'un bloc à spirale recouvertes des gribouillis de l'oncle, pleines de ratures et de rajouts, telles des mouches mortes, et des bouts de papier, avec les lunettes à monture dorée de mon grand-oncle Yosef surmontant la pile, comme si elles planaient au-dessus du chaos, tandis que la deuxième paire à monture noire gisait sur un autre tas, sur une desserte près de son fauteuil, et que la troisième paire vous regardait depuis un carnet ouvert sur une commode, placée à côté du canapé.

Mon grand-oncle Yosef y était couché en chien de fusil, une fine couverture de laine, à carreaux rouges et verts, remontée jusqu'aux épaules — on aurait dit le kilt d'un soldat écossais —, le visage nu et enfantin sans ses lunettes, maigre et chétif comme un petit garçon, avec ses yeux marron bridés, enjoués et un peu perdus à la fois. Il agitait faiblement une main diaphane et nous adressait un sourire rose entre sa moustache grisonnante et sa barbichette blanche, avant de nous tenir à peu près ce discours :

« Entrez donc, mes chéris, entrez, entrez (même si nous étions déjà à l'intérieur, debout devant lui, non loin de la porte, serrés les uns contre les autres, maman, papa et moi, comme un troupeau égaré dans un champ inconnu), et veuillez me pardonner de ne pas me lever pour vous accueillir, alors que tel serait mon devoir, mais voilà deux nuits et trois jours que je ne me laisse pas distraire de mon travail, je n'ai pas fermé l'œil, demandez à Mme Klausner, elle vous le confirmera, et je n'ai guère le loisir de manger, de dormir, voire de parcourir les journaux, jusqu'à ce que je termine cet article dont la publication fera grand bruit chez nous, et pas seulement chez nous, car l'ensemble du monde civilisé suit cette controverse en retenant son souffle, et cette fois, je crois bien que j'aurai définitivement cloué le bec aux obscurantistes de tous poils ! Ils ne pourront que dire *amen* ou, du moins, reconnaître qu'ils sont à bout d'arguments, qu'ils ont échoué et que leur chance a tourné. Et vous ? Ma chère Fania ? Mon cher Lyonia ? Et le très cher petit Amos ? Comment allez-vous ? Quoi de neuf chez vous ? Avez-vous déjà lu à notre Amos bien-aimé quelques pages de *Quand une nation lutte pour sa liberté* ? Je crois, mes chéris, que, de tout ce que j'ai commis jusqu'à ce jour, nul autre ouvrage n'est plus apte que celui-ci à servir de nourriture spirituelle à l'âme tendre de notre cher Amos en particulier et de notre merveilleuse jeunesse hébraïque en général, excepté, peut-être, les descriptions de l'héroïsme et de la révolte disséminées ici et là dans les pages de mon *Histoire du Second Temple*. Et justement, un goy, un prêtre suisse érudit, éclairé et philosémite comme il y en a peu, m'a écrit récemment que la lecture des chapitres sur les guerres des Juifs contre la tyrannie de l'hellénisme païen, dans mon *Histoire du Second Temple*, comme dans *Jésus de Nazareth* et *De Jésus à Paul*, lui avait fait comprendre à quel point Jésus était hébreu et juif, et combien il était éloigné de la Grèce et de Rome, quoiqu'il le fût tout autant des rabbins passéistes de l'époque qui ne valaient guère mieux que les fanatiques rétrogrades contemporains.

« Et vous, mes chéris ? Vous êtes venus à pied, n'est-ce pas ? Avez-vous marché longtemps ? Depuis votre logement de Kerem Avraham ? Il me revient que, dans notre jeunesse, il y a une trentaine d'années, quand nous demeurions encore dans le quartier Bokharian, si pittoresque et authentique, nous allions à pied, le sabbat, de Jérusalem à Bethel ou Anata, et nous poussions parfois même jusqu'à Nabi Shmuel. La chère Mme Klausner vous offrira certainement des rafraîchissements si vous prenez la peine de la suivre dans son royaume, je me joindrai à vous dès que j'aurai terminé ce passage particulièrement ardu. Il se peut que nous ayons également le cher Netanyahou avec sa charmante épouse, qui nous rendent visite presque chaque sabbat. Venez, approchez, mes chéris, voyez de vos propres yeux, toi aussi, mon petit Amos, tous les trois, regardez les feuilles de brouillon sur mon bureau : après ma mort, il conviendrait d'amener ici des groupes d'étudiants, de génération en génération, pour qu'ils se rendent compte par eux-mêmes des souffrances qu'entraîne l'écriture, de la peine que je me suis donné toute ma vie et des efforts qu'il m'en a coûté afin que mon style soit simple, coulant et clair comme du cristal, que de ratures à chaque ligne, combien d'ébauches, parfois plus d'une demi-douzaine, avant d'envoyer mon manuscrit à la fabrication : "Il n'est de bénédiction que là où le bruissement des ailes repose sur la sueur, et l'inspiration procède de la persévérance et de la précision." Comme il est écrit : "Bénédictions des cieux d'en haut, bénédictions de l'abîme stagnant en bas." J'ai dit cela en manière de plaisanterie, bien entendu, ces dames voudront bien m'excuser. À présent, mes chéris, suivez Mme Klausner et allez étancher votre soif, je ne vais pas tarder. »

*

La bibliothèque donnait sur un long couloir étroit, le boyau de la maison, qui menait à la salle de bains ou à la dépense, à droite, et qui, en continuant tout droit, débouchait sur la cuisine, le garde-manger et la chambre de bonne, communiquant avec la cuisine (s'il y avait bien une chambre, il n'y a jamais eu de bonne), mais on pouvait également tourner immédiatement à gauche pour gagner le salon, ou poursuivre jusqu'à la deuxième porte de gauche, celle de la magnifique chambre blanche de l'oncle et de la tante, avec son grand miroir en cuivre ciselé, flanqué de deux chandeliers ornementés.

On pouvait donc rejoindre le salon de trois façons : en tournant à gauche dans l'entrée ; en traversant la bibliothèque pour ressortir dans le couloir et prendre immédiatement à gauche — c'était l'habitude de mon grand-oncle Yosef, le sabbat, quand il s'en allait présider la longue table noire qui occupait presque toute la salle à manger ; de plus, dans un angle de la pièce, un passage voûté menait au petit salon ovale, comme la tour d'un château, dont les fenêtres donnaient sur le jardin de devant, les washingtonias, la rue calme et la maison de M. Agnon sur le trottoir d'en face.

Le petit salon était appelé aussi fumoir (chez le professeur Klausner, il était interdit de fumer avant la fin du sabbat, lequel n'empêchait toutefois pas l'oncle de se consacrer à ses articles). Il était meublé de quelques lourds fauteuils confortables, de divans couverts de coussins brodés orientaux, d'un large tapis moelleux et d'un grand tableau, accroché au mur (peut-être de Maurycy Gottlieb). C'était le portrait d'un vieux Juif, ses phylactères attachés au bras et sur le front, enveloppé dans son châle rituel, un livre sacré à la main, qu'il ne lisait pas car il avait les yeux clos et la bouche entrouverte, ses traits empreints d'une profonde souffrance reflétant une spiritualité ascétique et une grande élévation d'âme. J'avais constamment l'impression que ce Juif en prière connaissait mes secrets honteux et que, au lieu de reproches, il m'adjurait silencieusement de m'amender.

Ce petit salon, ou fumoir, conduisait également à la chambre blanche et fleurie de l'oncle et de la tante, détail qui, dans mon enfance, représentait un rébus insoluble et me faisait courir partout comme un jeune chiot surexcité, au grand dam de mes parents, à la recherche du plan qui me permettrait enfin de déchiffrer l'énigme du couloir desservant la chambre à coucher d'où l'on pouvait gagner le petit salon, contigu au living-room, lequel donnait à son tour dans le vestibule et la bibliothèque avant de rejoindre le couloir : chaque pièce, y compris le bureau et la chambre à coucher, possédait deux ou trois portes, détail passionnant qui transformait la maison en labyrinthe, en dédale de ruelles ouvertes aux quatre vents, ou en forêt, de sorte que l'on pouvait se glisser de trois ou quatre manières de l'entrée jusqu'à la chambre-de-bonne-sans-bonne, derrière la cuisine, au fond de la maison. Cette chambre, et peut-être aussi le garde-manger jouxtant la cuisine, avait une porte donnant sur un balcon d'où l'on pouvait descendre dans le jardin. Qui était tortueux lui aussi, avec un enchevêtrement de sentiers et de cachettes obscures, à l'ombre d'un caroubier malade à l'énorme tronc et à l'épaisse frondaison, et il y avait aussi deux pommiers et même un cerisier, triste exilé tuberculeux qui s'était malencontreusement fourvoyé à l'orée du désert.

C'est ainsi que, tandis que le professeur Klausner et Betsalel Elitsedek, son frère, le journaliste révisionniste, correspondant du *Hamashkif*, et quelques hôtes débattaient des problèmes nationaux et planétaires en sirotant leur thé autour du samovar, je passais, tel un fantôme, d'une pièce au couloir, à la chambre de bonne, au jardin, pour retourner dans l'entrée, la bibliothèque, le fumoir, et de nouveau à la cuisine et au jardin, tourneboulé et déchaîné, cherchant inlassablement une ouverture que je n'aurais pas encore détectée et qui me conduirait dans les entrailles intérieures, secrètes, invisibles de la maison, une issue dissimulée dans un mur creux, dans le dédale du labyrinthe, ou au-dessous, dans les fondations, en quête de trésors, découvrant brusquement l'existence de marches dissimulées sous la végétation et menant vraisemblablement à une cave verrouillée sous le balcon de la cuisine, découvrant des îlots inexplorés, traçant un réseau de voies ferrées dans la terre sèche aux quatre coins du jardin.

Aujourd'hui, je sais que la maison de mon grand-oncle Yosef et ma grand-tante Tsippora était modeste et assurément plus petite que la plupart des villas à deux ou trois niveaux de mon quartier, à Arad : elle comportait deux grandes pièces, la bibliothèque et le séjour, une chambre à coucher de taille moyenne, deux autres pièces de dimensions réduites, une cuisine, des WC, une chambre de bonne et une dépense. Mais, quand j'étais enfant, alors que tout Jérusalem s'entassait dans une pièce et demie ou deux pièces, une simple cloison séparant deux familles rivales, j'identifiais le château du professeur Klausner au palais d'un sultan ou d'un empereur romain, et souvent, avant de m'endormir, la nuit, j'imaginais le rétablissement de la dynastie de David et le château de Talpiot autour duquel se déployaient les bataillons de la garde hébraïque. En quarante-neuf, lorsque Menahem Begin proposa, au nom du Herout, la candidature de mon grand-oncle Yosef face à celle de Haïm Weizmann à la présidence de l'État, je m'étais figuré le palais présidentiel de l'oncle, à Talpiot, entouré de toutes parts de bataillons hébraïques, et deux plantons chamarrés encadrant la porte, sous l'écriteau assurant aux visiteurs qu'ici, loin de s'annuler, le judaïsme et l'humanisme se compléteraient.

« Cet enfant est malade, le voilà qui se remet à tournicoter dans toute la maison, disait-on en parlant de moi, mais regardez-le, il court comme un dératé, il fait le va-et-vient, il est hors d'haleine, tout rouge, en nage, à croire qu'il a avalé du vif-argent. » Et les remontrances : « Que t'arrive-t-il ? Tu as mangé du piment piquant ? Tu cours après ta queue ? Tu te prends pour une toupie de Hanoukka ? Un papillon de nuit ? Tu as perdu ta jolie fiancée ? Tes vaisseaux ont sombré en mer ? Tu sais que tu nous tournes la tête ? Et que tu déranges vraiment ta grand-tante Tsippora ? Tu ne voudrais pas t'asseoir un peu ? Ou trouver quelque chose à lire ? Et si tu nous faisais un joli dessin ? Non ? »

J'étais déjà reparti, me frayant fougueusement un chemin dans le vestibule, le couloir, la chambre de bonne, déboulant dans le jardin, et vice versa, délirant, déchaîné, tapotant les murs du poing pour découvrir des espaces invisibles, des pièces cachées, des passages dérobés, des catacombes, des souterrains, des grottes, des niches secrètes ou des portes masquées. Je continue toujours.

## 10

Un service de Chine à fleurs, des carafons à long col, un ensemble en verre, porcelaine et cristal, une collection de vieilles hanoukiot, les assiettes réservées à la Pâque, étaient exposés dans la vitrine du buffet sombre du salon. Deux petits bustes de bronze occupaient le dessus de la commode : Beethoven volcanique, amer, agité et furieux, face à Vladimir Zeev Jabotinsky, calme, les lèvres pincées, métallique, rutilant, sanglé dans son bel uniforme, coiffé d'une casquette d'officier, la poitrine ceinte d'une lanière de cuir solennelle.

Du bout de la table, mon grand-oncle Yosef pérorait de sa voix ténue, féminine, insistante, persuasive, presque geignarde parfois. Il parlait de la situation de la nation, du statut des écrivains et des chercheurs, des devoirs des intellectuels, voire de ses collègues qui sous-estimaient ses travaux, ses découvertes et sa réputation mondiale, c'était peu de dire qu'ils ne l'impressionnaient guère, sans parler du dégoût que lui inspiraient leur mesquinerie provinciale, leurs idées étroites et leur égocentrisme.

Il débattait parfois de la politique mondiale, s'inquiétait des menées subversives des agents de Staline, méprisait la charité feinte de la perfide

Albion, redoutait les intrigues du Vatican qui n'acceptait et n'accepterait jamais la prépondérance des Juifs sur Jérusalem en particulier et sur la Palestine en général, nourrissait un espoir mesuré dans la conscience des démocraties éclairées, admirait avec des réserves l'Amérique, la démocratie par excellence de notre époque, bien qu'elle fût contaminée par la vulgarité, le culte de l'argent et qu'elle ne possédât aucune profondeur culturelle ni plénitude spirituelle. Les héros du dix-neuvième siècle avaient généralement été de grands libérateurs nationaux, de nobles esprits, des hommes de principes éminents et éclairés, Garibaldi, Abraham Lincoln, Gladstone, tandis que notre siècle avait subi la botte de deux bouchers assassins, ce fils de cordonnier géorgien qui vivait au Kremlin, et ce fou, cette ordure qui avait régné sur le pays de Goethe, Schiller et Kant.

Ses hôtes l'écoutaient respectueusement, en silence, ou approuvaient par monosyllabes pour ne pas interrompre son discours. Les conversations de mon grand-oncle Yosef étaient en réalité des monologues passionnés : de la place d'honneur, le professeur Klausner critiquait, stigmatisait, remuait des souvenirs et partageait avec son public ses conceptions, ses idées et ses sentiments sur des sujets tels que la bassesse plébéienne de la direction de l'Agence juive qui s'humiliait devant les goys, la position de l'hébreu que le yiddish et les emprunts étrangers menaçaient d'annihiler, la mesquinerie de certains de ses collègues, les œillères des jeunes écrivains et poètes, notamment les sabras, qui, outre le fait qu'ils ne possédaient aucune langue européenne, ne maîtrisaient même pas l'hébreu, les Juifs d'Europe qui n'avaient pas eu l'intelligence de comprendre l'avertissement prophétique de Vladimir Zeev Jabotinsky, et ceux d'Amérique qui, aujourd'hui encore, après Hitler, restaient attachés à « leur marmite de viande ».

De temps à autre, un invité glissait une question ou une remarque, comme s'il jetait une brindille dans le feu. De loin en loin, un autre s'aventurait à contester un infime détail de l'exposé du maître de maison, lequel, en général, était écouté dans un silence respectueux, ponctué d'exclamations d'assentiment et de plaisir polies ou d'un rire de circonstance là où mon grand-oncle Yosef adoptait un ton sarcastique ou amusé, avant d'ajouter : « J'ai dit cela en manière de plaisanterie, bien sûr. »

Les dames ne se mêlaient pas à la conversation qu'elles se contentaient de suivre en hochant la tête, souriant au moment convenu avec une expression de gratitude béate pour les perles de sagesse que l'oncle leur dispensait généreusement. Quant à ma grand-tante Tsippora, je ne me souviens pas qu'elle se soit jamais assise à table : elle passait son temps à aller et venir de la cuisine et du garde-manger au salon, regarnissant sans relâche l'assiette de biscuits et le plateau de fruits, remplissant la théière d'eau chaude, puisée au grand samovar d'argent, toujours courant avec son petit tablier blanc, et quand elle ne servait pas le thé et qu'il ne manquait ni gâteaux, ni fruits, ni cette confiture très sucrée nommée *varenye,* elle se tenait près de la porte du couloir, en retrait de quelques pas, à la droite de l'oncle, les mains croisées sur son giron, veillant aux moindres détails, prête à exaucer les désirs de ses hôtes — une serviette humide ou un cure-dent — ou de mon grand-oncle Yosef qui la priait d'avoir la bonté d'aller lui chercher l'exemplaire de *Leshonenou* qui se trouvait sur son bureau, à l'extrême droite, ou le nouveau recueil de poèmes d'Yitzhak Lamdan où il y avait un passage qu'il voulait citer pour étayer ses propos.

101

Ainsi allait le monde à l'époque : mon grand-oncle Yosef pontifiait au bout de la table entre philosophie, controverse et mots d'esprit, pendant que ma grand-tante Tsippora, debout dans son tablier immaculé, faisait le service et attendait de se rendre utile. L'oncle et la tante étaient pourtant très attachés et dévoués l'un à l'autre, enclins aux grandes effusions, deux vieillards à la santé délicate, sans enfant, l'un traitant son épouse en bébé qu'il comblait cérémonieusement de douceur et d'affection, l'autre couvant son mari comme s'il était son fils unique, son enfant gâté, qu'elle enveloppait de châles et de manteaux pour qu'il ne prenne pas froid et gavait d'œufs pochés dans du lait et du miel pour soigner sa gorge.

Un jour, je les avais surpris dans leur chambre, assis côte à côte sur le lit, les doigts diaphanes de l'oncle reposant dans la main de la tante qui lui coupait délicatement les ongles en lui murmurant à l'oreille des mots doux en russe.

*

Mon grand-oncle affectionnait les dédicaces lyriques : chaque année, depuis que j'avais neuf ou dix ans, il me faisait cadeau d'un volume de l'Encyclopédie junior où il avait écrit un jour en lettres légèrement inclinées à gauche, comme si elles reculaient d'effroi :

*Au petit Amos, appliqué et talentueux*
*pour son jour = anniversaire*
*avec mes compliments du fond du cœur, qu'il*
*grandisse*
*et fasse honneur à son peuple,*
*de la part de*
*son grand-oncle Yosef*
*Jérusalem = Talpiot, Lag Baomer 1950*

En relisant cette dédicace, à plus de cinquante ans de distance, je me demande ce que mon grand-oncle Yosef savait à mon sujet, lui qui avait l'habitude de poser sa petite main froide sur ma joue avant de me demander, sa moustache blanche me souriant avec bonté, ce que j'avais lu dernièrement, si j'avais terminé l'un de ses livres, ce que les petits Israéliens étudiaient de nos jours à l'école, quels poèmes de Bialik et de Tchernichovsky je connaissais par cœur, quel personnage de la Bible j'appréciais le plus, et sans attendre les réponses, il jugeait bon de me signaler que, dans son *Histoire du Second Temple*, il avait écrit au sujet des Hasmonéens des choses que je devrais connaître et apprendre, et quant à l'avenir de l'État, il serait utile que je lise les propos énergiques qu'il avait écrits dans un article paru la veille dans *Hamashkif* ou dans l'interview publiée cette semaine dans *Haboker*. Il avait dûment vocalisé les mots « grandisse » et « peuple », tandis que le « f » de Yosef flottait au vent comme un drapeau.

Dans une autre dédicace, rédigée sur la page de garde d'une anthologie traduite par David Frischmann, il me souhaitait, à la troisième personne :

*Qu'il réussisse dans le chemin de la vie*
*et que les paroles des grands hommes, traduites dans*
*    ce volume,*
*lui apprennent à suivre la voie que lui dicte sa*
*    conscience et non*
*le troupeau humain — la majorité dominante de*
*    l'époque*

> *De la part de son affectionné*
> *grand-oncle Yosef*
> *Jérusalem, Talpiot, Lag Baomer, 1954*

J'avais une quinzaine d'années quand je décidai de quitter la maison pour vivre au kibboutz. J'espérais devenir un tractoriste hâlé, robuste, un pionnier-socialiste sans états d'âme, débarrassé une fois pour toutes des bibliothèques, de l'érudition et de l'apparat critique. Mon grand-oncle Yosef, qui ne croyait pas au socialisme (dénommé *Sozialismus* dans ses livres), et n'aimait pas les kibboutz et le reste, ne désespérait pas de me ramener dans le droit chemin : il m'avait invité à une conversation entre quat'z'yeux, dans sa bibliothèque, pas un sabbat — contrairement à l'habitude — mais un jour de semaine. Je m'étais soigneusement préparé à cette entrevue, j'avais élaboré des batteries d'arguments, j'avais bien l'intention de me comporter héroïquement et de brandir « la voie de ma conscience et non le troupeau humain » — mais au dernier moment, il m'avait averti que, à son grand regret, une affaire urgente ayant bouleversé son emploi du temps, il ne pouvait me recevoir mais renouvellerait son invitation sous peu, etc.

C'est ainsi qu'avait débuté mon existence de pionnier cultivateur au kibboutz Houlda, sans la bénédiction de mon grand-oncle Yosef et sans la rude confrontation où je m'étais octroyé le rôle de David face à Goliath ou celui du petit garçon des *Habits de l'empereur*.

\*

La plupart du temps, je demandais poliment la permission de me lever de la table chargée de biscuits, de harengs, de liqueurs, de gâteaux à la crème et de thé sucré à la confiture que mon grand-oncle Yosef présidait avec maestria, pour me lancer à corps perdu dans l'enfilade des pièces de la maison et le dédale des sentiers du jardin de mon enfance. Il n'empêche que je me rappelle des bribes de monologues de mon grand-oncle Yosef : il aimait parler d'Odessa et de Varsovie, évoquer les discours d'Herzl, le débat sur l'Ouganda, la création de la « Faction démocratique », Heidelberg la magnifique, les montagnes suisses enneigées, le *Shiloah* et ses adversaires, sa première visite en Eretz-Israël en 1912 où il avait immigré en 1919 à bord du *Ruslan*, les crimes du « Bolschewismus », les dangers du « Nihilismus », les origines du « Faschismus », les philosophes grecs, les poètes espagnols, les débuts de l'université hébraïque, les intrigues des « hellénisants » (surnom qu'il donnait à ceux qu'il exécrait, le professeur Magnes, président de l'université hébraïque, et ses collègues, originaires d'Allemagne, fondateurs de « l'Alliance pour la paix », qui recherchaient un accord avec les Arabes, quitte à renoncer à la création d'un État hébreu), le charisme d'Herzl, Nordau et Vladimir Zeev Jabotinsky, face à la bassesse de ces chefs à la manque, à la botte des Anglais, ces fonctionnaires et autres égarés, abusés par l'illusion du « Sozialismus » sous toutes ses formes. Il lui arrivait de lever l'ancre pour aborder le miracle de la renaissance de la langue hébraïque menacée de destruction et de dégradation, les orthodoxes dégénérés, incapables d'énoncer une phrase sans faute, et le culot des yiddishistes qui revendiquaient leurs droits ici aussi, chez nous, en terre d'Israël, qu'ils s'étaient évertués à salir jusqu'à en détacher notre peuple. Un jour, démontrant à son auditoire que l'implantation d'agriculteurs juifs était indispensable également en Transjordanie, il avait réfléchi à voix haute sur l'éventualité de convaincre les Arabes palestiniens, avec la promesse de dédommagements, d'émigrer de leur plein gré vers la riche plaine mésopotamienne, fertile et à moitié vide.

*

Sur presque chaque sujet, mon grand-oncle Yosef avait l'habitude de présenter à son public les deux camps adverses, les fils de l'ombre et les fils de la lumière, en insistant sur le fait qu'il avait été l'un des premiers, voire le premier, à séparer l'ombre de la lumière, fustigeant ceux qui méritaient de l'être et luttant seul contre tous pour une juste cause, que ses meilleurs amis lui avaient soufflé à l'oreille de ne pas exposer son nom et sa notoriété, que, n'écoutant que sa conscience, il avait toujours été sur la brèche, « ma place est là et nulle part ailleurs », que ses ennemis l'avaient calomnié, lui avaient fait du tort, loyalement ou non, et lui avaient jeté du venin et de l'absinthe à la figure, mais la vérité avait fini par éclater, « l'avenir nous le dira », et finalement, on voit que la minorité a raison et qu'il ne faut pas toujours suivre la majorité, mais que la conscience finit par triompher : prenez le petit Amos, un enfant exceptionnellement intelligent et doué, quoique agité et turbulent, le fils unique de mes chers Fania et Yehouda Arié, il se nomme comme le pinceur de sycomores de Teqoa que l'esprit divin a contraint à s'opposer aux notables de Samarie et à leur lancer au visage, pour citer Bialik, « un homme comme moi ne s'enfuira pas, mon troupeau m'a appris à cheminer lentement », paroles courageuses, d'une haute moralité et non dénuées d'ironie, une sorte de résistance campagnarde-populaire contre la tyrannie. À propos, pincer des sycomores signifie fendre les sycomores, c'est-à-dire les inciser avec un couteau pour en hâter la maturation, et je ne voudrais pas me montrer outrecuidant en signalant qu'à l'époque j'avais mis Eliezer Ben-Yehouda sur la voie en rapprochant cet hapax, « boles », pinceur, de « balous » qui veut dire crasseux, mêlé, impur, dilué, mélangé, parfois même pollué, sali et purulent, *unrein*, *gemischt*, *mede*, *malpropre*, *unclean*, *mixed*, et des savants tels que Krauss, Kohut et Lévy se sont évertués à y trouver une racine perse ou grecque, leur interprétation est forcée, pour ne pas dire entièrement artificielle. Mais comment en sommes-nous arrivés à Krauss et Kohut ? Nous parlions d'Eliezer Ben-Yehouda qui était venu me voir un samedi matin : « Écoutez, Klausner, m'avait-il dit, nous savons vous et moi que le secret de la vitalité des langues vivantes réside dans leur capacité à absorber pratiquement tous les mots et concepts qui leur tombent sous la main, lesquels mots, digérés "des entrailles aux pattes", se plient à la logique de la langue assimilatrice, à sa morphologie, et les puristes bornés, qui ont la bêtise de se battre pour préserver notre langue des mots étrangers, ne comprennent pas ou ont oublié que, dès le départ, notre langue a fait des emprunts à une demi-douzaine de langues sans qu'on s'en aperçoive. » Tandis que les défenses vitales d'une langue vivante, a fortiori celles de notre langue ressuscitée, avais-je répondu à Ben-Yehouda, sont précisément les défenses de la morphologie, de la syntaxe, de la construction et de l'ordre de la phrase, bref, c'est le génie de la langue, son « *geist* », son « *esprit* », sa quintessence éternelle et immuable, comme je l'avais déjà noté dans mon opuscule *La langue d'Ébér, langue vivante*, que j'ai remanié et réédité ici, en Israël, sous un autre titre *L'hébreu, langue vivante*, après quoi nombre de personnalités m'ont avoué que cet article leur avait ouvert les yeux et avait réglé leur « horloge linguistique » — j'ai d'ailleurs eu le privilège de l'entendre de la bouche même de Jabotinsky et de plusieurs savants allemands, versés dans les arcanes de l'hébreu ancien, avant que le Faschismus et le National-sozialismus m'éloignent de tout ce qui touche à l'Allemagne de près ou de loin, contrairement à certains de mes collègues de « l'Alliance pour la paix » qui, à ma consternation et à notre grande honte, ont introduit dans notre université un esprit typiquement germanique, cosmopolite et antinational, et les voilà qui s'empressent d'accorder aux Allemands le rachat de leurs fautes pour une poignée de marks ou des honneurs teutoniques. Même notre voisin, l'écrivain qui habite de l'autre côté de la rue, s'est associé à ces entremetteurs, et il se peut qu'il l'ait fait par calcul, escomptant que son adhésion à la bande de « l'Alliance pour la paix » lui apporte l'estime universelle et étende sa renommée parmi les nations.

Mais par quel détour en sommes-nous arrivés à l'Allemagne et à Buber, Magnes, Agnon et au Mapaï ? Nous en étions au prophète Amos auquel je vais consacrer un article qui bouleversera les idées reçues, pour ne pas dire mensongères, propagées par les experts en études juives, qui n'ont jamais été capables de voir dans les prophètes d'Israël —

Quant aux spécialistes du judaïsme, les vaches de Basan de notre temps, enivrées de délices, prétentieuses et arrogantes — prenez, par exemple, un géant de la stature de Peretz Smolenskin, quelle existence a-t-il menée ? Une vie d'errance, de pauvreté, de souffrance et de dénuement, ce qui ne l'a pas empêché d'écrire et de lutter jusqu'à son dernier souffle, et il est mort dans une effroyable solitude, personne ne l'a accompagné dans ses derniers instants —

Et mon compagnon et ami de jeunesse, le plus grand poète de ces derniers temps, Saül Tcherni-chovsky, a-t-il eu de la chance?

Cependant, ici, en Israël, le grand poète a littérale-ment connu la faim —

Depuis mes débuts en littérature et dans la vie publique jusqu'à ce jour, j'ai toujours constaté, et c'est encore le cas, que l'essentiel de la force et de la grandeur d'un écrivain réside dans son pathos, dans son combat acharné contre l'habituel et le convenu! Un beau récit et un poème délicat sont de plaisantes choses qui élargissent l'esprit, mais qui n'ont pas la dimension d'une grande œuvre. Le peuple attend d'une grande œuvre qu'elle transmette un message, une prophétie, une vision du monde nouvelle et rafraîchissante, et surtout qu'elle comporte une vision morale —

En fin de compte, une œuvre dénuée de ferveur et de vision morale n'est, dans le meilleur des cas, que du folklore, de l'ornementation, qui n'ajoute ni ne retranche rien, comme les nouvelles d'Agnon qui, si elles ne sont pas dépourvues de joliesse, sont la plupart du temps exemptes d'ardeur morale bien qu'animées par un souci de préciosité, inutile donc d'y chercher un supplément d'âme, sans parler, bien entendu, de la communion tragique de l'érotisme et de la religiosité, et on ne trouvera pas non plus la moindre trace de ferveur morale chez Agnon et consorts, alors que dans la prose de Shneour, au contraire —

De façon générale, on peut affirmer que, chez tout grand créateur, se trouve un soixantième d'esprit saint et un soixantième de prophétie : Bazarov, le héros du merveilleux roman, *Père et fils*, de Tourgue-niev n'est-il pas un nihiliste avant la lettre? Et Dos-toïevski? *Les possédés* n'annoncent-ils pas avec une exactitude prophétique proprement merveilleuse la venue de « Bolschewismus » ?

Nous n'avons plus besoin d'une littérature geignarde, nous sommes las des descriptions de la vie du shtetl de l'époque de Mendele et nous sommes saturés de cette humanité peuplée de mendiants, d'élèves de *yeshiva*, de chiffonniers et de casuistes oisifs, ce dont nous avons besoin ici et maintenant, dans notre pays, c'est d'une littérature vraiment nouvelle, une littérature dont les protagonistes soient des femmes et des hommes actifs et non passifs, des héros qui ne soient pas stéréotypés comme sur les affiches, le ciel nous en préserve, mais des créatures de chair et de sang douées de passions, de faiblesses, voire de profondes contradictions intérieures, que notre jeunesse puisse admirer, imiter et dont elle puisse s'inspirer, des contemporains ou des personnages épiques et pathétiques tirés de notre histoire, suscitant le respect et l'empathie et non le dégoût et la compassion. Ce sont de héros littéraires hébreux et européens dont nous avons besoin aujourd'hui, dans notre pays, et non plus d'entremetteurs, de bouffons, de solliciteurs, de bedeaux et de mendiants folkloriques et diasporiques.

*

Un jour, mon grand-oncle Yosef avait approximativement déclaré ceci : « Je n'ai pas de postérité, mesdames et messieurs, mes livres sont mes enfants pour lesquels j'ai sué sang et eau, et ce sont eux et eux seuls qui transmettront ma pensée et mes rêves aux générations futures. »

À quoi ma grand-tante Tsippora avait répliqué :

« *Nu*, Osia, assez, *sha*, ça suffit, Osinka. Les docteurs t'ont dit de te ménager. Regarde, ton thé a refroidi, il est glacé maintenant. Non, non, mon chéri, ne le bois pas, je t'en sers un autre tout de suite. »

Quelquefois l'oncle haussait le ton quand l'hypocrisie et la mesquinerie de ses adversaires le mettaient en colère, mais, loin de ressembler à un rugissement, sa voix tenait du sifflement aigu, pareil au gémissement d'une femme plutôt qu'au courroux d'un prophète, le sarcasme et le blâme à la bouche. Et quand il tapait sur la table du plat de sa main fragile, on aurait dit une caresse. Un jour qu'il vitupérait contre le « Bolchewismus », le Bund, les locuteurs du jargon juif-allemand (ainsi désignait-il le yiddish), il avait renversé sur ses genoux une carafe de citronnade avec des glaçons que ma grand-tante Tsippora, plantée derrière lui, non loin de la porte, s'était empressée d'éponger avec son tablier avant de le faire se lever en se confondant en excuses pour le conduire à leur chambre d'où, quelque dix minutes plus tard, elle l'avait ramené — changé, sec et propre comme un sou neuf — auprès de ses amis qui, assis autour de la table, patientaient poliment en parlant à voix basse de leurs hôtes qui se comportaient comme des tourtereaux : il la traitait comme la fille de sa vieillesse et elle, comme son bébé chéri, la prunelle de ses yeux. Main dans la main — les doigts grassouillets de ma grand-tante Tsippora emprisonnant les doigts diaphanes de mon grand-oncle — ils se regardaient furtivement avant de baisser aussitôt les yeux avec un sourire pudique.

Elle lui retirait doucement sa cravate, l'aidait à se déchausser, l'allongeait sur le divan pour qu'il se repose un peu, la tête triste de mon grand-oncle Yosef reposant sur la poitrine de ma grand-tante Tsippora, son corps menu appuyé sur les formes pleines de la tante. Quand, seule dans la cuisine, elle faisait la vaisselle en pleurant sans bruit, il se campait derrière elle et, ses mains roses posées sur les épaules de sa femme, il lâchait quelques gazouillis entrecoupés de petits rires et de claquements de langue, comme s'il s'efforçait d'apaiser un bébé ou de devenir volontairement le sien.

# 11

Né en 1874 à Oulkeniki, en Lituanie, Yosef Klausner mourut à Jérusalem en 1958. Quand il avait dix ans, les Klausner étaient partis pour Odessa, et Yosef avait quitté le *heder* pour entrer à la *yeshiva* moderne avant de fréquenter les cercles des Amants de Sion et ceux d'Ahad Ha'am. À dix-neuf ans, il publia son premier article *Mots nouveaux et beau style*, où il proposait d'élargir les frontières de la langue hébraïque en y incluant des emprunts étrangers pour en faire une langue vivante. En l'été 1897, il s'inscrivit à l'université d'Heidelberg car les facultés de la Russie tsariste se fermaient aux Juifs. Durant les cinq années qu'il passa à Heidelberg, il suivit les leçons de philosophie du professeur Kuno Fischer, fut séduit par la conception de l'histoire de l'Orient de Renan et subit l'influence de Carlyle. Outre la philosophie et l'histoire, il s'intéressa également à la littérature, aux langues sémitiques (il maîtrisait une quinzaine de langues, dont le sanskrit, l'arabe, le grec, le latin, l'araméen, le persan et l'amharique), et aux études orientales.

Entre lui et Tchernichovsky, avec qui il s'était lié à Odessa et qu'il retrouva à Heidelberg où ce dernier faisait sa médecine, il y avait une complicité intellectuelle féconde : « Un poète passionné! disait de lui mon grand-oncle Yosef, un aigle hébreu dont une aile embrasse la Bible et les paysages de Canaan et l'autre s'étend à travers toute l'Europe moderne! » « Il a l'âme robuste d'un enfant, pur et innocent, dans un corps robuste de Cosaque! » ajoutait-il.

Mon grand-oncle Yosef avait été le délégué des étudiants juifs au premier congrès sioniste de Bâle ainsi qu'aux suivants et il avait même échangé quelques mots avec Herzl soi-même. (« C'était un bel homme! Un ange de Dieu! Son visage rayonnait de l'intérieur! On aurait dit un roi assyrien avec sa barbe noire et ses traits empreints d'une spiritualité visionnaire! Et ses yeux, je m'en souviendrai jusqu'à la fin de mes jours, il avait les yeux d'un jeune poète amoureux, Herzl, un regard brûlant et triste qui ensorcelait tous ceux qui s'y perdaient. Et un haut front qui lui conférait une magnificence royale! »)

Insatisfait du sionisme culturel d'Ahad Ha'am, son maître, Klausner adhéra jusqu'à sa mort au sionisme politique d'Herzl dont, à son sens, les épigones étaient Nordau et Jabotinsky, « les aigles », plutôt que Weizmann, Sokolov et les autres « intercesseurs-conciliateurs diasporiques ». Il n'hésita pourtant pas à s'opposer à Herzl à propos de l'Ouganda et à soutenir les « sionistes de Sion », sans renoncer au rêve de renaissance culturelle et spirituelle sans lequel le projet politique perdait son sens.

De retour à Odessa, Klausner se consacra à l'écriture, à l'enseignement et au militantisme sioniste et, à vingt-neuf ans, il succéda à Ahad Ha'am à la rédaction du *Hashiloah*, la première revue culturelle hébraïque moderne. Il faut signaler qu'Ahad Ha'am avait transmis la rédaction d'une « revue périodique » au jeune Klausner qui en fit immédiatement un « mensuel » dont il forgea le mot en hébreu, *yarhon*.

Dans mon enfance, je vouais une grande admiration à mon grand-oncle Yosef parce que, m'avait-on dit, il avait inventé des mots quotidiens, des mots qui semblaient avoir existé depuis toujours, comme « mensuel », « crayon », « iceberg », « chemise », « serre », « toast », « cargaison », « monotone », « bigarré », « sensuel », « grue », « rhinocéros ». (Qu'aurais-je porté le matin si mon grand-oncle Yosef ne nous avait pas donné la chemise ? La tunique rayée de Joseph ? Et avec quoi aurais-je écrit sans son crayon ? Avec une mine de plomb ? Sans parler de la sensualité, lui qui était tellement puritain.)

Un homme capable de créer un mot et de l'injecter dans le principe vital de la langue me semblait à peine inférieur au Créateur de la lumière et des ténèbres : un écrivain aura peut-être la chance d'être lu quelque temps, jusqu'à ce que son livre soit supplanté par d'autres, meilleurs que le sien ; mais l'inventeur d'un mot entre dans l'éternité. Aujourd'hui encore, en fermant les yeux, je revois ce vieillard frêle et distrait, avec sa barbiche blanche en pointe, sa moustache douce, ses mains délicates, ses lunettes à la russe, se frayant un chemin de sa démarche de porcelaine hésitante, tel un minuscule Gulliver dans un pays de géants, peuplé d'une foule bigarrée d'immenses icebergs, de hautes grues, de rhinocéros à la peau épaisse qui tous, les grues, les rhinocéros et les icebergs, s'inclinaient poliment pour le remercier.

*

À Odessa, rue Rimislinaya, leur maison, la sienne et celle de sa femme, Fanny Viernik (du jour de leur mariage, il ne l'appela plus que « ma chère Tsippora », et en présence d'étrangers, « madame Klausner »), devint une sorte de centre culturel et de lieu de rencontre des sionistes et hommes de lettres, dont Mendele, Jabotinsky, Bialik et Tchernichovsky. Et lorsque les Klausner transférèrent la rédaction du *Hashiloah* à Varsovie, rue Czegliana, « à deux pas de chez I. L. Peretz », ils prirent l'habitude d'inviter à prendre le thé, accompagné de gâteaux, de biscuits et de confitures faites maison, notamment, I. L. Peretz, Shalom Ash et Shneour, comme si toutes les rues de Tel-Aviv avant la lettre aimaient se rassembler autour de la table aux monologues de mon grand-oncle Yosef. (Au fait, curieusement, il appelait Zalman Shneour Zelkind Shneour, et il le surnommait aussi Noah Pandre, comme le héros de son roman. Je me souviens de Zalman Shneour et de son épaisse barbe noire à l'assyrienne : un jour, en 51 ou 52, papa m'avait emmené écouter à Terra Sancta l'auteur du *Moyen Âge approche* qui avait déclaré triomphalement : « Des trois flambeaux de la poésie hébraïque de l'âge moderne, Bialik, Shneour et Tchernichovsky, moi seul suis encore vivant ! »)

Mon grand-oncle Yosef débordait lui aussi d'une allégresse quasi enfantine : même quand il évoquait ses malheurs, sa solitude, ses ennemis, ses douleurs et ses maladies, le destin tragique du non-conformiste, les injustices et les offenses qu'il avait endurées, une étincelle de joie brillait subrepticement derrière ses lunettes rondes. Et lorsqu'il se plaignait de ses insomnies, une sorte de fraîcheur réjouie, optimiste, joviale, quasi hédoniste émanait de ses gestes, ses yeux clairs, ses joues roses de bébé : « Je n'ai encore pas fermé l'œil de la nuit, disait-il à ses hôtes, tant mes craintes pour la nation, mes inquiétudes pour l'avenir, ces avortons de dirigeants à courte vue, me préoccupent, encore plus que mes propres douleurs, sans parler de mon foie, de mes difficultés à respirer et de ces terribles migraines qui ne me laissent en paix ni le jour ni la nuit » (à l'entendre, il n'avait pas dormi depuis le début des années vingt, au moins, jusqu'à sa mort, en 1958).

Entre 1917 et 1919, Klausner fut nommé maître assistant, puis professeur, à l'université d'Odessa, ville qui passa de main en main lors des combats sanglants entre « Blancs » et « Rouges », au cours de la guerre civile suivant la révolution de Lénine. En 1919, mon grand-oncle Yosef, ma grand-tante Tsippora et la vieille mère de l'oncle, la mère de mon grand-père Rashe-Keila Braz, embarquèrent pour Jaffa à bord du *Ruslan*, le « Mayflower » sioniste de la troisième aliya. À Hanoukka, ils s'établirent à Jérusalem, dans le quartier Bokharian.

Bien que fervents sionistes, grand-père Alexandre et grand-mère Shlomit ainsi que leur petit garçon, mon père, et son frère aîné, David, n'immigrèrent pas en Palestine où la vie leur semblait trop asiatique, ils firent un détour par Vilna, la capitale de la Lituanie, et n'arrivèrent en Eretz-Israël qu'en 1933, année où l'antisémitisme s'amplifiait à Vilna au point que les étudiants juifs étaient en butte à des flambées de violence.

Seuls mon père et ses parents finirent par s'installer à Jérusalem : le frère de papa, l'oncle David, sa femme, Malka, et leur petit garçon, Daniel, né un an et demi auparavant, étaient restés à Vilna : bien que juif et malgré son jeune âge, mon oncle David avait été nommé maître assistant en littérature à l'université de Vilna. C'était un Européen convaincu à une époque où personne ne l'était en Europe, en dehors des membres de ma famille et de leurs semblables. Les autres étaient panslaves, pangermanistes ou de simples patriotes lituaniens, bulgares, irlandais, slovaques. Dans les années vingt et trente, les seuls Européens étaient les Juifs. « Trois nations coexistent en Tchécoslovaquie, disait mon père, les Tchèques, les Slovaques et les Tchécoslovaques, c'est-à-dire les Juifs. En Yougoslavie, il y a des Serbes, des Croates, des Slovènes et des Monténégrins, mais il se trouve aussi une poignée de Yougoslaves indéfectibles. Et même chez Staline, il y a des Russes, des Ukrainiens, des Ouzbeks, des Tchouktches et des Tatares, parmi lesquels vivent nos frères qui font partie du peuple soviétique. »

L'oncle David était un paneuropéen fervent, spécialiste de littérature comparée et de littératures européennes, lesquelles étaient sa patrie spirituelle. Il ne voyait pas pourquoi il s'exilerait en Asie orientale, ce curieux pays qui lui était totalement étranger, juste pour satisfaire des antisémites exaltés et des crapules nationalistes bornées. Il resta donc à son poste, fidèle au progrès, à la culture, à l'art et à l'esprit sans frontières, jusqu'à l'arrivée des nazis à Vilna : les Juifs intelligents, cosmopolites et épris de culture n'étant pas à leur goût, ils assassinèrent David, Malka et mon cousin, le petit Daniel, que ses parents surnommaient « Danoush » ou « Danoushek », à propos duquel ils écrivaient dans leur avant-dernière lettre, datée du 15 décembre 1940, « qu'il commençait à marcher... et qu'il avait une excellente mémoire ».

De nos jours, l'Europe a changé, elle est pleine à craquer d'Européens. Soit dit en passant, les graffitis aussi ont changé du tout au tout en Europe : l'inscription « Les Juifs en Palestine ! » recouvrait tous les murs quand mon père était enfant, en Lituanie. Lorsqu'il retourna en Europe une cinquantaine d'années plus tard, les murs lui crachèrent au visage : « Les Juifs hors de Palestine ! »

Pendant des années, mon grand-oncle Yosef s'était consacré à la rédaction de son essai sur Jésus Christ où il soutenait — à la stupéfaction des chrétiens et des Juifs conjointement — que Jésus était né et mort juif et qu'il n'avait pas eu la moindre intention de fonder une nouvelle religion. Qui plus est, il soutenait que Jésus était le moralisateur juif par excellence. Ahad Ha'am insista pour qu'il supprime cette phrase et quelques autres afin d'éviter un terrible scandale dans le monde juif, lequel scandale ne manqua pas d'éclater tant chez les Juifs que chez les chrétiens à la parution du livre à Jérusalem, en 1921 : les orthodoxes accusèrent Klausner de « s'être laissé soudoyer à prix d'or par les missionnaires pour louer et glorifier cet individu », quant aux missionnaires anglicans de Jérusalem, ils exigèrent de l'archevêque qu'il destitue de son ministère le docteur Danby, le religieux qui avait traduit en anglais *Jésus Christ*, un livre « entaché d'apostasie, qui présente notre Sauveur comme un rabbin réformé, un mortel, juif jusqu'au bout des ongles, n'ayant rien à voir avec notre Église ». Sa célébrité, c'est à ce livre et au suivant *De Jésus à Paul* que la dut mon grand-oncle Yosef.

« Je suis sûr, mon cher petit, qu'on vous apprend à l'école à exécrer ce Juif tragique et admirable, et j'espère bien qu'on ne vous enseigne pas à cracher sur son image ou sa croix chaque fois que vous passez devant, m'avait-il dit un jour. Quand tu seras grand, mon cher enfant, tu liras le Nouveau Testament au nez et à la barbe de tes maîtres et tu t'apercevras que cet homme était de notre chair et de nos os, que c'était une sorte de "juste" ou de "thaumaturge", un rêveur, dépourvu de toute compréhension politique, qui trouverait parfaitement sa place au panthéon des grands hommes d'Israël, près de Baruch Spinoza qui fut lui aussi excommunié et banni et mériterait également qu'on lève l'anathème dont il fut frappé : et ici, dans la nouvelle Jérusalem, il conviendrait que nous élevions la voix pour affirmer autant à Jésus, fils de Joseph, qu'à Spinoza : "Tu es notre frère." Et sache que les accusateurs sont les Juifs d'hier aux idées courtes et à l'entendement limité, de misérables vers de terre. Et toi, mon cher petit, afin de ne pas leur ressembler, le ciel nous en préserve, tu dois lire les bons ouvrages, lire, lire et encore lire ! À propos, mon opuscule sur David Shimoni, le poète, je l'ai offert à ton cher papa à condition que tu le lises toi aussi. Tu dois lire, lire et encore lire ! À présent, aurais-tu l'amabilité de demander à madame Klausner, la chère tante Tsippora, où est la crème réparatrice pour la peau ? La crème que j'utilise pour le visage. Va le lui demander, je te prie : la crème d'avant, car la nouvelle ne serait même pas bonne à jeter aux chiens. Sais-tu, mon petit chéri, l'abîme qui existe entre "le Sauveur" dans les langues des goys et notre messie ? Le messie est simplement quelqu'un qui a reçu l'onction d'huile, comme tous les prêtres chez nous, et tous les rois aussi, d'ailleurs le mot "messie" est un terme très prosaïque et ordinaire dans notre langue, il est de la même famille que "mishkha", "crème", contrairement aux langues des goys où le messie est appelé sauveur et rédempteur. Mais il se peut que cette question ne soit pas encore de ton âge. S'il en est ainsi, va de ce pas, je te prie, demander à ta tante ce que je t'ai demandé de lui demander, mais qu'était-ce donc ? Aurais-je encore oublié ? Tu t'en souviens peut-être ? Dans ce cas, demande-lui si elle aurait l'amabilité de me préparer une tasse de thé, pour citer Rabbi Houna dans le Talmud de Babylone, traité de la Pâque, "tout ce que te demandera le maître de maison, fais-le", ce qui donne dans ma version : "*thé*-le". J'ai dit cela en manière de plaisanterie, bien entendu. Bien, mon cher petit, hâte-toi de partir et ne me vole plus mon temps à l'instar du monde entier qui n'a aucun égard pour mes minutes et mes heures, mon seul trésor qui s'écoule hors de moi. C'est Blaise Pascal, le philosophe, qui a décrit cette terrible sensation dans ses *Pensées*, l'effrayante impression de l'écoulement du temps : le temps s'écoule, les minutes et les heures s'écoulent, la vie s'écoule sans cesse, sans retour. Cours donc, mon petit, et prends garde à ne pas trébucher en chemin. »

*

À son arrivée à Jérusalem, en 1919, mon grand-oncle Yosef devint le secrétaire du comité de la langue, avant d'être nommé professeur de littérature hébraïque à l'université, fondée en 1925. Il espérait être nommé à la tête du département d'histoire juive, ou, au moins, à celui de l'histoire du Second Temple, mais « les administrateurs de l'université, du haut de leur germanisme, m'ont dédaigné comme ils méprisaient les idées nationales et tout ce qui n'avait pas l'heur de plaire aux goys et aux assimilés, les ennemis de Sion », voilà pourquoi « on m'a exilé dans l'enseignement de la littérature hébraïque, loin du creuset des âmes de la jeunesse, loin du champ où j'aurais pu semer dans le cœur des jeunes gens les semences de l'amour de notre peuple et de son passé héroïque, et les éduquer dans l'esprit de la bravoure patriotique des Maccabées, des rois

121

hasmonéens et des héros des extraordinaires révoltes contre le joug romain ».

Au sein du département de littérature hébraïque, mon grand-oncle Yosef se sentait, disait-il, tel Napoléon sur l'île d'Elbe : puisqu'on l'empêchait de faire avancer le continent européen, il prenait sur lui de faire régner l'ordre, le progrès et une parfaite organisation dans son îlot d'exil. Il dut attendre une vingtaine d'années avant d'être nommé président de la chaire d'histoire du Second Temple, sans renoncer pour autant à la direction du département de littérature hébraïque. « Assimiler la culture étrangère pour la digérer et en faire notre chair et notre sang nationaux et humains, écrivait-il, tel est l'idéal pour lequel j'ai consacré les plus belles années de ma vie et dont je ne démordrais pas jusqu'à mon dernier souffle. »

Et ceci encore : « Si nous voulons être une nation souveraine, nos enfants devront être de **fer** ! » (souligné dans le texte). Désignant parfois les deux bronzes posés sur la commode du salon, Beethoven avec sa chevelure bouclée, l'air déchaîné, dédaigneux et passionné, et Jabotinsky dans son bel uniforme, les lèvres résolument serrées, mon grand-oncle Yosef déclarait à ses hôtes : « L'esprit individuel est pareil à celui de la nation — tous deux aspirent à s'élever et, faute de vision, ils s'égarent. »

Un sabbat, Barouch Krupnik, alias Barouch Karou, avait raconté que Jabotinsky, qui composait l'hymne du Betar et ne parvenait pas à trouver une rime avec « geza », « race », avait écrit provisoirement le mot russe « zhelezo » qui signifie « fer ». Ce qui donnait :

> Par le sang et le zhelezo
> naîtra une race
> fière, généreuse et dure,

jusqu'à ce que lui-même, Krupnik, substitue « sueur », « yeza », à « zhelezo » :

> *Par le sang et la sueur (yeza)*
> *naîtra une race (geza)*
> *fière, généreuse et dure*

(mais moi, dans une sorte de jubilation subversive, je débitais à mes parents, exprès, une espèce de parodie comique de la première version :

> *Par le sang et le* zhelezo
> *naîtra une razo*
> *fière, généreuse et durezo.*

« Allons, vraiment, il y a des choses avec lesquelles on ne plaisante pas », disait papa. Et maman : « Et moi, je pense justement qu'il n'y en a pas »).

Mon grand-oncle Yosef était un nationaliste-libéral éclairé, genre fin dix-neuvième siècle, comme Vladimir Zeev Jabotinsky, héritier des Lumières, du romantisme et du printemps des nations, admirateur de Samuel David Luzzatto, Rousseau, Voltaire, Diderot, David Hume et Nietzsche, Tourgueniev et Carlyle, Ernest Renan, Pouchkine, Schiller, Heine, Byron, Garibaldi et Mazzini. Il affectionnait les expressions telles que « notre chair et notre sang », « humains et nationaux », « idéal », « j'ai consacré mes meilleures années », « nous n'en démordrons pas », « la minorité face à la majorité », « faire cavalier seul », « les générations futures » et « jusqu'à mon dernier souffle ».

En 1929, il fut contraint de fuir Talpiot, attaqué par les Arabes. Sa maison, comme celle de son voisin Agnon, fut pillée et brûlée, et sa bibliothèque, comme celle d'Agnon, gravement endommagée. « Il faut donner à la jeune génération une nouvelle éducation, écrivait-il dans *Quand une nation lutte pour sa liberté* ; « on doit lui inculquer **un esprit de bravoure** (souligné dans le texte), un esprit de résistance courageuse, sans concession ni compromis... La plupart de nos maîtres n'ont pas encore surmonté l'exil d'Edom ou de l'Arabie. »

*

Sous l'influence de mon grand-oncle Yosef, mon grand-père et ma grand-mère soutenaient Jabotinsky, tandis que mon père adhérait aux idées de l'Irgoun et du Herout de Menahem Begin. Même si ce dernier suscitait chez les jabotinskiens d'Odessa, laïques et larges d'esprit, des sentiments mitigés, non dénués d'une pointe de fierté : en raison de son origine (il venait d'une bourgade de Pologne), et de sa sensiblerie, Begin leur semblait peut-être par trop plébéien, provincial, quoique dévoué, courageux et patriote convaincu, mais sans doute pas assez universel, pas assez charmant, dépourvu de poésie, de charisme et de grandeur d'âme, et auréolé de la solitude tragique d'un chef qui aurait quelque chose du lion ou l'envergure de l'aigle. Qu'avait écrit Jabotinsky à propos des relations entre Israël et les nations après la création de l'État? « Comme un lion s'approche des lions ». Begin ne ressemblait pas à un lion. Malgré son nom, mon père n'en était pas un non plus, mais un érudit un peu emprunté. Incapable de combattre dans la Résistance, il contribua à la lutte en rédigeant de temps à autre, en anglais, des tracts où il fustigeait la « perfide Albion ». Ces tracts étaient imprimés dans un atelier clandestin et placardés la nuit sur les murs et les poteaux électriques par des jeunes gens pleins de zèle.

Je faisais moi aussi de la résistance à ma façon : j'avais plusieurs fois bouté les Anglais hors du pays par un mouvement tournant de mes troupes, j'avais pris en embuscade et coulé les destroyers de Sa Majesté, kidnappé et fait passer en cour martiale le haut-commissaire et le roi d'Angleterre en personne, et (comme les GI's à Iwo-Jima sur un timbre américain), j'avais brandi le drapeau hébreu du haut de la tour du palais du haut-commissaire, sur la colline du Mauvais Conseil. Ensuite, après les avoir chassés du pays, je formais avec l'Angleterre le front commun des peuples civilisés et éclairés contre la sauvagerie orientale déferlant depuis l'Est, enflammée de colère, avec ses lettres tarabiscotées et son sabre recourbé, menaçant de surgir du désert pour nous égorger, nous piller et nous incendier avec des hurlements gutturaux à glacer le sang. Je rêvais de ressembler plus tard au David du Bernin, le beau David à la chevelure bouclée, aux lèvres serrées, qui figurait sur la couverture de *Quand une nation lutte pour sa liberté* de mon grand-oncle Yosef : je voulais devenir un homme fort et taciturne à la voix posée et profonde. Mais ne surtout pas avoir la voix ténue, un peu geignarde de mon grand-oncle Yosef. Je n'avais pas envie d'avoir ses mains molles de poupée.

\*

Mon grand-oncle Yosef était d'un naturel franc, il débordait d'amour-propre, s'apitoyait sur son sort et exultait comme un enfant, un heureux homme qui jouait les infortunés. Avec une sorte de satisfaction enjouée, il s'étendait indéfiniment sur ses succès, ses découvertes, ses insomnies, ses ennemis, ses expériences vécues, ses livres, ses articles, ses conférences, qui tous sans exception avaient fait « grand bruit dans le monde », ses rencontres, ses projets, sa grandeur et sa noblesse d'âme.

Il était gentil, égoïste et gâté, mais doux comme un bébé et orgueilleux comme un enfant prodige. À Talpiot, qui devait devenir le pendant hiérosolymitain d'une cité-jardin berlinoise — une sorte de paisible colline boisée où, entre les cimes, luiraient au fil du temps des toits rouges en tuile, un havre de paix abritant un savant éminent, un écrivain célèbre ou un chercheur distingué — mon grand-oncle Yosef se promenait quelquefois à la brune dans la ruelle qui serait un jour baptisée Klausner. Son bras mince passé sous le bras potelé de ma grand-tante Tsippora, sa mère, son épouse, l'enfant de sa vieillesse et sa servante. Ils allaient à petits pas précautionneux et s'arrêtaient, une fois dépassée la demeure de l'architecte Kornberg, qui servait parfois de pension à des hôtes policés et cultivés, au fond du cul-de-sac, aux confins de Talpiot, de Jérusalem et des terres habitées — au-delà s'étendaient les mornes collines arides du désert de Judée. La mer Morte scintillait au loin, tel un plateau en métal fondu.

Je les revois encore, plantés là-bas, au bout du monde, à l'orée du désert, doux comme deux ours en peluche, bras dessus bras dessous, dans la brise vespérale, le bruissement des pins et l'odeur âcre des géraniums stagnant dans l'air pur et limpide. Mon grand-oncle Yosef avec sa cravate et son veston (qu'il avait proposé d'appeler en hébreu « jacobite », en s'inspirant de « jaquette », formé sur « Jacques »), en chaussons et tête nue, et ma grand-tante dans une robe à fleurs en soie de couleur sombre, un châle en laine gris jeté sur les épaules. À l'horizon, les monts de Moab par-delà la mer Morte, et l'ancienne voie romaine qui, en contrebas, s'étendait jusqu'aux remparts de la vieille ville et, en face, les coupoles des mosquées se teintaient d'or, tandis que les croix des églises et les croissants des minarets brillaient aux feux du couchant. La muraille grisaillait et s'alourdissait, et au-delà de la vieille ville se profilaient le mont Scopus, surmonté de l'université chère au cœur de mon grand-oncle Yosef, et le mont des Oliviers où serait enterrée ma grand-tante Tsippora et où son époux ne pourrait l'être, la ville orientale se trouvant encore aux mains des Jordaniens à sa mort.

La lumière du soir rosissait ses joues de bébé et son haut front. Un sourire perplexe, un peu hébété, flottait sur ses lèvres, tel un habitué d'une maison amie frappant à la porte et voyant un inconnu lui ouvrir avec un mouvement de recul, comme s'il se demandait qui était cet homme et ce qu'il venait faire chez lui.

*

Papa, maman et moi prenions congé à voix basse avant de nous diriger vers l'arrêt de l'autobus numéro sept, qui n'allait sûrement pas tarder à arriver en provenance de Ramat Rahel et d'Arnona, puisque c'était la fin du sabbat. Il nous emmenait rue Yafo, d'où nous prenions la ligne 3B jusqu'à la rue Tsephanyah, à cinq minutes à pied de la maison.

— Il ne change pas, disait maman. Depuis que je le connais, ce sont les mêmes discours, les mêmes histoires et les mêmes anecdotes, chaque sabbat.

— Tu es un peu trop critique quelquefois, rétorquait papa. Il n'est plus très jeune, et puis tout le monde se répète un peu, non ? Toi aussi.

Et moi :

— « Par le sang et le *zhelezo* naîtra une *razo*. »

— Vraiment, s'emportait papa, il y a des choses avec lesquelles il ne faut pas plaisanter.

Et maman :

— Je pense qu'il n'y en a pas. Pour quoi faire ?

— Assez, ça suffit, tranchait papa. Et rappelle-toi, s'il te plaît, que tu prends effectivement un bain, ce soir, et que tu te laves les cheveux. Non, je ne changerai effectivement pas d'avis. Pourquoi le ferais-je ? Pourrais-tu me donner une seule bonne raison pour ne pas te laver la tête ? Non ? Dans ce cas, tu aurais intérêt à ne plus jamais discuter à l'avenir si tu n'as pas une excellente raison ni même l'ombre d'une raison. Dorénavant, tu te rappelleras que « je veux » et « je ne veux pas » ne procèdent effectivement pas du domaine des raisons mais des caprices. D'ailleurs, le mot « geder », ordre, domaine, barrière, dérive du mot « hagdara », définition, puisque toute définition relève d'une barrière établie entre ce qui est inclus dans cette barrière et ce qui en est exclu. C'est exactement la même chose en latin où le mot « finis » signifie barrière mais aussi fin, d'où le verbe « définir », c'est-à-dire délimiter, protéger, enclore ou donner un sens, c'est de là que vient apparemment le mot « défense » dans plusieurs langues occidentales. Et n'oublie pas de te couper les ongles, s'il te plaît, et de tout mettre au sale. Tes sous-vêtements et ta chemise, sans oublier tes chaussettes. Et ensuite, en pyjama, une tasse de chocolat chaud et au lit, on t'a assez vu pour aujourd'hui.

## 12

Après avoir fait nos adieux à mon grand-oncle Yosef et à ma grand-tante Tsippora, s'il n'était pas trop tard, nous passions voir leur voisin d'en face pendant une vingtaine de minutes ou une demi-heure. Nous y allions en cachette, sans rien dire à l'oncle et à la tante pour ne pas leur faire de peine. En chemin, nous tombions parfois sur M. Agnon qui sortait de la synagogue : saisissant le bras de papa, il l'avertissait que s'il, c'est-à-dire mon père, refusait de se rendre dans la demeure d'Agnon et de gratifier sa demeure de l'éclatante beauté de madame, elle, sa demeure s'entend, serait privée de cet éclat. Agnon arrachait un léger sourire à maman, et papa cédait : « Juste quelques minutes alors, M. Agnon voudra bien nous pardonner de ne pas rester plus long-temps, mais nous devons encore rentrer à Kerem Avraham, le petit est fatigué et il doit se lever tôt pour aller à l'école demain matin. »

« Le petit n'est absolument pas fatigué », protes-tais-je.

Et M. Agnon :

« "Par la bouche des enfançons et des nourris-sons tu affirmes ta puissance", à bon entendeur, Dr Klausner. »

Nichée au cœur d'un jardin entouré d'une haie de pins, la demeure d'Agnon tournait le dos à la rue, comme si, pour plus de sécurité, elle se voilait la face dans la cour. De la façade, côté rue, on n'apercevait que quatre ou cinq ouvertures étroites, pareilles à des meurtrières. On entrait par un portail dissimulé au milieu des arbres, on empruntait une allée qui longeait la maison et, après avoir gravi quatre ou cinq marches, on sonnait à la porte, on patientait et, une fois introduit, on tournait à droite pour monter un escalier à demi éclairé menant au bureau de M. Agnon, prolongé par une terrasse dallée, face au désert de Judée et aux monts de Moab, ou à gauche, en direction du petit salon un peu encombré dont les fenêtres donnaient sur le jardin vide.

La demeure d'Agnon ne voyait jamais la lumière du jour, il y régnait en permanence une sorte de crépuscule où flottait une légère odeur de café et de pâtisserie, peut-être parce que nous arrivions un peu avant la fin du sabbat, entre chien et loup, et que l'on n'allumait pas l'électricité avant l'apparition de trois étoiles dans le ciel. Si une ampoule brûlait effectivement, elle devait dispenser la lumière de Jérusalem, jaune et parcimonieuse, à moins que M. Agnon n'économisât l'électricité ou qu'en raison d'une panne de courant on n'eût allumé une lampe à pétrole. La pénombre, je me souviens, était presque palpable, comme emprisonnée et redoublée par les barreaux des fenêtres. Le phénomène est difficilement explicable aujourd'hui, et sans doute ne l'était-il pas moins à l'époque. Quoi qu'il en soit, lorsque M. Agnon se levait pour prendre un volume sur l'une des étagères, pareilles à des fidèles serrés les uns contre les autres dans leurs vêtements sombres, un peu élimés, sa silhouette projetait non pas une, mais deux ou trois ombres au minimum.

Cette image est restée gravée dans ma mémoire : un homme se déplaçant dans le clair-obscur et trois ou quatre ombres dissemblables s'agitant simultanément, devant, à droite, derrière, au-dessus ou au-dessous de lui.

Mme Agnon émettait de temps à autre une remarque d'une voix autoritaire, aiguë et incisive « Permets-moi, s'il te plaît, d'être le seigneur dans ma maison tant que mes hôtes sont là, lui avait dit un jour M. Agnon en penchant la tête, un petit sourire sarcastique aux lèvres. Quand ils seront partis, c'est toi qui seras la dame. » Je me rappelle clairement cette phrase, non seulement à cause de la pointe de malice qu'elle recelait (aujourd'hui on la qualifierait de subversive), mais surtout parce que, des années plus tard, je retomberais sur ce mot, « dame », en lisant la nouvelle : *La dame et le colporteur*. Excepté M. Agnon, je n'ai jamais rencontré personne qui use du mot « dame » au sens de « madame ». À moins que M. Agnon n'ait voulu dire autre chose.

Comment savoir : cet homme ne possédait-il pas trois ombres, au bas mot ?

*

Maman se comportait avec M. Agnon comme si elle marchait sur la pointe des pieds, pourrait-on dire. Même quand elle était assise. Bien que M. Agnon ne lui parlât quasiment jamais et s'entretînt presque exclusivement avec mon père, il l'effleurait parfois du regard. Quant aux rares occasions où il lui adressait la parole, il détournait les yeux pour les poser sur moi, ou sur la fenêtre. Ou peut-être était-ce le fruit de mon imagination : la mémoire vivante, tels les cercles à la surface de l'eau ou les frissons nerveux agitant l'échine d'une biche juste avant qu'elle ne s'enfuie, la mémoire donc frémit simultanément sur plusieurs rythmes, en plusieurs foyers, avant de se figer et devenir le souvenir d'un souvenir.

À la sortie de mon premier livre, *Les terres du chacal*, au printemps 1965, je l'avais expédié en tremblant à Agnon avec quelques lignes sur la page de garde. En réponse, Agnon m'envoya une belle lettre où il me donnait son opinion et qu'il concluait ainsi : « Ta dédicace m'a fait songer à ta mère, bénie soit sa mémoire. Je me rappelle qu'il y a quinze ou seize ans, elle était venue m'apporter, de la part de ton père, à qui je souhaite longue vie, un de ses livres. Peut-être étais-tu là toi aussi. En entrant, elle était restée sur le seuil, et ses paroles étaient rares. Mais son visage, si gracieux et si pur, est longtemps resté gravé dans ma mémoire. Cordiales salutations. S. J. Agnon. »

Mon père qui, à la demande d'Agnon, avait traduit l'article *Buczacz* dans l'Encyclopédie polonaise en vue de la rédaction de *La ville et tout ce qu'elle contient*, traitait Agnon d'« auteur diasporique » en faisant la moue : il n'y a pas dans ses récits de bruissement d'ailes, disait-il, pas d'envolée tragique, il n'y a même pas de rire sain, mais des arguties et des piques. Et même quand il y a çà et là de belles descriptions, il n'a de cesse qu'il ne les noie dans des flots d'éloquence bouffonne et de subtilité galicienne. Je crois que mon père considérait les récits d'Agnon comme une annexe de la littérature yiddish qu'il n'aimait guère : il était proche des « mitnagdim », les « opposants » lituaniens. Il abhorrait le surnaturel, la magie, la sensiblerie, tout ce qui se drapait dans des brumes romantiques ou mystiques et pouvait délibérément troubler le sentiment et égarer la raison. Vers la fin de sa vie, pourtant, ses goûts commencèrent à changer et il trouva une certaine consolation dans les contes et légendes hassidiques, les récits de I. L. Peretz, certains auteurs yiddish, voire les écrits d'Agnon. Ce qu'autrefois il accueillait avec la grimace et surnommait ironiquement mystique, folklore, *bobe-mayses*, balivernes, ne laissait pas de l'attirer à présent. Bien sûr, à l'instar du certificat de décès de grand-mère Shlomit — celle qui était morte de propreté — précisant simplement qu'elle était décédée d'une attaque cardiaque, le curriculum vitae de mon père indiquait que son dernier travail de recherche portait sur un manuscrit inédit de I. L. Peretz. Tels sont les faits. Je ne connais pas la vérité car je n'ai pratiquement jamais abordé ce sujet avec lui. Il ne me parlait presque jamais de son enfance, de ses amours en particulier ni de l'amour en général, de ses parents, de la mort de son frère, de sa maladie, de sa souffrance en particulier ni de la souffrance en général. Pas une seule fois nous n'avions évoqué la mort de ma mère. Pas un mot. Il faut dire que je ne lui facilitais guère la tâche, ne voulant pas commencer une discussion qui nous aurait menés je ne sais où. Si je devais noter tout ce dont nous n'avons jamais parlé, mon père et moi, j'aurais la matière de deux volumes. Mon père m'a laissé beaucoup de travail, et j'ai encore du pain sur la planche.

*

« Cet homme voit et comprend beaucoup de choses », disait maman au sujet d'Agnon.

« Il n'est peut-être pas foncièrement bon, mais au moins, il est capable de faire la différence entre le bien et le mal, et il sait aussi que nous n'avons guère le choix. »

Durant presque tout l'hiver, ma mère lisait et relisait *Sur les boutons du verrou*, un recueil d'Agnon. Peut-être y trouvait-elle l'écho de sa tristesse et de sa solitude. À mon tour, je relis souvent les paroles de Tirtsa Mazal, née Mintz, au début d'*À la fleur de l'âge*, une autre nouvelle d'Agnon :

*Ma mère mourut à la fleur de l'âge. À la trente et unième année d'une vie amère et éphémère. Ses jours, elle les avait passés recluse. De la maison, elle ne sortait pas... Notre maison, triste et silencieuse, restait fermée aux gens. Et ma mère, alitée, parlait peu.*

Dans sa lettre, Agnon avait décrit ma mère presque dans les mêmes termes : « En entrant, elle était restée sur le seuil, et ses paroles étaient rares. »

Quand, il y a plusieurs années, j'ai rédigé le chapitre intitulé *Qui va là ?* dans *L'histoire commence*, je me suis attardé sur l'énoncé : « Ses jours, elle les avait passés recluse. De la maison, elle ne sortait pas », qui est apparemment tautologique, la seconde phrase n'étant que la répétition de la première :

« La seconde phrase ne comporte aucune information qui ne nous ait déjà été fournie dans la première... La force de ces deux phrases, comme de la plupart de celles qui ouvrent le récit, réside dans la présence de ces deux membres symétriques. Derrière une façade harmonieuse et stable se cache une réalité familiale et sociale dont l'équilibre est miné de l'intérieur. »

Ma mère ne vivait pas en recluse à la maison. Loin s'en faut. Mais ses jours avaient également été brefs et amers.

« Ses jours » ? Je crois parfois percevoir dans ces mots la double vie de ma mère, la double vie de Léa, la mère de Tirtsa, et celle de Tirtsa Mazal, née

Mintz. Comme si elles aussi projetaient plus d'une ombre sur le mur. (Dans l'expression « ses jours », littéralement « les jours des années de sa vie », années [shnei] de sa vie peut signifier également ses deux [shnei] vies, ndlt.)

*

Des années plus tard, lorsque l'assemblée générale du kibboutz Houlda m'envoya étudier la littérature à l'université parce que le lycée du kibboutz avait besoin d'un professeur dans cette discipline, je pris mon courage à deux mains et m'en allai sonner à la porte de M. Agnon (ou, à la manière d'Agnon : « Je pris mon cœur à deux mains et m'en fus chez lui »).

« Mais Agnon n'est pas là », répondit Mme Agnon avec la politesse acerbe dont elle usait vis-à-vis de la foule de brigands et de voleurs qui venait abuser du précieux temps de son époux. Dame Agnon n'avait pas menti : M. Agnon n'était effectivement pas à la maison mais dans le jardin d'où il surgit soudain en pantoufles et gilet sans manches, il me dit bonjour en ajoutant immédiatement d'un air méfiant : « Qui êtes-vous ? » Quand je lui eus décliné mon nom et celui de mes parents, alors que nous étions toujours sur le seuil (Mme Agnon avait disparu sans mot dire à l'intérieur), M. Agnon se rappela les rumeurs qui avaient circulé à Jérusalem quelques années auparavant : « N'est-ce pas toi, l'orphelin de sa pauvre mère qui es parti vivre au kibboutz pour s'éloigner de son père ? dit-il en posant sa main sur mon épaule. N'est-ce pas toi que tes parents grondaient parce que tu picorais les raisins secs sur le gâteau quand tu venais ici ? » (ça, je ne m'en souvenais pas, et je ne croyais pas non plus un mot à cette histoire de cueillette de raisins secs, mais je m'abstins de discuter sur ce point). M. Agnon m'invita à entrer et me questionna un moment sur ce que je faisais au kibboutz, sur mes études (lesquelles de ses œuvres étaient au programme à l'université ? Et lesquelles je préférais ?), ainsi que sur l'origine de la famille de ma femme — ses yeux s'illuminèrent quand je lui appris qu'elle descendait d'Isaïah Leib Horowitz du côté paternel —, ensuite il me raconta deux ou trois histoires, mais comme un bon quart d'heure s'était écoulé et qu'il commençait visiblement à s'impatienter et cherchait un prétexte pour me congédier, assis sur la pointe des pieds, tout comme ma mère avant moi, je rassemblai mon courage et abordai l'objet de ma visite.

Le professeur Gershon Shaked avait donné aux étudiants de littérature hébraïque de première année une dissertation dont le sujet était la comparaison entre les récits de Jaffa de Brenner et ceux d'Agnon, j'avais donc lu les textes et tout ce que j'avais pu trouver à la bibliothèque sur la rencontre entre Brenner et Agnon à Jaffa, au temps de la deuxième aliya, en me demandant comment des hommes si différents avaient pu sympathiser : Yosef Haïm Brenner était un Juif russe amer, tourmenté, fruste, négligé et colérique, une âme dostoïevskienne basculant de l'enthousiasme à la dépression et de la pitié à la rage, déjà fortement engagé dans la littérature et le mouvement pionnier quand Agnon n'était qu'un jeune Galicien timide, de quelques années son cadet, encore vierge littérairement parlant, un pionnier devenu gratte-papier, un séminariste délicat et raffiné, élégant et très méticuleux en matière d'écriture, un garçon mince, rêveur et sarcastique : quelle attirance ces deux-là éprouvaient-ils l'un pour l'autre, à Jaffa, à l'époque de la deuxième aliya, au point de passer presque pour un couple d'amoureux ?

Aujourd'hui, je subodore quelque chose, mais ce jour-là, dans la maison d'Agnon, j'entrepris candidement de parler à mon hôte de ma dissertation et le priais sans malice de bien vouloir me révéler le secret des affinités qui l'unissaient à Brenner.

M. Agnon plissa les yeux et me regarda, il m'observa de biais plutôt, avec satisfaction et un petit sourire, tel un chasseur de papillons — ainsi l'avais-je compris les années passant — qui a trouvé un joli spécimen.

— En ce temps-là, ce qui rapprochait Yosef Haïm, que Dieu venge son sang, et moi, c'était un amour commun.

Je tendis l'oreille car, me semblait-il, j'étais dans le secret des dieux et la révélation d'une affaire de cœur mystérieuse et croustillante allait faire un scoop grâce auquel je parviendrais d'un seul coup à la célébrité dans la critique littéraire.

— Et qu'était-ce donc que cet amour commun ? questionnai-je avec la naïveté de la jeunesse, le cœur battant.

— C'est un secret, répondit M. Agnon en souriant pour lui-même, on aurait presque dit qu'il lançait une œillade, un secret que je te dévoilerai si tu me promets de n'en parler à personne.

J'étais si ému que j'en perdis la voix — pauvre débile — et que je ne pus exprimer qu'une promesse muette.

— Eh bien, sache en confidence que, lors de notre séjour à Jaffa, Yosef Haïm et moi-même aimions passionnément Samuel Joseph Agnon.

*

Bien sûr : l'ironie agnonienne, l'autodérision qui égratignait aussi bien le railleur que son hôte crédule, venu tirer le maître de maison par la manche. Se cachait là, pourtant, une infime part de vérité, la faible lueur de la mystérieuse attirance d'un homme rude et passionné pour un garçon frêle et gâté, comme du penchant secret du jeune Galicien sophistiqué pour l'homme ardent et révéré qui déploierait sur lui une aile paternelle et lui offrirait l'épaule d'un grand frère.

Or c'était plutôt une haine commune qui caractérisait les récits d'Agnon et de Brenner : la fausseté, le verbiage, l'affectation, l'autosuffisance des premiers pionniers, le mensonge, la fatuité du sionisme, l'onctuosité conservatrice, vertueuse et béate du judaïsme insupportaient Brenner et répugnaient à Agnon. Dans ces écrits, Brenner les martelait sur l'enclume de sa colère, quand Agnon les tournait en dérision, perçant, à l'aide d'une fine aiguille, la baudruche d'où s'échappait un air chaud et vicié.

Quoi qu'il en soit, tant dans la Jaffa de Brenner que dans celle d'Agnon, au milieu de la foule des faussaires, des bavards et autres simulateurs, se profilaient les silhouettes silencieuses d'hommes de vérité intègres, les « déshérités du monde, les âmes muettes, humbles en pensée et en action ». C'est mon maître, Dov Sadan, qui m'a démontré que les récits de Brenner s'articulent sur l'existence magique des « trente-six justes ». On voit parfois les déshérités du monde traverser aussi les nouvelles d'Agnon dans un silence hébété, de sorte que, finalement, on pourrait parler d'un amour commun pour les taciturnes, ces hommes-enfants dont la brève apparition force Brenner à réfréner sa colère et Agnon à mettre une sourdine à son humour et ses sarcasmes.

*

Agnon était un homme pratiquant, il respectait le sabbat, portait la kippa, craignait Dieu, littéralement : en hébreu « crainte » est synonyme de « foi ». Les histoires d'Agnon recèlent certains passages où, de manière détournée, avec une rouerie déguisée, la crainte de Dieu est décrite comme la terreur du ciel : Agnon croit en Dieu et il Le craint, mais il ne L'aime pas. « Je ne suis qu'un vaurien, déclare Daniel Bach dans *L'hôte de passage*, et je ne crois pas que le Saint béni soit-Il veuille le bonheur de Ses créatures. » Voilà une position théologique paradoxale, tragique, voire désespérée, qu'Agnon n'énonce jamais de manière discursive, mais expose par la bouche de ses personnages secondaires ou sous-entend par les revers que subissent ses héros. Plusieurs années plus tard, j'ai développé cette idée dans *Le silence du ciel : Agnon et la crainte de Dieu*. Par la suite, des dizaines de pratiquants, la plupart issus des milieux orthodoxes, des jeunes, des femmes, voire des maîtres d'école et des ministres du culte, m'ont envoyé des lettres très personnelles, des confessions même, où ils m'avouaient, chacun à sa façon, qu'ils éprouvaient au fond d'eux-mêmes ce que j'avais vu chez Agnon. Mais ce que j'avais découvert dans l'œuvre d'Agnon, je l'avais discerné aussi, à une ou deux reprises, chez Agnon lui-même, dans son cynisme sardonique à la limite d'un nihilisme bouffon et désespéré : « Dieu me prendra sûrement en pitié, avait-il déclaré un jour à propos de l'une de ses perpétuelles récriminations contre les autobus, et sinon, l'association du quartier le fera, mais je crains que *Mekasher* ne soit le plus coriace des deux. »

« Voilà d'innombrables années que le Saint béni soit-Il s'obstine à croire que Jérusalem est la cité de son règne, avait-il affirmé une autre fois, Il n'a pas encore compris qu'elle est le fief des politiciens et des militants, et que s'Il nous dépêchait son saint messie, ils le renverraient aux calendes ou lui fixeraient un rendez-vous pour la semaine ou le mois suivants, ils reprocheraient au Saint béni soit-Il de fourrer son nez partout, et ils Lui en feraient voir de toutes les couleurs jusqu'à ce qu'en désespoir de cause Il s'en aille se trouver une autre ville où établir Son royaume. »

*

Au cours de mes deux années d'études à l'université hébraïque de Jérusalem, j'ai fait encore deux ou trois fois le pèlerinage de Talpiot. Mes premières nouvelles paraissaient alors dans le supplément hebdomadaire du *Davar* et dans la revue trimestrielle *Keshet*, et je me proposais de les remettre en mains propres à M. Agnon pour qu'il me donne son opinion, mais M. Agnon s'était excusé en alléguant qu'« il n'était pas enclin à la lecture à ce moment-là », et il me priait de les lui apporter à une autre occasion. À l'autre occasion donc, j'étais venu les mains vides, mais j'avais glissé un exemplaire de *Keshet* avec ma nouvelle sous mon pull, sur mon ventre, telle une grossesse embarrassante. Finalement, je n'avais pas osé accoucher là-bas, j'avais eu peur d'être importun, et j'étais reparti comme j'étais venu, avec mon gros ventre. Ou mon pull ballonné. Ce n'est que quelques années plus tard, lorsque mes nouvelles furent réunies et publiées dans un recueil intitulé *Les terres du chacal* (1965), que je me risquai à les lui envoyer. Pendant trois jours et trois nuits, euphorique, j'avais gambadé dans tout le kibboutz en poussant des cris de joie muette, braillant et pleurant intérieurement, quand était parvenue la lettre de M Agnon où il m'écrivait, entre autres : « ... je t'en dirai plus, de vive voix, lorsque nous aurons l'occasion de nous rencontrer. Je lirai, si Dieu veut, tes autres nouvelles à Pessah, parce que j'aime les récits comme les tiens où les personnages ont l'air d'être ce qu'ils sont. »

J'étais encore à l'université quand, dans un périodique étranger, avait paru un article de l'une des sommités de la littérature comparée (était-ce le Suisse Émile Steiger ?). L'auteur de l'article était d'avis que les trois écrivains majeurs de la Mitteleuropa au cours de la première moitié du vingtième siècle étaient Thomas Mann, Robert Musil et S. J. Agnon. Ces lignes avaient été écrites quelques années avant qu'Agnon ne reçût le prix Nobel, et surexcité, j'avais volé la revue dans la salle de lecture de la bibliothèque (il n'y avait pas encore de photocopieuses à l'université) et je m'étais précipité à Talpiot pour réjouir le cœur de M. Agnon. Il était si content qu'il avait avalé l'article d'un trait, debout sur le seuil de sa maison, sans m'inviter à entrer, et après l'avoir lu et relu en se léchant peut-être même les babines, avec le regard qu'il me lançait de temps en temps, il m'avait demandé avec une innocence feinte : « Crois-tu toi aussi que Thomas Mann est un écrivain majeur ? »

En une autre circonstance, j'avais prévu de lui demander ce qu'il pensait de Bialik, Uri Tsvi Greenberg, Alterman, Hazaz et Shlonsky : j'avais envie de presser un peu de son fiel pour me délecter de sa subtile cruauté : « Bialik, avait-il répondu avec une grande humilité et un immense respect, Bialik était le seigneur de notre langue et de notre poésie. Depuis la clôture du Canon de la Bible, nul en Israël n'a maîtrisé l'hébreu comme lui. C'était le seigneur de notre langue : moi-même, je n'ai pas trouvé plus de deux fautes dans toute son œuvre. » À propos d'Uri Tsvi Greenberg : « Le seigneur de la langue et de la poésie ! Le champion de notre poésie ! Dans nulle autre nation, nulle autre langue, il n'est de poète qui arrive à la cheville d'Uri Tsvi Greenberg ; même le grand Goethe n'aurait pu rédiger des affiches et les vocaliser mieux que lui. »

Il avait dit cela sans malice ni prétention, mais avec une sorte de joie espiègle, comme un enfant sagace qui serait parvenu à piéger tous les adultes sans exception, conscient que, même s'ils se mettaient en colère, ils pourraient difficilement dissimuler leur tendresse, leur admiration et leur fierté. En cet instant, le prix Nobel de littérature ressemblait à un enfant prodige sevré d'amour et avide d'affection, les grandes eaux ne pourraient étancher sa soif d'amour, ni les fleuves la submerger. Et je l'avais quitté, heureux comme un homme à qui l'on aurait confié un secret de Polichinelle. Qu'il avait toujours su.

*

Un soir que j'avais raté le dernier car assurant la liaison Rehovot-Houlda, j'avais dû prendre un taxi. Ce jour-là, la radio avait diffusé en boucle la nouvelle de l'attribution du prix Nobel de littérature ex aequo à Agnon et à la poétesse Nelly Sachs, et le chauffeur du taxi m'avait demandé si j'avais jamais entendu parler de ce type, Agnon (qu'il prononçait Égnon) : « Vous vous rendez compte — il n'en revenait pas — il débarque et le voilà qui nous emmène en finale ! Manque de bol, il nous fait match nul avec une gonzesse ! »

M. Agnon n'avait pas digéré ce « match nul » lui non plus. Il pensait, et il avait même soutenu avec le plus grand sérieux, une fougue quasi enfantine, que le jury du Nobel se souviendrait de lui d'ici deux ou trois ans et lui attribuerait un prix entier, sans partenaire ni objecteur. « Voyez la force de l'ambition, avait-il dit un jour, comme s'il se moquait de son amour-propre et de l'ambition qui le dévorait, à tel point que, par elle, les hommes sont prêts à ramper plus bas que terre. »

*

Pendant des années, je me suis efforcé de ne plus vivre dans l'ombre d'Agnon, de m'affranchir de son ascendant, de sa langue allusive, raffinée, voire petite-bourgeoise, de sa cadence harmonieuse, d'un certain plaisir midrashique avec les chaudes résonances de la langue rabbinique, les pulsations des mélodies yiddish et les ondulations des contes hassidiques. Je devais me détacher de son humour et de son ironie, de sa symbolique baroque, exubérante, de ses labyrinthes énigmatiques, de ses redondances et de ses admirables facéties littéraires.

J'ai eu beau faire, les leçons d'Agnon se retrouvent évidemment dans mes livres.

Mais que m'a-t-il réellement appris ?

Peut-être ceci : à ne pas projeter qu'une ombre. À ne pas grappiller les raisins secs du gâteau. À réfréner et polir la souffrance. Et encore une chose que ma grand-mère formulait de manière plus percutante que lui : « Si vous n'avez plus de larmes pour pleurer, abstenez-vous donc. Riez plutôt. »

## 13

Il m'arrivait de passer la nuit chez grand-père et grand-mère. Grand-mère désignait soudain un meuble, un vêtement ou quelqu'un et s'exclamait :

« Il est si laid qu'il en est presque beau. »

Ou bien :

« Il est devenu tellement intelligent, ce zigoto, qu'il ne comprend rien. »

Ou encore :

« Ça fait mal, mal, si mal que ça donnerait presque envie de rire. »

Elle fredonnait à longueur de temps des airs venus d'ailleurs, là où elle avait apparemment vécu sans crainte des microbes et sans la grossièreté qui, se lamentait-elle, souillait tout.

« Comme des bêtes », maugréait-elle avec horreur, sans aucune raison apparente ni provocation particulière et sans même se donner la peine d'expliquer à qui était destinée l'allusion. Et même quand nous étions assis côte à côte sur un banc, au crépuscule, dans le square désert où une brise légère effleurait le bout des feuilles ou les agitait sans les toucher de son doigt diaphane, épouvantée, frissonnante de dégoût et comme en état de choc, elle s'écriait subitement :

« Non vraiment ! Ce n'est pas possible ! Pires que des bêtes ! »

Un peu plus tard, elle se remettait à chantonner de douces mélodies qui m'étaient inconnues.

Ça la prenait n'importe où et n'importe quand, dans la cuisine, devant la glace, sur le balcon et même la nuit.

Plus d'une fois, après le bain, le brossage des dents et le récurage des oreilles à l'aide d'un bâtonnet à l'extrémité emmaillotée de coton, je me couchais à côté d'elle dans le grand lit (que grand-père avait définitivement déserté ou dont il avait été exilé, bien avant ma naissance), grand-mère me lisait une ou deux histoires, me caressait la joue, m'embrassait sur le front pour le frotter aussitôt après avec un petit mouchoir parfumé, qu'elle glissait dans sa manche gauche et dont elle se servait pour éliminer ou écraser les microbes, avant d'éteindre la lumière. Elle continuait à fredonner dans le noir, elle ne fredonnait pas en fait et elle ne chantonnait pas non plus, mais, comment dire, elle produisait une sorte de voix lointaine, rêveuse, une voix couleur brou de noix, une note sombre et agréable qui s'amenuisait lentement pour devenir un écho, une nuance, une odeur, un frottement ténu, une tiédeur brune, un liquide amniotique. Toute la nuit.

*

Mais de ces délices nocturnes, du frottement, de la tiédeur et des eaux matricielles, elle vous obligeait à vous dépouiller en vous étrillant furieusement aux aurores, au saut du lit, sans même vous donner le temps d'avaler un chocolat chaud sans la peau. Le combat matinal de la tapette de grand-père me tirait du sommeil : sur l'ordre de grand-mère, il se levait tous les matins avant six heures et sortait sur le balcon pour battre édredons et matelas avec une ardeur donquichottesque.

Vous aviez à peine ouvert les yeux que vous attendait déjà un bain fumant mélangé à une solution antiseptique à l'odeur de clinique. La brosse à dents où se tortillait un vermisseau blanchâtre du dentifrice « Ivoire » était embusquée sur le rebord de la baignoire. Vous deviez y entrer, vous savonner avec un tampon de luffa, puis replonger dans l'eau, grand-mère arrivait sur ces entrefaites, elle vous forçait à vous agenouiller dans la baignoire, vous maintenait fermement par le bras et vous frottait de fond en comble, de la tête aux pieds et des pieds à la tête, avec une sorte de brosse hérissée de poils redoutables, pareille au peigne de fer avec lequel l'Empire romain avait écorché vif rabbi Akiva et d'autres martyrs, jusqu'à ce que la peau ressemble à de la viande crue, grand-mère vous commandait alors de fermer les yeux très fort et puis elle vous frictionnait la tête en vous grattant le cuir chevelu avec ses ongles, tel Job avec son tesson, tout en vous expliquant de sa voix bistre, bien timbrée, qu'au cours de la nuit, pendant le sommeil, les glandes produisaient des miasmes de crasse malsaine, une sorte de transpiration visqueuse, des déchets corporels graisseux, des débris de peau malpropres, des cheveux, quantité de cellules mortes dégoûtantes et autres sécrétions liquides troubles, Dieu nous en préserve, « et pendant que tu dors, tous ces résidus qui recouvrent ton corps se mélangent et invitent carrément les microbes, les bacilles et même les virus à venir t'infester, sans parler de ce que la science n'a pas encore découvert, ce qu'on ne peut pas distinguer, même avec un microscope très puissant, et même si on ne les voit pas, ils se promènent toute la nuit sur toi

avec leurs trillions de fines pattes poilues et répugnantes, comme celles des cafards, sauf qu'elles sont
si minuscules qu'elles sont invisibles et que même
les savants ne voient rien, et avec leurs pattes sales
et pleines de poils, ils s'infiltrent à l'intérieur de nous
en passant par le nez, la bouche et par tu sais quoi,
d'autant que les gens ne se lavent jamais comme il
faut dans ces endroits pas jolis jolis et qu'ils
s'essuient en plus, comme si s'essuyer, c'était se
laver, alors que c'est juste faire pénétrer ces matières
infectes dans les millions de minuscules trous qu'on
a sur la peau, de sorte que tout devient là-bas de plus
en plus pourri, humide et dégoûtant, surtout que la
saleté produite par notre corps à l'intérieur, jour et
nuit, se mélange à la saleté du dehors qu'on attrape
au contact de choses pas très hygiéniques dont on ne
sait pas qui les a touchées avant vous, comme
l'argent, par exemple, les journaux, les rampes
d'escaliers, les poignées de portes ou même la nourriture qu'on achète, qui sait si quelqu'un ne vient pas
juste d'éternuer sur quelque chose que tu as pris, ou
si, tu m'excuseras, il ne s'est pas mouché et que quelque chose est tombé sur les papiers de bonbons que
tu ramasses dans la rue et que tu mets sur ton lit où
tu dors juste après, sans parler de ta collection de
bouchons de bouteilles que tu déniches dans les
poubelles, et le maïs que ta mère, qu'elle reste en
bonne santé, t'achète chez ce type qui ne s'est peut-
être pas lavé ni essuyé les mains après avoir fait tu
sais quoi, excuse-moi, et comment savoir s'il n'est
pas malade ? S'il n'a pas par hasard la tuberculose, le
choléra, la typhoïde ou la dysenterie ? Ou un abcès,
une infection intestinale, de l'eczéma, un psoriasis,
c'est une sorte de lèpre, ou un ulcère ? Et s'il n'était
pas juif ? Tu sais le nombre de maladies qu'il y a ici ?
Combien d'épidémies levantines ? Et je ne parle que

147

de celles qui sont connues, pas de celles qu'on ne connaît pas encore et que même les savants ignorent, ici, au Levant, les gens meurent tous les jours comme des mouches à cause d'un parasite, d'un bacille, d'un microbe ou de toutes sortes de minuscules vers que les docteurs ne connaissent même pas, surtout dans ce pays où il fait si chaud et qui est infesté de mouches, de moustiques, d'insectes, de fourmis, de cafards, d'acariens et de je ne sais quoi, et puis les gens ici transpirent sans arrêt et se frottent les uns aux autres avec leurs infections purulentes, leur sueur et tous les liquides qui sortent de leur corps, heureusement qu'à ton âge, tu ignores de quoi il s'agit, et chacun peut asperger quelqu'un sans que la personne s'en aperçoive tellement c'est la cohue ici, il suffit d'un simple serrement de main pour vous contaminer, et rien qu'en respirant l'air où quelqu'un d'autre vient de rejeter par les poumons des microbes et les bacilles de la teigne, du trachome ou de la bilharziose. Et puis ici, les conditions sanitaires ne sont pas du tout aux normes européennes, quant à l'hygiène, la moitié des gens n'en ont jamais entendu parler, et l'air est rempli de toutes sortes d'insectes asiatiques, d'immondes bestioles ailées rampantes qui arrivent tout droit des villages arabes et même d'Afrique, qui sait quelles curieuses maladies et quelles infections purulentes ces bêtes nous ramènent sans arrêt, car le Levant pullule de microbes. Bon, maintenant, tu vas bien te sécher tout seul, comme un grand, ne laisse rien de mouillé, et puis tu te talques très très soigneusement tu sais où, dans les deux endroits, mets-en tout autour, et tu étaleras sur ton cou, s'il te plaît, de la crème du tube qui est ici, après, tu enfileras les vêtements que j'ai posés là, ceux que ta mère, qu'elle reste en bonne santé, a préparés et que j'ai repassés pour les désinfecter et tuer tout ce qui y grouille, c'est encore mieux qu'une lessive. Ensuite, viens à la cuisine, n'oublie pas de te coiffer bien comme il faut avant, pour prendre ton petit-déjeuner avec une bonne tasse de chocolat.

En sortant de la salle de bains, elle grommelait dans sa barbe, sans colère mais avec une profonde tristesse :

« De vraies bêtes. Pire, même. »

*

Une porte munie d'un panneau vitré opaque, décoré de frises de fleurs de givre stylisées, de forme géométrique, séparait la chambre de grand-mère du réduit exigu appelé « le cabinet de grand-père Alexandre » — lequel avait une entrée privée donnant sur le balcon, puis dans le jardin et ensuite vers l'extérieur, la ville, la liberté.

Dans un coin, se trouvait le divan d'Odessa, étroit et dur comme une planche, sur lequel dormait grand-père. Dessous, telles des recrues à la parade, étaient alignées huit à neuf paires de chaussures noires, étincelantes comme un miroir : à l'image de la collection de chapeaux verts, marron et bordeaux, le trésor le plus précieux de grand-mère Shlomit qu'elle gardait dans un carton ovale, grand-père commandait une armada de souliers qu'il faisait reluire comme du cristal — certains étaient rigides avec une semelle épaisse, d'autres avaient un bout rond ou pointu et ajouré, certains se laçaient quand d'autres s'attachaient ou se fermaient avec une boucle.

Une petite table toujours bien rangée se dressait en vis-à-vis et supportait une bouteille d'encre et un buvard en bois d'olivier. Ce buvard, qui ressemblait à un tank ou un navire à grosse cheminée cinglant vers l'orient, comportait trois casiers en métal argenté brillant : le premier débordait de trombones, le second de punaises, et dans le troisième — on aurait dit un nœud de vipères — se contorsionnait un amas d'élastiques. Il y avait également un classeur métallique rectangulaire avec un compartiment pour les lettres arrivées, le courrier au départ, les coupures de journaux, les documents administratifs et bancaires et la correspondance avec le Herout, la section de Jérusalem. On apercevait aussi une boîte en bois d'olivier remplie de timbres de diverses valeurs et munie de plusieurs cases destinées respectivement aux vignettes « exprès », « recommandé » et « par avion ». Il y avait en outre un espace réservé aux enveloppes et un autre aux cartes postales, derrière lesquelles se profilait un support mobile argenté en forme de tour Eiffel. C'était en fait un porte-stylos et crayons de toutes les couleurs, dont un merveilleux spécimen possédant deux pointes, l'une rouge et l'autre bleue.

Sur un coin de la table, non loin du classeur, se trouvait en permanence une bouteille sombre à long col contenant une liqueur d'importation, flanquée de trois ou quatre petits verres verdâtres, pareils à des femmes à la fine silhouette. Grand-père, qui appréciait la beauté et détestait la laideur, aimait siroter une liqueur pour réconforter son âme agitée et solitaire : le monde ne le comprenait pas. Son épouse ne le comprenait pas. Personne ne l'avait jamais vraiment compris. Son cœur aspirait à de nobles desseins, mais tous s'ingéniaient à lui couper les ailes, sa femme, ses amis, ses associés, chacun l'obligeait à s'échiner au travail, en passant par le ménage et les rangements, le marchandage et des milliers d'autres tracas et besognes diverses. C'était un homme tranquille, un peu soupe au lait mais vite rasséréné. Chaque fois qu'il voyait une responsabilité traîner quelque part, fût-elle familiale, publique ou morale, il s'empressait de l'endosser. Par la suite, toutefois, il se plaignait de ployer sous la charge et de ce que le monde entier, grand-mère en tête, exploitait son bon cœur, lui imposait de multiples tâches qui étouffaient son génie poétique et, en plus, le prenait pour un garçon de courses.

Le jour, grand-père Alexandre servait d'intermédiaire et d'agent commercial à Jérusalem pour le compte de l'entreprise de textiles Lodzia ainsi que pour d'autres sociétés importantes. Des échantillons de tissus multicolores, des chemises et des pantalons de jersey ou de gabardine, des chaussettes, des serviettes de toilette ou de table, des rideaux, etc., emplissaient des mallettes posées sur des étagères qui tapissaient un pan de mur entier. À condition de ne pas les ouvrir, je pouvais m'en servir pour construire des forteresses, des tours et des palissades. Assis sur sa chaise, tournant le dos à son bureau, les jambes étendues devant lui, son visage rose rayonnant de bonté et de satisfaction, grand-père me souriait béatement, comme si l'échafaudage de valises que j'étais en train d'édifier allait éclipser les pyramides, les jardins suspendus de Babylone et la muraille de Chine. C'était lui qui m'avait parlé de la muraille de Chine, des pyramides, des jardins suspendus et d'autres chefs-d'œuvre de l'humanité, tels que le Parthénon, le Colisée, le canal de Suez et celui de Panama, l'Empire State Building, le Kremlin, les canaux de Venise, l'Arc de triomphe et la tour Eiffel.

*

La nuit, dans la solitude de son bureau, un petit verre de liqueur à portée de la main, grand-père

Alexandre se métamorphosait en poète sentimental qui déversait sur le monde hostile des poèmes, en russe, où se mêlaient l'amour, l'attendrissement, la fougue et la tristesse. Son ami, Yosef Cohen-Tsedek, les traduisait en hébreu :

> *Après ma mort, au terme de vingt-cinq années*
> *ô Dieu, ressuscite-moi !*
> *Ouvre-moi les yeux d'une main aimante*
> *et durant trois journées*
> *de Dan à Beer Sheva*
> *ma patrie je sillonnerai*
> *explorant chaque colline, chaque vallée*
> *admirant sa beauté*
> *chacun ici habite en sécurité*
> *sous sa vigne et son figuier*
> *partout abondent les vergers*
> *et mon pays est plein de gaieté...*

Et ailleurs :

> *Lorsque s'ouvre le gouffre ténébreux*
> *et que par les ombres de la nuit je suis cerné*
> *je crie vengeance à Dieu*
> *et brûle de me venger...*

Ou encore :

> *Durant tout le jour, jusqu'à son déclin*
> *de Dan à Beer Sheva*
> *nous casserons des pierres sans fin*
> *et sur l'enclume le marteau frappera*
> *une nation forge ici sa patrie*
> *un peuple rentre dans ses foyers*
> *pour y édifier d'une main acharnée*
> *un village, un abri...*

Il composa également des hymnes à la gloire de Vladimir Zeev Jabotinsky, de Menahem Begin et de son célèbre frère, mon grand-oncle Yosef, ainsi que des vers déchaînés contre les Allemands, les Arabes, les Anglais et tous les ennemis d'Israël, parmi lesquels j'ai découvert deux ou trois poèmes empreints de solitude et de tristesse :

> *En rêve, dans le silence et la douleur*
> *de clarté lunaire nimbée*
> *devant moi je t'ai vue dressée*
> *ton regard rayonnant de splendeur...*

Et aussi :

> *Tourment et souffrance, pensées endeuillées*
> *m'oppressent au soir de ma vie*
> *humide froidure automnale, nuages par milliers*
> *pleurent, se lamentent sur ma jeunesse enfuie...*

Mais la plupart du temps, il n'était pas oppressé par les nuages et la pluie d'automne : c'était un nationaliste, un patriote féru d'armées, de victoires et de conquêtes, un faucon fervent, sincèrement persuadé que si nous, les Juifs, cultivions l'héroïsme, la détermination, l'audace, le courage, etc., si nous faisions fi des nations, nous pourrions défaire nos ennemis et établir le royaume de David du Nil à l'Euphrate, de sorte que tous les méchants et cruels goys viendraient se prosterner devant nous. Il avait un penchant pour le sublime, la force et le clinquant — les uniformes, les clairons en cuivre, les drapeaux, les lances étincelant au soleil, les palais royaux et les bannières des héros. Il appartenait au dix-neuvième siècle même s'il avait vécu assez longtemps pour voir plus des trois quarts du vingtième.

Je me le rappelle vêtu d'un costume de flanelle crème ou d'un trois-pièces rayé, au pantalon impeccablement repassé, qu'il portait parfois avec un gilet et une fine chaîne d'argent qui lui ceignait le ventre avant de disparaître dans la poche dudit gilet (qu'il appelait « brassière » tandis que je réprimais à grand-peine un ricanement qui menaçait de se muer en fou rire). L'été, il se coiffait d'un panama de couleur claire et, l'hiver, d'un borsalino orné d'un ruban de soie sombre. C'était un homme irascible, capable de brusques éclats de colère, mais qui se calmait promptement, pardonnait, s'excusait, regrettait, un peu désorienté, comme s'il ne s'agissait pas de colère mais d'une quinte de toux passagère. On savait quelle était son humeur du moment car son teint changeait comme un feu tricolore — rose, blanc, rouge et de nouveau rose : ses joues se coloraient généralement de contentement, elles devenaient parfois livides d'humiliation ou cramoisies de fureur avant de rosir derechef pour clamer à la face du monde que l'orage était passé, que l'hiver s'en était allé, que les bourgeons apparaissaient dans le pays et, un instant plus tard, il rayonnait de joie, oubliant sur-le-champ ce qui l'avait fâché, pareil à un enfant en larmes qui, aussitôt calmé, retourne en riant à ses jeux.

## 14

Rabbi Alexandre Susskind d'Horodno, décédé en 1794, est connu dans la tradition rabbinique sous le nom de « Yosha », l'acronyme hébraïque de son célèbre ouvrage *Le fondement et principe du culte*. C'était un mystique, un « kabbaliste », un homme austère, l'auteur fécond de plusieurs « traités d'éthique » importants. On racontait qu'« il s'enfermait à longueur de journée dans sa chambre pour étudier la Torah, qu'il n'embrassait ni ne serrait jamais ses fils dans ses bras et qu'il ne leur parlait pas non plus de choses aussi futiles que la pluie et le beau temps ». Son épouse assurait seule la subsistance du ménage et l'éducation des enfants. Pourtant, cet ascète prônait d'« accomplir le culte divin dans l'allégresse et l'enthousiasme » (rabbi Nahman de Bratslav disait de lui que « c'était un *hassid* avant la lettre »). Mais l'allégresse et l'enthousiasme n'avaient pas empêché rabbi Alexandre Susskind de stipuler dans son testament qu'après sa mort « la *hevra kadisha* me fera subir les quatre modes d'exécution stipulés par la loi rabbinique, la lapidation, le feu, le fer et la strangulation ». Par exemple : « Quelques hommes me lanceront au plafond et me laisseront retomber de toutes leurs forces par terre, sans user d'un drap ni répandre de la paille pour amortir, et ce à sept reprises, et je lance l'anathème... contre la *hevra kadisha* s'ils ne me font pas subir les sept morts, sans égard pour mon humiliation, car mon humiliation est mon orgueil, afin d'être quitte de la justice suprême. » Tout cela dans le but d'expier ses fautes ou en vue de purification, pour « l'âme, l'esprit et la psyché d'Alexandre Susskind, fils de Rébecca ». En outre, on sait qu'il sillonna l'Allemagne pour collecter des fonds destinés au yishouv de Palestine, ce qui lui avait valu la prison. Ses descendants portèrent le nom patronymique de Braz, qui signifie : enfants de rabbi Alexandre Susskind.

Son fils, rabbi Yosselè Braz, l'un de ceux que leur père n'avait jamais embrassés ni serrés dans ses bras, fut considéré comme un *tsadik* qui passait son temps à méditer la Torah et ne quittait jamais la maison d'études au cours des six jours de la semaine, pas même pour dormir : il s'autorisait à somnoler quatre heures par nuit, assis, la tête sur un bras posé sur la table, une bougie coincée entre ses doigts dont la flamme le tirait du sommeil en se consumant. Il prenait les repas qu'il se faisait porter sur place et ne retournait chez lui qu'à l'entrée du sabbat pour y revenir dès le samedi soir. C'était un ascète, comme son père. Sa femme, qui possédait un commerce de tissus, l'avait entretenu, lui et sa progéniture, durant toute sa vie, comme l'avait fait sa belle-mère avant elle, car, par humilité, rabbi Yosselè déclina toujours le titre de rabbin, se contentant d'enseigner bénévolement la Torah aux pauvres. Il se refusa même à écrire, se jugeant trop insignifiant pour affirmer quelque chose que ses prédécesseurs n'avaient pas énoncé avant lui.

Son fils, rabbi Alexandre Susskind Braz (le grand-père de mon grand-père Alexandre), était un riche négociant en grains, en lin et même en soies de porc qui, au cours de ses pérégrinations, visita Königsberg, Dantzig et Leipzig. S'il respectait rigoureusement les commandements, il était loin d'être aussi fanatique que son père et son grand-père : il ne se désintéressait pas du monde, ne vivait pas aux crochets de son épouse et ne s'insurgeait pas contre l'esprit du temps et les Lumières : il permit à ses enfants d'étudier le russe, l'allemand et certaines « sciences étrangères », et il encouragea même sa fille, Rashe-Keila Braz, à apprendre à lire et à se cultiver. Il ne menaça naturellement jamais la *hevra kadisha* d'excommunication et d'anathème si elle ne mettait pas son corps en pièces après sa mort.

*

Au début des années quatre-vingt du dix-neuvième siècle, Menahem-Mendel Braz, fils d'Alexandre Susskind, petit-fils de rabbi Yosselè et arrière-petit-fils de rabbi Alexandre Susskind, l'auteur du *Fondement et principe du culte*, s'établit à Odessa où il s'occupa d'une petite entreprise de verre avec sa femme, Perla. Dans sa jeunesse, il avait été fonctionnaire à Königsberg. Menahem Braz était un bel homme aisé, bon vivant, hardi et anticonformiste, même pour l'Odessa juive et tolérante de la fin du dix-neuvième siècle : il était ouvertement athée, hédoniste, et exécrait la religion et les fanatiques aussi ardemment que son grand-père et son arrière-grand-père révéraient chaque lettre et signe de la Torah. Menahem-Mendel était un libre-penseur qui fumait ostensiblement le sabbat et consommait des aliments interdits avec un plaisir non dissimulé, c'était un jouisseur, tristement conscient qu'il était de la brièveté de la vie et refusant résolument toute idée de compensation, de châtiment et de vie future. Ce voltairien inconditionnel pensait que l'homme devait cueillir à pleines mains ce que lui offrait la vie et satisfaire ses désirs sans limites, à condition de ne pas heurter son prochain, lui nuire ou le faire souffrir.

*

On avait marié Rashe-Keila, la sœur de Menahem-Mendel, la fille de rabbi Alexandre Susskind Braz, à un brave Juif originaire du petit village d'Oulkeniki, en Lituanie (non loin de Vilna), Yehouda Leib Klausner, le fils d'un fermier du nom d'Avraham Klausner, descendant de rabbi Avraham Klausner, l'auteur du *Livre des coutumes*, qui avait vécu à Vienne à la fin du quatorzième siècle [1].

Contrairement à leurs savants cousins de la bourgade voisine de Trakai, les Klausner d'Oulkeniki étaient généralement de simples paysans, robustes, opiniâtres et naïfs. Yehezkel Klausner avait élevé des vaches, des moutons et planté des vergers et des

1. Généalogie : Ma fille aînée s'appelle Fania, du nom de ma mère. Mon fils se prénomme Daniel, Yehouda, Arié, comme Daniel Klausner, mon cousin germain, né un an avant moi, et assassiné par les Allemands avec ses parents, David et Malka, à Vilna, à l'âge de trois ans, et comme mon père, Yehouda, Arié Klausner, qui portait le nom de son grand-père, Yehouda Leib Klausner d'Oulkeniki, en Lituanie, fils de rabbi Yehezkel, fils de rabbi Kaddish, fils de rabbi Gedalia Klausner-Oulkeniki, descendant de rabbi Abraham Klausner, auteur du *Livre des coutumes*, qui avait vécu à Vienne à la fin du XIVe siècle. Mon grand-père paternel était Alexandre Susskind Klausner, prénommé comme son grand-père maternel, Alexandre Susskind Braz, qui portait le nom de son grand-père, rabbi Alexandre Susskind d'Horodno, l'auteur du *Fondement et principe du culte*. Mon frère David porte le nom de l'oncle David, le frère de mon père, tué par les Allemands à Vilna. Les prénoms de mes trois petits-enfants comportent le nom de leur grand-père (Maccabi Salzberger) ou de leurs grands-mères (Lotte Salzberger et Riva Zuckerman).

légumes, d'abord à Popishuk (ou Papishki), ensuite à Rudnik et, pour finir, à Oulkeniki, aux environs de Vilna. Yehouda Leib, comme Yehezkel son père, avait étudié les rudiments de la Torah et de la Gemara avec un maître local, il respectait les commandements, mais abhorrait les raisonnements homilétiques. Il adorait la vie en plein air et détestait rester cloîtré.

Après qu'il eut tâté du commerce des grains (sans succès car les autres marchands eurent tôt fait de profiter de sa crédulité pour le berner et l'évincer), Yehouda Leib acheta une carriole et un cheval avec ce qui lui restait d'économies et entreprit de transporter des passagers et des marchandises de village en village. C'était un cocher décontracté, doux et satisfait de son sort, qui affectionnait la bonne chère, les cantiques du sabbat et des fêtes, une rasade d'eau-de-vie les soirs d'hiver, et qui n'avait jamais fouetté son cheval ni reculé devant les dangers. Il aimait la solitude, juché sur sa charrette remplie de bois ou de sacs de grains, traversant d'une allure lente et placide les forêts obscures, les plaines désertes, en pleine tempête de neige, ou le fleuve gelé, au cœur de l'hiver. Un jour (mon grand-père Alexandre ne se lassait pas de me raconter cette histoire, les soirs d'hiver) que la glace s'était brisée sous le poids de la charrette, Yehouda Leib avait sauté à terre, saisi les rênes des ses mains puissantes et réussi à dégager son cheval et son véhicule.

Rashe-Keila, née Braz, donna trois fils et trois filles à son cocher de mari. En 1884, elle tomba gravement malade et les Klausner décidèrent de quitter Oulkeniki et la Lituanie pour Odessa où vivait le riche frère de la malade : Menahem-Mendel Braz ne manquerait pas de les assister et de veiller à ce que sa sœur reçût les meilleurs soins.

À son arrivée à Odessa, en 1885, mon grand-oncle Yosef, le fils aîné des Klausner, était un petit génie d'environ onze ans, un bûcheur acharné, amoureux de l'hébreu et avide de s'instruire. Il tenait davantage de ses cousins Klausner, ces savants à l'esprit subtil de Trakai, que de ses ancêtres agriculteurs et cochers. Son oncle, l'épicurien et voltairien Menahem Braz, lui prédit aussitôt un grand avenir et finança ses études. En revanche, son frère, Alexandre Susskind — qui avait quatre ans lors du déménagement à Odessa — était un enfant agité et émotif qui, très vite, ressembla plutôt à la branche paysanne des Klausner, à son père et son grand-père : il n'était guère porté sur les études et préférait vagabonder et rêvasser, seul, dans les prés et les forêts. Mais il était si charmant, joyeux, généreux et aimable qu'il se faisait aimer de tous. On l'appelait Zussia, ou Zissel.

Il y avait encore mon grand-oncle Betsalel et trois sœurs qui ne sont jamais parvenues en Israël : Sophia, Anna et Daria. Autant que je le sache, Sophia enseigna la littérature et fut même directrice d'école à Leningrad, après la révolution. Anna décéda avant la Deuxième Guerre mondiale, quant à Daria-Deborah et son mari, Micha, ils avaient bien tenté de fuir en Palestine après la révolution, mais Daria était enceinte et ils s'étaient retrouvés « coincés » à Kiev [1].

---

1. Je corresponds toujours avec la fille de Daria, Ivetta Radovskya, âgée de plus de quatre-vingts ans. La tante Ivetta, la cousine de mon père, quitta Saint-Pétersbourg tout de suite après la fin de l'URSS pour s'établir à Cleveland, Ohio. Sa fille unique, Marina, qui avait à peu près mon âge, est décédée à Saint-Pétersbourg à la fleur de l'âge. Nikita, le fils unique de Marina — il appartient à la génération de mes enfants —, qui avait suivi sa grand-mère en Amérique, se ravisa et, peu de temps après, retourna en Russie ou en Ukraine où il se maria : aujourd'hui, il est vétérinaire à la campagne et élève ses filles qui ont l'âge de mes petits-enfants.

Malgré le soutien de l'oncle Menahem et d'autres membres de la famille du côté Braz, les Klausner virent leurs ressources diminuer presque aussitôt après leur arrivée à Odessa : Yehouda Leib, le père, un homme vigoureux, débonnaire, plein de vie et aimant plaisanter, se mit à dépérir après qu'il eut été contraint d'investir ses ultimes ressources dans l'achat d'une épicerie exiguë et étouffante qui faisait difficilement vivre la famille. Il se languissait des plaines, des bois, des champs enneigés, de la carriole, du cheval, des auberges et du fleuve qu'il avait laissés derrière lui, dans son village de Lituanie. Il tomba malade quelques années plus tard, s'étiola et mourut dans sa petite boutique sombre, à cinquante-sept ans à peine. Sa veuve, Rashe-Keila, lui survécut près de vingt-cinq ans. Elle s'éteignit dans le quartier Bokharian, à Jérusalem, en 1928.

Tandis que mon grand-oncle Yosef suivait de brillantes études à Odessa puis à l'université d'Heidelberg, grand-père Alexandre, qui avait abandonné les siennes vers l'âge de quinze ans, s'était lancé dans toutes sortes de petits négoces, achetant ici, revendant là, gribouillant en russe, la nuit, des poèmes enflammés, contemplant avidement les devantures des magasins, les pyramides de melons, de raisins et de pastèques, de même que les femmes méridionales sensuelles, courant à la maison pour composer d'autres poèmes sentimentaux, sillonnant les rues d'Odessa sur sa bicyclette, dûment cravaté et tiré à quatre épingles, autant que ses moyens le lui permettaient, suivant la dernière mode tapageuse des jeunes machos de l'époque. Il ressemblait fort aux dandys de Moldavanka des romans d'Isaac Babel, la cigarette à la bouche pour singer leurs aînés, la moustache noire soigneusement taillée et cirée ; il descendait parfois au port pour reluquer les bateaux, les dockers, les filles faciles, observait, le cœur battant, une troupe défilant au rythme d'une marche militaire, ou passait deux ou trois heures à la bibliothèque à dévorer tout ce qui lui tombait sous la main, en se jurant pour la énième fois de ne pas tenter de concurrencer son brillant aîné sur ce terrain. Entre-temps, il apprenait à danser avec les jeunes filles de bonne famille, à boire un, voire deux ou trois verres sans perdre la tête, à lier connaissance au café ou appâter le petit chien pour engager la conversation avec la dame.

Au cours de ses pérégrinations à Odessa, ville portuaire et charnelle, baignée de soleil et bigarrée, il fraternisait avec les uns et les autres, flirtait avec les filles, achetait ici, revendait là, réalisait un petit bénéfice, s'installait dans un café ou dans un jardin public, prenait son carnet, composait un poème (quatre strophes, huit vers), et remontait sur son vélo pour se charger bénévolement des commissions des grandes figures du *Hibat Sion* d'Odessa, à l'époque où il n'y avait pas encore le téléphone : il portait un message urgent à Mendele Mocher Sefarim de la part d'Ahad Ha'am, de Mendele à M. Bialik, grand amateur de plaisanteries salées, ou à M. Menahem Ussishkin, de M. Ussishkin à M. Lilienblum, et dans l'intervalle, tandis qu'il attendait la réponse dans un salon ou une antichambre, il improvisait des poèmes en russe inspirés de l'Amour de Sion : Jérusalem pavée de jaspe et d'onyx, un ange campé à chaque coin de rue, et le ciel au-dessus, brillant et éclatant de la lumière des sept firmaments.

Il composait aussi des odes dédiées à la langue hébraïque où il glorifiait sa beauté, louait sa musique et lui jurait une fidélité éternelle — tout cela en russe (même après avoir vécu à Jérusalem plus de quarante ans, grand-père n'avait jamais réussi à apprendre correctement l'hébreu : jusqu'à son dernier jour, il parla un hébreu très personnel, faisant fi de toutes les règles, et il l'écrivait avec d'énormes fautes. Voici la teneur de la dernière carte qu'il nous adressa au kibboutz Houlda, quelque temps avant sa mort, en 1977 : « Mes très chers petits-fils et arrière-petites-filles, je me languie de vous très très fort. Je voudrais beaucoup, beaucoup vous revoire tous ! »).

*

En 1933, quand il arriva enfin à Jérusalem avec grand-mère Shlomit, dévorée d'inquiétude, il abandonna la poésie pour se lancer dans le commerce : pendant quelques années, il vendit aux Hiérosolymitaines, nostalgiques des toilettes européennes, des robes de l'avant-dernière collection, importées de Vienne. Mais quelque temps plus tard, un Juif plus malin fit venir de Paris des robes de l'année précédente et dama le pion à grand-père, lequel resta sur le carreau et, contraint de renoncer à son penchant pour les chiffons, en fut réduit à fournir Jérusalem en bonneterie de la marque Lodzia, de Holon, et en serviettes fabriquées par la petite usine Szczupak et fils, à Ramat Gan.

Sa défaite et le dénuement le ramenèrent à sa muse, qui l'avait quitté au temps de sa prospérité, il s'enferma derechef la nuit, dans son « cabinet », où il rédigeait des poèmes enflammés glorifiant la langue hébraïque et la magie de Jérusalem, non pas la misérable ville poussiéreuse, caniculaire et fanatique, mais la cité où brûlaient la myrrhe et l'encens et où un séraphin planait au-dessus de chaque place. C'est là que j'entrais en scène, dans le rôle du petit garçon courageux des *Habits de l'empereur* qui, avec un réalisme indigné, attaquait mon grand-père sur

163

son dada : « Toi qui habites à Jérusalem depuis tout ce temps, tu sais très bien de quoi elle est pavée et ce qui plane réellement au-dessus de la place de Sion, alors pourquoi est-ce que tu racontes tout le temps des choses qui n'existent pas ? Pourquoi n'écris-tu pas sur la vraie Jérusalem ? »

Une telle impertinence faisait bouillir grand-père Alexandre qui, virant instantanément du rose tendre à l'écarlate, tapait du poing sur la table en aboyant : « La vraie Jérusalem ?! Vraiment, qu'est-ce qu'une puce comme toi connaît de la vraie Jérusalem ? La vraie Jérusalem, c'est celle de mes poèmes, justement !!

— Jusqu'à quand vas-tu écrire en russe, grand-père ?

— Oh, *ty durak* [es-tu bête !], ma puce, je compte en russe, non ? Et c'est en russe que je me traite de tous les noms ! C'est en russe que je rêve la nuit ! C'est même en russe que... » (mais grand-mère Shlomit, qui savait exactement ce qui allait suivre, l'interrompait sans ménagement : « Chto s toboï ?! Ty ne normalnyï ! Vïdïch maltchïk ryadom s namï !! » [Mais qu'est-ce qui t'arrive ? Tu es tombé sur la tête ? Tu ne vois pas que le gosse est là ?]

« Aimerais-tu retourner en Russie un jour, grand-père ? Juste pour voir ?

— Il n'y en a plus. *Propala* [disparue]*!*

— Qu'est-ce qu'il n'y a plus ?

— Ce qu'il n'y a plus, ce qu'il n'y a plus, il n'y a plus de Russie ! Elle est morte, la Russie. Il y a Staline. Il y a Dzerjinskï, Yezhov, Bériïa. Il y a une grande prison. Il y a le goulag, là-bas ! La Section juive ! Les apparatchiks ! Des assassins !

— Mais tu aimes encore un peu Odessa ?

— *Nu*, aimer ou pas, quelle importance maintenant, *tchyort evo znaet* [le diable seul le sait].

— Tu n'aimerais pas la revoir ?

164

« — *Nu, cha*, ma puce, ça suffit. *Tchtob ty propal* [tais-toi, petite peste]. Chut. »

Un jour que nous dégustions du thé et des biscuits, appelés *kouglekh*, dans son « cabinet » — une affaire de fraude et de corruption venait de secouer le pays — grand-père m'avait raconté que, lorsqu'il avait une quinzaine d'années, à Odessa, « j'avais foncé à toute allure sur ma bicyclette pour apporter une missive à M. Lilienblum de la part du comité des Amants de Sion » (en plus d'être un écrivain célèbre, Lilienblum était le trésorier bénévole du mouvement *Hibat Tsion* d'Odessa). « Lilienblum fut en fait notre tout premier ministre des Finances », avait commenté grand-père.

En attendant la réponse, notre jeune homme avait sorti un paquet de cigarettes de sa poche et rapproché nonchalamment le cendrier et la boîte d'allumettes, placés sur la table du salon. M. Lilienblum avait promptement posé sa main sur celle de grand-père pour l'arrêter, puis il s'était empressé de quitter la pièce pour revenir presque aussitôt avec une autre boîte d'allumettes rapportée de la cuisine, et il lui avait expliqué que celle du salon, achetée avec les deniers du comité du *Hibat Tsion*, ne devait être utilisée que lors des réunions entre membres du comité. « Tu vois, la propriété collective signifiait alors quelque chose, ce n'était pas un vain mot. Pas comme aujourd'hui, dans ce pays que nous avons mis deux mille ans à bâtir afin d'avoir quelqu'un à dépouiller. Les enfants de cette époque savaient ce qui était permis ou interdit, ce qui n'appartenait à personne ou ce qui appartenait à autrui, ce qui était à moi et ce qui ne l'était pas. »

Quoique pas constamment. Pas tout à fait : un jour, peut-être à la fin des années cinquante, un nouveau et beau billet, à l'effigie de Bialik, était entré en circulation. Dès que j'avais eu le premier Bialik, je m'étais précipité chez grand-père pour lui montrer que l'État d'Israël honorait son ami du temps de sa jeunesse, à Odessa. Visiblement ému, les joues rosies de contentement, grand-père avait retourné le billet en tous sens, il l'avait examiné à la lumière de la lampe, caressé Bialik du regard (j'avais soudain l'impression que ce dernier faisait à grand-père un clin d'œil espiègle, comme pour lancer un « *nu ?!* » ravi). La larme à l'œil, grand-père avait plié le billet avec enthousiasme avant de le fourrer prestement dans la poche intérieure de son veston.

Dix livres représentaient alors une belle somme, surtout pour un kibboutznik comme moi. J'étais sidéré :

« Mais, grand-père, qu'est-ce qui te prend ? Je te l'ai apporté juste pour te le montrer, parce que je savais que ça te ferait plaisir, tu en auras sûrement un entre les mains d'ici un jour ou deux.

— *Nu*, et alors ? » Grand-père avait haussé les épaules. De toute façon, Bialik me devait vingt-deux roubles.

# 15

Et voilà que, jeune moustachu de dix-sept ans, grand-père s'amouracha à Odessa d'une personne distinguée du nom de Shlomit Lévine, qui aimait ses aises et rêvait d'appartenir à la haute société ; elle aurait voulu être une dame considérée et respectée, tenant salon, amie des arts et des artistes et « éprise de culture ».

C'était un amour impossible : elle était l'aînée de notre petit Casanova de huit ou neuf ans. De plus, elle était aussi la cousine germaine de notre amoureux transi.

Au début, la famille, consternée, ne voulut pas entendre parler de mariage : outre la différence d'âge et les liens de parenté, le garçon n'avait pas d'instruction, pas d'emploi stable ni de revenus satisfaisants, hormis ce que lui rapportaient ses activités épisodiques — il achetait quelque chose à droite et le revendait à gauche. Et comme si ce n'était pas suffisant, la législation de la Russie tsariste condamnait les unions consanguines — entre cousins dont les mères étaient sœurs, par exemple.

Sur les photos, Shlomit Lévine — la nièce de Rashe-Keïla Klausner, née Braz — était une fille robuste aux larges épaules, pas vraiment jolie mais très chic, hautaine, habillée sur mesure et coiffée d'un feutre ovale, appelé Fédora, posé obliquement sur son front et dont le bord droit couvrait ses cheveux, qu'elle portait relevés, ainsi que l'oreille droite, tandis que le bord gauche rebiquait vers le haut comme la quille d'une barque. Sur le devant, ce couvre-chef s'ornait d'un bouquet de fruits chatoyant, fixé au moyen d'une épingle brillante, et plus haut, d'une grande plume duveteuse qui se déployait fièrement au-dessus des fruits, du chapeau, de l'ensemble, telle une arrogante queue de paon.

Le bras gauche de la dame, prolongé par un magnifique gant de peau, agrippait la poignée d'un sac en cuir rectangulaire, tandis que l'autre se glissait énergiquement sous celui du jeune Alexandre, et que ses doigts — également gantés de cuir — frôlaient la manche du manteau noir de grand-père sans vraiment la toucher.

Campé à sa droite, crispé, il était suprêmement élégant, magnifique, resplendissant, et malgré ses épaisses semelles qui le grandissaient un peu, il paraissait bien chétif à côté d'elle et plus petit aussi, on aurait dit son jeune frère, et même son chapeau melon noir ne lui était pas d'une grande utilité. Son visage juvénile était sérieux, résolu, presque triste. Sa moustache soignée n'arrivait pas à dissimuler la fraîcheur de l'enfance. Il avait des yeux bridés, rêveurs. Il portait un beau manteau à larges revers et épaulettes, une chemise blanche empesée, une fine cravate en soie et, se balançant au bras gauche, une superbe canne à poignée de bois et embout en métal argenté. Sur la vieille photo sépia, il brillait comme la lame d'une épée.

*

Choquée, Odessa désavoua nos Roméo et Juliette.
Entre les sœurs, la mère de Roméo et celle de
Juliette, éclata une guerre planétaire qui débuta par
des reproches et s'acheva par un interminable
silence. Grand-père rassembla donc ses maigres
économies, vendit à droite et à gauche, épargna
rouble à rouble — il se peut que les deux familles lui
aient donné un coup de pouce, ne serait-ce que par
crainte du scandale, de sorte que grand-père et
grand-mère, les cousins éperdus d'amour, s'embarquèrent pour New York, comme le faisaient à
l'époque des centaines de milliers de Juifs de Russie
ou d'Europe orientale. Ils avaient l'intention de s'y
marier et s'y faire naturaliser pour que je naisse à
Brooklyn ou à Newark, New Jersey, et écrive en
anglais d'ingénieux romans sur les passions et les
inhibitions des immigrants en gibus et sur les jéré-
miades névrotiques de leur progéniture tourmentée.
Mais à bord, quelque part entre Odessa et New
York, sur la mer Noire ou face aux côtes siciliennes,
alors que leur vaisseau d'amour croisait de nuit par
le détroit de Gibraltar scintillant de mille feux ou
voguait au-dessus de la fabuleuse Atlantide, survint
un nouveau drame, un revirement complet, une fois
de plus, l'amour pointa sa tête de dragon effrayante :
« Jeune et joli cœur passionné, des affres de l'amour
ne sera point épargné. »
Bref, mon grand-père, ce jeune fiancé qui n'avait
pas encore dix-huit ans, s'éprit passionnément, douloureusement, désespérément, à en mourir, sur le
pont, « dans les creux du rocher, les secrets de la
falaise », d'une femme — une passagère — qui avait
elle aussi, pour autant que nous le sachions, pratiquement dix ans de plus que lui.

169

Mais grand-mère Shlomit, à ce qu'on racontait, n'était absolument pas prête à renoncer à lui : elle le saisit par l'oreille et ne le quitta plus, ni le jour ni la nuit, jusqu'à ce qu'un rabbin new-yorkais les eût dûment mariés dans la loi de Moïse et d'Israël (« par l'oreille », murmurait-on chez nous avec une jubilation contenue, « elle l'a traînée tout le chemin par l'oreille, jusqu'à la fin de la cérémonie ». « Jusqu'à la fin de la cérémonie ? Elle ne l'a jamais lâché, oui. Jusqu'à son dernier soupir, renchérissaient certains. Et peut-être qu'elle a continué à lui tenir l'oreille même après, quand elle ne la lui tirait pas un peu, d'ailleurs »).

Mystère : à peine un ou deux ans plus tard, notre curieux couple racheta des billets — leurs familles avaient encore dû leur donner un coup de main — et sans un regard en arrière ils montèrent à bord d'un bateau à vapeur et s'en retournèrent à Odessa.

L'événement était inouï : près de deux millions de Juifs de l'Est avaient émigré vers l'Ouest et s'étaient établis en Amérique en moins de quatre décennies, entre 1880 et 1917. Pour tous, c'était un aller sans retour, sauf pour grand-père et grand-mère qui rebroussèrent chemin : on peut supposer qu'ils étaient les seuls passagers, de sorte que mon fougueux grand-père ne put s'amouracher de personne et que son oreille n'eut pas à souffrir au retour.

— Pourquoi êtes-vous revenus ?

Je n'ai jamais eu de réponse claire.

— Grand-mère, qu'est-ce qui clochait en Amérique ?

— Rien. C'était juste trop peuplé.

— Trop peuplée ? L'Amérique ?

— Trop de monde pour un si petit pays.

— Qui a décidé de rentrer, grand-père ? C'est toi ou grand-mère ?

— *Nu, chto*, qu'est-ce que c'est que cette question ?

— Mais pourquoi êtes-vous revenus ? Qu'est-ce qui ne vous plaisait pas là-bas ?

— Ce qui ne nous plaisait pas. Ce qui ne nous plaisait pas. Mais rien. *Nu*, eh bien, c'était plein de chevaux et d'Indiens.

— Des Indiens ?

— Des Indiens.

Impossible d'en savoir plus.

*

Voici *Hiver*, un poème écrit en russe, comme d'habitude, par grand-père Alexandre et traduit par Yosef Cohen-Tsedek :

*Le vent souffle, mon âme s'obscurcit*
*la joie et l'allégresse, mon cœur ont déserté.*
*Le printemps a tourné le dos, l'hiver est arrivé*
*j'ai voulu pleurer, mais mes larmes ont tari.*
*Le soleil s'est couché, m'enveloppant d'obscurité*
*Mon âme se languit, et j'en suis attristé.*
*Mes jours ne brilleront plus, et ne reviendront plus,*
*la joie de l'amour et la gaieté de mes jeunes années...*

En 1972, visitant New York pour la première fois, j'ai cherché et probablement trouvé une femme qui avait l'air d'une Indienne : si je m'en souviens bien, elle se tenait à l'angle de Lexington et de la 53e rue et distribuait des tracts publicitaires aux passants. Entre deux âges, avec ses larges pommettes, son vieux manteau d'homme et le châle marron dans lequel elle s'enveloppait pour se protéger de la morsure du vent, elle me tendit en souriant un prospectus que j'acceptais en la remerciant. « L'amour vous attend, me promettait la légende, sous l'adresse d'un bar pour célibataires, il n'y a pas à hésiter. Venez vite. »

*

Sur la photo, prise à Odessa en 1913 ou 1914, grand-père posait avec un nœud papillon, un chapeau gris garni d'un ruban de soie brillant et un costume trois pièces — sous son veston ouvert, en travers du gilet, soigneusement boutonné, reposait une chaînette d'argent sans doute reliée à un oignon, dissimulé au fond de sa poche. Sa chemise immaculée s'ornait d'un nœud papillon de soie sombre, ses souliers noirs étincelaient et sa canne de dandy était, comme toujours, accrochée à son bras, un peu plus bas que le coude, tandis qu'il donnait la main gauche à un petit garçon d'environ six ans et la droite à une très jolie fillette qui avait dans les quatre ans. Le garçon avait le visage rond et une frange impeccablement coupée qui dépassait de sa casquette et lui barrait le front. Il portait un superbe blazer avec deux rangées de très gros boutons blancs. Au-dessous, on voyait des culottes courtes découvrant des genoux pâles dissimulés sous des chaussettes blanches montantes, apparemment fixées par des jarretières.

La fille souriait au photographe. Elle semblait très consciente de son charme qu'elle renvoyait délibérément à l'objectif. Ses longs cheveux soyeux, séparés par une raie à droite, ondulaient sur ses épaules et l'encolure de sa robe. Elle avait un minois rond, joufflu et réjoui, des yeux en amande, presque bridés, une vraie petite Chinoise, et des lèvres pleines qui s'étiraient dans un simulacre de sourire. Pardessus sa robe claire, elle portait un adorable petit blazer, la réplique en miniature de celui de son frère, de minuscules chaussettes qui lui arrivaient au

172

genou et des ballerines fermées par de très jolies boucles en forme de papillon.

Le garçon de la photo est mon oncle David, surnommé Ziuzja, ou Ziuzjnka. Quant à la fillette, ce petit bout de femme ravissante et coquette, c'est mon père.

De sa naissance à l'âge de sept ou huit ans — d'après papa, cela avait duré pratiquement jusqu'à neuf ans — grand-mère Shlomit l'habillait de robes à cols en dentelle ou de jupettes plissées amidonnées, qu'elle taillait et cousait elle-même, et de chaussures de fille couleur vermeil. Sa longue et superbe chevelure qui lui arrivait aux épaules était attachée par un nœud rouge, jaune, azur ou rose. Chaque soir, sa mère la lui frictionnait avec une lotion parfumée, et elle recommençait parfois aussi le matin car, c'est bien connu, les miasmes de la nuit ternissent, salissent les cheveux et sont de vraies cultures de pellicules. Ses doigts et ses bras potelés s'ornaient de bagues et de bracelets. Lorsqu'ils allaient à la plage, à Odessa, Ziuzjnka — mon oncle David — accompagnait grand-père Alexandre au vestiaire des hommes tandis que grand-mère Shlomit et la petite Lyonetchka — mon père — se dirigeaient vers les douches des dames où elles se savonnaient soigneusement, lave-toi là, et là aussi, et surtout là, deux fois.

Après la naissance de Ziuzjnka, grand-mère Shlomit avait désiré une fille. Enceinte et ayant accouché de ce qui n'y ressemblait pas, elle décida sur-le-champ que ce bébé, la chair de sa chair et les os de ses os, elle l'élèverait comme elle l'entendait et ne laisserait personne s'en mêler ni lui dicter ce que devraient être l'éducation, l'habillement, le sexe ou les manières de son Lyonia ou Lyonetchka : de quel droit ?

*

Grand-père Alexandre, apparemment, n'y voyait aucun inconvénient : enfermé dans sa tour d'ivoire, il jouissait d'une relative autonomie et pouvait vaquer à ses occupations à loisir. À l'image des princesses de Monaco et du Liechtenstein, il n'avait jamais songé à se ridiculiser et mettre en péril sa fragile autorité en fourrant son nez dans les affaires de la grande puissance voisine qui étendait son hégémonie sur le territoire lilliputien de son État de Saint-Marin.

Quant à mon père, il ne se plaignait pas. Il ne nous confiait pratiquement jamais ses souvenirs des douches des dames ni de ses diverses expériences féminines, sauf quand l'envie lui prenait de nous distraire.

Mais, le plus souvent, ses plaisanteries ressemblaient davantage à des déclarations d'intention : admirez, regardez et voyez comme un homme sérieux tel que moi se met en quatre pour vous divertir.

Maman et moi lui souriions gentiment, comme si nous reconnaissions ses efforts, et lui, enthousiaste et exalté au point d'en être presque attendrissant, de prendre notre sourire pour une invite à en rajouter et de nous resservir illico deux ou trois plaisanteries éculées à propos d'un Juif et d'un goy dans un train, ou de l'entrevue de Staline avec l'impératrice Catherine, là, nous étions hilares, et papa, rayonnant de fierté parce qu'il nous avait fait rire, continuait sur sa lancée avec Staline, assis un jour dans l'autobus en face de Ben Gourion et de Churchill, Bialik, rencontrant Shlonsky au paradis, et Shlonsky faisant la connaissance d'une fille. Et puis maman lui suggérait finement :

« Tu n'avais pas l'intention de travailler un peu ce soir ? »

Ou : « Tu as promis au petit de l'aider à coller ses timbres avant de dormir, tu n'oublies pas ? »

« Le cœur de la femme ! avait déclaré un jour mon

père à ses invités. Les plus grands poètes se sont vainement efforcés d'en percer les secrets. Schiller a écrit quelque part qu'il n'existe pas dans l'univers de plus grand mystère, nulle femme n'a jamais initié et n'initiera jamais aucun homme aux arcanes du féminin. Schiller aurait pu m'interroger puisque j'y étais. »

Il badinait quelquefois à sa façon qui n'avait rien de drôle : « Bien sûr que je suis un coureur de jupons, comme la plupart des hommes, peut-être même davantage parce que j'avais tous les jupons que je voulais et que j'en ai été subitement privé. »

« Si nous avions eu une fille, avait-il encore affirmé, elle aurait sûrement été très jolie, et d'ajouter : Il se peut que, dans les générations futures, le fossé entre les deux sexes se comble un peu. On considère souvent cela comme une tragédie, mais on comprendra probablement un jour que c'est une sorte de *Comédie des erreurs*. »

## 16

Grand-mère Shlomit, une dame distinguée, une maîtresse femme qui aimait les livres et comprenait la sensibilité de leurs auteurs, avait transformé leur maison d'Odessa en salon littéraire — probablement le premier salon hébraïque du genre. Perspicace, grand-mère comprenait l'aigre combinaison de solitude et de désir de gloire, de timidité et d'arrogance, de doute profond et de suffisance égocentrique — cet amalgame qui poussait les poètes et les écrivains hors de leur chambre pour se frotter les uns aux autres, s'asticoter, se regarder de haut, se toucher, poser une main sur l'épaule de l'autre ou l'enlacer, discuter et polémiquer avec force bourrades, s'espionner un peu, humer ce qui mijotait dans les marmites des autres, flagorner, se chamailler, débattre, avoir raison, se formaliser, se justifier, se réconcilier, s'éviter pour mieux se retrouver.

C'était une hôtesse au goût sûr qui recevait sans pompe mais avec grâce et éclat : elle offrait à chacun une oreille attentive, une épaule secourable, un regard curieux, ébloui et bienveillant, des recettes de poisson inventives, un bol de bouillon fumant, les nuits d'hiver, des gâteaux au pavot qui fondaient dans la bouche et des torrents de thé brûlant que déversait le samovar.

Grand-père, de son côté, servait les liqueurs d'une main experte, des chocolats ou des biscuits pour les dames et, pour les messieurs, des papirosi, des cigarettes russes fortes en goût. L'oncle Yosef qui, à vingt-neuf ans à peine, avait hérité de la rédaction du *Hashiloah* — la principale revue culturelle hébraïque moderne, léguée par Ahad Ha'am (Bialik en personne rédigeait la rubrique littéraire) — régnait sans partage sur la littérature hébraïque d'Odessa où il faisait la pluie et le beau temps. La tante Tsippora l'escortait aux « soirées » chez son frère et sa belle-sœur, non sans l'avoir soigneusement emmitouflé dans des écharpes de laine, des gros manteaux et des oreillettes doublées de duvet. Élégant, resplendissant, bombant le torse tel un buffle et enflant la voix à l'image d'un gouverneur de district russe, Menahem Ussishkin grondait comme un samovar en ébullition : un grand silence accueillait son entrée, tous se figeaient de respect, quelqu'un se précipitait pour lui céder sa place et, traversant la pièce au pas de charge, Ussishkin s'asseyait confortablement, ses longues jambes écartées, et frappait le sol par deux fois de sa canne pour signifier que les conversations pouvaient reprendre. Le rabbin Tchernovitz (dont le nom de plume était « le jeune rabbin ») faisait également partie des habitués. Et on reconnaissait aussi l'historien grassouillet qui faisait autrefois la cour à grand-mère Shlomit (« une honnête femme pouvait difficilement le fréquenter — il était très très intelligent et intéressant, mais tu sais, son col était toujours maculé de taches dégoûtantes, ses manches étaient noires sur les bords et il y avait souvent des miettes dans les plis de son pantalon, il était très *shlumper* et *shmut-*

177

*sik*, débraillé et sale, pouah ! »). Et il y avait aussi des étudiants, des auditeurs libres autodidactes, et des élèves de *yeshiva* qui avaient mal tourné, dont quelques poètes mineurs ou des militants de second plan, tous portant cravate et col dur, tous débordant d'idées et de points d'exclamation.

*

Bialik se montrait de temps à autre à ces soirées — pâle de chagrin et tremblant de froid et de colère, ou inversement, joyeux et amusant comme il savait l'être. Et quand il s'y mettait, on aurait dit un jeune garçon ! Un petit polisson ! Nullement inhibé ! Il était même plutôt cru ! Parfois, il plaisantait avec nous en yiddish au point de faire rougir les dames. Bialik adorait boire et manger, il aimait la bonne chère, il s'empiffrait de pain et de fromage et, pour le dessert, il ingurgitait une poignée de biscuits et faisait passer le tout avec du thé brûlant et un petit verre de liqueur, ensuite il chantait les louanges de la langue hébraïque et la passion qu'il lui vouait.

Tchernichovsky surgissait dans le salon — excité mais embarrassé, agité et délicat, charmeur, émouvant par sa candeur enfantine, vulnérable comme un papillon mais agressif aussi, et désagréable, en toute inconscience. À dire vrai, il ne voulait offenser personne — il était si naïf ! Une belle âme ! Innocent comme l'enfant qui vient de naître ! Pas comme un bébé juif mélancolique, non ! Comme un bébé goy ! Heureux de vivre, espiègle et plein d'entrain ! Quelquefois, on aurait vraiment dit un jeune taureau ! Un taurillon joyeux ! Gambadant et folâtrant devant tout le monde ! Mais pas toujours. Parfois il était si morne que les femmes auraient voulu le dorloter ! Toutes ! Les vieilles, les jeunes, les libres, les mariées, les jolies, les pas jolies, chacune avait le désir secret de le chouchouter. Il avait ce pouvoir. Et il n'en était même pas conscient — *nu*, l'aurait-il été que cela n'aurait jamais marché !

Tchernichovsky se remontait avec un petit verre de vodka, peut-être deux, après quoi il se mettait à déclamer des poèmes jubilatoires ou débordants de tristesse, et toute l'assistance tombait sous le charme : son aisance, sa tignasse bouclée, sa moustache anarchique, les jeunes filles qui l'escortaient, lesquelles n'étaient pas particulièrement intelligentes ni même forcément juives, mais si belles qu'elles réjouissaient la vue, suscitaient les médisances et faisaient des envieux — en tant que femme, et les femmes ne se trompent jamais sur ces choses-là, je t'affirme que Bialik le regardait comme ça... et pour les filles goys qui l'accompagnaient... il aurait donné une année de sa vie pour prendre la place de Tchernichovsky pendant un mois !

On parlait de la renaissance — et de ses limites — de la langue et de la littérature hébraïques, du rapport entre l'héritage culturel juif et celui des nations, du Bund et du camp des yiddishistes (lorsqu'il était d'humeur belliqueuse, mon grand-oncle Yosef surnommait le yiddish le « jargon », et une fois calmé, il disait « le judéo-allemand »), des nouvelles implantations de Judée et de Galilée, des épreuves passées des Juifs de Kherson ou de Kharkov, de Knut Hamsun et de Maupassant, des grandes puissances, du Sozialismus, du féminisme et de la question agraire.

À Varsovie, I. L. Peretz avait déclaré à mon grand-oncle Yosef qu'il était très éloigné du socialisme politique : « Penses-tu que je sois naïf au point de croire que le Sozialismus pourrait résoudre tous les problèmes du monde ? Prends la question des "vieilles filles", par exemple. Certains socialistes jugent que le problème est d'ordre économique : si tout le monde mangeait à sa faim, chaque fille trouverait un fiancé. Ils ne voient pas qu'il s'agit d'une souffrance que le Sozialismus ne peut pas soulager. » « Je vais t'expliquer par une parabole la différence qui existe entre toi et moi, avait dit un jour mon grand-oncle Yosef à Bialik. Si, aujourd'hui, un nouvel empereur Hadrien promulguait un décret ordonnant de détruire la Bible ou le Talmud, toi, Bialik, tu te désolerais de la perte de la Bible et privilégierais le... Talmud, et moi, je choisirais la Bible. » Après un temps de réflexion, Bialik, racontait mon grand-oncle Yosef, s'était écrié : « Tu as raison ! » (Mais toutes les discussions avec l'oncle Yosef se terminaient par la capitulation de son interlocuteur [1].)

À Odessa, grand-mère Shlomit savait arrondir les angles comme je l'avais vu faire à Jérusalem. Elle disait par exemple : « Pardonnez-moi mais, loin de s'annuler, vos deux arguments se complètent au contraire. Prenez ce cauchemar sur les nouveaux décrets d'Hadrien, par exemple, finalement, vous vous assiérez côte à côte, comme deux frères, pour pleurer ensemble votre chère Bible et votre cher Talmud, et vous vous lamenterez de concert sur ces horribles édits, mais pas avant d'avoir goûté à ma compote. Un pareil délice ne doit pas être mêlé aux gémissements et aux larmes. »

*

En 1921, quatre ans après la révolution d'Octobre — la ville était passée de mains en mains après de sanglants combats entre les Blancs et les Rouges, et

---

1. J'ai trouvé cette anecdote, et d'autres encore concernant la branche paternelle de ma famille, dans l'autobiographie de mon grand-oncle Yosef, le professeur Yosef Klausner : *Ma voie vers la renaissance et le salut*, éd. Masada, Jérusalem et Tel-Aviv, 1946.

deux ou trois années s'étaient écoulées depuis que mon père était redevenu un garçon —, grand-père, grand-mère et leurs deux enfants avaient quitté Odessa pour se réfugier à Vilna.

Grand-père haïssait les communistes : « Qu'on ne me parle pas des bolcheviks, grommelait-il, *nu, chto*, je les ai très bien connus, moi, les bolcheviks, avant même qu'ils ne prennent le pouvoir, qu'ils ne confisquent des maisons qui ne leur appartenaient pas et ne deviennent des apparatchiks, la Section juive, des politrouks, des commissaires, je me rappelle quand ils n'étaient encore que des houligans, l'*Unterwelt* (la pègre) du quartier du port, à Odessa, c'étaient des voyous, des caïds, des pickpockets, des soûlards, des proxénètes. *Nu, chto*, ils étaient presque tous juifs, des sortes de Juifs, qu'est-ce qu'on peut faire. Ils appartenaient à des familles très humbles — *nu, chto*, des fils de marchandes de poisson, la fange, la lie du peuple, comme on disait chez nous. Lénine et Trotski — Trotski, quel Trotski, Leibelé Bronstein, le fils demeuré d'un certain David *le voleur* de Janovka — et on a affublé cette racaille d'uniformes révolutionnaires, *nu, chto*, avec des bottes de cuir et un revolver à la ceinture, comme une truie dégoûtante revêtue d'une tunique de soie. Et ils se promenaient dans cet accoutrement en ville, ils arrêtaient les gens, saisissaient leurs biens, et boum boum, ils tuaient ceux dont ils lorgnaient la maison ou la fille, *nu, chto*, toute cette sale *halastra*, cette sale bande, Kamenev se nommait en réalité Rosenfeld, Maxim Litvinov s'appelait Meir Walach, Karl Radek était en fait Sobelsohn, Lazare Kaganovitch était un cordonnier, fils de boucher, et Zinoviev n'était autre que Grigori Ievseïevitch Apfelbaum. *Nu, chto*, il y avait bien sûr quelques goys parmi eux, la lie du peuple eux aussi, ils venaient du port, la fange de la société, la racaille, *nu, chto*, la racaille qui puait des pieds.

*

Cinquante ans après la révolution bolchevique, il n'avait toujours pas changé d'opinion sur le communisme et les communistes, et quand Tsahal occupa la vieille ville de Jérusalem, lors de la guerre des Six-Jours, grand-père proposa que les nations aident Israël à ramener les Arabes du Levant « en grande pompe, sans toucher à un seul de leurs cheveux ni voler une seule de leurs poules » dans leur patrie historique qu'il appelait la « Saoudie arabe » : « Tout comme nous, les Juifs, retournons aujourd'hui dans notre patrie ancestrale, eux aussi méritent de rentrer dignement chez eux, en Saoudie arabe, d'où ils sont arrivés ici. »

Pour abréger la discussion, je lui avais demandé ce qu'il pensait faire au cas où la Russie nous attaquerait afin d'éviter à ses alliés arabes les fatigues du voyage en Arabie saoudite.

Les joues roses de grand-père avaient rougi de fureur, il était monté sur ses grands chevaux et, le visage congestionné, il avait tonné :

— La Russie ? ! De quoi parles-tu ? ! Il n'y a plus de Russie, ma puce ! Elle n'existe plus ! Tu veux parler des bolcheviks peut-être ? Non ? *Nu, chto*. Moi, les bolcheviks, je les connais du temps où c'étaient des maque... les souteneurs du quartier du port d'Odessa. Une bande de voleurs et de houligans ! La racaille, la lie du peuple ! Le bolchevisme, c'est du bluff ! Maintenant qu'on a de magnifiques aéroplanes juifs, des avions, des canons, *nu, chto*, on n'a qu'à leur expédier nos gars et nos *samoletim* sur

Saint-Pétersbourg, peut-être deux semaines aller et deux semaines retour, une bonne bombe — il y a longtemps que ça leur pend au nez — un gros pouf — et le bolchevisme s'en ira au diable comme un morceau de coton sale!

— Tu voudrais qu'Israël bombarde Leningrad, grand-père? Qu'on déclenche une guerre mondiale? Les bombes atomiques, tu en as entendu parler? Et les bombes à hydrogène?

— Tout ça c'est entre les mains des Juifs, *nu*, *chto*, chez les Américains comme chez les bolcheviks, toutes ces nouvelles bombes sont entre les mains de savants juifs, et ils sauront sûrement ce qu'il faut faire et ne pas faire.

— Et la paix? N'y a-t-il pas moyen de faire la paix?

— Si : vaincre tous nos ennemis. Il est impératif de leur mettre un grand coup dans les gencives pour qu'ils nous supplient de faire la paix — et alors, *nu*, *chto*, on la fera, évidemment. On ne va pas leur dire non? Pour quelle raison? Nous sommes un peuple pacifique. D'ailleurs chez nous, il y a un commandement qui nous engage à rechercher la paix — *nu*, *chto*, on va donc la rétablir la paix, jusqu'à Bagdad s'il le faut, jusqu'au Caire, pourquoi pas? Qu'est-ce qui nous en empêcherait?

\*

Hébétés, ruinés, censurés et paniqués au lendemain de la révolution d'Octobre et la prise du pouvoir par les bolcheviks, les écrivains juifs et les militants sionistes d'Odessa se dispersèrent tous azimuts. Fin 1919, mon grand-oncle Yosef et ma grand-tante Tsippora, ainsi que nombre de leurs amis, embarquèrent pour la Palestine à bord du *Ruslan* dont l'arrivée au port de Jaffa marqua le début de la troisième aliya. D'autres quittèrent Odessa pour Berlin, Lausanne et l'Amérique.

Grand-père Alexandre, grand-mère Shlomit et leurs deux fils n'immigrèrent pas en Eretz-Israël — en dépit de la ferveur sioniste qui rythmait les poèmes russes de grand-père, le pays leur semblait par trop asiatique, sauvage, arriéré, avec des conditions hygiéniques déplorables et sans le minimum culturel requis. Ils partirent donc en Lituanie, pays que les Klausner, les parents de grand-père et de mes grands-oncles Yosef et Betsalel, avaient quitté plus de vingt-cinq ans auparavant. À l'époque, Vilna était sous domination polonaise et l'antisémitisme virulent et sadique qui y régnait depuis toujours s'exacerbait d'année en année : le nationalisme et la xénophobie sévissaient en Pologne et en Lituanie. Dans leur pays occupé et opprimé, les Lituaniens considéraient l'importante minorité juive comme un agent à la solde des puissances étrangères qui les dominaient. Par-delà la frontière allemande s'immisçait un nouveau genre d'antisémitisme, la haine nazie, meurtrière et sans pitié envers les Juifs.

À Vilna, grand-père reprit ses activités. Il n'accomplissait pas des merveilles, achetant ici et revendant là, mais il réalisait quelques bénéfices au passage de sorte qu'il put envoyer ses deux fils dans une école juive puis au lycée public « classique » où ils firent leurs humanités. Les deux frères, David et Arié, ou Ziuzja et Lyonia, avaient un bagage de trois langues qu'ils avaient emmené avec eux d'Odessa : à la maison, ils parlaient russe et yiddish, en dehors, ils s'exprimaient en russe, quant à l'hébreu, ils l'avaient appris au jardin d'enfants sioniste d'Odessa. Au lycée de Vilna, ils s'initièrent au grec, au latin, au polonais, à l'allemand et au français.

Plus tard, au département des langues européennes de l'université, s'ajoutèrent l'anglais et l'italien et, dans la section de philologie sémitique, mon père étudia également l'arabe, l'araméen et le cunéiforme. Très vite, mon oncle David se retrouva maître assistant en littérature, et mon père, Yehouda Klausner, qui, en 1932, venait d'achever sa licence à l'université de Vilna, s'apprêtait à lui emboîter le pas — mais l'antisémitisme devenait de plus en plus insupportable. Les étudiants juifs étaient en butte aux humiliations, aux coups, à la discrimination et aux brimades.

— Mais qu'est-ce qu'on vous faisait exactement ? avais-je demandé à papa. Quel genre de brimades ? On vous battait ? On déchirait vos notes ? Et pourquoi est-ce que vous ne portiez pas plainte ?

— Tu ne peux pas comprendre. Et c'est tant mieux, au fond. J'en suis heureux, même si tu ne peux pas davantage comprendre pourquoi, je veux dire comprendre la raison pour laquelle je suis content que tu ne puisses pas concevoir ce qui se passait : et je n'ai pas du tout envie que tu comprennes. Ce n'est pas nécessaire. Ce n'est plus la peine. C'est du passé. C'est terminé une fois pour toutes. Je veux dire qu'ici cela ne se reproduira plus. Et si on parlait d'autre chose : de ton album de planètes, par exemple ? Des ennemis, il est certain que nous en avons encore. Et qu'il y a encore des guerres. Et un état de siège et des pertes non négligeables. Certainement. C'est indéniable. Mais ce ne sont pas des persécutions. Ça — non. Il ne s'agit ni de persécutions, ni d'humiliations ni de pogroms. Rien à voir avec le sadisme dont nous avons souffert là-bas. Cela ne se reproduira certainement jamais. Pas ici. Si on nous attaque, nous répliquerons au centuple. Je crois bien que tu as collé Saturne entre

Mars et Jupiter. Tu t'es trompé. Non, je ne te dirai rien. C'est à toi de trouver ton erreur et de la corriger.

*

De l'époque de Vilna, il reste un vieil album de photos : mon père et son frère David, des lycéens très sérieux, pâles, coiffés d'une casquette qui souligne leurs grandes oreilles, en costume cravate et chemise à col dur. Grand-père Alexandre commence un peu à se dégarnir mais il a toujours sa moustache, il est tiré à quatre épingles et très élégant et il a l'air d'un diplomate subalterne de la Russie tsariste. Quelques photos de classe, peut-être de terminale. Mon père ou son frère David ? C'est difficile à dire : les traits sont un peu brouillés. Tout le monde porte un chapeau, les garçons des casquettes et les filles des bérets. Elles sont brunes pour la plupart, et certaines ébauchent un semblant de sourire à la Mona Lisa, qui sait quelque chose que vous mourez d'envie d'apprendre mais que vous n'apprendrez pas car cela ne vous est pas destiné.

Mais à qui l'est-ce ? Il est presque certain que la majorité des garçons et des filles qui posent sur ces photos se sont retrouvés nus, poursuivis par des chiens, squelettes affamés et grelottants de froid, poussés à coups de fouets dans les grandes fosses creusées dans la forêt de Ponar. Qui en réchappa, en dehors de mon père ? J'examine le cliché à la lumière d'une lampe en m'efforçant de déchiffrer telle ou telle mimique : de la ruse ou de la détermination, une dureté grâce à quoi ce garçon au deuxième rang à gauche aurait peut-être pu deviner ce qui l'attendait, se méfier des paroles lénifiantes, descendre dans les égouts du ghetto, quand il en était encore temps, rejoindre les partisans dans les forêts. Ou la jolie fille, au centre, avec cette expression cynique et spirituelle, non, mon cher, on ne me la fait pas à moi, j'ai beau être jeunette, je sais déjà tout, même des choses dont vous n'avez pas idée. S'en est-elle sortie ? A-t-elle trouvé refuge auprès des résistants dans la forêt de Rudnick ? A-t-elle pu se cacher, grâce à son « air aryen », quelque part hors du ghetto ? A-t-elle cherché asile dans un couvent ? Ou s'est-elle glissée à temps entre les mailles du filet des Allemands et de leurs sbires lituaniens et a-t-elle réussi à franchir clandestinement la frontière russe ? S'est-elle embarquée pour la Palestine où, pionnière aux lèvres pincées, elle a vécu jusqu'à soixante-seize ans dans un kibboutz de la vallée de Jezréel où elle s'occupait des ruchers ou du poulailler ?

Mon père jeune : il ressemble beaucoup à mon fils Daniel (qui porte le même nom, Yehouda Arié), une ressemblance qui donne réellement le frisson, papa a dix-sept ans, il est mince et élancé comme un épi de maïs affublé d'un nœud papillon, ses yeux candides me fixent derrière ses lunettes rondes, il a l'air un peu désorienté, et hautain en même temps, c'est un bavard et, paradoxalement, un grand timide, ses cheveux sont soigneusement coiffés en brosse, et un optimisme béat se lit sur son visage, *nu*, vraiment, ne vous inquiétez pas, les gars, tout ira bien, on s'en sortira, ça s'arrangera d'une manière ou d'une autre, qu'est-ce qui pourrait bien nous arriver encore, ce n'est pas si terrible, tout ira bien.

Sur la photo, mon père est plus jeune que mon fils. Si je le pouvais, je me glisserais dans l'image pour les prévenir, lui et ses joyeux compagnons. J'essaierais de leur raconter ce qui les attend. Il est probable qu'ils ne me croiraient pas et se moqueraient de moi.

Mon père, encore : endimanché, coiffé de ce chapeau russe appelé chapka, il canote en compagnie de deux jeunes filles qui lui sourient avec coquetterie. Le voilà encore, portant des knickerbockers plutôt laids qui découvrent ses chaussettes, il se penche hardiment et enlace par-derrière une jeune fille souriante qu'on voit de dos, les cheveux séparés par une raie. Elle s'apprête à jeter une lettre dans une boîte où l'on distingue clairement l'inscription « Skrzynka Pocztowa ». À qui ce courrier est-il destiné ? Qu'est devenu le destinataire ? Quel a été le destin du deuxième personnage de la photo, la jolie fille en robe rayée, en socquettes blanches et souliers blancs, une pochette rectangulaire noire sous le bras ? Pendant combien de temps a-t-elle continué à sourire ?

Revoilà papa, radieux — il ressemble soudain à la mignonne fillette imaginée par sa mère quand il était petit : cinq filles et trois garçons partis en excursion. Ils se promènent en forêt sur leur trente et un. Toutefois, les garçons ont tombé la veste et sont en chemise blanche et cravate. Les garçons ont l'air décontractés, décidés, comme s'ils défiaient le destin ou les filles. Ils ont échafaudé une petite pyramide humaine, deux garçons portant sur leurs épaules une fille potelée, le troisième l'agrippant effrontément par les hanches tandis que les deux autres filles contemplent la scène en riant aux éclats. Le ciel bleu sourit lui aussi, comme la balustrade du petit pont qui enjambe la rivière. Seule la forêt alentour ne se déride pas : dense, sévère, sombre, elle emplit toute la photographie et déborde sans doute au-delà. Est-ce la forêt de Vilna, de Rudnick, de Ponar, ou peut-être celle de Popishok ou d'Oulkeniki, les forêts que l'aïeul de mon père, Yehouda Leib Klausner, aimait à parcourir la nuit dans sa carriole, confiant dans son cheval, dans sa force et sa bonne étoile au cœur de l'obscurité, même les nuits d'hiver, sous la pluie et la tempête?

*

Grand-père rêvait d'Eretz-Israël qui se relevait de ses ruines, de la Galilée, des vallées, du Sharon, de Galaad, du Gilboa, des montagnes de Samarie et d'Edom, « en avant, Jourdain, coule, que tes vagues mugissent », il offrait sa contribution au Fonds national juif, payait sa cotisation au mouvement sioniste, se jetait sur chaque information en provenance de Palestine, se pâmait devant Jabotinsky qui déchaînait l'enthousiasme lors de ses visites à Vilna. Soutenant à fond la politique nationaliste fière et intransigeante de Vladimir Jabotinsky, il se considérait comme un sioniste militant. Pourtant, alors que le sol se dérobait sous ses pieds et ceux de sa famille, il inclinait encore — à moins que grand-mère Shlomit ne l'y forçât — à chercher une nouvelle patrie un peu moins asiatique que la Palestine et un peu plus européenne que Vilna où l'avenir s'assombrissait : de 1930 à 1932, les Klausner déposèrent une demande d'immigration en France, en Suisse, en Amérique (malgré les Indiens), dans un pays scandinave et en Angleterre. Aucun de ces États n'y donna suite, tous ayant plus de Juifs qu'il ne leur en fallait (« *None is too many !* » déclaraient alors des ministres canadiens et suisses, exprimant à haute voix ce que d'autres pensaient tout bas).

Environ un an et demi avant la montée du nazisme en Allemagne, dans l'aveuglement du désespoir, mon sioniste de grand-père avait même demandé la citoyenneté allemande. Qu'on lui refusa, heureusement pour nous. À l'époque, les trois quarts de l'Europe n'aspiraient qu'à se débarrasser définitivement de tous ces paneuropéens fervents, polyglottes, férus de poésie, convaincus de la supériorité morale de l'Europe, amateurs de danse et d'opéra, amoureux du patrimoine européen, rêvant d'une unité européenne post-nationale, prisant la courtoisie, les toilettes et les modes européennes, admirateurs inconditionnels d'une Europe que, depuis des années, dès le début de la Haskala, ils s'étaient évertués à amadouer, à enrichir dans tous les domaines et par tous les moyens, s'efforçant de s'intégrer, de l'attendrir en lui faisant une cour effrénée, de se faire aimer, accepter, de la satisfaire, d'en faire partie, d'être aimé...

*

En 1933, par dépit, Shlomit et Alexandre Klausner, ainsi que leur fils cadet, Yehouda Arié, fraîchement licencié en littératures polonaise et comparée, émigrèrent presque à contrecœur en Asie asiatique, à Jérusalem, que grand-père célébrait depuis toujours dans ses poèmes sentimentaux.

À bord de l'*Italia* où ils effectuèrent la traversée Trieste-Haïfa, ils se firent photographier avec le capitaine dont le nom, inscrit en marge du cliché, était Benyamino Umberto Steindler. Ça ne s'invente pas.

Au port d'Haïfa, comme le rapporte la légende familiale, les attendait un médecin en blouse blanche (ou était-ce un infirmier?) qui, sur l'ordre du gouvernement mandataire britannique, aspergeait les arrivants de désinfectant. Quand vint son tour, dit-on, grand-père Alexandre, furieux, s'empara de l'ustensile et arrosa l'arroseur : voilà comment l'on traite un homme qui ose se comporter avec nous ici, dans notre patrie, comme si nous étions encore en diaspora. Pendant deux mille ans, nous avons tout supporté en silence. Pendant deux mille ans, nous nous sommes laissé conduire à l'abattoir comme un troupeau sans défense. Mais ici, dans notre pays, il n'y aura pas de nouvel exil, nous ne le permettrons pas. Notre honneur ne sera pas bafoué.

*

L'aîné, David, resta à Vilna : très jeune, il était devenu maître assistant à l'université. La brillante carrière de l'oncle Yosef s'offrait à lui, comme elle a servi de modèle à mon père sa vie durant. David se maria à Vilna et c'est en 1938 que naquit son fils, Daniel, que je n'ai pas connu : je n'ai même pas réussi à retrouver une seule photo. Il ne restait que des cartes postales et quelques lettres, rédigées en polonais par la tante Malka, Macia, l'épouse de David : « 10.2.39 : dès la première nuit, Danush a dormi de neuf heures du soir à six heures le lendemain matin. Il n'a jamais eu de problème de sommeil. Au cours de la journée, il est allongé, les yeux ouverts, agitant les pieds et les mains. Quelquefois, il se met à crier... »

Le petit Daniel Klausner n'allait pas vivre trois ans. Bientôt, on le tuerait afin de protéger l'Europe, de prévenir le « cauchemar de la séduction de centaines de milliers de jeunes filles par de repoussants bâtards juifs aux jambes arquées... le visage empreint d'une joie satanique, le Juif aux cheveux noirs guette la jeune fille... qu'il souille de son sang... l'objectif final des Juifs est de dénationaliser les autres nations par la bâtardise et la dégradation raciale des [nations] les plus remarquables... ils conspirent... à anéantir la race blanche... Si l'on transférait cinq mille Juifs en Suède, ils occuperaient les positions clés en un rien de temps... l'empoisonneur universel de toutes les races, le judaïsme international [1]... »

Mais l'oncle David était d'un autre avis : il traitait par l'indifférence et le mépris ces jugements ignobles quoique répandus, l'antisémitisme ecclésiastique catholique qui résonnait solennellement sous les hautes voûtes de pierre des cathédrales, l'antisémitisme protestant mortellement froid, le racisme allemand, la folie meurtrière autrichienne, la haine des Juifs polonaise, la cruauté des Lituaniens, des Hongrois, des Français, l'appel aux pogroms des Ukrainiens, des Roumains, des Russes, des Croates, l'aversion que les Belges, les Hollandais, les Britanniques, les Irlandais, les Scandinaves nourrissaient envers les Juifs. À ses yeux, tout cela était les vestiges d'époques sauvages et incultes, les résidus d'un passé révolu.

L'oncle David se sentait en accord avec son temps c'était un Européen convaincu, à cheval sur plusieurs cultures, polyglotte, prolixe, doué, éclairé, un homme résolument moderne. Il se moquait des préjugés et des haines ethniques rétrogrades et n'avait pas la moindre intention de se laisser intimider par les racistes bornés, les fomentateurs, les chauvins, les démagogues, les antisémites obscurs, les superstitieux dont la voix rauque hurlait « mort aux Juifs » et aboyait sur les murs : « Sale youpin, va-t'en en Palestine ! »

En Palestine ? Certainement pas : un homme comme lui n'y emmènerait jamais sa jeune épouse et

1. Hitler, par Hermann Rauchsning, *Conversations avec Hitler*, traduit par M. Z. Wolfowsky, éd. Sifriat Rimon/Masada (avec l'aide de l'Institut Bialik), Tel-Aviv, 1941, ainsi que Joachim Fest, *Hitler*, éd. Keter, Jérusalem, 1973, pp. 45-46, 216-217, 558-559, ainsi que le testament d'Hitler, *ibid.*, p. 778.

son bébé, il ne déserterait pas le front pour fuir la meute tonitruante dans on ne sait quelle province levantine aride où certains Juifs désespérés tentaient d'ériger un nationalisme ségrégationniste armé, que, comble de l'ironie, ils avaient apparemment copié sur leurs pires ennemis.

Non, décidément, l'oncle David ne bougerait pas de Vilna, il resterait à son poste, dans l'une des tranchées les plus avancées de l'Europe des Lumières, rationnelle, ouverte, tolérante, libérale, que, pour l'heure, une vague de barbarie menaçait de submerger. Là était sa place, et il ne pouvait rien faire d'autre.

Jusqu'à la fin.

## 17

Grand-mère jeta autour d'elle un regard épouvanté et lança le fameux jugement qui deviendrait sa devise au cours des vingt-cinq années de son existence à Jérusalem : « Le Levant est infesté de microbes. »

Dès lors, grand-père se levait à l'aube tous les matins pour battre furieusement les matelas et la literie, aérer les tapis et les coussins, asperger la maison de DDT, faire bouillir impitoyablement les légumes, les fruits, le linge, les serviettes et les ustensiles de cuisine. Toutes les deux ou trois heures, il devait récurer les WC, le lavabo et l'évier à l'eau de javel. Comme ceux-ci étaient constamment bouchés, un peu de javel ou d'un quelconque détergent croupissait toujours dans la bonde, telles les douves d'un château moyenâgeux. Ce fossé devait endiguer l'invasion des cafards et autres insectes nuisibles qui tentaient jour et nuit d'émerger des égouts. On colmatait même le trop-plein de l'évier — les petits trous percés au bord du bac et servant à évacuer l'eau en cas de débordement — par des moyens de fortune, du savon fondu, afin que l'ennemi n'ait pas l'idée d'y pénétrer. Les moustiquaires des fenêtres exhalaient toujours une odeur de DDT. Des vapeurs de désinfectant stagnaient en permanence dans la maison. Dans toutes les pièces s'élevait une nuée opaque d'alcool à brûler, de savon, de crème, de pulvérisation, d'appât, d'insecticide et de talc dont grand-mère sécrétait peut-être aussi quelques particules par ses pores.

De temps à autre pourtant, en début de soirée, on invitait quelques écrivains mineurs, deux ou trois commerçants cultivés et de jeunes chercheurs d'avenir. Certes, il n'y avait plus de Bialik, plus de Tchernichovsky ni de joyeux festins réunissant de nombreux convives. La pauvreté, l'exiguïté, les difficultés matérielles contraignaient grand-mère à se contenter de peu : parfois une ou deux connaissances, des réfugiés d'Odessa ou de Vilna, M. Scheindelevitch, de la rue Yeshayahou, M. Karchalsky, le commerçant de la rue David Yellin, dont les deux jeunes fils, promis à une brillante carrière scientifique, occupaient une position secrète dans la Haganah, ou encore le couple Bar-Yitshar (Yitzelevitsch) de Mekor Barouch — lui était un mercier à la triste figure, elle confectionnait des perruques et des gaines sur commande, et tous deux étaient des révisionnistes purs et durs et de farouches adversaires du Mapaï.

Grand-mère disposait les rafraîchissements à la cuisine, sur la table et la paillasse de l'évier — on aurait dit une parade militaire — d'où grand-père partait sans cesse pour le front, portant des plateaux chargés de bortsch glacé, hérissé d'un iceberg de crème fraîche, de clémentines pelées, de fruits de saison, de noix, d'amandes, de raisins de Corinthe, de figues sèches, de fruits et d'écorces d'orange confits, de compotes, de marmelades et autres gelées, de gâteaux au pavot et à la confiture, de strudels aux pommes et d'une délicieuse pâtisserie feuilletée.

Ici aussi, on parlait de l'actualité et de l'avenir du peuple et du monde, on condamnait le Mapaï corrompu et ses chefs, qualifiés d'entremetteurs défaitistes rampant devant le seigneur goy. Quant aux kibboutzim, on les prenait pour de dangereuses cellules bolcheviques, anarchistes, nihilistes, permissives, favorisant la licence et profanant les valeurs sacrées de la nation, des parasites qui s'engraissaient des deniers publics, des exploiteurs qui pillaient les terres de la nation — toutes les épithètes que proférerait un jour « le camp oriental », l'ennemi juré des kibboutzim, se trouvaient déjà dans la bouche des commensaux de mon grand-père, à Jérusalem. Ces conversations ne semblaient guère réjouissantes, car autrement, pourquoi se taisait-on en ma présence, passait-on au russe ou fermait-on la porte entre le salon et le château de mallettes que j'étais en train d'édifier dans le bureau de grand-père ?

*

Leur petit appartement, rue de Prague : un salon très russe, bourré de meubles massifs, d'objets, de babioles, de valises, où des relents de poisson, de carottes et de tourtes se mêlaient aux odeurs d'insecticide et de désinfectant, des commodes, des tabourets, une armoire noire masculine, une table aux pieds épais, un buffet surchargé de décorations et de souvenirs se pressaient contre les murs. La pièce était pleine de napperons de mousseline blanche, de rideaux de dentelle, de coussins brodés, de jouets artistiques et de bibelots entassés partout où il y avait un espace libre et jusque sur le rebord de la fenêtre, tels un crocodile en argent dont la queue écaillée se relevait et dont les mâchoires servaient de casse-noix, ou un caniche en peluche grandeur nature, une douce et silencieuse créature au museau noir et aux yeux de verre tristes, docilement couché au pied du lit de grand-mère, qui n'aboyait ni ne demandait jamais à sortir dans les rues du Levant d'où il aurait pu ramener Dieu sait quelle vermine, punaises, puces, tiques, vers, poux, eczéma, bacilles et autres fléaux.

Ce petit être délicat, qui répondait au nom de Stakh, Stashek ou Stashinka, était le chien le plus obéissant du monde vu qu'il était en laine et rembourré de vieux chiffons. Il avait fidèlement suivi les Klausner au cours de leur périple d'Odessa à Vilna et de Vilna à Jérusalem. Pour rester en bonne santé, le pauvre animal avalait des boules de naphtaline toutes les deux ou trois semaines. Chaque matin, il subissait avec philosophie les salves du pulvérisateur de grand-père. De temps à autre, l'été, on l'installait sur le rebord de la fenêtre ouverte pour prendre l'air, le soleil et savourer la lumière.

Durant des heures, Stakh restait sur son perchoir sans bouger, son noir regard vitreux de chien battu contemplant la rue avec une infinie nostalgie, son museau en broderie noire reniflant en vain l'odeur des chiennes de la rue, ses oreilles de laine dressées, tendues à se rompre pour distinguer les multiples bruits du quartier, le cri d'un chat en rut, le chant des oiseaux, des vociférations en yiddish, la plainte terrifiante du chiffonnier, l'aboiement des chiens en liberté dont le sort était tellement plus enviable. Sombre et pensif, Stakh inclinait légèrement la tête, sa courte queue repliée douloureusement entre ses pattes de derrière, l'air pathétique. Il n'avait jamais aboyé contre les passants, il n'avait jamais appelé à l'aide ses congénères des rues, il ne s'était jamais mis à gémir, mais là-haut, sur la fenêtre, il avait une expression de désespoir muet à vous fendre le cœur.

Un désespoir plus poignant qu'un cri de détresse, plus perçant que le hurlement le plus horrible.

Un beau matin, grand-mère avait résolument enveloppé son Stashinka dans du papier journal et elle l'avait jeté à la poubelle, c'était devenu un nid à poussière et il avait moisi, soupçonnait-elle. Grand-père, évidemment, en avait eu beaucoup de chagrin, mais il n'avait osé piper mot. Moi, je ne lui ai jamais pardonné.

*

Ce salon encombré dont la couleur comme l'odeur étaient marron foncé servait également de chambre à coucher à grand-mère et donnait sur le réduit de grand-père, son bureau, sa cellule monastique, avec son canapé dur, ses étagères remplies d'échantillons, son amoncellement de mallettes, sa bibliothèque et son petit bureau aussi impeccable et rutilant qu'un régiment de hussards austro-hongrois.

Ici aussi, à Jérusalem, tous deux vivaient chichement du modeste commerce de grand-père : de nouveau, il achetait à droite et revendait à gauche, stockait l'été et écoulait à l'automne, faisait avec ses mallettes la tournée des magasins de vêtements de la rue Yafo, George-V, Agrippas, Lunz et Ben Yehouda. Il se rendait environ une fois par mois à Holon, Ramat Gan, Netanya, Petah Tiqva, parfois même à Haïfa, où il négociait avec des manufacturiers de serviettes, marchandait avec des fabricants de lingerie et des importateurs de confection.

Le matin, avant de partir, grand-père préparait des paquets de vêtements et de tissus qu'il expédiait par la poste. De loin en loin, on lui accordait pour le lui confisquer avant de le lui rendre le titre de représentant local d'une SARL d'habillement et confection en gros ou d'une fabrique d'imperméables. Il détestait son métier où il ne réussissait guère et gagnait à grand-peine de quoi les faire vivre, lui et grand-mère, mais il adorait arpenter les rues de Jérusalem, toujours suprêmement élégant dans son costume trois-pièces de diplomate russe avec sa pochette immaculée et ses boutons de manchette en argent, fréquenter les cafés apparemment pour ses affaires mais en réalité pour les palabres, le thé brûlant, les journaux et les revues. Il aimait aussi fréquenter les restaurants où il se comportait avec les serveurs en grand seigneur exigeant mais magnanime :

« Pardon, ce thé est froid. J'exige que vous m'apportiez immédiatement du thé chaud : chaud, ça veut dire que le concentré aussi doit être très très chaud, pas seulement l'eau. Merci infiniment. »

Il appréciait par-dessus tout les longues escapades à travers le pays et les rendez-vous professionnels dans les bureaux des fabriques implantées sur la côte. Sa carte de visite était magnifique : bordée d'or avec un logo figurant des losanges entrecroisés, pareils aux facettes d'un diamant. On y lisait : « Alexandre S. Klausner, importateur, mandataire, représentant commercial et grossiste accrédité, Jérusalem et environs. » Il vous tendait sa carte avec un gloussement d'excuse enfantin :

« *Nu, chto*. Il faut bien vivre de quelque chose. »

Mais le cœur n'y était pas, il avait la tête farcie d'amours innocentes et illégitimes, de passions dignes d'un lycéen de soixante-dix ans, de désirs confus et de fantasmes : s'il avait pu tout recommencer de zéro, il aurait choisi d'aimer les femmes, en être aimé, sonder leur cœur, partir avec elles en villégiature à la campagne, canoter en leur compagnie sur un lac, au pied de montagnes enneigées, composer des poèmes enflammés, être beau, avec des cheveux bouclés et des traits fins mais virils, devenir la coqueluche des femmes, ressembler à Tchernichovsky. Ou à Byron. Ou mieux encore, à Vladimir Jabotinsky : un merveilleux poète, un grand chef et un bel homme, le tout dans une seule et unique personnalité exceptionnelle.

Sa vie durant, il avait rêvé de mondes où régnaient l'amour et les bons sentiments. Il aspirait à offrir aux femmes sa grandeur d'âme en échange de leur admiration et de leur amour éternel (il n'avait visiblement jamais fait la différence entre l'amour et l'admiration : il espérait avoir les deux, de même qu'il brûlait et se réjouissait de procurer les deux à n'importe quelle femme ou au genre féminin dans son ensemble).

Et alors il secouait désespérément ses chaînes, rongeait son frein, sirotait deux petits verres de cognac dans la solitude de son bureau et, les nuits d'insomnie les plus sinistres, il buvait de la vodka en fumant lugubrement. Il s'en allait parfois dans les rues désertes, à la nuit tombée. Ce qui relevait de l'exploit. Grand-mère possédait un radar intérieur perfectionné et ultrasensible grâce auquel elle nous avait à l'œil : à tout moment, il lui fallait vérifier et faire l'inventaire, savoir instantanément où se trouvait chacun, Lyonia à son bureau, à la Bibliothèque nationale, au quatrième étage de Terra Sancta, Zussya au café Atara, Fania à la bibliothèque du Bné Brith, Amos en train de jouer avec son meilleur ami, Éliahou, chez le voisin, M. Friedmann, l'ingénieur, dans le premier immeuble, à droite. Mais dans un coin de l'écran, derrière une étoile éteinte, là où auraient dû briller son fils Ziuzja, Ziuzjnka, avec Malka et le petit Daniel, qu'elle n'avait jamais vu ni baigné, il n'y avait qu'un terrifiant trou noir.

Coiffé de son chapeau mou, grand-père arpentait la rue des Éthiopiens durant près d'une demi-heure, aspirant l'air sec de la nuit qui sentait le pin et la pierre. En rentrant, il s'asseyait à sa table, buvait un petit coup, fumait une ou deux cigarettes et composait un poème en russe. Depuis ce malencontreux faux pas où il s'était amouraché d'une autre sur le pont du navire qui voguait vers New York et où grand-mère l'avait entraîné de force sous le dais nuptial, l'idée de se révolter ne lui avait jamais traversé l'esprit : il se tenait devant sa femme comme un serf devant sa maîtresse et la servait avec humilité, admiration, crainte, dévouement et une infinie patience.

Quant à elle, elle l'appelait Zussya, et Zissel lors de ses rares instants de tendresse, d'amour et de compassion. Alors, le visage de grand-père s'illuminait comme s'il était au septième ciel.

## 18

Il survécut vingt ans à grand-mère après qu'elle eut trépassé dans son bain.

Des semaines et des mois plus tard, il se levait toujours à l'aube et entassait les matelas et les couvertures sur le balcon où il s'acharnait à exterminer les microbes et autres parasites qui avaient naturellement envahi la literie durant la nuit. Sans doute avait-il du mal à changer ses habitudes. Ou peut-être était-ce une manière d'honorer la mémoire de la disparue. Ou bien une façon d'exprimer que sa reine lui manquait, ou encore qu'il craignait de fâcher l'esprit de la défunte, « redoutable comme des cohortes », s'il arrêtait.

Il continuait aussi à désinfecter les WC, lavabo et évier.

Mais à mesure que le temps passait, les joues souriantes de grand-père rosissaient plus que jamais. Il rayonnait littéralement. Bien que toujours épris d'ordre et de propreté — il était astiqué et bichonné comme un sou neuf — son ardeur s'était émoussée : plus de coups de tapette retentissants, plus de furieuses giclées de javel et d'antiseptique. Quelques mois après la mort de grand-mère, grand-père se mit à vivre des passions tumultueuses. À soixante dix-sept ans, du moins me semblait-il, il découvrait les joies du sexe.

Il n'avait pas encore secoué la poussière du cimetière de ses souliers que sa maison ne désemplissait plus de consolatrices, assistantes, chasseuses de solitude et spécialistes en affaires de cœur. Elles ne le quittaient pas un instant, « le soutenant avec des plats chauds et le ranimant avec des gâteaux aux pommes », et lui se réjouissait visiblement de ne pas rester seul : toute sa vie, il avait désiré les femmes. Toutes les femmes, les plus jolies comme celles dont les autres hommes ne savaient reconnaître la beauté : « Les dames, avait décrété un jour mon grand-père, sont toutes belles. Sans exception. Mais les hommes sont aveugles! avait-il ajouté en souriant. Totalement aveugles! *Nu, chto*, ils ne regardent qu'eux, et encore. Des aveugles! »

*

À la mort de grand-mère, grand-père avait réduit ses activités. De loin en loin, il signalait, euphorique, « un voyage professionnel capital à Tel-Aviv, rue Gruzenberg », ou « une réunion très très importante à Ramat Gan avec la direction de l'entreprise ». Il distribuait encore à tout venant son inestimable carte de visite, « Alexandre S. Klausner, textiles, prêt-à-porter, confection, importateur, représentant commercial accrédité, concessionnaire général et intermédiaire », etc. En fait, il se consacrait essentiellement à ses multiples amourettes : il invitait ou était convié à prendre le thé, dînait aux chandelles dans un restaurant excellent-mais-pas-trop-cher (« avec Mme Tsitrine, *ty durak*, Mme Tsitrine, pas Mme Shaposhnik! »).

Il passait des heures à sa table habituelle, dans un

coin discret au deuxième étage du café Atara, rue Ben Yehouda, vêtu d'un costume bleu sombre, d'une cravate à pois, tout rose, souriant, pomponné, bichonné, embaumant le shampoing, le talc et le parfum, éblouissant dans sa chemise blanche raide d'amidon, avec sa pochette immaculée et ses boutons de manchette en argent, entouré de sa suite de quinquagénaires ou sexagénaires bien conservées, moulées dans leur gaine et leurs bas nylon à couture apparente, des divorcées soigneusement maquillées, des dames superbes, parées de bagues, de boucles d'oreilles et de bracelets, manucurées, pédicurées, permanentées et frisottées, des matrones qui écorchaient l'hébreu avec l'accent hongrois, polonais, roumain ou balkanique. Grand-père appréciait leur compagnie et elles fondaient devant lui : c'était un brillant causeur, spirituel et amusant, un gentleman façon dix-neuvième siècle qui baisait la main des dames, s'empressait de leur ouvrir la porte, leur offrait le bras pour gravir une marche ou une pente raide, n'oubliait jamais un anniversaire, envoyait un bouquet de fleurs ou une bonbonnière, il avait un regard perçant, savait habilement tourner un compliment pour la coupe d'une robe, une nouvelle coiffure, d'élégants mocassins ou un sac neuf, il plaisantait avec grâce et bon goût, récitait un poème au moment adéquat, ne manquait pas de verve ni d'humour. Un jour, en ouvrant la porte, j'avais vu mon aïeul nonagénaire agenouillé aux pieds de la veuve brunette et replète d'un notaire. La dame m'avait lancé un clin d'œil par-dessus la tête de son amoureux transi en souriant gaiement, découvrant une dentition trop parfaite pour être naturelle. J'étais ressorti en refermant doucement la porte à l'insu de grand-père.

Quel était donc le secret de son charme viril ? J'ai

mis des années à le comprendre. Il possédait un don dont très peu d'hommes sont dotés, une merveilleuse qualité qui, aux yeux des femmes, est la plus sexy de toutes : il savait écouter.

Il ne faisait pas semblant par politesse tout en rongeant son frein.

Il n'interrompait pas son interlocutrice en terminant impatiemment ses phrases à sa place.

Il ne la coupait pas et n'intervenait pas pour résumer sa pensée et passer à un autre sujet.

Il ne la laissait pas parler en l'air, profitant de l'occasion pour préparer mentalement sa réponse.

Il ne feignait pas un intérêt ou un plaisir qu'il éprouvait réellement. *Nu, chto* : sa curiosité était insatiable.

Il ne s'énervait pas. Il ne cherchait pas à détourner la conversation pour passer des futilités, les siennes à elle, aux choses sérieuses, ses propos à lui.

Au contraire : il s'intéressait de très près à sa partenaire. Il se plaisait à l'attendre, et même si elle prenait son temps, il patientait en se délectant de ses va-et-vient.

Il ne la houspillait pas. Ne la bousculait pas. Il la laissait achever, après quoi, loin de se précipiter, il faisait durer le plaisir :

Y en aurait-il encore un peu ? S'il lui venait une autre vague ?

Il aimait qu'elle lui prenne la main pour le guider, à son rythme. Il était content de l'escorter, comme une flûte accompagnant une mélodie.

Il était heureux de la comprendre. De s'informer. De savoir. Il voulait la connaître à fond. Et davantage.

Il aimait se donner, plus encore qu'il n'appréciait son abandon à elle. *Nu, chto* : elles lui parlaient tout leur soûl, lui confiant les détails les plus intimes, secrets et sensibles, confidences qu'il écoutait avec intelligence, douceur, sympathie et patience.

Avec plaisir et émotion, plutôt.

Quantité d'hommes aiment le sexe tant et plus, mais ils haïssent les femmes.

Mon grand-père, me semble-t-il, aimait les deux.

Avec tact : il ne calculait pas. Il ne subtilisait pas son dû, il ne se hâtait pas. Il aimait naviguer sans se presser de jeter l'ancre.

*

Il eut quantité de flirts au cours de son âge d'or, après la mort de grand-mère, de soixante-dix-sept ans à la fin de sa vie. Quelquefois, il allait passer deux ou trois jours avec son amie du moment dans un hôtel à Tibériade, une pension à Gedera ou dans une « résidence » au bord de la mer, à Netanya (apparemment, il traduisait par « résidence » un terme russe aux accents tchékhoviens, une datcha en Crimée). En deux ou trois occasions, où j'avais évité de me montrer, je l'avais aperçu, rue Agrippas ou rue Betsalel, bras dessus bras dessous avec une dame. S'il n'était pas particulièrement discret avec ses conquêtes, il ne s'affichait pas non plus avec elles. Il n'emmenait jamais ses compagnes chez nous, il ne nous les présentait pas et n'en parlait guère. Mais il avait parfois l'air d'un jeune homme ivre d'amour, le regard embrumé, chantonnant gaiement, un sourire distrait aux lèvres. D'autres fois, il avait mauvaise mine et avait perdu son teint rose de bébé — on aurait dit un pâle soleil d'automne — tandis que, debout dans sa chambre, il repassait rageusement ses chemises ou ses sous-vêtements, qu'il aspergeait de parfum à l'aide d'un petit vaporisateur, tout en s'admonestant sévèrement, monologuant à mi-voix en russe ou fredonnant un air triste ukrainien, de sorte que nous en déduisions qu'on lui avait claqué la porte au nez, à moins qu'au contraire, comme lors de ce fantastique voyage à New York à l'époque de ses fiançailles, il ne se fût de nouveau empêtré dans deux histoires parallèles.

Un beau matin — il avait quatre-vingt-neuf ans — il nous avait annoncé qu'il devait faire « un voyage important » de deux ou trois jours et que nous ne devions pas nous inquiéter. Mais ne le voyant pas revenir au bout d'une semaine, nous avions commencé à nous tracasser : où était-il ? Pourquoi ne téléphonait-il pas ? Et s'il lui était arrivé quelque chose ? À son âge...

Nous avions longuement tergiversé : devions-nous avertir la police ? S'il était malade dans un hôtel ou s'il se trouvait en mauvaise posture, nous ne nous pardonnerions jamais de nous être croisé les bras. D'un autre côté, si nous appelions la police et qu'il était sain et sauf, il serait furieux. Si grand-père ne réapparaissait pas le vendredi après-midi suivant, avions-nous décidé après une journée d'hésitations, il nous faudrait prendre des mesures. Nous n'avions pas le choix.

Il reparut le vendredi après-midi, une demi-heure avant la fin de l'ultimatum, rose de contentement, débordant d'allégresse, amusé et enthousiaste comme un enfant.

— Où étais-tu ?

— *Nu, chto*, je me suis promené un peu.

— Mais tu avais dit que tu ne partais que deux ou trois jours !

— Je l'ai dit, et alors ? *Nu*, j'étais avec Mme Hershkovitch, et nous nous nous sommes tellement amusés que nous n'avons pas vu le temps passer.

— Et où étiez-vous ?

— Je viens de le dire : nous sommes allés prendre du bon temps. Nous avons déniché une pension tranquille. Une pension très très raffinée. Comme en Suisse.

— Une pension ? Où ça ?

— À la montagne, à Ramat Gan.

— Tu aurais pu téléphoner au moins ! Nous étions terriblement inquiets.

— Il n'y avait pas de téléphone dans la chambre. *Nu, chto*. C'était une pension exceptionnellement raffinée !

— Tu aurais pu nous téléphoner d'une cabine. Je t'avais donné des jetons.

— Des jetons. Des jetons. *Nu, chto, takoé*, qu'est-ce que c'est ?

— Des jetons pour téléphoner d'une cabine.

— Ah ! Tes jetons. Les voilà. *Nu*, reprends-les, ma puce, reprends tes jetons percés au milieu, tiens, tiens, et compte-les, s'il te plaît. N'accepte jamais quelque chose de qui que ce soit avant d'avoir soigneusement compté.

— Pourquoi ne t'en es-tu pas servi ?

— Des jetons ? *Nu, chto*. Tes jetons ! Je n'y crois pas.

*

À quatre-vingt-treize ans, environ trois ans après la mort de mon père, grand-père décida que le moment était venu, que j'étais assez mûr et que nous pouvions avoir une conversation entre hommes. Il me convoqua dans son bureau et, après avoir fermé les fenêtres et verrouillé la porte à clé, il s'assit à sa table, solennel et cérémonieux, il m'enjoignit de prendre place en face de lui, il ne m'appela pas « ma puce », il croisa les genoux, posa son menton sur ses coudes, réfléchit un petit moment et déclara :

« Il est temps que nous parlions de la femme. *Nu*, de la femme en général », s'était-il empressé d'ajouter.

(J'avais alors trente-six ans, j'étais marié depuis une quinzaine d'années et père de deux grandes filles.)

Il soupira, toussota, la main devant la bouche, il rectifia sa cravate et il se racla la gorge à deux reprises :

« *Nu, chto*. La femme m'a toujours intéressé. Depuis toujours, je précise. J'espère que tu ne vas pas mal interpréter mes paroles ! Ce n'est pas du tout ce que tu crois, *nu*, je veux juste dire que la femme m'a toujours passionné. Non, pas la question féminine ! La femme en tant qu'être humain. »

Il se mit à rire avant d'expliquer :

« *Nu*, elle m'intéresse dans tous les sens du terme. J'ai passé ma vie à observer les femmes, même quand je n'étais qu'un petit *tchoudak*, un blanc-bec, *nu*, non, non, je ne les ai jamais regardées comme un *paskoudniak*, un voyou, non, je les respectais. Je les regardais et je m'initiais. *Nu*, et ce que j'ai appris, je voudrais t'en instruire aujourd'hui. Pour que tu saches. Alors fais bien attention à ce que je vais te dire maintenant : c'est comme ça. »

Il s'interrompit pour jeter un coup d'œil circulaire, comme pour vérifier que nous étions bien seuls, à l'abri des oreilles indiscrètes.

« La femme, reprit-il, *nu*, sur certains plans, elle est exactement comme nous. Pareille. Absolument. Mais sur d'autres points, elle est complètement différente. Pas du tout la même. »

Après un temps de réflexion — peut-être certaines images défilaient-elles dans sa mémoire — un sourire enfantin illumina ses traits et il conclut :

« Mais quoi ? Sur quels plans la femme est-elle

exactement comme nous et sur quels autres est-elle très très différente — *nu*, j'y travaille encore », avait-il conclu en se levant.

Il avait quatre-vingt-treize ans et il a probablement continué à « travailler » cette question jusqu'à la fin de sa vie. Je planche sur le sujet moi aussi.

*

Il avait un hébreu bien à lui, grand-père Alexandre, un hébreu très personnel, et il refusait qu'on le corrige : il s'obstinait à prononcer *sapan* [marin] pour dire coiffeur [*sapar*], et cette simple métathèse l'entraînait une fois par mois au chantier naval [*mispana*], à savoir le salon de coiffure [*mispara*] des frères Ben Yakar où, bien carré dans le fauteuil du capitaine, ce marin d'eau douce donnait une série d'instructions précises concernant la manœuvre, en l'occurrence sa coupe de cheveux. Il me grondait parfois : « *Nu*, va donc chez le *marin* (*sic* !), à quoi tu ressembles, on dirait un pirate ! » Dans sa bouche, les étagères devenaient des « estagères », alors qu'elles restaient étagère au singulier. Il appelait Le Caire Cairo, et non par son nom hébreu, Kahir, moi, j'étais alternativement *khorochi maltchik*, gentil, et *ty dourak*, imbécile, le port de Hambourg était Gambourg, une habitude se muait en turpitude, le sommeil se disait *spat'*, et à la question « As-tu bien dormi, grand-père ? », il répondait immuablement, « très bien ! ». Et n'étant pas très sûr de son hébreu, il renchérissait joyeusement « *Khorocho ! Otchen khorocho !! »*. Une bibliothèque était une *bibliotheka*, une théière *tchaïnik*, le gouvernement *partach*, tire-au-flanc, le peuple *oylem goylem*, des abrutis, et le Mapaï, *geshtank*, infection, ou *ibelkeyt*, pourriture.

210

Un jour, environ deux ans avant son décès, il m'avait parlé de la mort : « Quand, le ciel nous en préserve, un jeune soldat de dix-neuf vingt ans meurt à la guerre, *nu*, c'est un drame, c'est horrible, mais ce n'est pas une catastrophe. Alors que mourir à mon âge, c'est vraiment catastrophique ! Moi qui ai quatre-vingt-quinze ans, ça fait des années que je me lève à cinq heures, je prends une douche froide tous les matins depuis près de cent ans, je le faisais même en Russie, à Vilna, voilà un siècle que je mange tous les matins une tranche de pain avec du hareng et un verre de *tchaï* avant d'aller marcher une demi-heure dans la rue, été comme hiver, *nu*, marcher dans la rue, c'est bon pour le *motion* ! Ça stimule la circulation ! Et immédiatement après, je lis un peu le journal en avalant une autre tasse de *tchaï*, *nu*, bref, voilà, ce cher jeune homme de dix-neuf ans, si jamais il se fait tuer, le ciel nous en préserve, il n'aura pas eu le temps d'avoir ses *turpitudes* : comment aurait-il pu faire ? Mais à mon âge, c'est très dur d'arrêter, très très dur : parce que marcher dans la rue le matin, chez moi c'est une vieille *turpitude*. Comme la douche froide. Et vivre aussi, c'est une *turpitude* chez moi. *Nu, chto*, après cent ans, est-ce qu'on peut changer ses *turpitudes* d'un coup ? Ne plus se lever à cinq heures du matin ? Plus de douche froide ni de hareng avec une tranche de pain ? Plus de journal, plus de promenade et plus de *tchaï* chaud ? Quelle catastrophe ! »

## 19

En 1845 débarquèrent à Jérusalem, alors sous domination turque, le consul britannique James Finn et son épouse Elizabeth-Ann. Tous deux savaient l'hébreu, et le consul avait même écrit une monographie du peuple juif pour qui il éprouvait une vive sympathie. Il était membre de la « Société londonienne pour la propagation du christianisme au sein du judaïsme », mais, pour autant que l'on sache, il n'avait jamais été un prosélyte actif à Jérusalem. Le consul Finn et son épouse croyaient de toute leur âme que le retour du peuple juif à Sion hâterait la rédemption universelle. Plus d'une fois, le consul avait protégé les Juifs hiérosolymitains des tracasseries du pouvoir ottoman. Finn estimait aussi qu'il fallait « développer la productivité juive » et il aida même les Juifs à se former aux métiers du bâtiment et à s'acclimater au travail de la terre. À cette fin, il acquit en 1853, pour la somme de 250 livres sterling, une colline caillouteuse et pelée à quelques kilomètres de Jérusalem intra muros, au nord-ouest de la vieille ville, un terrain inhabité et inculte appelé « Karm al-Khalil » en arabe. James Finn lui donna le nom hébreu de Kerem Avraham, la vigne d'Avraham, il y fit construire sa maison et un « phalanstère » destiné à fournir du travail aux Juifs nécessiteux, à leur enseigner un métier dans l'industrie et l'agriculture. La propriété possédait quarante dounam (environ dix acres). Au sommet de la colline, James et Elizabeth-Ann Finn érigèrent leur maison autour de laquelle s'étendaient les terres agricoles, les bâtiments de la ferme et les ateliers. Les murs épais de la demeure de deux étages étaient en pierre de taille, avec des plafonds de style oriental en forme de voûtes entrecroisées. Derrière la maison, au fond d'une cour entourée d'un mur, on avait creusé des citernes d'eau et construit des étables, une porcherie, un entrepôt, des hangars, un cellier et des pressoirs à vin et à huile.

Le « phalanstère » de Finn employait quelque deux cents Juifs dans l'épierrage, les clôtures, la plantation des vergers, la culture des légumes et des fruits, l'exploitation d'une petite carrière et divers travaux liés au bâtiment. Au fil des années, après la mort du consul, sa veuve avait fondé une savonnerie où travaillaient également des ouvriers juifs. Près de Kerem Avraham et pratiquement à la même époque, le missionnaire allemand Johann Ludwig Schneller, originaire d'Erfingen, dans l'État de Wittenberg, avait créé un orphelinat pour les petits Arabes chrétiens, réfugiés de la guerre et du massacre perpétrés contre les chrétiens du Liban. C'était un vaste terrain cerné de murs de pierre. « L'orphelinat syrien Schneller », à l'instar du « phalanstère » du consul et de Mme Finn, avait été créé dans le but d'assurer à ses protégés une formation dans l'industrie et l'agriculture [1]. Chacun à sa façon, Finn et Schneller étaient des chrétiens dévots que la pauvreté, la souf-

1. Voir David Kroyanker, *L'architecture à Jérusalem — la construction euro-chrétienne extra muros, 1855-1918*, éd. Keter, et l'Institut de Jérusalem pour l'étude d'Israël, Jérusalem, 1987, pp. 419-421.

france et le sous-développement des Juifs et des Arabes de Terre sainte touchaient profondément. Tous deux pensaient que la formation professionnelle des citoyens à qui l'on apprendrait un métier dans l'industrie, l'agriculture et le bâtiment sauverait l' « Orient » de la dégénérescence, du désespoir, de la misère et de l'indifférence. Peut-être espéraient-ils ainsi, par leur générosité, chacun à sa manière, inciter les juifs et les musulmans à entrer dans le sein de l'Église.

*

C'est en 1920, au pied de la ferme Finn, que vit le jour le quartier de Kerem Avraham dont les petites maisons, blotties les unes contre les autres, se mirent à grignoter les plantations et les vergers. À la mort d'Elizabeth-Ann Finn, la résidence du consul connut de nombreux avatars : elle abrita un centre de détention pour jeunes délinquants avant de devenir propriété du gouvernement anglais puis un R.G. militaire.

À la fin de la Deuxième Guerre mondiale, on clôtura la cour de la maison Finn de hauts barbelés et l'on y enferma des officiers italiens, prisonniers de guerre. Nous nous y glissions à la nuit tombée pour narguer les détenus à qui nous nous amusions à faire des grimaces et des gestes de la main : « Bambino ! Bambino ! Bongiorno bambino ! » nous criaient les Italiens, hilares. « Bambino ! Bambino ! Il Duce morte ! Finito il Duce ! Viva Pinocchio ! » lancions-nous en retour, et par-delà les clôtures et le fossé de la langue, de la guerre et du fascisme, nous revenait invariablement, telle la seconde moitié d'un vieil adage, le cri « Gepetto ! Gepetto ! Viva Gepetto ! »

En échange des bonbons, cacahuètes, oranges et biscuits que nous leur jetions par-dessus les barbelés, comme à des singes dans un zoo, certains nous passaient des timbres italiens ou exhibaient de loin des photos de leur famille où l'on voyait des femmes rieuses et de tout jeunes enfants engoncés dans leur costume, des garçonnets en cravate et veston, des gamins de notre âge à la chevelure noire impeccablement peignée avec un toupet luisant de brillantine.

Un jour, l'un des prisonniers m'avait montré, à travers le grillage, la photographie d'une grosse femme vêtue en tout et pour tout de bas nylon et d'une jarretière. J'étais resté foudroyé, les yeux écarquillés, figé d'horreur, comme si l'on avait crié le nom ineffable au beau milieu de Yom Kippour en pleine synagogue, et puis j'avais tourné les talons et détalé à toutes jambes, hébété, ahuri, en larmes. Je devais avoir cinq ou six ans et j'avais couru, couru, à croire qu'il y avait une meute de loups à mes trousses, et j'ai continué à fuir cette image jusqu'à onze ans et demi environ.

Après la création de l'État, la maison du consul abrita la défense civile, les gardes-frontières et des organisations de la jeunesse combattante puis l'école « Beit Berakha », un établissement pour jeunes filles orthodoxes. Quand je me promène à Kerem Avraham, je prends la rue Geoula, devenue depuis rue Malkhe Israël, ensuite la rue Malachie, je tourne à gauche dans la rue Zekharyah, flâne un peu rue Amos, je monte la rue Ovadyah et m'attarde deux ou trois minutes devant le portail de la maison du consul Finn. La vieille bâtisse a rétréci au fil des ans, comme si on lui avait fait rentrer la tête dans les épaules à coups de hache pour la circoncire comme il se doit. Les arbres et les bosquets ont été arrachés et la cour entièrement goudronnée. Pinocchio et Gepetto ont disparu, de même que les organisations de jeunesse. Les débris d'une *soukka* encombrent la cour de devant. Deux ou trois femmes en fichu et robe sombre s'y tiennent parfois : elles se taisent si je les regarde, détournent les yeux et se mettent à chuchoter quand je m'éloigne.

*

À son arrivée en Palestine, en 1933, mon père s'inscrivit en maîtrise à l'université hébraïque du mont Scopus, à Jérusalem. Au départ, il habitait avec ses parents dans l'appartement exigu de Kerem Avraham, rue Amos, à deux cents mètres de la maison du consul. Puis grand-père et grand-mère déménagèrent. Mais le jeune étudiant, en qui ses parents fondaient de grands espoirs, continua à louer la chambre donnant sur la véranda à M. et Mme Zarchi, les propriétaires.

Kerem Avraham était encore un nouveau quartier aux rues non pavées, et la vigne qui lui avait donné son nom poussait toujours ici et là dans les cours des immeubles neufs : des treilles et des grenadiers, des figuiers et des mûriers dont les cimes bruissaient au moindre coup de vent. Au début de l'été, l'odeur des fleurs, pénétrant par les fenêtres ouvertes, inondait les petites pièces. Par-dessus les toits et au bout des rues poussiéreuses se découpaient les montagnes entourant Jérusalem.

Des immeubles en pierre à deux ou trois étages poussaient comme des champignons : ils comportaient de minuscules appartements de deux pièces, entassés les uns sur les autres. Les grilles métalliques entourant les cours et les balustrades en fer forgé des balcons avaient rapidement rouillé. Les portails étaient gravés d'une étoile de David ou du mot « Sion ». Les cyprès et les pins avaient progressivement supplanté les grenadiers et la vigne. Çà et là un grenadier sauvage arborait ses fleurs flamboyantes que les enfants avaient tôt fait d'éteindre avant même l'éclosion des fruits. On avait parfois planté des lauriers-roses ou des géraniums au milieu des arbres négligés et des pierres de la cour, marbrées de taches claires. Mais on s'en désintéressait très vite : à cause des cordes à linge tendues au-dessus des plates-bandes, celles-ci étaient piétinées ou jonchées de ronces et de débris de verre. Quand ils n'étaient pas morts de soif, les lauriers-roses et les géraniums croissaient à la va-comme-je-te-pousse. Des remises, des baraques, des abris en tôle et des cahutes bricolées avec les planches des caisses dans lesquelles les habitants avaient transporté leurs affaires envahissaient les cours — à croire qu'ils avaient voulu reproduire leurs bourgades natales de Pologne, d'Ukraine, de Hongrie ou de Lituanie.

Certains avaient improvisé un pigeonnier à l'aide d'un bidon d'olives vide, planté sur un piquet, et guetté la venue des volatiles avant de se décourager. D'autres avaient tenté d'élever quelques poules, quelqu'un s'était efforcé de cultiver un petit parterre de légumes, des radis, des oignons, des choux-fleurs, du persil. Pratiquement tout le monde aspirait à partir ailleurs, dans des quartiers plus civilisés, comme Rehavia, Qiryat Shmuel, Talpiot ou Beit Hakerem. On voulait croire que les mauvais jours passeraient, que l'État hébreu serait bientôt créé et que tout irait mieux : la mesure était comble. Voici ce que Shneour-Zalman Roubashov, qui deviendrait un jour Zalman Shazar et président de l'État, écrivait dans la presse : « Lorsqu'un État juif libre sera enfin créé, rien ne sera plus comme avant ! Même l'amour ne ressemblera pas à ce qu'il était ! »

À la naissance des premiers enfants de Kerem Avraham, on eut du mal à leur expliquer d'où venaient leurs parents, pourquoi ils étaient arrivés là et ce qu'ils attendaient. À Kerem Avraham habitaient de petits employés de l'Agence juive, des professeurs, des infirmières, des écrivains, des chauffeurs, des gratte-papier, des utopistes, des traducteurs, des commerçants, des intellectuels, des bibliothécaires, des caissiers de banque ou de cinéma, des idéologues, des boutiquiers, des vieillards solitaires subsistant grâce à leurs maigres économies. À huit heures du soir, les balcons étaient fermés, les maisons verrouillées, les volets clos, et seul le réverbère dispensait une morne flaque jaune au coin de la rue déserte. La nuit, on entendait les cris stridents des oiseaux nocturnes, l'aboiement lointain des chiens, des tirs isolés, les arbres bruire au vent, dans le verger : au déclin du jour, en effet, Kerem Avraham redevenait un vignoble. Dans chaque cour frémissaient les feuilles des figuiers, des mûriers, des oliviers, des pommiers, des treilles et des grenadiers. Les murs de pierre renvoyaient entre les arbres la clarté de la lune, livide et squelettique.

*

La rue Amos, qui figurait sur quelques photos de l'album de mon père, ressemblait à un brouillon inachevé : des blocs de pierre de taille munis de volets et de balustrades en fer. Quantité de bocaux hermétiques où des concombres ou des poivrons marinaient avec du fenouil et de l'ail encadraient des pots de géraniums pâles. Il n'y avait pas encore de rue au milieu des immeubles, mais un chantier provisoire, un chemin de terre poussiéreux où s'entassaient des matériaux de construction, du gravier, des pierres à moitié taillées, des sacs de ciment, des tonneaux métalliques, des dalles, des monticules de gros sable ou de sable fin, des rouleaux de clôtures en fil de fer barbelé, des échafaudages de bois en pièces détachées. On voyait parfois émerger de ce fouillis un prosopis épineux couvert de poussière blanche. Des tailleurs de pierre, pieds nus, vêtus d'un simple pantalon de toile, la tête enturbannée d'un chiffon, étaient assis au milieu du chemin : le vacarme des marteaux sur les ciseaux avec lesquels ils entaillaient la pierre emplissait le quartier comme des roulements de tambour accompagnant une drôle de mélodie, obstinée, atonale. De temps à autre, les rues retentissaient de hurlements rauques : « Ba-roud! Ba-roud! », suivis par le fracas des roches qui explosaient.

Sur une autre photo — on aurait dit qu'ils se préparaient à une cérémonie — on voyait, garée au beau milieu de la rue, en plein capharnaüm, une automobile noire et carrée comme un cercueil. Un taxi ou une voiture particulière? Impossible à déterminer sur la photo. C'était une limousine étincelante des années vingt, avec des pneus étroits de moto-cyclette, des roues pourvues d'une quantité de fins rayons métalliques, un capot rectangulaire orné d'une bande de métal nickelé en relief. Le flanc du capot était percé de fentes de ventilation, on aurait dit une persienne à claire-voie, et à l'extrémité, telle une petite verrue, se dressait le bouchon chromé du radiateur. À l'avant, deux phares ronds, scintillant au soleil, étaient fixés sur des sortes de hampes argentées.

Suprêmement élégant dans son costume-cravate

tropical crème, avec son panama sur la tête qui lui donnait un faux air d'Errol Flynn dans un film sur des nababs en Afrique équatoriale ou en Birmanie, le délégué général Alexandre Klausner posait près du véhicule. Il était flanqué de son épouse Shlomit, sa cousine et suzeraine, imposante, autoritaire, plus grande et plus large que lui, noble dame magnifique et rutilante telle une frégate toutes voiles dehors dans une robe d'été à manches courtes, un collier de perles au cou, coiffée de son beau Fédora dont la voilette de mousseline lui dissimulait le visage tel un rideau à demi transparent, planté obliquement avec une précision de mauvais goût sur sa coiffure parfaite, un parapluie ou une ombrelle, qu'elle appelait parasol, à la main. Leur fils Lyonia, Lyonetchka, se tenait à côté d'eux — on aurait dit un marié le jour de ses noces. Il était comique avec sa bouche entrouverte, ses lunettes rondes qui glissaient sur son nez, ses épaules penchées en avant, serré, sanglé, emmailloté dans un costume ajusté avec son haut-de-forme noir. À croire qu'on le lui avait posé de force sur la tête : il lui tombait sur le front comme une marmite renversée, et on aurait dit que c'étaient ses oreilles, trop grandes, qui l'empêchaient de glisser jusqu'au menton et d'engloutir le reste de son visage.

En quel honneur ces trois-là s'étaient-ils mis sur leur trente et un et avaient-ils réservé un taxi, ou était-ce une voiture particulière ? Impossible de le savoir. D'après les autres photos collées sur la même page de l'album, il semble que c'était en 1934, un an après leur arrivée dans le pays, quand ils occupaient encore l'appartement des Zarchi, rue Amos. L'immatriculation de l'automobile noire est parfaitement lisible : M-1651. Mon père avait vingt-quatre ans, mais sur cette photo il avait l'air d'un gamin de quinze ans déguisé en notable d'âge mûr.

*

À leur arrivée, les trois Klausner vécurent près d'une année dans deux pièces et demie, rue Amos. Un an plus tard, mes grands-parents louèrent non loin de là un petit appartement d'une pièce, plus un réduit qui servait de bureau à grand-père et d'abri-pour-les-jours-de-pluie contre les tempêtes de sa femme et l'épée fulgurante de la guerre hygiénique qu'elle menait contre les microbes. Ce logement se trouvait rue de Prague, entre la rue Yeshayahou et la rue Chancellor, alias rue Strauss.

La pièce donnant sur la véranda de l'appartement de la rue Amos était devenue la chambre d'étudiant de mon père : il y avait entreposé sa première bibliothèque où s'empilaient les livres du temps où il fréquentait l'université de Vilna, une vieille table en contreplaqué aux pieds grêles qui lui servait de bureau et une longue caisse en bois, dissimulée derrière un rideau, faisant office de penderie. C'est là qu'il invitait ses camarades pour des débats intellectuels sur le sens de la vie et de la littérature ainsi que sur la politique mondiale et locale.

Sur le cliché, mon père me fixe derrière son bureau d'un air satisfait : il est mince, jeune, élancé, les cheveux en brosse, avec des lunettes rondes et sévères à monture noire et une chemise blanche à manches longues. Il se carre dans son fauteuil, assis en biais, les jambes croisées, le dos à la fenêtre dont l'un des battants s'ouvre vers l'intérieur tandis que les volets clos laissent filtrer de minces rais de lumière. Il est plongé dans un gros manuel qu'il tient en l'air, devant ses yeux. Sur la table, face à lui, on aperçoit un livre ouvert et un objet qui ressemble à un réveil rond en fer-blanc reposant sur de petits pieds obliques. À sa gauche, il y a des rayonnages, chargés de livres, dont l'une des étagères s'incurve sous le poids des volumes, probablement ceux qu'il a ramenés de Vilna et qui se sentent visiblement à l'étroit dans cette atmosphère confinée.

Au-dessus de la bibliothèque est accroché au mur le portrait encadré de l'oncle Yosef qui a l'air compétent et glorieux, quasiment prophétique, avec sa barbiche blanche en pointe et ses cheveux clairsemés, on dirait que, de son piédestal, il couve mon père des yeux pour qu'il ne se relâche pas, qu'il ne se laisse pas séduire par des plaisirs estudiantins douteux, qu'il n'oublie pas la situation historique de la nation et les espérances séculaires, qu'il ne prenne pas à la légère, à Dieu ne plaise, les petits détails qui, après tout, constituent le tableau d'ensemble.

Un tronc du Fonds national juif orné d'une grosse étoile de David est suspendu à un crochet fixé au mur, au-dessous de l'oncle Yosef. Mon père affiche une sérénité, une certaine fatuité, mais aussi un sérieux et une détermination ascétiques : le poids de son livre repose entièrement dans sa main gauche, tandis que la droite s'appuie sur les pages de droite, celles qu'il a terminées, d'où l'on peut déduire qu'il lit en hébreu, de droite à gauche. Et à l'endroit où sa main émerge de la manche de sa chemise blanche, je distingue l'abondante toison noire qui recouvre ses bras, du coude au poignet.

Sur cette photo papa semble conscient de son devoir et déterminé à l'accomplir à tout prix. Il est fermement décidé à marcher sur les pas de son illustre parent et de son grand frère. Par-delà les persiennes closes de sa chambre, des ouvriers creusent la terre pour installer les canalisations des égouts. Quelque part, dans la cave d'un immeuble vétuste, dans l'une des ruelles tortueuses de Shaare Tsedek ou de Nahalat Sheva, les gars de la Haganah s'entraînent à démonter et remonter un vieux parabellum. Sur les sentiers de montagne qui serpentent entre des villages arabes, hostiles, les chauffeurs d'Egged et de la Tnouva conduisent leurs véhicules d'une main hâlée et sûre. De jeunes éclaireurs juifs en short et chaussettes kaki, leur ceinturon autour de la taille et leur keffieh arabe sur la tête, apprennent à reconnaître à pied les passages secrets de leur patrie. En Galilée et dans les vallées de Beit Shean, de Jezreel et de Hefer, les plaines du Sharon et de Judée, dans le Neguev et les dépressions de la mer Morte, des pionnières et des pionniers athlétiques, silencieux, résolus et brûlés de soleil travaillent la terre. Pendant ce temps, l'étudiant modèle de Vilna creuse son propre sillon : un jour, il enseignera à son tour au mont Scopus, contribuera à élargir l'horizon de la culture et du savoir, il assèchera les marais de l'exil — à l'image des pionniers de Galilée et des vallées qui conquièrent les déserts, corps et âme, avec enthousiasme et abnégation, lui aussi labourera les sillons de l'esprit et fera fleurir la civilisation hébraïque moderne. C'est décidé.

## 20

Tous les matins, Yehouda Arié Klausner prenait la ligne 9 à la station de la rue Geoula pour se rendre à l'université du mont Scopus — en passant par le quartier Bokharian, Shmuel Hanavi, Shimon Hatsadik, la colonie américaine et Sheikh Jarrah — où il suivait des cours de maîtrise : l'histoire, avec le professeur Richard Michaël Köbner qui n'avait jamais réussi à apprendre l'hébreu, la philologie sémitique, avec le professeur Haïm Ya'akov Polotski, la Bible, avec le professeur Umberto Moshe David Cassuto, et la littérature hébraïque, avec l'oncle Yosef, le Dr Yosef Klausner du « judaïsme et humanisme ».

L'oncle Yosef suivait de près mon père qui était l'un de ses plus brillants étudiants, mais, le moment venu, il ne l'avait pas choisi comme assistant par crainte du qu'en-dira-t-on. Le professeur Klausner était si soucieux de préserver son nom et son intégrité qu'il avait sans doute injustement lésé son neveu, la chair de sa chair.

En tête de l'un de ses ouvrages, l'oncle Yosef, qui n'avait pas d'enfant, avait rédigé cette dédicace : « À mon cher Yehouda Arié, mon neveu que j'aime comme mon fils, de la part de son oncle affectionné Yosef. » « Si je n'étais pas de la famille, se plaignait amèrement papa, et s'il m'aimait un peu moins, à l'heure qu'il est je serais probablement chargé de cours et pas un vulgaire bibliothécaire ».

Cette question demeura une plaie vive dans le cœur de mon père qui aurait été très capable d'enseigner la littérature, comme son frère David, maître assistant à Vilna. Mon père était un puits de science, un génie doué d'une mémoire phénoménale, un spécialiste en littératures étrangère et hébraïque, maîtrisant d'innombrables langues, à l'aise tant dans la michna, le midrach et la poésie hébraïque médiévale espagnole que dans Homère, Ovide, les Upanishad, Shakespeare, Goethe ou Mickiewicz, aussi zélé et laborieux qu'une ouvrière dans une ruche, précis et droit comme une règle, un excellent professeur qui savait expliquer clairement les migrations des populations, *Crime et châtiment*, le fonctionnement d'un sous-marin ou les lois du système solaire. Il n'eut jamais l'occasion d'avoir une classe et des élèves, mais il fut bibliothécaire et bibliographe jusqu'à la fin de ses jours, et il rédigea une quinzaine de traités savants et d'articles érudits pour l'Encyclopédie hébraïque dans les rubriques de littératures comparée et polonaise.

En 1936, il dénicha un emploi subalterne aux périodiques de la Bibliothèque nationale où il débuta comme simple bibliothécaire pour finir, une vingtaine d'années plus tard, adjoint du directeur du département, le docteur Pfeffermann, d'abord sur le mont Scopus puis à Terra Sancta. Jérusalem, qui regorgeait alors de réfugiés polonais et russes ainsi que de rescapés du nazisme, dont les plus grands noms de célèbres universités, comptait beaucoup plus d'enseignants, de chercheurs et de savants que d'étudiants.

Après avoir obtenu son doctorat à l'université de

Londres avec les félicitations du jury, à la fin des années cinquante, papa tenta sans succès d'entrer par la petite porte, peut-être comme vacataire, au département de littérature de Jérusalem : à l'époque, le professeur Klausner redoutait de provoquer les médisances s'il employait son neveu. Le professeur-poète Shimon Halkin, qui lui avait succédé et voulait tourner la page et prendre ses distances avec l'héritage de Klausner, ses méthodes et jusqu'à son moindre souvenir, n'allait certainement pas s'embarrasser du neveu. Papa tenta sa chance au début des années soixante dans la nouvelle université de Tel-Aviv, mais il se cassa le nez là aussi.

*

La dernière année de sa vie, il négocia encore un poste de professeur de littérature à l'Institut universitaire qui allait s'ouvrir à Beer Sheva et deviendrait, des années plus tard, l'université Ben-Gourion. Seize ans après la mort de mon père, j'y fus nommé vacataire et obtint ma titularisation une ou deux années plus tard avant de me voir confier la chaire Agnon. Par la suite, l'université de Jérusalem et celle de Tel-Aviv me proposèrent généreusement un poste de professeur de littérature — à moi, qui ne suis pas un spécialiste ni un savant docte et érudit, moi qui n'ai aucun goût pour la recherche et dont le cerveau se ramollit à la vue d'une note en bas de page [1]. L'ongle du petit doigt de mon père était plus profes-

---

1. Les livres de mon père sont bourrés de notes. Pour ma part, je ne l'ai imité que dans *Le silence du ciel — Agnon et la crainte de Dieu* (éd. Keter, 1993), que j'ai doté d'un appareil critique fourni. Note 92, page 192, j'ai même mentionné mon père. Je veux dire que j'ai renvoyé le lecteur à son essai, *La nouvelle dans la littérature hébraïque*. En introduisant cette note, une vingtaine d'années après sa mort, j'espérais lui faire plaisir et, en même temps, je craignais qu'au contraire il n'agite vers moi un doigt réprobateur.

soral que « dix professeurs parachutés » dans mon genre.

*

L'appartement des Zarchi comprenait deux petites pièces et demie au rez-de-chaussée d'un immeuble de trois étages. Israël Zarchi occupait celles de derrière avec son épouse Esther et ses vieux parents. La chambre où logeait mon père, d'abord avec grand-père et grand-mère, puis seul et enfin avec ma mère, avait une entrée indépendante qui donnait sur la véranda d'où l'on descendait par deux ou trois marches dans le jardinet situé devant l'immeuble, avant de gagner la rue Amos, laquelle n'était encore qu'un chemin de terre poussiéreux, non pavé et sans trottoir, jonché de matériaux de construction et de pièces d'échafaudage où erraient des chats affamés et quelques pigeons égarés. Trois ou quatre fois par jour y passait une charrette, tirée par un âne ou une mule et chargée de poutrelles métalliques ou de pétrole, la carriole du marchand de glace, du laitier, du chiffonnier dont les appels rauques me donnaient la chair de poule : dans mon enfance, il me semblait qu'on me prévenait contre la maladie, la vieillesse et la mort qui, bien qu'encore loin, se rapprochaient lentement, jour et nuit, inexorablement, rampant comme des vipères dans les broussailles obscures, remuant leurs doigts glacés qui me happeraient brusquement par-derrière et me saisiraient à la gorge : dans cette injonction gutturale *« alte sa--- chen »* [vi-eu-zabi-i-its...], j'entendais les mots terrifiants *« al teza---ken »* [ne vieilli-i-is pas]!! Aujourd'hui encore, j'ai froid dans le dos en entendant ce cri.

Des moineaux nichaient dans les arbres fruitiers,

dans les cours, et, entre les pierres, se glissaient des lézards, des geckos, des scorpions, parfois même une tortue. Les enfants se faufilaient sous les barrières pour poser un réseau de passages et de raccourcis qui s'étendait à tout le quartier. Ou bien ils grimpaient sur les terrasses pour épier les soldats anglais par-dessus l'enceinte de la caserne Schneller ou observer de loin les villages arabes accrochés au flanc des collines alentour, Issawia, Shufat, Beit Iksa, Lifta, Nebi Samuel.

*

Aujourd'hui, le nom d'Israël Zarchi est quasiment tombé dans l'oubli, pourtant, en ce temps-là, c'était un jeune écrivain célèbre et fécond dont les livres étaient des best-sellers. Il avait le même âge que mon père mais, en 1937, à vingt-huit ans, il avait déjà publié au moins trois romans. Il avait également suivi les cours de littérature du professeur Klausner sur le mont Scopus, mais, arrivé quelques années avant papa, il avait été ouvrier agricole dans la vallée du Sharon. À l'époque, il travaillait au secrétariat de l'université. C'était un homme fin, distrait, timide, mélancolique, à la voix et aux manières douces, maigre et frêle : impossible de l'imaginer une bêche ou une pioche à la main, dégoulinant de sueur un jour de canicule dans un village du Sharon. Un amphithéâtre de cheveux noirs auréolait une légère calvitie. Il avait un visage décharné, exsangue et rêveur. Quand il marchait, on aurait dit qu'il se méfiait du sol qu'il foulait, ou inversement, qu'il craignait que ses pas ne martyrisent la terre battue des cours. Il ne me regardait jamais en face quand il me parlait, baissant presque toujours ses yeux bruns et méditatifs.

Je l'admirais beaucoup car on m'avait dit que ce n'était pas un écrivain comme les autres : tout Jérusalem rédigeait des ouvrages savants à partir de notes, d'autres livres, de catalogues et de carnets, de lexiques, d'épais grimoires en langues étrangères, de fiches tachées d'encre, mais M. Zarchi écrivait des « histoires qu'il imaginait dans sa tête » (« Si tu prends tes idées ailleurs, disait mon père, c'est très mal, c'est du plagiat, mais si tu les empruntes à une dizaine de livres, tu es un chercheur, et à une quinzaine, tu deviens un savant éminent »).

À l'âge de sept ou huit ans, j'avais essayé de lire quelques-uns des livres d'Israël Zarchi, mais sa langue était trop difficile. À la maison, dans la chambre de mes parents qui faisait également office de salon, de bureau et de salle à manger, il y avait une étagère — à peu près à la hauteur de mes yeux — dont la moitié était consacrée à l'œuvre de Zarchi : *La maison en ruine de grand-mère*, *Le village de Silwân*, *Le mont Scopus*, *La flamme cachée*, *Le pays en friche*, *Les mauvais jours*, et un autre roman dont le nom curieux excitait ma curiosité, *Le pétrole coule dans la Méditerranée*. À sa mort — il avait dans les trente-huit ans — Israël Zarchi était l'auteur d'une quinzaine de romans et de recueils de nouvelles qu'il écrivait en rentrant de l'université, sans parler d'une douzaine de traductions du polonais et de l'allemand.

\*

Les soirs d'hiver, une partie de la bande se retrouvait chez nous ou en face, chez les Zarchi : Haïm et Hannah Toren, Shmuel Verses, les Breiman, le bouillant M. Sharon-Schwadron, Haïm Schwarzbaum, le folkloriste roux, Israël Hanani qui travaillait pour l'Agence juive, et son épouse, Esther Hananit. Ils venaient après le dîner, à sept heures, sept heures et demie, et repartaient à neuf heures et demie, heure tardive à l'époque. Au cours de la soirée, les invités buvaient du thé brûlant accompagné de gâteaux au miel ou de fruits, et débattaient avec une véhémence courtoise de toutes sortes de sujets que je ne comprenais pas mais que, j'en étais sûr, je comprendrais un jour, et je n'étais pas moins certain que je saurais convaincre ces mêmes personnes avec des arguments décisifs auxquels elles n'avaient jamais songé, et que je les éblouirais aussi par des histoires imaginées dans ma tête, comme M. Zarchi, ou des poèmes, comme Bialik, grand-père Alexandre, Levin Kipnis et le Dr Saül Tchernichovsky dont je n'oublierais jamais l'odeur.

Les Zarchi n'étaient pas seulement les propriétaires mais aussi des amis très proches en dépit de divergences de vues : mon père était révisionniste et Zarchi était un « rouge », papa se plaisait à parler et expliciter et M. Zarchi à écouter. Ma mère plaçait de loin en loin une ou deux phrases d'une voix posée qui, à l'insu de tous, orientaient la conversation vers un autre sujet ou lui donnait une autre inflexion. Esther Zarchi, quant à elle, avait tendance à soulever des questions auxquelles papa répondait volontiers par un long développement circonstancié. Les yeux baissés, Israël Zarchi demandait de temps à autre son avis à ma mère, comme si, dans un langage codé, il la priait de le soutenir et de prendre son parti dans le débat : ma mère avait le don de présenter les choses sous un autre jour. Elle le faisait en quelques mots qui détendaient généralement l'atmosphère : une nouvelle qualité de silence, une certaine circonspection ou une légère indécision se manifestaient dans les propos. Et puis les esprits s'échauffaient derechef, le ton montait au diapason d'une colère civilisée, ponctuée de points d'exclamation.

*

En 1947 parut aux éditions Joshua Czecziek, à Tel-Aviv, le premier livre de mon père, *La nouvelle dans la littérature hébraïque — des origines à la fin du siècle des Lumières*. Il s'agissait de la publication du mémoire de maîtrise que papa avait soutenu devant son oncle et professeur, Yosef Klausner. Sur la page de garde, il avait souligné que « l'ouvrage avait obtenu le prix Klausner de la municipalité de Tel-Aviv sans lequel, et sans l'aide du fonds Tsippora Klausner, il n'aurait jamais vu le jour ». Le professeur Yosef Klausner en personne avait rédigé la préface :

« C'est avec une immense joie que je vois la parution d'un livre en hébreu sur la nouvelle dont, en ma qualité de professeur de littérature de la seule université hébraïque que nous ayons, j'ai supervisé la rédaction quand il n'était encore que le mémoire de maîtrise en littérature hébraïque moderne de mon ancien élève, mon neveu Yehouda Arié Klausner. En effet, ce n'est pas un ouvrage ordinaire... c'est une recherche exhaustive et globale... rédigée dans un style riche et clair, conforme à l'importance du sujet... Je ne peux donc que m'en réjouir... Comme dit le Talmud : "Les élèves sont comme des fils"... Que ce livre élargisse et approfondisse la compréhension de notre littérature nationale en étroite liaison avec la littérature mondiale, et que l'auteur soit récompensé du fruit de son travail, qui fut loin d'être facile... »

Sur la page suivante, mon père dédiait son livre à feu son frère David :

*À mon premier professeur d'histoire de la
littérature — mon frère unique*
DAVID
*que j'ai perdu dans les ténèbres de l'exil.*
*Où es-tu ?*

\*

Pendant dix jours voire deux semaines, en rentrant de la Bibliothèque nationale du mont Scopus,
mon père courait au bureau de poste voisin, au coin
de la rue Geoula, à la limite de Mea Shearim, pour
vérifier si les exemplaires de son livre étaient arrivés
— on lui avait dit qu'il avait paru et que quelqu'un
l'avait vu dans une librairie, à Tel-Aviv. Mon père se
rendait donc quotidiennement à la poste d'où il revenait les mains vides, et, chaque jour, il se promettait
que si, le lendemain, il n'avait toujours pas reçu les
livres de la part de l'imprimeur, M. Grouber (de
l'imprimerie Sinaï), il irait à la pharmacie téléphoner à M. Joshua Czecziek à qui il déclarerait
sans ambages que c'était inadmissible ! Si les livres
n'arrivaient pas dimanche ou au milieu de la
semaine, vendredi au plus tard... mais ils finirent
par arriver, pas par la poste mais par une cour-
sière, une jeune Yéménite souriante qui les apporta
à la maison, non de Tel-Aviv mais directement de
l'imprimerie Sinaï (Jérusalem, téléphone : 2892).
Le colis contenait cinq exemplaires de *La nouvelle
dans la littérature hébraïque*, fraîchement imprimés,
vierges, enfouis dans plusieurs couches de papier de
luxe (qui semblaient avoir servi à imprimer les
épreuves d'un autre livre, sans doute un album), et
dûment ficelés. Papa remercia la jeune fille et, transporté de joie, il lui glissa une pièce d'un shilling (une

232

coquette somme pour l'époque, suffisante pour s'offrir un déjeuner végétarien à la cantine de la Tnouva). Ensuite, il nous demanda, à maman et à moi, de l'accompagner dans son bureau pour assister à l'ouverture du paquet. Je me souviens que, dissimulant son excitation, il n'avait ni arraché ni coupé les ficelles avec des ciseaux, mais, je n'oublierai jamais la scène, il les avait patiemment défaites l'une après l'autre avec ses ongles, la pointe du coupe-papier et un trombone recourbé. Cela fait, il ne s'était pas jeté sur son livre, mais il avait soigneusement enroulé la ficelle, ôté l'habillage de papier glacé qui avait servi d'emballage, il avait effleuré du bout des doigts, tel un amoureux transi, la couverture du premier volume de la pile qu'il avait soulevé et délicatement approché de son visage et il en avait légèrement écarté les pages pour les respirer, les yeux clos, humant avec délices l'odeur de l'encre, savourant le papier neuf, s'enivrant du parfum de la colle. Puis il s'était mis à les tourner en commençant par l'index, la liste des errata et les appendices, relisant la préface de l'oncle Yosef et sa propre introduction, examinant les pages de garde, caressant encore la couverture, et brusquement, comme s'il craignait les moqueries inexprimées de ma mère :

— Il sort juste de l'imprimerie, dit-il pour se justifier. C'est mon premier livre, c'est un peu comme si j'avais un nouveau bébé.

— Tu me feras signe quand il faudra le changer, rétorqua maman.

Sur ces mots, elle tourna les talons et s'en fut à la cuisine pour revenir quelques instants plus tard avec une bouteille de tokay, le vin doux du kiddouch, et trois petits verres à liqueur, et elle déclara que nous allions boire au premier livre de papa. Elle remplit leurs verres et me versa une goutte, et je crois qu'elle l'avait embrassé sur le front, comme un enfant, et qu'il lui avait caressé les cheveux.

Le soir, maman disposa sur la table de la cuisine la nappe blanche du sabbat et des jours de fête et servit le plat préféré de papa, du bortsch couronné d'un iceberg de crème fraîche, en s'exclamant « félicitations ! ». Grand-père et grand-mère avaient été conviés à notre petite soirée et grand-mère avait remarqué que, même s'il avait tout compte fait assez bon goût et que, Dieu l'en garde, elle n'avait pas la moindre intention de donner des conseils, tout le monde savait, y compris les petites filles et les cuisinières goys qui travaillaient là-bas chez les Juifs, que le bortsch devait être aigre et très très peu sucré, et certainement pas le contraire, à la façon des Polonais qui, comme chacun sait, sucrent inconsidérément tout et n'importe quoi, sans limites et sans aucune logique, un peu plus et ils sucreraient même les harengs et ils seraient bien capables de tremper aussi le *khreyn*, le raifort, dans la confiture.

Maman remercia grand-mère de nous avoir fait profiter de son expérience en lui promettant que, dorénavant, elle ne lui servirait que des plats amers et aigres. Trop heureux et de trop belle humeur pour remarquer ces flèches empoisonnées, papa offrit un exemplaire dédicacé à ses parents, un autre à l'oncle Yosef, le troisième à ses meilleurs amis, Esther et Israël Zarchi, le quatrième à je ne sais plus qui, et le dernier, il le rangea dans sa bibliothèque, bien en vue, à côté des œuvres complètes de son oncle, le professeur Yosef Klausner — on aurait dit qu'il s'appuyait sur elles.

*

Après trois ou quatre jours d'euphorie, mon père sombra dans la morosité. À présent, il courait tous les jours à la librairie Achiasaf, rue du roi George-V, exactement comme il s'était précipité à la poste quand il attendait son colis : trois exemplaires de *La nouvelle* se morfondaient sur leur présentoir. Le lendemain, la situation n'avait pas changé, aucun exemplaire ne s'était vendu. Idem le surlendemain et le jour d'après.

« Dire qu'il te suffit de six mois pour écrire un nouveau roman que toutes les belles filles s'arrachent pour l'emporter dans leur lit, avait déclaré papa à Israël Zarchi avec un pauvre sourire. Alors que nous, les chercheurs, nous nous tuons pendant des années à étayer le moindre détail, à creuser chaque citation, et qui s'en soucie ? Tout au plus trois ou quatre esclaves de la discipline qui acceptons de nous lire les uns les autres avant de nous descendre en flammes — et quelquefois, ce n'est même pas le cas. On s'ignore. »

Une semaine plus tard, les trois exemplaires étaient toujours là. Papa n'en parlait plus mais sa tristesse était palpable, on aurait dit une odeur envahissant toute la maison : il ne chantonnait plus horriblement faux en se rasant et ne fredonnait plus *Les champs de la vallée* ou *La lune en haut et la rosée en bas / de Nahalal à Beit Alfa*, en lavant la vaisselle. Il ne me racontait plus l'épopée de Gilgamesh ou les aventures du capitaine Nemo et de Cyrus Smith dans *L'île au trésor*, mais se plongeait rageusement dans les papiers et les lexiques qui encombraient son bureau et d'où émergerait son prochain ouvrage.

Et voilà que deux ou trois jours plus tard, un vendredi après-midi, papa rentra à la maison aux anges, on aurait dit un écolier que la plus belle fille de la classe avait embrassé devant tout le monde : « Ils ont été vendus ! Tous ! Le même jour ! Pas un seul exemplaire, pas deux ! Les trois ! Tous ! Mon livre est épuisé, et Shakhna Achiasaf va en commander plu-

sieurs à Czecziek, à Tel-Aviv! Il ne va pas les commander, il l'a déjà fait! Ce matin! Par téléphone! Pas trois
mais cinq nouveaux exemplaires! Et Czecziek pense
que ce n'est pas fini! »

Maman sortit et revint avec la bouteille de vin doux,
écœurant, et trois petits verres à liqueur, pas des
verres à vin. Cette fois, elle avait renoncé au bortsch à
la crème et à la nappe banche. À la place, elle invita
papa à aller au cinéma en soirée pour voir un film
avec Greta Garbo, que tous deux adoraient.

*

Ils me déposèrent chez les Zarchi où je devais dîner
et me conduire en petit garçon modèle jusqu'à leur
retour, à neuf heures, neuf heures et demie. Modèle,
tu entends?! Ne t'avise pas de pleurnicher! Et
n'oublie pas d'aider Mme Zarchi à mettre le couvert.
Après le dîner, et seulement quand tout le monde se
sera levé de table, tu emporteras ton assiette dans la
cuisine et tu la poseras doucement à côté de l'évier.
Doucement, tu entends? Ne va pas casser quelque
chose. Et ensuite, n'oublie pas de prendre un chiffon
pour nettoyer la nappe, comme à la maison. Et ne
parle que si l'on t'adresse la parole. Si tu vois que
M. Zarchi travaille, va te mettre dans un coin avec un
jouet ou un livre et fais-toi aussi petit qu'une souris!
Et si par malheur Mme Zarchi se plaint encore de ses
migraines, ne la dérange surtout pas, hein, tu as
compris?

Là-dessus, ils étaient partis. Mme Zarchi s'était
enfermée dans sa chambre, à moins qu'elle ne fût
allée chez une voisine, et M. Zarchi m'invita à
l'accompagner dans son bureau qui, comme chez
nous, servait également de chambre à coucher, de
salon et de pièce à tout faire. C'était autrefois la

chambre d'étudiant de papa, puis celle de mes parents où, manifestement, ils m'avaient conçu car ils y avaient vécu depuis leur mariage jusqu'au mois précédant ma naissance.

M. Zarchi me fit asseoir sur le canapé où nous avions discuté je ne me souviens plus de quoi, lorsque soudain, je ne l'oublierai jamais, j'avisai quatre exemplaires de *La nouvelle dans la littérature hébraïque* empilés comme chez le libraire, sur la table basse, devant le canapé : l'un d'entre eux, je le savais, était celui que mon père lui avait dédicacé « À mon camarade et très cher ami », mais je ne comprenais pas ce que venaient faire les trois autres, et je faillis questionner M. Zarchi quand je me souvins in extremis des trois exemplaires qui s'étaient vendus le jour même à la librairie Achiasaf, rue du roi George-V, alors que l'on commençait à désespérer, et je fus submergé de gratitude et ému aux larmes. Ayant vu que j'avais vu, M. Zarchi ne sourit pas mais me lança un regard de biais, il plissa les yeux, comme s'il m'introduisait tacitement dans une société secrète, et, sans rien dire, il se pencha, prit trois volumes sur la petite table et les cacha dans le tiroir du bas de son bureau. Quant à moi, je ne dis rien, ni à lui ni à mes parents. Je n'en ai jamais parlé à personne jusqu'à la mort de Zarchi, qui disparut à la fleur de l'âge, et à celle de mon père, sauf, il y a plusieurs années, à sa fille, Nurit, qui n'eut pas l'air particulièrement étonnée de l'apprendre.

Je compte deux ou trois écrivains parmi mes meilleurs et mes plus vieux amis, mais je ne suis pas sûr que j'aurais fait pour l'un d'entre eux ce qu'Israël Zarchi a fait pour mon père. Je ne sais même pas si pareille idée, généreuse et machiavélique, m'aurait jamais traversé l'esprit. Et pourtant, il tirait le diable par la queue, comme tout le monde à l'époque. À cause des trois exemplaires de *La nouvelle dans la littérature hébraïque*, il avait dû se priver d'un vêtement chaud pour l'hiver.

M. Zarchi quitta la pièce et revint avec une tasse de cacao tiède sans la peau — il s'était rappelé que c'était ce que je prenais à la maison —, je le remerciai poliment, comme on me l'avait appris, je mourais d'envie d'ajouter quelque chose d'important, mais, ne sachant que dire, je restais assis sur le canapé sans proférer le moindre son pour ne pas le déranger dans son travail, même si, en fait, M. Zarchi n'avait pas travaillé ce soir-là : il s'était contenté d'éplucher *Davar* jusqu'au retour de mes parents, lesquels remercièrent les Zarchi et se dépêchèrent de prendre congé pour me ramener à la maison, vu qu'il était très tard, que je devais me brosser les dents et me coucher tout de suite.

*

C'est dans cette chambre qu'un soir de l'année 1936 mon père avait invité pour la première fois une étudiante réservée, très belle, à la peau mate et aux yeux noirs, peu loquace mais dont la seule présence provoquait chez les hommes une logorrhée irrépressible.

Quelques mois auparavant, elle avait quitté l'université de Prague et était venue seule à Jérusalem étudier l'histoire et la philosophie à l'université du mont Scopus. J'ignore comment, quand et où Arié Klausner avait rencontré Fania Mussman qui était inscrite ici sous le nom hébraïque de Rivka — sur certains documents, elle se nommait Tsippora, ou Feïga, mais ses amies l'appelaient Fania.

Il adorait parler, expliquer, analyser, elle savait écouter et lire entre les lignes. Il était très savant et elle était clairvoyante, capable de sonder les cœurs. Il était droit, scrupuleux, probe et consciencieux, quand elle cherchait à comprendre pourquoi le partisan d'un certain point de vue n'en démordait pas, et pourquoi celui qui soutenait une opinion divergente de celle de son voisin devait forcément défendre la position adverse. Les vêtements l'intéressaient dans la mesure où ils étaient une lucarne ouverte sur l'intimité de leurs propriétaires. En visite chez des amis, elle examinait les tapisseries, les rideaux, les canapés, les souvenirs posés sur le rebord des fenêtres, les bibelots sur les étagères, pendant que les autres discutaient avec passion : c'était comme si elle menait une enquête. Les secrets des autres la fascinaient, mais les ragots lui arrachaient un léger sourire, un sourire hésitant qui tendait à s'effacer, et elle restait muette. Elle s'enfermait souvent dans le silence, mais après qu'elle l'eut rompu pour prononcer quelques phrases, la conversation n'était plus la même.

Lorsque papa lui adressait la parole, il y avait dans sa voix un mélange de timidité, de détachement, d'affection, de respect et de crainte : on aurait dit qu'il hébergeait chez lui une diseuse de bonne aventure sous une fausse identité. Ou une nécromancienne.

# 21

Chez nous, trois tabourets en paille tressée entouraient la table de la cuisine, recouverte d'une toile cirée fleurie. La cuisine était étroite, basse et sombre, le sol était un peu défoncé, les murs noircis par la fumée de la lampe à pétrole et du réchaud à gaz, et l'unique ouverture donnait sur une cour caverneuse, cernée de murs en béton gris. Parfois, après le départ de papa, je m'asseyais sur son tabouret, en face de ma mère, pour l'écouter raconter des histoires tandis qu'elle épluchait, émincait des légumes ou triait des lentilles, dont elle séparait les noires qu'elle mettait à part dans une soucoupe et que je donnais ensuite aux oiseaux.

Elles étaient curieuses, les histoires de ma mère, rien à voir avec les contes pour enfants de l'époque et ceux que j'ai racontés aux miens, comme si elles étaient noyées dans la brume : on aurait dit que ses récits n'avaient ni queue ni tête, qu'ils surgissaient des sous-bois, se montraient quelques instants, suscitant un sentiment d'étrangeté ou un frisson de peur, se contorsionnaient comme des ombres chinoises, m'impressionnaient, me donnaient même froid dans le dos, pour replonger sous le couvert des arbres avant que j'aie compris de quoi il retournait. Certains sont restés gravés dans ma mémoire. Par exemple, le conte du vieillard chenu, Alléluiev :

Il était une fois, derrière les hautes montagnes, par-delà les rivières encaissées et les steppes désolées, un petit village isolé dont les masures menaçaient de s'écrouler. Au bout du village, à l'ombre d'une sombre forêt de sapins, vivait un vieillard pauvre, muet et aveugle, un vieillard solitaire, sans ami ni famille, qui se nommait Alléluiev Le vieil Alléluiev était plus sénile que tous les vieux du village, de la vallée et de la steppe. Il n'était pas simplement âgé, il était d'un âge canonique. Il était si décrépit que son dos courbé se couvrait de mousse. Il avait des champignons noirs en guise de chevelure et, au lieu de joues, des cavités où s'accrochaient des lichens. Des racines brunes commençaient à jaillir de ses pieds et des lucioles avaient élu domicile dans ses orbites éteintes. Alléluiev était plus vieux que la forêt, que la neige, que le temps lui-même. Un beau jour, le bruit avait couru qu'au fond de sa hutte, dont les volets n'avaient jamais été ouverts, il logeait un autre patriarche, Chernichortin, encore plus croulant qu'Alléluiev, plus aveugle, plus pauvre, plus muet, cassé, sourd et paralysé, oblitéré comme une pièce de monnaie tatare. Au village, les nuits enneigées, on disait que le vieil Alléluiev faisait vivre l'ancêtre Chernichortin, il nettoyait et lavait ses blessures, lui offrait le gîte et le couvert, il le nourrissait de baies de la forêt, l'abreuvait d'eau de source ou de neige fondue et parfois, la nuit, il lui chantait une berceuse, lyu lyu lyu, n'aie pas peur, mon trésor, lyu lyu lyu, ne crains rien, mon amour. Et ils s'endormaient, blottis l'un contre l'autre, le vieillard et son vieux compagnon, tandis que le vent soufflait et la neige tombait au-dehors. Si les loups ne les ont pas encore dévorés, ils vivent encore dans leur pauvre cabane, pendant que le loup hurle dans la forêt et que le vent gronde dans la cheminée.

Dans mon lit, la nuit, tremblant de peur et d'excitation, je me répétais à mi-voix : « chenu », « sénile », « décrépit », « canonique », « croulant ». Les yeux clos, j'imaginais, avec une douce frayeur, la mousse poussant lentement sur le dos du vieillard, les champignons noirs, les lichens, les vers voraces, grouillant entre les racines brunes. J'essayais de me représenter ce que signifiait « oblitéré comme une pièce de monnaie tatare ». Je sombrais dans le sommeil, bercé par le sifflement du vent dans la cheminée, qui n'existait et ne pourrait jamais exister chez nous, sons que je n'avais jamais entendus, cheminée que je n'avais jamais vue, sauf sur les gravures des albums où les maisons avaient des toits en tuiles et des cheminées.

*

Je n'avais ni frères ni sœurs, on ne pouvait guère m'offrir de jeux ni de jouets, et la télévision et l'ordinateur n'avaient pas encore été inventés. Durant ma petite enfance passée à Kerem Avraham, à Jérusalem, je vivais en réalité à l'orée de la forêt, près des cabanes, des cheminées, des prairies et de la neige des histoires de ma mère et des livres illustrés qui s'entassaient sur ma table de chevet : j'étais en Orient et mon cœur battait au fin fond de l'Occident. Ou « dans le Grand Nord », comme disaient les livres. Étourdi, j'errais interminablement dans des forêts virtuelles, des forêts de mots, des chaumières de mots, des prairies de mots. La matérialité des mots refoulait les cours écrasées de chaleur, les auvents en tôle ondulée attenant aux maisons de pierre, les balcons encombrés de bassines et de cordes à linge. L'environnement ne comptait pas. Seule importait la consistance des mots.

Rue Amos, nous avions bien des voisins âgés, mais leur démarche lente, pénible, lorsqu'ils passaient devant chez nous, n'était que la pâle imitation, la réplique maladroite et plutôt triste de la réalité à glacer le sang, d'Alléluiev, le vieillard chenu, sénile, décrépit et croulant des histoires maternelles. De même, le bois de Tel-Arza n'était qu'une ébauche d'amateur, une pauvre esquisse des sous-bois impénétrables et de la forêt vierge. Les lentilles de ma mère n'étaient que le simulacre, le faible écho des champignons, des groseilles et des mûres de ses histoires. Le réel était l'effort vain, la tentative malheureuse de reproduire les phénomènes de l'univers des mots. Dans l'histoire de la femme et des forgerons, ma mère ne mâchait pas ses mots et, sans considération pour mon jeune âge, elle me dévoilait les provinces reculées et pittoresques de la langue que le pied d'un enfant n'avait pratiquement jamais foulées, là où demeurent les oiseaux de paradis du langage.

Il y a très longtemps, vivaient dans une bourgade paisible du pays d'Enularia, dans une région de vallées profondes, trois forgerons, trois frères, Micha, Aliocha et Antocha. Tous trois étaient trapus et velus, des ours qui hibernaient l'hiver et l'été, fabriquaient des charrues, ferraient des chevaux, aiguisaient des couteaux, forgeaient des poignards, trempaient des lames acérées et fondaient de vieux timons. Un jour, l'aîné, Micha, partit pour Troshiban. Il s'absenta longtemps et revint en compagnie d'une femme-enfant enjouée du nom de Tatiana, Tania, Tanitchka. Elle était très belle, il n'y en avait pas de plus belle dans tout le pays d'Enularia. Les deux frères cadets de Micha grinçaient des dents sans rien dire. S'ils la regardaient, Tanitchka éclatait de son rire cristallin, les forçant à baisser les yeux. Et quand c'était elle qui les fixait, ils détournaient la tête en tremblant. La maisonnette des frères consistait en une seule pièce pas très grande que partageaient Micha, Tanitchka, la forge, le soufflet, les outils de ferrage, Aliocha, le sauvage, Antocha, le taciturne, au milieu des lourdes enclumes, des haches, des ciseaux, des barres de fer, des chaînes et des rouleaux métalliques. Et il arriva qu'un beau jour Micha fut poussé dans la forge et qu'Aliocha prit Tanitchka. La belle fut pendant sept semaines la femme d'Aliocha, le sauvageon, jusqu'à ce qu'il fût écrabouillé par une enclume qui s'était abattue sur lui, de sorte que son frère, Antocha, le taciturne, l'enterra et prit sa place. Sept semaines plus tard, alors qu'ils dînaient d'une tourte aux champignons, Antocha devint brusquement tout pâle, puis tout bleu avant de mourir, asphyxié. Depuis lors, de jeunes forgerons, venus de toutes parts, visitent la chaumière sans qu'aucun ose jamais s'attarder plus de sept semaines : l'un reste une semaine, un autre deux nuits, et Tania ? Les forgerons d'Enularia savent que Tanitchka aime ceux qui viennent pour une semaine, deux ou trois jours, une nuit et un jour : torse nu, ils ferrent, soudent et fondent, mais elle ne supporte ni ne supportera jamais un hôte qui oublierait de repartir. Une ou deux semaines au grand maximum, oui, mais pas sept.

\*

Herz et Sarah Mussman vivaient au début du dix-neuvième siècle dans le petit village de Trope, ou Tripe, à la lisière de la forêt de Rovno, en Ukraine, et avaient un fils, un beau garçon prénommé Éphraïm.

Tout petit déjà, à ce qu'on disait [1], il aimait jouer avec des roues et jouer dans les cours d'eau. Quand Éphraïm Mussman eut treize ans, vingt jours après avoir célébré sa bar-mitsvah, on réinvita tout le monde pour célébrer son mariage avec une fillette de douze ans, Haïa-Duba : en ce temps-là, on mariait les garçons à des petites filles — c'était un mariage blanc grâce auquel ils étaient réformés de l'armée du tsar où ils disparaissaient à jamais.

Il y a de nombreuses années, ma tante Haïa Shapiro (elle portait le prénom de sa grand-mère, la petite mariée de douze ans, Haïa-Duba) me raconta ce qui s'était passé le jour du mariage : après la cérémonie et le banquet traditionnel, qui avaient lieu à la tombée du jour en face de la maison du rabbin de Trope, les parents de la jeune épousée s'apprêtaient à la ramener chez eux pour la coucher. Il était tard, et l'enfant, fatiguée par les réjouissances et un peu éméchée à cause des quelques gorgées de vin qu'elle avait bues, s'était endormie, la tête posée sur les genoux de sa mère. Le jeune marié, transpirant, s'agitait parmi les convives, jouant à cache-cache ou à chat avec ses anciens camarades du *heder*. Les invités commencèrent à prendre congé des héros de la fête, les deux familles se dirent au revoir et les parents du marié le pressèrent de monter dans la carriole pour rentrer à la maison.

Mais celui-ci ne l'entendait pas de cette oreille : planté au milieu de la cour, Éphraïm s'enfla « comme un petit coq dont la crête commence à pousser », il

1. Les anecdotes que je raconte ici et dans les pages suivantes me viennent essentiellement de ma mère, ainsi que de mon grand-père, ma grand-mère et les cousins de ma mère, Samson et Michael Mussman. En 1979, j'ai consigné certains souvenirs d'enfance de ma tante Haïa, et de 1997 à 2001, j'ai aussi noté quelques-unes des histoires de ma tante Sonia. Je me suis également fondé sur *Fuir la peur*, de Shimshon Mussman, le cousin de ma mère, éd. Hakibboutz Hameouchad, Tel-Aviv, 1996.

tapa du pied et réclama son épouse à cor et à cri — pas dans trois ans ni dans trois mois, mais tout de suite. Sur-le-champ. À l'instant.

Exalté et mortifié, le marié tourna le dos à la noce, écroulée de rire, et traversa à grands pas la rue pour aller trouver le rabbin à qui il débita des versets bibliques, des citations de la Michna et de la Halakha — il semblait que le garçon avait bien préparé sa défense et parfaitement appris sa leçon. Il exigea que le rabbin rende son jugement ici et maintenant en se fondant sur la Bible, le Talmud et les décisions rabbiniques. Était-il dans son droit, oui ou non? Était-elle sa femme, oui ou non? L'avait-il épousée selon les règles ou pas? Il n'y avait donc pas trente-six solutions : ou il emmenait sa femme avec lui, ou il reprenait la *ketouba*, l'acte de mariage.

Le rabbin, à ce qu'on dit, bredouilla quelque chose, se racla la gorge, se caressa la moustache, se gratta la tête, tira sur ses papillotes, il se mordilla peut-être la barbe et finit par décréter en soupirant qu'il n'y avait rien à faire, que l'enfant était non seulement très fort et connaissait sa leçon sur le bout des doigts, mais qu'en plus il avait raison : il n'y avait pas à tergiverser, la jeune épousée devait suivre son époux et n'avait d'autre ressource que de lui obéir.

On réveilla donc la petite mariée, et au milieu de la nuit, après moult délibérations, il fallut bien ramener le jeune couple à la maison des parents du marié. Durant tout le chemin, la jeune épousée, terrifiée, pleura à chaudes larmes. Sa mère pleurait de concert. Le marié sanglotait, mortifié par les moqueries et les sarcasmes des invités. Quant à la mère du marié et au reste de la famille, ils versaient des larmes de honte.

Cette curieuse procession de somnambules qui tenait du cortège funèbre éploré et du bruyant festin de bouffons se prolongea près d'une heure et demie : une partie de la noce, réjouie du scandale, se moquait à tue-tête de l'oisillon qui encornait la jeune oiselle et de la manière dont on passe le fil dans le chas de l'aiguille, avec force rasades d'eau-de-vie et au milieu des ronflements, des cris et des clameurs obscènes.

Entre-temps, le jeune marié ne pavoisait plus, peut-être regrettait-il même sa victoire. Et c'est ainsi qu'à une heure avancée de la nuit on avait poussé les deux enfants — Haïa-Duba, la jeune épousée, abasourdie, et Éphraïm, le marié paniqué — en larmes, ivres de sommeil, tel un troupeau à l'abattoir, vers leur lit dressé dans la chambre nuptiale improvisée. On raconte qu'on avait verrouillé la porte de l'extérieur. Ensuite, tout le monde s'était retiré sur la pointe des pieds et avait attendu que passe l'orage dans une autre pièce en sirotant du thé, grignotant les reliefs du festin et se consolant les uns les autres.

Au matin, qui sait si, anxieuses de s'assurer que leurs enfants avaient survécu à la bataille et de constater l'ampleur des dégâts, les mères ne s'étaient pas précipitées dans la chambre, armées de serviettes et de cuvettes ?

*

Mais quelques jours plus tard les jeunes époux s'ébattaient joyeusement, pieds nus dans la cour. Le marié avait même installé une petite maison de poupée entre les branches d'un arbre pour sa jeune femme, et il était revenu à ses cerceaux et à ses cours d'eau qu'il amenait dans la cour où ils se transformaient en ruisseaux, lacs et petites cascades.

Herz et Sarah Mussman entretinrent Éphraïm et Haïa jusqu'à l'âge de seize ans : à l'époque, on appelait « Kest-Kinder » les jeunes couples qui vivaient chez leurs parents. Une fois pubère, Éphraïm Mussman conjugua sa passion pour les roues et son amour de l'eau en construisant à Trope un petit moulin hydraulique. Ses affaires ne marchèrent jamais : c'était un rêveur, candide comme un enfant, paresseux, prodigue, raisonneur et accommodant. Il se lançait dans des discussions oiseuses interminables. Haïa et Éphraïm Mussman vécurent dans la pauvreté. La petite épousée lui donna trois fils et deux filles. Elle se forma pour devenir nourrice et infirmière à domicile. En cachette, elle soignait gratuitement les plus démunis. Mon arrière-grand-mère maternelle mourut de tuberculose à la fleur de l'âge. Elle avait vingt-six ans.

Le bel Éphraïm se remaria sans perdre de temps avec une jeunette de seize ans prénommée Haïa, comme celle qui l'avait précédée. La nouvelle Haïa Mussman s'empressa de se débarrasser de ses beaux-fils et de ses belles-filles. Son pusillanime époux ne tenta pas de l'en empêcher : il semblait avoir épuisé en une seule fois l'audace et le courage qu'il avait reçus en partage, le soir où il avait hardiment frappé à la porte du rabbin pour exiger, au nom de la Torah et de la Halakha, de consommer le mariage. Depuis cette sanglante nuit et jusqu'à la fin de ses jours, il se comportait en toutes choses avec contrition : il s'effaçait et s'aplatissait devant sa femme, se rangeait à l'avis du plus fort, et pourtant, aux yeux du monde, il avait adopté avec le temps les manières d'un homme énigmatique, nourri de mystère et de sainteté. Il y avait dans son allure quelque chose d'arrogant et d'humble à la fois, on aurait dit un thaumaturge de campagne ou un saint homme russe orthodoxe.

À douze ans, mon grand-père, Naftali Herz, fut donc envoyé en apprentissage au domaine de Vilchov, près de Rovno. La propriété appartenait à une princesse excentrique et célibataire, la knïazhna Ravzova. Au bout de trois ou quatre ans, la princesse s'était aperçue que le jeune Juif dont on lui avait pratiquement fait cadeau était vif, intelligent, charmant, drôle, et qu'en plus il avait eu le temps d'apprendre chez son père deux ou trois choses concernant la mouture du blé. Et sans doute possédait-il un autre trait de caractère qui éveillait chez la princesse flétrie et solitaire une sorte de tendresse maternelle.

Elle décida d'acquérir un terrain, à la limite de Rovno, en face du cimetière, au bout de la rue Dubinska, pour y construire un moulin. Elle en chargea l'un de ses héritiers, son neveu, l'ingénieur Constantin Semyonovich Stiletsky. À seize ans, Naftali Herz Mussman devint l'adjoint de Stiletsky. Mon grand-père se révéla être un organisateur-né, plein de tact et dont la présence rayonnante lui gagnait la sympathie de tous, un intuitif qui devinait toujours les pensées et les désirs de ses interlocuteurs.

À dix-sept ans, c'était grand-père qui dirigeait pratiquement le moulin. (« Il avait rapidement fait son chemin chez la princesse ! Exactement comme Joseph le sage chez... comment s'appelle-t-elle déjà ? Mme Potiphar ? Non ? Cet ingénieur Stiletsky, tout ce qu'il réparait, il l'abîmait et le détruisait quand il était ivre. C'était un alcoolique terrifiant, cet homme ! Je me le rappelle en train de battre à mort un cheval tout en pleurant des souffrances qu'il lui causait, il versait des larmes grosses comme des raisins sans s'arrêter de frapper l'animal. Il inventait

249

tous les jours de nouvelles machines, des méca-
nismes, des roues de transmission, comme Steven-
son. Il avait une étincelle de génie. Mais ensuite, il se
fâchait, ce Stiletsky, il se déchaînait et cassait
tout ! »)

Le jeune Juif apprit à entretenir et rafistoler les
machines, à négocier avec les paysans qui lui appor-
taient leur blé et leur orge, à payer les ouvriers, à
marchander avec les négociants et les clients. Et
c'est ainsi qu'il devint meunier, comme Éphraïm,
son père. Sauf que, contrairement à son fainéant de
père, ce grand enfant, Naftali Herz, mon grand-père,
était réaliste et travailleur. Et ambitieux.

Pour revenir à la princesse Ravzova, elle était
devenue au déclin de sa vie follement dévote, elle ne
portait plus que du noir, passait son temps en vœux
et en jeûnes, elle prenait le deuil jour et nuit, faisait
des messes basses avec Jésus, visitait les monastères
à la recherche de l'illumination, dilapidait sa fortune
en dons aux églises et à des lieux de retraite (« Et un
jour, elle avait pris un grand marteau et elle s'était
enfoncé un clou dans la main pour ressentir la
même chose que Jésus. Alors on l'avait attachée, on
lui avait guéri la main, on lui avait rasé la tête et on
l'avait enfermée dans un couvent, près de Tula »).

Le pauvre ingénieur, le neveu de la princesse Ravzova, Constantin Stiletsky, sombra dans l'ivresse
après la déchéance de sa tante. La femme de Stiletsky, qui s'appelait Irina Matveyevna, s'enfuit un
beau jour avec Anton, le fils de Philippe, le cocher
(elle aussi était une *pïanïtsa*, une ivrogne invétérée !
Mais c'était lui, Stiletsky, qui l'avait rendue comme
ça ! Il la perdait souvent aux cartes. C'est-à-dire qu'il
la perdait une nuit, qu'il la récupérait le lendemain
matin et qu'il la reperdait la nuit suivante).

L'ingénieur Stiletsky noya donc son chagrin dans

la vodka et le jeu (« Mais il écrivait aussi de la poésie, de merveilleux poèmes, pleins de sensibilité, de remords et de compassion ! Il avait même rédigé un traité de philosophie, en latin, il connaissait par cœur les œuvres des grands philosophes, Aristote, Kant, Soloviev, et il allait souvent se promener seul dans la forêt. Pour se mortifier, il se déguisait en mendiant et il errait dans les rues en fouillant les poubelles dans la neige, comme un clochard affamé »).

Naftali Mussman devint progressivement le bras droit de Stiletsky au moulin, puis son associé, son intendant et son fondé de pouvoir. À vingt-trois ans, dix ans après avoir été « vendu comme esclave » à la princesse Ravzova, grand-père racheta sa part du moulin à son neveu, Stiletsky.

Les affaires de Naftali Mussman se diversifièrent rapidement et il annexa même la petite minoterie paternelle.

Le jeune maître ne gardait pas rancune à son père de l'avoir chassé. Au contraire : il lui avait pardonné — entre-temps, Éphraïm en était à son second veuvage —, il le fit venir chez lui, l'installa dans son bureau, qu'on appelait « kontor » et, jusqu'à la fin de sa vie, il lui versa même un salaire confortable. Le bel Éphraïm passa de longues années dans le « kontor » : avec la longue barbe vénérable qu'il s'était laissé pousser, il ne faisait rien que boire du thé et palabrer à longueur de journée avec les marchands et les intendants qui venaient au moulin. Il pérorait longuement sur le secret de sa longévité, l'âme russe comparée à l'âme polonaise ou ukrainienne, les arcanes du judaïsme, la création du monde, ses idées concernant l'amendement des forêts, la qualité du sommeil, la préservation des contes folkloriques ou le renforcement de la vue par des moyens naturels.

Le souvenir que ma mère gardait de son grand-père Éphraïm Mussman était celui d'un patriarche imposant : un visage sublimé par une superbe barbe de prophète, blanche et abondante, d'épais sourcils neigeux qui lui conféraient une splendeur biblique. Du fond de ce paysage enneigé que composaient sa crinière, sa barbe et ses sourcils, jaillissaient, tel un joyeux éclat de rire enfantin, des yeux couleur d'azur, pareils à deux lacs purs : « Grand-père Éphraïm ressemblait à Dieu. À l'image qu'un enfant se fait de Dieu, tout au moins. Et en effet, il avait réellement pris l'aspect d'un saint orthodoxe, un mage pastoral, à mi-chemin entre la personnification de Tolstoï âgé et l'incarnation de saint Nicolas. »

À la cinquantaine, Éphraïm Mussman avait l'apparence d'un sage magnifique et impressionnant bien qu'un peu confus sur les bords. À cette époque, il ne distinguait plus vraiment entre un homme de Dieu et Dieu en personne : il s'était mis à lire dans les pensées, à prédire l'avenir, à prêcher la morale, à interpréter les rêves, à donner l'absolution, à faire l'aumône et à compatir. Assis du matin au soir à la table du bureau de la minoterie, un verre de thé à portée de la main, il compatissait du matin au soir. En dehors de ça, il ne faisait pratiquement rien d'autre de ses journées.

Il sentait le parfum et ses mains étaient douces et chaudes (« Mais moi, me disait la tante Sonia, âgée de quatre-vingt-cinq ans, avec une jubilation contenue, moi, grand-père Éphraïm m'aimait beaucoup beaucoup plus que ses autres petits-enfants ! J'étais sa chérie ! C'est parce que j'étais une *krasavïtsa*, une beauté, une coquette, une vraie petite Française, et je savais aussi comment le faire tourner autour de mon petit doigt — mais chacune d'entre nous lui tournait très facilement sa belle tête — il était si distrait, si gentil, et tellement enfant, c'était un grand sensible aussi, il avait les larmes aux yeux pour un oui et pour un non et, assise sur ses genoux, je peignais sa merveilleuse barbe blanche pendant des heures, et avec quelle patience j'écoutais toutes les bêtises qu'il racontait. Et puis je portais le nom de sa mère, Sara, Sourké. C'est pour ça que grand-père Éphraïm m'aimait plus que les autres, et quelquefois, il m'appelait *imale*, ma petite maman chérie »).

C'était une bonne nature qui parlait d'une voix douce, un homme amène, délicat, bavard, sans doute un peu simplet, mais qu'on aimait à cause de son charmant sourire amusé, un sourire attirant qui flottait presque toujours sur son visage ridé (« Grand-père Éphraïm était comme ça : son sourire était contagieux ! Qu'on le veuille ou non, on souriait dès qu'il entrait dans une pièce. Même les portraits accrochés au mur s'y mettaient ! »). Heureusement que son fils Naftali Herz l'adorait, il lui pardonnait et feignait de ne pas voir que le vieillard confondait les débiteurs et prélevait sans autorisation dans la caisse du bureau quelques billets que, à l'image du Saint béni soit-Il des contes hassidiques, il distribuait aux pauvres reconnaissants après leur avoir dit la bonne aventure et les avoir dûment chapitrés.

Posté toute la journée dans le bureau de son fils, le vieil Éphraïm observait d'un air affable les activités de la minoterie et le va-et-vient des ouvriers. Peut-être parce qu'il était « tout le portrait de Dieu », il se considérait dans les dernières années de sa vie comme le maître du monde : il était modeste et arrogant à la fois, probablement un peu faible d'esprit dans sa vieillesse (qui avait commencé à l'âge de cinquante ans). Quand ça le prenait, il débitait à son fils un tas de conseils, d'idées, d'instructions et de plans pour diriger et développer l'entreprise, mais il ne s'en tenait pas là : une demi-heure ou une heure plus tard, il avait généralement oublié ses arguments et ses projets et changé d'idée. Il buvait des litres de thé, jetait un œil distrait sur les livres de comptes et avec les étrangers qui le prenaient pour le maître des lieux, sans se soucier de relever l'erreur, il conversait plaisamment sur la fortune des Rothschild ou le terrible sort des coolies, en Chine, qu'il appelait Kitaï. Les palabres pouvaient durer entre sept et dix heures.

Son fils, Éphraïm Mussman, fermait les yeux : intelligemment, prudemment, patiemment, il avait étendu et consolidé ses affaires, implanté des succursales ici et là, il s'était enrichi, avait marié sa sœur Sara, surnommée Sourké, accueilli sa sœur Jenny qu'il était parvenu à marier elle aussi (« avec un menuisier, Yasha ! Un brave garçon, quoique très très simple ! Mais il n'y avait rien à espérer de Jenny ! Elle avait presque quarante ans ! »). Il employait chez lui, contre un honnête salaire, son neveu Shimshon et Yasha, le menuisier de Jenny, il était la providence de ses frères, ses sœurs et ses proches, ses affaires se diversifiaient, et avec une légère révérence, le chapeau collé contre la poitrine, ses clients ukrainiens et russes lui donnaient respectueusement du Gertz Yefremovich[1]. Il avait même un assistant russe, un jeune noble ruiné, rongé d'ulcères. Avec son aide, grand-père agrandit la minoterie et s'implanta à Kiev, Moscou et Saint-Pétersbourg.

1. Herz fils d'Éphraïm.

En 1909 ou 1910, à vingt et un ans, Naftali Herz Mussman épousa Itta Gedalyevna Schuster, la capricieuse fille de Gedalya Schuster et de Pearl, née Gibor. D'après la tante Haïa, mon arrière-grand-mère, Pearl, était une femme énergique, « sagace comme sept marchands », elle avait des antennes pour tout ce qui touchait aux intrigues politiques du village, la langue bien pendue, elle était avide de richesse et de pouvoir, et follement avare (« on racontait qu'à chaque coupe de cheveux, elle ramassait les boucles pour en rembourrer ses coussins. Et elle découpait au couteau les carrés de sucre en quatre parts égales »). Quant à Gedalya, le père d'Itta, sa petite-fille, Sonia, s'en souvenait comme d'un homme grincheux, trapu, grossier et consumé par des appétits divers et variés. Il avait une barbe noire et hirsute, il était bruyant et despotique. On disait qu'il éructait et hoquetait « à en faire vibrer les vitres », qu'il rugissait « comme un tonneau vide roulant par terre » (mais il avait une peur bleue des animaux, chiens, chats domestiques, et même des agneaux et des petits veaux).

*

La fille de Pearl et de Gedalya, ma grand-mère Itta, se comportait comme si la vie n'avait pas eu pour elle les égards qu'elle méritait : jeune, elle avait été belle, courtisée et apparemment très gâtée. Elle régentait ses trois filles dont elle attendait d'une certaine façon qu'elles la traitent comme si elle était leur jeune sœur ou leur mignonne petite fille. Même dans sa vieillesse, elle gratifiait ses petits-enfants de libéralités, minauderies et autres simagrées : espé-

255

rait-elle ainsi nous séduire pour se faire dorloter ?
En même temps, elle était capable de la brutalité la
plus courtoise.

*

Les mâchoires serrées, le mariage d'Itta et Herz
Mussman résista à environ soixante-cinq années
d'affronts, de griefs, d'humiliations, de réconcilia-
tions, de honte, de réserve, de politesses mutuelles et
de grincements de dents : mes grands-parents
maternels étaient désespérément différents, mais ce
désespoir était soigneusement refoulé, enfermé à
double tour, aucun d'entre nous n'en parlait jamais
et, quand j'étais enfant, je ne pouvais que le sentir,
telle une vague odeur de viande brûlée s'infiltrant à
travers la cloison.

Conscientes de la souffrance de leurs parents,
leurs trois filles, Haïa, Fania et Sonia, cherchèrent
les moyens de l'alléger. Toutes trois étaient résolument du côté de leur père et contre leur mère. Elles
exécraient leur mère, elles la craignaient, elles en
avaient honte et la tenaient pour une harpie vulgaire
et foncièrement tyrannique. « Tu t'es vue ? se lan-
çaient-elles lorsqu'elles se disputaient. Tu deviens
exactement comme *mama* ! »

Ce n'est qu'à la vieillesse de ses parents, quand
elle-même n'était déjà plus toute jeune, que la tante
Haïa réussit enfin à éloigner son père de sa mère,
expédiant l'un dans une maison de retraite à Giva-
taïm, et l'autre dans un centre médicalisé, près de
Nes Tsiona. Elle le fit malgré l'opposition de la tante
Sonia qui considérait cette séparation comme une
grave erreur. Mais en ce temps-là, la tante Haïa et la
tante Sonia étaient brouillées à mort : elles ne se
parlaient plus depuis près de trente ans, de la fin des

années 1950 jusqu'à la mort de la tante Haïa (la tante Sonia avait néanmoins assisté aux obsèques de sa sœur où elle nous avait tristement déclaré : « Je lui pardonne tout. Et je prie Dieu de lui pardonner aussi — ce ne sera pas facile, il va avoir du pain sur la planche ! » Une année avant sa mort, la tante Haïa m'avait tenu le même discours presque mot pour mot).

*

En fait, depuis toutes petites, les trois sœurs Mussman étaient amoureuses de leur père, chacune à sa façon : il était généreux, paternel, sympathique et fascinant, mon grand-père Naftali Herz (que tout le monde, filles, gendres et petits-enfants appelaient *papa*). Il avait le teint basané, une voix chaude, des yeux azur très clairs, hérités de son père Naftali : un regard aigu et perçant qui dissimulait un sourire. Quand il vous parlait, c'était comme s'il sondait vos sentiments, lisait entre les lignes, comprenait immédiatement ce que vous aviez dit et pourquoi vous l'aviez dit, tout en devinant ce que vous cherchiez vainement à cacher. Il vous décochait parfois à l'improviste un sourire subtil et coquin qui s'achevait presque en un clin d'œil : comme s'il vous faisait honte d'avoir honte, mais qu'il vous pardonnait car, après tout, un homme n'est qu'un homme.

À ses yeux, les hommes étaient des enfants négligents, se causant déceptions et peines les uns aux autres et à eux-mêmes, prisonniers qu'ils étaient d'une comédie continuelle, plutôt triviale, qui se terminait généralement très mal. Tout menait à la souffrance. Aussi, d'après *papa*, pratiquement chaque homme méritait la pitié et ses actes, quels qu'ils fussent, requéraient l'indulgence : combines, farces, mystifications, contrefaçons, simulacres, vantardises, vains arguments et faux-semblants. Il passait l'éponge là-dessus avec un mince sourire espiègle, comme s'il s'écriait (en yiddish) : *Nu, chto.*

Seule la cruauté faisait perdre à *papa* son indulgence amusée. La méchanceté le dégoûtait. Alors, au fond de ses yeux clairs, l'étincelle de gaieté s'assombrissait : « Une bête féroce ? Mais qu'est-ce que c'est une bête féroce ? se demandait-il en yiddish. Les bêtes féroces, ça n'existe pas. Les bêtes ne peuvent pas être féroces. Elles ne savent pas ce que c'est, le mal. Nous avons le monopole du mal, nous, les hommes. Et si nous avions mangé la mauvaise pomme au paradis ? Entre l'arbre de la vie et l'arbre de la connaissance, il y en avait peut-être un autre, dans le jardin d'Éden, un arbre empoisonné que la Bible ne mentionne pas : l'arbre du mal » (l'arbre du *rishes*, comme il disait), auquel nous aurions goûté par mégarde. Ce filou de serpent a trompé Ève, il l'a entraînée vers l'arbre du *rishes* en lui faisant croire que c'était l'arbre de la connaissance. Si nous avions réellement mangé de l'arbre de la vie et de la connaissance, nous n'aurions peut-être jamais été chassés du paradis. »

Après quoi, son regard bleu et facétieux pétillait de joie tandis qu'il formulait de sa voix chaude, lentement, avec des mots clairs, dans un yiddish imagé et volubile, ce que Jean-Paul Sartre découvrirait des années plus tard : « Mais qu'est-ce que c'est que l'enfer ? Et le paradis ? Tout ça, ça se passe à l'intérieur. À la maison. L'enfer et le paradis, on les trouve dans chaque pièce. Derrière chaque porte. Sous l'édredon conjugal. Voilà : un brin de méchanceté — et l'homme est un enfer pour l'homme. Un peu de compassion, de générosité — et l'homme est un paradis pour l'homme.

« J'ai parlé d'un peu de compassion et de générosité, mais je n'ai pas mentionné l'amour : je ne crois pas en l'amour universel. L'amour de tous pour tous, il faut laisser ça à Jésus : l'amour, c'est autre chose. Il n'a rien à voir avec la générosité et la compassion. Loin de là. L'amour, c'est la curieuse combinaison d'une chose et de son contraire, un mélange d'extrême égoïsme et d'abnégation totale. Un paradoxe ! Tout le monde n'a que ce mot à la bouche, l'amour, mais on ne le choisit pas, il nous attrape, il nous tient comme une maladie, une tragédie. On choisit quoi, alors ? Entre quoi et quoi les hommes doivent-ils opter à chaque instant ? Entre la générosité et la méchanceté. Un enfant de trois ans le sait, et pourtant la méchanceté ne désarme pas. Pour quelle raison ? À cause de la fameuse pomme que nous avons mangée là-bas : elle était empoisonnée. »

## 22

Rovno[1], nœud ferroviaire important, fut construite autour des jardins et des étangs du château
des princes Lubomirski. La ville est située sur l'Ustia
qui la traverse du sud au nord. Entre le fleuve et le
marais se dresse la citadelle, et, du temps des
Russes, il y avait là un joli lac où barbotaient des
cygnes. La citadelle, le château des Lubomirski et
plusieurs églises catholiques et orthodoxes, dont
l'une possédait des clochers jumeaux, barraient
l'horizon. Avant la Deuxième Guerre mondiale, la
ville comptait quelque soixante mille âmes — en
majorité des Juifs, mais aussi des Ukrainiens, des
Polonais, des Russes, un petit nombre de Tchèques
et d'Allemands. Quelques milliers de Juifs vivaient
aussi dans les forêts et les villages avoisinants. Les
paysans avaient planté des vergers, des potagers, des
pâturages, des champs de blé et de seigle que le vent
ridait ou agitait de légers frissons. De temps à autre,
le sifflet d'un train déchirait le silence. On entendait
parfois les jeunes villageoises ukrainiennes chanter
dans les jardins. De loin, on aurait dit des sanglots.

À perte de vue s'étendaient des plaines où ondu-

1. En polonais, Rowne ; Pobho, en russe.

laient de douces collines, vastes étendues quadrillées par des rivières et des plans d'eau et mouchetées de marécages et de forêts denses. La ville comptait trois ou quatre artères « européennes » bordées de quelques bâtiments officiels néoclassiques et d'une longue rangée d'immeubles où résidait la classe moyenne. C'étaient des constructions à deux étages, pourvues de balcons en fer forgé. Une série de petites boutiques en occupaient le rez-de-chaussée. Mais la quasi-totalité des rues latérales, non pavées, était boueuse l'hiver et poussiéreuse l'été. Certaines étaient dotées de trottoirs de bois branlants. Il suffisait de quitter la rue principale pour se retrouver au milieu de maisons slaves, basses, rustiques, aux murs épais, à la large charpente et à la toiture inclinée, entourées de lopins de terre, et de bicoques de bois bancales et noircies dont certaines étaient enfouies jusqu'aux fenêtres dans le sol et coiffées de chaume.

En 1919, s'ouvrirent à Rovno un lycée hébraïque, une école primaire et des jardins d'enfants du réseau « Tarbout » où ma mère et ses sœurs firent leurs classes. Dans les années 1920-1930, furent créés des journaux en hébreu et en yiddish, une douzaine de partis juifs rivaux, des cercles littéraires et scientifiques, ainsi que des groupes d'études juives et des associations de formation pour adultes. À mesure que l'antisémitisme montait en Pologne, le mouvement sioniste et l'éducation juive se renforçaient, tandis que, sans contradiction aucune, s'intensifiaient le laïcisme ainsi que la fascination pour les cultures goys [1].

1. Menahem Gelehrter, *Le lycée hébraïque du réseau « Tarbout »* *à Rovno*, éd. de l'Association des anciens du lycée, Jérusalem, 1973.

*

Chaque soir, l'express de vingt-deux heures quittait Rovno pour Zdolbonow, Lvov, Lublin et Varsovie. Le dimanche et les jours de fêtes chrétiennes, les cloches des églises sonnaient. Les hivers étaient gris et enneigés et, l'été, il tombait une pluie tiède. Le propriétaire du cinéma de Rovno était un Allemand du nom de Brandt. L'un des pharmaciens était tchèque et se nommait Mahacek. Le chirurgien en chef de l'hôpital, le docteur Segal, était un Juif que ses ennemis appelaient Segal le fou. Il avait dans son service un orthopédiste, le docteur Yosef Kopeïka, un révisionniste acharné. Les rabbins de la ville étaient Moshe Rotenberg et Simha-Herz Majafit. Les Juifs vivaient du commerce des produits de la forêt et des céréales, ils étaient meuniers, négociants en textiles, quincailliers, orfèvres, tanneurs, imprimeurs, épiciers, ils travaillaient dans la confection, la mercerie, ils étaient commerçants et banquiers. De jeunes Juifs devenaient délibérément prolétaires, ouvriers imprimeurs, apprentis et journaliers. La famille Pisiuk fabriquait de la bière. Les Twischor étaient des artisans renommés. Les Strauch étaient savonniers. Les Gendelberg affermaient des forêts. Les Steinberg possédaient une fabrique d'allumettes. En juin 1941, les Allemands reprirent Rovno à l'armée soviétique qui l'avait occupée deux ans auparavant. En deux jours, les 8 et 9 novembre 1941, les Allemands et leurs comparses massacrèrent plus de vingt-trois mille Juifs de Rovno. Les cinq mille survivants furent tués le 13 juillet 1942.

De sa voix douce qui traînait un peu sur la fin des mots, ma mère me parlait quelquefois avec nostalgie de la Rovno qu'elle avait laissée derrière elle : elle était capable de brosser un tableau en quelques phrases. Je repousse constamment le projet de m'y rendre pour que les descriptions de ma mère n'aient pas à lâcher pied.

*

Dans les années 1920, le maire de Rovno, Lebedevski, était un original, sans enfant, qui habitait une grande maison entourée d'un terrain de cinq dounam, d'un jardin, d'un potager et d'un verger, au 14, rue Dubinska. Il y vivait en compagnie d'une servante d'un certain âge et de la fillette de cette dernière que toute la ville considérait comme la propre fille du maire. Il logeait chez lui une parente éloignée, Lioubov Nikitichna, une aristocrate désargentée qui avait, selon ses dires, un vague lien de parenté avec la dynastie des Romanov. Elle habitait chez Lebedevski avec ses deux filles nées de pères différents, Tasia, Anastasia Sergueïevna, et Nina, Antonina Boleslavovna. Toutes trois occupaient la moitié d'une pièce — en fait, c'était le fond d'un couloir, isolé par une lourde tenture. Outre ces trois nobles dames, s'entassaient dans la chambre un très grand buffet sculpté, un superbe meuble du dix-huitième siècle en acajou, orné de frises ciselées. L'intérieur et les vitrines abritaient de l'argenterie, des porcelaines et des cristaux anciens. Il y avait aussi un grand lit, paré d'une profusion de coussins brodés multicolores, où les trois femmes dormaient probablement ensemble.

La demeure comportait un vaste étage et une immense cave qui servait d'atelier, de garde-manger, d'entrepôt, de cellier à vin et de réservoir de lourds arômes : un curieux mélange, un peu effrayant et enchanteur, d'effluves de fruits secs, de confitures, de beurre, de saucisses, de bière, de céréales, de miel, de confitures, *varenye* et *povidlo*, de tonneaux remplis de chou aigre et de cornichons, d'épices, de chapelets de légumes et de fruits séchés, de légumes secs conservés dans des sacs et des baquets, sans parler des remugles de bitume, de pétrole, de goudron, de charbon et de bûches, et des relents de moisissure et de putréfaction. Une petite lucarne, percée près du plafond, laissait filtrer un rayon de lumière oblique, poussiéreuse, qui, loin de dissiper l'obscurité, semblait au contraire l'accentuer. Les histoires de ma mère m'avaient si bien familiarisé avec cette cave qu'aujourd'hui encore, au moment où j'écris ces lignes, il me suffit de fermer les yeux pour me laisser griser par toutes ces odeurs.

En 1920, un peu avant que les troupes polonaises du maréchal Pilsudski ne prennent Rovno et l'Ukraine occidentale aux Russes, Lebedevski fut destitué et limogé. Il fut remplacé par un certain Bojarski, une brute épaisse et alcoolique, et un antisémite convaincu. Naftali Herz Mussman acquit la maison de Lebedevski, rue Dubinska, pour trois fois rien. Il s'y installa avec son épouse, Itta, et ses trois filles, Haïa, Niousia, l'aînée, née en 1911, Rivka-Feïga, Fania, de deux ans sa cadette, et la petite dernière, Sarah, Sonia, née en 1916. La maison, à ce que l'on m'a dit, existe toujours.

Un côté de la rue Dubinska, rebaptisée par les Polonais rue Kazarmowa (« rue de la Caserne »), était bordé de vastes maisons où logeaient les gens riches. L'autre côté était occupé par les casernes militaires, appelées Kazarmy. Au printemps, l'air embaumait les fleurs et les fruits, auxquels se mêlaient les vapeurs de lessive et les odeurs de pain chaud, de pâtisseries, de tourtes et de plats épicés qui montaient des cuisines.

*

Plusieurs locataires, que les Mussman avaient hérités de Lebedevski, occupaient les nombreuses pièces de la grande demeure. Papa n'avait pas eu le cœur de les chasser : la vieille servante, Xenia Dimitriovna, Xenietchka, logeait toujours à l'arrière de la cuisine avec Dora, sa fille, qu'elle avait peut-être eue de Lebedevski; tout le monde l'appelait Dora tout court, sans patronyme. Au fond du couloir, dans l'espace dissimulé par le rideau, vivaient paisiblement Lioubov, l'aristocrate ruinée, qui, à l'en croire, avait un lien de parenté avec la famille royale, et ses deux filles, Tasia et Nina : très maigres, elles avaient un port altier et étaient toujours parées comme « une troupe de paons ».

Il y avait aussi un hôte payant qui louait la chambre en façade — vaste et lumineuse, on l'appelait le « cabinet » : c'était un officier polonais, un polkovnik[1], vantard, paresseux et sentimental. Il s'appelait Jan Zakazewski, un homme d'une cinquantaine d'années, massif, viril, large d'épaules et pas laid du tout. Les filles l'appelaient « pan polkovnik » : le vendredi, Itta Mussman envoyait une de ses filles lui porter un plateau chargé de biscuits au pavot odorants, à peine sortis du four : la petite toquait poliment à la porte de « pan polkovnik », esquissait une légère révérence en lui souhaitant « shabbat shalom » au nom de toute la famille. Le colonel se penchait pour caresser la tête de la fillette, parfois aussi son dos et ses épaules, il leur donnait à toutes du « *tsiganki* » (gitanes), et promettait sincèrement à chacune d'attendre qu'elle grandisse pour l'épouser.

Bojarski, le maire antisémite qui avait succédé à

1. Colonel.

Lebedevski, venait souvent jouer aux cartes avec le colonel à la retraite. Ils buvaient et fumaient « au point que l'air était tout noir ». Le temps passant, leurs voix faiblissaient, s'enrouaient, s'épaississaient et se muaient en grognements rauques. Lors des visites du maire, on mettait les filles à l'abri au fond de la maison, ou dans le jardin, de peur que ne parviennent à leurs oreilles des paroles que des jeunes filles de bonne famille ne devaient absolument pas entendre. La servante leur apportait de temps à autre du thé bouillant, du saucisson, des harengs, ou un plateau de fruits au sirop accompagnés de biscuits et de noix. La servante informait humblement ces messieurs que la maîtresse de maison les priait de baisser un peu le ton parce que la tête de madame lui faisait « un mal d'enfer ». Impossible de savoir ce que répondaient les deux seigneurs à la vieille car elle était « sourde comme dix murs » (autre variante : « sourde comme Dieu en personne »). Terrifiée, elle se signait, s'inclinait et prenait la porte en traînant ses jambes lasses, percluses de rhumatismes.

Un dimanche, à l'aube, alors que tout le monde dormait encore, le colonel Zakazewski eut envie d'essayer son revolver. Il commença par tirer deux balles dans le jardin à travers la fenêtre close. Fortuitement, ou mystérieusement, il réussit à toucher dans le noir un pigeon que, le lendemain, on retrouva dans le jardin, blessé mais vivant. Ensuite, curieusement, une troisième balle se logea dans une bouteille de vin posée sur la table, une autre dans sa cuisse, deux autres manquèrent le lustre et la dernière lui fracassa le front et le tua. C'était un homme sensible, un causeur enfiévré qui avait toujours le cœur brisé et se mettait brusquement à chanter ou à pleurer, la tragédie de son peuple l'attristait, de même qu'un mignon porcelet que le voisin avait abattu d'un coup de bâton, le triste sort des rossignols à l'entrée de l'hiver, l'agonie du Christ sur sa croix, voire les Juifs, persécutés depuis cinquante générations et qui ne voyaient toujours pas la lumière, sa propre vie qui s'écoulait sans but et sans raison, et il était également au désespoir à cause d'une certaine jeune fille, Vassilisa, qu'il avait jadis laissé partir, bêtise qu'il ne cesserait jamais de se reprocher, de même que l'existence futile et vide qu'il menait : « Mon Dieu, mon Dieu, citait-il dans un mélange de latin et de polonais de son cru, pourquoi m'as-tu abandonné ? Et pourquoi nous as-tu tous abandonnés ? »

Ce matin-là, on fit sortir les trois filles par la porte de derrière, par le verger et l'étable et, à leur retour, la chambre du colonel avait été vidée, nettoyée, rangée et aérée et ses affaires entreposées dans des sacs et déménagées ailleurs. La tante Haïa se souvenait de la légère odeur de vin, provenant de la bouteille brisée par la balle du revolver, qui avait subsisté quelques jours.

Un jour, la fillette qui allait être ma mère avait trouvé entre les interstices de l'armoire un billet rédigé d'une écriture féminine, dans un polonais assez primaire, où quelqu'un affirmait à son très cher petit loup que, de toute sa vie, elle n'avait jamais rencontré un homme aussi bon et généreux que lui, et qu'elle n'était même pas digne de baiser les semelles de ses chaussures. Dans le mot « chaussures », Fania avait compté deux fautes d'orthographe. Le mot était signé de l'initiale N. Au-dessous, on avait dessiné des lèvres pleines ébauchant un baiser. « Personne, disait ma mère, personne ne sait rien sur personne. Même pas sur son voisin. Pas même sur son conjoint. On ne sait rien. Et si l'on croit savoir malgré tout quelque chose, c'est encore pire, car il vaut mieux vivre dans l'ignorance que vivre dans l'erreur. Mais au fond, qui sait ? À la réflexion, il est peut-être beaucoup plus facile de vivre dans l'erreur que dans le noir. »

*

Depuis son deux-pièces sombre, net, ordonné, encombré de meubles et aux volets constamment tirés de la rue Weisel, à Tel-Aviv (dehors, un jour de septembre oppressant se gonflait d'humidité), la tante Sonia me faisait visiter la belle demeure, située dans le quartier Wolja, au nord-ouest de Rovno. Elle se trouvait rue Dubinska, qu'après l'entrée des Polonais on avait rebaptisée rue Kazarmowa (« Dubinska » signifie route de Dubno. Quant à « Kazarmowa », le nom dérive, nous l'avons vu, de caserne). La rue coupait l'artère principale de Rovno appelée autrefois Shossejna et, depuis l'arrivée des Polonais, Czeczego Maya — « rue du 3-Mai », en l'honneur de la fête nationale polonaise.

« En venant de la rue, me décrivait la tante Sonia avec force détails, on entrait dans la maison par un petit jardin, qu'on appelait « *palissadnïk* » et où fleurissaient de superbes jasmins (« je me souviens d'un petit arbuste, à gauche, dont le parfum était si fort, si grisant, qu'on le surnommait "l'amoureux"... »). Et puis il y avait des *margarïtkï*, des mourons, des rosiers, « *rozotchkï* » dont on faisait une confiture parfumée et si sucrée qu'on aurait dit qu'elle se léchait les doigts tellement elle était sucrée. Les roses formaient deux massifs bordés de petites pierres, ou de briques, disposées obliquement et chaulées de blanc, on aurait dit une colonne de cygnes immaculés, arc-boutés les uns aux autres.

« Derrière, il y avait un banc de bois vert à gauche

duquel se trouvait l'entrée principale : quatre ou cinq grandes marches conduisaient à une vaste porte ornementée, peinte en marron, vestige du style fleuri du maire Lebedevski. L'entrée débouchait sur un couloir garni de meubles massifs en acajou. Acajou se dit "tola'na" en hébreu ? Non ? Tu pourrais peut-être m'expliquer un jour pourquoi ça s'appelle "tola'ana" ? Quel rapport avec les vers [tola'im] ? L'acajou est pourtant protégé contre les vers ! Si on pouvait être immunisés contre les vers comme l'acajou, nous aussi !

« Il y avait dans le couloir une haute fenêtre avec de longs rideaux brodés qui retombaient par terre. La première porte à droite donne sur le "cabinet", la chambre du colonel, pan Jan Zakazewski. Devant la porte, à l'extérieur, dans le couloir, sur un matelas qu'on replie dans la journée, dort l'ordonnance du colonel, son *denshchik*, son domestique, un jeune paysan au large visage rouge comme une betterave à sucre et marqué de taches et de boutons qui lui viennent de pensées pas très jolies. Ce *denshchik* nous regardait, nous, les filles, avec des yeux exorbités, comme s'il allait mourir de faim. Pas de pain, ça non, car on lui en apportait de la cuisine autant qu'il en voulait. Le colonel battait son *denshchik* comme plâtre, et puis après, il le regrettait et lui donnait de l'argent de poche.

\*

« On pouvait aussi entrer par une porte latérale, à droite de la maison, en suivant un chemin de pierres rouges, extrêmement glissantes l'hiver, le long duquel poussaient six *sirén'*, je ne sais pas comment ça se dit en hébreu, peut-être que ça n'existe pas chez nous. Ces arbustes donnaient de minuscules fleurs violettes au parfum si capiteux qu'on s'arrêtait exprès pour les respirer, au point qu'on en avait parfois le tournis et qu'on voyait des étoiles de toutes les couleurs dont je ne pourrai même pas te dire le nom. De toute façon, je pense qu'il existe beaucoup plus de couleurs et de parfums que de mots. Le chemin menait à six marches par lesquelles on accédait à un porche ouvert où il y avait un banc, appelé le banc d'amour à cause d'une histoire pas très jolie dont on refusait de nous parler mais dont on savait qu'elle avait un rapport avec les domestiques. La porte de service donnait d'ailleurs sur ce porche : on l'appelait *tchyorny khod*, c'est-à-dire l'entrée noire.

« Au lieu d'entrer par la porte principale ou par le *tchyorny khod*, on pouvait suivre le sentier qui contournait la maison et débouchait sur le parc. Il était immense : au moins comme de la rue Weisel à Dizengoff. Ou comme d'ici à Ben Yehouda. Il y avait au milieu du parc une allée bordée de chaque côté d'arbres fruitiers, différentes sortes de pruniers, deux cerisiers qui, à l'époque de la floraison, ressemblaient à des robes de mariée et dont on faisait du *vishniak*, de la liqueur, et des *pirojki*, des petits pâtés, avec les fruits. Des pommes reinettes, des *papirowki* et des *groushï*, d'énormes poires juteuses, des *funtowki* que les garçons appelaient par des noms qu'il vaut mieux ne pas répéter. L'autre côté de l'allée était également planté d'arbres fruitiers : des pêches juteuses, des pommes qui ressemblaient à la variété "sans pareilles", des petites poires vertes auxquelles les garçons donnaient un nom que nous les filles ne voulions pas entendre — on se bouchait les oreilles de toutes nos forces. Et il y avait aussi des prunes douces-amères, des prunes allongées dont on faisait des confitures, et entre les arbres poussaient aussi des framboisiers, des fraisiers, de la chardonnette, des myrtilles. Tu sais ce que c'est la chardonnette, non? Et nous avions aussi des pommes d'hiver, des pommes vertes et dures que l'on enfouissait dans la paille, dans le *tchérdak*, sous les combles, pour qu'elles mûrissent lentement et soient bonnes à manger en hiver. On y mettait aussi des poires que l'on recouvrait de paille pour qu'elles continuent de dormir encore quelques semaines et se réveillent au début de l'hiver, comme ça, on avait de beaux fruits toute la saison tandis que les autres n'avaient à manger que des pommes de terre, et encore pas toujours. Papa disait que la richesse est un péché et la vieillesse, un crime, mais qu'apparemment Dieu veut qu'il n'y ait pas de rapport entre le crime et le châtiment. L'un pèche et l'autre est puni. C'est ainsi que marche le monde.

*

« Il était quasiment communiste, papa, ton grand-père. Il laissait son père, grand-père Éphraïm, déjeuner avec un couteau, une fourchette et une serviette blanche à la table du bureau du moulin pendant que lui, papa, allait rejoindre ses ouvriers en bas, pour partager avec eux, autour du poêle à bois, un repas de pain de seigle accompagné de harengs, d'un morceau d'oignon trempé dans du sel, et d'une pomme de terre rôtie avec la peau. Ils mangeaient sur un bout de papier journal étalé par terre et faisaient descendre le tout avec une lampée de vodka. À chaque fête, chaque veille de fête, papa gratifiait ses ouvriers d'un sac de farine, d'une bouteille de vin et de quelques roubles. "*Nu*, ce n'est pas à moi, c'est à nous!" déclarait-il en désignant le moulin. Il avait quelque chose du Guillaume Tell de Schiller, ton grand-père, le président socialiste qui buvait du vin dans la même coupe que ses soldats.

« C'est évidemment à cause de ça qu'en 1919, quand les communistes entrèrent dans la ville et exécutèrent aussitôt tous les capitalistes et les industriels, les propriétaires de fabriques, les ouvriers de papa ouvrirent le couvercle de cette grande machine, je ne me rappelle plus son nom, le moteur principal qui faisait tourner le cylindre de la meule, ils le cachèrent à l'intérieur et refermèrent la machine, et ils envoyèrent une délégation au *povodir*, le délégué rouge, pour lui dire : "Écoute, camarade gouverneur, Gertz Yefremovich Mussman, vous n'avez pas intérêt à toucher un seul de ses cheveux ! Herz Mussman, *on nach bat'ka* !" Ce qui donne en ukrainien : c'est notre père !

« De fait, le gouvernement soviétique de Rovno nomma ton grand-père *oupravlyayushchï*, directeur de la minoterie, ils ne mirent pas son autorité en cause, au contraire, ils lui déclarèrent ceci : "Cher camarade Mussman, écoute, à partir d'aujourd'hui, si tu repères un ouvrier paresseux ou un *sabotazhnik*, il te suffit de nous le désigner pour que nous le fusillions sur-le-champ." Inutile de dire que ton grand-père fit exactement le contraire : il usait de toutes sortes de ruses et d'astuces pour protéger ses ouvriers du pouvoir prolétaire. En même temps, il était le fournisseur attitré de l'Armée rouge de notre district.

« Un jour, il arriva qu'ayant reçu un très gros stock de blé complètement pourri le gouverneur soviétique prit peur d'être fusillé pour ne pas avoir vérifié la marchandise. Que fit-il pour sauver sa peau ? Tard dans la nuit, il donna l'ordre de déposer le blé près du moulin de papa à qui il ordonna de faire de la farine pour le lendemain, à cinq heures du matin, dernier délai.

« Papa et ses ouvriers, qui n'avaient pas remarqué

dans l'obscurité que c'était du blé frelaté, travail-
lèrent toute la nuit de sorte qu'au matin ils se retrouvèrent avec de la farine qui empestait et grouillait de
vers. Papa comprit immédiatement que cette farine,
il en était responsable, et qu'il ne lui restait plus qu'à
l'assumer ou à accuser sans preuves le gouverneur
de lui avoir livré du blé avarié : d'une manière ou
d'une autre, il était bon pour le peloton d'exécution.

« Quelle solution avait-il ? Faire porter le chapeau
à ses ouvriers ? Il décida de jeter la farine gâtée, vers
inclus, et de la remplacer par cent cinquante sacs de
fleur de farine prélevés dans ses entrepôts, rien à
voir avec la farine militaire, c'était de la farine
blanche destinée aux gâteaux et aux *khalot* du sabbat, et au matin il la remit au gouverneur sans un
mot. Le gouverneur ne dit rien lui non plus, même
s'il avait peut-être honte d'avoir fait de ton grand-
père un bouc émissaire. Mais avait-il le choix ?
Lénine et Staline n'ont jamais accepté la moindre
explication ou justification : on fusillait séance
tenante.

« Le gouverneur avait évidemment compris que ce
que papa lui livrait n'était pas son blé pourri ni de la
farine grossière, et que papa les avait sauvés tous les
deux à ses frais, le général et lui. Sans oublier les
ouvriers.

\*

« L'histoire n'est pas finie : papa avait un frère,
Mikhail, Michael, qui, par bonheur, était sourd
comme Dieu. Je dis "par bonheur" car l'oncle Mikhail avait une femme horrible, une mégère à la voix
criarde, Rachil, qui tempêtait et l'injuriait jour et
nuit, mais il n'entendait rien : il vivait dans le calme
et le silence, comme la lune dans le ciel.

« Mikhail passait son temps à tourner en rond au moulin et à boire du thé avec grand-père Éphraïm dans le bureau en se tournant les pouces, en échange du confortable salaire que lui versait papa tous les mois. Un jour, quelques semaines après l'incident de la farine avariée, Mikhail se retrouva enrôlé dans l'Armée rouge. Cette nuit-là, il rêva de Haïa, sa mère : "Lève-toi vite, mon fils, le pressait-elle, sauve-toi, ils vont te tuer demain." Il se réveilla donc de très bonne heure et s'enfuit de la caserne comme s'il avait le feu aux trousses : il était déserteur, *rastralki*. Mais les Rouges le retrouvèrent, il comparut aussitôt en cour martiale et fut condamné à être fusillé. Exactement comme l'en avait averti sa mère dans son rêve ! Sauf qu'elle avait oublié de préciser qu'au contraire il ne devait absolument pas s'échapper ni déserter !

« Quand papa alla dire adieu à son frère — que pouvait-il faire d'autre ? — et tandis que les soldats chargeaient leurs fusils, le gouverneur, celui de la farine pourrie, apparut et demanda au condamné s'il était par hasard : *ty brat* de Gertz Yefremovich, le frère d'Herz ben Éphraïm ? *"Da*, camarade général", répondit Mikhail. "C'est ton frère ?" insista le gouverneur, s'adressant à papa. "Oui, oui, camarade général ! acquiesça papa. C'est bien mon frère !" Alors le général se retourna vers l'oncle Mikhail : *"Nu, ïdï domoy ! Pochol !* Rentre chez toi ! Allez, ouste !" Et se penchant vers papa pour se mettre à l'abri des oreilles indiscrètes : *"Nu*, alors, Gertz Yefremovich ? Tu croyais que tu étais le seul à pouvoir changer de la merde en or ?"

*

« Ton grand-père était foncièrement communiste. Mais pas bolchevik. Pour lui, Staline était Ivan le

274

Terrible. C'était, comment dire, un communiste pacifiste, un narodnik, un communiste-tolstoïtchïk qui était contre l'effusion de sang. Il craignait le mal tapi dans les replis de l'âme, chez les hommes de toutes les classes : il nous répétait que se constituerait un jour un gouvernement populaire, commun à tous les honnêtes gens du monde. Il fallait d'abord abolir petit à petit les États, les armées et les polices secrètes, et ce n'est qu'après qu'on pourrait parler d'égalité entre les riches et les pauvres : taxer les uns pour donner aux autres, mais pas d'un coup, pour ne pas faire couler le sang, *mit aropfalndiker*, comme il disait, graduellement, en pente douce. Cela prendrait sept ou huit générations avant que les riches ne prennent conscience qu'ils commençaient à ne plus l'être autant. Selon lui, il était primordial de convaincre le monde que la justice était la panacée à l'iniquité et l'exploitation, les maladies de l'humanité : d'accord, c'était une potion amère, nous disait-il, un remède dangereux qu'il fallait absorber goutte à goutte pour que l'organisme s'y habitue. Si on tentait de l'avaler d'une traite, on provoquerait une catastrophe et on ferait couler le sang à flots; regardez un peu ce que Lénine et Staline ont fait à la Russie et au monde entier! Il faut reconnaître que Wall Street est un vampire qui suce le sang de la planète! Mais ce n'est pas en versant le sang que l'on peut chasser le vampire, au contraire, on ne fait que le fortifier en le nourrissant et en l'abreuvant de sang frais!

« Le problème avec Trotski, Lénine, Staline et consorts, pensait ton grand-père, c'est qu'ils avaient aussitôt essayé de refaire le monde en fonction des livres, ceux de Marx, d'Engels et d'autres penseurs de cet acabit qui connaissaient peut-être toutes les bibliothèques par cœur, mais ne savaient rien de la vie, de la méchanceté, la jalousie, la mesquinerie et la joie sardonique. On ne pourra jamais jamais programmer la vie conformément à un livre ! Aucun livre ! Ni notre *Shoulhan Aroukh,* ni Jésus-Christ, ni le manifeste de Marx ! Jamais ! Mieux vaut organiser moins et s'entraider plus ou même compatir un peu, répétait-il. Il croyait en deux choses, ton grand-père : la compassion et la justice, *derbaremen un gerekhtikeyt.* Mais il était d'avis que l'une n'allait pas sans l'autre : la justice sans la compassion, c'était l'abattoir. La compassion sans la justice, c'était peut-être bon pour Jésus mais pas pour les gens simples qui ont mangé la pomme du mal. C'était son point de vue : un peu moins d'organisation et un peu plus de compassion.

\*

« Devant "l'entrée noire", le *tchyorny hod,* poussait un *kachtan,* un superbe marronnier, un vieil arbre magnifique qui ressemblait un peu au roi Lear et sous lequel papa avait installé un banc pour nous trois — "le banc des sœurs", comme on l'appelait. Quand il faisait beau, on s'asseyait là pour imaginer à haute voix ce que nous réservait l'avenir. Laquelle serait ingénieur, poète ou savante, comme Marie Curie ? Nous ne rêvions pas, comme les filles de notre âge, de maris fortunés et illustres puisque notre famille était déjà aisée et que nous n'avions pas envie d'épouser de plus riches que nous.

« Si nous devions tomber amoureuses, ce ne serait pas d'un comte ou d'un acteur connu, mais d'un homme capable de grands sentiments, un artiste célèbre par exemple, même s'il n'avait pas le sou. C'était sans importance. Nous étions si ignorantes !

Comment pouvions-nous nous figurer que les artistes étaient si vils, de vrais porcs ? Pas tous ! Loin de là ! Heureusement ! Aujourd'hui, je pense que les grands sentiments, etc., ce n'est pas l'essentiel dans la vie. Au contraire. Les sentiments, c'est comme une meule de foin en feu : ça brûle un moment, et puis il ne reste que de la suie et de la cendre. Sais-tu ce qui importe ? Ce qu'une femme recherche chez un homme ? C'est une qualité qui n'a rien d'époustou-flant mais qui est plus précieuse que l'or : la droi-ture. Et peut-être la générosité aussi. Aujourd'hui, tu sais, j'attache plus d'importance à la droiture qu'à la générosité ; la droiture c'est le morceau de pain. La générosité, c'est le beurre. Ou le miel.

*

« Dans l'allée qui traversait le verger, il y avait deux bancs en vis-à-vis où il faisait bon s'isoler si l'envie nous prenait de méditer dans le silence, lorsque les oiseaux se taisaient et que le vent cessait de murmurer dans les branches.

« En bas, au bout du terrain, se dressait un petit pavillon qu'on appelait *offitsina* : l'une des pièces était occupée par un grand chaudron noir où l'on faisait bouillir la lessive. On y jouait à la méchante sorcière, Baba Yaga, qui emprisonnait les enfants qu'elle faisait cuire dans une marmite. Il y avait éga-lement un petit réduit où logeait le *storoj*, le gardien du parc. Derrière le bungalow se trouvait l'étable qui abritait le phaéton — la voiture de papa — et un grand cheval bai. À côté était rangé le traîneau dont des patins métalliques remplaçaient les roues et dans lequel Philippe, le cocher, ou Anton, son fils, nous conduisait à l'école l'hiver, quand il neigeait ou que le sol était verglacé. Parfois, nous emmenions avec nous Hémie, le fils de Rucha et Arié Leib Pisiuk : ils étaient très riches et possédaient une brasserie qui fournissait tout le district, une très grande fabrique dirigée par le grand-père d'Hémie, Herz Meir Pisiuk. La famille Pisiuk recevait les hôtes illustres de passage à Rovno, Bialik, Jabotinsky, Tchernichovsky. Je crois qu'Hémie Pisiuk a été le premier amour de ta mère. Fania avait peut-être treize ou quinze ans, et elle voulait toujours partager le phaéton ou le traîneau avec Hémie sans moi, et je faisais exprès de me serrer entre eux deux, je devais avoir dans les neuf ou dix ans, et je ne les laissais jamais tranquilles, une vraie petite sotte. C'est comme ça qu'on me surnommait. Pour faire enrager Fania, je l'appelais Hémuchka, qui vient de Hémie. Néhémie. Hémie Pisiuk est parti faire ses études à Paris où ils l'ont tué. Les Allemands.

« Papa, ton grand-père, avait beaucoup d'affection pour le cocher, Philippe, il aimait les chevaux aussi, et même le forgeron qui venait graisser les essieux de la voiture, mais tu sais quoi ? Il y avait une chose qu'il haïssait, c'était de rouler derrière son cocher ukrainien, emmitouflé dans une fourrure au col de renard comme un boyard, il détestait ça, ton grand-père : il préférait marcher à pied. Il n'aimait pas être riche. Entre sa voiture, son fauteuil, les buffets et les lustres de cristal, il avait l'impression de jouer la comédie.

« Des années plus tard, alors que, ruiné, il était arrivé en Israël pratiquement les mains vides, il n'avait jamais pensé que c'était une catastrophe. Sa fortune ne lui manquait pas. Au contraire : on aurait dit qu'il était soulagé. Il se sentait à l'aise dans son maillot de corps gris, transpirant sous le soleil, avec un sac de farine de trente kilos sur le dos. Mais mama souffrait, elle le maudissait, elle criait, elle l'injuriait, comment avait-il pu tomber si bas ? Où étaient les fauteuils, les cristaux, les lustres ? ! Pourquoi, à son âge, devait-elle vivre comme un moujik, une *hoholka*, une Ukrainienne, sans cuisinière, sans coiffeuse et sans couturière ! ? Quand allait-il se reprendre en main, construire ici, à Haïfa, une autre minoterie et mener à nouveau grand train ? Elle était comme la femme du pêcheur du conte, mama. Mais je ne lui en veux pas. Que Dieu lui pardonne aussi. Et Il aura bien de la peine ! Que Dieu me pardonne de parler ainsi de ma mère, qu'elle repose en paix. Papa a vécu l'enfer toute sa vie. Pendant les quarante ans qu'ils ont vécu ici, elle lui a mené la vie dure du matin au soir. Ils avaient déniché une misérable petite baraque dans un terrain vague, derrière Qiryat-Motskin, une seule pièce sans eau et sans toilettes, avec un toit en toile goudronnée — tu te rappelles la cabane de papa et mama ? Oui ? L'unique robinet était dehors, au milieu des ronces, l'eau était rouillée et les WC étaient un trou creusé dans le sol, dans un cagibi en planches que papa avait construit derrière.

« Ce n'est peut-être pas entièrement de la faute de mama si elle lui a empoisonné la vie. Elle était terriblement malheureuse. Mais elle était malheureuse par nature, de toute façon. Elle était née comme ça. Elle l'était malgré les lustres et les cristaux. En plus, elle était du genre à rendre malheureux les autres, c'était bien sa chance, à ton grand-père !

« À peine débarqué, papa trouva du travail à Haïfa, à la boulangerie Pat. Ensuite, il fut cocher dans la baie de Haïfa : on avait remarqué qu'il s'y connaissait en blé, en farine et en pain, mais pour autant, on ne le laissa pas moudre ou pétrir, mais se coltiner des sacs de farine et livrer le pain avec sa carriole, tirée par un cheval. Ensuite, il travailla des années à la fonderie Vulcan pour laquelle il transportait des charpentes métalliques de toutes les formes et de toutes les tailles.

« Il lui arrivait de t'emmener avec lui dans sa charrette autour de la baie de Haïfa : tu t'en souviens ? Oui ? Dans sa vieillesse, il gagnait sa vie en apportant des planches d'échafaudages ou du sable sur les chantiers.

« Je te revois assis à côté de lui, *katanchïk*, maigrichon, tendu comme un élastique, quand papa te laissait tenir les rênes. La scène est restée gravée dans ma mémoire : tu étais livide comme une feuille de papier alors que ton grand-père était toujours très bronzé et robuste, même à soixante-dix ans, il était encore vigoureux et il avait le teint mat, comme un Indien, on aurait dit un prince hindou, un maharajah avec des yeux bleus pétillants de malice. Toi, tu étais assis sur le siège du cocher dans ton petit tricot de corps blanc, et il se tenait à tes côtés avec son maillot tout gris et maculé de sueur. Il était heureux, content de son sort, il aimait le soleil et le travail physique, son métier de charretier lui plaisait, il avait eu toute sa vie une préférence pour le prolétariat et, à Haïfa, il était très satisfait d'être redevenu un prolétaire, comme au début, quand il était apprenti au domaine de Vilchov. Il jouissait probablement plus de la vie comme cocher que lorsqu'il était un riche minotier et propriétaire terrien à Rovno. Tu étais un enfant réfléchi qui n'était pas fait pour le soleil, un petit garçon trop sérieux, à sept ou huit ans, perché là-haut, tout crispé à côté de lui, les rênes t'effrayaient, tu souffrais de la chaleur et des mouches et tu avais même un peu peur de la queue du cheval qui fouettait l'air. Mais quoi ? Tu te dominais courageusement sans te plaindre. Je m'en souviens comme si c'était hier. Le grand tricot gris et le petit maillot blanc . je me disais alors que tu ressemblerais davantage aux Klausner qu'aux Mussman. Mais aujourd'hui, je n'en suis plus aussi sûre. »

## 23

« Je me souviens des grandes discussions que
nous avions avec nos camarades et les professeurs
du lycée, et à la maison aussi, sur des sujets aussi
divers que la justice, le destin, la beauté ou Dieu.
Dans notre génération, les débats de ce genre étaient
monnaie courante, bien plus qu'aujourd'hui. Nous
évoquions évidemment aussi Eretz-Israël, l'assimilation, les partis politiques, la littérature, le socialisme
et les maladies du peuple juif. Surtout Haïa, Fania et
leurs amis. Pas tellement moi, parce que j'étais la
petite sœur à qui l'on disait : écoute et tais-toi. Haïa
était cheftaine, ou secrétaire, de l'organisation de la
jeunesse sioniste. Ta mère faisait partie de l'Hashomer Hatsaïr, comme moi, trois années plus tard.
Chez les Klausner, il valait mieux ne pas évoquer
l'Hashomer Hatsaïr. Ils ne voulaient même pas que
tu en entendes parler, car ils avaient très très peur
que le rouge ne déteigne sur toi.

« Un jour, c'était peut-être en hiver, à Hanoukka,
nous avions eu un débat houleux, qui avait duré des
semaines, sur le problème de l'hérédité face au libre
arbitre. Je me rappelle très bien que ta mère avait
déclaré quelque chose de bizarre, que si l'on ouvrait
le crâne d'un homme pour en sortir son cerveau, on

découvrirait un chou-fleur. Même Chopin ou Shakespeare.

« Je ne sais plus dans quel contexte Fania avait dit ça, mais je me rappelle qu'on avait piqué un de ces fous rires, on ne pouvait plus s'arrêter, j'en avais les larmes aux yeux, mais elle n'avait même pas souri. Fania avait l'habitude de dire très sérieusement des choses qui, elle le savait, amuseraient la galerie, mais elle ne se joignait pas aux autres. Elle riait toute seule quand ça lui chantait et que personne ne s'y attendait. Cela lui arrivait d'ailleurs rarement. Mais lorsque Fania riait à propos de quelque chose, alors tout le monde comprenait brusquement que c'était drôle et l'imitait.

« "Un chou-fleur gros comme ça, avait-elle dit en esquissant un geste des deux mains, où pénètrent miraculeusement le ciel, la terre, le soleil et les étoiles, la pensée de Platon, la musique de Beethoven, la Révolution française, l'œuvre de Tolstoï, l'Enfer de Dante, les déserts et les océans, sans parler des dinosaures et des baleines, il y a de la place pour tout dans ce chou-fleur, les espoirs de l'humanité, les désirs, les erreurs et les phantasmes, on peut y faire entrer n'importe quoi, même l'énorme verrue noire et poilue qui pousse au menton de Bashka Dourashka." Quelle rigolade au moment où Fania avait mentionné l'immonde poireau de Bashka juste après Platon et Beethoven — ta mère était la seule qui ne riait pas, elle nous regardait avec stupeur, comme si ce n'était pas son chou-fleur qui était comique, mais nous.

*

« Plus tard, Fania m'avait envoyé une lettre philosophique de Prague, où elle faisait ses études,

— j'avais dans les seize ans et elle dix-neuf, et elle était peut-être un peu trop condescendante dans ses lettres parce qu'on me considérait toujours comme une petite sotte — mais je me souviens que la lettre était longue et détaillée et traitait de l'hérédité par opposition à l'environnement et au libre arbitre.

« Je vais essayer de te la résumer, à ma manière, évidemment, pas à celle de Fania : ce que ma sœur pouvait exprimer avec des mots, je ne connais pas beaucoup de gens qui en sont capables. Voilà à peu près ce qu'elle disait : l'héritage, comme le milieu où nous avons grandi et notre statut social, sont des cartes qu'on nous distribue à l'aveuglette au début du jeu. Il n'y a aucune liberté là-dedans : on se contente de prendre ce que le monde nous donne arbitrairement. Mais, poursuivait ta mère, la question est de savoir comment chacun dispose des cartes qu'il a reçues. Il y en a qui jouent formidablement avec des cartes médiocres, et d'autres qui font exactement le contraire : ils gaspillent et perdent tout, même avec des cartes exceptionnelles ! Voilà où réside notre liberté : nous sommes libres de jouer avec les cartes que l'on nous a distribuées. Et nous sommes également libres d'y jouer comme nous l'entendons, en fonction — là est l'ironie — de la chance de chacun, de sa patience, de son intelligence, son intuition ou son audace : vertus qui sont également des cartes distribuées au hasard au début du jeu. Que reste-t-il donc de la liberté de choix, dans ce cas ?

« Pas grand-chose, selon ta mère, sauf peut-être la liberté de rire de notre situation ou de la déplorer, de jouer ou de ne plus jouer, d'essayer plus ou moins de comprendre les tenants et les aboutissants ou d'y renoncer, bref — nous avons le choix entre passer notre vie sur le qui-vive ou dans l'inertie. C'est en

gros ce que disait ta mère, mais avec mes mots à moi.
Pas les siens. Avec les siens, je n'en suis pas capable.

*

« En parlant du destin, du libre choix et des cartes,
j'ai une autre histoire à te raconter : Philippe, notre
*kutsher*, le cocher ukrainien de la famille Mussman,
avait un fils au teint mat, très beau, qui s'appelait
Anton — il avait les yeux noirs, brillants comme des
diamants noirs, une bouche aux commissures légèrement tombantes, de dédain ou d'un trop-plein d'énergie, de larges épaules, une voix de basse, un vrai
taureau, les vitres du buffet en tremblaient quand il
élevait le ton. Lorsqu'il croisait une fille dans la rue, il
ralentissait délibérément l'allure tandis que la fille
hâtait inconsciemment le pas en respirant un peu
plus vite. Je me rappelle que nous nous moquions de
celle d'entre nous — nos sœurs ou nos amies — qui
ajustait son chemisier un petit peu comme ci ou
comme ça, piquait une fleur dans ses cheveux ou
mettait une jupe plissée amidonnée avec des socquettes immaculées en l'honneur d'Anton.
  « Rue Dubinska, nous avions pour voisin l'ingénieur Stiletsky, le neveu de la princesse Ravzova chez
qui on avait envoyé ton grand-père à l'âge de douze
ans. C'était le fameux ingénieur qui avait créé le moulin, celui pour qui papa travaillait au début avant de
diriger la minoterie qu'il avait fini par lui racheter. Je
me rappelle encore son nom complet, ingénieur
Constantin Semyonovich Stiletsky. Sa femme, Irina,
Irina Matveyevna, qu'on appelait Ira, avait quitté un
beau jour son mari et ses deux enfants, Senïa et Kira,
pour aller s'installer avec sa petite valise bleue en
face, dans la cabane qu'Anton, le fils de Philippe, le
cocher, s'était construite derrière notre cour, au bout

du terrain. En fait, c'était plutôt un champ où paissaient des vaches. Il faut dire qu'elle avait de bonnes raisons de prendre la fuite : son mari avait beau être un génie, c'était un ivrogne, un bavard, un sentimental qui l'avait perdue je ne sais combien de fois aux cartes, en d'autres termes, il s'en servait de monnaie d'échange pour payer ses dettes, si tu vois ce que je veux dire : il la cédait pour la nuit à ceux qui l'avaient battu aux cartes.

« Un jour que j'avais questionné ma mère à ce sujet, elle avait blêmi et m'avait répondu, affolée : "Malheur ! Sonietchka ! Tu devrais avoir honte ! Cesse immédiatement de penser à des choses vilaines et pense uniquement à de belles choses, tu entends ? Écoute, Sonietchka, une jeune fille qui a de mauvaises pensées, il lui pousse immédiatement des poils partout, sa voix mue, elle devient grave et moche, comme celle d'un homme, et plus personne ne voudra plus l'épouser !"

« Voilà comment on nous élevait, à l'époque. Mais, si tu veux le savoir, je n'avais pas la moindre envie de songer à cette femme qu'on obligeait à aller s'offrir, la nuit, à je ne sais quel horrible ivrogne, dans une masure sale, ni de penser au sort de tant d'épouses que leurs maris perdaient au jeu. Sauf qu'il ne s'agissait pas de la télévision où il suffit de presser le bouton pour ne pas voir un programme affreux et passer à autre chose. Non ! Les pensées laides étaient plutôt comme des vers malfaisants dans le chou-fleur ! »

*

La tante Sonia se souvenait d'Ira Stiletsky comme d'une personne délicate, une miniature de femme, avec des traits agréables et l'air un peu déconcerté ou surpris : « On aurait dit qu'elle venait d'apprendre que Lénine l'attendait dans la cour pour lui parler.

« Elle vécut quelques mois, peut-être six, avec Anton, et pendant ce temps-là l'ingénieur, son mari, défendait aux enfants de l'approcher ou de répondre quand elle tentait de leur parler, mais tous les jours ils la voyaient de loin et elle aussi. Stiletsky, le mari, l'apercevait lui aussi de l'autre côté, dans la cabane du fils du cocher. Anton aimait soulever Ira à bout de bras, comme un petit chien — après deux grossesses, elle avait encore la taille de guêpe d'une adolescente de seize ans — il la faisait tournoyer en l'air, la lançait et la rattrapait, hop, hop, hopa, et Ira hurlait de peur en le frappant de ses petits poings qui devaient à peine le chatouiller. Anton était fort comme un bœuf : à mains nues, il redressait le timon de notre voiture quand il était un peu tordu. C'était une tragédie silencieuse : Ira Stiletskaïa avait constamment devant les yeux sa maison, ses enfants et son mari, de même qu'ils la voyaient de loin eux aussi.

« Un jour, la pauvre femme, qui buvait comme un trou — dès le matin, elle était ivre — guetta près du portail sa petite fille Kira qui rentrait de l'école. Comme je me trouvais par hasard dans les parages, j'avais tout vu : Kirouchka n'avait pas laissé sa mère la prendre dans ses bras, car son père le lui avait expressément défendu. Craignant son papa, la petite avait même eu peur de parler à sa mère, elle l'avait repoussée, lui avait donné des coups de pied et elle avait hurlé "au secours" jusqu'à ce que ses cris alertent Casimir, le régisseur des Stiletsky, qui était sorti sur le perron. Il s'était mis à gesticuler et à vociférer comme s'il chassait une poule. Je n'oublierai jamais ce spectacle : Ira Stiletskaïa s'éloignant en larmes, elle ne pleurait pas silencieusement comme une dame, non, elle sanglotait comme une servante, une paysanne, avec des hoquets terrifiants, inhumains, on aurait dit une chienne qui voit son petit se faire massacrer sous ses yeux.

« Il y a quelque chose comme ça chez Tolstoï, tu t'en souviens certainement, c'est dans *Anna Karenine*, quand Anna retourne chez elle à l'heure où Karenine est au bureau, au ministère, elle réussit à s'introduire dans la maison qui fut autrefois la sienne, et elle se fait refouler par les servantes. Sauf que chez Tolstoï la scène est moins cruelle qu'elle ne l'a été chez nous : au moment où Irina Matveyevna s'échappait, elle était passée à côté de moi, aussi près que là où tu es assis maintenant, n'oublie pas que nous étions voisins, mais elle ne m'avait pas dit bonjour, et en entendant ses cris d'animal blessé, en sentant son haleine, je m'étais aperçue qu'elle n'avait plus toute sa tête. Dans son regard, ses sanglots, sa démarche, j'avais clairement vu le présage de la mort.

« Et en effet, quelques semaines ou quelques mois plus tard, Anton s'en était débarrassé, ou plutôt il était parti dans un village quelconque et Irina était rentrée à la maison, à genoux elle avait supplié son mari de lui pardonner et il avait bien voulu la reprendre, mais pas pour longtemps : elle faisait de fréquents séjours à l'hôpital, jusqu'au jour où des infirmiers étaient venus, ils lui avaient bandé les yeux, attaché les mains et ils l'avaient emmenée de force à l'asile de Kovel. Je revois ses yeux en te parlant, c'est étrange, quatre-vingts ans plus tard, après la Shoah, les guerres, le terrible drame qui a frappé notre famille, alors que tout le monde est mort à part moi, ses yeux me transpercent encore le cœur, comme deux aiguilles à tricoter pointues.

*

« Et puis Ira retourna chez elle, chez Stiletsky, elle s'était calmée, elle s'occupait des enfants, elle planta même de nouveaux rosiers dans le jardin, elle nourrissait les oiseaux, les chats, et un jour elle s'enfuit de nouveau dans la forêt et, quelque temps après qu'on l'eut retrouvée, elle prit un bidon d'essence et s'en fut à la cabane d'Anton dans le pré, avec son toit de toile goudronnée, Anton n'y habitait plus depuis longtemps, elle jeta une allumette et y mit le feu avec toutes les hardes qu'elle contenait, et elle brûla avec. L'hiver, je m'en souviens, quand un manteau de neige immaculée recouvrait tout, on aurait dit que les murs noircis de la bicoque incendiée se dressaient dans la neige vers les nuages et la forêt comme des doigts carbonisés.

« Par la suite, l'ingénieur Stiletsky avait complètement déraillé, il était devenu fou, il s'était remarié, il n'avait plus un sou et il avait fini par vendre à papa sa part du moulin. Avant, ton grand-père avait pu racheter celle de la *knïazhna*, la princesse Ravzova. Dire qu'il avait commencé chez elle comme simple apprenti, presque un esclave, un pauvre gamin de douze ans et demi qui avait perdu sa mère et que sa marâtre avait flanqué à la porte.

« Regarde les étranges cycles du destin : toi aussi tu as perdu ta mère à douze ans et demi. Comme ton grand-père. Mais on ne t'a pas donné à une châteleine à moitié folle. On t'a envoyé dans un kibboutz, comme externe. Ne crois pas que je ne sais pas ce que ça signifie : ce n'était certainement pas le paradis là-bas. À quinze ans, ton grand-père dirigeait la minoterie de la princesse Ravzovna pratiquement tout seul, et toi, au même âge, tu écrivais des poèmes. Quelques années plus tard, il devenait propriétaire du moulin à part entière, lui qui avait toujours méprisé la propriété. Ce n'était pas seulement du mépris : il étouffait presque. Mon père, ton grand-père, avait beaucoup de qualités : la persévérance, l'inspiration, la grandeur d'âme et une certaine sagesse. Mais il n'a pas eu de chance. »

## 24

« Le parc était entouré d'une palissade que l'on repeignait en blanc une fois l'an, au printemps. On badigeonnait de même les troncs des arbres pour les protéger des vers. La clôture était percée d'une petite *kalitke*, un portillon, qui ouvrait sur une *plashadka*, une sorte de terre-plein ou de place. Chaque lundi, des *tsiganki*, des bohémiens, s'y rassemblaient. Ils y garaient leur roulotte — une voiture peinte de toutes les couleurs, richement décorée, avec de grandes roues — et ils y montaient aussi une vaste tente en toile goudronnée. De superbes gitanes se glissaient pieds nus dans les cuisines où elles proposaient de tirer les cartes, récurer les WC ou chanter pour quelques sous, et lorsqu'on ne faisait pas attention, elles en profitaient pour chaparder un peu. Elles entraient chez nous par la porte de service, le *tchyorny hod* dont je t'ai parlé, sur le côté de la maison.

« Cette porte donnait directement sur la cuisine, qui était immense, plus grande que cet appartement, avec une table au milieu où l'on pouvait réunir seize personnes. Il y avait un fourneau à douze flammes de toutes les tailles, des placards peints en jaune et quantité de porcelaines et de cristaux. Je me souviens d'un immense plat oblong dans lequel on servait un poisson entier, enveloppé dans des feuilles et accompagné de riz et de carottes. Qu'est-il devenu? Comment savoir? Peut-être décore-t-il aujourd'hui le bahut d'un gros khokhol? Et il y avait aussi une petite estrade, installée dans un coin, une sorte de podium, où était juché un fauteuil à bascule, recouvert d'une tapisserie brodée, à côté duquel était posée une table basse supportant une infusion de fruits dans un verre — c'était le trône de mama, ta grand-mère : quand elle n'y était pas assise, debout, tel un capitaine sur la passerelle de son bateau, elle s'y accoudait pour donner ses ordres et ses instructions à la cuisinière, à la servante ou à ceux qui pénétraient dans la cuisine. Mais pas seulement : cette plate-forme était orientée de telle sorte que, de là, elle avait un superbe point de vue, par la porte intérieure, sur le couloir et les chambres, à gauche, et un excellent point d'observation par la lucarne, à droite, sur toute la façade latérale, la salle à manger, la chambre de bonne, où logeaient Xenia et sa fille, la jolie Dora. Voilà comment de son perchoir, surnommé la colline de Napoléon, elle surveillait ses multiples champs de bataille.

« De temps en temps, mama cassait des œufs dans une coupe et elle nous obligeait, Haïa, Fania et moi, à avaler les jaunes tout crus, et nous étions obligées de gober à haute dose cette chose jaune gluante et répugnante que nous détestions, parce qu'on croyait, à l'époque, que le jaune d'œuf immunisait contre les maladies. Remarque, c'est peut-être vrai, qui sait? Le fait est que nous étions rarement malades. Le cholestérol, on n'en avait jamais entendu parler. C'est Fania que mama gavait d'abord parce qu'elle était pâle et délicate.

« De nous trois, c'est elle qui souffrait le plus à

cause de notre mère, une femme criarde et autoritaire comme un adjudant. Du matin au soir, elle transmettait ses consignes et ses directives et donnait des ordres tout en sirotant sa tisane. Elle avait des manies d'avare, elle était d'une pingrerie morbide qui exaspérait papa, mais le plus souvent il s'abstenait de réagir et démissionnait, ce qui nous horripilait : nous étions de son côté car il était dans son bon droit. Mama recouvrait toujours les fauteuils et les beaux meubles avec des draps : on aurait dit que le salon était peuplé de fantômes. Le moindre grain de poussière la terrifiait. Et l'idée que des enfants piétineraient ses fauteuils avec des chaussures sales était sa hantise.

« Mama ne sortait les cristaux et la porcelaine que lorsqu'il y avait des invités de marque ou pour Pessah et Roch Hachanah, occasions pour lesquelles elle ôtait aussi les housses des meubles du salon. On détestait ça. Surtout ta mère qui ne supportait pas cette hypocrisie : respecter la *cachrout* au petit bonheur, aller à la synagogue quand ça vous chantait, étaler sa richesse ou la dissimuler sous des linceuls blancs. Fania prenait bec et ongles la défense de papa contre mama. Je pense d'ailleurs que c'était elle qu'il préférait, même si je n'ai pas de preuve, car il n'était pas homme à faire du favoritisme et il avait un sens aigu de la justice et des abus. Je n'ai jamais rencontré personne qui ait horreur de blesser quelqu'un autant que ton grand-père. Même les individus les plus méprisables. Dans le judaïsme, on considère que l'offense est pire que l'effusion de sang, et papa n'aurait pas pu froisser qui que ce soit. En aucun cas. Au grand jamais.

« Mama se disputait avec papa en yiddish : ils parlaient un mélange de russe et de yiddish, mais ils ne se chamaillaient qu'en yiddish. Avec nous, les filles, avec l'associé de papa, les locataires, la servante, la cuisinière et le cocher, ils employaient le russe. Avec les autorités, ils recouraient au polonais. Après l'annexion de Rovno à la Pologne, le nouveau régime avait exigé que tout le monde parle polonais.

« Au lycée "Tarbout", les élèves et les professeurs ne parlaient pratiquement que l'hébreu. À la maison, nous nous servions alternativement de l'hébreu et du russe. L'hébreu, c'était pour que les parents ne comprennent pas. On ne s'exprimait jamais en yiddish. On ne voulait pas ressembler à mama : pour nous, le yiddish était lié aux réprimandes, aux disputes et aux ordres. Tout ce que papa gagnait à la sueur de son front, à la minoterie, elle le lui extorquait pour se payer de luxueuses toilettes très chères. Qu'elle ne mettait pratiquement jamais, elle était si radine que, par économie, elle les rangeait au fond de son armoire, et elle se promenait à la maison dans une vieille robe de chambre gris souris. Deux fois l'an seulement, elle se parait comme le carrosse du tsar pour se rendre à la synagogue ou à un bal de charité : pour que toute la ville en crève de jalousie. En même temps, elle nous accusait de ruiner papa.

« Fania, ta mère, voulait qu'on lui adresse la parole avec calme et pondération et non qu'on lui crie après et qu'on l'accable de reproches. Elle aimait expliquer le pourquoi et le comment des choses et s'attendait à la pareille. Elle était allergique aux ordres. Qu'elle refusait de donner ou de recevoir. Elle rangeait sa chambre comme elle l'entendait — elle avait toujours été une enfant très soigneuse — mais si on y touchait, elle se vexait en ravalant son humiliation. Elle se dominait trop : je ne l'ai jamais entendue élever la voix. Ou fulminer. Elle s'abstenait de relever des offenses qu'à mon avis elle n'aurait jamais dû passer sous silence.

*

« Il y avait dans un coin de la cuisine un grand four où, pour s'amuser, on avait le droit d'enfourner le pain du sabbat avec la *lopete*, la pelle : on jouait à précipiter dans les flammes Baba-Yaga, la méchante sorcière, et le *tchyorny tchyort*, le diable noir. Il y avait aussi un fourneau plus petit, avec quatre flammes et deux *doukhovki*, deux compartiments où l'on faisait cuire les biscuits et la viande. Les trois immenses fenêtres qui donnaient sur le verger étaient presque toujours couvertes de buée ou de vapeur, une sorte de brume due à la chaleur de la cuisson. On entrait à la salle de bains par la cuisine : pratiquement personne ne possédait une salle de bains à Rovno. Les riches avaient une sorte de cabane dans la cour, derrière la maison, avec un baquet en bois qui servait à la fois à la lessive et au bain. Nous étions les seuls à jouir d'une salle de bains que nous enviaient nos camarades. Nos amies l'appelaient "les délices du sultan".

« Quand on voulait prendre un bain, on fourrait dans l'orifice béant sous le chaudron quelques bûches et de la sciure de bois, on allumait et on attendait une heure, une heure et demie que le chaudron chauffe comme il fallait. Il y avait assez d'eau chaude pour six ou sept bains. D'où venait l'eau ? Il y avait dans la cour voisine une sorte de *kolodétz*, un puits, que l'on fermait pendant que Philippe, Anton ou Vassia actionnaient la pompe à bras, qui grinçait horriblement, pour remplir notre chaudron.

« Je me rappelle qu'un jour, la veille de Kippour, après le dernier repas, deux minutes avant le début du jeûne, papa m'avait dit : "*Surele mayn tekhterl*, Sourélé ma fille, va me chercher un verre d'eau au puits, s'il te plaît." Il avait mis trois ou quatre morceaux de sucre dans le verre que je lui avais apporté, il n'avait pas remué avec une petite cuillère mais avec l'auriculaire, ensuite il l'avait bu et déclaré : "Maintenant, grâce à toi, Sourélé, le jeûne sera un peu plus facile." Mama m'appelait Sonietchka, les professeurs Sarah, et pour papa j'étais toujours Sourélé.

« Papa aimait parfois remuer comme ça, avec son petit doigt, ou manger avec les mains, comme lorsqu'il était un ouvrier. Il avait gardé ses opinions et ses habitudes de quand il était prolétaire. J'étais petite à l'époque, je devais avoir cinq ou six ans. Je ne peux pas t'expliquer, moi-même je ne le comprends pas, à quel point j'étais contente ! Quel bonheur m'avaient procuré ces quelques mots : grâce à moi, le jeûne allait être plus facile, la preuve, maintenant encore, quatre-vingts ans après, je ressens la même joie chaque fois que je m'en souviens.

« Mais il doit y avoir dans le monde un sentiment contraire, un plaisir noir que l'on retire à faire du mal à autrui — on doit apparemment en éprouver aussi une certaine satisfaction. Papa disait qu'on n'avait pas été chassés du paradis parce qu'on avait mangé de l'arbre de la connaissance mais de l'arbre du mal. Comment expliquer autrement le plaisir noir ? Le fait qu'on ne se réjouit pas de ce qu'on a mais seulement de ce qu'on a et que n'ont pas les autres ? Que les autres nous envient ? Qu'ils aillent mal ? Papa répétait que toute tragédie comportait une part de comédie et qu'une catastrophe offrait toujours un soupçon de satisfaction à celui qui y était étranger. Dis-moi, c'est vrai qu'en anglais il n'existe pas de mot pour traduire "malin plaisir" ?

*

« La chambre de Xenia et de sa fille, Dora, que
Xenia avait probablement eue avec le propriétaire
précédent, Lebedevski, l'ancien maire de Rovno, faisait face à la salle de bains, de l'autre côté de la cuisine, à gauche donc. Je pense que, dans le contrat de
vente que papa avait signé à Lebedevski, il y avait une
clause lui interdisant de chasser Xenia Dimitriovna,
Dora et Lioubov Nikitichna, l'aristocrate qui vivait
avec ses deux filles derrière le rideau, au bout du couloir. Tu te rappelles quand j'habitais chez vous, à
Jérusalem, rue Amos, où il n'y avait qu'une cloison de
séparation ? J'étais infirmière à l'hôpital Hadassah et
Bouma venait me voir de Tel-Aviv chaque vendredi
soir et les samedis. J'avais une espèce de réduit, sans
fenêtre, et en me souvenant de la comtesse, je m'étais
installé au moyen d'une armoire et d'une tenture une
sorte de coin cuisine avec un réchaud à pétrole, une
bouilloire et une corbeille à pain.

« Dora était très belle, avec son visage de madone,
ses formes rondes et sa taille fine. Elle avait de
grands yeux noisette, des yeux de biche, mais elle
était un peu simple d'esprit : à quatorze ou seize ans,
elle s'était amourachée d'un goy beaucoup plus
vieux qu'elle, un homme du nom de Krynicki, apparemment l'amant de sa mère, Xenia. Pan Krynicki
habitait la rue principale Czecziego, à l'angle de la
rue Niemiecka, à côté de la poste, en face de la brasserie Pisiuk.

« Xenia ne préparait pour Dora qu'un repas par
jour, le dîner, pendant lequel elle lui racontait une
histoire à épisodes que nous n'aurions manqué sous
aucun prétexte car Xenia avait le chic d'inventer des
récits à vous faire dresser les cheveux sur la tête, et
je n'ai d'ailleurs plus jamais rencontré quelqu'un

d'aussi doué qu'elle. Il y en a une que je n'ai pas oubliée : il y avait une fois un idiot de village nommé Ivanouchka Dourachok, Ivanouchka le Niais, que sa mère envoyait chaque jour apporter leur repas à ses frères aînés qui travaillaient dans les champs, de l'autre côté du pont. Ivanouchka, qui était bête et paresseux, n'avait à manger qu'une tranche de pain pour toute la journée. Un jour une brèche s'était ouverte sur le pont, sur la digue plutôt, par laquelle l'eau s'engouffrait et menaçait de submerger toute la vallée. Ivanouchka, qui passait justement par là, prit le bout de pain que lui avait donné sa mère et boucha le trou avec, pour que l'eau n'envahisse pas la vallée. Le vieux roi, qui avait assisté à la scène, très surpris, demanda à Ivanouchka pourquoi il avait agi ainsi. Mais, Votre Majesté, répondit Ivanouchka, je l'ai fait pour empêcher l'inondation, sinon tout le monde aurait été noyé, à Dieu ne plaise. Et ce morceau de pain, c'était tout ce que tu avais pour déjeuner ? questionna le vieux roi. Alors que vas-tu manger aujourd'hui ? *Nu*, quelle importance si je ne mange pas aujourd'hui, Votre Majesté ? D'autres mangeront, et je mangerai demain ! Le vieux roi n'avait pas d'enfants, et il fut si impressionné par ce qu'Ivanouchka avait accompli et par sa réponse qu'il décida sur-le-champ d'en faire son héritier — le roi Dourak, le roi Niais — et même quand Ivanouchka monta sur le trône, tout le monde continua à se moquer de lui, le pays entier se gaussait de lui, et même lui : assis sur son trône, il faisait des grimaces à longueur de journée. Mais, petit à petit, il se trouva que, sous le règne de Ivanouchka le Niais, il n'y avait jamais de guerre, car il ne savait pas ce que signifiaient un affront, la vengeance et la rancune ! À la fin, naturellement, des généraux l'assassinèrent, ils prirent le pouvoir et ils s'offusquèrent de l'odeur d'étable, portée par le vent par-delà la frontière de l'État voisin, auquel ils déclarèrent la guerre et où tout le monde fut tué, et même la digue sauta, celle que le roi Ivanouchka Dourachok avait colmatée autrefois avec une tranche de pain, de sorte que tout le monde se noya joyeusement et que les deux nations furent englouties. »

*

Quelques dates : mon grand-père, Naftali Herz Mussman, est né en 1889. Grand-mère Itta en 1891. La tante Haïa en 1911. Fania, ma mère, en 1913. La tante Sonia en 1916. Les trois filles Mussman fréquentèrent le lycée « Tarbout » de Rovno. Ensuite, Haïa et Fania étudièrent pendant un an, à tour de rôle, dans un établissement privé polonais où elles décrochèrent leur baccalauréat afin de pouvoir s'inscrire à l'université de Prague, car, dans la Pologne antisémite de la fin des années vingt, les Juifs ne pouvaient pratiquement pas entrer à l'université. En 1933, ma tante Haïa immigra en Israël où elle joua un certain rôle dans le parti du « Travailleur sioniste » et dans la cellule de Tel-Aviv de « L'organisation des mères au travail ». C'est ainsi qu'elle fit la connaissance de quelques-unes des grandes figures du yishouv. Elle eut des admirateurs passionnés, dont des étoiles montantes du conseil ouvrier, mais elle suivit son penchant et épousa un prolétaire enjoué et généreux, originaire de Pologne, Tsvi Shapiro, qui devint ensuite l'administrateur de la caisse maladie et, plus tard, le directeur administratif de l'hôpital public Donnolo-Tsahalon, à Jaffa. Dans la seconde moitié des années 1940, Haïa et Tsvi louèrent l'une des deux pièces de leur appartement situé au rez-de-chaussée du 175, rue Ben Yehouda, à

Tel-Aviv, à des officiers supérieurs de la Haganah. Au cours de la guerre d'Indépendance, vécut là le général Yigael Yadin, qui commandait alors les opérations et était sous-chef d'état-major. On y délibérait parfois la nuit : Israël Galili, Yitzhak Sadeh, Ya'akov Dori, les chefs de la Haganah, des conseillers et des généraux. C'est là que, trois ans plus tard, ma mère mit fin à ses jours.

*

« Même après que la petite Dora se fut éprise de l'amant de sa mère, pan Krynicki, Xenia ne cessa pas de lui préparer son dîner et de lui raconter ses histoires, mais les plats et les contes étaient trempés de larmes. Le soir, elles étaient assises toutes les deux, l'une pleurant en mangeant, et l'autre pleurant sans manger ; loin de se disputer, elles sanglotaient parfois dans les bras l'une de l'autre, comme si elles avaient contracté la même maladie incurable. Ou comme si, sans le faire exprès, le ciel nous en préserve, la mère avait contaminé sa fille que, maintenant, elle soignait avec amour, en se confondant en excuses, avec une immense pitié et un dévouement infini. La nuit, en entendant le portillon grincer, la petite *kalitke* de la palissade du jardin, nous savions que Dora venait de rentrer et que sa mère n'allait pas tarder à se glisser là d'où revenait sa fille. Cela se passait exactement comme papa nous l'avait dit un jour : toute tragédie comportait une part de comédie.

« Xenia prenait de grandes précautions pour que sa fille ne tombe pas enceinte. Elle ne cessait de lui expliquer de faire comme ceci et de ne pas faire comme cela, que s'il lui disait comme ceci, elle devait lui répondre comme cela, et que s'il voulait justement comme ceci, alors elle devait faire comme ceci et comme cela. C'était comme ça que nous nous instruisions, car on ne nous avait jamais enseigné ce genre de vilaines choses. Mais rien n'y fit, la petite Dora tomba quand même enceinte, et on racontait que Xenia était allée demander de l'argent à pan Krinitsky et qu'il avait refusé en feignant de ne connaître ni Xenia ni Dora. C'est ainsi que Dieu nous a créés : la richesse est un péché et la pauvreté un châtiment, pourtant, on ne punit pas le coupable mais uniquement celui qui n'a pas d'argent pour racheter sa faute. La femme, si elle est enceinte, elle ne peut naturellement pas le nier. En aucune façon. L'homme, oui, autant qu'il veut, et que peut-elle lui faire ? Dieu a donné le plaisir aux hommes et, à nous, la punition. À l'homme, Il a dit "tu mangeras ton pain à la sueur de ton front", ce qui est une récompense et non un châtiment, privez un homme de son travail, et il devient complètement fou, quant à nous, les femmes, Il a bien voulu nous faire sentir de près la sueur du front des hommes, ce qui est un minuscule plaisir, et Il nous a accordé aussi "tu enfanteras dans la douleur". Je sais bien qu'il est possible d'envisager les choses d'une autre manière.

*

« La pauvre Dora, au neuvième mois, partit à la campagne, chez une cousine de Xenia. Je pense que papa leur avait donné de l'argent. Xenia l'accompagna et, à son retour, quelques jours plus tard, elle était pâle et défaite. Xenia. Pas Dora. Dora revint au bout d'un mois, ni pâle ni défaite, mais vermeille et joufflue comme une pomme bien juteuse, et sans son bébé — elle n'avait d'ailleurs pas l'air particulièrement triste, mais encore plus infantile qu'elle ne l'était avant d'avoir accouché. De toute façon, elle l'avait toujours été. À présent, elle parlait comme un bébé, jouait à la poupée, et quand elle se mettait à pleurer, on aurait vraiment dit une fillette de trois ans. Elle dormait même comme un bébé, vingt heures par jour qu'elle dormait, cette fille, et elle ne se levait que pour boire et manger et aller tu sais où.

« Et qui sait ce qui était arrivé au bébé ? On nous avait défendu de poser des questions et, comme nous étions des enfants disciplinées, nous avions obéi et on ne nous avait rien dit. Mais une nuit, Haïa nous avait réveillées, Fania et moi, parce qu'elle avait entendu très distinctement un bébé pleurer, dans le jardin — il pleuvait et le vent soufflait, cette nuit-là. Nous avions eu peur de nous habiller et de sortir. Quand Haïa est allée réveiller papa, on n'entendait plus rien, mais papa a pris quand même une lanterne et il est parti inspecter le jardin. "Tu as dû rêver, Hayounia", a-t-il dit tristement au retour. À quoi bon discuter ? Mais nous savions très bien qu'elle n'avait pas rêvé et qu'il y avait réellement un bébé dans le parc, la preuve en était que Haïa n'était pas la seule à l'avoir entendu, mais Fania et moi aussi, et que je m'en souviens encore parfaitement : c'était un cri ténu et très aigu, strident même, terrifiant, pas celui d'un bébé affamé qui veut téter, ou d'un nourrisson qui a froid, mais on aurait dit que quelque chose lui faisait très très mal.

« Après quoi, la belle Dora eut une maladie de sang très rare, et papa redonna de l'argent pour l'envoyer chez un très grand professeur à Varsovie, un docteur aussi célèbre que Louis Pasteur, et on ne la revit jamais. Xenia Dimitriovna continua à nous raconter des histoires, le soir, mais elles étaient devenues féroces, c'est-à-dire qu'elles n'avaient plus rien de civilisé, et elle disait même parfois des mots

301

pas très jolis que nous ne voulions pas entendre. Disons qu'on aurait bien voulu, mais qu'on se contrôlait, parce que nous étions des jeunes filles bien élevées, à l'ancienne mode, pas comme aujourd'hui.

« Et la petite Dora ? On ne parlait plus jamais d'elle. Xenia n'évoquait jamais son nom, comme si elle lui avait pardonné de lui avoir pris son amant mais pas d'avoir disparu à Varsovie. À sa place, Xenia éleva deux jolis oiseaux sur le balcon, dans une cage, ils vécurent jusqu'à l'hiver et puis ils moururent de froid. Tous les deux. »

## 25

Menahem Gelehrter, l'auteur de l'ouvrage sur le lycée Tarbout de Rovno, y enseignait la Bible, la littérature et l'histoire juive. Dans son livre, *Autant qu'il s'en souvienne*, j'ai trouvé, entre autres, un condensé des études hébraïques que ma mère, ses sœurs et les autres étudiaient dans leur école, dans les années 1920, « en dépit de la pénurie chronique des manuels en hébreu » :

... le livre des légendes, une anthologie de la poésie de l'âge d'or espagnol, la philosophie juive médiévale, un florilège de l'œuvre de H. N. Bialik et de Saül Tchernichovsky, les œuvres choisies de Shneour, Yaacov Cohen, Berdichevsky, Frishman, Peretz, Shalom Ash, Brenner (tous publiés aux éditions Toushia), Mendele, Shalom Aleikhem, Berkovitch, Kabak et Bourla. Et aussi, en traductions — parues pour la plupart aux éditions Shtibel et Omanout — on étudiait aussi à « Tarbout » Tolstoï, Dostoïevski, Pouchkine, Tourgueniev, Tchekhov, Mickiewicz, Sienkiewicz, Krasinski, Maeterlinck, Flaubert, Romain Rolland, Schiller, Goethe, Heine, Gerhardt Hauptmann, Wassermann, Schnitzler, Peter Altenberg, Shakespeare, Byron, Dickens, Oscar Wilde, Jack London, Tagore, Hamsun, l'*Épopée de Gilgamesh*, dans la traduction de

Tchernichovsky, etc. Et encore : *L'histoire d'Israël*, de Y. N. Shimhoni, *L'histoire du Deuxième Temple*, de Yosef Klausner, *Au fond du malheur*, de Nathan Hannover, *La tribu de Juda*, de Yehouda Ibn-Virga, *Le livre des larmes*, de Shimon Bernfeld, et *Israël en diaspora*, de Ben-Tsion Dinabourg.

\*

« Chaque jour, me raconte la tante Sonia, de bon matin, avant la grosse chaleur, à six heures ou même plus tôt, je descends péniblement pour vider la poubelle dehors, dans la benne. Je m'assieds un moment sur le muret, à côté des poubelles, pour récupérer avant de remonter — ils me tuent, ces escaliers. Je rencontre de temps en temps une nouvelle immigrante originaire de Russie, Varïa, elle balaie les trottoirs dans ma rue, tous les matins. Là-bas, en Russie, elle avait un poste de direction important. Ici, elle est balayeuse de rues. Elle ne sait pratiquement pas l'hébreu. Il nous arrive de parler un peu en russe, à côté des poubelles.

« Pourquoi fait-elle ça ? Pour financer les études de ses deux filles qui sont brillantes, l'une en chimie et l'autre en stomatologie. Elle n'a pas de mari. Elle n'a pas non plus de famille en Israël. Elles se privent sur la nourriture, les vêtements. Elles logent dans une seule pièce. Tout ça pour pouvoir payer l'université et les livres. C'était comme ça dans les familles juives : elles croyaient que les études étaient une sécurité pour l'avenir, la seule chose qu'on ne pourrait jamais enlever à leurs enfants, même s'il y avait une autre guerre, le ciel nous en préserve, une autre révolution, une autre émigration ou de nouvelles persécutions — le diplôme, on pouvait toujours le plier en vitesse et le cacher dans la couture d'un vêtement avant de prendre la fuite là où les Juifs trouvaient asile.

« Voilà ce que disaient les goys chez nous : le diplôme, c'est la religion des Juifs. Pas la richesse ni l'or. Le diplôme. Mais derrière, il y avait autre chose, plus compliqué, plus profond, le fait qu'aux filles de cette époque, même si elles étaient modernes, comme nous qui avions étudié au lycée et puis à l'université, on inculquait que la femme était libre de se cultiver et de participer à la vie publique, mais seulement jusqu'à la naissance de ses enfants. La vie ne nous appartenait pas pour longtemps : de l'instant où nous quittions la maison jusqu'à la première grossesse. À partir de là, de la première grossesse, nous devions vivre exclusivement autour des enfants. Exactement comme nos mères. Et même balayer les rues pour les enfants, car l'enfant était le poussin, et nous ? Nous, nous étions le blanc de l'œuf au maximum, ce que le poussin avale pour grandir et prendre des forces. Et une fois que l'enfant est grand, nous ne pouvons toujours pas vivre pour nous-mêmes, parce que de mère on devient grand-mère, le bras droit de nos enfants dans l'éducation des leurs.

« Il est vrai que, même à l'époque, il y avait un certain nombre de femmes qui faisaient carrière et exerçaient une activité professionnelle. Mais on leur cassait du sucre sur le dos : regardez cette égoïste, elle assiste à des réunions pendant que ses pauvres gosses vivent dans la rue, c'est eux qui trinquent.

« Aujourd'hui, le monde a changé. Maintenant, la femme peut peut-être vivre un peu plus pour elle-même. Ou est-ce que ce n'est que de la poudre aux yeux ? Est-ce que, dans les jeunes générations, la femme continue à pleurer sur son oreiller, une fois son mari endormi, parce qu'elle se sent obligée de choisir ? Ce n'est pas à moi de juger : ce monde n'est plus le mien. Je devrais faire du porte-à-porte pour compter combien de larmes les mères versent aujourd'hui au creux de leur oreiller, toute la nuit, dans le noir pendant que leur mari dort, et comparer avec les larmes qu'elles versaient autrefois.

\*

« À la télévision, et même ici, de mon balcon, je vois des jeunes couples qui font tout ensemble en rentrant du travail — la lessive, changer le bébé, la cuisine, un jour j'ai même entendu un jeune homme qui disait, en parlant de sa femme et lui : "Demain, nous allons faire une amniocentèse." J'ai eu une boule dans la gorge : et si le monde changeait un peu malgré tout ?

« Le *rishes*, le mal, n'a évidemment pas perdu du terrain en politique, parmi les religions, les peuples et les classes, mais peut-être a-t-il un peu reculé dans le couple ? Les jeunes foyers ? À moins que je ne me fasse des illusions ? Et si tout ça c'était de la comédie et que la terre continuait à tourner — la chatte allaite ses petits, tandis que monsieur le chat botté se lèche, secoue sa moustache et court prendre son plaisir dans la cour.

« Tu te souviens de ce verset des Proverbes : "Le fils sage réjouit son père, le fils sot chagrine sa mère." Si son fils est intelligent, le père pavoise, se vante et marque des points. Mais si c'est un raté, à Dieu ne plaise, un imbécile, un enfant à problèmes, un infirme ou un délinquant — *nu*, c'est évidemment la faute de la mère et c'est elle qui en paiera le prix. "Sonia, il faut que tu saches qu'il y a deux choses..." m'a dit ta mère un jour. Non. Je sens encore une boule dans la gorge. On verra ça une autre fois. Changeons de sujet.

*

« J'ai parfois la mémoire qui flanche et je me demande si Lioubov Nikitichna, la princesse qui habitait chez nous, derrière le rideau, avec ses deux filles, Tasia et Nina, et qui dormait avec elles dans le lit ancien, je me demande si elle était vraiment leur mère. Ou si elle n'était que la *gouvernantka*, la gouvernante des petites. Qui n'avaient pas le même père. Tasia s'appelait en fait Anastasia Sergueïevna, et Nina, Antonina Boléslavovna. C'était plutôt confus. On évitait d'en parler, ou on en parlait avec un certain embarras. Je me rappelle que les deux enfants appelaient la princesse « mama », ou « maman », ou était-ce parce qu'elles ne se souvenaient plus de leur vraie mère ? Je ne peux rien te dire de certain parce qu'il y avait le black-out là-dessus. On étouffait beaucoup de choses à l'époque, il y a deux générations. Ou trois ? Aujourd'hui, on le fait sans doute moins. À moins qu'on ne cache plus les mêmes choses. Ou qu'on ait inventé de nouvelles choses à cacher ?

« Je ne sais pas si c'est bien ou mal. Moi, les temps et les comportements d'aujourd'hui, je ne suis pas à même de les juger parce qu'on a peut-être fait un bourrage de crâne aux filles de ma génération. Quoi qu'il en soit, j'ai l'impression que, concernant les relations intimes, comme on dit, tu vois certainement à quoi je fais allusion, c'est devenu un peu plus facile de nos jours, d'une certaine façon. Quand j'étais adolescente, une jeune fille de bonne famille, comme on disait, c'était hérissé de couteaux, c'était empoisonné, plongé dans une obscurité terrifiante. C'était comme descendre pieds nus dans une cave grouillante de scorpions. On dissimulait tout. On n'en parlait pas.

« Mais les ragots, ça y allait, la jalousie et la méchanceté, on parlait d'argent, des maladies, de la réussite, des familles bien et de celles je ne te dis pas, ça, on le rabâchait continuellement, et du caractère aussi on en parlait tout le temps, l'une a un caractère comme ceci, et l'autre a un caractère pas comme cela. Et les idées ! Qu'est-ce qu'on pouvait en parler, des idées ! Aujourd'hui, on ne peut pas s'imaginer ! On parlait du judaïsme, du sionisme, du Bund, du communisme, de l'anarchisme, du nihilisme, de l'Amérique, de Lénine, même du féminisme, de l'émancipation de la femme, ta tante Haïa était la plus engagée de nous trois là-dessus — elle ne l'était qu'en paroles, dans les discussions, évidemment —, Fania était un peu suffragette sur les bords elle aussi, mais elle avait des doutes. Et moi, j'étais la petite sotte à qui on répétait tout le temps : "Tais-toi, Sonia, ça ne te regarde pas, tu comprendras quand tu seras grande." Alors je tenais ma langue et j'écoutais de toutes mes oreilles.

« En ce temps-là, la jeunesse brandissait la liberté à longueur de journée : la liberté par-ci, la liberté par-là. Mais dans les relations intimes, la liberté n'existait pas : il n'y avait que les pieds nus dans le noir, au fond d'une cave pleine de scorpions. C'est tout ce qu'il y avait. Ce qui veut dire qu'il ne se passait pas de semaine sans qu'on entende d'horribles rumeurs à propos d'une petite fille à qui il était arrivé ce qui arrive aux petites filles imprudentes, ou d'une femme respectable qui était tombée follement amoureuse, ou d'une servante que quelqu'un avait séduite, ou d'une cuisinière qui s'était enfuie avec le fils du maître et qui était revenue seule avec un bébé, ou d'une institutrice mariée, cultivée, très en vue, qui s'était subitement amourachée de quelqu'un, avait tout laissé tomber pour lui et s'était retrouvée exclue et moquée. On dit moquée ? Non ? Mais tu comprends ce que je veux dire par là ! À l'époque où nous étions jeunes filles, la pudeur était à la fois une cage et l'unique barrière qui nous séparait de l'abîme. La pudeur pesait sur la poitrine de la jeune fille comme une pierre de trente kilos. Même la nuit, elle restait debout à notre chevet, veillant sur nos rêves, les jolis comme les vilains, à cause desquels nous devrions être mortes de honte le matin, au réveil, même si personne ne le savait.

*

« Aujourd'hui, on laisse peut-être un peu moins dans l'ombre la question des relations intimes, non ? C'est un peu plus simple ? Dans l'obscurité qui régnait autour de cette question à l'époque, les hommes pouvaient abuser d'une femme impunément. D'un autre côté, que tout soit si facile maintenant — est-ce que c'est bien ? Ça n'enlaidit pas trop les choses ?

« Je m'étonne moi-même de te parler de ça. Quand j'étais jeune, il nous arrivait d'en parler en cachette entre nous. Mais avec un garçon ? De ma vie, je n'ai jamais parlé de ces choses-là avec un garçon. Pas même avec Bouma, avec qui je suis mariée depuis presque soixante ans, je touche du bois. Comment en sommes-nous arrivés là ? Nous en étions à Lioubov Nikititchna et à Tasia et Nina, non ? Si tu vas un jour à Rovno, tu devrais mener une petite enquête policière et aller voir s'ils ont encore à la mairie des documents qui pourraient éclairer cette énigme. Tu en profiterais pour vérifier aussi si cette comtesse, ou cette princesse, était ou non la mère des deux fillettes. Et si elle était réellement princesse ou comtesse ? Et peut-être que Lebedevski, l'ancien maire de la ville et l'ex-propriétaire de la maison, était aussi le père de Tasia et de Nina, comme il était probablement celui de la pauvre Dora.

« Réflexion faite, les documents qui se trouvaient ou ne se trouvaient pas là-bas ont dû brûler une dizaine de fois, pendant l'occupation polonaise, celle de l'Armée rouge, puis à l'arrivée des nazis qui nous ont tous fusillés et jetés dans des fosses qu'ils ont recouvertes de sable. Ensuite, il y a eu encore Staline avec le NKVD, et Rovno est passée de main en main, comme un petit chien martyrisé par une bande de voyous : laRussie-laPologne-laRussie-l'Allemagne-laRussie. Aujourd'hui, elle n'est ni à la Pologne ni à la Russie mais à la République d'Ukraine, ou peut-être à la Biélorussie ? Ou à des mafias locales ? En fait, je ne sais pas à qui elle appartient aujourd'hui. Et ça m'est égal : ce qui existait a disparu et ce qui existe aujourd'hui ne sera plus d'ici quelques années.

« L'univers tout entier, si on prend du recul, ne durera pas éternellement. On dit qu'un jour le soleil s'éteindra et que le monde retournera à l'obscurité. Alors pourquoi est-ce que les hommes s'entre-tuent depuis le commencement de l'Histoire ? Quel pouvoir régnera au Cachemire ou dans la grotte de Makhpela, à Hébron, est-ce si important ? Au lieu de manger la pomme de l'arbre de la vie et de l'arbre de la connaissance, nous nous sommes probablement jetés sur la pomme vénéneuse de l'arbre du *rishes* que nous a donnée le serpent. C'est comme ça que le paradis a cessé et que cet enfer a commencé.

*

« Cette princesse, ou comtesse Lioubov Nikitichna, elle était ou la mère ou la gouvernante des
deux petites. Et ou elle était une parente de l'ancien
maire Lebedevski ou il était son débiteur. Entre elle
et l'officier polonais, le *polkovnik*, pan Zakazewski, il
y avait soit des relations de jeu soit des rapports
entièrement différents, tu comprends évidemment
ce que je veux dire par là.

« Il y a tellement de soit... soit : on en sait si peu,
même sur qui habite sous le même toit que vous. On
croit connaître quantité de choses, et en fin de
compte on ne sait rien. Ta mère, par exemple... non,
excuse-moi, je ne peux pas encore te parler directement d'elle. Seulement indirectement. Autrement, la
blessure se réveille. Ce qui était autour de Fania,
c'était peut-être aussi un peu elle. Il y avait chez
nous un proverbe qui disait que lorsqu'on aime vraiment quelqu'un, on aime même son mouchoir. Ça
ne donne pas grand-chose en hébreu, mais tu as
compris l'idée, n'est-ce pas ?

« Tiens, regarde ça, s'il te plaît, voilà quelque
chose que je peux te montrer et que tu peux toucher,
pour que tu saches que ce que je te raconte, ce ne
sont pas des histoires : regarde ça, non ce n'est pas
une petite serviette, c'est une taie d'oreiller brodée,
comme les jeunes filles de bonne famille savaient
broder autrefois — c'est la princesse qui l'a faite et
qui me l'a offerte — la princesse ou la comtesse
Lioubov Nikitichna. Elle m'avait dit que le motif
représentait le buste du cardinal Richelieu. C'était
qui, ce cardinal Richelieu ? Je ne me rappelle plus.
Je ne l'ai d'ailleurs peut-être jamais su, je ne suis pas
aussi instruite que Haïa et Fania : elles, elles ont
eu leur baccalauréat, et ensuite on les a envoyées

à Prague, à l'université. Moi, j'étais plutôt effacée. On disait toujours de moi : Sonietchka est très mignonne, mais elle est un peu simplette. On m'a envoyée à l'hôpital militaire polonais pour décrocher un diplôme d'infirmière. Mais je me rappelle très bien qu'avant que je quitte la maison, la princesse m'avait dit que c'était le buste du cardinal Richelieu.

« Tu sais qui était le cardinal Richelieu ? Peu importe. Tu me le diras la prochaine fois, ou pas. À mon âge, je me moque éperdument de mourir sans avoir le grand honneur de savoir qui était le cardinal Richelieu. Des cardinaux, il y en a des tas, et ils détestent pratiquement tous notre peuple.

\*

« Au fond, je suis un peu anarchiste moi aussi. Comme papa. Comme ta mère. Bien sûr que chez les Klausner elle ne pouvait pas le clamer : même sans ça, ils jugeaient qu'elle était un peu bizarre, même s'ils étaient toujours très polis avec elle. Chez les Klausner, la politesse était primordiale. Ton autre grand-père, Alexandre, s'empressait de me baiser la main si je ne la retirais pas en vitesse. Il y a un conte pour enfants, le chat botté ? Ta mère vivait chez les Klausner comme un oiseau enfermé dans une cage accrochée dans le salon d'une famille de chats bottés.

« Je suis un peu anarchiste pour la raison bien simple qu'aucune bonne chose n'est jamais venue d'un cardinal Richelieu. Sauf d'Ivanouchka Dourachok, tu t'en souviens ? Le fou de village des histoires de Xeniouchka, notre servante, Ivanouchka Dourachok qui avait eu pitié du peuple et avait sacrifié le quignon de pain qu'il avait à manger pour boucher la brèche de la digue et qui était devenu roi grâce à ça : seul quelqu'un comme lui est charitable envers nous quelquefois. Les autres, les rois et les seigneurs, ils ne s'apitoient sur personne. Et nous non plus, en fait : nous n'avons pas eu beaucoup de compassion pour la petite Arabe qui allait à l'hôpital et qui est morte devant un barrage gardé probablement par un soldat dans le genre du cardinal Richelieu, sans cœur. Un soldat juif, mais un cardinal Richelieu quand même ! Tout ce qu'il voulait, c'était en finir et rentrer chez lui, et c'est comme ça qu'elle est morte cette fillette dont les yeux devraient nous fendre le cœur et nous empêcher de dormir la nuit, même si je ne les ai jamais vus, ses yeux, car les journaux ne montrent que les photos de nos pertes à nous et jamais celles de leurs pertes à eux.

« Tu crois que le peuple est une chose merveilleuse ? Absolument pas ! Le peuple est aussi bête et cruel que les rois qui le gouvernent. Voilà la véritable morale du conte d'Andersen *Les nouveaux tailleurs de l'empereur* (sic !) : le peuple est aussi bête que le roi, ses ministres et le cardinal Richelieu. Mais Ivanouchka Dourachok se fichait pas mal que les gens se moquent de lui — l'important était qu'ils restent en vie. Il éprouvait de la compassion pour les gens qui, tous sans exception, avaient besoin qu'on les prenne en pitié. Même le cardinal Richelieu. Même le pape : tu as certainement vu à la télévision à quel point il est malade et affaibli et ici, chez nous, on l'a laissé impitoyablement debout sur ses pauvres jambes pendant des heures en plein soleil. On n'a pas épargné un vieil homme très malade dont tout le monde a vu à la télévision qu'il ne se tenait sur ses jambes qu'au prix de grandes souffrances, mais il est resté immobile sans broncher à Yad VaShem pendant une demi-heure d'affilée, en plein sirocco, pour ne pas nous vexer. C'était presque insupportable à voir. Il me faisait de la peine.

*

« Nina était une très bonne amie de Fania, ta mère, elle avait le même âge, et moi, je m'étais liée avec la cadette, Tasia. Elles avaient habité chez nous plusieurs années avec leur maman. La princesse, elles l'appelaient maman, c'est du français, mais qui sait si elle était leur vraie mère ? Ou leur nounou ? Elles étaient très pauvres, et je crois bien qu'elles ne nous versaient pas de loyer. Nous les avions apparemment héritées avec Xenia et Dora du maire Lebedevski, mais on les laissait entrer par la porte principale qu'on appelait *paradnyï khod* et non par la porte de service, *tchyorny khod*. Elles étaient si démunies que la princesse, la maman, confectionnait à la lueur de la lampe, la nuit, des tutus en papier plissé pour les petites filles riches qui apprenaient à danser. Des tutus en papier crépon, constellés d'étoiles en papier doré.

« Et un beau jour, la princesse, ou la comtesse Lioubov Nikitichna, laissa ses deux filles et partit brusquement en Tunisie à la recherche d'une parente perdue du nom de Yélizavéta Franzovna. Regarde un peu comme la mémoire me joue des tours ! Impossible de me rappeler où j'ai posé ma montre tout à l'heure. Mais le nom de cette Yélizavéta Franzovna que je n'ai jamais vue de ma vie, cette Yélizavéta Franzovna qu'il y a bien quatre-vingts ans la princesse Lioubov Nikitichna est partie chercher en Tunisie, ça, je m'en souviens comme du soleil en plein midi ! Et si ma montre était allée en Tunisie, elle aussi ?

314

*

« Il y avait dans la salle à manger un tableau dans un cadre doré, œuvre de je ne sais quel *khudoznïk*, un peintre, très cher : la peinture représentait un très joli garçon aux cheveux blonds bouclés qui avait plutôt l'air d'une fillette gâtée — on aurait dit quelque chose entre un garçon et une fille. Je ne me rappelle pas son visage, mais je me souviens très bien qu'il portait une sorte de chemise brodée aux manches bouffantes avec un grand chapeau jaune en bandoulière — c'était peut-être une fille finalement — et qu'elle avait trois jupons superposés, car sous l'ourlet du premier, légèrement relevé, jaune vif comme chez Van Gogh, dépassait un jupon en dentelles blanc par-dessus un troisième, bleu azur, qui lui recouvrait les jambes. Ce portrait, en apparence très sobre, ne l'était pas vraiment. Il était grandeur nature. Et la fillette, qui ressemblait tellement à un garçon, se tenait simplement au milieu d'un champ, environnée de verdure et de moutons blancs, sous un ciel parsemé de légers nuages, avec un bout de forêt à l'horizon.

« Je me souviens que Haïa avait remarqué qu'une telle beauté ne devait pas aller dans le pré mais rester à l'intérieur du château, et j'avais ajouté que le troisième jupon était de la même couleur que le ciel, comme s'il avait été taillé dans un morceau du firmament. Soudain, Fania était entrée dans une rage folle : "Taisez-vous, toutes les deux, vous dites des bêtises, cette peinture est un mensonge qui cache une formidable dépravation." C'est approximativement ce qu'elle avait dit, enfin pas tout à fait, je ne peux pas répéter les paroles de ta mère, personne n'en est capable. Tu te rappelles comment elle parlait, Fania ?

« Je n'oublierai jamais cet éclat et la tête qu'elle faisait à ce moment-là. À l'époque, elle avait, je ne sais plus exactement, dans les seize ou quinze ans. Ça m'a marquée parce qu'elle n'était pas du genre à monter sur ses grands chevaux : elle n'élevait jamais la voix, Fania, jamais, même si on la froissait ou si on lui faisait de la peine, alors elle se repliait sur elle-même. Avec elle, il fallait toujours deviner ce qu'elle ressentait, ce qui ne lui plaisait pas. Et brusquement — je me souviens même que c'était un vendredi soir, la veille de sabbat, ou le lendemain de je ne sais plus quelle fête, Soukkot, peut-être ? ou Shavouot ? — la voilà qui s'emportait et nous sonnait les cloches, à moi, bon, d'accord, je n'étais qu'une petite sotte, mais à Haïa ? Notre grande sœur ! La monitrice du mouvement de jeunesse ! Elle qui avait un tel charisme ! Haïa, la coqueluche du lycée !

« Mais ta mère, c'était comme si elle se révoltait, elle se mit à descendre en flammes ce portrait qui trônait dans la salle à manger depuis des années. Elle dit qu'il édulcorait la réalité ! Qu'il mentait ! Que dans la réalité, les bergers étaient vêtus de haillons, pas de soie, qu'ils avaient le visage marqué par le froid et la faim et pas une figure d'ange, qu'ils avaient les cheveux sales, couverts de poux et de vermine, pas des boucles d'or. Que méconnaître la souffrance, c'était encore pire que la causer, et que ce tableau assimilait la vie au paysage illustrant le couvercle d'une boîte de chocolats suisses.

« Peut-être que ta mère était fâchée contre le tableau de la salle à manger parce que le *khudoznïk* l'avait peint pour faire croire qu'il n'y avait plus de catastrophes dans le monde. Je crois que c'était ça qui la mettait en colère. À ce moment-là, personne ne pouvait soupçonner à quel point elle devait être malheureuse. Excuse-moi si je pleure. C'était ma sœur, elle m'aimait beaucoup et ce sont les scorpions qui l'ont mise en pièces. Ça y est. J'ai fini de pleurer. Pardon. Chaque fois que je me rappelle cette peinture délicate ou que je regarde un tableau avec trois jupons et des nuages floconneux dans le ciel, je vois des scorpions en train de déchiqueter ma sœur et je fonds en larmes. »

# 26

Comme Haïa, sa sœur aînée, Fania partit en 1931 faire ses études à Prague à cause du numerus clausus en Pologne — elle avait dix-huit ans. Ma mère y étudia l'histoire et la philosophie. Comme tous les Juifs de Rovno, ses parents, Itta et Herz, étaient les témoins et les victimes de la haine grandissante que leur vouaient leurs voisins polonais, ukrainiens et allemands et qui s'exprimait par l'antisémitisme catholique et orthodoxe, les actes de malveillance perpétrés par des voyous ukrainiens et les menées subversives du gouvernement polonais. Et tels de lointains grondements de tonnerre, parvenaient à Rovno les échos des agressions hostiles et des persécutions que subissaient les Juifs dans l'Allemagne sur laquelle planait déjà l'ombre d'Hitler.

Les affaires de grand-père périclitaient : l'inflation du début des années 1930 l'avait pratiquement mis sur la paille en une nuit. La tante Sonia m'avait parlé « des millions de billets polonais que m'avait donnés papa et dont j'avais tapissé les murs de ma chambre. Les sommes que, pendant dix ans, il avait économisées pour nos trois dots furent perdues en deux mois ». Haïa et Fania durent interrompre leurs études car leur père était quasiment ruiné.

La minoterie, le verger, la maison de la rue Dubinska, la voiture, les chevaux et le traîneau furent hâtivement et mal vendus. Itta et Herz Mussman étaient presque sans le sou quand ils immigrèrent en Eretz-Israël, en 1933. Ils louèrent une misérable bicoque bâchée de toile goudronnée, près de Qiryat Motskin. Papa, qui aimait tout ce qui avait un rapport de près ou de loin avec la farine, réussit à se faire embaucher à la boulangerie Pat. Par la suite, à la cinquantaine, il s'acheta une carriole et un cheval, d'abord pour livrer le pain et, par la suite, transporter des matériaux de construction dans la baie de Haïfa. Je me souviens d'un homme basané, rêveur, en tenue de travail — un tricot de peau gris et mouillé de sueur —, un sourire un peu timide aux lèvres, des yeux couleur azur, pétillants de gaieté, les rênes flottant dans ses mains, comme si, perché sur son siège, il trouvait amusants le panorama de la baie, les contreforts du Carmel, les raffineries, les grues du port, au loin, et les cheminées des usines.

Tout jeune, déjà, il se considérait comme un prolétaire. Maintenant qu'il n'était plus riche et avait repris un travail physique, on aurait dit qu'il avait instantanément recouvré une seconde jeunesse. Il affichait en permanence une jubilation contenue, une joie de vivre où brillait une étincelle anarchiste. À l'image de Yehouda Leib Klausner d'Oulkeniki, en Lituanie, mon arrière-grand-père paternel, Alexandre, grand-père Naftali Herz Mussman aimait sa carriole, le rythme paisible et solitaire de ses longues expéditions nonchalantes, le contact et l'odeur de son cheval, l'écurie, le foin, le harnais, le timon, le sac d'orge, les rênes et la bride.

Sonia, qui avait environ seize ans quand ses parents partirent en Israël et ses sœurs à Prague, resta à Rovno durant cinq ans, le temps d'obtenir son diplôme d'infirmière à l'école de l'hôpital militaire de Rovno. Elle débarqua à Tel-Aviv où l'attendaient ses parents, ses deux sœurs et Tsvi Shapiro, le mari « tout neuf » de Haïa, deux jours avant la fin de 1938. Quelques années plus tard, Sonia se maria à Tel-Aviv avec son ancien moniteur du mouvement de la jeunesse sioniste de Rovno, un garçon intègre, rigoureux et péremptoire du nom d'Avraham Gendelberg. Bouma.

En 1934, un an après ses parents et sa sœur aînée, Haïa, et quatre ans avant sa cadette, Sonia, Fania immigra à son tour en Israël. J'ai su par certains de ses amis qu'elle avait vécu un amour malheureux à Prague : ils ne connaissaient pas les détails. Lors d'un voyage à Prague, j'ai déambulé soir après soir dans le dédale des vieilles rues pavées autour de l'université en imaginant des scènes et en me racontant des histoires.

Un an après son arrivée, ma mère s'inscrivit en histoire et en philosophie à l'université hébraïque de Jérusalem. Quarante-huit ans plus tard, sans être apparemment au courant des études qu'avait suivies sa grand-mère dans sa jeunesse, Fania, ma fille, choisit d'étudier l'histoire et la philosophie à l'université de Tel-Aviv.

*

J'ignore si ma mère abandonna ses études à l'université de Prague uniquement à cause de la ruine de ses parents. Jusqu'à quel point la haine virulente des Juifs qui, au milieu des années trente, sévissait dans les rues européennes avant de gagner les campus l'avait poussée en Israël, et dans quelle mesure elle fut influencée par l'éducation reçue au lycée Tarbout et dans le mouvement de jeunesse sioniste. Qu'espérait-elle trouver ici, qu'a-t-elle effectivement trouvé, et que n'a-t-elle pas trouvé ? À quoi ressemblaient Tel-Aviv et Jérusalem aux yeux d'une jeune fille élevée dans une riche demeure de Rovno et fraîchement débarquée de la beauté gothique pragoise ? Comment sonnait la langue parlée aux oreilles délicates d'une fille qui avait appris au lycée Tarbout un hébreu raffiné et purement livresque, et qui était dotée d'antennes langagières subtiles et précises ? Qu'évoquaient alors pour ma mère les dunes, les pompes d'arrosage dans les vergers, les pentes rocailleuses, les randonnées archéologiques, les ruines des sites bibliques et les vestiges de l'époque du Second Temple, les titres du *Davar*, les produits de la Tnouva, les wadis, le sirocco, les dômes des monastères cernés de murailles, l'eau fraîche de la cruche, les soirées culturelles au son de l'accordéon et de l'harmonica, les chauffeurs d'Egged et de Dan en short kaki, les accents de l'anglais, la langue de l'occupant, les vergers obscurs, les flèches des églises, les caravanes de chameaux chargés de gravier, les gardiens juifs, les kibboutzniks à la peau tannée, les maçons à la casquette râpée ? Était-elle dégoûtée ou attirée par les conversations enflammées, la nuit, les désaccords, les flirts, les excursions du sabbat, la vie politique passionnée, les conspirations des groupes clandestins et de leurs sympathisants, l'engagement volontaire dans les travaux agricoles, les nuits bleues et obscures, ponctuées de hurlements de chacals et d'échos de tirs lointains ?

Lorsque j'eus atteint l'âge où ma mère aurait pu me parler de son enfance, sa jeunesse et ses premières années en Israël, elle ne s'y intéressait plus guère, ayant d'autres préoccupations. Les histoires qu'elle me racontait avant de dormir étaient peuplées de géants, de fées, de sorciers, sans oublier la femme du paysan et la fille du meunier, de chaumières perdues au cœur de la forêt. S'il lui arrivait d'aborder le passé, la maison de ses parents, la minoterie, la chienne Prima, sa voix prenait souvent des inflexions amères et désespérées, ambiguës, vaguement sardoniques, une ironie en demi-teinte, quelque chose de trop complexe et voilé pour que je puisse le saisir, provocant et dérangeant.

C'est probablement la raison pour laquelle je n'aimais pas qu'elle en parle et insistais pour qu'elle me raconte quelque chose de plus compréhensible, de plus proche de moi, les six femmes ensorcelées de Matvéï, le porteur d'eau, par exemple, ou le chevalier défunt qui traversait les steppes et les forêts sous la forme d'un squelette avec son armure, son casque et ses éperons de feu.

Je n'ai pas la moindre idée de la date où ma mère débarqua à Haïfa, des premiers jours qu'elle passa à Tel-Aviv ni de ses premières années à Jérusalem. À la place, je rapporterai ici le récit de ma tante Sonia : pour quelles raisons et dans quelles conditions elle est venue en Israël, ce qu'elle en attendait et ce qu'elle y a effectivement trouvé.

*

« Au lycée Tarbout, nous n'apprenions pas seulement à parler, lire et écrire un hébreu admirable que la vie ici m'a abîmé. Nous étudiions la Bible, la Michna, la poésie médiévale, et aussi la biologie, la littérature et l'histoire de la Pologne, l'art de la Renaissance et l'histoire européenne. Mais surtout, on nous inculquait qu'à l'autre bout de l'horizon, au-delà du fleuve et de la forêt, il y avait un pays où nous devrions bientôt aller parce que le temps des Juifs en Europe était compté, le nôtre en tout cas, à nous, les Juifs d'Europe de l'Est.

« C'étaient surtout nos parents qui éprouvaient ce sentiment d'urgence : même ceux qui s'étaient enrichis, comme notre père et les familles qui avaient créé des usines à Rovno ou avaient fait leur chemin dans la médecine, le droit ou l'industrie et qui entretenaient d'excellents rapports avec les autorités et l'intelligentsia locale, même eux sentaient que nous vivions sur un volcan, coincés que nous étions entre Staline, Grabski et Pilsudski. Concernant Staline, on savait bien qu'il voulait éliminer par la force les Juifs de la surface de la terre pour que tout le monde devienne de bons komsomols qui se dénoncent les uns les autres. De l'autre côté, la Pologne ne cachait pas sa répugnance pour les Juifs, comme quelqu'un qui a pris une bouchée de poisson pourri et ne se résout ni à l'avaler ni à la vomir. Ils ne pouvaient pas nous vomir après le traité de Versailles, les droits nationaux, les principes de Wilson, la SDN, et dans les années 1920 les Polonais hésitaient encore : ils voulaient se faire bien voir. Comme un ivrogne qui tente de marcher droit pour qu'on ne remarque pas qu'il titube. Ils espéraient toujours se rattacher à la famille des nations. Mais, en catimini, ils nous harcelaient, nous humiliaient, nous maltraitaient pour que nous partions tous en Palestine et qu'ils n'entendent plus parler de nous. C'est pour ça qu'ils allaient même jusqu'à encourager l'éducation sioniste et les écoles juives : pour que nous devenions une nation, absolument, pourquoi pas, l'essentiel étant que nous fichions le camp en Palestine, et bon débarras !

\*

« La peur qui régnait dans chaque foyer juif, la peur dont on ne parlait pratiquement jamais mais qu'on nous distillait indirectement, comme du poison, goutte à goutte et d'heure en heure, c'était la terreur panique de ne pas être assez propres, trop bruyants, arrivistes, intelligents et cupides. De ne pas avoir de bonnes manières. Nous craignions de produire sur les goys une mauvaise impression, le ciel nous en préserve, et qu'alors ils se fâchent et nous fassent des choses terribles auxquelles mieux valait ne pas penser.

Mille fois, on enfonçait dans la tête des enfants juifs qu'ils devaient bien se conduire avec eux, même s'ils étaient grossiers ou ivres, qu'en aucun cas il ne fallait les mécontenter, qu'il ne fallait pas discuter avec un goy ni trop marchander avec lui, qu'il ne fallait pas l'énerver ni relever la tête, et toujours toujours leur sourire et leur parler posément, pour qu'ils ne disent pas que nous faisons du bruit, et toujours leur parler dans un polonais le plus pur et correct possible, pour qu'ils ne puissent pas dire que nous leur polluons leur langue, mais pas trop châtié non plus, pour qu'ils ne disent pas que nous avons le toupet de viser trop haut, que nous sommes âpres au gain, et qu'ils ne disent pas non plus que notre jupe est tachée, à Dieu ne plaise ! Bref, il fallait faire très très attention à leur donner une très bonne impression et ne pas les décevoir, car il suffisait qu'un seul enfant ne se lave pas bien la tête et leur transmette des poux pour que tout le peuple juif ait mauvaise réputation. Même sans ça, ils ne pouvaient pas nous souffrir, alors il ne fallait surtout pas leur fournir des raisons supplémentaires pour en rajouter.

« Vous qui êtes nés ici, vous ne pourrez jamais comprendre que ce goutte à goutte faussait lentement vos sentiments, comme de la rouille qui ronge progressivement l'amour-propre. Petit à petit, ça vous rend obséquieux, menteur et malin comme un chat. Moi, je déteste les chats. Les chiens aussi.

Mais, à tout prendre, je préfère les chiens. Un chien, c'est comme un goy, on voit tout de suite ce qu'il pense et ce qu'il ressent. Le Juif en diaspora, c'était comme un chat, dans le mauvais sens du terme, si tu vois ce que je veux dire.

« Mais ce que nous redoutions le plus, tout le temps, c'était la populace. Ce qui pouvait arriver entre deux régimes, si par exemple les Polonais étaient chassés et que les communistes les remplaçaient : on avait peur que, dans l'entre-deux, surgissent des bandes d'Ukrainiens, de Biélorusses, une foule de Polonais excités, ou, plus au nord, les Lituaniens. C'était comme un volcan d'où coulait constamment un peu de lave avec une odeur de fumée. "Ils aiguisent leurs couteaux dans le noir", disait-on chez nous, on ne précisait pas qui, car ça pouvait être n'importe qui. La foule. Chez nous, en Israël, la foule juive est un peu monstrueuse elle aussi.

« Il n'y a que les Allemands qui ne nous faisaient pas peur. Je me souviens qu'en 34 ou 35 — j'étais restée toute seule à Rovno pour terminer mes études d'infirmière — il y en avait encore quelques-uns parmi nous qui disaient : pourvu qu'Hitler arrive ici, avec lui, au moins, il y a une loi et une discipline et chacun sait se tenir à sa place, ce que disait Hitler n'était pas très important, l'essentiel était qu'il faisait régner l'ordre en Allemagne et que la populace tremblait devant lui. Chez Hitler, au moins, il n'y avait pas d'émeutes ni d'anarchie — on pensait encore chez nous qu'il n'y avait rien de pire que l'anarchie : le cauchemar, c'était que les curés, un jour, se mettent à prêcher dans leurs églises que le sang de Jésus coule de nouveau par la faute des Juifs, que les cloches recommencent à sonner leur glas sinistre, et que les paysans en l'entendant se remplissent la panse d'eau-de-vie et prennent leurs haches et leurs fourches, c'est comme ça que ça démarrait toujours.

« Personne ne se doutait vraiment de ce qui nous attendait, mais dans les années vingt, quasiment tout le monde savait au fond que les Juifs n'avaient pas d'avenir ni chez Staline ni en Pologne ni dans toute l'Europe de l'Est, et c'est de cette façon que l'idée de la Palestine s'est renforcée — pas chez tout le monde, bien sûr, les orthodoxes étaient farouchement contre, comme les bundistes, les yiddishistes, les communistes, et les assimilés qui pensaient qu'ils étaient plus polonais que Paderewski et Mojczehowski, mais la plupart des hommes de la rue à Rovno, dans les années 1920, veillaient à ce que leurs enfants apprennent l'hébreu et fréquentent le réseau "Tarbout". Ceux qui avaient assez d'argent envoyaient leurs enfants étudier à Haïfa, au Technion, ou dans un lycée de Tel-Aviv, ou dans une école d'agriculture, et les échos qui nous parvenaient du pays étaient tout simplement merveilleux — les jeunes attendaient impatiemment leur tour. Entretemps, tout le monde lisait les journaux en hébreu, discutait, chantait des chansons hébraïques, récitait Bialik et Tchernichovsky, formait quantité de partis et de groupes, confectionnait des uniformes et des drapeaux, il y avait un grand enthousiasme national. Ça ressemble énormément à ce qu'on voit aujourd'hui chez les Palestiniens, sans l'effusion de sang. Chez les Juifs d'aujourd'hui, on ne trouve presque plus un tel patriotisme.

« On savait bien sûr à quel point c'était dur en Israël : qu'il y faisait très chaud, qu'il y avait le désert, les marais, le chômage, des Arabes pauvres dans les villages, mais on voyait sur la grande carte accrochée en classe que les Arabes n'étaient pas nombreux, peut-être un demi-million, moins d'un million en tout cas, on était sûr qu'il y avait assez de place pour quelques millions de Juifs de plus, que les Arabes étaient peut-être simplement excités contre nous, comme les masses en Pologne, mais qu'on pourrait leur expliquer et les convaincre que nous serions une bénédiction pour eux, sur le plan économique, médical, culturel, etc. Nous pensions que dans peu de temps, quelques années au plus, les Juifs seraient la majorité dans le pays — et que nous donnerions immédiatement au monde entier l'exemple de ce qu'il fallait faire avec notre minorité, les Arabes : nous qui avions toujours été une minorité opprimée, nous traiterions naturellement la minorité arabe avec justice et intégrité, avec bienveillance, nous les associerions à notre patrie, nous partagerions tout, nous ne les changerions jamais en chats. C'était un beau rêve.

*

« Dans chaque classe du réseau "Tarbout", du jardin d'enfants au collège et au lycée, trônait un grand portrait d'Herzl, à côté d'une immense carte de Dan à Beer Sheba où les villages pionniers étaient marqués en gras, d'un tronc du Fonds national juif, d'images de pionniers au travail et de devises accompagnées de fragments de poésie. Bialik s'était rendu deux fois à Rovno, de même que Saül Tchernichovsky et Asher Barash, me semble-t-il, ou peut-être était-ce quelqu'un d'autre. Des dirigeants venaient nous voir d'Eretz-Israël presque chaque mois, Zalman Rubashov, Tabenkin, Ya'akov Zeroubavel, Zeev Vladimir Jabotinsky.

« Nous organisions en leur honneur de grands défilés avec des décorations, des lampions, des transports d'enthousiasme, des slogans, des brassards, des chansons, le maire polonais en personne se rendait sur la place, et on avait un peu l'impression d'être un peuple nous aussi et non plus un tas d'ordures. Tu as peut-être du mal à comprendre, mais à l'époque les Polonais étaient des patriotes fanatiques, comme les Ukrainiens, les Allemands et les Tchèques, tout le monde, même les Slovaques, les Lituaniens et les Lettons, sauf nous qui n'avions pas de place dans ce carnaval, nous n'appartenions à rien et personne ne voulait de nous. Il n'y avait donc rien d'extraordinaire à ce que nous désirions devenir un peuple comme tout le monde. Nous n'avions pas le choix.

« Mais notre éducation n'avait rien de chauvin. L'éducation de "Tarbout" était humaniste, progressiste, démocratique, artistique et scientifique. Les garçons et les filles avaient les mêmes droits. On nous avait appris à traiter les autres peuples avec respect : l'homme avait été créé à l'image de Dieu, même s'il l'oubliait le plus souvent.

« Tout petits déjà, nos pensées se tournaient vers la terre d'Israël, nous savions par cœur où se trouvaient les villages, ce qu'on cultivait dans les champs de Beer Toviya, le nombre d'habitants de Zikhron Ya'akov, qui avait construit la route Tibériade-Tsemah, et quand on s'était installé sur le mont Gilboa. On savait même ce qu'on y mangeait et comment on s'habillait.

« Je veux dire qu'on croyait le savoir. En fait, nos professeurs l'ignoraient, ce qui fait que, même s'ils avaient voulu nous parler des mauvais côtés, ils ne l'auraient pas pu : il n'en avaient aucune idée. Ceux qui venaient d'Eretz-Israël, les émissaires, les moniteurs, les dirigeants, tous ceux qui effectuaient l'aller et retour, nous en brossaient un tableau attrayant. Et nous refusions d'écouter ceux qui nous racontaient des choses moins agréables. Nous les faisions taire. Ils nous répugnaient.

*

« Le directeur de notre lycée était un homme charmant, un merveilleux pédagogue à l'esprit sagace, avec une âme de poète. Il s'appelait Reiss, docteur Reiss, Issachar Reiss. Il venait de Galicie et était très vite devenu l'idole des jeunes. Toutes les filles l'aimaient en secret, même ma sœur Haïa qui se distinguait au lycée par son énergie et son charisme, et même Fania, ta mère, sur laquelle le docteur Reiss exerçait une influence mystique et qu'il orientait avec tact vers l'art et la littérature. Il était si beau et viril, le genre Valentino ou Ramon Navarro, chaleureux et compatissant, il se fâchait très rarement, et quand c'était le cas, il n'hésitait pas à convoquer ensuite l'élève pour s'excuser de s'être mis en colère.

« La ville entière était sous le charme. Je pense que les mères rêvaient de lui la nuit et que leurs filles fondaient devant lui le jour. Les garçons n'étaient pas en reste : ils s'efforçaient de l'imiter. De parler comme lui. De toussoter comme lui. De s'interrompre au milieu d'une phrase, comme lui, avant de se poster quelques minutes à la fenêtre, plongés dans leurs pensées. Il aurait pu être un grand séducteur. Mais non : pour autant que je sache, il était marié — pas très heureusement — à une femme qui ne lui arrivait pas à la cheville, et se comportait en père de famille modèle. Il aurait pu tout aussi bien être un grand leader car il avait un don : les gens se seraient jetés au feu pour lui et ils auraient fait n'importe quoi pour s'attirer un sourire ou un compliment de sa part. Tout le monde adoptait ses idées. On imitait son humour. Et il croyait que ce n'était qu'en Eretz-Israël que les Juifs guériraient de leurs troubles mentaux et prouveraient à eux-mêmes et au monde qu'ils n'avaient que de belles qualités.

« En dehors de lui, il y avait d'autres professeurs exceptionnels : Menahem Gelehrter, par exemple, qui nous enseignait la Bible comme s'il s'était trouvé en personne dans la vallée d'Elah, à Anatoth ou dans le temple des Philistins, à Gaza. Il nous apprenait aussi la littérature hébraïque et la littérature générale, et je me souviens qu'un jour il nous avait démontré, strophe à strophe, que Bialik ne le cédait en rien à Tchernichovsky. Une fois par semaine, Menahem Gelehrter nous emmenait en excursion en Israël, en Galilée, dans les villages de Judée, la vallée de Jéricho ou dans les rues de Tel-Aviv : il nous apportait des cartes et des photos, des articles de journaux, des poèmes et des morceaux choisis, des passages bibliques, des textes géographiques, historiques et archéologiques, tant et si bien qu'on éprouvait à la fin une douce lassitude, comme si on avait vraiment été là-bas, pas seulement en pensée, et qu'on s'y était promené sous le soleil et dans la poussière, parmi les orangers, la cabane dans la vigne, les haies de figuiers de Barbarie et les tentes des pionniers dans les vallées. Voilà comment je suis arrivée en Israël bien avant d'y venir réellement.

## 27

« À Rovno, Fania avait un ami, un soupirant, un jeune homme délicat et profond qui s'appelait Tarla, ou Tarlo. Ils avaient créé une sorte de petite union d'étudiants sionistes à laquelle appartenaient ta mère, Tarlo, ma sœur Haïa, Estherké Ben-Méïr, Fania Weissmann, et peut-être aussi Fania Sonder, Lilia Kalisch, qui devint plus tard Léa Bar-Samkha, etc. Haïa animait naturellement le groupe jusqu'à son départ pour Prague. Ils avaient un tas de projets, comme vivre en Palestine où ils s'emploieraient à promouvoir la vie artistique et culturelle sans jamais se perdre de vue. En l'absence des filles — les unes étudiant à Prague, les autres ayant immigré en Palestine — Tarlo se mit à me faire la cour. Vêtue d'une robe verte et d'un fichu blanc, je l'accompagnais rue Czecziego Maya, rue Topoliwa, rebaptisée rue Pilsudski, dans les jardins du château, le bois de Gravni, nous poussions parfois jusqu'à l'Ostia, le vieux quartier, les alentours de la citadelle où se trouvaient la grande synagogue et l'église catholique. Nous nous contentions de parler. Sauf à deux ou trois reprises où nous nous étions donné la main. Pourquoi ? C'est difficile à t'expliquer et, de toute façon, vous, les jeunes d'aujourd'hui, vous ne comprendriez pas. Peut-être même vous moqueriez-vous de nous : nous étions terriblement pudiques. Nous étions engoncés dans un corset de honte et de terreur.

« Ce Tarlo se prenait pour un très grand révolutionnaire, mais il piquait un fard pour un oui ou pour un non : s'il lui arrivait de prononcer le mot « femmes », « allaiter », « jupe » ou même « jambes », il rougissait jusqu'aux oreilles, une véritable hémorragie, et il en bafouillait de confusion. Il monologuait sur la technologie et la science, étaient-elles une bénédiction pour l'humanité ? Ou une malédiction ? Ou les deux ? Il s'enthousiasmait à l'idée que la misère, l'injustice et les maladies, ni même la mort n'existeraient plus dans l'avenir. Il était un peu communiste sur les bords, ce qui ne l'avait pas vraiment aidé : à l'arrivée de Staline, en quarante et un, il avait été pris et il avait disparu.

« Il n'y a pratiquement pas eu de survivants parmi les Juifs de Rovno, excepté ceux qui ont immigré à temps en Israël, la minorité partie aux États-Unis, et ceux qui, d'une manière ou d'une autre, ont échappé aux bolcheviks. Les Allemands n'ont épargné personne, sauf ceux dont s'est chargé Staline. Non, je ne voudrais pas y retourner : pour quoi faire ? Pour me languir là-bas d'Israël qui n'existe plus et n'a peut-être jamais existé ailleurs que dans nos rêves de jeunesse ? Pour prendre le deuil ? Pour ça, je n'ai vraiment pas besoin de bouger de la rue Weisel, pas même de chez moi. Je m'assois là, dans mon fauteuil, et je fais mon deuil plusieurs heures par jour. Ou en regardant par la fenêtre. Non, je ne porte pas le deuil de ce qui n'est plus mais de ce qui n'a jamais existé. Je n'ai plus à porter le deuil de Tarlo, puisque près de soixante-dix ans ont passé, et puis de toute façon, il ne serait plus en vie aujourd'hui, même si

Staline ne l'avait pas tué, il serait mort ici, à la guerre ou dans un attentat, ou alors du cancer ou du diabète. Non ! Je porte le deuil de ce qui n'a jamais existé. Des belles images que nous imaginions et qui se sont effacées.

*

« Je me suis embarquée à Trieste à bord d'un cargo roumain, le *Contanza*, et je me rappelle que, bien qu'athée, je n'avais pas voulu manger de porc — pas à cause de Dieu, après tout, c'était Lui qui avait créé le porc, et Il n'avait pas été dégoûté, et quand on égorge un porcelet qui crie et supplie de la voix d'un enfant qu'on torture, Dieu voit et entend chaque grognement et Il a pitié du porc torturé autant que des êtres humains. Il s'attendrit sur le porcelet ni plus ni moins que sur les rabbins et les hassidim qui respectent les commandements et Le servent leur vie durant.

« Ce n'est pas à cause de Dieu, mais parce que ça ne me disait rien, en route vers Eretz-Israël, de m'empiffrer sur ce bateau de cochon fumé, salé ou de saucisses. À la place, je m'étais gavée d'un pain blanc délectable et nourrissant. La nuit, je dormais sous le pont des troisièmes classes, dans un dortoir, à côté d'une jeune Grecque avec sa petite fille qui avait six semaines au maximum. Le soir, nous la bercions toutes les deux dans un drap en guise de berceau pour la calmer et l'endormir. Nous n'échangions pas un mot car nous ne parlions pas la même langue, et c'est peut-être pour ça que nous nous sommes séparées affectueusement.

« Je me souviens de m'être demandé pourquoi j'allais en Israël. Juste pour vivre entre Juifs ? Pourtant, cette Grecque qui ne savait sans doute pas ce qu'était un Juif m'était plus proche que le peuple juif tout entier ! Le peuple juif avait subitement l'air d'un grand bloc transpirant dans les intestins duquel on voulait me faire entrer pour qu'il me digère à l'aide de ses sucs digestifs, alors je me suis dit, Sonia, c'est vraiment ce que tu veux ? C'est curieux, mais je n'avais jamais eu peur à Rovno d'être digérée dans l'intestin du peuple juif. Je n'ai plus jamais éprouvé cette inquiétude en Israël. C'était juste cette fois-là, sur le bateau, pendant le trajet, le bébé grec endormi sur mes genoux que je sentais à travers le tissu de ma robe, comme s'il était véritablement la chair de ma chair, même s'il n'était pas juif, malgré le méchant Antiochus et ce chant de Hanoukka qui n'est pas très joli, *maoz tsour*, mon rocher, mon refuge, et dont mieux vaut oublier les paroles nazies. Bon, nazies, c'est peut-être un peu exagéré, mais elles ne sont quand même pas jolies jolies.

*

« Un matin très tôt, je peux même te dire la date, c'était exactement trois jours avant la fin trente-huit, le mercredi vingt-huit décembre, peu après la fête de Hanoukka, et justement, le ciel était limpide, presque sans nuages, à six heures du matin, je m'étais habillée chaudement, d'un pull et d'une veste, et j'étais montée sur le pont pour observer la ligne grise de l'horizon. J'avais dû rester là une heure sans apercevoir autre chose que des mouettes. Le soleil hivernal s'était brusquement levé et Tel-Aviv avait surgi au loin : des rangées d'immeubles blancs, carrés, rien à voir avec une ville ou un village de Pologne ou d'Ukraine, avec Rovno, Varsovie ou Trieste, mais ça ressemblait beaucoup aux images accrochées aux murs dans les classes du jardin d'enfants ou du lycée Tarbout, et aussi aux dessins et aux photos que nous montrait notre professeur, Menahem Gelehrter. J'étais à la fois sidérée et pas vraiment étonnée.

« Je ne peux pas te décrire la joie qui m'avait submergée, j'avais envie de crier, de chanter, c'est à moi ! Tout ça est à moi ! C'est réellement à moi ! C'est curieux, mais auparavant, ni dans notre maison, ni dans le verger, ni à la minoterie, je n'avais jamais éprouvé une telle sensation d'appartenance, une joie possessive, si tu vois ce que je veux dire. De toute ma vie, ni avant ce matin-là ni après, je n'avais ressenti une telle joie : j'allais être enfin chez moi, je pourrai enfin tirer les rideaux, oublier les voisins et faire ce qui me plaît. Ici, je n'aurais pas à être polie, à avoir honte de qui que ce soit, à m'inquiéter de ce que les paysans penseraient de nous, de ce que dirait le curé ou de l'impression que nous produirions sur l'intelligentsia et je ne serais pas obligée de me faire valoir aux yeux des goyim. Et même quand nous avons acheté notre premier appartement, à Holon, ou celui-là, rue Weisel, je n'avais pas spécialement eu le sentiment d'être propriétaire. Pas comme ce fameux matin, à sept heures, devant une ville que je ne connaissais pas, un pays où je n'avais même pas encore mis les pieds, de curieuses maisons blanches comme je n'en avais vu de ma vie ! Tu ne comprends pas, hein ? Ça te paraît un peu ridicule ? Ou idiot ? Non ?

« À onze heures du matin, nous avions embarqué avec les valises dans un canot à moteur conduit par un matelot, une sorte de goy ukrainien grand et poilu, en sueur, assez terrifiant, qui, lorsque je l'avais remercié poliment en ukrainien et que j'avais voulu lui donner une pièce, s'était exclamé dans un hébreu parfait, « quelle idée, ma belle, pas besoin, mais si vous me donniez un petit baiser à la place ? ».

« Il faisait beau, un peu frais, et je me souviens d'une odeur agréable, un peu grisante, une odeur très forte de goudron bouillant, et dans l'épaisse fumée qui se dégageait des tonneaux de goudron, on venait sans doute d'asphalter une place ou un quai, à travers la fumée noire j'avais soudain aperçu le visage rieur de ma mère, et mon père, très ému, et ma sœur Haïa avec son mari, Tsvi, que je ne connaissais pas — dès que je l'avais vu, je m'étais dit : quel homme elle s'est trouvé ! Beau, généreux, souriant ! Et ce n'est qu'après avoir étreint et embrassé tout le monde que je m'étais aperçue que ma sœur Fania, ta mère, était là. Elle se tenait un peu à l'écart, à distance des barils en ébullition, vêtue d'une jupe longue et d'un tricot bleu, elle attendait tranquillement son tour, après les autres.

« Et si je m'étais tout de suite rendu compte que ma sœur Haïa était épanouie — vive, le rose aux joues, sûre d'elle, déterminée — je voyais que Fania ne se sentait pas très bien : elle était très pâle et plus silencieuse qu'à l'ordinaire. Elle était venue de Jérusalem exprès pour moi, excusant Arié, son mari, ton père, qui n'avait pu obtenir un jour de congé, et elle m'avait invitée à venir chez elle, à Jérusalem.

« Au bout d'un quart d'heure ou d'une demi-heure, j'avais constaté qu'il lui était pénible de rester si longtemps debout. Et avant qu'elle-même ou que quelqu'un d'autre ne me l'ait dit, j'avais découvert qu'elle supportait mal sa grossesse, c'est-à-dire toi. Elle devait être à peine au troisième mois, mais elle avait les joues creuses, les lèvres blanches, et on aurait dit que son front était couvert de nuages. Sa beauté n'avait pas disparu, au contraire, mais c'était comme si elle se dissimulait sous un voile gris qu'elle ne retirerait plus, jusqu'à la fin.

« Haïa avait toujours été la plus éblouissante, la plus remarquable de nous trois, elle était intéressante, brillante, elle avait du chien, mais un observateur plus perspicace pouvait voir que Fania était quand même la plus belle. Moi ? Je ne comptais pratiquement pas : j'étais la petite sotte. Je pense que notre mère admirait Haïa et était fière d'elle, papa, lui, faisait de son mieux pour cacher qu'il préférait Fania. Moi, je n'étais la chouchoute ni de mon père ni de ma mère. Sauf peut-être de grand-père Éphraïm, ce qui ne m'empêchait pas d'aimer tout le monde : je n'étais pas envieuse et je ne récriminais pas. Quand on est mal-aimé, si on n'est pas jaloux ni amer, on trouve peut-être en soi des ressources d'amour inépuisables. Non ? Je ne suis pas très sûre de ce que j'avance. Je me raconte sûrement des histoires comme avant de dormir. Peut-être tout le monde se raconte des histoires avant de dormir pour que ce soit un peu moins dur. Ta mère m'a serrée dans ses bras en disant : "Sonia, c'est merveilleux que tu sois là et que nous soyons tous réunis, nous devons nous entraider ici, et ce sont surtout nos parents que nous devons soutenir." L'appartement de Haïa et de Tsvi était peut-être à un quart d'heure du port, et mon valeureux beau-frère avait porté mes bagages pratiquement tout seul. En chemin, nous avions vu des maçons en train de construire un grand bâtiment, c'était l'École normale qui existe toujours rue Ben Yehouda, un peu avant le croisement du boulevard Nordau. À première vue, on aurait dit des gitans ou des Turcs, mais Haïa m'avait confirmé que c'étaient des Juifs basanés. Des Juifs comme ça, je n'en avais jamais vu, sauf en images. Je me suis mise alors à pleurer, parce que ces ouvriers étaient si robustes et si joyeux, mais aussi parce que, parmi eux, j'avais vu deux ou trois enfants qui ne devaient pas avoir plus de douze ans. Ils portaient sur le dos un lourd chargement de parpaings à l'aide d'une sorte d'échelle de bois. J'avais les larmes aux yeux à ce spectacle, des larmes de joie, d'humiliation ou de chagrin. C'est un peu difficile à expliquer.

« Dans le minuscule appartement de Haïa et de Tsvi, rue Ben Yehouda, non loin de la rue Jabotinsky, nous attendaient Yigael et la voisine qui l'avait gardée en notre absence — c'était un enfant éveillé et rieur comme son père, qui devait avoir un an et demi. Je m'étais lavé les mains et j'avais étalé un linge sur ma poitrine avant de prendre Yigael dans mes bras et de l'embrasser tendrement, sans la moindre envie de pleurer cette fois, et sans la joie sauvage que j'avais éprouvée sur le bateau non plus, c'était une sorte d'approbation intérieure, au plus profond de moi, du fond du puits, pour ainsi dire, du fait que nous étions ici et non dans la maison de la rue Dubinska. Brusquement, je regrettais de ne pas avoir accordé au marin effronté et transpirant le baiser qu'il me demandait. Quel était le rapport ? Je l'ignore encore, mais c'était ce que j'avais ressenti à ce moment-là.

« Le soir, Tsvi et Fania m'avaient emmenée faire un petit tour en ville, c'est-à-dire que nous nous étions promenés sur l'avenue Allenby et le boulevard Rothschild parce que la rue Ben Yehouda ne faisait pas vraiment partie de Tel-Aviv à l'époque — le nord de la rue Ben Yehouda, en ce temps-là, c'était un peu comme Or Yehouda, la banlieue d'aujourd'hui. Tout avait l'air si propre, si beau, avec les bancs publics, les réverbères et les enseignes en hébreu : Tel-Aviv ressemblait à une très belle exposition dans la cour du lycée Tarbout.

« Depuis cette fin décembre 1938, je ne suis plus jamais repartie, sauf peut-être en imagination, et je ne repartirai plus. Israël n'a rien d'extraordinaire, ce n'est pas ça, c'est parce que aujourd'hui je trouve que les voyages sont une stupidité : le seul voyage dont on ne revient pas toujours les mains vides est intérieur. Là, il n'y a ni frontières ni douane, et on peut même atteindre les planètes les plus lointaines. On peut aussi flâner dans des endroits qui n'existent plus, rendre visite à des gens qui ne sont plus. On pourrait d'ailleurs se rendre dans des lieux qui n'existent pas et ne pourraient jamais exister, mais où l'on est bien. Ou, au moins, pas mal. Et toi ? Tu aimerais un œuf sur le plat ? Avec de la tomate, du fromage et une tranche de pain ? Tu préférerais un avocat ? Non ? Tu es encore pressé ? Prends au moins encore un peu de thé. »

*

C'est à l'université de mont Scopus, ou peut-être dans l'une des pièces exiguës de Kerem Avraham, de Geoula, d'Ahva où s'entassaient alors les étudiantes et les étudiants sans le sou à deux ou à trois par chambre, que s'étaient rencontrés Fania Mussman et Arié Klausner. C'était en 1935 ou 1936. Je sais que ma mère logeait à l'époque dans un meublé au 42, rue Tsephaniah, avec deux autres camarades de Rovno, étudiantes elles aussi, Estherké Weiner et Fania Weissmann. On m'a dit qu'elle a été très courtisée. Et Estherké Weiner m'avait confié qu'elle avait eu quelques amourettes plus ou moins sérieuses.

Quant à mon père, m'a-t-on dit, il recherchait la compagnie des femmes, il était bavard, brillant causeur, il aimait plaisanter, il attirait l'attention, voire les moqueries. « Une encyclopédie ambulante », le surnommaient ses camarades. Qu'on l'en prie ou non, pour impressionner la galerie, il citait le nom du président finlandais, traduisait le mot « tour » en sanskrit ou donnait les sources du mot « pétrole » dans la Michna.

Avec une joie tonitruante, il aidait les étudiantes qui lui plaisaient à rédiger leurs devoirs et, le soir, il flânait avec elles dans les rues de Mea She'arim ou les sentiers de Sanhédriya et leur offrait un verre d'eau gazeuse, il participait à des excursions dans des lieux saints ou des sites archéologiques, il adorait débattre, déclamer à haute voix et avec outrance les poèmes de Mickiewicz ou de Tchernichovsky. Mais ses rapports avec les jeunes filles se résumaient généralement à des discussions intellectuelles et des promenades vespérales : apparemment, les filles n'éprouvaient pour lui qu'une attirance cérébrale. En fait, peut-être que sa bonne fortune n'était pas très différente de celle de la plupart des jeunes gens de l'époque.

J'ignore quand et comment mes parents se sont rapprochés et s'ils s'aimaient encore avant que je les connaisse. Ils se sont mariés au début de l'année 1938, sur la terrasse des bureaux du rabbinat, rue Yafo, lui en costume noir à fines rayures blanches, cravate et pochette blanche, et elle dans une longue robe blanche qui mettait en valeur son teint mat et sa splendide chevelure noire. Fania quitta avec son maigre bagage la chambre d'étudiant de la rue Tsephaniah qu'elle partageait avec ses amies pour emménager dans celle qu'Arié louait aux Zarchi, rue Amos.

Quelques mois plus tard, alors que ma mère était enceinte, ils déménagèrent dans l'immeuble d'en face, dans le minuscule deux-pièces à moitié en sous-sol. C'est là qu'est né leur fils unique. Quelquefois, mon père plaisantait à sa façon anémique à propos du fait qu'en ces années-là le monde n'était effectivement pas l'endroit adéquat où faire naître des bébés (papa usait et abusait de l'adverbe « effectivement », de même que des mots et expressions « néanmoins », « dans un certain sens », « indubitable », « en deux temps trois mouvements », « d'un autre côté » et « quelle honte »). En disant que le monde n'était pas l'endroit adéquat où faire naître des bébés, il me reprochait à demi-mot d'être né d'une manière insouciante et irresponsable, à l'encontre de ses projets et de ses attentes, j'étais effectivement né avant qu'il n'ait atteint les objectifs qu'il s'était fixés, et c'est à cause de ma naissance qu'il avait raté le coche. Peut-être ne voulait-il rien sous-entendre mais badiner comme d'habitude : papa lançait généralement une boutade pour rompre le silence. Il estimait que le silence lui était toujours hostile. Ou qu'il en était responsable.

## 28

De quoi se composaient les repas des ashkénazes pauvres dans les années 1940 ? Chez nous, on mangeait du pain bis avec des rondelles d'oignon et des olives coupées en deux et, parfois, de la crème d'anchois ; il y avait également du poisson fumé et du hareng provenant des tonneaux odorants, entreposés dans un coin de l'épicerie de M. Auster ; pour les grandes occasions, on dégustait des sardines, considérées comme une nourriture de choix. On consommait aussi des courgettes, du potiron, des aubergines cuites, frites ou en salade, baignant dans l'huile, l'ail et l'oignon émincés.

Le petit déjeuner était constitué de tartines de pain bis à la confiture et, de temps à autre, de tartines de fromage (débarquant du kibboutz Houlda à Paris, pour la première fois, en 1969, j'avais fait rire mes hôtes en leur apprenant qu'il n'y avait que deux sortes de fromages en Israël : le fromage blanc et le fromage jaune). Le matin, on me donnait généralement des flocons d'avoine qui avaient un goût de colle, remplacés, quand je menaçais de faire grève, par de la semoule saupoudrée d'une pincée de cannelle. Le matin, ma mère buvait du thé au citron dans lequel elle trempait quelquefois un biscuit brun. Papa prenait au petit déjeuner une tranche de pain bis tartinée de marmelade jaune et gluante, la moitié d'un œuf dur, des olives, des rondelles de tomate, de poivron et de concombre pelé, et un yaourt Tnouva, dans un pot en verre épais.

Mon père se levait très tôt, une heure ou une heure et demie avant ma mère et moi : à cinq heures et demie, debout devant le miroir de la salle de bains, il étalait de la neige sur ses joues avec un blaireau et se rasait en fredonnant pianissimo des chants patriotiques d'une voix de fausset à vous donner la chair de poule. Après quoi, il buvait son thé dans la cuisine en lisant le journal. Quand c'était la saison, il nous apportait au lit, à maman et à moi, un verre de jus d'orange pressée à l'aide d'un presse-citron. Et comme la saison des agrumes débutait en hiver et qu'en ce temps-là on croyait que boire glacé par temps froid rendait malade, mon père poussait le zèle jusqu'à allumer le réchaud avant de presser les oranges, il y mettait une casserole d'eau et, lorsqu'elle était sur le point de bouillir, il y déposait délicatement les deux verres de jus d'orange qu'il remuait avec une petite cuillère pour que la chaleur se diffuse uniformément et ne se concentre pas sur les bords. Alors, rasé, habillé et cravaté, le tablier à carreaux de maman protégeant son costume bon marché, il réveillait ma mère (dans la bibliothèque) et moi (dans ma chambrette au bout du couloir) et nous tendait le verre de jus d'orange réchauffé. Je buvais ce breuvage tiède comme si c'était un médicament tandis que, planté à côté de moi dans son tablier quadrillé, avec sa modeste cravate et son costume usé aux coudes, il attendait que je lui rende le verre vide. Dans l'intervalle, papa cherchait quoi dire : il se sentait coupable des blancs. Alors il se mettait à plaisanter à sa manière un peu lourde :

> *Bois donc, mon fils*
> *cette orange pressée*
> *car moi*
> *je ne suis pas pressé.*

Ou :

> *Si chaque matin tu bois une orange pressée*
> *tu grandiras et deviendras un soldat zélé.*

Et même :

> *Gorgée après gorgée*
> *tu construis ton corps*
> *et ta personnalité.*

Et les matins où il se sentait d'humeur plus cartésienne que lyrique :

« Les agrumes sont l'orgueil de notre pays! Les oranges de Jaffa sont prisées dans le monde entier! À ce propos, Jaffa, de même que Japhet, dérive probablement de "yofi", beauté, un substantif très ancien dont la racine est peut-être akkadienne, "faya", et qui est devenu "wafi", en arabe, et en amharique, si je ne me trompe, "tawafa". Et maintenant, mon joli, reprenait-il avec un sourire modeste, secrètement réjoui du bon mot qu'il venait de trouver, c'est bien joli, mais termine joliment ton verre pour que je puisse le rapporter à la cuisine. »

Ces jeux d'esprit et ces bons mots, qu'il appelait calembours, ou « paronymes », le plongeaient dans une jubilation bienveillante : il croyait pouvoir ainsi dissiper la morosité et l'inquiétude et dispenser la bonne humeur et la sérénité dans son entourage. Si, par exemple, ma mère annonçait que notre voisin,

M. Lemberg, était rentré la veille de l'hôpital Hadassah du mont Scopus, qu'il avait l'air encore plus mal en point qu'avant son hospitalisation et qu'à ce qu'on disait sa maladie était incurable, papa établissait en soupirant le rapprochement entre le mot « anouch », incurable, « enoch », homme, et « noach », désespéré, et citait Jérémie : « Perfide est le cœur plus que tout, il est incurable, qui peut le connaître ? », et les Psaumes : « L'homme, ses jours sont comme l'herbe. » Comment expliquer « ces enfantillages, cette tendance à faire le malin à propos de tout et de n'importe quoi, même de la grave maladie de M. Lemberg ? s'étonnait ma mère. Se figurait-il que la vie était une fête de classe ou une soirée entre célibataires où l'on rivalisait de traits d'esprit ? ». Papa méditait quelque temps sur ce mouvement d'humeur, il se rétractait, s'excusait de cette plaisanterie (qu'il appelait boutade), il avait pourtant les meilleures intentions du monde, et puis M. Lemberg serait bien avancé si nous nous mettions à le pleurer de son vivant. « Même quand tu as de bonnes intentions, tu te débrouilles pour avoir mauvais goût, disait maman : que tu fasses le pédant ou le modeste, il faut que tu plaisantes. » Là-dessus, ils passaient au russe d'une voix tchernovitsienne assourdie.

*

À midi, à mon retour du jardin d'enfants de Mme Pnina, maman bataillait par tous les moyens, la corruption, les supplications et des histoires de princesses et de démons, pour me faire avaler sans que je m'en aperçoive du potiron aqueux et des courgettes morveuses (qu'on appelait par leur nom arabe, *koussa*), des boulettes confectionnées avec un peu de viande hachée mélangée à du pain (dont on essayait de masquer le goût avec une pointe d'ail).

On me forçait souvent à avaler, avec force larmes, dégoût et colère, des beignets d'épinards, des épinards en branches, de la betterave, du bortsch, du chou aigre, de la choucroute, des carottes râpées ou cuites. On m'ordonnait quelquefois de traverser des déserts de gruau et d'épeautre, de mastiquer de fades massifs de choux-fleurs et des légumes secs indigestes — haricots, pois, fèves et lentilles. L'été, papa préparait une salade de tomates, concombres, poivrons, ciboulette et persil, coupés menu et luisants d'huile d'olive.

De loin en loin apparaissait un invité de marque : un morceau de poulet, immergé dans du riz ou échoué sur un écueil de purée de pommes de terre, dont le mât et les voiles étaient décorés de persil et le pont soigneusement gardé par une armée de carottes cuites et de courgettes rachitiques. Deux cornichons figuraient la poupe de ce destroyer et, si l'on parvenait à le liquider entièrement, on gagnait, comme prix de consolation, un pudding rose fait à base de poudre, ou de la gelée jaune, également à base de poudre, qu'on appelait « gelée », comme en français, ce qui nous menait par un raccourci à Jules Verne, au mystérieux *Nautilus* et au capitaine Nemo qui, désespérant du genre humain, s'était réfugié dans son royaume caché au fond de l'océan où, c'était décidé, j'irais bientôt le rejoindre.

*

Avant le sabbat et les fêtes, ma mère achetait une carpe dès le milieu de la semaine. Toute la journée, la prisonnière faisait obstinément des longueurs d'un bout à l'autre de la baignoire, cherchant inlassablement un passage sous-marin secret vers la mer. Je la nourrissais de miettes de pain. Mon père m'avait enseigné que dans notre code secret, connu de nous seuls, le poisson s'appelait noun. J'étais vite devenu ami avec Nouni : il reconnaissait mes pas de loin, nageait au bord de la baignoire et sortait hors de l'eau une bouche qui me rappelait des choses auxquelles mieux vaut ne pas songer.

À une ou deux reprises, je m'étais faufilé dans le noir pour voir si mon ami dormait la nuit dans l'eau froide, ce qui me semblait curieux, voire contraire aux lois naturelles, à moins que, une fois les lumières éteintes et sa journée de travail terminée, Nouni ne se glissât en rampant dans le panier de linge sale où, roulé en boule, il s'endormirait jusqu'au matin dans un nid douillet de serviettes et de dessous en flanelle, et à l'aube, il repartirait en catimini vers la baignoire pour faire son service dans la marine ?

Un jour, alors que j'étais seul à la maison, j'avais décidé de distraire la carpe qui se morfondait avec des îles, des détroits, des écueils et des récifs, sous la forme de divers ustensiles de cuisine que j'avais immergés dans l'eau de la baignoire. Avec la patience et l'acharnement du capitaine Achab, j'avais longtemps poursuivi, à l'aide d'une louche, mon Moby Dick qui s'échappait grâce aux cachettes sous-marines que j'avais semées pour lui au fond de la mer. Effleurant fugitivement ses écailles coupantes et froides, j'avais frissonné de crainte et de dégoût et aussi à cause d'une autre découverte terrifiante : jusqu'à ce matin-là, tout être vivant, un poussin, un enfant, un chat, était doux et tiède ; seul ce qui était mort se refroidissait et devenait dur et glacé, mais voilà que le paradoxe qu'incarnait le poisson, froid et dur mais vivant, humide, glissant, visqueux, cartilagineux et écailleux avec ses ouïes, qui se tordait et se débattait avec violence, dur et froid entre mes doigts, ce paradoxe m'avait tellement effrayé que je m'étais dépêché de libérer mon butin et de secouer, laver, savonner et me frotter les mains trois fois. La chasse était terminée. Au lieu de traquer Nouni, je m'étais longuement appliqué à regarder le monde à travers les yeux ronds et figés d'un poisson, sans paupières, sans cils et ne clignant jamais.

Et voilà comment m'avaient surpris papa, maman et ma punition, en entrant dans la salle de bains sans que je m'en aperçoive : assis sur le couvercle des WC, pétrifié dans la posture de Bouddha, bouche bée, le visage inerte, les yeux vitreux et fixes, comme deux perles de verre. Ils avaient découvert les ustensiles de cuisine que cet enfant débile avait déposés au fond de la baignoire pour figurer un archipel ou les fortifications sous-marines de Pearl Harbor. « Sa Majesté devra supporter cette fois encore les conséquences de ses actes, avait déclaré papa. Désolé. »

*

Le vendredi soir, on invitait grand-père et grand-mère, et aussi la Lilenka de maman avec son mari rondouillard, M. Bar-Samkha qui portait une barbe grise épaisse et bouclée comme un tampon à récurer. Il avait de curieuses oreilles, de taille inégale, on aurait dit un chien de berger avec une oreille dressée et l'autre basse (je l'appelais exprès M. Barbe-à-papa, imitant mon père qui, pour s'amuser, l'avait appelé à une ou deux reprises, hors de sa présence, M. Bar-Samba).

348

Après le bouillon de poule aux *kneydlekh*, sans crier gare, maman apporta sur la table le cadavre de mon Nouni, entier mais découpé à coups de couteau féroces en sept parts continues, somptueusement paré, tel le corps d'un roi porté au Panthéon sur un affût de canon. La dépouille royale, qui reposait dans une sauce riche de couleur crème sur un lit de riz blanc, était couronnée de pruneaux et de rondelles de carottes et noyée dans la verdure. Mais l'œil ouvert, accusateur et impitoyable de Nouni fixait ses meurtriers avec un air de reproche et de tristesse figés, dans un dernier cri de souffrance.

En croisant ce regard effrayant qui me criait que j'étais un nazi, un traître et un assassin, je me mis à pleurer en silence, la tête penchée sur la poitrine pour que personne ne le remarque. Lilenka, l'amie et confidente de ma mère, qui avait l'âme d'une puéricultrice et le corps d'une poupée de porcelaine, s'inquiéta et se dépêcha de me consoler : d'abord, elle me tâta le front et affirma, « non, il n'a pas de température ». Puis elle me caressa le bras et constata : « Mais oui, il a la chair de poule. » Ensuite, elle se pencha davantage, de sorte que son haleine me coupa le souffle, et déclara : « C'est sûrement psychologique, pas physique. » Là-dessus, avec l'allégresse de ceux qui ont raison, elle conclut à l'intention de mes parents qu'il y avait longtemps qu'elle leur disait que, comme tous les futurs artistes, vulnérables, fragiles, sensibles, complexes et qui possédaient un supplément d'âme, cet enfant commençait sa puberté en avance et qu'il valait mieux le laisser tranquille.

Papa réfléchit, pesa le pour et le contre, et trancha :

— Oui. Mais mange ton poisson d'abord. Comme tout le monde.

— Non.

— Non ? Pourquoi ? Qu'y a-t-il ? Son Excellence aurait-elle l'intention de congédier son équipe de cuisiniers, par hasard ?

— Je ne peux pas.

C'est alors que M. Barbe-à-papa se dévoua : dégoulinant de douceur, brûlant de jouer les médiateurs, il insista et transigea de sa voix ténue, lénifiante :

— Et si tu en mangeais un tout petit peu ? Une tranche symbolique, non ? Pour faire honneur à ta mère, à ton père et au sabbat ?

Mais Lilenka, sa femme, en personne sensible et émotive, s'empressa de prendre ma défense :

— Il ne faut pas le forcer ! Il a un blocage psychologique, ce petit !

\*

Dans mon enfance, à Jérusalem, Léa Bar-Samkha, Lilenka, Lilia Kalisch [1], était pratiquement un membre de la famille : c'était une petite femme, triste, pâle et fragile, aux épaules tombantes. Pendant des années, elle avait été professeur principal dans une école primaire, et elle avait même rédigé deux essais importants sur la psychologie de l'enfant. De dos, on aurait dit une gamine maigrelette de douze ans. Pendant des heures, ma mère et elle se perdaient en conciliabules : assises sur des tabourets de paille dans la cuisine ou sur des chaises qu'elles installaient dans un coin de la cour, elles chuchotaient ou, tête contre tête, elles se penchaient sur un livre ou un album d'art qu'elles tenaient ensemble sur leurs genoux.

Lilenka venait généralement quand papa était au

1. Pour différentes raisons, j'ai modifié certains noms.

travail : entre mon père et elle régnait, je crois, l'aimable répulsion édulcorée qui prédomine parfois entre le mari et la meilleure amie de son épouse. Si je m'approchais d'elle et de ma mère pendant qu'elles faisaient des cachotteries, elles s'interrompaient brusquement et reprenaient dès que j'étais hors de portée. Lilia Bar-Samkha m'accueillait avec son sourire nostalgique, perspicace-et-indulgent-sur-un-plan-affectif, mais ma mère me demandait de dire rapidement ce que je voulais et de les laisser seules. Elles partageaient un tas de secrets, ces deux-là.

Un jour que Lilenka était venue en l'absence de mes parents, elle m'avait longuement considéré d'un air triste et compréhensif en secouant la tête de haut en bas comme si elle était entièrement d'accord avec elle-même, avant de déclarer qu'elle m'aimait vraiment vraiment énormément depuis que j'étais haut comme ça et qu'elle s'intéressait beaucoup à moi. Pas comme le font ordinairement les grandes personnes qui vous demandent si vous travaillez bien en classe, si vous aimez jouer au football, si vous faites encore la collection de timbres, ce que vous voulez être quand vous serez grand, et toutes sortes de questions d'adultes insipides de cet acabit. Non ! C'est ce que je pensais qui l'intriguait, justement ! Mes rêves ! Ma vie intérieure ! Elle avait toujours pensé que j'étais spécial, original ! Une âme d'artiste en devenir ! Elle aimerait un jour — pas forcément maintenant — sonder le côté le plus intime, le plus délicat de ma jeune personnalité (j'avais alors une dizaine d'années) : par exemple, à quoi je pensais lorsque j'étais seul ? Ce qui se passait au fond de mon imagination ? Ce qui me faisait effectivement plaisir et ce qui me rendait réellement triste ? Ce qui m'enthousiasmait ? Ce qui me faisait peur ? Ce qui me dégoûtait ? Quel paysage m'attirait ? Si j'avais entendu parler de Janus Korczak ? Si j'avais lu *Yotam le magicien* ? Si je pensais secrètement au beau sexe ? Elle aurait bien voulu être, comment dire, à mon écoute. Ma confidente. Celle à qui je pouvais m'adresser. En dépit de la différence d'âge, etc.

J'étais pétri de bonnes manières concernant un tas de choses. Sur les questions de savoir ce qui m'enthousiasmait et ce qui me faisait peur, je répliquai : rien de particulier. Quant à ses propositions d'amitié, je répondis avec tact : « Merci, tante Lilia, c'est très gentil à toi. »

— Si jamais tu as besoin un jour de parler d'un sujet que tu n'as pas envie d'aborder avec tes parents, n'hésite pas. Viens me voir pour me raconter. Je garderai évidemment le secret. On pourra se donner des conseils tous les deux.

— Merci.

— Des choses dont tu ne peux parler à personne ? Des pensées qui font que tu te sens peut-être un peu seul ?

— Merci beaucoup. Puis-je t'offrir un verre d'eau ? Maman ne va pas tarder. Elle est juste à côté, à la pharmacie d'Heinemann. Ou est-ce que tu préfères lire le journal en l'attendant, tante Lilia ? Veux-tu que je mette le ventilateur en marche ?

## 29

Une vingtaine d'années plus tard, le 28 juillet 1971, quelques semaines après la parution de mon livre *Jusqu'à la mort*, je reçus une lettre de l'amie de ma mère qui avait alors dans les soixante ans : « ... Je sens que je ne me suis pas très bien comportée envers toi depuis la mort de ton père, qu'il repose en paix. Je me sens très déprimée et ne suis bonne à rien. Je reste cloîtrée chez moi (notre appartement est dans un état horrible... mais je n'ai le courage de rien faire) et j'ai peur de sortir — littéralement. J'ai trouvé des traits communs entre le héros de ta nouvelle *Un amour tardif* et moi — il me semble si familier, si proche. J'ai entendu une adaptation radiophonique de *Jusqu'à la mort* ainsi que les extraits que tu as lus à la télévision. Quelle merveilleuse surprise de te voir à l'écran, là, dans ma chambre. Je me suis demandé quelles étaient les sources de cette histoire singulière. J'ai du mal à imaginer ce qui te passait par la tête quand tu décrivais ces horreurs, ces atrocités. C'est épouvantable. Les portraits des Juifs — de fortes personnalités, certainement pas des victimes — m'ont impressionnée. Comme la description de l'eau rongeant lentement le métal... et l'image de Jérusalem, irréelle, inaccessible, qui n'est qu'aspiration, désir pour quelque chose qui n'est pas de ce monde. Au fil des pages, la mort semble inconcevable — et pourtant, j'y ai aspiré il n'y a pas si longtemps... Aujourd'hui plus que jamais, je me souviens de ce que me disait ta mère qui avait prévu l'échec de ma vie. Et moi qui prétendais que ma faiblesse était imaginaire, que j'étais blindée. J'ai l'impression de me désintégrer... c'est curieux, j'ai si longtemps rêvé de ce retour en Israël, et depuis qu'il s'est réalisé, je vis ici une sorte de cauchemar. Ne fais pas attention. Ça m'a échappé. Il n'y a rien à dire. La dernière fois que je t'ai vu, au cours de cette discussion véhémente avec ton père, je n'avais pas décelé cette tristesse en toi... Toute la famille vous embrasse. Je vais bientôt être grand-mère ! Amicalement et affectueusement, Lilia (Léa). »

Et dans une autre lettre, datée du 5 août 1979, Lilenka écrivait :

« ... mais laissons cela maintenant, si nous nous voyons un jour, je te parlerai des nombreuses interrogations que tes propos ont suscitées en moi. À quoi fais-tu allusion aujourd'hui dans "Notice biographique" (publié dans *Sous l'intense lumière*), à propos de ta mère qui se suicida "par déception ou nostalgie". Quelque chose avait mal tourné ? Pardonne-moi de remuer le couteau dans la plaie. La plaie de ton père, qu'il repose en paix, la tienne surtout, et même — la mienne. Si tu savais à quel point je ressens l'absence de Fania, ces derniers temps en particulier. Je me retrouve toute seule dans mon petit univers étriqué. Elle me manque. Comme une autre de nos amies de là-bas, Stefa, qui a quitté ce monde dans la peine et la souffrance en 1963... Elle était pédiatre et elle n'a connu que des déceptions, sans doute parce qu'elle faisait confiance aux hommes. Stefa ne voulait pas comprendre ce dont certains hommes étaient capables (j'espère que tu ne te sens pas visé). Nous étions très liées toutes les trois dans les années trente. Je suis le dernier des Mohicans des amis qui ont disparu. J'ai tenté deux fois de me suicider, en 71 et en 73, mais je n'ai pas réussi. Je ne recommencerai plus... Le moment n'est pas encore venu de te parler de tes parents... le temps a passé... non, je suis incapable d'écrire tout ce que je voudrais. Dire qu'avant je ne pouvais m'exprimer que par écrit. On se reverra peut-être... d'ici là, beaucoup de choses peuvent changer... À propos, sache que ta mère, d'autres camarades de l'"Hashomer Hatsaïr" de Rovno et moi considérions la petite-bourgeoisie comme le pire des phénomènes. Nous en faisions toutes partie. Ta mère n'a jamais été de "droite"... C'est seulement quand elle est entrée dans la famille Klausner qu'elle a fait semblant d'être comme eux : chez l'"oncle Yosef", il y avait tous les journaux du pays, sauf *Davar*. Le plus fanatique était son frère, Betsalel Elitsedek, l'homme délicat dont la femme s'était occupée du professeur pendant son veuvage. Il n'y a que ton grand-père Alexandre, qu'il repose en paix, que j'aimais beaucoup, beaucoup... »

Et dans un autre courrier, daté du 28 septembre 1980 :

« ... Ta mère venait d'une famille anéantie et elle a brisé la vôtre. Mais ce n'est pas sa faute... Je me rappelle qu'un jour, en 1963, tu étais venu chez nous... et je t'avais promis de t'écrire un jour sur ta mère... mais j'ai du mal à tenir cette promesse. J'ai même de la difficulté à rédiger une lettre... Si tu savais comme ta mère aurait voulu être une artiste, créer, depuis qu'elle était petite. Si seulement elle pouvait te voir aujourd'hui, te lire ! Et pourquoi ne l'a-t-elle pas pu ?

Dans une conversation en tête à tête, j'aurais peut-être le courage de te raconter des choses que je n'ose mettre par écrit. Affectueusement, Lilia. »

\*

Avant de mourir (en 1970), mon père eut le loisir de lire mes trois premiers livres, qu'il n'avait pas aimés outre mesure. Ma mère, naturellement, n'avait eu que le temps de voir mes rédactions scolaires et des poèmes enfantins que j'avais composés dans l'espoir de toucher les muses dont elle aimait me parler (mon père n'y croyait pas, de même qu'il méprisait les fées, les sorcières, les rabbins miraculeux, les lutins de la nuit, les saints et les justes, l'intuition, les miracles et les fantômes. Il se considérait comme un « libre-penseur », et croyait au rationalisme et au travail intellectuel acharné).

Si ma mère avait lu les deux nouvelles de *Jusqu'à la mort*, aurait-elle réagi comme son amie Lilenka Kalisch, « aspiration, désir pour quelque chose qui n'est pas de ce monde » ? C'est difficile à dire : un mince voile de tristesse rêveuse, d'émotions secrètes et de souffrances romantiques recouvrait ces jeunes filles de bonne famille de Rovno, comme si leur vie, là-bas, entre les murs de leur lycée, était dessinée avec un pinceau qui ne connaissait que les tonalités morbides et solennelles. Quoique ma mère se fût parfois rebellée contre elles.

Quelque chose dans le programme de ce lycée, dans les années vingt, ou une sorte de lichen romantique qui avait imprégné le cœur de ma mère et de ses amies, dans leur jeunesse, une brume affective, dense, russo-polonaise, à mi-chemin entre Chopin et Mickiewicz, entre les souffrances du jeune Werther et Byron, quelque chose relevant du crépusculaire entre le sublime, le tourment, le rêve et la solitude, des lucioles trompeuses « de l'aspiration et du désir » ont abusé ma mère pratiquement toute sa vie et l'ont séduite jusqu'à ce qu'elle se laisse prendre au piège et se suicide en 1952. Elle avait trente-neuf ans. J'en avais douze et demi.

*

Au cours des semaines et des mois qui suivirent sa mort, je n'ai pas songé une seconde à sa souffrance. Je me suis bouché les oreilles pour ne pas entendre le cri de détresse silencieux qui lui avait succédé et résonnait dans tout l'appartement. Je n'éprouvais pas la moindre compassion. Ni regrets. Pas même de tristesse parce qu'elle était morte : je ne ressentais qu'humiliation et colère. Quand mes yeux tombaient sur son tablier à carreaux qui était resté accroché derrière la porte de la cuisine plusieurs semaines après sa mort, j'étais furieux comme s'il retournait le couteau dans la plaie. Les objets de toilette de ma mère, son poudrier, sa brosse à cheveux, posés sur son étagère, la verte, dans la salle de bains, me faisaient mal, comme s'ils étaient restés là pour me narguer. La partie de la bibliothèque qui lui était réservée, ses chaussures vides, son odeur qui me prenait à la gorge quand j'ouvrais la porte du côté-de-maman dans la penderie m'enplissaient d'une rage impuissante. À croire que son pull, qui avait échoué on ne sait comment parmi les miens, me lançait un sourire narquois.

Je lui en voulais d'être partie sans me dire au revoir, sans m'embrasser, sans explication : pourtant, même un parfait étranger, un coursier, un colporteur qui frappait à la porte, ma mère ne le laissait jamais repartir sans lui proposer un verre d'eau, sans un sourire, un mot d'excuse, quelques paroles aimables. Quand j'étais petit, elle ne me permettait jamais d'aller seul à l'épicerie, dans une cour inconnue ou un jardin public. Comment avait-elle pu ? J'étais en colère pour mon père aussi, parce que sa femme lui avait fait honte, elle l'avait laissé tomber comme une vieille chaussette, comme dans les comédies au cinéma, comme si elle s'était enfuie avec un autre homme. Enfant, on me grondait et on me punissait si j'avais le malheur de ne pas donner signe de vie ne serait-ce que deux ou trois heures ; il y avait un règlement très strict à la maison : en partant, il fallait dire où l'on allait et à quelle heure on revenait. Ou laisser un mot à l'endroit habituel, sous le vase.

Chacun d'entre nous.

C'était de la dernière grossièreté de s'en aller au milieu d'une phrase. Elle qui était tellement à cheval sur le tact, l'amabilité, les bonnes manières, qui évitait de vexer, de faire souffrir, qui ménageait tout le monde avec tant de délicatesse ! Comment avait-elle pu ?

Je la détestais.

*

La colère s'était apaisée au bout de quelques semaines. Et avec elle, on aurait dit que la couche protectrice, la gangue de plomb qui, les premiers temps, avait amorti le choc et la douleur, avait sauté. J'étais sans défense.

Et cessant de haïr ma mère, je commençais à me faire horreur.

Mon cœur n'était toujours pas prêt à accueillir la souffrance de ma mère, sa solitude, l'asphyxie qui l'empêchait de respirer, le cri de désespoir qu'elle avait poussé les dernières nuits de sa vie. Je vivais toujours mon drame, pas le sien. Mais je ne lui en voulais plus, au contraire, je culpabilisais : si j'avais été un meilleur fils, plus dévoué, qui ne jetait pas ses vêtements par terre, ne la tourmentait pas, ne la contrariait pas, préparait ses devoirs à temps, sortait la poubelle le soir sans se faire prier, ne lui gâchait pas la vie, ne faisait pas de bruit, n'oubliait pas d'éteindre, ne revenait pas avec sa chemise déchirée, n'entrait pas à la cuisine avec des chaussures pleines de boue. Si j'avais été plus attentif à ses migraines. Ou si, au moins, je m'étais efforcé de lui faire plaisir, d'être un peu moins pâle et fluet, de manger tout ce qu'elle me présentait sans faire de simagrées, d'être un peu plus sociable et moins solitaire, un peu moins maigrichon et anémique, plus bronzé et athlétique, comme elle aurait voulu que je le sois!

Et si c'était l'inverse? Si j'avais été encore plus faible, maladif, cloué dans un fauteuil roulant, tuberculeux ou aveugle de naissance? Bonne et généreuse comme elle l'était, elle n'aurait jamais quitté un enfant victime du destin, elle ne serait pas partie en l'abandonnant à son sort. Si j'avais été un handicapé cul-de-jatte, si je m'étais fait écraser par une voiture et que j'avais perdu les deux jambes, peut-être ma mère aurait-elle eu pitié? Elle ne se serait pas éclipsée. Elle aurait continué à prendre soin de moi.

Si ma mère m'avait quitté de cette façon, sans un regard en arrière, c'était la preuve qu'elle ne m'avait jamais aimé : quand on aime, m'avait-elle appris, on pardonne tout sauf la trahison. On excuse même les contrariétés, le bonnet perdu, les courgettes laissées dans l'assiette.

Abandonner c'est trahir. Et c'est ce qu'elle avait fait avec nous deux, papa et moi. Moi, je ne l'aurais jamais quittée comme ça, malgré ses migraines, même si, je le savais maintenant, elle ne nous avait jamais aimés, je ne l'aurais jamais quittée de ma vie, malgré ses longs silences, ses sautes d'humeur et même si elle s'enfermait dans sa chambre, dans le noir. Je me serais fâché quelquefois, je ne lui aurais peut-être pas parlé un jour ou deux, mais je ne l'aurais jamais quittée pour toujours. Jamais de la vie.

Toutes les mères aiment leurs enfants : c'est une loi de la nature. Même une chatte. Même une chèvre. Même les mères de criminels ou d'assassins. Même celles des nazis. Même celles d'attardés mentaux qui ont l'écume aux lèvres. Même celles des monstres. Si j'étais le seul qu'on n'aimait pas, si ma mère m'avait laissé en plan, c'était la preuve que je n'étais pas digne d'être aimé. Que je ne le méritais pas. Quelque chose n'allait pas chez moi, quelque chose de terrible, de repoussant et d'effrayant, quelque chose de vraiment horrible, encore plus répugnant qu'une infirmité, un retard mental ou la folie. Il y avait quelque chose de détestable chez moi, irrémédiablement, quelque chose de si épouvantable que même ma mère, une femme pourtant tendre et sensible, prête à donner son amour à un oiseau, un mendiant dans la rue, un petit chien perdu, incapable de me supporter, avait été forcée de mettre la plus grande distance possible entre elle et moi. Il y a un proverbe arabe qui dit : « *Koul qird be'ein emo — razal* », aux yeux de sa mère, un singe est comme un faon. Sauf moi.

Si j'avais été mignon, au moins un tout petit peu, comme tous les enfants du monde le sont pour leur mère, même les plus affreux et les plus méchants, les instables et les violents, ceux qu'on renvoie définitivement de l'école, même Bianca Schor qui avait poignardé son grand-père avec un couteau de cuisine, même ce tordu de Yanni qui souffrait d'éléphantiasis et ouvrait sa braguette dans la rue pour montrer son zizi aux filles, si seulement j'avais été gentil, si je m'étais conduit comme elle me l'avait mille fois demandé, alors que moi, pauvre idiot, je m'acharnais à ne pas l'écouter, si, après le Seder, je n'avais pas cassé la coupe bleue qui lui venait de son arrière-grand-mère, si, tous les matins, je m'étais bien brossé les dents, en haut, en bas, tout autour et au fond, sans tricher, si je ne lui avais pas volé une demi-livre dans son porte-monnaie en ayant eu le toupet de nier, si j'avais arrêté d'avoir de mauvaises pensées et n'avais jamais laissé ma main errer la nuit dans mon pantalon de pyjama — si j'avais été comme tout le monde, j'aurais pu avoir une maman moi aussi...

*

Ce n'est qu'un ou deux ans plus tard, après avoir quitté la maison pour aller vivre en externe au kibboutz Houlda, que je me suis mis à penser un peu à elle. À la nuit tombée, après la classe, le travail et la douche, à l'heure où tous les enfants du kibboutz, lavés, shampouinés et habillés de frais allaient passer un petit moment avec leurs parents, me laissant seul, ahuri, entre les pavillons vides, je partais m'isoler sur un banc de bois dans la salle de lecture.

Assis dans le noir pendant une demi-heure, une heure, je repassais dans mon esprit chaque détail de ses derniers jours. À cette époque, je m'efforçais de deviner ce dont on ne parlait jamais à la maison, ni entre ma mère et moi, ni entre mon père et moi, et apparemment pas entre mes parents non plus.

Le début d'*À la fleur de l'âge* d'Agnon, quand je le

relis, me renvoie à la dernière année de la vie de ma mère :

> Ma mère mourut à la fleur de l'âge. À la trente et unième année d'une vie amère et éphémère. Ses jours, elle les avait passés recluse. De la maison, elle ne sortait pas. Amies et voisines ne la visitaient guère, et mon père n'invitait personne. Notre maison, triste et silencieuse, restait fermée aux gens. Et ma mère, alitée, parlait peu. Mais au moindre mot, c'était comme si des ailes immaculées se déployaient et m'entraînaient vers des sphères célestes. Ô combien m'était doux le timbre de sa voix ! Souvent, j'ouvrais la porte sans autre dessein que celui d'entendre ma mère demander qui était là. Car au plus profond de moi, j'étais encore une enfant. Il arrivait que ma mère quittât son lit pour aller s'asseoir près de la fenêtre.

(Je recopie ces lignes dans le mince volume, publié dans la collection *La petite bibliothèque* aux éditions Schocken avec la dédicace d'Agnon à mes parents : je l'ai pris dans la bibliothèque de mon père après sa mort.) Quand j'ai découvert *À la fleur de l'âge*, à quinze ans, je me suis immédiatement identifié à Tirtsa. En analysant le personnage de Tirtsa, dans *L'histoire commence*, j'ai évoqué indirectement l'enfant que j'étais à la fin de la vie de ma mère :

> [...] Tirtsa entretient avec sa mère une relation cérémonielle. Elle la révère, tout comme le rituel de la fenêtre et les vêtements blancs... L'émotion que suscite le mystère entourant sa disparition discrète mais irrévocable est si forte que la vie de sa fille en sera définitivement bouleversée : à la mort de sa mère, Tirtsa aspirera à fusionner avec elle au point de s'oublier elle-même. Leur relation sacramentelle interdit pourtant toute intimité entre la mère et la fille — à moins qu'à l'inverse, ce ne soit

cette absence d'intimité qui, dès le départ, pousse Tirtsa à instaurer ce genre de rapport avec sa mère. Consumée par la maladie et la mélancolie, la mère ne manifeste pas le moindre désir de se rapprocher de sa fille dont elle ne se soucie guère, pas plus qu'elle ne réagit aux efforts de celle-ci pour attirer son attention... Le seul son, ou presque, qu'émet Tirtsa est le bruit de la porte qui s'ouvre « maintes fois » (dans une maison « qui restait fermée au monde »). C'est une voix d'enfant facétieuse : la fille taquine sa mère qui se meurt... D'emblée, Tirtsa semble être une enfant négligée : son père est accaparé par sa mère, qui, elle, ne songe qu'à son amour et à la cérémonie de ses adieux, la famille et les amis ne lui prêtent pratiquement aucune attention.

*

Ma mère est morte à trente-neuf ans : au moment où j'écris ces lignes, elle était plus jeune que ma fille aînée et à peine plus âgée que ma cadette. Dix à vingt ans après la fin de leurs études au lycée Tarbout, quand ma mère, Lilenka Kalisch et quelques-unes de leurs camarades eurent reçu de plein fouet le choc de la réalité à Jérusalem — le sirocco, la pauvreté, les mauvaises langues — quand ces lycéennes sensibles eurent atterri soudain sur le sol rude du quotidien, au milieu des couches, des maris, des migraines, des queues, des odeurs de naphtaline et des éviers, il s'avéra que le programme du lycée de Rovno des années vingt n'était pas du tout adapté à la situation. Au contraire.

Et peut-être y avait-il encore autre chose, quelque chose qui n'avait rien à voir avec Byron ou Chopin, mais était plus proche de l'aura de solitude et de mélancolie qui flottait autour de ces jeunes aristocrates introverties dans les pièces de Tchekhov ou les récits de Gnessin : une promesse faite dans l'enfance, promesse que la vie, la monotonie de tous les jours avait nécessairement rompue, piétinée, voire ridiculisée. Ma mère grandit dans la fascination spirituelle de la beauté nébuleuse, sortilège dont les ailes avaient fini par se cogner au sol de pierre de Jérusalem, nu, brûlant et poussiéreux. Elle était la fille jolie et délicate du minotier, élevée dans une belle demeure, rue Dubinska, avec un verger, des servantes et une cuisinière, où elle avait peut-être été élevée comme la bergère endimanchée du tableau qu'elle détestait tant, la fillette aux joues roses et aux trois jupons.

La rage dont la tante Sonia se souvenait encore avec stupeur soixante-dix ans après, l'explosion de colère inhabituelle de Fania, à seize ans, lorsqu'elle avait pratiquement craché sur le portrait de la gracieuse petite bergère au regard rêveur et aux multiples jupons de soie, était peut-être le sursaut des forces vitales qui tentaient de se regimber, se libérer de la toile qui se tissait autour d'elles.

Derrière les rideaux brodés des fenêtres qui préservaient l'enfance de Fania Mussman, une nuit, pan Zakazewski s'était tiré une balle dans la cuisse avant de se brûler la cervelle. La princesse Ravzova s'était planté un clou rouillé dans la paume pour soulager le Sauveur de ses souffrances et les endurer à sa place. Dora, la fille de l'intendante de la maison, était enceinte des œuvres de l'amant de sa mère. La nuit, Stiletsky, l'ivrogne, perdait sa femme aux cartes. Et son épouse, Ira, avait finalement péri en mettant le feu à la cabane vide du bel Anton. Mais tous ces événements avaient lieu dehors, au-delà des doubles vitrages, au-delà du cercle lumineux et éthéré du lycée Tarbout. Ils n'affectaient pas vraiment le paradis de l'enfance de ma mère, bonheur apparemment entaché de mélancolie qui, loin d'en troubler la félicité, la nuançait et la tempérait.

Quelques années plus tard, dans le quartier de Kerem Avraham, rue Amos, dans l'appartement en sous-sol étriqué et humide, au-dessous des Rosendorff et à côté des Lemberg, entre les cuvettes en fer-blanc, les conserves de cornichons et le laurier-rose qui s'étiolait dans un bidon d'olives rouillé, où stagnaient en permanence des odeurs de chou, de lessive, de poisson en sauce et d'urine rance, ma mère se consumait. Elle aurait probablement pu résister en serrant les dents à l'adversité. À la pauvreté. Aux déceptions de la vie conjugale. Mais pas, je crois, à l'usure

\*

En quarante-trois ou en quarante-quatre, voire plus tôt, elle savait que tout le monde avait été assassiné là-bas, à côté de Rovno. Quelqu'un avait raconté que, sous la menace des mitraillettes, les Allemands, les Lituaniens et les Ukrainiens avaient conduit toute la ville, des jeunes gens aux vieillards, à la forêt de Sosenki : on allait s'y promener quand il faisait beau, les scouts y organisaient des jeux, on y chantait autour du feu, on y dormait à la belle étoile dans des sacs de couchage, au bord de la rivière. C'est donc là, dans la forêt de Sosenki, qu'entre les branches, les oiseaux, les champignons, les groseilles et les baies, en deux jours, les Allemands avaient fusillé au bord des fosses quelque vingt-cinq mille âmes [1]. Dans le nombre se trouvaient presque tous les condisciples de ma mère. Ainsi que leurs

1. Chiffre équivalant à la population d'Arad. Davantage que le total des victimes juives au cours d'un siècle de conflit israélo-arabe.

parents, des voisins, des connaissances, des rivaux et des ennemis. Les riches, les prolétaires, les religieux, les assimilés, les baptisés, les trésoriers, les présidents des communautés, les chantres, les abatteurs rituels, les colporteurs, les porteurs d'eau, les communistes, les sionistes, les intellectuels, les artistes et les idiots de village et quatre mille bébés. Parmi eux, il y avait aussi les professeurs de ma mère du lycée Tarbout, Issachar Reiss, le directeur charismatique au regard hypnotique qui hantait les rêves des adolescentes, Yitzhak Berkowski qui était toujours endormi, distrait et désemparé, l'irascible Eilézer Buslik qui enseignait la civilisation d'Israël, Fanka Zeidmann, le professeur de géographie, de biologie et de gymnastique, et son frère, le peintre Shmuel, le docteur Moshe Bergman, amer et strict, qui, la bouche pincée, professait l'histoire générale et l'histoire de la Pologne. Tout le monde.

Un peu plus tard, en quarante-huit, au cours des bombardements de la Légion transjordanienne sur Jérusalem, une autre amie de ma mère, Piroshka, Piri Yanaï, fut tuée sur le coup par un tir d'obus, un soir d'été, alors qu'elle allait chercher dans la cour le seau et la serpillière.

\*

Peut-être que quelque chose des promesses de l'enfance était gangrené par une sorte de croûte infecte, une croûte romantique et toxique associant les muses et la mort ? Quelque chose dans le programme trop raffiné du lycée Tarbout ? À moins qu'il n'y eût une note bourgeoise-slave, une note mélancolique que, quelques années après la mort de ma mère, j'ai retrouvée entre les pages de Tchekhov et de Tourgueniev, dans les récits de Gnessin et, dans une moindre mesure, dans les poèmes de Rachel également. Quelque chose qui avait incité ma mère, la vie n'ayant tenu aucune des promesses de sa jeunesse, à se représenter la mort sous les traits d'un amant passionné, protecteur et rassurant, un dernier amant, un amant musagète qui guérirait enfin les blessures de son cœur esseulé ?

Voilà des années que je traque ce meurtrier, ce vieux séducteur madré, ce mécréant dégoûtant, déformé par la vieillesse, déguisé en prince charmant. C'est un rusé chasseur de cœurs brisés, un séducteur vampirique à la voix douce-amère, telle la corde voilée d'un violoncelle, les nuits solitaires : un escroc onctueux, génial, un maître en artifices, le joueur de flûte d'Hamelin attirant derrière son manteau de soie les désespérés et les isolés. Le tueur en série sénile des âmes déçues.

## 30

Quel fut l'événement fondateur de ma mémoire ? Mon tout premier souvenir est une chaussure : un petit soulier neuf et marron qui sentait bon, avec des lacets assortis et une languette tiède et douce. Il y avait probablement la paire, mais ma mémoire n'en a préservé qu'un seul. Une chaussure neuve, encore un peu rigide. J'en aimais tellement l'odeur, la fragrance délectable du cuir brillant, presque vivant, et de la colle âcre et enivrante, qu'il paraît que j'avais d'abord essayé de l'enfiler sur ma figure, sur mon nez, tel un museau, pour me griser de son parfum.

Ma mère entra dans la chambre, suivie de mon père et d'une foule d'oncles ou de simples connaissances. Ils devaient me trouver mignon quoique un peu étrange, avec mon petit visage fourré dans la chaussure, car tout le monde éclata de rire en me montrant du doigt, quelqu'un se mit à beugler en se donnant de grandes claques sur les cuisses, et quelqu'un d'autre s'écria d'une voix rauque : l'appareil photographique, vite, vite !

D'appareil photographique, il n'y en avait pas chez nous, mais ce bambin, je le revois encore : à peine deux ans, deux ans et trois mois, avec ses cheveux de lin et ses grands yeux bleus, élargis d'étonnement. Et juste au-dessous, à la place du nez, de la bouche et du menton, surgissait le talon du soulier, une semelle neuve, claire, encore vierge, brillante car elle n'avait pas encore foulé le sol. Au-dessus des yeux, c'était un petit garçon pâle, et au-dessous des joues, on voyait un requin-marteau ou une espèce de volatile primitif muni d'un gros jabot.

Que ressentait notre gamin? Je peux l'affirmer avec certitude parce que j'ai hérité de l'impression qui était la sienne à ce moment-là : une joie lancinante, effrénée, étourdissante, du fait qu'il monopolisait l'attention générale, qu'il épatait la galerie et qu'on le montrait du doigt avec stupéfaction. En même temps, et sans contradiction aucune, le marmot était terrifié, éberlué de susciter un intérêt si vif, insupportable, et il était plutôt vexé aussi de cette hilarité, il était sur le point de se mettre à pleurer, parce que ses parents et des inconnus se tordaient de rire en le désignant du doigt, lui et son museau, et qu'ils se moquaient de lui en criant : un appareil photographique, vite, qu'on aille chercher un appareil photographique.

Et il était un peu frustré, car on l'avait interrompu au moment où il se livrait à l'étourdissante extase des sens et des odeurs provoquée par le parfum de cuir et de colle, à faire frémir les reins et les cœurs.

*

Dans le tableau suivant, il n'y a personne. Excepté ma mère qui me passe une chaussette douce et chaude (il fait froid dans la pièce), et puis m'encourage, pousse, pousse fort, plus fort, comme si elle accouchait du fœtus de mon petit pied le long de l'utérus virginal de la nouvelle chaussure qui sentait si bon.

Aujourd'hui encore, quand j'enfile une botte ou une chaussure, même à l'heure où je rédige ces lignes, je ressens encore sur ma peau le plaisir de mon pied s'insinuant à l'intérieur de mon premier soulier : le frisson de la chair se glissant pour la première fois de ma vie dans l'antre secrète dont les bords durs et souples à la fois enserraient de tous côtés tendrement, étroitement, ma chair qui poussait, poussait encore et encore à l'intérieur tandis que ma mère m'exhortait de sa voix douce et patiente, pousse, pousse encore un peu.

D'une main, elle propulsait délicatement mon pied tout au fond de la chaussure pendant que, de l'autre, elle le maintenait par la semelle pour faire contrepoids, on aurait dit qu'elle cherchait à me neutraliser alors qu'en réalité elle m'aidait à m'introduire tout entier, jusqu'au bout, jusqu'au moment délicieux où, comme s'il venait de vaincre l'ultime résistance, dans un dernier sursaut triomphal, mon talon se glissait entièrement dans la chaussure, emplissant enfin tout l'espace, jusqu'au moindre interstice, et dorénavant j'étais lové à l'intérieur, à l'abri, et puis maman attrapait les lacets, les nouait, et finalement, telle une dernière caresse exquise, la languette tiède s'étirait sous les lacets et le nœud : ce geste me procure encore un frisson le long du pied. Et j'y suis. Dedans. Étroitement enlacé, embrassé, choyé, livré à l'étreinte de ma première chaussure de cuir.

Cette nuit-là, j'avais demandé l'autorisation de dormir avec mes chaussures : je voulais que ça continue. Ou, au moins, qu'on laisse mes chaussures neuves près de ma tête, sur le coussin, pour que je m'endorme avec le parfum du cuir et de la colle. Ce n'est qu'après de longues négociations et beaucoup de larmes que je finis par obtenir qu'on pose les chaussures sur une chaise, au chevet de mon lit, à condition que tu ne les touches pas, pas même un petit peu, jusqu'à demain matin, puisque tu t'es déjà lavé les mains ce soir, tu peux juste les regarder tout ton soûl, contempler leur bouche qui te sourit et respirer leur odeur jusqu'à ce que tu t'endormes en souriant de plaisir à ton tour dans ton sommeil. Comme une caresse.

*

Dans mon deuxième souvenir, je suis enfermé tout seul, dehors, dans une niche sombre.

À l'âge de trois ans et demi, presque quatre, on me confiait plusieurs journées par semaine à une voisine, une veuve d'un certain âge sans enfant, qui sentait la laine humide, le gros savon et la friture. Elle s'appelait Mme Gat, mais on la surnommait tante Greta, sauf mon père qui, un bras posé sur son épaule, l'appelait Gretschen, ou Gret, et, exubérant comme un lycéen du temps jadis, rimaillait par manière de plaisanterie, comme à son habitude : « Bavarder un peu avec Gret, en vérité, ce n'est pas un péché ! » (C'était apparemment sa façon de faire la cour aux femmes.) La tante Greta s'empourprait, et parce qu'elle en avait honte, elle se mettait à rougir deux fois plus, d'une couleur rouge sang, sombre et profonde, tirant sur le violet.

Ses cheveux blonds étaient tressés en une natte épaisse qu'elle enroulait autour de sa tête ronde. Ses tempes grisonnaient, telles des ronces grises poussant au bord d'un pré jaune. Ses bras dodus et flasques étaient parsemés de taches de rousseur brun clair. Sous ses robes paysannes en coton, elle avait de fortes cuisses très larges qui faisaient penser à une bête de somme. Un sourire d'excuse, confus, un peu timide errait parfois sur ses lèvres comme si on l'avait prise sur le fait, ou en train de mentir, et qu'elle en était consternée. Elle avait toujours deux, ou un, voire trois doigts bandés, qu'elle se fût coupée avec le couteau à légumes, ou pincée avec le tiroir ou avec le couvercle du piano : toutes ces mésaventures ne l'empêchaient pas d'enseigner cet instrument. Ni de garder aussi quelquefois les jeunes enfants.

Après le petit déjeuner, ma mère me hissait sur un tabouret devant le lavabo de la salle de bains où, à l'aide d'une serviette humide, elle me frottait la bouche, les joues et le menton pour ôter les reliefs d'œuf à la coque, elle me mouillait un peu les cheveux où elle traçait minutieusement avec le peigne un sentier bien droit sur le côté, et elle me confiait un sachet en papier marron contenant une banane, une pomme, un morceau de fromage et quelques biscuits. Et c'est ainsi que tout propret, bien peigné et malheureux, je suivais ma mère qui se dirigeait vers la cour arrière de la quatrième maison à droite. En chemin, je devais lui promettre de bien me conduire, d'écouter tante Greta, de ne pas lui faire de misères et, surtout, de ne gratter en aucun cas la croûte brune qui s'était formée sur l'écorchure que j'avais au genou parce que cela faisait partie de la guérison, elle tomberait bientôt d'elle-même, mais si, le ciel nous en préserve, tu y touchais, elle pourrait s'infecter et il n'y aurait plus qu'à te faire une autre piqûre.

*

Devant la porte, maman souhaitait une bonne journée à tante Greta et à moi et elle s'en allait. Tante Greta me déchaussait aussitôt et me faisait asseoir en chaussettes par terre, pour jouer gentiment et en silence sur le tapis dans un coin duquel m'attendaient chaque matin des cubes, des petites cuillères, des coussins, des essuie-mains, un tigre en peluche, des dominos et une princesse, une poupée défraîchie qui sentait un peu le moisi.

Cet inventaire me suffisait à remplir de longues heures de batailles et d'aventures héroïques : la princesse était prisonnière d'un méchant sorcier (le tigre) qui l'avait enfermée dans une grotte (sous le piano). Les petites cuillères représentaient une escadrille de chasse partie délivrer la princesse par-delà la mer (le tapis) avec les montagnes au-dessus de ma tête (les coussins). Les dominos étaient des loups horribles que le magicien avait postés devant la caverne de la princesse captive.

Ou, à l'inverse : les dominos étaient des tanks, les serviettes, des tentes arabes, la poupée de chiffons incarnait le haut-commissaire britannique, les coussins figuraient les murailles de Jérusalem, tandis que les petites cuillères, sous les ordres du tigre, se changeaient en Hasmonéens ou en troupes de Bar Kokhba.

À la mi-matinée, tante Greta m'apportait du jus de framboise épais et visqueux dans une lourde tasse dont il n'y avait pas de pareille à la maison. Ramenant soigneusement les bords de sa robe contre elle, elle s'asseyait sur la carpette, à côté de moi : elle se répandait en gazouillis, claquements de lèvres et autres câlins qui se terminaient invariablement par un tas de bisous sirupeux à la marmelade. Elle me laissait de temps en temps tapoter — en faisant bien attention ! — sur le piano. Si je terminais tout ce que ma mère avait préparé pour mon déjeuner, tante Greta me récompensait par deux carrés de chocolat ou deux cubes de pâte d'amandes. Les volets de sa chambre étaient toujours clos pour se protéger des rayons du soleil. Les vitres restaient fermées pour se protéger des mouches. Quant aux rideaux à fleurs, ils étaient perpétuellement tirés, comme des jambes pudiquement serrées l'une contre l'autre pour préserver leur intimité.

Parfois, tante Greta me remettait mes chaussures et me coiffait d'une petite casquette kaki à visière rigide, semblable à celle d'un policier anglais ou d'un chauffeur d'autobus. Puis elle m'examinait d'un œil critique, reboutonnant ma chemise et s'humectant un doigt de salive afin de frotter énergiquement les traces de chocolat et de pâte d'amandes qui maculaient ma bouche, avant de poser sur sa tête un chapeau de paille qui lui dissimulait la moitié du visage et soulignait ses rondeurs. Une fois ces préparatifs achevés, nous sortions deux ou trois heures pour « voir un peu comment allait le monde ».

## 31

De Kerem Avraham, on gagnait le vaste monde par la ligne 3A, qui desservait la rue Tsephania, près du jardin d'enfants de Mme Hassia, ou par la ligne 3B, qui s'arrêtait à l'autre bout de la rue Amos, rue Geoula, à l'angle de la rue Malachie. Le vaste monde s'étendait le long de la rue Yafo, l'avenue George-V vers le couvent de Ratisbonne, les bâtiments de l'Agence juive, la rue Ben Yehouda, la rue Hillel, la rue Shammaï, les environs des cinémas Studio ou Rex, en bas de la rue Princesse Mary, et également en haut de la rue Julian qui menait à l'hôtel King David.

À l'intersection de la rue Julian, de la rue Mamilla et de la rue Princesse Mary, se tenait un agent zélé en bermuda et manchettes blanches. Ce dernier régnait sans partage sur un îlot de béton, abrité par une sorte de parapluie rond en tôle. C'est de là que, divinité suprême armée d'un sifflet strident, il réglait la circulation, faisant signe de stopper de la main gauche et de rouler de la droite. Depuis ce carrefour, le vaste monde bifurquait en direction du centre commercial juif au pied de la muraille de la vieille ville, ses ramifications touchant parfois les confins du quartier arabe, aux alentours de la porte de

Sichem, de la rue Soliman, voire du souk, à l'intérieur des murs.

Lors de nos équipées, la tante Greta m'entraînait dans trois ou quatre boutiques de vêtements où, dans une cabine obscure, elle aimait essayer d'élégantes robes, des jupes, des chemisiers, de somptueuses chemises de nuit et une kyrielle de peignoirs qu'elle appelait négligés. Un jour, elle avait même enfilé une fourrure dont les yeux torturés de renard mort m'avaient terrorisé : la gueule de l'animal trahissait tant d'agressivité, de méchanceté, mais aussi une poignante tristesse.

La tante Greta disparaissait au fond de la cabine d'où, après cent sept ans, elle finissait par resurgir, telle la Vénus callipyge naissant de l'écume, émergeant de derrière le rideau dans un nouvel avatar, plus splendide que le précédent. Pour moi, le vendeur et le reste de l'assistance, tante Greta virevoltait devant le miroir : ses fortes cuisses ne l'empêchaient pas d'esquisser une élégante pirouette avant de demander à chacun d'entre nous si cela lui allait, si ça la flattait, si ça ne jurait pas avec la couleur de ses yeux, si ça tombait bien, si ça ne la grossissait pas, si ce n'était pas vulgaire ou un peu criard. Elle était cramoisie et, de honte, elle en rougissait davantage, de sorte que ses joues et son cou viraient au violet. Finalement, elle jurait ses grands dieux au vendeur qu'elle reviendrait très certainement le jour même, très bientôt, en début ou en fin d'après-midi, après avoir fait un petit tour ailleurs, pour comparer, au plus tard le lendemain.

Autant que je m'en souvienne, elle ne revenait jamais. Au contraire : elle laissait passer plusieurs mois avant de remettre les pieds dans l'une de ces boutiques.

Et elle n'achetait jamais rien non plus : toutes les

expéditions au cours desquelles je lui servais d'escorte, d'arbitre des élégances et de confident s'achevaient les mains vides. Peut-être par manque d'argent. À moins que les cabines d'essayage aux lourds rideaux des boutiques de prêt-à-porter féminin de Jérusalem ne fussent pour tante Greta ce que le château ensorcelé, que j'avais construit avec des cubes dans un coin du tapis, signifiait pour ma poupée, la princesse dépenaillée.

*

Un jour d'hiver où des bourrasques de vent faisaient tourbillonner des myriades bruissantes de feuilles mortes sur fond de lumière grise, tante Greta et moi étions entrés, main dans la main, dans une grande et luxueuse boutique, probablement au cœur du quartier arabe chrétien de la ville. Comme d'habitude, tante Greta s'était éclipsée dans le secret de l'alcôve, dans un envol de robes de chambre, de chemises de nuit et de robes multicolores. Avant de disparaître, non sans m'avoir gratifié d'un baiser gluant à la gélatine, elle m'avait demandé de patienter après m'avoir installé sur un tabouret, devant sa cellule dissimulée sous une épaisse tenture sombre : et tu me promets de n'aller nulle part et de m'attendre sagement ici, et surtout, de ne pas parler à un étranger jusqu'à ce que tantine ressorte de là encore plus belle, et si tu es gentil, tu auras une petite surprise, tu devines quoi ?

Et tandis que je me morfondais, tristement discipliné, une fillette costumée comme pour la fête de Pourim, ou outrageusement pomponnée, était passée devant moi à pas rapides dans un claquement de talons : elle devait être plus petite que moi (qui devais avoir trois ans et demi ou peut-être quatre).

Et dans un moment d'égarement, j'avais eu l'impression que ses lèvres étaient peintes en rouge, mais comment était-ce possible ? Et l'on aurait dit qu'elle avait une poitrine de femme, une vraie, avec un sillon au milieu. Et elle n'avait pas non plus les formes d'une enfant mais d'un violon. Ses petites jambes étaient gainées de nylon, des bas à couture apparente presque transparents qui disparaissaient dans des escarpins à hauts talons rouges et pointus. Je n'avais jamais vu une femme-enfant comme elle : trop petite pour une femme et trop parée pour une enfant. Désorienté, fasciné, comme halluciné, je m'étais levé pour la suivre, pour voir ce que j'avais vu, ou, en fait, que je n'avais pratiquement pas vu, car la fillette, qui avait surgi d'une rangée de jupes derrière moi, m'avait dépassé à toute allure. Je voulais la voir de près. Je voulais qu'elle me voie. Je voulais attirer son attention en faisant ou en disant quelque chose : mon répertoire comportait déjà deux ou trois numéros bien rodés qui émerveillaient les adultes, et un ou deux autres tours qui ne marchaient pas trop mal avec les enfants, les petites filles surtout.

La fillette déguisée se glissa légèrement au milieu des étagères, bourrées de rouleaux de tissu, dans un passage en forme de tunnel cerné par des alignements de hauts troncs chargés de robes. Leurs branches ployaient sous le poids des feuillages d'étoffes multicolores. Pourtant, une simple pression de la main suffisait à les faire pivoter sur leur axe.

C'était un monde exclusivement féminin : un dédale de sentiers tièdes, obscurs, denses et odorants, un labyrinthe de soie et de velours profond et magique qui se ramifiait en de multiples sentes peuplées d'habits. Une odeur de laine, de naphtaline et de flanelle se mêlait à de vagues bouffées de parfum qui se diluaient au sein d'une forêt vierge de robes, chandails, blouses, jupes, foulards, châles, lingerie, peignoirs, gaines, porte-jarretelles, combinaisons, robes de chambre, vestes, pardessus, manteaux, fourrures, où la soie bruissait telle une douce brise marine.

*

En chemin, j'apercevais ici et là de petites niches obscures, voilées de rideaux opaques. Ici et là, une faible ampoule ombreuse clignotait au fond d'un boyau tortueux. Ici et là se profilaient de sombres embranchements, des niches, des chemins de traverse étroits et sinueux, des renfoncements, des cabines d'essayage closes, des armoires, des étagères et des comptoirs. Et quantité de recoins, masqués par des rideaux et de pesantes tentures.

Perchée sur ses hauts talons, la fillette marchait d'un pas rapide et sûr, tic tac, tic tac (et moi, comme égaré, j'entendais : « Viens là, viens là, viens là », et « petit têtard, petit têtard, petit têtard ! » sur un ton moqueur), ce n'était pas la démarche d'une petite fille, et pourtant je me rendais compte que, de dos, elle était vraiment plus petite que moi. Elle me faisait battre le cœur. Je voulais l'impressionner à tout prix, voir ses yeux s'écarquiller d'admiration.

J'accélérais. Je courais presque. De toute mon âme nourrie de contes où des chevaliers comme moi galopaient pour délivrer des princesses, prisonnières de monstres ou des sortilèges de méchants sorciers. Je devais la rattraper, contempler les traits de cette nymphe des bois, et peut-être la sauver un peu ? Exterminer un dragon ou deux pour ses beaux yeux ? Me gagner sa reconnaissance éternelle ? Je redoutais de la perdre à jamais dans les ténèbres du labyrinthe.

Mais je n'avais aucun moyen de savoir si la fillette qui louvoyait agilement au cœur de la forêt d'habits s'était aperçue qu'un preux chevalier s'était lancé à ses trousses et allongeait le pas pour ne pas se laisser distancer. Si tel était le cas, elle n'en laissait rien paraître : elle n'avait jamais regardé dans ma direction ni derrière elle.

Brusquement, la petite fée pirouetta, plongea sous un arbre à imperméables branchu, froufrouta de-ci de-là et disparut subitement dans la pénombre de l'épaisse frondaison.

Une onde de courage subit m'inonda, une audace héroïque m'électrisa tout entier et je me ruai sans peur sur ses talons, tournai au bout du sentier et, écartant les branches de toile avec les grands moulinets d'un nageur évoluant à contre-courant, je me frayai un chemin à travers les fourrés de vêtements bruissants. Alors, excité et hors d'haleine, je déboulai, trébuchant presque, dans une sorte de clairière crépusculaire. Là, je décidai d'attendre le temps nécessaire la petite nymphe dont je croyais percevoir la présence et le parfum parmi les branches. J'allais risquer ma vie et affronter à mains nues le sorcier qui la retenait prisonnière dans sa cave. Je combattrais le monstre, briserais les chaînes qui lui liaient les pieds et les mains, je la délivrerais et, à l'écart, humble et muet, tête basse, j'attendrais la récompense qui ne saurait tarder accompagnée par des larmes de reconnaissance et autre chose dont je n'avais pas idée si ce n'est que cela arriverait et me submergerait de fond en comble.

*

Minuscule, un petit poussin frêle, comme une allumette, presque un bébé, avec ses boucles brunes qui ondulaient sur ses épaules. Et ses escarpins rouges à hauts talons. Et sa robe de femme dont le décolleté dévoilait une poitrine de femme avec un vrai sillon de femme au milieu. Et sa grande bouche, légèrement entrouverte, peinte en rouge tape-à-l'œil.

Quand j'osai enfin la regarder en face, je vis qu'un rictus mauvais, ironique, se dessinait sur ses lèvres, une sorte de sourire grimaçant, venimeux, découvrant de petites dents aiguës dont une incisive en or. Une épaisse couche de poudre marbrée d'îlots de fard recouvrait son front et décolorait ses joues effrayantes, un peu creuses, enfoncées comme celles d'une vieille et méchante sorcière, à croire qu'elle s'était affublée du renard de fourrure mort, cette gueule que je trouvais agressive et méchante, mais aussi d'une poignante tristesse.

Cette fuyante enfant, l'insaisissable et espiègle fée au pied léger, ma nymphe enchanteresse que j'avais poursuivie, comme ensorcelé, jusqu'au cœur de la forêt, n'était absolument pas une petite fille, ni une fée, ni une nymphe des bois mais une femme sardonique et vieillissante. Une naine. Légèrement bossue. De près, elle ressemblait à un corbeau au bec recourbé et à l'œil vitreux. Elle était difforme, terrifiante, une nabote ratatinée avec son vieux cou ridé et ses mains qu'elle ouvrit soudain et tendit vers moi en riant sous cape, comme si elle voulait me toucher pour me séduire et me piéger avec ses doigts desséchés, osseux, pareils aux serres d'un oiseau de proie.

Tournant instantanément les talons, je m'enfuis, essoufflé, paniqué, sanglotant, je pris mes jambes à mon cou, pétrifié, incapable de crier, je courus comme un dératé en poussant un hurlement étouffé, au secours, au secours, je détalais à toutes jambes à travers les tunnels bruissants dans le noir, je m'égarais, de plus en plus perdu au cœur du labyrinthe. Ni avant, ni après, je n'ai jamais éprouvé pareille terreur : puisque j'avais découvert son terrible secret, qu'elle n'était pas une petite fille mais une sorcière déguisée, elle n'allait pas me laisser sortir vivant de sa sombre forêt.

Tout en courant, je tombais sur une petite ouverture avec une porte en bois entrebâillée qui n'avait pas la hauteur habituelle mais celle d'une niche. À bout de souffle, je m'y glissai pour échapper à la sorcière en me maudissant de ne pas avoir fermé la porte derrière moi. Mais j'étais médusé de terreur, trop terrifié pour ressortir de mon refuge ou tendre le bras et tirer la porte.

Je me recroquevillai dans un coin de la niche, qui n'était peut-être qu'un dépôt, une sorte d'espace triangulaire clos sous un escalier. Là, parmi de vagues tuyaux métalliques sinueux, des valises en lambeaux et des piles d'étoffes moisies, tassé, roulé en boule, une main sur la tête et la tête fourrée entre mes genoux, m'efforçant d'annihiler jusqu'à mon existence, de me retirer dans ma propre matrice, je restais étendu là, tremblant, transpirant, retenant ma respiration, veillant à réfréner le moindre son, glacé d'effroi à l'idée que ma respiration en soufflet de forge me trahisse, car on devait sûrement l'entendre de l'extérieur.

À plusieurs reprises, je crus percevoir le claquement de ses talons, « tête à claques, tête à claques », elle me poursuivait avec sa tête de renard mort, elle était là, inclinée au-dessus de moi, elle allait m'attraper, me traîner dehors, me toucher avec ses doigts de crapaud, me tâter, me faire mal, et soudain elle se pencherait en riant avec ses dents pointues pour m'injecter dans le sang un terrible maléfice qui me métamorphoserait à mon tour en renard mort. Ou en pierre.

*

Et puis, des années plus tard, quelqu'un arriva. Un employé du magasin? Je retins ma respiration et serrai mes poings tremblants. Mais l'homme n'avait pas entendu les battements de mon cœur. Il se hâta de passer devant ma niche dont il ferma la porte qu'il verrouilla machinalement au passage (la porte que je n'avais pas eu le courage de tirer tout à l'heure). J'étais enfermé dans un espace à peine plus vaste qu'un grand tiroir. Pour toujours. Dans l'obscurité la plus totale. Au fond de l'océan Pacifique.

Je n'ai jamais connu pareille obscurité et pareil calme ni avant ni après. Ce n'était pas l'obscurité de la nuit, habituellement noire-bleu-foncé, ponctuée de diverses lueurs, étoiles, lucioles, lumières de lointains voyageurs, fenêtre d'une maison ici ou là, et tout ce que l'on voit dans la nuit noire où l'on peut naviguer d'une zone d'ombre à une autre grâce à ces vacillements, scintillements et autres clignotements, et où il est toujours possible de repérer dans le noir des ombres un peu plus sombres que la nuit.

Pas ici : je me trouvais au fond d'une mer d'encre.

Et il n'y régnait pas non plus le silence de la nuit au sein duquel il y a toujours une pompe qui résonne au loin, l'air qui frémit au chant des grillons, un chœur de crapauds, des aboiements de chiens, le vrombissement étouffé d'un moteur, le bourdonnement des moustiques et, de temps à autre, le gémissement perçant d'un chacal.

Mais ici, je n'étais pas cloîtré dans une nuit violet sombre, vivante et vibrante, mais dans l'obscurité de l'obscurité. Et le silence du silence m'environnait, le silence qui plane seulement au fond d'une mer d'encre.

*

Pendant combien de temps ?

Il n'est plus personne que je puisse interroger : Greta Gat a été tuée au cours du siège de la Jérusalem juive, en 1948. Un sniper de la Légion arabe, avec son ceinturon de cuir noir en bandoulière et son keffieh rouge à carreaux, l'avait prise pour cible depuis l'Académie de police, sur la ligne de cessez-le-feu. La balle, à ce que disaient les voisins, avait traversé l'oreille gauche de tante Greta et était ressortie par l'œil. Aujourd'hui encore, quand je tente d'imaginer à quoi pouvait ressembler son visage, cet œil énucléé me donne des cauchemars.

Et je n'ai aucun moyen non plus de situer, dans Jérusalem, ce magasin de vêtements avec ses dédales, ses cavernes et ses sentiers forestiers d'il y a soixante ans. Était-ce une boutique arabe ? Arménienne ? Qu'y a-t-il à sa place aujourd'hui ? Que sont devenus les forêts et les tunnels ? Et les encoignures derrière les rideaux, les comptoirs et les cabines d'essayage ? La niche où j'étais enterré vivant ? La sorcière, déguisée en nymphe des bois, que j'avais poursuivie avant de m'enfuir, épouvanté ? Qu'est devenue ma première séductrice qui m'avait entraînée dans l'entrelacs de sa toile jusqu'à ce que je pénètre dans son refuge où elle avait subitement consenti à me dévoiler son visage que, par mon regard, j'avais transformé en monstre : la face d'un chacal mort, à la fois malveillante et d'une poignante tristesse ?

*

Après que la tante Greta se fut enfin décidée à renaître de ses cendres, vêtue d'une robe chatoyante, elle avait dû s'affoler de ne pas me retrouver à l'endroit qu'elle m'avait assigné, sur le tabouret en osier devant la cabine d'essayage. Elle avait certainement paniqué, et elle était devenue cramoisie, presque violette : qu'était-il arrivé à ce petit, lui qui était pratiquement toujours si responsable et obéissant, un enfant très prudent, absolument pas téméraire et pas particulièrement courageux ?

Au début, elle s'était mise à me chercher elle-même : elle s'était dit qu'à force d'attendre le gamin avait fini par s'ennuyer et qu'il jouait à cache-cache avec elle pour la punir d'avoir disparu si longtemps. Le petit coquin se cachait probablement derrière les rayonnages. Non ? Ou là, au milieu des manteaux ? Peut-être était-il planté devant les mannequins à moitié nus ? Et s'il était derrière l'une des vitrines, en train d'observer les passants dans la rue ? À moins qu'il ne soit allé tout simplement aux toilettes ? Ou boire au robinet ? Un garçon intelligent, si responsable, il n'y a rien à dire, juste un peu distrait, ahuri, perdu dans ses rêves, absorbé en permanence dans les histoires que je lui raconte ou qu'il s'invente. Et s'il était sorti dans la rue finalement ? Il a cru que je l'avais oublié et il cherche le chemin de la maison ? Et si un inconnu l'avait pris par la main en lui promettant monts et merveilles ? Et si le petit l'avait écouté ? Et qu'il l'avait suivi ? Un étranger ?

*

Au comble de l'inquiétude, la tante Greta avait cessé de rougir, elle avait blêmi et s'était mise à trembler comme si elle avait pris froid. Elle avait fini par sortir de sa réserve et avait éclaté en sanglots, et tout le monde, le personnel du magasin comme les clients, avait été envoyé en renfort pour me chercher. Ils avaient dû m'appeler, ratisser les allées du labyrinthe, fouiller en vain dans l'enchevêtrement des sentiers de la forêt. Et puisque c'était sans doute une boutique arabe, on peut supposer qu'on avait rameuté une foule d'enfants à peine plus âgés que moi qu'on avait expédiés tous azimuts à ma recherche, dans le quartier, les ruelles, les fosses, l'oliveraie voisine, la cour de la mosquée, le pré aux chèvres à flanc de coteau, les passages menant au souk.

Y avait-il un téléphone? Tante Greta avait-elle joint la pharmacie de M. Heinemann à l'angle de la rue Tsephania? Avait-elle pu apprendre la triste nouvelle à mes parents? Il semblerait que non, sinon ils n'auraient eu de cesse de me le rappeler pendant des années, à la moindre désobéissance, ils auraient agité devant moi le spectre de la perte et du deuil, cette terrible expérience, quoique brève, que ce petit toqué leur avait infligée, sans parler de leurs cheveux qui avaient presque blanchi en moins de deux heures.

Je me rappelle que je n'avais pas crié là-bas, dans la totale obscurité. Je n'avais pas émis le moindre son. Je n'avais pas cherché à ébranler la porte close ni à tambouriner dessus de mes petits poings : peut-être parce que je craignais que la sorcière à la tête de renard mort ne flaire encore mes traces. Je me rappelle qu'à ma peur, là-bas, au fond de la mer d'encre calme, s'était substituée une curieuse douceur : c'était un peu comme me pelotonner contre ma mère sous une grosse couverture pendant que des rafales de vent et d'obscurité cinglaient la vitre, dehors. Comme jouer à être sourd et aveugle. Ou libre comme l'air. Entièrement.

J'espérais qu'on viendrait bientôt me tirer de là. Bientôt. Pas tout de suite.

Là-bas, j'avais quand même un petit objet dur, une sorte d'escargot en métal rond, lisse et agréable au toucher. Il tenait entièrement dans ma main et mes doigts tressaillaient de plaisir lorsqu'ils se refermaient sur lui, le sentaient, le caressaient, se crispaient et se relâchaient, parfois tiraient — juste un peu — sur l'extrémité du locataire souple et fragile qui se cachait à l'intérieur, telle la tête d'un escargot qui pointe fugitivement dehors, par curiosité, et se tortille de-ci de-là avant de se rétracter aussitôt dans sa carapace.

C'était un mètre fait d'un mince et souple ruban métallique qui s'enroulait dans une gaine (cela s'appelle un mètre à ruban). J'avais joué dans le noir assez longtemps avec cet escargot, le tirant, le détendant, le déployant, le relâchant d'un coup de sorte que le serpent de métal rentre comme une flèche dans sa coquille qui l'aspirait dans son ventre et l'accueillait de tout son long en répondant par une légère vibration ultime, un clic frémissant qui chatouillait agréablement ma main fermée.

Et je recommençais à tirer sur le serpent métallique, à le délivrer, à l'extirper entièrement, cette fois, très loin dans les ténèbres de l'abîme, tâtant l'extrémité de l'obscurité, écoutant le bruit de ses jointures délicates à mesure qu'il s'étirait et que sa tête s'éloignait de sa coquille. Finalement, je le laissais retourner progressivement à la maison, le relâchant un peu avant de faire une pause, répétant ce manège, tâchant de deviner — car je ne voyais rien, absolument rien — dans combien de douces pulsations, pac pac, j'entendrais le déclic décisif de l'ultime fermeture indiquant que le serpent avait disparu de la tête jusqu'au bout de la queue dans la matrice d'où je lui avais permis de sortir

Comment avais-je mis la main sur ce gentil escargot ? Je ne me souviens pas si je m'en étais emparé au cours de mon odyssée chevaleresque, dans les méandres du labyrinthe, ou si j'étais tombé dessus en tâtonnant dans la niche, après que ma tombe eut été scellée.

*

On peut supposer qu'ayant pesé le pour et le contre tante Greta avait fini par décider que mieux valait ne rien dire à mes parents : elle ne voyait aucune raison de les alarmer a posteriori, alors que tout s'était bien terminé. Peut-être craignait-elle de perdre leur confiance et, par conséquent, une source de revenus modeste mais régulière et nécessaire.

Tante Greta et moi n'évoquions jamais l'histoire de ma mort et de ma résurrection dans la boutique de vêtements arabe : pas la moindre allusion. Pas un mot. Ni même un clin d'œil complice. Sans doute espérait-elle que, le temps passant, le souvenir de ce matin-là s'effacerait de ma mémoire et que nous nous ferions à l'idée qu'il n'était jamais rien arrivé, que c'était un mauvais rêve. Il se peut aussi qu'elle ait eu honte de ses folles équipées : après ce fameux matin d'hiver, elle ne m'associa plus à son vice. Peut-être que, grâce à moi, elle avait même réussi à se désintoxiquer un peu de sa passion pour les robes ? Quelques semaines ou quelques mois plus tard, je n'allais plus chez la tante mais au jardin d'enfants de Mme Pnina Shapiro, rue Tsephaniah. Durant encore quelques années, à la nuit tombée, nous continuions à entendre, de loin, les accords étouffés, obstinés et solitaires de son piano, dominant les bruits de la rue.

Ce n'était pas un rêve. Les rêves s'évanouissent

avec le temps pour laisser place à d'autres rêves, alors que cette sorcière naine, cette vieille enfant à la face de renard mort continuait de ricaner avec ses dents pointues, dont une incisive en or.

Et il n'y avait pas qu'elle : il y avait aussi l'escargot que j'avais ramené de la forêt, à l'insu de mon père et ma mère, et avec lequel, quand j'étais seul, je m'amusais sous la couverture à lui déclencher de longues érections et des retraites éclairs au fond de sa tanière.

Un homme brun avec de larges poches sous ses bons yeux, ni jeune ni vieux, un mètre de couturière vert et blanc en sautoir. Ses gestes semblaient las. Sa large figure bistre était somnolente, et il esquissa un sourire timide sous sa moustache grise et douce. L'homme se pencha sur moi et me dit quelque chose en arabe que je ne compris pas mais que je traduisis en mots dans mon cœur, n'aie pas peur, mon petit, tu ne dois plus avoir peur.

Je me souviens que mon sauveur portait des lunettes carrées à monture marron qui, plutôt qu'à un vendeur de magasin de prêt-à-porter féminin, auraient mieux convenu à un menuisier massif entre deux âges, traînant les pieds en fredonnant, un mégot éteint au coin des lèvres, un mètre pliant fatigué dépassant de la poche de sa chemise.

L'homme me considéra un moment, non à travers les verres de ses lunettes, qui lui glissaient sur le nez, mais par-dessus. Et après m'avoir attentivement examiné en dissimulant un autre sourire ou l'ombre d'un sourire derrière sa moustache bien taillée, il hocha la tête à deux ou trois reprises, s'empara dans sa main chaude de la mienne, qui était glacée de terreur, comme s'il réchauffait un poussin frigorifié, et c'est lorsqu'il me délivra des oubliettes en me soulevant dans ses bras et en me serrant étroitement contre sa poitrine que je me mis à pleurer.

L'homme s'en aperçut et pressa sa joue flasque contre la mienne en disant en hébreu, à la manière des Arabes, d'une voix basse, poussiéreuse et agréable qui n'était pas sans rappeler une route de campagne ombragée, au crépuscule, question, réponse et conclusion :

« Ça va? Ça va. Très bien. »

Et il me porta dans un bureau, situé au fond du magasin, où l'air sentait le café, la cigarette, la laine et l'after-shave de l'homme qui m'avait retrouvé et qui était différent de celui de mon père, plus âpre et capiteux, et dont j'aurais aimé que papa use. L'homme qui m'avait retrouvé prononça quelques mots en arabe à l'intention des gens qui étaient là, debout ou assis, entre tante Greta, qui hoquetait dans un coin, et nous, et il adressa aussi une phrase à la tante, qui rougit très fort, et puis, dans un grand geste, lent et responsable, comme un médecin qui palpe un malade pour découvrir l'origine exacte de la douleur, l'homme me remit entre les mains de la tante éplorée.

Je n'avais pourtant pas vraiment envie d'y être. Pas encore. Je voulais rester blotti encore un peu contre la poitrine de mon sauveur.

Ensuite ils parlèrent encore quelque temps, les autres, pas mon homme, mon homme à moi ne dit rien, il se contenta de me caresser la joue et de me tapoter deux fois l'épaule avant de s'en aller. Comment s'appelait-il? Est-il encore en vie? Vit-il chez lui? Ou dans la poussière et le dénuement d'un camp de réfugiés?

*

Ensuite, nous sommes rentrés par le 3A. Tante Greta se rafraîchit et me débarbouilla aussi pour supprimer les traces de larmes. Elle me donna une tartine de miel, un bol de riz avec un verre de lait tiède et, pour le dessert, deux morceaux de pâte d'amandes. Après quoi elle me déshabilla, elle me coucha dans son lit et me gratifia d'une quantité de câlins et autres papouilles qui s'achevèrent en baisers collants, et elle me borda en disant, dors, dors un peu mon petit chéri. Cherchait-elle ainsi à effacer les indices ? Espérait-elle qu'à mon réveil je penserais avoir rêvé et n'en parlerais pas à mes parents et que, même si je leur en parlais, elle pourrait répondre en souriant que je rêvais toujours d'un tas d'histoires pendant la sieste, et qu'un jour on devrait même en faire un livre, un album avec de belles images en couleurs que tous les enfants adoreraient.

Mais je n'ai pas dormi, et j'étais resté tranquillement allongé dans le lit, à jouer avec mon escargot de métal sous la couverture.

Je n'ai jamais parlé à mes parents de la sorcière, du fond de la mer d'encre ou de l'homme qui m'avait secouru : je ne voulais pas qu'ils me confisquent l'escargot. Et je ne savais pas non plus comment leur expliquer où je l'avais trouvé. Pouvais-je leur dire que je l'avais rapporté d'un rêve, en souvenir ? Et puis ils auraient été furieux contre tante Greta et moi si je leur avais révélé la vérité : comment ?! Son Altesse ?! Un voleur ? Son Excellence a perdu l'esprit ?!

Et ils m'auraient immédiatement emmené là-bas, ils m'auraient obligé à rendre mon escargot et à demander pardon.

Et j'aurais été puni.

\*

L'après-midi, papa vint me chercher chez tante Greta. « Votre Honneur m'a l'air un peu pâle aujourd'hui, déclara-t-il, à son habitude. La journée a été dure ? Ses navires auraient-ils coulé, le ciel nous en préserve ? Ou bien ses châteaux ont-ils été conquis par ses ennemis ? »

Je ne répondis pas, alors que j'aurais très bien pu le piquer au vif : en lui révélant, par exemple, que, depuis le matin, j'avais un autre père. Un Arabe.

Il plaisantait avec tante Greta en me rechaussant : il avait coutume de faire la cour aux femmes avec des bons mots et de bavarder sans trêve pour éviter les silences. Toute sa vie, mon père avait redouté le silence. Il se sentait responsable de la conversation, considérant les temps morts avec un sentiment d'échec, de culpabilité. Il se mit donc à rimailler en l'honneur de tante Greta, ce qui donnait approximativement ceci :

> *Tout compte fait,*
> *ce n'est pas un péché,*
> *de flirter,*
> *avec la jolie Gret.*

Et il allait encore plus loin :

« Greta, ô ma Greta, mon cœur, tu le vaincras. »

Tante Greta rougissait sur-le-champ, et comme elle en avait honte, elle rougissait deux fois plus, si bien que son cou et ses joues prenaient la teinte d'une aubergine, ce qui ne l'empêchait pas de balbutier :

« *Nu*, voyons, docteur Klausner », mais ses cuisses se mouvaient doucement, comme désireuses d'exécuter une petite pirouette en son honneur.

Ce soir-là, mon père me fit faire une visite exhaustive des vestiges de la civilisation inca : enthousiastes et affamés de connaissances, nous avions avalé les mers et les montagnes, traversé des fleuves

et des plaines à travers les pages du gros atlas allemand. Nous avions vu les cités mystérieuses et les
ruines des palais et des temples dans l'encyclopédie
et un album polonais illustré. Pendant ce temps,
assise dans un fauteuil, maman lisait, les jambes
repliées sous elle. Une flamme bleu foncé brûlait
tranquillement dans le poêle à mazout.

De loin en loin, le doux murmure des bulles d'air
traversant les artères du poêle soulignait le silence.

## 32

Le jardin n'était pas un vrai jardin, mais un modeste rectangle de terre battue, dure comme du béton, où même les ronces ne pouvaient croître. Il était toujours à l'ombre du mur, comme dans la cour d'une prison. Et sous le couvert des hauts cyprès de la cour mitoyenne des Lemberg. Un malheureux poivrier poussait dans un coin en grinçant des dents : j'aimais en froisser les feuilles entre mes doigts pour respirer l'excitant parfum. En face, contre le mur, se dressait un grenadier, un arbrisseau plutôt, survivant désenchanté du temps où Kerem Avraham était encore un verger, qui s'obstinait à fleurir année après année. Sans attendre qu'il donne ses fruits, les enfants en cueillaient impitoyablement les bourgeons verts en forme de vase. Nous y plantions un bâton, environ de la taille d'un doigt, pour en faire des pipes comme celles que fumaient les Anglais et les richards du voisinage qui voulaient les imiter. Une fois l'an, nous ouvrions un bureau de tabac dans un coin de la cour. À cause de la couleur des bourgeons, on croyait voir briller le bout incandescent de nos pipes.

*

Un jour, des amis portés sur l'agriculture, Mala et Staszek Rudnicki, de la rue Chancellor, m'avaient offert trois sachets en papier remplis de graines de radis, de tomate et de concombre. Papa avait alors suggéré de créer un petit potager : « Nous allons être des agriculteurs, tous les deux! s'était-il écrié, enthousiaste. Nous édifierons un petit kibboutz derrière le grenadier et nous ferons sortir notre pain de la terre de nos propres mains! »

Personne dans notre rue ne possédait de bêche, de pelle ou de râteau. Ni même de pioche ou de fourche. C'était bon pour les nouveaux Juifs hâlés qui vivaient par-delà les montagnes obscures : dans les villages et les kibboutz de Galilée, du Sharon et des vallées. Papa et moi avions donc entrepris, à mains nues, la conquête du désert pour le transformer en potager.

Le samedi, de bon matin, tandis que maman et tout le quartier dormaient encore à poings fermés, papa et moi nous étions glissés dans la cour, en tricots de peau blancs et bermudas kaki, un bob sur la tête, maigres, la poitrine étroite, citadins jusqu'au bout de nos ongles fins, pâles comme du papier, dûment protégés par une bonne couche de crème dont nous nous étions mutuellement tartinés (cette pommade, nommée Velveta, était censée déjouer les ruses du soleil printanier).

Chaussé de bottines et armé d'un marteau, d'un tournevis, d'une fourchette, d'une pelote de ficelle, d'un sac de toile vide et du coupe-papier de son bureau, papa marchait en tête. Je le suivais, surexcité, empli d'une allégresse agricole, chargé d'une bouteille d'eau, de deux verres et d'une petite boîte contenant du sparadrap, un flacon d'iode avec un bâtonnet applicateur, un rouleau de gaze et une bande Velpeau, une trousse de premier secours pour parer à toute éventualité.

Papa brandit solennellement le coupe-papier, tel un augure ou un arpenteur, et se baissa pour tracer quatre lignes sur le sol, marquant ainsi une fois pour toutes les limites de notre territoire : deux mètres carrés environ, à peine plus large que la mappemonde punaisée au mur du couloir, entre les deux chambres. Il m'enjoignit ensuite de m'accroupir et de tenir bien fort, à deux mains, un bâton pointu qu'il appelait « piquet ». Il prévoyait de planter un piquet aux quatre coins du terrain pour le clôturer d'une corde. Mais la terre battue, dure comme du ciment, résista imperturbablement aux coups de marteau de papa qui tentait d'enfoncer les piquets. Abandonnant le marteau, il sacrifia ses lunettes, qu'il ôta et déposa précautionneusement sur le rebord de la fenêtre de la cuisine, avant de retourner sur le champ de bataille avec une énergie redoublée. Il était en nage, dans tous ses états, et il manqua à une ou deux reprises de me broyer les doigts avec son marteau pendant que je tenais le piquet qui s'aplatissait à vue d'œil.

Après bien des efforts, nous réussîmes à percer superficiellement la couche supérieure : les piquets s'enfoncèrent à hauteur de la moitié d'un doigt puis refusèrent d'aller plus loin, tels des animaux récalcitrants. Il fallut donc les caler à l'aide de deux ou trois grosses pierres et transiger avec la corde, car ils menaçaient de tomber quand on la tendait. De sorte que notre territoire fut clos par quatre cordes lâches, dotées d'une espèce de ventre de boutiquier. Quoi qu'il en soit, nous étions parvenus à créer quelque chose ex nihilo : d'ici à là, c'était notre espace intérieur, notre potager, et au-delà, l'extérieur, le reste du monde.

« Voilà », dit modestement papa en hochant plusieurs fois la tête, comme pour marquer son assentiment et corroborer ses actes.

« Voilà », répétai-je en l'imitant machinalement.

C'était sa manière d'annoncer une courte pause. Il me dit de m'éponger un peu, de boire et de me reposer sur une marche. Quant à lui, il ne s'assit pas à côté de moi, mais ayant remis ses lunettes, planté devant notre carré de terre, il évalua les progrès de notre projet à ce stade, rumina, calcula la prochaine avancée tactique, analysa les erreurs, en tira les conclusions et m'ordonna d'enlever provisoirement les piquets et la corde et de les ranger proprement au pied du mur : mieux valait bêcher la terre avant de la borner, sinon les cordes risqueraient de nous gêner. Il fut également décidé de verser quatre ou cinq seaux d'eau sur la plate-bande et d'attendre une vingtaine de minutes que l'eau pénètre dans le sol et en ramollisse la carapace avant de reprendre l'offensive.

*

Stoïque, mon père lutta pratiquement à mains nues jusqu'à midi contre les défenses de la terre compacte. Plié en deux, le dos douloureux, ruisselant de sueur, suffoquant comme un noyé, l'air désarmé et désespéré sans ses lunettes, il martelait la terre farouche. Mais le marteau était trop léger : c'était un outil domestique, typiquement citadin, moins propre à renverser les murailles qu'à casser des noix ou à enfoncer un clou dans la porte de la cuisine. Papa brandissait sans relâche son humble instrument, tel David et sa fronde contre Goliath et sa cuirasse, ou comme s'il s'attaquait aux remparts de Troie avec une poêle à frire. L'extrémité du marteau en forme de Y, destinée à arracher les clous, lui servait à la fois de bêche, de fourche et de houe.

Les dents serrées, papa ne prêtait aucune attention aux grosses cloques qui s'étaient formées dans le creux de ses mains, même lorsqu'elles éclatèrent, se vidèrent de leur sérosité et se transformèrent en plaies vives. Il ne tint pas davantage compte des ampoules apparues sur ses doigts délicats d'érudit. Il levait et abattait son marteau sans relâche, assenant coup sur coup, cognant, frappant avant de le relever et de recommencer la manœuvre, et tout en luttant contre les éléments et le désert primordial, il murmurait entre ses dents de fiévreuses imprécations contre la terre obstinée, en grec, en latin, peut-être en amharique, slavon ou sanskrit.

À un moment donné, il se donna un coup très violent sur le bout de la chaussure : il gémit de douleur, se mordit les lèvres, inspira à fond, prononça le mot « décidément » ou « vraiment » pour se reprocher sa négligence, il s'épongea le front, but une gorgée d'eau, essuya le goulot de la bouteille avec son mouchoir, insista pour que je boive à mon tour, puis il retourna sur le champ de bataille en claudiquant résolument et se remit héroïquement à la tâche. Il n'allait pas baisser les bras.

La terre tassée finit par le prendre en pitié, à moins que, confondue devant un tel dévouement, elle ne commençât à se fendiller. Papa s'empressa d'introduire son tournevis dans les fissures, comme s'il craignait que le sol ne change d'avis et ne refasse bloc. Il gratta les blessures, élargissant et approfondissant les lézardes, et avec les ongles et les doigts qui blanchissaient et tremblaient sous l'effort, il détacha d'épaisses mottes de terre qu'il entassa à ses pieds, le ventre en l'air, pareilles à des dragons crevés. Des racines coupées saillaient de la terre, toutes tordues et noueuses comme les tendons sectionnés dans la chair vivante.

J'avais pour mission de suivre l'assaut, briser les

mottes de terre de la pointe du coupe-papier, en détacher les racines pour les déposer dans le sac de toile, épierrer et émietter chaque motte et, enfin, ratisser la terre meuble à l'aide de la fourchette, transformée pour la circonstance en râteau ou en herse.

Il était temps de fertiliser le sol : à défaut de fumier ou des excréments des pigeons qui nichaient sur le toit, par crainte de la contamination, papa avait préparé à l'avance une casserole de restes. C'était une infâme bouillie à base d'eau de cuisson, d'épluchures de fruits et de légumes, de courges pourries, de marc de café où surnageaient des feuilles de thé, de reliefs de flocons d'avoine, de bortsch, de légumes, de rognures de poisson, d'huile de friture rance, de lait tourné et de divers liquides visqueux, salmigondis trouble où flottaient diverses substances et particules suspectes, noyées dans une sorte d'épais brouet putride.

« Voilà qui va enrichir, commenta papa tandis que nous reprenions haleine côte à côte sur une marche de l'escalier dans nos maillots de corps trempés, tel un couple de vrais travailleurs s'éventant avec leur couvre-chef kaki. Nous devons décidément nourrir le sol avec des ordures ménagères, lesquelles se transformeront en humus riche en matières organiques qui fournira à nos plantes les nutriments essentiels sans lesquels nous n'obtiendrons certainement que des légumes étiques et souffreteux. »

Devinant l'horrible pensée qui me traversait l'esprit, il se hâta d'ajouter pour me rassurer : « Et ne va pas faire l'erreur d'imaginer qu'en mangeant les légumes qui vont pousser ici tu absorberas ce qui peut te donner aujourd'hui l'impression d'être un tas d'immondices répugnantes. Certainement pas ! En aucune façon ! Le fumier n'est pas dégoûtant, c'est un trésor inestimable — des générations et des générations de paysans et d'agriculteurs ont compris intuitivement cette mystérieuse vérité ! Tolstoï lui-même mentionne quelque part l'alchimie mystique qui s'effectue indéfiniment dans les entrailles de la terre, la merveilleuse métamorphose qui transmue la décomposition en compost, le compost en terre grasse et, de là, en céréales, fruits et légumes et tous les produits des champs, des jardins et des vergers. »

Tout en replantant aux quatre coins de la plate-bande les piquets qui soutenaient la corde, papa m'expliqua simplement, précisément et dans l'ordre : décomposition, compost, organique, alchimie, métamorphose, produits, Tolstoï, mystère.

*

Quand maman vint nous prévenir que le déjeuner serait prêt dans une demi-heure, l'opération conquête du désert était terminée : entre ses quatre piquets et ses quatre cordes, notre nouveau jardin était environné de tous côtés par la terre aride de la cour dont il se démarquait par sa couleur marron foncé et son sol soigneusement ameubli. Joliment ratissé — on l'aurait dit démêlé au peigne —, sarclé, ensemencé, fertilisé et arrosé, notre petit verger était subdivisé en trois vagues ou buttes d'égale longueur, l'une destinée aux tomates, la deuxième aux concombres et la troisième aux radis. Et, à l'image des écriteaux nominatifs que l'on plante provisoirement sur les tombes avant de les recouvrir d'une dalle funéraire, nous avions piqué, à l'extrémité de chaque rangée, un bâtonnet coiffé d'un sachet de semences vide. De sorte que, pour le moment, au moins le temps que poussent les légumes, nous avions un parterre d'images en couleur : le dessin plus vrai que nature d'une tomate rouge vif, les joues dégoulinantes de gouttelettes de rosée transparente, la reproduction de concombres d'un vert rafraîchissant, et l'illustration appétissante d'une botte de radis, lavés et éclatants de santé, dans un éblouissant feu d'artifice de rouge, de blanc et de vert.

Une fois la terre amendée et ensemencée, nous avions délicatement et généreusement arrosé chacun des monticules fécondés avec un arrosoir improvisé, fabriqué à l'aide d'une bouteille d'eau et de la petite passoire de la cuisine qui, fichée dans le bec de la théière, servait à filtrer le thé dans le civil.

« Désormais donc, dit papa, tous les matins et tous les soirs nous arroserons nos plates-bandes, il ne faudra ni trop le faire ni pas assez, et chaque matin, sans faute, au saut du lit, tu iras vérifier si l'on voit les premiers signes de germination, car dans quelques jours de minuscules tiges commenceront à poindre et à agiter la tête pour se débarrasser des particules de terre, exactement comme un chenapan qui secoue la tête pour faire tomber sa casquette. Chaque plante, disent nos sages, a au-dessus d'elle son ange gardien qui lui ordonne en la frappant sur la tête : "Pousse !" Et d'ajouter :

« Maintenant, Son Excellence transpirante et sale voudra bien attraper des sous-vêtements, une chemise et un pantalon propres dans l'armoire et prendre un bain, et Sa Grandeur n'oubliera pas de se savonner soigneusement, là où tu sais surtout. Et tâche de ne pas t'endormir dans la baignoire, comme d'habitude, parce que ton humble serviteur attend patiemment son tour. »

En slip dans la salle de bains, j'étais monté pieds nus sur le couvercle des WC pour regarder dehors par la lucarne au cas où il y aurait déjà quelque chose à voir. Une première pousse? Un bourgeon vert? Même de la taille d'une épingle?

Par le vasistas de la salle de bains, je vis mon père qui s'attardait devant le nouveau jardin, humble et modeste, joyeux comme un artiste posant devant son œuvre, fourbu, clopinant toujours à cause du coup de marteau qu'il s'était donné sur le pied, mais heureux comme un conquérant.

Mon père était un bavard impénitent, il avait continuellement des citations et des proverbes à la bouche, il était toujours très content d'expliquer et de citer ses sources, désireux de prodiguer sur-le-champ l'étendue de son savoir et d'offrir sans compter les trésors de sa culture et les secrets de sa mémoire : aviez-vous jamais réfléchi au rapport que l'hébreu établit, par simple métathèse, entre certaines racines verbales, entre arracher et déchirer, par exemple, lapider et repousser, bêcher et manquer, planter et déterrer, ou aux mots de même étymologie tels que terre, rouge, homme, sang et silence? C'était un déluge d'allusions, d'associations, de connotations et de jeux de mots, des forêts de faits et de syllogismes, des monceaux d'explications, de réfutations, d'arguments dans un effort désespéré de divertir ou d'amuser l'assistance, de répandre l'allégresse, voire de faire le clown, sans crainte du ridicule, pour éviter à tout prix les silences. Qu'un ange passe.

Une mince silhouette crispée, en maillot de corps trempé de sueur et bermuda kaki trop large couvrant pratiquement ses genoux maigres. Ses membres grêles étaient très blancs et couverts d'abondants poils noirs. Mon père ressemblait à un séminariste hébété, que l'on aurait brutalement tiré de la pénombre de la maison d'études, déguisé en pionnier et poussé sans ménagements dans la clarté aveuglante de midi. Son sourire hésitant avait quelque chose d'implorant, comme s'il vous tirait par la manche et vous suppliait de lui manifester un peu d'affection. Ses yeux bruns semblaient distraits, voire affolés derrière ses lunettes rondes, comme s'il venait de se rappeler avoir oublié quelque chose, on ne savait quoi, quelque chose de très important et très urgent qu'il ne devait en aucun cas oublier.

Mais quoi? Impossible de s'en souvenir. Pardonnez-moi, sauriez-vous par hasard ce que j'ai oublié? Quelque chose d'important. Qui ne souffre aucun retard. Auriez-vous l'obligeance de me rappeler ce que c'est? Si je puis me permettre?

*

Les jours suivants, je me précipitais au potager toutes les deux ou trois heures, surexcité, impatient de « voir si la vigne bourgeonne, si les grenadiers poussent », de découvrir, à moitié affalé sur le sol, les premiers signes de germination, d'imperceptibles mouvements dans la terre meuble. Je l'arrosais sans relâche au point que le jardin était devenu une mare de boue. Chaque matin, je sautais du lit et, nu-pieds, en pyjama, je courais voir si le miracle tant attendu s'était produit au cours de la nuit. Et quelques jours plus tard, de bon matin, je découvris que les radis avaient devancé tout le monde et dressaient leurs minuscules périscopes, entassés les uns contre les autres.

De joie, je les avais arrosés deux fois plus.

Et j'y avais planté un épouvantail, fabriqué avec une vieille combinaison de ma mère et une boîte de conserve vide en guise de tête où j'avais dessiné une bouche, une moustache, un front avec des cheveux noirs ramenés sur le côté, comme Hitler, et un œil un peu de travers, comme s'il clignait ou se moquait.

Un ou deux jours plus tard, ce fut le tour des concombres. Mais le spectacle avait dû les attrister ou les inquiéter, car radis et concombres s'étaient ravisés, ils avaient blêmi, en une nuit, ils avaient courbé l'échine, profondément abattus, leurs petites têtes touchant terre, ils étaient devenus tout ratatinés, décharnés, gris, de malheureux fétus de paille. Quant aux tomates, elles ne s'étaient jamais manifestées : ayant sondé le terrain, elles avaient mûrement réfléchi et décidé de se passer de nous. Sans doute que rien ne pouvait pousser dans la cour tant elle était encaissée, cernée de murs épais et ombragée de hauts cyprès : nul rayon de soleil n'y pénétrait jamais. Peut-être avions-nous un peu trop forcé aussi sur l'arrosage. Ou l'engrais. À moins que mon épouvantail hitlérien, qui n'impressionnait guère les oiseaux, n'eût mortellement effrayé les jeunes pousses. Voilà qui sonna le glas de notre projet de création d'un petit kibboutz à Jérusalem afin de manger, un jour, le fruit de notre labeur.

« De là, décréta tristement papa, nous en arrivons à la tragique mais inévitable conclusion que nous nous sommes décidément fourvoyés quelque part. Nous avons faux sur toute la ligne. Maintenant, il nous faut indiscutablement nous atteler sans relâche et sans compromission à la tâche de définir l'origine et la cause de notre échec : trop d'engrais ? Ou trop d'eau ? Ou, au contraire, aurions-nous manqué une phase essentielle ? Tout compte fait, nous ne sommes pas des cultivateurs, fils de cultivateurs, mais de simples amateurs, des soupirants inexpérimentés qui courtisons la terre en méconnaissant le juste milieu. »

Ce jour-là, en rentrant de la Bibliothèque nationale sur le mont Scopus, où il travaillait, papa rapporta deux gros volumes, qu'il venait d'emprunter, sur le jardinage et l'horticulture (l'un d'eux était en allemand), dans lesquels il se plongea sans tarder. Ses pensées prirent bientôt un autre cours : le déclin des dialectes minoritaires dans les Balkans, l'influence de la poésie courtoise médiévale sur les origines de la nouvelle, les emprunts grecs dans la Michna, le déchiffrement des textes ougaritiques.

Mais un matin qu'il partait au travail avec sa vieille serviette noire, il m'aperçut, penché, les larmes aux yeux, sur les plantes agonisantes, tentant un ultime effort désespéré pour les sauver à l'aide d'une solution pour le nez ou les oreilles que j'avais prise sans permission dans l'armoire à pharmacie de la salle de bains et que j'étais en train de leur instiller goutte à goutte. Attendri, il me souleva et me serra dans ses bras pour me reposer aussitôt par terre. Perplexe, déconcerté, il ne savait que faire. Avant de partir, comme s'il désertait le champ de bataille, il hocha trois ou quatre fois la tête en murmurant pour lui-même : « Nous allons voir ce que nous pouvons encore faire. »

\*

Rue Ibn Gabirol, à Rehavia, se trouvait un édifice appelé « Maison des femmes pionnières », ou « Ferme des travailleuses » ou peut-être « Domaine agricole expérimental ». À l'arrière s'étendait une petite réserve rurale, une sorte de commune exploitée par des femmes, une quinzaine d'ares plantés d'arbres fruitiers et de plantes potagères avec un poulailler et quelques ruches. Dans les années cinquante, c'est là que se dresserait la fameuse maisonnette préfabriquée, la résidence officielle du président Itzhak Ben Zvi.

Papa s'y rendit après le travail. Il avait probablement conté à Rachel Yannait ou à l'une de ses assistantes le récit de notre échec agreste, demandé des conseils et des directives, et il était reparti en autobus avec une petite caisse en bois renfermant de la terre et une vingtaine ou une trentaine de vigoureuses boutures. Il introduisit discrètement son butin dans la maison, le cacha derrière le panier à linge sale ou sous le placard de la cuisine et attendit que je sois endormi pour se glisser subrepticement dehors, armé d'une torche, d'un tournevis, de son marteau héroïque et du coupe-papier.

À mon réveil, le lendemain matin, papa s'adressa à moi d'un ton détaché, prosaïque, comme s'il me rappelait de lacer mes souliers ou de boutonner ma chemise.

« Bon, fit-il sans lever les yeux de son journal. J'ai l'impression que ton traitement d'hier a fait merveille sur nos petits malades. Votre Grandeur pourrait aller voir par elle-même s'il y a des signes de rétablissement. À moins que je ne me fasse des idées ? Va vérifier, s'il te plaît, et reviens me dire ce que tu en penses, nous verrons bien si tu partages mon point de vue, plus ou moins. »

Mes végétaux miniatures, qui, hier encore, étaient aussi jaunes et secs que de malheureux brins de paille, s'étaient métamorphosés en une nuit, comme par enchantement, en pousses robustes, éclatantes de santé, en pleine sève et d'un beau vert intense. Je restai là, abasourdi, confondu par l'extraordinaire pouvoir de dix ou vingt gouttes pour le nez ou les oreilles.

Un examen plus attentif me révéla que le miracle était plus grand que je ne l'avais cru à première vue :

pendant la nuit, les plants de radis s'étaient approprié la rangée des concombres. Celle des radis, en
revanche, était occupée par de mystérieux intrus,
des aubergines, peut-être, ou des carottes. Et plus
incroyable encore : dans la rangée gauche où nous
avions planté les graines de tomates qui n'avaient
pas germé, là où je n'avais pas jugé utile d'administrer ma potion magique, poussaient à présent trois
ou quatre petits arbustes dont les boutons orangés
s'épanouissaient parmi les feuilles supérieures.

*

Une semaine plus tard, le mal frappa de nouveau
notre jardin, les affres de l'agonie reprirent, les
pousses inclinèrent languissamment la tête, déchar-
nées et maladives comme des Juifs de Diaspora persécutés, elles perdirent leurs feuilles, leurs tiges se
flétrirent et jaunirent, et cette fois les gouttes pour le
nez ou le sirop pour la toux ne servirent à rien :
notre jardin potager se mourait. Durant trois ou
quatre semaines, les quatre piquets s'obstinèrent à
tendre les cordes poussiéreuses avant de rendre
l'âme à leur tour. Seul mon épouvantail hitlérien
s'épanouit quelque temps encore. Papa se consola
avec les sources de la romance lituanienne ou la
genèse du roman à partir de la poésie des trouba-
dours. Quant à moi, après avoir jonché la cour de
galaxies où s'amoncelaient d'étranges étoiles, des
lunes, des soleils, des comètes et des planètes, je
m'embarquai dans un périlleux voyage intergalac-
tique, à la recherche d'un signe de vie.

## 33

Une fin d'après-midi, l'été. Était-ce à la fin du CP ou au début du CE1, ou pendant les grandes vacances, peut-être ? Je suis seul dans la cour. Les autres sont partis sans moi, Danush, Élik, Uri, Lulik, Eytan et Ami, ils sont tous allés en chercher dans le bois de Tel Arza, et je n'ai pas été admis dans le gang de la Main noire parce que je n'ai pas soufflé. Danush en a trouvé un au pied d'un arbre, rempli d'une espèce de colle malodorante séchée, il l'a rincé sous le robinet, et celui qui n'était pas cap d'y souffler ou bien de le mettre et de pisser dedans, comme un soldat anglais, ne pouvait espérer faire partie de la Main noire. Danush a expliqué comment ça marchait. « La nuit, les soldats anglais emmènent des filles dans le bois de Tel Arza, et alors ça se passe comme ça : d'abord, ils s'embrassent longtemps sur la bouche. Ensuite il la touche partout, même sous ses vêtements. Après, il lui enlève sa culotte et il quitte son slip, il met un truc comme ça et il se couche sur elle, et puis il jute à la fin. Et on a inventé ça pour qu'elle ne soit pas complètement inondée à cause de lui. Ça se déroule comme ça chaque nuit dans le bois, et tout le monde le fait, même M. Sussmann, le mari de la maîtresse. Même vos parents.

Les tiens aussi. Et les miens. Tout le monde. Et ça donne du plaisir partout, ça développe les muscles et c'est sensass pour nettoyer le sang. »

*

Tout le monde est parti et mes parents ne sont pas là non plus. Allongé sur le ciment, au fond de la cour, derrière les cordes à linge, je regarde le jour décliner. Le sol est dur et froid à travers mon tricot de peau. Je pense, sans trop approfondir, que ce qui est dur et froid le reste éternellement, alors que ce qui est tendre et doux ne l'est que provisoirement. Parce que tout finit par devenir froid et dur, et à ce stade, on ne bouge pas, on ne pense pas, on ne sent et on ne réchauffe rien. Pour toujours.

Alors que je suis couché sur le dos, mes doigts se referment sur un petit caillou que je mets dans ma bouche, il a un goût de poussière, de chaux et d'autre chose qui ressemble à du sel sans être vraiment salé. Ma langue effleure de petites aspérités et des creux, comme si cette pierre était un monde semblable au nôtre, avec des montagnes et des vallées. Et si le globe terrestre, ou le cosmos, n'était qu'un gravillon perdu au milieu de la cour en ciment de créatures géantes ? Et si un enfant immense, gigantesque à un point inimaginable — ses amis se sont moqués de lui et ils l'ont abandonné —, si donc cet enfant de géants s'emparait de notre planète et se la fourrait dans la bouche où il se mettait à la triturer avec sa langue ? Il pourrait croire que cette pierre est un univers avec des voies lactées, des soleils, des comètes, des enfants, des chats, et des lessives qui sèchent sur des cordes ? Et qui sait si l'univers de ce petit géant, pour qui nous ne sommes qu'un gravillon dans la bouche, n'était qu'un caillou insignifiant dans la cour d'un enfant encore plus gigantesque, qui à son tour, lui et son propre univers... et ainsi de suite, comme une poupée russe, un monde à l'intérieur d'un caillou à l'intérieur d'un monde à l'intérieur d'un caillou, de l'infiniment grand à l'infiniment petit? Si chaque monde était un grain de sable et chaque grain de sable un monde? On finit par avoir le vertige, pendant que la langue suce ce fameux caillou comme si c'était un bonbon et qu'on a un léger goût de craie dans la bouche. Dans soixante ans, Danush, Élik, Uri, Lulik, Ami et toute la bande de la Main noire seront morts, puis ceux qui se souviendront encore d'eux mourront, et ceux qui se souviendront de ceux qui se souviendront de ceux qui se souviendront d'eux. Leurs ossements se transformeront en pierres, pareilles à celle qui est en ce moment dans ma bouche : d'ailleurs, peut-être que la pierre que je suçote en ce moment est l'avatar d'enfants morts il y a des trillions d'années? Lesquels enfants allaient également chercher ces trucs-là dans les bois, et se moquaient d'un de leurs camarades parce qu'il n'était pas cap de souffler dedans et de l'enfiler. Et ils l'avaient laissé seul dans la cour, lui aussi, et il s'était également couché par terre en suçant une pierre, laquelle avait jadis été un enfant qui, autrefois, était lui aussi une pierre. La tête me tourne. Dans l'intervalle, on dirait que ma pierre s'est animée, qu'elle n'est plus aussi dure et froide, mais humide et tiède, et qu'elle commence même à restituer dans ma bouche les chatouilles qu'elle reçoit du bout de ma langue.

\*

Une lumière vient de s'allumer derrière les cyprès et le mur de clôture des Lemberg — de là où je suis, je ne peux pas voir qui se trouve dans la pièce, Mme Lemberg, Shoula ou Éva, ni qui a allumé la lumière, mais je distingue la lueur jaune qui se déverse au-dehors, comme une coulée de colle si dense qu'elle a du mal à se répandre, à bouger, qu'elle se fraye lentement, péniblement, un chemin visqueux, jaunâtre et trouble et qu'elle avance comme une épaisse flaque d'huile de moteur vers le soir, qui a viré au gris-bleu, sous la caresse du vent. Et cinquante-cinq ans plus tard, tandis que je rédige ces lignes dans un cahier, assis à la table du jardin d'Arad, la même brise vespérale se met à souffler et un flot épais de lumière jaunâtre, tel du lubrifiant, s'échappe paresseusement de la fenêtre des voisins, on se connaît, on se connaît depuis longtemps, il n'y a plus de surprise. Et pourtant si. Le-soir-du-caillou-dans-la-bouche-dans-la-cour-à-Jérusalem n'est pas venu à Arad pour raviver ma mémoire ou la nostalgie, au contraire : le passé est venu assaillir le présent. Un peu comme une femme que l'on a connue autrefois et qui ne vous fait plus ni chaud ni froid, lorsque vous la revoyez, elle vous ressert plus ou moins les mêmes propos éculés avec un sourire ou une petite tape familière sur la poitrine, mais cette fois, non, pas du tout, absolument pas, elle tend brusquement la main pour vous toucher, vous tirer par la chemise, mais son geste n'a rien d'agréable, elle s'agrippe à vous avidement, désespérément, les yeux clos, les traits grimaçants de douleur, elle insiste, elle veut, il le faut, elle n'en peut plus, elle se moque de vos sentiments, de vos désirs, elle ne peut pas faire autrement, elle vous harponne et elle se met à tirer, à tirer, et elle vous déchire, mais en fait ce n'est pas elle qui tire, elle se contente de planter ses ongles et c'est vous qui tirez, vous écrivez, vous tirez et vous écrivez, tel un dauphin avec un harpon planté dans la chair et qui tire de toutes ses forces pour s'échapper, il remorque derrière lui pêle-mêle le harpon, la corde, le canon et le bateau de ses poursuivants, il tire entre deux eaux, il tire pour s'échapper, il tire et se retourne dans la mer, il tire et plonge dans l'abîme obscur, il tire et écrit et tire encore, s'il tire une dernière fois, désespérément, peut-être parviendra-t-il à se libérer de ce qui est fiché dans sa chair, qui le mord, le transperce et ne le lâche pas, plus vous tirez et plus cela vous ronge, plus vous tirez et plus cela s'enfonce, et vous ne pourrez jamais rendre le mal pour le mal car ce désastre, toujours plus profond et lancinant, est le chasseur et vous la proie, il est le harponneur et vous le dauphin, il est celui qui donne et vous celui qui reçoit, il est le soir d'antan, à Jérusalem, et vous êtes le soir présent, à Arad. Il est vos parents morts et vous tirez, tirez, vous tirez en écrivant.

*

Tous les autres sont allés au bois de Tel Arza, sans moi, car je n'ai pas eu le cran de souffler, et je suis étendu par terre au fond de la cour, derrière les cordes à linge. J'observe la lumière du jour qui capitule. Il va bientôt faire nuit.

Dans la caverne d'Ali Baba que je m'étais aménagée entre l'armoire et le mur, j'avais vu un jour ma grand-mère — la mère de ma mère qui avait quitté sa cabane au toit de toile goudronnée, au fin fond de Kiryat Motskin, pour venir à Jérusalem — faire une scène à maman, elle lui agitait le fer à repasser sous le nez et, le regard flamboyant de rage, elle lui crachait à la face d'horribles choses en russe ou dans un mélange de polonais et de yiddish. Ni l'une ni l'autre ne pouvaient imaginer que j'étais tapi là, retenant ma respiration, à épier et écouter leurs faits et gestes. Ma mère ne réagissait pas aux imprécations de sa mère, elle était assise dans un coin de la pièce sur une chaise dure, celle qui n'était pas rembourrée et n'avait pas de dossier, les mains figées sur ses genoux serrés l'un contre l'autre qu'elle regardait fixement, comme si sa vie en dépendait. Maman ressemblait à une petite fille réprimandée face à sa mère qui l'accablait de questions plus perfides les unes que les autres, des questions moites, crépitantes, pleines de *zshtzs* et de *shtzshtz*, auxquelles ma mère s'abstenait de répondre, les yeux toujours rivés sur ses genoux. Grand-mère, que ce silence rendait folle, sortit littéralement de ses gonds, les yeux brûlants de colère, les traits convulsés de fureur, la bouche écumante, montrant les dents, et elle lança de toutes ses forces le fer brûlant qu'elle tenait à la main, comme si elle voulait démolir la cloison, elle renversa la planche à repasser d'un coup de pied et sortit en claquant si violemment la porte que les vitres, les vases et les tasses se mirent à vibrer.

Et ma mère, qui ignorait que je l'espionnais, se leva et entreprit de se faire mal, elle se gifla sur les deux joues, s'arracha les cheveux, se frappa la tête et le dos avec un cintre jusqu'à en avoir les larmes aux yeux, et moi je sanglotais silencieusement dans ma grotte entre le mur et l'armoire en me mordant les mains, si fort que des marques douloureuses s'imprimèrent sur la peau. Au dîner, ce soir-là, nous avions eu le poisson farci aigre-doux dans une sauce sucrée aux carottes que grand-mère avait apporté de la cabane au toit goudronné, au fin fond de Kiryat Motskin, et l'on parla des spéculateurs, du marché noir, des Ponts et Chaussées, de la libre entreprise, de l'usine textile Ata, près de Haïfa, et pour le dessert, il y avait une compote de fruits, sirupeuse à souhait. Mon autre grand-mère, celle d'Odessa, grand-mère Shlomit, termina poliment sa compote, s'essuya la bouche avec une serviette en papier blanche, puis tira de son sac en cuir un miroir de poche rond et doré et du rouge dont elle se farda les lèvres, après quoi, tout en revissant soigneusement l'extrémité du bâton — une érection canine vermeille — dans son étui, elle remarqua :

« Que voulez-vous que je vous dise ? Je n'ai jamais rien goûté d'aussi sucré de ma vie. Le Maître du monde aime apparemment si fort la Volhynie qu'il l'a entièrement noyée dans le miel : chez vous, le sucre est plus sucré que le nôtre, le poivre aussi ; et même la moutarde, en Volhynie, a un goût de marmelade, sans parler du raifort, du vinaigre, de l'ail ou même des herbes amères, chez vous, tout est si sucré qu'avec on pourrait adoucir l'Ange de la mort en personne. »

Elle se tut brusquement, comme si elle redoutait la colère de l'ange dont elle avait évoqué le nom avec tant de légèreté.

Mon autre grand-mère, la mère de ma mère, répondit par un délicat sourire, ni querelleur ni malveillant, un bon sourire, aussi pur et innocent que le chant des anges, au compliment de grand-mère Shlomit sur sa cuisine, si douce qu'on pourrait sucrer avec elle le vinaigre, le raifort, voire l'Ange de la mort, grand-mère Ita rétorqua ces quatre mots en chantonnant :

« Mais pas vous, belle-mère ! »

*

Ils n'étaient pas encore rentrés du bois de Tel Arza et j'étais toujours allongé par terre, dans la cour

dont le ciment était peut-être un peu moins humide
et dur. La lumière du soir était plus froide et
grise par-delà le sommet des cyprès. Comme si
quelqu'un battait en retraite là-bas, dans les hauteurs effrayantes surmontant les cimes, les toits,
tout ce qui s'agitait ici dans la rue, les cours et les
cuisines, très haut, au-delà des odeurs de poussière,
de choux et d'ordures, par-delà le chant des oiseaux,
distant comme le ciel de la terre, au-dessus des
prières plaintives qui s'échappaient par bribes de la
synagogue, en contrebas.

Lointain, transparent, indifférent, cela dépasse à
présent les chauffe-eau solaires, les lessives étendues
sur les terrasses, les décharges, les chats de gouttière, la nostalgie, les auvents de tôle des cours, les
combines, les omelettes, les mensonges, les baquets
de lessive, les tracts de la Résistance, le bortsch, les
jardins en friche et les vestiges des arbres fruitiers,
reliquats du verger d'antan, et voilà que cela s'étire
et se déploie en une sérénité vespérale limpide, en
instaurant la paix dans les cieux au-dessus des poubelles, des accords hésitants, pathétiques, du piano
sur lequel s'escrime la petite Menukhale Schtich,
qui est si laide et qu'on surnomme Nemukhale, la
demi-portion, elle se trompe sans arrêt dans ses
gammes, toujours au même endroit, elle se trompe,
recommence, se trompe encore et recommence,
inlassablement. Un oiseau lui répond invariablement par les cinq premières notes de *Pour Élise*, de
Beethoven. L'immensité du ciel vide s'étale d'un
horizon à l'autre dans la chaleur d'un soir d'été. Il y
a trois nuages floconneux et deux volatiles sombres.
Le soleil s'est couché derrière les murs de la caserne
Schneller, mais, refusant de céder, le ciel s'y cram-
ponne et parvient à déchirer l'ourlet de sa cape
bariolée, maintenant il essaie son butin sur deux ou

trois nuages en guise de mannequin, « drapé de lumière comme d'un manteau », puis il s'en dépouille, se pare de colliers de toutes les nuances de vert, d'une tunique rayée sertie de cabochons orangés, nimbée de violet et d'azur et striée sur toute sa longueur d'éclats d'argent tremblés, pareils aux lignes brisées que dessine un banc de poissons fulgurant sous la surface de l'eau. Et il y a aussi des étoiles rose violine et vert citron, et puis cela se dévêt et endosse un vêtement de splendeur amarante d'où s'échappent des torrents de lumière pourpre qu'une ou deux minutes plus tard il ôte pour revêtir une autre robe couleur viande crue qui, subitement, semble transpercée, blessée, souillée par des flots de sang et dont les bords obscurs se rabattent dans les plis de velours noir, et il ne s'agit plus de verticalité mais de profondeur, comme si la vallée des ténèbres s'ouvrait dans le firmament, comme s'il n'était plus au-dessus de l'observateur, couché par terre, mais qu'à l'inverse les cieux étaient un abîme et que l'observateur n'était pas en bas, par terre, mais flottait et tombait à toute vitesse comme une pierre, aspiré par la voûte de velours. Tu n'oublieras jamais ce soir-là : tu as à peine six ans, six ans et demi et, pour la première fois de ta courte existence, quelque chose d'immense et de terrifiant s'est révélé à toi, quelque chose de grave et de sérieux, quelque chose qui s'étire de l'infini à l'infini, qui te tombe dessus, un géant muet qui te pénètre et t'ouvre, de sorte qu'à ton tour tu deviens momentanément plus large et plus profond, avec une voix qui n'est pas la tienne, ou qui sera peut-être la tienne dans trente ou quarante ans, une voix dénuée de rire et d'insouciance qui t'ordonne de ne pas oublier le plus infime détail de ce soir-là : rappelle-toi les odeurs, rappelle-toi la matière et la lumière, rappelle-toi les oiseaux, les accords du piano, les cris des corbeaux, l'étrangeté du ciel qui se déployait devant tes yeux d'un horizon à l'autre, pour toi seul. Et n'oublie jamais Danush, Ami, Lulik, ni les filles et les soldats dans le bois, ni ce qu'a dit ta grand-mère à ton autre grand-mère, ni le poisson aigre-doux qui baignait, mort, dans la sauce aux carottes. N'oublie jamais le caillou rugueux et humide que tu suçais, il y a plus d'un demi-siècle, et dont la saveur grise, à mi-chemin entre la craie, la chaux et le sel, éclate toujours sur le bout de ta langue. Et n'oublie pas les pensées de cette pierre, l'univers en abyme, les poupées gigognes. N'oublie pas non plus le vertige du temps-dans-le-temps-dans-le-temps, ni les légions célestes essayant, mélangeant et meurtrissant les infinies nuances de la lumière peu après le coucher du soleil, vermillon, bleuâtre, jaunâtre, orangé, or, éblouissante clarté pourpre, écarlate, cramoisie, azur, dorée, rubis, hémorragique, puis, retombant lentement sur l'ensemble, un bleu-gris opaque et profond de la couleur du silence et à l'odeur des accords du piano, répétant encore et encore les mêmes couacs auxquels un oiseau répondait par les cinq premières notes de *Pour Élise* : ti-da-di-da-di.

## 34

Mon père avait une faiblesse pour le sublime, et ma mère une propension pour la mélancolie, la résignation et la nostalgie. Papa admirait Abraham Lincoln, Louis Pasteur et les discours de Churchill, « le sang, les larmes et la sueur », « jamais un si grand nombre n'a été redevable à ce point », « nous nous battrons sur les plages ». Ma mère se reconnaissait en souriant dans les vers de Rachel : « Je ne t'ai pas célébré, ô mon pays, ni glorifié ton nom par des actes héroïques, mes pieds n'ont foulé qu'un sentier... » Penché sur l'évier, mon père se mettait à déclamer avec emphase, sans préambule :

> *... et dans le pays une génération se lèvera*
> *ses chaînes, elle brisera*
> *et la lumière en face, elle regardera !*

ou encore :

> *... Jotapata, Massada, Betar prisonnière*
> *se relèveront dans la force et la magnificence !*
> *Hébreu, même dans la pauvreté,*
> *esclave ou vagabond*

*tu es fils de prince*
*tu es né fils de roi*
*le front ceint de la couronne de David !*

Quand il était de bonne humeur, papa beuglait du
Tchernichovsky, si faux qu'il en aurait réveillé les
morts : « Ô mon pays, ma patrie, montagne nue et caillouteuse ! », si bien que maman devait lui rappeler que
les voisins, les Lemberg, les Bichovski et les Rosendorff écoutaient son récital en se pourléchant les
babines, alors papa se dégonflait, il s'interrompait
brusquement avec un sourire penaud, comme si on
l'avait surpris en train de voler des bonbons.

Ma mère passait ses soirées assise sur le lit
camouflé en canapé : les pieds nus repliés sous
ses jambes, le dos courbé, la tête penchée sur son
livre posé sur ses genoux, elle se perdait des heures
dans les dédales des jardins d'automne, tapissés de
feuilles mortes, des récits de Tourgueniev, Tchekhov, Iwaszkiewicz, André Maurois et Gnessin.

Tous deux avaient débarqué à Jérusalem directement du dix-neuvième siècle : papa avait été nourri à
un romantisme national, théâtral, sanguinaire et
belliqueux (le printemps des peuples, *Sturm und
Drang*) et, sur ces sommets de massepain, giclait,
pareil à un flot de champagne, quelque chose de la
frénésie virile de Nietzsche. Ma mère, elle, vivait un
romantisme d'un autre type, un mélange d'introver-
sion, de mélancolie, de solitude sur le mode mineur,
imprégné de la souffrance poignante et sensible des
solitaires, dans les parfums d'automne affadis d'une
décadence « fin de siècle ».

Avec ses marchands ambulants, ses commerçants,
ses boutiquiers, ses merceries yiddish, ses religieux psalmodiant des cantiques, ses petits-bour-
geois modestes, ses intellectuels et ses réformateurs

loufoques, Kerem Avraham n'était fait ni pour l'un ni pour l'autre. Chez nous planait constamment le rêve timide de déménager dans un quartier plus civilisé, Beit HaKerem, par exemple, ou Kiryat Shmuel, à défaut de Talpiot ou de Rehavia : pas tout de suite mais un jour, plus tard, quand ce serait possible, que l'on aurait économisé un peu, que le petit aurait grandi, que papa aurait mis le pied à l'université, que maman serait professeur titulaire, que la situation se serait améliorée, que le pays se serait développé, après le départ des Anglais et la création de l'État, quand l'avenir s'éclaircirait et que nous tirerions un peu moins le diable par la queue.

*

« Là-bas, dans le pays cher à nos ancêtres », chantaient nos parents dans leur jeunesse, elle à Rovno, et lui à Odessa et à Vilna, avec des milliers de jeunes gens d'Europe de l'Est dans les premières décennies du vingtième siècle,

> *Là-bas, dans le pays cher à nos ancêtres*
> *tous les espoirs se réaliseront*
> *là, nous vivrons et là, nous créerons*
> *une vie pure, une vie libre.*

Mais de quels espoirs s'agissait-il ? Quelle sorte de vie pure et libre mes parents s'attendaient-ils à trouver ici ?

Peut-être comptaient-ils vaguement trouver dans la Terre d'Israël ressuscitée quelque chose de moins judéo-petit-bourgeois et de plus moderne et européen ; de moins fruste et matériel et de plus spirituel ; de moins fébrile et verbeux et de plus pondéré, serein et réservé.

Ma mère se voyait sans doute dans la peau d'une institutrice de campagne, cultivée et raffinée, occupant ses loisirs à composer des poèmes lyriques ou des histoires empreintes de sensibilité voilée. Je crois qu'elle espérait nouer ici, sans tapage, des liens affectifs, des relations sincères avec des artistes sophistiqués, afin de s'affranchir définitivement des griffes hurlantes et meurtrières de sa mère, du puritanisme étouffant, du mauvais goût et du matérialisme fangeux qui semblaient avoir cours là d'où elle venait.

Mon père, lui, se croyait destiné à devenir ici, à Jérusalem, un érudit original, un vaillant pionnier du renouveau intellectuel hébraïque, le digne successeur du professeur Yosef Klausner, un valeureux officier de l'armée spirituelle des fils de la lumière dans leur combat héroïque contre les fils des ténèbres, l'héritier d'une longue et glorieuse lignée de savants qui commencerait avec l'oncle Yosef, lequel n'avait pas d'enfants, et se poursuivrait avec son neveu qui lui était aussi dévoué qu'un fils. À l'image de son célèbre parent, et sans doute à son instigation, mon père lisait seize ou dix-sept langues. Il fréquenta les universités de Vilna, de Jérusalem. Voisins et étrangers lui donnaient presque toujours du « docteur », mais ce n'est qu'à la cinquantaine qu'il obtint véritablement ce titre, à l'université de Londres qui plus est, où il soutint sa thèse de doctorat sur la vie et l'œuvre de Y. L. Peretz. Il avait même étudié, en autodidacte, l'histoire ancienne et moderne, l'histoire de la littérature, la linguistique hébraïque, la philologie générale, l'exégèse biblique, la pensée juive, l'archéologie, la littérature médiévale, un peu de philosophie, les études slaves, l'histoire de la Renaissance et les langues romanes : ainsi paré, il pouvait devenir chargé de cours, assistant, maître-assistant, maître de conférences, un professeur, une sommité, un pionnier dans son domaine, et il finirait par présider la table du samedi après-midi et, comme son vénéré oncle, à monologuer sans fin devant une cour d'admirateurs en extase.

Mais personne n'avait voulu de lui ni de son immense érudition. Était-ce parce que son oncle craignait les réactions de ses ennemis à l'université au cas où il aurait eu l'impudence de désigner son neveu comme son successeur et son bras droit, ou qu'il y avait de meilleurs candidats, ou du fait que papa n'avait jamais su jouer des coudes, ou alors sans raison aucune, sinon que, dans tout Israël, il n'y avait qu'une modeste université et un minuscule département de littérature hébraïque, fréquenté par une poignée d'étudiants, où des douzaines de professeurs réfugiés, tous bardés de diplômes, affamés, désespérés et spécialistes dans tous les domaines imaginables, se disputaient un misérable demi-poste d'assistant. De plus, leurs titres émanaient d'universités allemandes bien plus prestigieuses que celle de Vilna.

Treplev vivota donc pratiquement toute sa vie comme bibliothécaire dans le département des périodiques de la Nationale, contraint de rédiger, la nuit, des ouvrages sur l'histoire de la nouvelle et de la littérature, tandis que sa Mouette[1] restait toute la journée dans leur sous-sol, faisant la cuisine, la lessive, le ménage, la pâtisserie, astiquant, soignant leur enfant maladif ou se postant à la fenêtre, une tasse de thé refroidi à la main, lorsqu'elle n'était pas en train de lire un roman. Quand elle le pouvait, elle donnait aussi des leçons particulières.

1. Treplev, la Mouette : personnages de la pièce de Tchekhov, *La Mouette* (1896).

C'était sur mes frêles épaules que reposait le poids de leurs désillusions, moi, leur unique enfant : je devais bien manger, dormir beaucoup, me laver minutieusement, car c'était la seule façon d'accroître mes chances de grandir pour soulever l'admiration et accomplir quelques-unes des promesses de leur jeunesse. Ils s'attendaient à ce que je sache lire et écrire avant l'âge scolaire et rivalisaient de séduction et de récompenses pour me faire apprendre l'alphabet (ce dont je n'avais d'ailleurs pas besoin car les lettres me fascinaient et se révélaient spontanément). Et quand j'ai commencé à lire, à cinq ans, ils s'ingénièrent à me fournir un régime de lecture aussi appétissant que nourrissant et bourré de vitamines culturelles.

On m'associait souvent à des conversations sur des sujets auxquels ne participaient généralement pas les jeunes enfants. Ma mère me racontait des histoires de magiciens, de nains, de farfadets, de chaumières enchantées au cœur des forêts, et elle me parlait également de faits divers tragiques, des sentiments, de la vie et des souffrances des artistes de génie, des maladies mentales et de la psychologie des animaux (« En faisant attention, tu remarqueras que tout le monde a un trait de caractère commun avec un animal, un chat, un ours, un renard ou un cochon. Ça se voit même dans la forme du visage ou dans la silhouette »). Papa m'initiait aux secrets du système solaire, de la circulation du sang, du « Livre blanc » britannique, de l'évolution, de la vie extraordinaire d'Herzl, des aventures de Don Quichotte, de l'histoire de l'écriture et de l'imprimerie, et même des fondements du sionisme (« En diaspora, les

Juifs avaient mené une existence épouvantable, ici, en Israël, la vie n'était pas encore très facile, mais après la création de l'État hébreu, qui ne saurait tarder, tout serait simple et revigorant. Le monde entier serait ébloui de voir les réalisations accomplies par le peuple juif ici »).

Mes parents, grand-père et grand-mère, des amis de la famille à l'âme tendre, des voisins bien intentionnés, quantité de tantes pomponnées, prodigues en embrassades et en baisers gluants, tous s'extasiaient des paroles qui sortaient de ma bouche : quel enfant incroyablement intelligent, original, sensible, tellement spécial, si en avance pour son âge, c'est un penseur, cet enfant, il comprend tout, il a le regard d'un artiste.

Moi, j'étais si émerveillé de leur émerveillement que je m'émerveillais moi-même : c'était des adultes, après tout, des créatures omniscientes qui avaient toujours raison, et s'ils s'accordaient à dire que j'étais intelligent, c'était sûrement vrai. Et s'ils disaient que j'étais intéressant, je ne pouvais qu'être d'accord avec eux. Et aussi que j'étais sensible, créatif, comme ci et comme ça (ces deux qualificatifs étaient en langue étrangère) et, en plus, si original, si précoce, si intelligent, si raisonnable, si mignon, etc.

Très respectueux du monde des adultes et des valeurs en usage et n'ayant ni frères, ni sœurs, ni amis pour contrebalancer un peu le culte de la personnalité dont je faisais l'objet, je ne pouvais faire autrement que de partager, modestement et sérieusement, l'opinion que les adultes avaient de moi.

Et c'est ainsi qu'inconsciemment, à l'âge de quatre ou cinq ans, j'étais devenu un petit prétentieux auquel ses parents et le monde des adultes accordaient toutes les garanties et faisaient largement crédit.

Les soirs d'hiver, nous discutions tous les trois autour de la table de la cuisine, après le dîner. Nous parlions à voix basse parce que la cuisine était aussi exiguë et basse de plafond qu'une cellule de prison, et sans jamais nous couper la parole (c'était pour papa la condition *sine qua non* à toute conversation). Nous considérions, par exemple, la question de savoir comment un aveugle ou un extraterrestre appréhendaient notre monde. Et si, au fond, nous étions tous des extraterrestres ? Nous évoquions les petits Chinois et les petits Indiens, les enfants des Bédouins et des fellahs, ceux du ghetto, des immigrants clandestins et ceux des kibboutz qui ne vivaient pas avec leurs parents et qui, à mon âge, menaient déjà une existence communautaire autonome et responsable : ils nettoyaient leur dortoir à tour de rôle et votaient eux-mêmes l'heure de l'extinction des feux et du coucher.

Une lumière électrique jaune pâle restait allumée toute la journée dans l'étroite cuisine. Dehors, l'hiver, dans la rue qui se vidait bien avant huit heures du soir à cause du couvre-feu imposé par les Anglais ou par la force de l'habitude, sifflait une bise affamée qui s'en prenait aux couvercles des poubelles devant les portes des maisons, effrayait les cyprès et les chiens errants et éprouvait de ses doigts opaques les cuvettes suspendues aux balcons. Parfois l'écho d'un tir lointain ou une explosion assourdie nous parvenait du sein de l'obscurité.

Après le dîner, nous nous mettions tous les trois en rang, comme pour une parade, papa en tête, ensuite maman et puis moi, face au mur, enfumé à cause du réchaud, le dos tourné à la cuisine : papa courbé sur l'évier, lavant et rinçant chaque pièce, une à une, avant de la déposer avec précaution sur l'égouttoir où maman prenait les assiettes dégoulinantes et les verres mouillés, les séchait et les remettait à leur place. C'était à moi qu'incombait la tâche d'essuyer les fourchettes, les grandes et les petites cuillères que je triais ensuite et rangeais dans le tiroir. Dès six ans, on m'autorisa également à essuyer les couteaux de table, mais il était expressément défendu de toucher au couteau à pain ou aux couteaux de cuisine.

*

Que je sois intelligent, raisonnable, gentil, sensible, créatif, philosophe et doté d'un regard rêveur d'artiste ne leur suffisait pas. Je devais être en plus un voyant, un augure, un oracle des familles, un rêveur rémunéré et un prophète de cour : tout le monde sait que les petits enfants sont proches de la nature, du sein magique de la création, ils ne sont pas encore corrompus par les mensonges ni empoisonnés par les calculs et les intérêts.

Donc, il fallait aussi que je joue le rôle de la pythie de Delphes ou du bouffon sacré : pendant que je grimpais au grenadier malingre, dans la cour, ou courais le long du mur sans marcher sur les rainures des dalles, ils me criaient de leur donner, à eux et à leurs amis, un signe innocent venu d'en haut qui les aiderait à trancher s'il fallait ou non rendre visite à leurs amis au kibboutz Kiryat Anavim, acheter ou non (en dix mensualités) une table ronde et quatre chaises, risquer ou non la vie des rescapés à bord des vieux rafiots de l'immigration clandestine, s'ils devaient ou non inviter les Rudnicki à dîner vendredi soir.

Il me revenait d'émettre une réflexion alambiquée, qui n'était pas de mon âge, une phrase obscure, fondée sur quelques idées éparses glanées par-ci par-là, et reformulées par mes soins d'une manière ambiguë et sujette à toutes les interprétations possibles. Il était également préférable que ma trouvaille comporte une vague comparaison ainsi que la formule « dans la vie ». En voici quelques exemples : « Les voyages, c'est comme ouvrir un tiroir. » « Dans la vie, il y a un matin et un soir, un été et un hiver. » « Faire de petits sacrifices, c'est comme éviter d'écraser de minuscules créatures. »

À ces mots, mes parents n'en pouvaient plus de joie et leurs yeux se mettaient à briller car « par la bouche des enfants, des tout-petits, tu fondes l'énergie », et tirant de multiples sens de mes divagations, ils y découvraient, comme par l'effet d'une baguette magique, la quintessence, l'instinct profond de la nature.

Ma mère me serrait sur son cœur après ces maximes que je devais répéter ou reformuler en présence de proches ébahis et d'invités bouche bée. J'appris très vite à produire à la chaîne des trésors d'ingéniosité, en fonction des désirs et des goûts de l'assistance enthousiaste. Mes prophéties ne me procuraient pas un mais trois plaisirs : primo, de voir mon public suspendu à mes lèvres, tremblant d'impatience d'entendre le produit de mon imagination puis se perdant dans des commentaires contradictoires. Secundo, le vertige que me donnait ma sagesse de Salomon, ma position d'instance décisionnaire parmi les adultes (« Tu n'as pas entendu ce qu'il nous a dit à propos des petits sacrifices ? Alors pourquoi refuses-tu d'aller demain à Kiryat Anavim ? »). Et le troisième plaisir, le plus intime et le plus vif : ma générosité. Pour moi, il n'existait pas de plus grande jouissance au monde que celle d'offrir. Les adultes manquaient de quelque chose que j'étais le seul à pouvoir leur donner. Ils avaient soif, ils avaient besoin de moi et j'avais les moyens de les satisfaire. Heureusement qu'ils m'avaient! Qu'auraient-ils fait sans moi?

## 35

Au fond, j'étais un enfant très facile : obéissant, appliqué, respectueux sans le savoir de l'ordre social établi (maman et moi dépendions de papa, papa baisait la poussière sous les pas de l'oncle Yosef, et l'oncle Yosef, en dépit de ses critiques, obéissait, comme tout le monde, à Ben Gourion et aux institutions officielles). En outre, je quêtais sans relâche les félicitations des adultes — mes parents, les invités, les tantes, les voisins et les simples connaissances.

Pourtant, l'une des représentations les plus appréciées du répertoire familial était une comédie populaire dont l'intrigue convenue tournait autour d'une incartade, suivie d'une explication approfondie et d'un châtiment exemplaire. Après quoi survenaient immanquablement le remords, le repentir, le pardon, la réduction de la moitié, sinon de la totalité de la peine, et la scène de larmes finale, du pardon, de la réconciliation, des embrassades et de l'attendrissement général.

Un jour, par amour de la science, je suppose, je mis une pincée de poivre noir dans le café de maman.

Maman boit une gorgée. Elle s'étrangle à moitié. Elle crache dans sa serviette. Ses yeux s'emplissent de larmes. Je commence à regretter amèrement mon acte, mais je ne dis rien, sachant que la réplique suivante revient à papa.

Dans le rôle du détective impartial, papa goûte le café de maman avec précaution. Il a dû se contenter d'y tremper les lèvres. Le diagnostic ne se fait pas attendre :

« Quelqu'un a osé épicer ton café. Voilà une plaisanterie poivrée. Je crains que ce ne soit le fait d'une éminente personnalité. »

Silence. Avec une ostensible politesse, je plonge ma cuillère dans la semoule, la porte à ma bouche, je m'essuie les lèvres avec la serviette, observe une pause et reprends deux ou trois cuillerées : avec componction. Très droit sur ma chaise. La parfaite illustration du manuel des bonnes manières. Aujourd'hui, je vais finir toute ma bouillie. Un petit garçon modèle. Je ferai même briller mon assiette.

Papa reprend, comme s'il s'absorbait dans ses pensées, comme s'il nous exposait les grandes lignes des arcanes de la chimie. Il ne me regarde pas. Il parle à maman. Ou à lui-même :

« En fait, nous aurions pu avoir une catastrophe ! Chacun sait qu'il arrive que deux substances, parfaitement inoffensives et comestibles, prises séparément, puissent en se combinant mettre en danger la vie de celui qui les absorbe ! Qui que ce soit qui a versé quoi que ce soit dans ton café aurait certainement pu produire d'autres combinaisons. Et alors ? Un empoisonnement. L'hôpital. Un danger de mort même. »

Un silence absolu règne dans la cuisine. À croire que le drame s'est déjà produit.

Maman éloigne machinalement la coupe empoisonnée du dos de la main.

« Et alors ? ! » poursuit pensivement papa en hochant plusieurs fois la tête de haut en bas comme s'il savait parfaitement ce qui avait failli se passer, mais qu'il évitait pudiquement d'appeler la catastrophe par son nom.

Silence.

« Je suggère donc que celui qui a accompli ce méfait — certainement par inadvertance, une plaisanterie de mauvais goût, bien entendu — ait maintenant le courage de se lever. Pour que tout le monde sache que, si nous avons parmi nous un inconscient et un écervelé, au moins nous n'avons pas un couard! Un homme qui manque de sincérité et de fierté! »

Silence.

C'est mon tour.

Je me lève donc et, avec la voix d'un adulte imitant l'intonation paternelle, je déclare :

— C'est moi. Désolé. C'était évidemment une bêtise. Et ça n'arrivera plus.

— Non?

— Certainement pas.

— Parole d'honneur?

— Parole d'honneur.

— L'aveu, le remords et la promesse nous valent une réduction de peine. Cette fois, nous te demanderons seulement de le boire, si tu veux bien. Oui. Maintenant. S'il te plaît.

— Quoi? Le café? Avec le poivre noir dedans?

— Oui, en effet.

— Tu veux que je boive?

— Je t'en prie.

Mais, après une première gorgée précautionneuse, maman intervient. Elle propose qu'on s'en tienne là : il ne faut pas exagérer. Le petit a l'estomac si délicat. Et puis il a compris la leçon.

Papa n'entend pas la voix du compromis. Ou bien il fait semblant de ne rien entendre.

— Et comment Son Excellence trouve-t-elle ce breuvage ? demande-t-il. A-t-il le goût d'une galette de miel ? Non ?

Je fais une grimace de désespoir. Mon visage exprime le martyre, le remords, une poignante tristesse.

— *Nu, chto*, ça suffit, tranche papa. On s'arrêtera là pour cette fois. Son Altesse a exprimé son repentir par deux fois. Pourquoi ne pas tirer un trait sur ce qui s'est passé et ne se reproduira plus ? Et peut-être même souligner ce trait par un carré de chocolat, pour faire passer le mauvais goût ? Qu'en pense Son Altesse ? Après, si tu veux, nous pourrons classer tes nouveaux timbres. D'accord ?

*

Chacun adorait jouer son rôle dans cette comédie : papa aimait incarner un dieu jaloux, vengeur et sévère, une sorte de Jéhovah domestique, lançant la foudre et le tonnerre, mais aussi clément et miséricordieux, lent à la colère et riche en grâce et en fidélité.

Mais parfois il était submergé par une vague aveugle de fureur véritable, pas une rage théâtrale (surtout si j'avais fait quelque chose de dangereux) : alors, sans préambule, il me flanquait deux ou trois gifles bien senties.

Si j'avais joué avec l'électricité ou escaladé une haute branche, il m'ordonnait même de me déculotter et de lui présenter mon derrière (qu'il n'appelait jamais autrement que « le postérieur, s'il te plaît ! »), il levait impitoyablement sa ceinture et m'infligeait quelques coups bien sentis.

Or les foudres de papa ne s'exprimaient généralement pas par des pogroms, mais prenaient la forme mortellement sarcastique de la politesse protocolaire la plus raffinée :

« Son Excellence a encore une fois osé maculer le couloir de boue : ôter ses chaussures à l'entrée, comme nous prenons la peine de le faire, nous, pauvres mortels, les jours de pluie, est apparemment indigne de Sa Seigneurie. Sauf que, cette fois, je crains fort que Sa Grâce ne doive s'abaisser à essuyer de ses blanches mains les traces de ses royales empreintes. Ensuite, Son Excellence voudra bien s'enfermer une heure, tout seul dans le noir, dans la salle de bains où il aura tout loisir de méditer sur sa conduite, faire son examen de conscience et réfléchir à s'amender à l'avenir. »

Maman protestait aussitôt contre la sévérité de la punition :

« Une demi-heure suffira. Et il n'aura pas besoin de rester dans le noir. Qu'est-ce qu'il te prend ? Tu voudrais l'empêcher de respirer aussi, peut-être ?

« Heureusement que Sa Grâce a toujours un champion enthousiaste qui prend inconditionnellement sa défense, répliquait papa.

Et maman :

« Si l'on pouvait punir aussi le sens de l'humour à la manque qui règne dans cette maison... », mais elle ne terminait jamais sa phrase.

La scène finale survenait environ un quart d'heure plus tard : papa venait lui-même me sortir de la salle de bains, il me serrait brièvement dans ses bras, l'air embarrassé, en balbutiant en guise d'excuse :

« Je n'ignore évidemment pas que tu n'as pas fait exprès de mettre de la boue, mais que c'était de l'étourderie de ta part. Et toi, tu sais naturellement que c'est pour ton bien que nous t'avons puni : pour que tu ne deviennes pas un professeur distrait à ton tour »

Je le regardais droit dans ses candides yeux bruns, un peu déconfits, en promettant de veiller dorénavant à ôter mes chaussures à l'entrée. À ce stade, mon rôle consistait en outre à ajouter, avec une expression sérieuse, trop mûre pour mon âge, et la phraséologie tirée de l'arsenal paternel, que je comprenais évidemment et sans aucun doute qu'ils me punissaient uniquement pour mon bien. Ma tirade s'adressait également à ma mère que je priais de ne pas s'apitoyer trop vite sur mon sort car j'assumais les conséquences de mes actes et j'étais tout à fait prêt à subir mon châtiment. Même deux heures dans la douche. Même dans le noir. Peu m'importait.

\*

Et c'était vrai, car entre être enfermé dans la salle de bains et ma solitude habituelle dans ma chambre, dans la cour ou au jardin d'enfants, il n'y avait pas grande différence : j'ai eu une enfance plutôt solitaire, sans frères ni sœurs et pratiquement sans amis.

Il me suffisait d'une poignée de cure-dents, de deux savonnettes, trois brosses à dents, un tube à moitié entamé de dentifrice « Ivoire », plus une brosse, cinq épingles à cheveux de maman, le nécessaire à rasage de papa, un tabouret, une boîte d'aspirine, un rouleau de sparadrap et du papier toilette pour remplir une journée de batailles, de voyages, de travaux de grande envergure et de lointaines aventures au gré desquelles j'étais tour à tour Son Excellence et l'esclave de Son Excellence, un chasseur, la proie, un accusé, un devin, un juge, un marin, un ingénieur creusant le canal de Panama et le canal de Suez par des sentiers escarpés afin de relier les mers et les lacs dans l'étroite salle de bains et lancer d'un bout du globe à l'autre des navires marchands, des sous-marins, des destroyers, des bateaux pirates, des démineurs, des baleiniers et les caravelles des explorateurs de continents et d'îles perdues où l'homme n'avait jamais posé le pied.

Je n'aurais pas eu peur même si j'avais été condamné au cachot : assis dans le noir sur le couvercle des cabinets, j'aurais accompli mes combats et mes périples à mains nues. Sans savonnette, sans peigne ni épingle, et sans bouger. Les yeux clos, j'aurais allumé dans ma tête une débauche de lumières en laissant l'obscurité à l'extérieur.

On pourrait presque dire que j'aimais ma réclusion. « Quand on n'a pas besoin d'autrui, disait papa, citant Aristote, c'est la preuve qu'on est un animal ou un dieu. » Et moi, j'aimais être l'un et l'autre pendant des heures. Peu m'importait.

Je ne me vexais pas quand papa me surnommait ironiquement Son Excellence ou Votre Honneur. Au fond de moi, j'étais entièrement d'accord avec lui. J'avais adopté ces titres. Mais je ne disais rien. Je ne montrais aucun signe de contentement, tel un roi en exil qui, ayant réussi à traverser la frontière de son pays et à revenir dans sa ville, déambulerait dans les rues incognito. Et puis voilà que l'un de ses sujets le reconnaissait et se prosternait devant lui en l'appelant Votre Majesté à l'arrêt du bus ou sur la place, au milieu de la foule. Mais moi, comme lui, j'ignorais la révérence et le titre. Je restais impavide. Mon comportement s'expliquait sans doute par le fait que ma mère m'avait enseigné que l'on reconnaissait les rois et les vrais aristocrates par le mépris qu'ils manifestaient pour leurs titres et parce qu'ils avaient parfaitement conscience que la véritable noblesse était de se conduire avec simplicité et humilité avec les gens du peuple, comme n'importe qui.

Et pas seulement n'importe qui, mais comme un homme accommodant, s'efforçant toujours d'être aimable et d'exaucer les vœux de ses sujets : leur plaisait-il de m'habiller et de me chausser ? Très volontiers : je leur tendais bras et jambes allègrement. Changeaient-ils d'avis ? Préféraient-ils dorénavant que je mette mes vêtements et mes chaussures sans leur aide ? Qu'à cela ne tienne, c'est avec joie que j'enfilais mes habits tout seul, en me divertissant de les voir défaillir de plaisir quand je me trompais parfois de boutons ou si je demandais gentiment leur aide pour lacer mes souliers.

Ils se disputaient presque pour avoir le privilège de fléchir le genou devant le petit prince afin de lui nouer ses lacets, parce qu'il avait l'habitude de récompenser ses sujets avec effusion. Nul autre enfant ne les remerciait de leurs services avec autant de pompe et de politesse. Une fois, il avait même promis à ses parents (qui se regardaient, les yeux embués d'orgueil et de ravissement, et le caressaient, secrètement remplis d'aise) qu'un jour, quand ils seraient aussi vieux que M. Lemberg, le voisin, c'est lui qui viendrait les habiller et leur mettre leurs chaussures. Pour toutes les bontés dont ils le gratifiaient.

Ils étaient ravis de me brosser les cheveux ? M'expliquer le cycle de la lune ? M'apprendre à compter jusqu'à cent ? Me faire porter plusieurs épaisseurs de pulls ? Me faire ingurgiter tous les jours une cuillère de cette détestable huile de foie de morue ? C'est avec bonheur que je les laissais faire de moi ce qui leur passait par la tête, se distraire selon leur bon plaisir. De mon côté, je jouissais du bonheur permanent que leur procurait mon insignifiante existence. Et même si l'huile de foie de morue me soulevait le cœur, je m'appliquais à surmonter la nausée et à avaler chaque cuillerée d'un trait en les remerciant de veiller à ma santé et à ma vigueur. En même temps, je me délectais de leur étonnement : il était évident que ce n'était pas un enfant ordinaire ! Cet enfant était tellement différent.

Voilà comment l'expression « enfant ordinaire » était devenue terriblement péjorative : mieux valait devenir en grandissant un chien errant, un handicapé ou un arriéré mental, une fille même, plutôt qu'un « enfant ordinaire », comme les autres, et rester à tout prix « tellement, tellement différent ! » ou « un enfant vraiment spécial ! »

\*

N'ayant ni frères ni sœurs et, depuis ma tendre enfance, mes parents jouant avec un si grand dévouement le rôle du public enthousiaste, je ne pouvais qu'occuper seul le devant de la scène et subjuguer les foules. Et voilà comment, dès l'âge de trois ou quatre ans, sinon plus tôt, je faisais un one-man-show. Un spectacle non-stop. J'étais une star solitaire, contrainte en permanence à improviser, fasciner, émouvoir, impressionner et amuser la galerie. Du matin au soir, je devais ravir la vedette. Un samedi matin, nous étions partis rendre visite à Mala et Staszek Rudnicki, rue Chancellor, à l'angle de la rue des Prophètes. En chemin, on me rappela que je ne devais en aucun cas oublier que l'oncle Staszek et la tante Mala n'avaient pas d'enfants, que cela les rendait très malheureux, que je devais donc m'efforcer de leur faire plaisir et qu'il ne fallait pas que j'aie l'idée farfelue de leur demander quand ils auraient un bébé, par exemple. Bref, je devais me conduire en petit garçon modèle : l'oncle et la tante m'estimaient beaucoup, ils avaient une très très haute opinion de moi, et je ne devais donc absolument rien faire qui risque de les en faire changer.

Si la tante Mala et l'oncle Staszek n'avaient effectivement pas d'enfants, ils avaient en revanche deux chats angoras indolents et gras, à la fourrure épaisse et aux yeux bleus, qui répondaient aux noms de Chopin et Schopenhauer, comme le compositeur et le philosophe (et là, en montant la pente raide de la rue Chancellor, j'avais droit à deux brèves explications, Chopin par ma mère, et Schopenhauer par mon père, chacune étant un condensé de l'encyclopédie). Ces deux animaux somnolaient à longueur de temps, pelotonnés l'un contre l'autre à un bout du canapé ou sur un pouf — on aurait dit deux ours polaires et non des chats. Une cage accrochée dans un coin, au-dessus du piano noir, abritait un vieil oiseau presque chauve, malade et borgne, dont le bec était toujours béant, comme s'il avait soif. Mala et Staszek l'appelaient tantôt Alma tantôt Mirabelle. Pour combler un peu sa solitude, ils lui avaient donné un compagnon, un oiseau que Mala avait fabriqué à l'aide d'une pomme de pin peinte, avec deux bâtons en guise de pattes et un cure-dents rouge foncé simulant le bec. Les ailes de ce nouvel oiseau étaient en plumes véritables : c'étaient probablement celles d'Alma-Mirabelle, qui étaient tombées ou qu'on lui avait arrachées, avant de les teinter en turquoise et pourpre.

*

Confortablement assis, l'oncle Staszek fumait. Il haussait constamment le sourcil gauche, comme pour émettre un doute ou un léger sarcasme : en est-il vraiment ainsi ? Tu n'exagères pas un peu ? Et il avait une incisive en moins, ce qui lui donnait l'air d'un voyou. Ma mère parlait à peine. La tante Mala, dont les cheveux blonds étaient nattés en deux tresses qu'elle laissait parfois gracieusement cascader sur ses épaules ou enroulait autour de sa tête, comme une couronne, offrait à mes parents une tasse de thé et de la tarte aux pommes. Elle épluchait ce fruit en une spirale d'un seul tenant qui s'enroulait sur elle-même comme le fil du téléphone. Staszek et Mala avaient rêvé d'être agriculteurs. Ils avaient vécu deux ou trois ans au kibboutz, avant de tenter leur chance pendant une ou deux années dans un village coopératif, jusqu'à ce qu'il s'avère que la tante Mala était allergique au pollen et l'oncle Staszek au soleil (ou, comme il le disait, le soleil en personne était allergique à lui). L'oncle Staszek s'était donc retrouvé derrière un guichet de la poste centrale, tandis que, les jours impairs, la tante Mala assistait un dentiste réputé. Quand elle nous servait le thé, papa plaisantait joyeusement avec elle, à son habitude :

« Rabbi Houna a dit dans le Talmud : "Tout ce que te demandera le maître de maison, fais-le", ce qui donne dans ma version : "*thé*-le". Mais du moment que la proposition émane non du maître, mais de la maîtresse de maison, nous ne refuserons naturellement pas ! » À propos de la tarte aux pommes, il s'écriait : « Cette tarte Tatin, ô Mala, c'est divin ! »

« Arié, ça suffit ! » disait maman.

Pour moi, à condition que je termine une grosse part de tarte, comme un grand garçon, tante Mala me réservait une merveilleuse surprise : de la limonade maison. Bien qu'allégée en bulles (la bouteille avait dû subir le châtiment divin de rester trop longtemps tête nue), cette limonade était riche en sirop de couleur rouge, et aussi sucrée que du nectar.

Je finissais donc poliment mon gâteau (pas mauvais, au demeurant), en veillant à mastiquer la bouche fermée, à me servir uniquement de la fourchette sans me salir les doigts, et à éviter les écueils des taches, des miettes et des trop grosses bouchées, piquant chaque morceau de gâteau avec ma fourchette avant de le porter avec de grandes précautions à ma bouche, comme si un chasseur ennemi risquait d'intercepter mon avion-cargo pendant le trajet de l'assiette à la bouche. Je mâchais délicatement, bouche close, et avalais de la même façon, sans me lécher les lèvres. En cours de route, je cueillais et épinglais sur mon uniforme d'aviateur les regards admiratifs des Rudnicki et l'orgueil de mes parents. Et finalement, je gagnais la récompense promise : un verre de limonade maison, allégée en bulles mais très très sucrée.

Tellement sucrée qu'elle était vraiment, décidément, absolument imbuvable. Pas même une gorgée. Ni une goutte. Elle avait un goût encore plus horrible que le café au poivre de maman : répugnant, sirupeux, un peu comme le sirop contre la toux.

J'approchai le calice de douleur de ma bouche, feignant d'y tremper les lèvres, mais à la tante Mala qui me dévisageait — à l'instar du public qui attend mon verdict — je m'empressai d'assurer (avec l'intonation et les mots de papa) que ses deux œuvres, le gâteau aux pommes et le nectar, sont « vraiment excellents ».

La tante Mala rayonnait :

« Il y en a encore ! En quantité ! Je t'apporte immédiatement un autre verre ! J'en ai préparé une pleine carafe ! »

Papa et maman me couvaient des yeux. Mes oreilles mentales percevaient un tonnerre d'applaudissements, tandis qu'avec mes hanches mentales je m'inclinais profondément devant l'assistance.

*

Et maintenant? D'abord, pour gagner du temps, je devais distraire leur attention. Avoir une idée géniale, quelque chose de profond, bien au-dessus de mon âge, quelque chose qui leur plaise :

« Ce qui est bon, dans la vie, est encore meilleur si on le boit à petites gorgées. »

L'expression « dans la vie » faisait comme toujours des merveilles : la pythie de Delphes avait encore rendu son oracle. Les augures avaient parlé. La voix cristalline et innocente de la nature en personne s'était manifestée par ma bouche : siroter la vie lentement. À petits coups méditatifs.

Et voilà que, grâce à une phrase dithyrambique, j'avais réussi à détourner leur attention. Afin qu'ils ne s'aperçoivent pas que je n'avais pas encore absorbé leur colle de menuisier. Et tant qu'ils étaient encore transportés d'enthousiasme, je posai la coupe d'amertume par terre, à côté de moi, puisque mieux valait boire la vie à petites gorgées.

Totalement absorbé dans mes réflexions, les coudes sur les genoux et les mains sous le menton, j'étais la parfaite incarnation du petit garçon du *Penseur*, dont on m'avait un jour montré la reproduction dans un album ou une encyclopédie. Un moment plus tard, ils ne pensaient plus à moi, soit qu'il ne convenait pas de me regarder pendant que mon esprit s'élevait dans les hautes sphères, à moins que d'autres invités soient arrivés et que la conversation porte à présent sur les réfugiés, la politique de retenue et le haut-commissaire.

Profitant de l'occasion, je me glissai sans me faire

voir avec le breuvage empoisonné dans le vestibule et le fourrai sous le nez de l'un des jumeaux angoras, le musicien ou le philosophe. L'ours polaire dodu le flaira non sans répugnance, il cligna des yeux comme s'il était vexé, il ne comprend pas, le bout de sa moustache en frémit, non, merci, sans façons et là-dessus il tourne les talons et se dirige d'un air excédé vers la porte de la cuisine. Quant à son frère, la créature adipeuse, il ne daigne même pas ouvrir les yeux lorsque je lui propose la mixture, il se contente de froncer légèrement le museau, pour dire *nu*, vraiment, et de remuer une oreille rose. Comme pour chasser une mouche.

Pourrait-on, par exemple, verser le poison mortel dans le réservoir d'eau de la cage d'Alma-Mirabelle, l'oiseau aveugle et chauve, et de sa compagne, la pomme de pin ailée ? Je pesai le pour et le contre : la pomme de pin pourrait me dénoncer, tandis que le philodendron ne dirait pas un mot et ne me trahirait pas, même sous la torture. Mon choix se porta donc sur la plante verte et non sur le couple d'oiseaux (lesquels, à l'exemple de la tante Mala et de l'oncle Staszek, n'avaient pas d'enfants et à qui il m'était également interdit de demander quand ils allaient pondre).

Un peu plus tard, la tante Mala remarqua mon verre vide : elle était vraiment vraiment très contente que j'aie aimé sa boisson. À quoi je répliquai en souriant, à la manière des adultes dont j'imitai l'intonation : « Merci, tante Mala, merci beaucoup, c'était tout simplement délicieux. » Et sans me le demander ni attendre mon assentiment, elle remplit derechef mon verre en soulignant qu'il en restait encore, qu'elle en avait préparé un plein carafon. Sa limonade n'était peut-être pas très pétillante, mais elle était aussi sucrée que du chocolat, n'est-ce pas ?

Je ne pouvais qu'approuver, remercier une fois de plus et attendre le moment propice pour sortir sans me faire voir, tel un partisan s'infiltrant dans les installations radar fortifiées du mandat britannique, et empoisonner l'autre plante, le cactus.

À ce moment précis, j'éprouvai la tentation irrésistible, tel un éternuement, ou un fou rire irrépressible en classe, de tout avouer : annoncer haut et clair que leur limonade était si dégoûtante que même les chats et les oiseaux n'en avaient pas voulu, et que je l'avais entièrement versée dans les plantes, qui allaient en mourir.

Et subir héroïquement ma punition. Sans regret.

Je n'en ferai évidemment rien : je voulais les fasciner, pas les choquer. J'étais le digne héritier de nos sages, les rabbins, pas de Gengis Khan.

\*

En rentrant à la maison, maman me regarda dans les yeux avec un sourire complice :

« Ne t'imagine pas que je ne t'ai pas vu. J'ai tout vu. »

Et moi, l'air innocent, mon cœur coupable cognant dans ma poitrine comme un lapin apeuré :

« Tu as tout vu ? Qu'est-ce que tu as vu ? »

« J'ai vu que tu t'ennuyais ferme. Mais tu as réussi à ne pas le montrer, et ça m'a fait plaisir. »

« Le petit s'est effectivement comporté d'une façon exemplaire aujourd'hui, ajouta papa. Mais il en a été amplement récompensé, il a eu du gâteau et deux verres de limonade, que nous refusons de lui acheter même s'il nous en supplie, car comment savoir si les verres du kiosque sont vraiment propres ? »

Maman :

« Je ne suis pas tout à fait sûre que tu as aimé

cette boisson tant que ça, mais j'ai remarqué que tu l'as entièrement bue pour ne pas vexer tante Mala, et je suis fière de toi. »

« Ta mère sonde les reins et les cœurs, commenta papa. Ce qui signifie qu'elle sait sur-le-champ non seulement ce que tu as dit ou fait, mais encore ce que tu crois que personne ne sait. Mais ce n'est pas toujours très facile de vivre jour et nuit en compagnie de quelqu'un qui sonde les reins et les cœurs. »

« Et quand tante Mala t'a offert un autre verre, poursuivit maman, j'ai noté que tu l'as remerciée et que tu l'as entièrement fini pour lui faire plaisir. Je veux que tu saches qu'il n'y a pas beaucoup d'enfants de ton âge, et très peu de gens en général, qui sont capables d'un pareil tact. »

À ce moment-là, j'ai failli avouer que ce n'était pas moi, mais les plantes des Rudnicki qui méritaient ce compliment, et que c'étaient elles qui avaient bu ce truc huileux à ma place.

Mais comment aurais-je pu arracher et jeter à ses pieds les médailles qu'elle m'avait épinglées sur la poitrine ? Pourquoi les faire inutilement souffrir ? Et puis maman venait de me dire qu'à choisir entre mentir et offenser, mieux valait privilégier le tact plutôt que la vérité. Et entre faire plaisir et dire la vérité, entre ne pas blesser et ne pas mentir, il fallait préférer la générosité à la sincérité. Ce faisant, on s'élevait au-dessus du vulgum pecus et l'on gagnait le titre le plus honorifique qui soit : un enfant très spécial. Un enfant vraiment peu ordinaire.

Papa conclut posément par une de ses habituelles leçons étymologiques qui commençait par le mot « hasoukh » employé dans l'expression « sans enfants », dont le sens premier évoquait l'idée de manque : en changeant une consonne, on arrivait au sens d'« épargner », comme dans Prov. 13, 24 :

« Qui épargne la baguette hait son fils » (adage qu'entre parenthèses mon père approuvait entièrement), ensuite, en passant par l'araméen et l'arabe, on parvenait à l'obscurité « hoshekh » qu'il associait par métathèse à « shahakh », oublier, rapprochant ainsi, par un saisissant raccourci, l'obscurité de l'oubli. Quant à la limonade « gazoz », elle nous venait tout droit du français. La pomme de pin, « itstroubal » était un emprunt mishnaïque au grec « strobilos », cercle ou toupie, lui-même dérivant de « strobos », qui tourne en rond, lequel « strobos » a donné strophe et également catastrophe, qui veut dire « renversement », « bouleversement », comme dans « sa chance a tourné ». Et il termina par une anecdote pour illustrer son propos : « Avant-hier, en montant au mont Scopus, j'ai vu une camionnette qui s'était renversée : il y avait des blessés et les roues continuaient à tourner dans le vide, ce qui signifie — à la fois "strobos" et catastrophe. » « Dès que nous arriverons à la maison, Votre Honneur me fera le plaisir de ramasser les jouets que tu as éparpillés sur le tapis avant de sortir et de remettre chaque chose à sa place. »

## 36

Mes parents voulaient me faire porter sur les épaules ce qu'ils n'avaient pu accomplir dans leur vie. En 1950, le soir suivant leur rencontre fortuite dans l'escalier de Terra Sancta, Hannah et Michaël (dans *Mon Michaël*) se retrouvaient au café Atara, rue Ben Yehouda, à Jérusalem. Hannah encourage le timide Michaël à se confier, mais il n'a que son père veuf à la bouche :

> [Il] mise tout sur lui. Il ne veut pas admettre que son fils n'est qu'un jeune homme quelconque. Par exemple, en parlant des travaux pratiques que prépare Michaël dans le cadre de ses études de géologie, son père aime dire avec respect : il s'agit là d'un travail scientifique, très rigoureux. Son père voudrait qu'il soit professeur à Jérusalem car son pauvre grand-père paternel était professeur de sciences naturelles à l'École hébraïque d'instituteurs de Grodno. Un professeur célèbre. Il serait bon, pensait le père de Michaël, que chaque génération prenne la relève.
> — Mais une famille n'est pas une course dont le flambeau serait une profession. [C'est Hannah qui parle.]
> — Mais je ne pourrais pas l'expliquer à mon père, car il est très sentimental et il utilise des

expressions hébraïques comme s'il utilisait les pièces fragiles d'un service de porcelaine [1]...

Pendant des années, mon père ne renonça jamais à l'espoir d'endosser un jour l'hermine de l'oncle Yosef, dont j'hériterais peut-être un jour, à condition de suivre les traces de la famille et de devenir à mon tour un érudit. Et si lui-même en était empêché par des considérations matérielles qui le contraignaient à passer ses journées dans un bureau ennuyeux, ne lui laissant que la nuit pour s'adonner à ses recherches, peut-être son fils unique en serait-il capable, lui ?

Ma mère, je crois, aurait aimé que je grandisse pour dire à sa place tout ce qu'elle aurait voulu exprimer.

\*

Par la suite, ils n'avaient eu de cesse de me rappeler avec un rictus de satisfaction secrète, en présence de leurs invités, les Zarchi, les Rudnicki, les Hanani, les Bar Yizhar et les Abramski, qu'à cinq ans, peut-être deux ou trois semaines après avoir appris l'alphabet, j'avais rédigé en caractères d'imprimerie sur l'une des fiches de papa la mention suivante : « Amos Klausner, écrivain » et l'avais punaisée sur la porte de ma petite chambre.

Avant d'apprendre à lire, je savais comment on fabriquait les livres : je me glissais sur la pointe des pieds derrière papa, penché sur son bureau, les épaules courbées, sa tête lasse flottant au milieu du cercle jaunâtre de la lampe, il se frayait laborieusement un chemin le long du lit escarpé du wadi qui

1. *Mon Michaël*, trad. Rina Viers, éd. Calmann-Lévy, 1973, pp. 16-17.

serpentait entre deux piles de livres, recueillant, récoltant, examinant attentivement à la lumière, triant, classant et recopiant sur de petites fiches des éléments glanés dans les épais volumes amoncelés devant lui, notant et assemblant avec zèle chaque détail à l'endroit idoine, comme s'il enfilait les perles d'un collier.

Au fond, je travaille un peu comme lui. Tel un horloger ou un orfèvre d'autrefois : un œil clos, une loupe cylindrique vissée sur l'autre, des brucelles à la main ; sur la table, devant moi, en guise de fiches il y a un tas de bouts de papier où j'ai gribouillé des mots, des verbes, des adjectifs et des adverbes, ainsi que quantité de fragments de phrases, d'expressions tronquées, de bribes de descriptions et d'essais d'associations. De temps en temps, je pêche prudemment avec la pincette l'une de ces particules, une minuscule molécule de texte que j'élève à contre-jour pour l'examiner à mon aise, je la tourne et la retourne, je la lime et la polis un peu, puis je la replace à la lumière pour l'inspecter encore, je lime encore un soupçon, et je me penche pour l'insérer délicatement dans la trame. Je juge de l'effet sous différents angles. Je ne suis pas entièrement satisfait, je retire l'élément que je viens d'encastrer et j'essaie de le remplacer par un autre mot ou d'intercaler le mot précédent dans une autre niche de la même phrase, je le retire et le rabote encore un peu avant de le réinsérer dans une autre perspective. Dans une disposition un peu différente. Peut-être à la fin de la phrase ? Ou au début de la suivante ? À moins de subdiviser la phrase et d'en faire une proposition indépendante, composée d'un seul mot ?

Je me lève. Je fais les cent pas dans la pièce. Je retourne à mon bureau. Je réexamine la question quelques minutes encore, ou davantage, je rature toute la phrase ou alors j'arrache la page, je la froisse et la déchire en petits morceaux. Je suis découragé. Je me maudis à haute voix, je peste contre l'écriture et la langue en bloc, et puis je remets l'ouvrage sur le métier.

J'ai dit un jour qu'écrire un roman c'est un peu comme construire les montagnes d'Edom avec des Lego. Ou comme édifier entièrement Paris, avec ses monuments, ses places, ses boulevards, ses tours, ses banlieues et jusqu'au dernier banc public, à l'aide d'allumettes.

Pour écrire un récit de quatre-vingt mille mots, il faut prendre environ un quart de million de décisions : non seulement concernant le développement de l'intrigue, qui vivrait ou mourrait, qui serait amoureux ou volage, qui s'enrichirait ou se ridiculiserait, quels seraient les noms, les visages, les habitudes et les occupations des personnages, la division en chapitres, le titre du livre (c'étaient là les décisions les plus simples, les plus générales), non seulement ce qu'il fallait raconter, passer sous silence, ce qui venait avant ou après, ce qu'il convenait d'exposer en détail ou par allusion (décisions faciles là aussi), mais des myriades de choix subtils s'imposaient encore, comme, par exemple, écrire bleu ou bleuté dans la troisième phrase avant la fin du paragraphe ? Ou peut-être azurée ? Azur ? Bleu foncé ? Ou bleu-gris ? Et ce bleu-gris-là, fallait-il l'introduire au début de la phrase ? Ou valait-il mieux le placer à la fin ? Ou bien au milieu ? Ou encore en faire une indépendante très brève, avec un point devant et un point après, suivie d'un nouveau paragraphe ? Ou était-il préférable que cette nuance soit entraînée par le courant d'une phrase ondoyante et complexe, riche en subordonnées ? À moins de se contenter de quatre mots « la lumière du soir », sans la colorer de bleu-gris, d'azur cendré, etc. ?

*

Depuis ma tendre enfance, j'étais en quelque sorte la victime d'un lavage de cerveau méthodique : le sanctuaire du livre de l'oncle Yosef, le cachot à livres de mon père, chez nous, à Kerem Avraham, les pages des livres où se réfugiait ma mère, les poèmes de grand-père Alexandre, les romans de notre voisin, M. Zarchi, les fiches et les jeux de mots de mon père, sans oublier l'étreinte odorante de Saül Tcherni-chovsky et les raisins secs de M. Agnon, qui projetait plusieurs ombres à la fois.

À vrai dire, j'avais clandestinement renié le car-ton épinglé sur ma porte : durant des années, j'avais rêvé de quitter un jour ces labyrinthes de livres pour devenir pompier : le feu, l'eau, l'uniforme, l'hé-roïsme, le casque rutilant, le hululement de la sirène, les filles extasiées, les gyrophares, la panique, l'éclair rouge du camion fendant le monde tandis que la sirène hurlante vous figeait le sang en laissant der-rière elle une traînée d'effroi — jambes paralysées et cœurs glacés de terreur.

Et les échelles, les tuyaux qui se déroulaient indé-finiment, le reflet des flammes, tels des flots de sang, sur l'engin rutilant. Et enfin — le bouquet — la jeune fille ou la femme inconsciente dans les bras de son sauveteur intrépide : l'esprit de sacrifice, la peau, les sourcils et les cheveux brûlés, la fumée infernale et suffocante, et ensuite la gloire, les torrents de larmes des femmes qui se pâmaient d'amour, d'admiration et de gratitude, surtout la plus belle, celle que, de vos propres mains, vous aviez courageusement sauvée des flammes.

Mais qui était celle qu'enfant j'imaginais sauver sans cesse de la fournaise en échange de son amour ? On pourrait poser la question autrement : quelle sorte de terrifiante, incroyable prémonition avait inspiré, sans se dévoiler entièrement, le cœur fier de ce gamin visionnaire et un peu toqué, pourquoi lui avait-elle fait entrevoir, sans lui donner la possibilité de la déchiffrer, l'allusion voilée à ce qui arriverait une certaine nuit d'hiver à sa mère ?

Dès l'âge de cinq ans, en effet, je me voyais en pompier hardi, impassible, magnifique avec son uniforme et son casque, sautant courageusement au cœur des flammes déchaînées, risquant sa vie pour la sauver, évanouie (alors que son père, faible et prolixe, restait là, tétanisé et impuissant, à contempler le feu terrifiant).

Incarnant à la perfection, à mes yeux, le nouveau héros hébreu trempé dans le feu (tel que le concevait papa), le pompier se précipitait pour sauver sa mère et, ce faisant, il l'arrachait définitivement au pouvoir de son père et la prenait sous son aile.

Mais avec quels fils obscurs ai-je pu tisser ce fantasme œdipien qui m'a poursuivi pendant des années ? Se peut-il que, pareille à une vague odeur de fumée, cette femme, Irina, Ira, se fût immiscée dans ma vision de pompier sauveteur ? La femme de l'ingénieur de Rovno que son mari perdait chaque nuit aux cartes. La pauvre Ira Stiletskaïa qui s'était amourachée d'Anton, le fils du cocher, et qu'on avait éloignée de ses enfants, de sorte qu'un jour elle avait versé un bidon sur la cabane au toit en papier goudronné de son amant et avait brûlé vive. Or c'était arrivé une quinzaine d'années avant ma naissance, dans un pays où je n'avais jamais mis les pieds. Et ma mère n'était pas folle au point de raconter de telles horreurs à un enfant de quatre ou cinq ans.

*

Quand papa n'était pas là et que je triais des lentilles sur la table de la cuisine pendant que maman me tournait le dos, penchée au-dessus de la paillasse de l'évier où elle épluchait des légumes, pressait des oranges ou préparait des boulettes, elle me racontait d'étranges histoires souvent un peu inquiétantes. Peut-être le petit Peer, le jeune orphelin de Jon, le petit-fils de Rasmus Gynt, me ressemblait-il lorsqu'au cours des longues soirées où tourbillonnaient le vent et la neige, seul en compagnie d'Ase, sa mère, la pauvre veuve, dans leur chalet de montagne, il s'imprégnait des récits mystiques, quasi hallucinés, qu'elle lui contait sur le château de Soria-Moria par-delà le fjord, le rapt de la mariée, les trolls du royaume de la montagne, les démones vertes, le fondeur de boutons, les esprits et le terrible Boyg.

La cuisine était étroite et basse de plafond comme un cachot, le sol s'enfonçait et les murs étaient noircis par la suie du réchaud et du fourneau. Nous usions de deux boîtes d'allumettes — l'une pour les neuves et l'autre pour celles qui avaient déjà servi et que, par économie, nous utilisions pour allumer un brûleur du fourneau à partir d'une autre flamme.

Les histoires de ma mère étaient singulières, horrifiantes mais captivantes aussi, peuplées de grottes et de tours, de villages perdus et de moignons de ponts suspendus au-dessus du vide. Ses contes n'avaient aucune mesure avec ceux qu'on racontait ailleurs. Ils étaient très différents de ceux des autres adultes.

452

Ils n'avaient rien à voir non plus avec ceux que j'ai racontés à mes enfants et que je raconte aujourd'hui encore à mes petits-enfants. Les récits de ma mère tournaient en rond et ils étaient comme noyés de brume : ils ne commençaient pas au début et ne finissaient pas bien, mais ils vacillaient dans une demi-obscurité, tournoyaient vertigineusement sur eux-mêmes, perçaient soudain le brouillard, ils vous ahurissaient, vous faisaient froid dans le dos et disparaissaient dans le noir avant que vous n'ayez eu le temps de distinguer quoi que ce soit. Tel était le conte du vieillard chenu, Alléluiev, celui de Tanitchka et de ses trois maris, les frères forgerons qui s'étaient entre-tués, de l'ours qui avait adopté un enfant mort, du démon des cavernes, amoureux de la femme du forestier, du fantôme de Nikita, le cocher, revenu du royaume des morts pour envoûter et séduire la fille du meurtrier.

Les histoires de ma mère abondaient en mûres, baies, fraises des bois, groseilles, truffes, champignons et chardons. Oubliant mon jeune âge, elle m'entraînait en des lieux qu'un enfant n'avait quasiment jamais foulés, et, en chemin, elle déployait pour moi un extraordinaire éventail de mots, comme si elle me prenait dans ses bras pour me soulever de plus en plus haut, à une hauteur de mots vertigineuse : ses champs étaient inondés de soleil ou trempés de rosée, la forêt était une forêt vierge ou une jungle, les arbres se dressaient, immenses, les prairies verdoyaient, la montagne était antique et imposante, les châteaux et les forteresses s'étendaient, les donjons s'élevaient, les plaines s'étalaient à perte de vue, les vallées et les vallons étaient sillonnés de fleuves, ruisseaux, rivières, sources et fontaines.

Ma mère se cloîtrait à la maison où elle menait une vie de recluse. Excepté ses amies, Lilenka, Estherké et Fania Weissmann, qu'elle fréquentait au lycée Tarbout de Rovno et avait retrouvées à Jérusalem, rien ne l'intéressait particulièrement dans cette ville : elle n'aimait pas les lieux saints ni les fameux sites archéologiques. À ses yeux, les synagogues, les maisons d'études, les églises, les couvents et les mosquées, c'était du pareil au même, des endroits assommants qui exhalaient l'odeur aigre des fanatiques qui se lavaient trop peu souvent. Son odorat était si fin que même de lourdes vapeurs d'encens ne parvenaient pas à masquer les relents des corps malpropres.

Papa n'éprouvait pas non plus une grande tendresse pour la religion : les prêtres de tous poils lui semblaient douteux car ignorants, pétris de vieilles haines, prêchant la peur, prononçant des sermons mensongers qui vous tiraient des larmes de crocodile, dispensant des imitations d'objets sacrés, de fausses reliques, des superstitions et des préjugés. Il suspectait les « ministres du culte », qui vivaient de la religion, d'escroquerie papelarde, et il aimait citer Heinrich Heine qui disait du rabbin et du prêtre que l'un et l'autre puaient (ce que papa traduisait par euphémisme « ni l'un ni l'autre ne sent très bon ! Et certainement pas le mufti Hadj Amin el-Husseini, l'ami des nazis ! »). En revanche, mon père croyait en une vague providence, une sorte d'« esprit de la nation » ou de « Rocher d'Israël », les prodiges du « génie créatif juif », et il plaçait de grands espoirs dans le pouvoir salvateur et régénérant de l'art : « ... les prêtres de la beauté et le pinceau des peintres », déclamait-il avec émotion en citant quelques vers d'un sonnet de Tchernichovsky,

*détenteurs de la poésie et des arcanes de la grâce,*
*sauveront le monde par le chant et la musique !*

Il pensait que les artistes étaient meilleurs que le reste de l'humanité, plus clairvoyants, intègres et non entachés de laideur. Comment certains pouvaient-ils, malgré tout, avoir suivi Staline ou Hitler ? La question le tourmentait et l'attristait. Il soliloquait souvent à ce sujet : les artistes qui se laissaient subjuguer par le pouvoir et se mettaient au service de l'oppression et du mal ne méritaient plus, selon lui, d'être appelés « les prêtres de la beauté ». Parfois il se disait que, comme dans *Faust*, ils avaient vendu leur âme au diable.

L'ardeur sioniste des bâtisseurs des nouveaux quartiers, ceux qui « libéraient » les terres ou traçaient les routes, le grisait tandis qu'elle laissait ma mère indifférente. Elle se contentait généralement d'un rapide coup d'œil aux titres du journal. Elle considérait la politique comme une calamité. Les ragots l'ennuyaient. Quand on recevait du monde ou qu'on allait prendre le thé chez l'oncle Yosef et la tante Tsippora, à Talpiot, ou chez les Zarchi, les Abramski, les Rudnicki, chez M. Agnon, chez les Hanani ou chez Hannah et Haïm Toren, elle ne participait guère à la discussion. En fait, sa seule présence provoquait chez les hommes une logorrhée de paroles qu'elle écoutait en silence, un léger sourire aux lèvres, comme si elle tentait de déchiffrer pourquoi M. Zarchi soutenait telle opinion et M. Hanani une thèse diamétralement opposée. La conversation aurait-elle pris un autre cours si M. Zarchi et M. Hanani avaient subitement échangé leurs points de vue ou si chacun avait décidé de défendre bec et ongles la position de l'autre en prenant vigoureusement le contre-pied de son attitude antérieure ?

*

Les vêtements, les objets, les coiffures et les meubles n'intéressaient ma mère qu'en tant qu'interstices à travers lesquels elle pouvait pénétrer l'intimité des gens : quand on entrait chez quelqu'un, même dans la salle d'attente d'une administration, elle s'asseyait dans un coin de la pièce, très raide, les genoux à angle droit et les bras croisés sur la poitrine, telle une pensionnaire modèle dans un établissement pour jeunes filles de bonne famille, et elle examinait à loisir les rideaux, la tapisserie, les tableaux accrochés au mur, les livres, les objets, les bibelots sur l'étagère : on aurait dit un détective récoltant sans trêve des indices dont la combinaison de quelques-uns pouvait résoudre l'enquête.

Les secrets des autres la fascinaient, non en tant que commérages — qui désirait qui, qui sortait avec qui, qui avait acheté quoi... — mais comme une mosaïque complexe ou un puzzle géant qu'elle s'appliquait patiemment à assembler. Prêtant une oreille attentive aux conversations, un sourire indulgent, dont elle n'avait pas conscience, aux lèvres, elle fixait celui ou celle qui parlait, observant les bouches, les rides sur les visages, les gestes des mains, ce qu'exprimaient les corps et ce qu'ils s'efforçaient de dissimuler, où erraient les regards, à quel moment les positions changeaient, ou si les pieds s'agitaient ou pas dans les chaussures... Elle se mêlait peu et rarement à la discussion. Mais après que, sortant de son mutisme, elle eût prononcé une ou deux phrases, les échanges ne suivaient généralement plus le même cours.

À moins qu'il ne s'agît d'autre chose : à l'époque, le rôle dévolu aux femmes se limitait à celui d'auditrices. Si l'une d'entre elles s'avisait d'ouvrir la bouche, on la regardait avec de grands yeux.

Ma mère donnait épisodiquement des leçons particulières. De loin en loin, elle allait écouter une conférence au mont Scopus ou assister à une causerie littéraire au centre culturel. La plupart du temps, elle restait à la maison. Mais elle ne se croisait pas les bras pour autant, elle travaillait dur, avec efficacité et en silence. Jamais je ne l'ai entendue fredonner ou grommeler en s'activant. Elle cuisinait, pétrissait, lavait, elle faisait les courses, elle repassait, nettoyait, rangeait, pliait, lavait, étendait, ébouillantait. Mais une fois la maison parfaitement en ordre, la vaisselle faite, le linge soigneusement plié et placé dans l'armoire, maman se blottissait pour lire dans un coin. Détendue, la respiration douce et égale, elle s'installait pour lire sur le canapé. Les pieds ramenés sous elle, elle lisait. Le dos rond, le cou fléchi, les épaules relâchées, le corps pareil à une demi-lune, elle lisait. Le visage à moitié dissimulé derrière l'écran de ses cheveux noirs répandus sur la page, elle lisait.

Elle lisait le soir, pendant que je jouais dans la cour et que papa noircissait ses fiches, elle lisait après le dîner et la vaisselle, elle lisait alors que papa et moi, assis à son bureau, ma tête penchée effleurant légèrement son épaule, étions occupés à classer des timbres et à les coller dans l'album en suivant le catalogue, elle lisait encore alors que j'étais au lit et que papa était retourné à ses chères études, elle lisait toujours une fois les volets fermés et que, du fond du canapé, eut surgi le lit double, caché à l'intérieur, et elle continuait à lire même après qu'on eut éteint le plafonnier, et qu'ayant ôté ses lunettes papa lui eut tourné le dos pour dormir du sommeil du juste, certain que le lendemain serait un autre jour. Elle n'arrêtait pas de lire : elle souffrait d'insomnies qui empiraient, au point que, la dernière année de sa vie, divers médecins lui avaient prescrit de puissants somnifères, des breuvages et des tisanes pour dormir et recommandé deux semaines de repos complet dans une pension à Safed ou dans un sanatorium géré par la Sécurité sociale à Arza, près de Motsa.

Papa avait donc emprunté de l'argent à ses parents et il avait consenti à s'occuper de l'enfant et de la maison, pendant que ma mère partait seule se reposer dans une pension, à Arza. Mais même là-bas, elle n'avait pas cessé de lire, au contraire, elle lisait jour et nuit. Elle lisait du matin au soir, allongée sur une chaise longue dans un petit bois de pins, à flanc de colline, et elle lisait sur le balcon éclairé, le soir, pendant que les autres résidents dansaient, jouaient aux cartes ou participaient à toutes sortes d'activités. La nuit, elle s'installait dans un petit salon, contigu à la réception, où elle lisait dans le silence nocturne jusqu'au petit matin, afin de ne pas déranger sa compagne de chambre : elle lisait Maupassant, Tchekhov, Tolstoï, Gnessin, Balzac, Flaubert, Dickens, Chamisso, Thomas Mann, Iwaszkiewicz, Knut Hamsun, Kleist, Moravia, Hermann Hesse, Mauriac, Agnon, Tourgueniev, de même que Somerset Maugham, Stefan Zweig et André Maurois, elle n'avait pratiquement pas levé les yeux de ses livres durant tout le séjour. À son retour à Jérusalem, elle avait l'air épuisée, pâle, les yeux cernés, comme si elle avait passé ses nuits à faire la fête. À papa et moi qui lui demandions si elle s'était bien amusée pendant ses vacances, elle avait répondu en souriant : « À vrai dire, je n'en sais rien. »

*

Un jour — j'avais sept ou huit ans — alors que nous étions assis sur l'avant-dernière banquette du bus, en route vers le dispensaire ou la boutique de chaussures pour enfants, maman m'avait affirmé qu'avec le temps les livres pouvaient changer au moins autant que les humains, avec cette différence que les hommes te plaquent tôt ou tard, dès qu'ils ne trouvent plus en toi de profit, de plaisir, d'intérêt ou de sentiment, tandis que les livres ne te laissent jamais tomber. Toi, tu les dédaigneras parfois, tu en délaisseras certains pendant de longues années, ou pour toujours. Mais même si tu les trahis, ils ne te feront jamais faux bond, eux : ils t'attendront en silence, humblement, sur l'étagère. Des dizaines d'années s'il le faut. Sans une plainte. Et puis une nuit, quand tu en éprouveras soudain le besoin, peut-être à trois heures du matin, et même s'il s'agit d'un livre que tu aurais négligé, voire pratiquement rayé de ta mémoire pendant des années, il ne te décevra pas mais descendra de son perchoir pour te tenir compagnie quand tu en auras besoin. Sans réserve, sans chercher de mauvais prétextes, sans se poser la question de savoir si cela en vaut la peine ou si tu le mérites, il répondra immédiatement à ton appel. Il ne t'abandonnera jamais.

Lorsque Bluma parvint à l'âge d'être instruite, son père la fit asseoir à ses côtés pour lire des livres avec elle. Je sais, ma fille, lui dit Haïm

Nacht, que je ne te laisse ni richesses ni biens, mais je peux t'apprendre à lire les livres.

Quand un homme est dans le noir, il lui suffit de lire un livre pour voir un autre monde. Bluma apprenait facilement. Une fois qu'elle eut maîtrisé l'alphabet, elle put lire des contes, des histoires et des légendes [1].

*

Quel était le titre du premier livre que j'ai lu tout seul ? Je veux dire que papa me l'avait lu tant de fois avant de dormir que j'avais fini par l'apprendre par cœur, mot à mot, et un jour qu'il n'avait pas eu le temps de me faire la lecture, j'avais emmené le livre au lit et je l'avais récité de bout en bout en feignant de lire, imitant mon père et tournant les pages à l'endroit précis où il le faisait tous les soirs.

Le lendemain, j'avais demandé à papa d'accompagner sa lecture du doigt et j'avais attentivement suivi l'avance de sa main pendant qu'il lisait, et cela à cinq ou six reprises, de sorte qu'au bout de quelques jours j'étais capable de reconnaître chaque mot d'après sa forme et sa place dans la phrase (exactement comme on identifie les points noirs des plaquettes de dominos même quand elles sont mélangées).

Et puis le moment était venu de leur faire la surprise : un samedi matin, j'étais entré dans la cuisine en pyjama, j'avais posé sans rien dire le livre ouvert sur la table, entre eux, et je m'étais mis à déchiffrer chaque mot, que j'avais réussi à mémoriser et identifier, en le suivant à mesure avec le doigt. Ivres de

---

1. S. J. Agnon, « Une histoire simple », in *Sur la poignée du verrou*, vol. 3 des Œuvres complètes d'Agnon, Jérusalem et Tel-Aviv, 1960, p. 71.

fierté et incapables d'imaginer la supercherie, mes parents étaient immédiatement tombés dans le panneau, convaincus qu'ils étaient que cet enfant si spécial avait appris à lire tout seul.

Et c'était effectivement ce qui s'était passé : j'avais découvert, par exemple, que « bébé » ressemblait à un poupon avec deux bonnes joues et une bouche souriante. « Lit » était un homme couché, les pieds en éventail contre la barre du lit. Un « œil » était rond comme un œil. Voilà comment j'étais parvenu à déchiffrer plusieurs phrases et même des pages entières.

Environ deux ou trois semaines plus tard, j'avais commencé à me familiariser avec les lettres : le F de « flotter » flottait effectivement comme un drapeau. Le S de « serpent » avait bien l'air d'un serpent. Papa et maman se ressemblaient beaucoup, sauf que papa avait deux grandes jambes, et maman, de vastes jupes où se blottir pour un câlin.

*

Le tout premier livre dont je me souviens — je devais être encore au berceau — était l'histoire illustrée d'un ours grand et gras qui était toujours très content de soi, un ours paresseux et dormeur qui ressemblait un peu à notre M. Abramski et adorait lécher du miel, se goinfrer serait plus juste. Le livre avait une fin triste, une autre très triste, l'heureux dénouement ne venant qu'après : notre gros ours paresseux se faisait piquer par des myriades d'abeilles furieuses, et comme si ce n'était pas suffisant, il souffrait aussi d'un terrible mal de dents, sa joue, sur l'image, était enflée comme une petite colline, et on avait entouré son museau pitoyable d'un linge blanc noué par un gros nœud au sommet de la tête, juste au milieu des oreilles. La morale de l'histoire s'étalait en grosses lettres rouges :

IL NE FAUT PAS MANGER TROP DE MIEL !

Dans le monde de papa, le malheur avait toujours un bon côté : les Juifs avaient connu un sort affreux en diaspora ? Qu'à cela ne tienne, l'État hébreu allait bientôt être créé et tout s'arrangerait. On avait perdu le taille-crayon ? Demain on en achèterait un neuf, encore plus beau. On a un peu mal au ventre aujourd'hui ? Ça passera d'ici le mariage. Et le pauvre ours, piqué et endolori, l'animal au regard si triste que j'en avais les larmes aux yeux ? On aurait dit qu'il avait ressuscité sur l'autre page, il était guéri, heureux et plus du tout paresseux depuis qu'il avait compris la leçon : il avait conclu avec les abeilles un pacte à l'avantage des deux parties, avec une clause qui lui garantissait une provision de miel, en petite quantité mais jusqu'à la fin de ses jours.

Sur la dernière image, l'ours a donc l'air gai et gentil, il est en train de se construire une maison, comme si, après toutes ces vicissitudes, il avait décidé de s'embourgeoiser un peu et de faire partie de la classe moyenne. Au fond, l'ours de la dernière image ressemblait un peu à papa quand il était de bonne humeur : on aurait dit que, d'un moment à l'autre, il allait inventer une rime, sortir une de ses plaisanteries ou me donner du Votre Altesse (juste pour rire !).

Cela était résumé en une seule phrase, à la dernière page, probablement la première ligne que j'aie lue non pas d'après la forme des mots mais en déchiffrant lettre après lettre, comme il se doit, de sorte que désormais, les lettres ne repré-

sentaient plus des dessins mais des sons bien dis-
tincts :

PETIT OURS EST TRÈS CONTENT !
PETIT OURS EST FOU DE JOIE !

Mais, au bout de deux ou trois semaines, la joie
était devenue boulimique : mes parents avaient beau
faire, impossible de me détacher des livres. Du
matin au soir et au-delà.

C'étaient pourtant eux qui m'avaient incité à lire,
tels des apprentis sorciers : j'étais l'eau qu'on ne pouvait plus arrêter. « Comme les eaux recouvrent la
mer », dit le prophète. J'étais le Golem de Prague à
qui personne n'avait ôté le morceau de papier, portant le Nom Ineffable, glissé sous sa langue. « Viens
voir, ton fils est à nouveau en train de lire, vautré à
moitié nu par terre, au milieu du couloir. Le gosse
est en train de lire, caché sous la table. Ce petit fou
s'est encore enfermé dans la salle de bains pour lire,
assis sur les cabinets, à moins qu'ils ne s'y soient
noyés, lui et son livre ! Il faisait semblant de dormir,
il a attendu que je m'en aille pour allumer la lumière
et il est sûrement appuyé contre la porte pour qu'on
ne puisse pas entrer, et devine ce qu'il est en train de
faire ? Il sait lire sans les voyelles. Tu sais quoi ? Il
attend que je finisse le journal pour le lire à son tour,
c'est nouveau ! Il a passé tout le samedi à lire au lit,
sauf peut-être pour aller aux toilettes. Où il est d'ailleurs allé avec son livre ! Il dévore sans discerne-
ment, les histoires d'Asher Barash et de Schofmann,
un roman de Pearl Buck sur la Chine, *Le livre des
légendes juives*, les voyages de Marco Polo, les aventures de Magellan et Vasco de Gama, une brochure
destinée aux personnes âgées souffrant de la grippe,
le bulletin du quartier, les rois d'Israël et de Juda, le

journal des événements de 1929, des brochures sur les kibboutz et les villages agricoles, des numéros de *L'hebdomadaire de l'ouvrière*, s'il continue, il va bientôt manger les couvertures et boire l'encre. Il est grand temps d'intervenir. Nous devons y mettre le holà : ça commence à devenir un peu étrange, et même inquiétant. »

## 37

L'immeuble situé au bas de la rue Zekhariah comportait quatre logements. Celui des Nakhlieli se trouvait au deuxième étage, côté cour. Les fenêtres donnaient sur une courette à l'abandon, en partie pavée, envahie l'hiver de mauvaises herbes que les premiers khamsins de l'été transformaient en un roncier inextricable. Il y avait aussi des cordes à linge, des poubelles, les restes d'un feu, une vieille caisse, un auvent en tôle, les vestiges d'une cabane de la fête de Soukkot et une haie de passiflores bleu clair.

L'appartement était composé d'une cuisine, une salle de bains, un couloir, deux chambres et huit ou neuf chats. L'après-midi, la première pièce servait de salon à la maîtresse Isabella et à son mari, le caissier Nakhlieli, quant à l'autre, la plus petite, c'était la chambre à coucher du couple et de la ribambelle des chats. De bonne heure, le matin, les Nakhlieli entassaient les meubles dans le couloir d'où ils transféraient dans chaque pièce trois ou quatre petits bancs et pupitres, prévus pour deux écoliers. Voilà comment tous les matins, de huit heures à midi, leur appartement se métamorphosait en cours élémentaire privé, « Le royaume des enfants ».

L'école possédait deux classes et deux enseignantes, le maximum qu'elle pouvait contenir : huit élèves en CP et six en CE1. La maîtresse Isabella Nakhlieli possédait l'école où elle cumulait les fonctions de directrice, intendante, comptable, responsable pédagogique, sergent-major, infirmière, femme de service, bonne à tout faire, professeur principal et institutrice du cours préparatoire. Nous l'appelions « maîtressisabella », en un seul mot.

C'était une femme aux vastes proportions, la quarantaine, rieuse, tonitruante, affublée d'un grain de beauté velu qui ressemblait à un cafard égaré au-dessus de la lèvre supérieure. Elle était irritable et émotive, ce qui ne l'empêchait pas de faire montre de beaucoup d'énergie et d'une cordialité fruste. Avec ses amples robes de coton pleines de poches, où deux larges auréoles s'étalaient sous les aisselles, maîtressisabella ressemblait à l'entremetteuse roublarde du shtetl d'autrefois, une femme trapue qui vous sondait d'un seul regard et avec trois ou quatre questions faussement naïves. En deux temps trois mouvements, elle vous perçait à jour et devinait vos secrets. Elle vous étudiait attentivement, comme on lit une carte, tout en triturant inlassablement ses innombrables poches, à croire qu'elle allait en tirer instantanément la partenaire idéale, ou une brosse à cheveux, des gouttes pour le rhume, ou encore un mouchoir propre pour ôter la chandelle verte qui s'était malencontreusement figée au bout de votre nez.

*

Maîtressisabella était aussi gardienne de chats : des troupeaux de félins, ses groupies, la suivaient partout où elle allait en se faufilant entre ses jambes, ils étaient constamment pendus à ses basques, ils l'empêchaient même de marcher, recevaient des coups de pied sans broncher et la faisaient presque trébucher tant ils étaient dévoués et affectueux. Il y en avait des gris, des blancs, des tachetés, des roux, des rayés, des noirs, des tigrés qui s'accrochaient à ses jupes, se lovaient sur ses larges épaules, se pelotonnaient dans le panier à livres, squattaient ses chaussures, telles des poules couveuses, se disputaient en miaulant désespérément le droit de grimper sur ses genoux. En classe, il y avait plus de chats que d'élèves : dans un silence respectueux, pour ne pas déranger la leçon — on aurait dit des chiens bien dressés et polis comme des pensionnaires de bonne famille —, ils envahissaient son bureau, ses genoux ou les nôtres, nos cartables, le rebord de la fenêtre, la caisse aux accessoires de gymnastique, de dessin et de travaux manuels.

Maîtressisabella les grondait ou leur donnait des ordres. D'un index vengeur, elle les menaçait de leur couper les oreilles ou de leur arracher la queue s'ils ne s'amendaient pas. Les chats lui obéissaient au doigt et à l'œil : « Tu n'as pas honte, Zorobabel ! » vociférait-elle. Aussitôt le malheureux se détachait de la bande, couchée sur la natte, au pied du bureau, et la tête basse, le ventre à ras du sol, la queue entre les pattes, les oreilles aplaties, il allait au piquet. Tous les regards — ceux des enfants comme ceux des chats — étaient fixés sur lui et n'en perdaient pas une miette. Le fautif s'en allait au coin presque en rampant, mortifié, humilié et penaud, conscient de ses torts et reconnaissant ses péchés qu'il regrettait amèrement, s'attendant peut-être à un miracle, la grâce de la dernière minute, quand il n'y avait plus d'espoir.

De son coin, le malheureux nous lançait un regard

suppliant, piteux, coupable et torturé, comme pour dire : je suis un moins que rien.

« Sale bête ! » crachait maîtressisabella avec mépris, mais elle finissait par lui pardonner d'un geste de la main :

« Bon. D'accord. Tu peux retourner à ta place. Mais si je t'y reprends... »

Il était inutile de terminer la phrase car le coupable gracié revenait d'un pas dansant, heureux comme un soupirant, on aurait dit qu'il voulait la charmer jusqu'à lui faire tourner la tête, il contenait son bonheur à grand-peine, la queue toute droite, les oreilles dressées, sautillant sur ses coussinets, il n'était que douceur dont il savait user à merveille pour se gagner les cœurs, les moustaches brillantes, la fourrure luisante, légèrement hérissée, une lueur de ruse féline étincelant dans ses yeux, comme si, avec un clin d'œil, il jurait que, désormais, il n'y aurait pas d'animal meilleur et plus vertueux que lui.

Les chats de maîtressisabella étaient dressés pour être utiles, et ils rendaient effectivement des services : elle leur avait appris à apporter un crayon, une craie, à prendre une paire de chaussettes dans l'armoire, à chercher une petite cuillère qui avait essayé de se cacher sous un meuble, à se poster à la fenêtre pour miauler d'une certaine façon lorsqu'il s'agissait d'un familier et d'une autre quand c'était un inconnu (bien que n'ayant pas vu ces prodiges de nos propres yeux, nous y croyions dur comme fer. Nous y aurions cru même si elle nous avait dit que ses chats faisaient des mots croisés).

Quant à Nakhlieli, le petit mari de maîtressisabella, on ne le voyait pratiquement jamais : il partait généralement au travail avant notre arrivée, et s'il était à la maison, il avait pour consigne de vaquer sans bruit à ses occupations dans la cuisine pendant les heures de cours. Si lui et nous n'avions pas eu l'autorisation d'aller aux toilettes, nous n'aurions jamais découvert que M. Nakhlieli était en fait Getsel, le jeune et pâle caissier de la coopérative. Il avait près de vingt ans de moins que sa femme et ils auraient aisément pu passer pour mère et fils dans la rue.

D'ailleurs, s'étant vu forcé, ou hasardé, à deux ou trois reprises, à la déranger pendant une leçon — il avait carbonisé les boulettes ou il s'était ébouillanté — il ne l'avait pas appelée Isabella mais maman, probablement comme sa marmaille de chats. De son côté, elle donnait à son juvénile époux des noms d'oiseaux, fauvette, moineau, chardonneret ou grive, mais jamais bergeronnette (la signification du patronyme de son mari, Nakhlieli).

*

Il y avait deux écoles situées à environ une demi-heure de marche de chez nous, l'une trop socialiste et l'autre trop religieuse. « L'institution Berl Katznelson pour les enfants des travailleurs », au nord de la rue HaTourim, arborait sur son toit le drapeau rouge à côté du drapeau national. Des cérémonies et des parades y célébraient le Premier-Mai. Les maîtres et les professeurs appelaient le directeur « camarade ». L'été, les enseignants portaient des culottes kaki et des sandales cananéennes. Dans le potager, aménagé dans la cour, les élèves s'initiaient à l'agriculture et à la réalisation personnelle dans les nouveaux villages et kibboutz. Ils apprenaient, en atelier, des métiers tels que la menuiserie, la serrurerie, la mécanique, la métallurgie, et quelque chose d'indéfinissable mais de captivant appelé mécanique de précision.

En classe, les élèves pouvaient s'asseoir où ils voulaient, même les garçons à côté des filles. La plupart portaient une chemise bleue ornée d'une cordelette rouge ou blanche. Les garçons venaient en shorts remontés presque jusqu'à l'entrejambe, tandis que ceux des filles, indécemment courts, étaient froncés aux cuisses par un élastique. Les élèves appelaient leurs professeurs par leurs prénoms, Nadav, Eliakhin, Edna ou Hagit. Ils apprenaient les mathématiques, l'« étude de la patrie », la littérature, l'histoire, et des matières telles que l'histoire du yishouv et du mouvement ouvrier, les principes des villages et des kibboutz travaillistes, les phases de l'évolution de la lutte des classes. Ils chantaient des hymnes prolétariens, à commencer par l'*Internationale* pour finir par « Nous sommes tous des pionniers » ou « La chemise bleue est la plus belle des parures ».

Dans cette école, destinée aux enfants des classes travailleuses, on étudiait la Bible en tant que collection d'articles d'actualité : les prophètes luttaient pour le progrès, la justice et l'assistance aux pauvres, tandis que les rois et les prêtres incarnaient les injustices du système social en vigueur. Le jeune berger David était un guérillero intrépide qui se battait dans les rangs du mouvement national de libération des Israélites du joug philistin et qui, en vieillissant, était devenu un monarque colonialiste-impérialiste, un conquérant, un tyran, qui volait la brebis du pauvre et exploitait les travailleurs jusqu'à la moelle.

À quatre cents mètres de cet établissement rouge, dans la rue parallèle, se trouvait l'école nationale-traditionnaliste Takhkémoni, fondée par le mouvement « mizrahi », une école exclusivement de garçons qui portaient la kippa. La plupart venaient de familles pauvres, excepté quelques-uns, issus de la vieille aristocratie séfarade évincée par l'arrogante invasion ashkénaze. Là, les élèves répondaient uniquement à leurs noms de famille, Bozo, Valero, Danon, Cordovero, Saragosti, Alfassi, et les professeurs se nommaient M.M. Neimann, Alkalaï, Mikhaeli, Abishar, Benvenisti, Ophir. On appelait pompeusement le directeur, monsieur le directeur. Le matin, la classe commençait par la prière : « Je te remercie... », suivie par une leçon de Bible, commentée par Rachi, et des cours où l'on apprenait par cœur les *Maximes des Pères*, la littérature rabbinique, le Talmud, les paraboles, le droit rabbinique, l'histoire des prières et de la poésie liturgique, les préceptes et les bonnes actions, des chapitres du Shoulkhan Aroukh, le rituel des fêtes, l'histoire de la diaspora, la vie des grandes figures d'Israël au cours des siècles, des récits édifiants, des recueils de jurisprudence, un peu de Juda Halévi, de Bialik, quelques rudiments de grammaire hébraïque, de mathématiques, d'anglais, de chant, d'histoire et un bref aperçu de géographie. Les professeurs portaient un veston, même l'été, et l'on n'avait jamais vu monsieur Ilan, le directeur, autrement qu'en costume trois-pièces.

*

Ma mère voulait que j'entre en CP à l'Institution pour les enfants des travailleurs, soit qu'elle n'approuvât pas la stricte séparation préconisée par l'école traditionnelle entre garçons et filles, soit que l'école Takhkémoni, et ses vieux et imposants bâtiments de pierre datant de la domination turque lui parussent vétustes, diasporiques et déprimants, comparés à l'établissement pour les enfants des travailleurs avec ses grandes baies vitrées, ses vastes classes lumineuses, ses riantes allées potagères et la juvénile effervescence qui y régnait en permanence. Peut-être lui rappelait-il un peu le lycée Tarbout de Rovno ?

Quant à papa, il hésita longuement : il aurait voulu que je fréquente une école de Rehavia en compagnie des enfants de professeurs ou, au moins, de ceux des médecins, instituteurs et fonctionnaires de Beit Hakerem, mais nous vivions à une époque d'émeutes et de fusillades et, de Kerem Avraham, il fallait prendre deux bus pour se rendre à Rehavia ou à Beit Hakerem. Takhkémoni était à des années-lumière des idées laïques et nationalistes et de l'esprit éclairé, sceptique de mon père. En revanche, il tenait l'Institution pour une source bourbeuse d'endoctrinement socialiste et un lavage de cerveau prolétarien. Il ne lui restait plus qu'à mettre en balance le péril noir contre le péril rouge et à opter pour le moindre mal.

Après avoir longuement tergiversé, papa décida, contrairement à l'avis de maman, de m'envoyer à Takhkémoni : d'après lui, il n'y avait pas grand risque que je devienne bigot puisque, de toute façon, les jours de la religion étaient comptés, que le progrès n'allait pas tarder à la supplanter et que, même s'ils réussissaient à me transformer en enfant de chœur, j'aurais tôt fait d'ouvrir les yeux et de secouer toute cette poussière archaïque, et puis l'observance des prescriptions ne me causerait aucun dommage, vu qu'elles étaient vouées à disparaître d'ici peu, de même que les dévots et les synagogues, et que, bientôt, il n'en resterait plus qu'un vague souvenir folklorique.

De l'avis de papa, en revanche, l'Institution représentait une vraie menace idéologique : la marée rouge était en train de submerger notre pays, le

monde entier, et l'endoctrinement socialiste représentait une véritable catastrophe. Si l'on y envoyait
l'enfant, on lui bourrerait le crâne avec toutes sortes
de fadaises marxistes et on ne tarderait pas à en
faire un bolchevik, un petit soldat stalinien qu'on
expédierait au kibboutz sans espoir de retour (« De
ceux qui vont à elle, personne ne revient », disait
papa, citant les Proverbes).

Mais pour aller de la maison à l'école Takhkémoni, comme à l'Institution pour les enfants de
travailleurs, il fallait longer la caserne Schneller.
Du haut des murs, protégés par des sacs de sable,
il n'était pas rare que des soldats britanniques un
peu nerveux, judéophobes ou simplement éméchés,
tirent sur les passants dans la rue. Un jour, ils
avaient mitraillé l'âne du laitier sous prétexte qu'ils
suspectaient les bidons de lait qu'il transportait
d'être remplis d'explosifs, comme pour l'attentat de
l'hôtel King David. À une ou deux reprises même,
des chauffeurs anglais, au volant de leur jeep,
avaient écrasé des piétons qui ne s'étaient pas écar-
tés assez vite.

Nous étions au lendemain de la Deuxième Guerre
mondiale, l'époque des groupes clandestins et du
terrorisme, du dynamitage du QG britannique, des
explosifs déposés par le Etsel dans la cave de l'hôtel
King David, des attaques de l'état-major du CID de
la rue Mamilla et des équipements de l'armée et de
la police.

Mes parents avaient donc choisi de repousser de
deux ans cette frustrante alternative entre les ténèbres féodales et le piège stalinien en m'envoyant
dans l'intervalle au « Royaume des enfants », chez
madame Isabella Nakhlieli : le grand avantage de
cette école infestée de chats était qu'elle se trouvait à
portée de voix de la maison : on sortait de la cour, on

tournait à gauche, on passait devant chez les Lemberg et l'épicerie de M. Auster, on traversait prudemment la rue Amos en face du balcon des Zahavi, on descendait sur une trentaine de mètres la rue Zekharia qu'on traversait avec prudence et on y était : la haie de passiflores, un chat gris-blanc, dont c'était le tour de garde, vous annonçait en miaulant à la fenêtre. Vingt-deux marches plus tard, on suspendait sa gourde à un crochet de l'entrée de la plus petite école de Jérusalem : deux classes, deux institutrices, une douzaine d'élèves plus neuf chats.

## 38

À la fin du CP, j'étais passé sans transition de la volcanique gardienne de chats, « maîtressisabella », aux mains fraîches et silencieuses de maîtresse Zelda, l'institutrice du CE1. Elle n'avait pas de chats, mais il flottait autour d'elle une sorte d'aura bleu-gris qui m'avait immédiatement fasciné.

Maîtresse Zelda parlait si bas que, pour l'entendre, il ne suffisait pas de se taire, mais il fallait aussi se pencher en avant. Nous restions donc toute la matinée dans cette posture pour n'en rien perdre : ses paroles étaient excitantes et inattendues. On aurait dit une langue étrangère, pas très éloignée de l'hébreu mais pourtant différente et bouleversante : parfois elle disait « montueux » pour « montagneux », les étoiles étaient les étoiles des cieux, l'abîme devenait les profondeurs abyssales et les branches, la ramure, même si elle appelait généralement chaque chose par son nom. Si l'on exprimait une idée qui lui plaisait, maîtresse Zelda vous désignait du doigt en disant posément : « Regardez, votre camarade est inondé de lumière. » Quand une élève rêvassait, maîtresse Zelda nous expliquait que, de même que l'on ne pouvait reprocher à quelqu'un ses insomnies, on ne devait pas blâmer Noa pour ses fréquentes absences.

Pour maîtresse Zelda, les moqueries étaient du poison. Le mensonge, elle l'appelait chute ou brisure. La paresse était du plomb, les commérages, les yeux de la chair. L'orgueil, c'était se brûler les ailes, et renoncer à des choses aussi insignifiantes qu'une gomme ou son tour de distribuer le papier à dessin était des étincelles. Deux ou trois semaines avant Pourim, notre fête préférée, elle avait déclaré tout à trac : il est possible que nous n'ayons pas de Pourim cette année. Il pourrait s'éteindre en chemin.

S'éteindre ? La fête ? Comment ça ? Nous étions épouvantés : ce n'était pas seulement la crainte de manquer Pourim, mais une peur bleue de ces puissances obscures, auxquelles nul n'avait encore jamais fait allusion et qui étaient capables, si elles le voulaient, d'allumer et d'éteindre les fêtes, comme de simples allumettes.

Maîtresse Zelda n'était pas entrée dans les détails, elle s'était contentée de nous faire comprendre que l'extinction de la fête ne dépendait que d'elle : elle était en quelque sorte reliée aux forces invisibles qui séparaient les fêtes des non-fêtes, le sacré du profane. Donc, nous disions-nous, si nous ne voulions pas que Pourim s'éteigne, nous avions intérêt à faire le minimum nécessaire pour que maîtresse Zelda soit bien disposée à notre égard. Le minimum n'est pas un minimum pour qui n'a rien, nous répétait-elle.

Je me souviens de son regard : vif, brun, énigmatique, pas très heureux. Des yeux juifs, un peu bridés à la tatare.

Il lui arrivait de terminer la leçon et d'envoyer tout le monde jouer dans la cour, excepté deux élus qu'elle avait jugés dignes de garder en classe. Loin de jouir de l'aubaine, les exilés jalousaient leurs camarades.

Parfois l'heure était dépassée, les élèves de maîtressisabella depuis longtemps rentrés chez eux, les chats
en liberté s'étaient égaillés dans la maison, l'escalier
et la cour, tandis que nous étions « comme tombés
dans l'oubli sous l'aile » des récits de maîtresse Zelda,
penchés en avant à nos pupitres pour ne pas en
perdre une miette, jusqu'à ce qu'une mère inquiète,
son tablier noué autour de la taille, surgisse sur le pas
de la porte, les mains sur les hanches, attendant
impatiemment, puis avec un étonnement qui se
muait en curiosité, comme si elle redevenait une
petite fille émerveillée, penchée en avant, comme
nous, pour mieux entendre et ne pas rater ce qu'il
advenait à la fin de l'histoire au nuage perdu, le nuage
mal-aimé dont le manteau s'était pris dans les rayons
de l'étoile dorée.

Si l'on annonçait en classe que l'on avait quelque
chose à dire, même si on passait du coq-à-l'âne, maîtresse Zelda vous priait de venir vous asseoir à son
bureau tandis qu'elle prenait votre place, sur le petit
banc. Ainsi, d'un bond prodigieux, elle vous bombardait maître, à condition que vous fassiez une
remarque judicieuse ou une observation intéressante. Tant que vous l'intriguiez, elle ou la classe,
vous pouviez rester en selle. En revanche, si vous
disiez des sottises ou si vous ne cherchiez qu'à vous
rendre intéressant alors que vous n'aviez strictement
rien à dire, maîtresse Zelda décrétait de sa voix la
plus froide et la plus douce, une voix où il n'y avait
pas trace de légèreté :

« Mais c'est stupide. »

Ou :

« Arrête de faire l'idiot. »

Ou encore :

« Ça suffit : tu baisses dans notre estime. »

Confus et mortifié, vous regagniez votre place.

Nous avions vite appris à faire attention : la parole est d'argent et le silence est d'or. Il ne faut pas jouer les vedettes si l'on n'a rien de sensé à dire. Bien sûr que c'est agréable, même grisant, d'être assis au bureau et de dominer les autres, mais la chute risque d'être rapide et douloureuse. La bêtise et la vantardise ne peuvent qu'infliger la honte. Il faut soigneusement se préparer avant de parler en public. Mieux vaut y réfléchir à deux fois et se demander s'il n'est pas préférable de se taire.

*

Elle avait été mon premier amour : une femme de trente ans, célibataire, maîtresse Zelda, Mme Schneersohn. Je n'avais pas encore huit ans que sa présence me submergeait, comme si elle avait mis en mouvement un métronome intérieur qui n'avait plus jamais cessé de battre depuis.

Je me réveillais le matin, les yeux clos, emplis de son image. Je m'habillais en vitesse, engloutissais le petit déjeuner, terminais, boutonnais, fermais, attrapais et fonçais la retrouver. Je me creusais chaque jour la tête pour inventer quelque chose d'inédit et d'intéressant afin d'allumer une lueur dans ses yeux et l'entendre dire en me désignant du doigt : « Regardez, votre camarade est inondé de lumière. »

Le matin, je m'asseyais à ma place, éperdu d'amour. Ou obnubilé par la jalousie. Je passais mon temps à chercher par quel sortilège me gagner ses faveurs. Et par quels artifices neutraliser mes adversaires, les séparer d'elle.

En rentrant de l'école, à midi, je m'allongeais sur mon lit et m'imaginais seul avec elle.

J'aimais la couleur de sa voix, le parfum de son

sourire, le bruissement de ses robes (à manches longues, généralement marron foncé, bleu marine ou grises, égayées par un simple rang de perles couleur ivoire ou un discret foulard de soie). À la fin de la journée, je fermais les yeux, rabattais la couverture sur ma tête et l'emmenais avec moi. Je rêvais que je la serrais dans mes bras et qu'elle déposait un baiser sur mon front. L'auréole qui l'entourait rejaillissait sur moi et m'inondait de lumière.

*

Je savais naturellement ce que l'amour voulait dire : j'avais dévoré tant de livres, des livres pour enfants, pour adolescents et d'autres qui ne m'étaient pas destinés. À l'amour qu'un enfant porte à son père et sa mère succédera, un peu plus tard, l'amour qu'il éprouvera pour quelqu'un d'extérieur à la famille. Une parfaite étrangère qui, tout d'un coup, comme un trésor trouvé au fond d'une grotte, dans le bois de Tel Arza, bouleverserait la vie de notre jeune amoureux. Et j'avais appris dans les livres que l'amour, comme la maladie, empêche de manger et de dormir, mais si je mangeais effectivement à peine, je dormais comme un loir, la nuit, et toute la journée j'attendais impatiemment la tombée du soir pour aller me coucher. Et comme cela ne cadrait pas avec les symptômes de l'amour décrits dans les livres, je n'étais pas très sûr d'aimer comme les grandes personnes car j'aurais dû souffrir d'insomnies, à moins que ma passion ne soit qu'un caprice d'enfant ?

Et puis, d'après les livres ou les films que j'avais vus au cinéma Edison et les idées qui étaient dans l'air, je pressentais qu'au-delà de l'amour, au-delà des monts de Moab, que l'on apercevait du mont Scopus, se trouvait l'envers de la médaille, un autre paysage, complètement différent, terrifiant, invisible d'ici, ce qui était sans doute mieux. Quelque chose était tapi là-bas, quelque chose de velu, d'embarrassant, issu des ténèbres. Quelque chose qui concernait la photo que je m'étais efforcé d'oublier et dont je cherchais à me rappeler un détail que je n'avais pas bien distingué, le cliché que le prisonnier italien m'avait montré à travers les barbelés et qui m'avait fait détaler à toutes jambes. Cela relevait également de certains détails vestimentaires exclusivement féminins, inconnus de nous et des filles de la classe. Il y avait autre chose dans les ténèbres, quelque chose qui vivait là-bas, s'agitait, bruissait, quelque chose de moite, d'hirsute qu'il valait mieux ignorer, mais alors mon amour se résumerait à une lubie d'enfant.

Les amours enfantines étaient différentes, elles ne causaient ni chagrin ni embarras, comme Yoavi avec Noa, Ben Ami avec Noa ou Noa avec le frère d'Avner. Mais dans mon cas il ne s'agissait pas d'une camarade de classe ou d'une fille du quartier de mon âge ou un peu plus grande, comme la sœur aînée de Yœzer : moi, j'étais amoureux d'une femme. De mon institutrice, qui plus est. Et je ne pouvais me confier à personne sans m'attirer des moqueries. Qu'elle appelait « poison ». Dans sa bouche, le mensonge était une brisure ou une chute. Une déception était une souffrance, la souffrance des rêveurs. L'orgueil, c'était se brûler les ailes. Quant à la honte, elle la nommait curieusement « l'image de Dieu ».

Et moi ? Moi qu'elle montrait parfois du doigt en affirmant que j'étais inondé de lumière, voilà que maintenant, par sa faute, j'étais inondé de ténèbres.

Un beau jour, je refusai de retourner au « Royaume des enfants ». Je voulais une véritable école, avec des classes, une cloche et une cour, je ne voulais plus de la maison des Nakhlieli envahie par les chats, je voulais une école sans poils de chat traînant partout, même dans les toilettes où ils vous collaient à la peau sous vos vêtements, sans cette perpétuelle odeur de pisse rance sous les meubles. Une vraie école, où la directrice ne viendrait pas à l'improviste vous essuyer la morve du nez, où elle ne serait pas mariée au caissier de la coopérative et où vous ne seriez pas « inondé de lumière », une école où l'on ne tomberait pas amoureux, etc.

Alors, après une dispute entre mes parents, une dispute à voix basse, en russe, une dispute du style tichtikhchavoiny où mon père avait eu apparemment le dernier mot, il avait été décidé qu'à la fin du CE1, la dernière classe du Royaume des enfants, j'entrerais après les grandes vacances en CE2 à Takhkémoni et non à l'Institution pour les enfants des travailleurs : des deux maux, le noir valait mieux que le rouge.

Mais entre Takhkémoni et moi, il y avait un interminable été d'amour.

— Tu vas encore chez ta maîtresse Zelda ? À sept heures et demie du matin ? Tu n'as pas de camarades de ton âge ?

— Mais elle m'a invité ! Elle a dit que je pouvais venir quand je voulais, même tous les matins.

— Elle a dit ça ? C'est bien joli, mais tu ne crois pas que c'est un peu étrange qu'un enfant de huit ans soit pendu aux jupes de son professeur ? Son ex-professeur, plus exactement. Tous les jours ? À sept heures du matin ? Et pendant les grandes vacances, en plus ?

Tu ne penses pas que tu exagères un peu ? Que c'est malpoli ? Réfléchis-y, s'il te plaît. Rationnellement !

Je me dandinais d'un pied sur l'autre en attendant impatiemment la fin du sermon, puis lâchai : « Bon, d'accord ! J'y réfléchirai ! Rationnellement ! » Je n'avais pas fini ma phrase que je courais déjà, porté sur les ailes des aigles jusque dans la cour de son rez-de-chaussée, rue Tsephania, en face de l'arrêt du 3 et du jardin d'enfants de Mme Hassia, derrière chez M. Langermann, le laitier, avec ses grands bidons métalliques descendus dans nos mornes ruelles depuis les hauteurs de la Galilée ou des plaines baignées de soleil, « avec la rosée sous nos pieds et la lune au-dessus de nos têtes, de Beit Alfa à Nahalal ».

Mais la lune était bien là : c'était maîtresse Zelda. Là-bas, dans les vallées, le Sharon et la Galilée, là-bas s'étendaient les pays du soleil, le royaume des pionniers robustes et hâlés. Pas ici. Ici, rue Tsephania, même par un matin d'été, les vestiges du clair de lune subsistaient encore.

Il n'était pas huit heures du matin que je surgissais à sa fenêtre, les cheveux humides, plaqués sur la tête, une chemise propre, correctement rentrée dans mon pantalon, qui ne pendouillait pas négligemment à l'extérieur. Je me proposais de l'aider à accomplir les tâches quotidiennes : faire les courses, balayer la cour, arroser les géraniums, étendre la lessive ou retirer le linge sec, pêcher une lettre dans la boîte dont la serrure était rouillée. Elle m'offrait un verre d'« eau fraîche », elle ne disait jamais de l'eau tout court, avec un petit pain, qu'elle appelait « pâtisserie ». Le sol de la cour était du terreau. Le vent d'ouest devenait la brise marine, et le vent d'est était l'alizé. Lorsque le vent soufflait dans les aiguilles des pins, il ne les agitait pas, mais les ébranlait.

Une fois ces menues besognes achevées, nous sortions deux tabourets d'osier que nous installions dans la cour, sous la fenêtre orientée au nord, en direction de l'Académie de police et du village arabe de Shuafat. Nous partions en voyage sans bouger. Enfant des cartes, je savais que, par-delà la mosquée de Nebi Samuel, perchée sur le sommet que l'on apercevait au loin, se trouvaient la vallée de Beit Horon, les territoires de Benjamin et d'Éphraïm, la Samarie, les monts de Gilboa, les vallées, le Tabor et la Galilée. Je n'y avais jamais mis les pieds : une ou deux fois l'an, nous allions passer les fêtes à Tel-Aviv, j'étais allé deux fois dans la cabane au toit goudronné de grand-père papa et grand-mère mama, au fin fond de Kiryat Motskin, au-delà de Haïfa, une fois à Bat Yam, et c'était tout. Je ne connaissais évidemment pas les régions merveilleuses que me décrivait maîtresse Zelda, Nahal Harod : les montagnes de Safed, les rives du lac de Tibériade.

L'été suivant, Jérusalem serait bombardée depuis les collines en face desquelles nous nous asseyions chaque matin. Près du village de Beit Iksa et de la colline de Nebi Samuel, les canons britanniques de la Légion arabe tireraient des milliers de bombes sur la cité assiégée et affamée. Des années plus tard, le sommet des collines serait entièrement construit : Ramot Eshkol, Ramot Elon, Ma'alot, Dafna, la colline des munitions, Givat Hamivtar, la colline française, « et toutes les collines se liquéfieront », comme dit le prophète. Mais en l'été 1947, elles étaient encore caillouteuses et désolées avec leurs versants mouchetés de pierres claires et de broussailles sombres. Çà et là, l'œil s'attardait sur un pin solitaire, chenu et obstiné, tordu par la bise d'hiver qui lui courbait l'échine pour l'éternité.

Elle me lisait ce qu'elle avait eu de toute façon l'intention de lire ce matin-là : des contes hassidiques, des légendes rabbiniques, d'obscures histoires de saints kabbalistes, capables de combiner les lettres et d'accomplir des miracles et des prodiges. S'ils ne prenaient pas mille précautions quand ils travaillaient à leur propre salut, à celui des pauvres, des opprimés et de tout le peuple juif, ils risquaient de terribles catastrophes à cause d'une erreur de permutation ou d'un grain d'impureté qui se serait glissé dans les voies de la sainteté.

Elle donnait à mes questions des réponses curieuses, inattendues, parfois sauvages, inquiétantes au point de menacer le solide rationalisme de mon père.

Ou, à l'inverse, elle me déconcertait par une réponse évidente qui vous rassasiait comme du pain noir. Elle avait le talent de présenter les choses les plus évidentes d'une façon déroutante. Et je l'aimais, elle me fascinait parce qu'il y avait quelque chose d'étrange et d'impétueux, terrifiant même, dans presque tout ce qu'elle faisait et disait : comme « les pauvres en esprit » qui, d'après elle, appartenaient à Jésus de Nazareth, même s'il régnait une grande pauvreté d'esprit parmi les Juifs ici aussi, à Jérusalem, et pas nécessairement dans le sens où « cet homme » l'entendait. Ou bien « les âmes muettes » du poème de Bialik « Puissé-je partager votre sort », qui étaient en fait les trente-six justes cachés grâce auxquels le monde existe. Une autre fois, elle m'avait lu le poème que Bialik avait composé sur son père à l'âme pure qui, bien qu'ayant côtoyé les miasmes des tavernes, n'y avait jamais succombé. Seul son fils, le poète, y avait cédé, et plus encore, comme l'avoue Bialik lui-même dans les deux premiers vers de « Mon père » où le poète ne parle que de lui et de son impureté avant d'en venir à son père. Elle trouvait curieux que les spécialistes n'aient pas vu que ce poème, dédié à l'âme pure de son père, débutait par une amère confession de la souillure du fils.

À moins qu'elle n'ait jamais dit ça : après tout, je n'avais pas pris du papier et un crayon pour noter ce qu'elle me racontait. Et plus d'un demi-siècle s'est écoulé depuis. Les réflexions de Zelda, cet été-là, dépassaient mon entendement. Mais de jour en jour, elle plaçait la barre plus haut : je me rappelle qu'elle m'avait parlé de Bialik, de son enfance, ses désillusions et sa déplorable existence. Elle abordait des choses qui n'étaient pas de mon âge. Entre autres poèmes, elle m'avait lu « Mon père » et elle m'avait parlé des sentiers de pureté et d'impureté.

\*

Mais qu'avait-elle dit au juste ?

En ce moment, dans mon bureau, à Arad, par un jour d'été de la fin juin 2001, je tente de rétablir, deviner, évoquer — c'est presque une création ex nihilo : à l'image des paléontologues du Muséum qui reconstituent un dinosaure à partir de deux ou trois os.

J'aimais la façon dont Zelda rapprochait les mots les uns des autres : quelquefois elle plaçait un mot ordinaire, un mot de tous les jours à côté d'un autre, tout aussi banal, et voilà que brusquement, en mettant côte à côte deux termes étrangers l'un à l'autre, deux mots très ordinaires qui ne se suivent généralement pas, on dirait que fusait une sorte d'étincelle, la merveilleuse magie des mots. Voici quelques vers de l'un de ses poèmes, « Dans l'ancien institut pour aveugles ».

*Pourquoi suis-je effrayée par le mépris des montagnes...*
*Mon âme retourne tel un oiseau en vol*
*de la terre du fruit qu'il n'a jamais goûté...*
*Le jardin nocturne a rompu son vœu pour les douces ténèbres...*
*Pour la première fois, je pense*
*à la nuit et aux étoiles où une rumeur...*

Et une strophe entière, la dernière, tirée du même poème :

*Quand comprendrai-je que ses ténèbres*
*sont remplies de signes,*
*que j'ignore tout des tribulations de son âme*
*vers le sublime, le profond, l'illuminé, l'impossible.*

\*

Cet été-là, Zelda n'était pas encore mariée, mais un homme faisait quelques apparitions dans la cour : c'était apparemment un Juif religieux, plus très jeune. En passant, il déchirait sans le savoir l'invisible trame matinale qui s'était tissée entre nous. Il m'adressait parfois signe de tête avec un lambeau de sourire et debout, me tournant le dos, il entamait avec maîtresse Zelda une conversation qui durait cent sept ans, sinon davantage. Ça n'en finissait plus. Et en yiddish, pour que je ne comprenne pas un traître mot. À une ou deux reprises, il avait même réussi à lui soutirer un éclat de rire, un rire de petite fille que je n'ai jamais pu provoquer chez elle. Pas même en rêve.

Comme elle riait! Et moi, pauvre malheureux, je voyais très clairement la bétonneuse tonitruante qui stationnait au bas de la rue Malachie depuis quelques jours et dans le ventre de laquelle j'expédierais le cadavre de ce bouffon après lui avoir réglé son compte, à minuit.

*

J'étais un enfant des mots. Un bavard intarissable. Avant même d'ouvrir les yeux, je m'étais lancé dans un discours qui se prolongeait presque sans interruption jusqu'à l'extinction des feux, le soir, et au-delà, dans mon sommeil.

Mais je n'avais pas de public. Pour mes camarades, je parlais chinois, quant aux adultes, ils discouraient du matin au soir, exactement comme moi, sans que personne ne leur prête l'oreille. On ne s'écoutait guère à Jérusalem en ce temps-là. Et d'ailleurs, personne ne s'écoutait parler non plus (sauf mon bon vieux papy Alexandre, friand de confidences, mais il n'en avait que pour les femmes).

De sorte qu'à de rares exceptions près personne n'était jamais disposé à m'écouter. Et même quand c'était le cas, on se lassait au bout de trois ou quatre minutes, même si on avait la politesse de feindre le contraire, ou l'enthousiasme.

Mais pas maîtresse Zelda. Elle m'écoutait réellement. Et pas comme une tante au bon cœur qui, par lassitude ou par compassion, tendait une oreille exercée à un gamin un peu timbré qui montait sur ses grands chevaux. Non. Elle m'écoutait tranquillement, gravement, comme si je lui apprenais des choses plaisantes ou curieuses.

En outre, lorsqu'elle voulait que je parle, maîtresse

Zelda me faisait l'honneur d'attiser ma flamme en rajoutant des brindilles dans le feu, mais quand elle en avait assez, elle n'hésitait pas à dire :

« Ça suffit. Arrête de parler ! »

Les autres décrochaient au bout de trois minutes, mais ils faisaient semblant de m'écouter et me laissaient jacasser tout mon saoul, pendant des heures, en pensant à autre chose.

C'était à la fin du CE1 : je venais de quitter le Royaume des enfants et je m'apprêtais à entrer à Takhkémoni. À huit ans, j'avais commencé à lire les journaux, des périodiques et autres magazines, en plus des cent ou deux cents livres que je dévorais à l'époque (tout ce qui me tombait sous la main. Sans distinction : j'explorais la bibliothèque paternelle et, quand je dénichais un livre rédigé en hébreu moderne, je l'emportais dans mon coin pour y planter les dents et le mastiquer).

Et j'écrivais aussi des poèmes : sur les bataillons juifs, la Résistance, Josué fils de Nun, une coccinelle écrasée ou la tristesse de l'automne. Le matin, je les apportais à maîtresse Zelda qui les maniait avec précaution, comme si elle en assumait la responsabilité. Je ne me rappelle pas les commentaires qu'elle en faisait. Mes œuvres, d'ailleurs, me sont complètement sorties de l'esprit.

En revanche, je n'ai pas oublié ses remarques sur la poésie et les sons : non pas les voix d'en haut qui parlent à l'âme du poète, mais les sons reproduits par les mots : « bruissement », par exemple, est un mot qui chuchote, « strident » écorche les oreilles, « grondement » rend un son épais et profond, « note » est empreint de délicatesse et « bruit » est bruyant en soi. Et ainsi de suite. Elle possédait un vaste répertoire d'onomatopées de ce genre, mais je sollicite par trop ma mémoire.

Cet été où nous étions si intimes, maîtresse Zelda m'avait peut-être dit également ceci : si tu veux dessiner un arbre, tu peux te contenter de quelques feuilles. Inutile de les représenter une à une. Et si c'est un personnage, tu n'as pas besoin de tous les cheveux. Là-dessus, elle était inconséquente : un jour, elle m'assurait que j'en avais fait trop, et une autre fois, elle déclarait que je n'en avais pas fait assez. Comment savoir ? Cette question reste sans réponse.

*

Maîtresse Zelda m'avait révélé un hébreu que je n'avais encore jamais entendu, ni chez le professeur Klausner, ni à la maison, ni dans la rue, pas même dans mes livres : un idiome bizarre, anarchique, l'hébreu des récits édifiants, des contes hassidiques, des adages populaires, un hébreu pétri de yiddish, émancipé, qui mêlait le masculin et le féminin, le présent et le passé, les pronoms et les adjectifs, une langue relâchée, décousue. Mais quelle vitalité elle possédait ! Quand on parlait de la neige, on aurait dit que les mots étaient enneigés. Si l'on décrivait un incendie, c'était comme s'ils brûlaient. Et quelle douceur étrange, hypnotique, avaient ses histoires de miracles ! À croire que le conteur avait trempé sa plume dans le vin : les mots tourbillonnaient dans la bouche.

Cet été-là, maîtresse Zelda avait entrouvert pour moi des recueils de poésie, pas du tout, mais alors pas du tout de mon âge : Léa Goldberg, Uri Tsvi Greenberg, Yoheved Bat-Miriam, Esther Raab et Y.TS Rimon.

Grâce à elle j'ai découvert que certains mots ont besoin d'un silence absolu, d'espace, comme des tableaux accrochés au mur qui ne supportent pas la promiscuité.

Elle m'a appris beaucoup de choses, en classe et dans la cour de sa maison. Elle ne voyait apparemment aucun inconvénient à me faire partager ses secrets.

Mais seulement quelques-uns : par exemple, je ne soupçonnais pas, et elle n'y avait jamais fait la moindre allusion, qu'outre mon professeur et ma bien-aimée, elle était aussi la poétesse Zelda dont des poèmes avaient paru dans des suppléments littéraires et quelques obscurs périodiques. Et j'ignorais qu'elle était enfant unique, comme moi. Ni qu'elle appartenait à une famille hassidique célèbre : c'était la cousine du rabbin de Lubavitch, Menahem Mendel Schneersohn (leurs pères étaient frères). Ni qu'elle avait étudié la peinture, le théâtre et publié de la poésie. Je ne me doutais pas que mon rival, son autre soupirant, était le rabbin Haïm Mishkowsky, surnommé Longue Vie, à cause de sa taille et de son prénom, ni que deux ans après notre été, le mien et le sien, il l'épouserait mais ne vivrait pas longtemps. Je ne savais rien d'elle.

Au début de l'automne 1947, j'entrai en CE2 à l'école confessionnelle de garçons Takhkémoni. Je vivais de nouvelles sensations. Et puis je ne voyais plus l'intérêt d'être toujours fourré dans les jupes de la maîtresse de la petite école, comme un bébé : les voisins haussaient les sourcils, leurs enfants se moquaient de moi et je n'étais d'ailleurs pas en reste : qu'est-ce qui te prend de te précipiter chez elle chaque matin ? Tu auras bonne mine quand tout le quartier parlera du gosse cinglé qui lui retire sa lessive, balaie sa cour et, au milieu de la nuit, quand brillent les étoiles, rêve sûrement de l'épouser.

*

Quelques semaines plus tard, des conflits sanglants éclatèrent à Jérusalem, suivis par la guerre, les
bombardements, le siège et la famine. Je pris mes distances avec maîtresse Zelda : je n'allais plus chez elle
à sept heures du matin, tout propret, les cheveux
humides, plaqués sur la tête, pour m'asseoir en sa
compagnie dans sa cour. Je ne lui apportais plus
les poèmes que j'avais écrits la veille. Si je la ren-
contrais dans la rue, je balbutiais à toute vitesse
et sans point d'interrogation : « Bonjour-maîtresse-
Zelda-comment-allez-vous », et je m'éclipsais sans
attendre la réponse. J'étais gêné de ce qui s'était
passé. D'avoir rompu sans un mot d'explication. Et
j'avais honte aussi de ce qu'elle pensait, car elle savait
évidemment qu'au fond de moi je n'avais rien rompu
du tout.

Et puis nous avions fini par quitter Kerem Avraham pour Rehavia, le rêve de mon père. Après la
mort de ma mère, je partis vivre au kibboutz. Je voulais laisser Jérusalem derrière moi sans espoir de
retour. Couper définitivement les ponts. Quand, de
temps à autre, je tombais sur un beau poème de
Zelda dans un magazine, je savais qu'elle était toujours vivante et sensible. Mais depuis la mort de ma
mère, les sentiments me répugnaient et je ne voulais
plus rien avoir à faire avec les femmes senti-
mentales. En général.

Mon troisième roman, *Mon Michaël*, dont l'action
se passe plus ou moins dans notre quartier, parut la
même année que *Loisir*, le premier recueil de Zelda.
Je ne lui avais pas écrit quelques mots de félicitations comme j'en avais eu l'intention. Et je ne lui
avais pas non plus envoyé mon livre, comme j'avais
pensé le faire. Habitait-elle toujours rue Tsephania
ou avait-elle déménagé ? Et puis j'avais écrit *Mon*

*Michaël* pour rayer Jérusalem d'un trait, non pour renouer avec elle.

Dans *Loisir*, j'avais reconnu la famille de maîtresse Zelda et certains de nos voisins. Les deux volumes suivants, *Le Carmel invisible* et *Ni montagne, ni feu*, suscitèrent l'admiration de milliers de lecteurs et lui valurent le prix Brenner, le prix Bialik et un renom auxquels maîtresse Zelda resta apparemment de marbre.

*

Dans mon enfance, à la fin du mandat britannique, tout Jérusalem écrivait : à l'époque, il n'y avait guère de radio, pas de télévision, de lecteur de CD, d'Internet, d'e-mail, voire de téléphone. Mais n'importe qui possédait un crayon et un cahier.

Le couvre-feu renvoyait chacun chez soi dès huit heures du soir, et l'on se barricadait volontairement à la maison même quand il n'y avait pas de couvre-feu — seuls le vent, les chats de gouttière et les halos jaunâtres des réverbères osaient s'aventurer dehors et s'empressaient de se rencogner dans l'ombre au passage d'une jeep de patrouille anglaise, équipée d'un projecteur et d'une mitrailleuse. Les nuits étaient beaucoup plus longues qu'aujourd'hui parce que la rotation de la terre était plus lente et la pesanteur plus forte. Les gens s'éclairaient avec parcimonie car ils étaient pauvres : on économisait sur les ampoules et l'électricité. Pendant les coupures de courant, qui pouvaient se prolonger quelques heures ou plusieurs jours, la vie s'écoulait à la lueur de lampes à pétrole fuligineuses ou de bougies. Même la pluie était plus intense que maintenant, de même que les assauts du vent sur les volets clos ou le grondement du tonnerre, entremêlé d'éclairs.

C'était le même rituel chaque soir : papa sortait fermer les persiennes (qui ne pouvaient l'être que de l'extérieur), affrontant héroïquement la morsure de la pluie, des ténèbres et les multiples dangers de la nuit. À l'image des hommes chevelus de Neandertal qui quittaient courageusement leurs cavernes douillettes pour chasser ou défendre leurs femmes et leurs enfants, ou comme le pêcheur du *Vieil homme et la mer*, papa s'en allait braver seul les éléments déchaînés et sautait dans l'inconnu en se protégeant la tête avec un sac vide.

Chaque soir, en rentrant de l'opération Volets, il verrouillait de l'intérieur la porte d'entrée en travers de laquelle il plaçait la barre transversale (deux crochets métalliques, fixés sur chacun des montants, servaient de support) pour nous protéger des pillards et des envahisseurs. Les épais murs de pierre nous préservaient du danger, de même que les volets métalliques et la colline sombre, massive silhouette qui veillait sur nous de l'autre côté de la cloison, tel un lutteur gigantesque et taciturne. Le monde extérieur était soigneusement enfermé au-dehors tandis que nous nous calfeutrions tous les trois dans notre abri blindé, avec le poêle et les murs tapissés de livres du sol au plafond. Nuit après nuit, transformée en cabine étanche, la maison s'immergeait lentement, tel un sous-marin, sous la surface de l'hiver. Le monde, en effet, s'arrêtait brusquement à deux pas de chez nous : on tournait à gauche en sortant de la cour, et à quelque deux cents mètres de là, au bout de la rue Amos, on prenait encore à gauche, puis à trois cents mètres environ de la dernière maison, à l'angle de la rue Tsephania, la route s'interrompait à la limite de la ville, au bout du monde. À partir de là, ce n'étaient plus que talus rocailleux et désertiques dans les ténèbres épaisses, ravins, grottes, montagnes pelées, villages de pierre fouettés par la pluie et l'obscurité, Lifta, Shuafat, Beit Iksa, Beit Hania, Nebi Samuel.

Chaque soir, donc, claquemurés chez eux, tout comme nous, les habitants de Jérusalem écrivaient : les professeurs et savants de Rehavia, Talpiot, Beit Hakerem et Kiryat Shmuel, les poètes, les écrivains, les idéologues, les rabbins, les révolutionnaires, les visionnaires apocalyptiques et les philosophes. Lorsque ce n'étaient pas des livres, ils rédigeaient des articles. S'ils ne rédigeaient pas d'articles, ils composaient des vers ou publiaient des opuscules, des pamphlets et des brochures. Et quand ils ne rédigeaient pas de tracts contre les Anglais, ils adressaient des lettres aux journaux. Ou ils correspondaient. Tout Jérusalem se penchait le soir sur une feuille de papier pour corriger, raturer, écrire et peaufiner : l'oncle Yosef et M. Agnon l'un en face de l'autre, des deux côtés de la rue, à Talpiot. Grand-père Alexandre et maîtresse Zelda. M. Zarchi et M. Abramski, les professeurs Buber, Scholem et Bergman, M. Toren, M. Netanyahu, M. Wislawski et probablement ma mère aussi. Mon père étudiait les thèmes sanskrits dans l'épopée nationale lituanienne. Ou les influences homériques sur la poésie biélorusse. Comme si, la nuit, il sortait le périscope de notre petit submersible pour observer Dantzig ou la Slovaquie. Notre voisin de droite, M. Lemberg, rédigeait ses mémoires en yiddish, de même que nos voisins de gauche, les Bukhovski, ceux du dessus, les Rosendorff ainsi que les Stich, de l'autre côté de la rue. Seule la colline, notre voisine de palier, qui ne se départait pas de son silence, n'écrivait jamais rien.

Les livres étaient la ligne de vie ténue qui rattachait notre sous-marin au monde extérieur. Nous étions cernés de tous côtés par des montagnes, des cavernes, des déserts, les Anglais, les Arabes, les Résistants, les rafales de mitraillette, la nuit, les explosions, les embuscades, les arrestations, les perquisitions, les peurs rentrées de ce qui nous attendait dans l'avenir. Au milieu de tout cela, d'une manière ou d'une autre, la fragile ligne de vie se frayait un chemin vers le monde réel : dans le monde réel, il y avait un lac, une forêt, une chaumière, une prairie et un pré, et aussi un château avec ses tours, ses corniches et ses pignons. Et il y avait aussi un foyer avec ses dorures, ses velours et ses cristaux, éclairé par une débauche de lumières comme au septième ciel.

*

En ces années-là, je l'ai dit, je voulais devenir un livre quand je serais grand.

Pas un écrivain, un livre. Par peur.

Car ceux qui ne voyaient pas leurs proches arriver en Israël comprenaient qu'ils avaient été massacrés par les Allemands. L'angoisse régnait à Jérusalem, une angoisse que les gens faisaient de leur mieux pour la repousser au fond d'eux-mêmes. Les blindés de Rommel étaient presque parvenus aux frontières du pays. Les avions italiens avaient bombardé Tel-Aviv et Haïfa pendant la guerre. Qui sait ce que les Anglais nous réservaient avant de partir. Et après leur départ, des hordes d'Arabes assoiffés de sang, des millions de musulmans fanatiques nous massacreraient en quelques jours. Même les enfants ne seraient pas épargnés.

Naturellement, les adultes faisaient leur possible pour ne pas parler de ces atrocités devant les plus jeunes. Pas en hébreu, en tout cas. Mais parfois un mot leur échappait. Quelqu'un criait dans son sommeil. Les appartements étaient minuscules et entassés les uns sur les autres comme des cages. Le soir, une fois les lumières éteintes, je percevais des chuchotements dans la cuisine autour d'une tasse de thé et de quelques biscuits, et je repérais Chelmno, nazis, Vilna, partisans, rafles, camps d'extermination, convois de la mort, oncle David, tante Malka et mon petit cousin David, qui avait mon âge.

La crainte s'insinuait en moi : les enfants ne grandissaient pas toujours. On les tuait quelquefois dans leur berceau ou au jardin d'enfants. Rue Nehemia, un relieur avait piqué une crise de nerfs et il avait hurlé sur son balcon : « Au secours, Juifs, vite, ils vont tous nous gazer. » La peur était palpable. Et j'avais sans doute déjà compris à quel point tuer était simple.

Ce n'était pas difficile de brûler les livres, bien sûr, mais si je devenais un livre quand je serais grand, il y avait de grandes chances pour qu'un exemplaire en réchappe, ici ou dans un autre pays, une autre ville, une bibliothèque perdue, sur un coin d'étagère oubliée de Dieu : j'avais vu de mes yeux que les livres parvenaient à se cacher dans l'obscurité poussiéreuse, au milieu d'une rangée de volumes, sous un tas de brochures et de journaux, ou à se fondre parmi leurs semblables.

# 39

Une trentaine d'années plus tard, en 1976, l'université hébraïque de Jérusalem m'invita à donner un cycle de cours durant deux mois. Je logeais dans un studio sur le mont Scopus où, le matin, je rédigeais « M. Lévy », l'une des nouvelles de *La colline du mauvais conseil*. Le récit se passant rue Tsephania, à la fin du mandat britannique, j'étais allé m'y promener pour observer les changements. L'école privée, « Le royaume des enfants », avait fermé depuis longtemps. Un tas de bric-à-brac jonchait les salles de classe. Les arbres dépérissaient. Les professeurs, les employés, les traducteurs, les caissiers, les relieurs, les philosophes en chambre, les abonnés au « courrier du lecteur », presque tous avaient déserté le quartier, remplacés par des Juifs ultra-orthodoxes impécunieux. La plupart de nos voisins avaient disparu des boîtes aux lettres. Seule Mme Stich, Henke, la vieille mère invalide de Menukhele Stich, qui était toute voûtée et qu'on surnommait Nemukhele, demi-portion, somnolait sur un tabouret dans une cour crasseuse, non loin des poubelles. Les murs étaient couverts d'affiches assourdissantes, brandissant des poings osseux et menaçant les pécheurs de mort violente : « Les limites de la décence ont été franchies », « Un immense désastre nous a frappés », « Ne touchez pas à mes messies », « De la muraille, la pierre crie contre le décret inique », « Cieux, soyez étonnés de l'horrible infamie à nulle autre pareille en Israël », etc.

Je n'avais plus jamais revu mon professeur du CE1 de l'école privée « Le royaume des enfants », et voilà que je me retrouvais devant chez elle. Une boutique ultra-orthodoxe d'articles de mercerie, de tissu, de boutons, d'agrafes, de fermetures Éclair et de tringles à rideau remplaçait la crémerie de M. Langermann, lequel conservait son lait dans de lourds bidons cylindriques en métal. Maîtresse Zelda n'habitait sûrement plus là.

Pourtant, parmi les boîtes aux lettres déglinguées, je repérai la sienne où, enfant, je devais pêcher son courrier parce que la serrure était rouillée et qu'elle ne marchait plus. À présent, elle était défoncée : quelqu'un, un homme sans doute, moins patient que maîtresse Zelda ou moi, l'avait carrément défoncée. L'inscription avait changé elle aussi : au lieu de « Zelda Schneersohn », on lisait « Schneersohn Mishkowski ». Zelda avait disparu, et il n'y avait pas de trait d'union ni de « et ». Que ferais-je si c'était son mari qui m'ouvrait la porte ? Que pourrais-je dire ? À lui ou à elle ?

Je faillis tourner les talons et prendre la fuite, tel un soupirant démasqué dans un film comique. (Je ne savais pas qu'elle avait été mariée et qu'elle était veuve, et je n'avais pas envisagé non plus que je l'avais quittée à huit ans, que j'en avais maintenant trente-sept et que j'étais plus âgé qu'elle ne l'était à l'époque.)

\*

Il était très tôt ce matin-là, comme autrefois.
J'aurais dû téléphoner. Ou lui envoyer un mot. Et

si elle était fâchée contre moi? Si elle ne m'avait pas pardonné ma désertion? Mon long silence? Le fait que je ne l'avais pas félicitée pour la publication de ses recueils ni pour ses prix littéraires? Peut-être que, comme certains Hiérosolymitains, elle m'en voulait d'avoir craché dans la soupe avec *Mon Michaël*. Supposons qu'elle ait tellement changé que je ne la reconnaisse pas? Elle ne devait plus avoir grand-chose à voir avec la femme que j'avais connue vingt-neuf ans plus tôt.

*J'ai renoncé à ma douceur*
*J'ai renoncé à ma douceur, mais je ne me précipiterai pas*
*sur le miel des devins.*
*J'en ai fini avec la douceur et ma maison a changé, elle a changé*
*mais maintenant encore*
*on y entend un bruit de voix*
*le cycle des fêtes*
*dans le Saint des Saints.*
*Je ne me suis pas changée en vent qui souffle dans le vide.*
*Je m'en vais donc arroser cette pousse fragile*
*épuisée de soif*
*le cœur tourne sur son axe obscur*
*et retourne à Dieu.*

*

Je suis resté près de dix minutes devant la porte. Et je suis allé griller une ou deux cigarettes dans la cour, où j'ai effleuré les cordes à linge d'où je retirais jadis ses jupes toutes simples, marron et grises. J'ai reconnu la dalle que j'avais fendue en essayant de casser des noix avec une pierre. Et j'ai levé les yeux vers les toits rouges du quartier Bokharian et les collines désolées, au nord. Aujourd'hui, on ne voit plus de collines, désolées ou non, car elles sont hérissées de constructions, Ramot Eshkol, Ma'alot, Dafna, Givat Hamivtar, la colline française et la colline des munitions.

Et que lui dirais-je? Bonjour, chère maîtresse Zelda? J'espère que je ne vous dérange pas? Je m'appelle, euh, un tel. Bonjour, madame Schneersohn-Mishkowski. J'ai été votre élève, vous vous rappelez peut-être? Excusez-moi, pourriez-vous m'accorder quelques minutes? J'aime beaucoup vos poèmes. Vous n'avez pas changé. Non, je ne suis pas venu pour vous interviewer.

*

J'avais apparemment oublié combien les petits rez-de-chaussée sont sombres, à Jérusalem, même par un matin d'été. Les ténèbres m'avaient ouvert la porte : une obscurité pleine d'odeurs brunes. Et, émergeant de l'ombre, la voix fraîche dont je me souvenais, la voix d'une jeune fille sûre de soi, amoureuse des mots, qui disait :

— Entre, Amos.

Et sans transition :

— Tu voudras sûrement qu'on aille s'asseoir dans la cour.

Puis :

— Tu aimes l'orangeade glacée avec beaucoup d'eau.

Et ensuite :

— Je devrais dire : tu aimais l'orangeade glacée avec beaucoup d'eau, mais tu n'as probablement plus les mêmes goûts.

Évidemment, je restitue de mémoire ce matin-là,

les faits et les mots — comme l'on tente de restaurer un bâtiment en ruine avec sept ou huit pierres restées intactes. Mais parmi les rares rescapées, il y a ces phrases, sans reconstitution ni invention : « Je devrais dire : ... mais tu n'as probablement plus les mêmes goûts. » C'est exactement ce que Zelda avait affirmé par ce matin d'été de la fin du mois de juin 1976. Vingt-neuf ans après notre été de miel. Et vingt-cinq ans avant le matin d'été où j'écris cette page (dans mon bureau à Arad, dans un cahier rempli de ratures, le 30 juillet 2001 : c'est donc l'évocation d'une visite censée elle aussi éveiller, à l'époque, un souvenir ou raviver de vieilles blessures. Ma tâche s'apparente à celle de qui tenterait de reconstruire une maison avec des pierres trouvées dans des ruines érigées elles-mêmes, en leur temps, avec des pierres récupérées dans des ruines).

« Je devrais dire, avait ajouté maîtresse Zelda, ... mais tu n'as probablement plus les mêmes goûts. »

Elle aurait pu exprimer cela de mille autres façons. Par exemple : tu n'aimes peut-être plus l'orangeade ? Ou : peut-être que maintenant tu la préfères avec plus de sirop et moins d'eau ? Et elle aurait pu aussi demander le plus simplement du monde : que veux-tu boire ?

C'était un esprit précis : elle faisait là une allusion directe, enjouée et dénuée de rancune, à notre passé commun, à elle et à moi (de l'orangeade avec juste un peu de sirop) — mais elle voulait le faire sans subordonner le présent au passé (« tu n'as probablement plus les mêmes goûts ? » — avec un point d'interrogation — de sorte qu'elle me donnait le choix et me laissait l'entière responsabilité de la suite, du déroulement de la visite. Puisque j'en avais pris l'initiative.

Je répondis (sûrement pas sans sourire) :

— Merci. Je serais ravi de boire une orangeade comme autrefois.

Et elle :

— C'est bien ce que je pensais, mais j'ai préféré te le demander quand même.

Puis nous avons bu tous les deux de l'orangeade glacée (un petit réfrigérateur vétuste qui donnait des signes d'essoufflement avait remplacé la glacière). Nous avons évoqué des souvenirs. Elle avait évidemment lu mes livres et j'avais lu les siens, mais nous ne nous étions pas appesantis sur la question, comme si nous traversions à la hâte un tronçon de route dangereux.

Nous avons parlé d'Isabella et de Getsel Nakhlieli. De connaissances communes. Des changements survenus à Kerem Avraham. Nous avons évoqué presque au pas de course mes parents et son défunt mari, disparus près de cinq ans auparavant, pour adopter un rythme plus lent en abordant Agnon, voire peut-être Thomas Wolfe (*L'ange exilé* venait d'être traduit en hébreu, à moins que nous ne l'ayons lu en anglais). À mesure que je m'accoutumais à la pénombre, je remarquais non sans surprise que les choses étaient presque restées en l'état. Le triste buffet marron avec son épaisse couche de vernis terne était toujours vautré dans son coin, comme un vieux chien. Le service de Chine somnolait encore derrière la vitrine. Des photos de ses parents, qui avaient l'air plus jeunes qu'elle, trônaient sur le meuble à côté du portrait d'un homme que je supposais être son mari, ce qui ne m'empêcha pas de lui poser la question. Une lueur espiègle, juvénile, s'alluma dans ses yeux, et elle eut un petit rire, comme si nous en avions fait de belles, elle et moi, puis elle se reprit :

— C'est Haïm, se contenta-t-elle de dire.

La table ronde semblait trop basse, comme si elle avait rétréci avec le temps. La bibliothèque renfermait quelques vieux livres sacrés dans leurs couvertures noires usées, et d'autres plus récents, avec leurs magnifiques reliures de cuir repoussées d'or, ainsi que l'histoire de la poésie hébraïque espagnole de Schirmann, plusieurs recueils de poèmes et des romans contemporains, y compris une rangée entière de livres de poche. Quand j'étais enfant, j'avais l'impression que ces rayonnages atteignaient le plafond, alors qu'aujourd'hui ils m'arrivaient à peine à l'épaule. La crédence, les étagères, la console s'ornaient de chandeliers du sabbat en métal argenté, quelques lampes de Hanoukka, de petits bibelots en bois d'olivier ou en cuivre, une misérable plante en pot posée sur une commode et une ou deux autres sur le rebord de la fenêtre. Tout était noyé dans un clair-obscur saturé d'odeurs brunes : on y décelait indubitablement l'empreinte d'une femme religieuse. Ce n'était pas une pièce ascétique mais introvertie, renfermée, attristante même. Il y avait pourtant eu un changement, avait-elle dit. Non parce qu'elle était plus vieille, adulée et célèbre, mais parce qu'elle était plus réfléchie.

Du reste, elle avait toujours été quelqu'un de rigoureux, sérieux et grave. C'est difficile à expliquer.

*

Cette visite a été la dernière. J'ai su qu'elle avait finalement déménagé. J'ai appris que, par la suite, elle avait eu plusieurs amies très proches, beaucoup plus jeunes qu'elle ou moi. Je sais qu'elle souffrait d'une longue maladie et qu'elle est décédée un vendredi soir de 1984, au terme de terribles souffrances.

Mais je ne suis jamais retourné la voir, je ne lui ai jamais écrit ni envoyé aucun de mes livres, et je ne l'ai plus jamais revue, excepté de loin en loin, en photo dans un supplément littéraire, et une autre fois, moins d'une minute, le jour de sa mort, à la fin du journal télévisé.

Quand je me suis levé pour prendre congé, il me sembla que le plafond s'était abaissé avec les années. Je le touchais presque de la tête.

Elle n'avait pas beaucoup changé, elle n'avait pas enlaidi, ni grossi et elle ne s'était pas flétrie non plus, et au cours de la conversation, ses yeux lançaient parfois un éclair, comme pour percer mes secrets. Pourtant, il y avait quelque chose de différent. Comme si, au cours des vingt années où je ne l'avais pas vue, maîtresse Zelda s'était mise à ressembler à son appartement vieillot.

Elle était pareille à un chandelier d'argent éclairant chichement un lieu sombre. J'aimerais être le plus précis possible : lors de notre dernière entrevue, Zelda ressemblait à la bougie, au chandelier et à l'espace sombre en même temps. Voici la description que j'en ai faite dans *Seule la mer* :

*Ce que je voulais et ce que je savais*

*Je me rappelle encore sa chambre :*
*rue Tsephania. L'entrée par la cour.*
*Un garçon fébrile, sept ans et quart,*
*un enfant des mots. Un soupirant.*

*« Ma chambre ne réclame, écrivait-elle,*
*ni le lever ni le coucher du soleil. Il suffit*
*que le soleil apporte son plateau d'or*
*et la lune son plateau d'argent. » Je me rappelle.*

Elle m'avait offert du raisin et une pomme
pendant les grandes vacances, en 46.
Je m'affalais sur la natte,
un enfant des mensonges. Amoureux.

Pour elle, je fabriquais
des fleurs et des boutons en papier. Elle portait
une jupe, brune comme elle,
une cloche et un parfum de jasmin.

Elle avait la voix douce. J'ai touché
le bord de sa robe. Par hasard.
Ce que je voulais, je ne le savais pas
et ce que je savais est toujours cuisant.

# 40

Chaque matin, peu avant ou peu après l'aube, je m'en vais prendre des nouvelles du désert. À Arad, le désert commence au bout de notre rue. Venu des monts d'Edom, un vent d'est provoque de petits tourbillons de sable qui tentent vainement de se soulever du sol. Ils se débattent, se déforment et finissent par retomber. Les montagnes sont encore noyées dans la brume qui monte de la mer Morte et masque le soleil naissant et les reliefs derrière un voile gris, comme si l'été avait déjà laissé place à l'automne. Mais c'est une illusion : d'ici deux ou trois heures, il fera de nouveau chaud et sec. Comme hier. Comme avant-hier, comme la semaine dernière et le mois d'avant.

Entre-temps, la fraîcheur de la nuit ne désarme pas. Une agréable senteur de terre humide se mêle aux légers effluves de soufre, de crotte de chèvre, de broussaille et de feu éteint. C'est l'odeur de la Terre d'Israël depuis la nuit des temps. Je descends vers le wadi et longe un sentier sinueux, escarpé, jusqu'à un à-pic surplombant la mer Morte, quelque neuf cents mètres plus bas, à vingt-cinq kilomètres de distance. L'ombre des montagnes, à l'est, se reflète sur l'eau qui prend une teinte cuivrée. Ici et là un rayon de lumière perce brièvement les nuages et effleure la mer. Qui riposte par un éclair éblouissant, comme si un ouragan se déchaînait sous la surface de l'eau.

Partout, ce ne sont que vastes étendues de craie hérissées de silex sombres. Parmi lesquels, à l'horizon, au sommet d'une colline, on distingue trois chèvres noires et une silhouette immobile, drapée de noir de la tête aux pieds : une Bédouine ? Et est-ce un chien à côté d'elle ? Les voilà qui disparaissent derrière la ligne de crête, la femme, les chèvres et le chien. La lumière grise laisse planer un doute sur chaque mouvement. On entend des aboiements au loin. Au-delà, parmi les cailloux qui bordent la piste, il y a une douille rouillée. Comment a-t-elle atterri ici ? Une nuit, des contrebandiers venus du Sinaï, en route vers le sud du mont Hébron, sont peut-être passés par là avec leurs chameaux et il se peut que l'un d'eux l'ait perdue en chemin, à moins qu'il ne l'ait jetée, ne sachant qu'en faire.

On entend le silence. Ce n'est pas le silence avant la tempête, ni un silence de fin du monde, mais un silence qui en couvre un autre, plus profond. Je reste là pendant trois ou quatre minutes à humer le silence comme un parfum. Puis je fais demi-tour. Je reprends le wadi en sens inverse jusqu'au bout de la rue, en me chamaillant avec une meute bruyante de chiens qui aboient sur mon passage, dans chaque cour. Ils doivent s'imaginer que je veux aider le désert à envahir la ville.

Dans les branches du dernier arbre du jardin de la première maison, une assemblée plénière de passereaux débat à grands cris en se coupant à qui mieux mieux la parole : on ne s'entend plus car ils braillent plus qu'ils ne gazouillent. On dirait que la disparition de la nuit et les premières lueurs de l'aurore sont des événements si graves qu'ils justifient une cellule de crise.

*

En haut de la rue, une vieille automobile démarre avec la quinte de toux rauque d'un gros fumeur. Le livreur de journaux tente en vain d'amadouer un chien intraitable. Un de mes voisins, un homme trapu, bronzé, robuste et souple, la poitrine couverte d'une forêt de poils gris et bouclés, un colonel à la retraite dont le corps carré me rappelle une cantine métallique — il est vêtu en tout et pour tout d'un pantalon de jogging bleu — arrose au tuyau son parterre de roses, devant chez lui.

— Vos roses sont magnifiques. Bonjour, monsieur Shmulewisch.

— Qu'est-ce qu'il y a de bon, ce matin? rétorque-t-il, hargneux. Shimon Peres aurait-il arrêté de vendre le pays à Arafat?

Et quand j'avance qu'il peut y avoir une autre façon de voir, il ajoute tristement :

— Une seule Shoah ne nous a apparemment rien appris. Vous l'appelez encore paix, cette catastrophe? Le territoire des Sudètes, ça vous évoque quelque chose? Et Munich? Chamberlain? Non?

Là-dessus, j'ai une réponse exhaustive, mais à cause des provisions de silence que j'ai engrangées tout à l'heure, dans le wadi, je change de sujet :

— Vers huit heures, hier soir, quelqu'un jouait la *Sonate au clair de lune* chez vous. Je me suis arrêté quelques minutes pour écouter. C'était votre fille? Elle joue merveilleusement. Dites-le-lui de ma part.

Il passe à une autre plate-bande avec le sourire timide d'un écolier qui vient d'être élu délégué de classe par un vote secret : « Ce n'était pas ma fille, elle est à Prague. C'était sa fille, ma petite-fille, Daniella. Elle a obtenu le troisième prix du concours des Jeunes Talents de la région Sud. D'ailleurs, tout le monde était d'accord pour dire qu'elle méritait le deuxième prix au moins. Elle écrit aussi de superbes poèmes. Elle a une grande sensibilité. Auriez-vous le temps d'y jeter un coup d'œil un de ces jours ? Vous pourriez peut-être l'encourager. Ou même les faire publier dans un journal. Ils accepteront sûrement, venant de vous. »

Je promets à M. Shmulewisch de lire les poèmes de Daniella à l'occasion. Volontiers. Certainement. Pourquoi pas. De rien.

J'enregistre in petto cette promesse comme ma petite contribution en faveur de la paix. Une fois dans mon bureau, une tasse de café à la main et le journal étalé sur le canapé, je me plante à la fenêtre une dizaine de minutes. J'apprends au bulletin d'information à la radio qu'une jeune Arabe de dix-sept ans a été grièvement blessée par balles à la poitrine après avoir poignardé un soldat israélien à un barrage près de Bethléem. La lumière du matin, qui se dilue dans un brouillard gris, commence à irradier et à virer au bleu intense, intransigeant.

⊥

Ma fenêtre donne sur un jardinet, quelques arbustes, une plante grimpante et un citronnier rabougri dont j'ignore s'il vivra ou pas, avec son feuillage blême, son tronc tordu comme un bras qu'on plie de force derrière le dos. Le mot « tordu », qui commence en hébreu par les lettres AK, me rappelle ce que mon père disait : tous les mots commençant par AK ont quelque chose de mauvais. « Et Son Altesse a certainement remarqué que, hasard ou pas, ses initiales commencent aussi par AK. »

Je devrais peut-être me mettre à écrire un article

pour le *Yediot Aharonot* où j'essaierais d'expliquer à M. Shmulewisch que la restitution des territoires, loin d'affaiblir Israël, nous renforcera au contraire. Et que c'est une erreur de voir la Shoah, Hitler et Munich partout.

M. Shmulewisch m'avait raconté, au cours de l'une de ces longues soirées d'été où il semble que la lumière ne déclinera jamais — nous étions assis côte à côte sur le muret de son jardin, en maillot de corps et sandales —, qu'à douze ans il avait été déporté à Maïdanek avec ses parents, ses trois sœurs et leur grand-mère et qu'il était le seul rescapé. Il n'avait pas voulu me dire comment il s'en était sorti. Il m'avait promis de le faire une autre fois. Mais les autres fois, il essayait plutôt de m'ouvrir les yeux pour que je cesse de croire en la paix, que j'arrête d'être naïf et que je m'enfonce dans la tête une bonne fois qu'ils ne pensaient qu'à nous massacrer et que leurs discours de paix étaient un piège ou un somnifère que le monde entier les aidait à concocter et à nous administrer pour nous endormir. Comme avant

\*

Je décide de remettre l'article à plus tard. Je n'ai pas fini un chapitre de ce livre qui m'attend sur mon bureau où il forme un tas de feuilles gribouillées, de notes chiffonnées et de moitiés de pages raturées : c'est le chapitre sur maîtresse Isabella Nakhlieli du « Royaume des enfants » et de son armée de chats. Je vais devoir renoncer à quelques anecdotes concernant les chats et Getsel Nakhlieli, le caissier. Certains détails sont amusants, mais ils n'apportent rien au déroulement de l'histoire. Apporter ? Déroulement ? J'ignore ce qui peut apporter quoi que ce soit

510

au déroulement de l'histoire, puisque je n'ai toujours pas la moindre idée de là où cette histoire va me mener ni pourquoi elle aurait besoin qu'on apporte quelque chose à son déroulement.

Le bulletin de sept heures est terminé, j'en suis à mon second café et je n'ai toujours pas décollé de la fenêtre. Un très joli petit oiseau, un colibri couleur turquoise se montre brièvement dans le citronnier : il bouge, il s'agite, saute d'une branche à une brindille, exhibe la brillance de ses plumes dans les jeux d'ombre et de lumière. Sa tête est presque violette, son cou est d'un bleu métallique et son jabot d'un jaune délicat. « Je salue ton retour. » Qu'es-tu venu me rappeler ce matin ? Les Nakhlieli ? Le poème de Bialik : « Une brindille est tombée sur la haie et sommeille » ? Ma mère, qui passait des heures à la fenêtre, son thé refroidi à la main, le visage tourné vers le grenadier et le dos à la pièce ? Ça suffit. Il faut que je me mette au travail. Je dois exploiter ce qui reste du silence que j'ai emmagasiné dans le wadi ce matin, avant le lever du soleil.

\*

À onze heures, je fais un saut au centre-ville en voiture pour régler deux ou trois choses à la poste, la banque, le dispensaire et la papeterie. Un soleil tropical brûle les rues et les arbres rachitiques et poussiéreux. La lumière du désert incandescente est si cruelle que les yeux se transforment d'eux-mêmes en fentes d'un char de combat.

Quelques personnes font la queue devant le distributeur et le kiosque à journaux d'Ouaknine. À Tel-Aviv, pendant les grandes vacances de 1950 ou 1951, pas très loin de chez tante Haïa et oncle Tsvi, au nord de la rue Ben Yehouda, mon cousin Yigal m'avait montré l'édicule du frère de David Ben Gourion et il m'avait dit que tout le monde pouvait aller lui parler, au frère de Ben Gourion, qui lui ressemblait comme deux gouttes d'eau. On pouvait même lui poser des questions. Comment allez-vous, M. Green? Combien coûte une gaufre au chocolat, M. Green? Y aura-t-il bientôt une autre guerre, M. Green? Le seul sujet tabou était son frère. C'était comme ça. Il n'appréciait pas qu'on lui pose des questions sur son frère.

J'enviais terriblement ceux de Tel-Aviv: à Kerem Avraham, on n'avait ni célébrités ni frères de célébrités. On avait juste les petits prophètes qui donnaient leurs noms aux rues: rue Amos, rue Abdias, rues Tsephania, Aggée, Zacharie, Nahum, Malachie, Joël, Habaquq, Osée... Ils y étaient tous!

Un violoniste russe se produit à un angle de la place centrale d'Arad. Son étui est posé sur le trottoir, devant lui, pour recueillir les pièces. Il joue en sourdine une mélodie poignante qui évoque les forêts de sapins, les ruisseaux, les chaumières, les prairies et les prés, et me rappelle les histoires de ma mère lorsque nous triions des lentilles ou écossions des petits pois dans la minuscule cuisine noire de fumée.

Mais ici, sur la grand-place d'Arad, la lumière du désert consume les spectres et dissipe le souvenir des sapins et des brumes automnales. Avec sa crinière grise et son épaisse moustache blanche, le musicien me fait penser à Albert Einstein, et un peu à Samuel Hugo Bergman, le professeur de philosophie de ma mère, à l'université du mont Scopus, dont j'avais moi aussi suivi quelques cours mémorables à l'université de Givat Ram, en 1961, sur la philosophie dialogique de Kierkegaard à Martin Buber.

Deux jeunes femmes, probablement originaires d'Afrique du Nord, l'une très maigre, vêtue d'une tunique à moitié transparente et d'une jupe rouge, et l'autre en costume pantalon garni de franges et de boucles, s'arrêtent devant le violoniste qu'elles écoutent une minute ou deux. Il joue sans ouvrir les yeux. Les femmes chuchotent entre elles, ouvrent leur porte-monnaie et lui donnent chacune une pièce.

— Mais comment savoir s'ils sont vraiment Juifs ? dit la maigre dont la lèvre supérieure remonte légèrement. La moitié des Russes qui arrivent ici, on dit que ce sont des goys qui en profitent pour sortir de Russie les doigts dans le nez et venir vivre de subventions chez nous. À l'œil.

Son amie :

— Qu'est-ce que ça peut nous faire ? Ils peuvent bien jouer dans la rue si ça leur chante, les Juifs, les Russes, les Druzes, les Géorgiens, c'est kif-kif. Leurs gosses seront Israéliens, ils feront leur service militaire, ils mangeront des hamburgers dans des pitas avec des pickles, ils ouvriront un plan d'épargne logement et ils passeront leur vie à se plaindre.

Et la jupe rouge de remarquer :

— Oui, mais attends, Sarit, si on laisse tout le monde entrer comme ça, y compris les travailleurs étrangers ou ceux de Gaza et des territoires, alors qui est-ce qui va...

La suite de la conversation se perd en direction du parking du centre commercial.

*

Je me souviens que je n'ai pas beaucoup avancé aujourd'hui et que la matinée est déjà bien entamée.

Retour au bureau. La chaleur s'intensifie et un vent poussiéreux charrie le désert à l'intérieur. Je ferme les fenêtres et les volets et tire les rideaux, je colmate le moindre orifice, imitant Greta Gat, ma nounou, qui était également professeur de piano et calfeutrait sa maison pour la transformer en sous-marin.

Cette pièce a été construite par des maçons arabes, il y a quelques années : ils ont posé les dalles qu'ils ont mesurées avec un niveau à bulle. Ils ont installé les montants des portes et des fenêtres. Ils ont dissimulé la tuyauterie et les fils électriques dans les murs, sans oublier la prise du téléphone. Un menuisier corpulent, passionné d'opéra, m'a fabriqué des tables de chevet et fixé les rayonnages de la bibliothèque au mur. Un entrepreneur, immigré de Roumanie à la fin des années 50, a amené de quelque part un camion rempli de terreau que, tel un pansement sur une plaie, il a étalé sur la couche de chaux, de craie, de silex et de sel qui, depuis l'aube des temps, recouvre ces collines. Sur cette terre fertile, mon prédécesseur a planté des arbustes, des arbres et une pelouse que j'entretiens de mon mieux, sans amour excessif, pour que ce jardin ne connaisse pas le même sort que celui que mon père et moi avions aménagé avec les meilleures intentions.

Quelques dizaines de pionniers, dont un petit nombre d'individualistes, amoureux du désert ou de la solitude, et de jeunes couples, se sont établis au début des années 60 dans cette petite ville du désert . mineurs, carriers, officiers d'active et entreprises de développement. Lova Eliav et une poignée de bâtisseurs, sionistes fervents, avaient imaginé, dessiné et immédiatement réalisé cette cité, avec ses rues, ses places, ses avenues et ses jardins, non loin de la mer Morte, dans un lieu perdu où, à cette époque, il n'y avait ni route, ni adduction d'eau, ni électricité, pas plus que d'arbres, de sentiers, de bâtiments, de tentes ni de signes de vie. Même les villages bédouins alentour n'ont été généralement créés qu'après l'érection de la ville. Les pionniers fondateurs étaient enthousiastes, impatients, sentencieux et bruyants. Ils s'étaient impulsivement juré de « conquérir le désert et le dominer » (à l'image de mon père, je ne résiste pas à la tentation de vérifier dans le dictionnaire s'il existe un rapport entre « dominer » et « désert » qui dérivent tous les deux de la même racine).

*

Quelqu'un passe devant la maison avec une fourgonnette rouge : il s'arrête au coin de la rue, devant la boîte aux lettres, pour recueillir le courrier que j'ai posté hier, un autre vient cimenter le bord du trottoir d'en face, qui est déformé. Il faudrait trouver un moyen de les remercier tous, un peu comme un jeune bar-mitsva remercie publiquement à la fin de son discours, à la synagogue, ceux qui l'ont guidé : tante Sonia, grand-père Alexandre, Greta Gat, maîtresse Zelda, l'Arabe aux poches sous les yeux qui m'avait tiré du trou noir où je m'étais retrouvé enfermé, dans le magasin de vêtements, mes parents, M. Zarchi, les Lemberg, nos voisins d'à côté, les prisonniers italiens, grand-mère Shlomit et sa guerre contre les microbes, maîtressisabella et ses chats, M. Agnon, les Rudnicki, grand-père papa, le cocher de Kiryat Motskin, Saül Tchernichovsky, tante Lilenka Bar-Samkha, ma femme, mes enfants, mes petits-enfants, les maçons et les électriciens qui ont construit cette maison, le menuisier, le livreur de journaux, l'homme à la camionnette rouge, le vio-

515

loniste au coin de la place qui me rappelait Einstein et Bergman, la Bédouine et ses trois chèvres noires que j'ai aperçues ce matin, à l'aube, à moins que je ne les aie imaginées, mon grand-oncle Yosef, l'auteur de *Judaïsme et humanité,* mon voisin Shmulevitz qui redoute une nouvelle Shoah, sa petite-fille Daniella qui jouait hier la *Sonate au clair de lune,* le ministre Shimon Peres qui est retourné hier discuter avec Arafat dans l'espoir de trouver un compromis à tout prix, le colibri qui rend parfois visite à mon citronnier, devant la fenêtre. Le citronnier lui-même. Et surtout le silence du désert avant le lever du soleil, un silence qui en renferme bien d'autres. C'est mon troisième café, ce matin. Ça suffit. Je pose la tasse vide sur un coin de la table, en évitant le plus léger tintement qui pourrait troubler le silence, lequel ne s'est pas encore disloqué. Je vais écrire maintenant.

# 41

Jusqu'à ce matin-là, jamais je n'avais vu pareille maison.

Elle était entourée d'un épais mur de pierre dissimulant un verger, à l'abri de vignes et d'arbres fruitiers. Ébahi, je m'étais mis à chercher des yeux l'arbre de vie et l'arbre de la connaissance. Devant la maison se trouvait un puits, au milieu d'une vaste terrasse pavée de tomettes rougeâtres, veinées de bleu pâle. Un berceau de vigne touffue, exposée au vent d'ouest, en ombrageait un angle. Quelques bancs de pierre et une large table basse invitaient à faire une halte, se détendre et se reposer en écoutant le bourdonnement des abeilles de l'été, le chant des oiseaux du verger et le gargouillis de la fontaine : à une extrémité de la tonnelle, en effet, il y avait un petit bassin en forme d'étoile à cinq branches, également en pierre, tapissé de carreaux de faïence bleus ornés de lettres arabes. Au centre, un jet d'eau glouglougloutait paisiblement. Un banc de poissons rouges évoluait paresseusement au milieu des nénuphars.

Avec une affabilité émue et timide, nous avons quitté la terrasse pour gravir les degrés de pierre menant à une large véranda d'où l'on découvrait l'enceinte septentrionale de la vieille ville avec ses minarets et ses dômes. Un peu partout on avait disposé des chaises en bois garnies de coussins et de repose-pieds et des petites tables pourvues d'un dessus de mosaïque. Ici, comme sous la tonnelle, on aspirait à jouir du panorama des murailles et des collines, à somnoler à l'ombre du feuillage ou à goûter tranquillement au silence minéral.

Mais, sans nous attarder dans le verger, la tonnelle ou la véranda, nous avons tiré le cordon de la sonnette à côté de la porte à double battant couleur acajou, ornée de reliefs sculptés en forme de grenades, de grappes de raisin, de volutes et de fleurs tressées symétriques. En attendant qu'on nous ouvre, oncle Staszek se tourna encore une fois vers nous en posant un doigt sur ses lèvres, comme pour un dernier avertissement à tante Mala et à moi : politesse ! réserve ! diplomatie !

*

Il faisait frais dans le vaste salon autour duquel étaient alignés les uns à côté des autres de moelleux sofas en bois sculpté. Les meubles étaient décorés de motifs de feuilles, de bourgeons et de fleurs, comme s'il leur incombait de représenter à l'intérieur de la maison le verger qui l'entourait au-dehors. Sur les divans, tapissés de tissu rayé rouge et azur, s'amoncelait un amas de coussins brodés multicolores. Le sol était recouvert de riches tapis, dont l'un figurait un oiseau de paradis au milieu des branchages. Devant chaque canapé, il y avait un guéridon dont le dessus était un grand plateau métallique rond, gravé d'arabesques abstraites entrelacées rappelant la calligraphie arabe, et peut-être étaient-ce bien des lettres arabes stylisées.

Six ou huit portes s'ouvraient à chaque extrémité

de la pièce. La tapisserie murale laissait entrevoir sur les murs des frises de fleurs pourpre, lilas et vert. Ici ou là, sous le haut plafond, était exposée une panoplie d'armes anciennes : des épées de Damas, un cimeterre, des poignards, des lances, des pistolets, des fusils à baïonnette ou à deux canons. Face à l'entrée, flanqué de deux divans, l'un bordeaux et l'autre jaune citron, trônait un meuble marron, massif, un buffet tarabiscoté à multiples vantaux dans le style rococo, pareil à un château, avec une profusion de vitrines chargées de tasses en porcelaine, de gobelets de cristal, de coupelles en argent et en bronze et d'une multitude de bibelots en verre d'Hébron ou de Sidon.

Une niche aménagée dans un mur, entre deux fenêtres, abritait un vase couleur d'émeraude, incrusté de nacre et rempli de plumes de paon. D'autres niches étaient occupées par de grands pichets d'étain et des pots de verre ou de grès. Quatre ventilateurs, suspendus au plafond, brassaient l'air chargé de fumée dans un continuel bourdonnement de guêpe. Au milieu pendait un superbe lustre de bronze, gigantesque, pareil à un arbre touffu, foisonnant de branches, de rameaux, de brindilles et de vrilles, dans une exubérance de stalactites de cristal étincelantes et d'ampoules piriformes, qui étaient toutes allumées en dépit de la clarté de ce matin d'été, pénétrant par les fenêtres grandes ouvertes. Les arceaux des fenêtres étaient des vitraux symétriques en forme de bouquets trilobés. Chaque feuille teintait la lumière du jour d'une couleur différente : rouge, vert, or et violet.

Deux cages se balançaient à des crochets fixés sur les murs en vis-à-vis. Elles abritaient un couple de perroquets solennels à l'exubérant plumage orange, turquoise, jaune, vert et bleu ciel. De temps à autre, l'un des volatiles s'écriait de la voix cassée d'un fumeur invétéré : « *Tefadal!* S'il vous plaît! *Enjoy!* » À quoi, dans l'autre cage, au fond de la pièce, une voix de soprano affectée répondait aussitôt aimablement : « Oh, how very very sweet! How lovely! »

Au-dessus des linteaux des portes et des fenêtres, sur les frises des murs, on avait peint en vert, dans les volutes, des lettres arabes, des versets du Coran ou des fragments de poésie. Des portraits de famille s'alignaient entre les panneaux de la tapisserie murale : des effendis corpulents, rasés de près, les joues rebondies, coiffés de fez rouges à gland noir, comprimés dans de lourds costumes bleus ornés de deux chaînes d'or qui leur barraient la panse avant de disparaître dans chaque poche de leur veston. Leurs ancêtres étaient des hommes moustachus, impérieux, renfrognés, inspirant le respect, la crainte et l'autorité, drapés de cafetans brodés, un keffieh immaculé retenu par un lien noir sur la tête. Et il y avait aussi deux ou trois cavaliers chenus, l'air féroce et majestueux, des hommes barbus, sombres, montés sur de nobles bêtes lancées au galop, leur keffieh flottant au vent de même que la crinière de leurs chevaux, leurs longs poignards passés à la ceinture, leurs cimeterres au côté ou tournoyant en l'air.

Les fenêtres aux larges appuis du salon, orientées au nord et à l'est, donnaient sur le mont Scopus et le mont des Oliviers, un bosquet de pins, des versants caillouteux, l'Ophel, le sanatorium de l'Augusta Victoria et sa tour surmontée, tel un casque impérial, d'un toit prussien, pentu et gris. Légèrement sur la gauche, on apercevait une forteresse munie de meurtrières et coiffée d'un dôme : c'était la Bibliothèque nationale où travaillait papa, entourée des bâtiments de l'université et de l'hôpital Hadassah, sur le mont Scopus. Au-dessous de la ligne de crête, on distinguait des maisonnettes de pierre éparpillées à flanc de colline, de petits troupeaux parmi les pierres et les broussailles et quelques vieux oliviers qui semblaient avoir quitté depuis longtemps le règne végétal pour rejoindre le minéral.

*

En l'été 1947, alors que mes parents séjournaient chez des amis à Netanya, ils m'avaient confié à oncle Staszek, tante Mala, Chopin et Schopenhauer Rudnicki pour le week-end. (Tu te conduiras comme il faut ! Tu entends ! Tu donneras un coup de main à tante Mala à la cuisine, tu ne dérangeras pas oncle Staszek, occupe-toi, prends un livre et fais-toi tout petit dans un coin, laisse-les dormir samedi matin ! Comporte-toi en petit garçon modèle ! Comme tu sais l'être quand tu veux !)

L'écrivain Haïm Hazaz avait recommandé un jour à oncle Staszek d'abandonner son nom polonais « qui sent le pogrom » pour adopter le prénom de Stav, qui rappelait un peu Staszek et avait le parfum du Cantique des cantiques. Voici ce que cela donnait sur la carte de visite, écrite de la main de tante Mala et punaisée sur la porte de leur appartement :

Malka et Stav Rudnicki
Prière de ne pas frapper
Aux heures habituelles de la sieste.

Oncle Staszek était un homme trapu, robuste, frisé, avec de puissantes épaules, des narines poilues et sombres comme des cavernes, et d'épais sourcils dont l'un se haussait d'un air perplexe ou légèrement sarcastique. Il lui manquait une incisive, ce qui lui donnait une allure un peu canaille, surtout quand il souriait. Il travaillait au service des recommandés de la Poste centrale de Jérusalem et, à ses heures de loisir, il consignait sur de petites fiches ses notes sur la vie du poète Emmanuel de Rome à qui il consacrait un essai inédit.

L'oustaz Najib Mamduh al-Silwani de Sheikh Jarrah, au nord-ouest de la ville, était un riche homme d'affaires et le représentant local de plusieurs grandes firmes françaises implantées à Alexandrie, Beyrouth, Haïfa, Naplouse et Jérusalem. Au début de l'été, un gros mandat, une lettre de change ou peut-être un paquet d'actions avaient disparu. On soupçonna Edward Silwani, le fils aîné et l'associé de l'oustaz Najib dans l'entreprise « Silwani et fils ». On racontait que le jeune homme avait été interrogé par le sous-directeur du CID en personne, puis conduit à la prison de Haïfa pour la poursuite de l'enquête. Ayant tenté par tous les moyens de disculper son fils, l'oustaz Najib se tourna en désespoir de cause vers M. Kenneth Orwell Knox-Guildford, l'administrateur de la poste, le priant de reprendre les recherches pour récupérer l'enveloppe égarée qu'il avait expédiée lui-même, jurait-il, en recommandé avec accusé de réception.

Mais le reçu restait introuvable. À croire que le diable l'avait avalé.

M. Kenneth Orwell Knox-Guildford assura de sa profonde sympathie l'oustaz Najib à qui, non sans tristesse, il ne cacha pas qu'il avait peu d'espoir d'exaucer sa requête. Il chargea néanmoins Staszek Rudnicki de faire son possible pour retrouver la piste d'un pli recommandé, expédié plusieurs mois auparavant — courrier à l'existence controversée car on ne savait s'il avait été perdu ou pas, d'autant que ni l'expéditeur ni le registre des envois de la poste n'en avaient conservé la trace.

Oncle Staszek ne chôma pas et, après divers contrôles, vérifications et confrontations, il découvrit que non seulement l'envoi en question n'avait pas été consigné dans le registre, mais qu'en plus la page avait été soigneusement arrachée et qu'elle s'était volatilisée. Intrigué, Staszek mena son enquête pour retrouver qui était de service au guichet des recommandés ce jour-là, et après avoir interrogé quelques employés, il apprit quel jour la page avait été arrachée, et de là à identifier le coupable, il n'y avait qu'un pas (ayant repéré la traite en plaçant l'enveloppe à contre-jour, le jeune homme avait cru qu'il s'agissait d'un gros chèque et il n'avait pas résisté à la tentation).

L'objet perdu fut donc restitué à son propriétaire, Edward al-Silwani fut relâché tandis que, lavée de tout soupçon, la raison sociale de la respectable firme « Silwani et fils » pouvait de nouveau caracoler sur l'en-tête de son luxueux papier à lettres, et que le très cher M. Stav était cérémonieusement invité avec madame à prendre un café en fin de matinée à la résidence des Silwani, à Sheikh Jarrah. Quant au cher enfant (le fils de leurs amis qui logeait actuellement chez eux et qu'il ne pouvait confier à personne un samedi matin), il allait de soi qu'il pouvait les accompagner, quelle question, toute la famille al-Silwani était si impatiente d'exprimer sa reconnaissance à M. Stav pour son honnêteté et son efficacité.

*

Après le petit déjeuner, ce samedi-là, juste avant de partir, je me mis sur mon trente et un : les habits de fête que ma mère avait fournis à tante Mala pour l'occasion (« Les Arabes attachent beaucoup d'importance au décorum ! » avait souligné papa) : une chemise d'une blancheur éclatante, fraîchement repassée, aux manches pliées avec une telle perfection qu'on les aurait cru découpées dans du carton blanc. Un pantalon bleu marine à revers, au pli bien net, retenu par une stricte ceinture noire en cuir, ornée d'une boucle en métal brillant curieusement gravée de l'aigle à deux têtes, symbole de la Russie impériale. Et les sandales que, de bon matin, oncle Staszek avait cirées en même temps que ses chaussures habillées et celles de tante Mala.

En dépit de la chaleur de cette journée d'août, oncle Staszek avait tenu à revêtir son costume de laine sombre (le seul qu'il possédât), sa chemise de soie blanche comme neige qu'il avait emportée avec lui de sa maison natale de Lodz et la discrète cravate en soie bleu profond qu'il portait le jour de son mariage. Quant à tante Mala, elle se tortura trois quarts d'heure durant devant le miroir, essayant sa tenue de soirée, se ravisant, jugeant de l'effet d'une jupe plissée foncée avec un chemisier de coton clair, changeant d'avis, enfilant la robe de printemps adolescente dont elle avait récemment fait l'acquisition, avec une broche et un foulard, avec un collier, sans broche et sans foulard, avec un collier et une autre broche mais sans foulard, avec, puis sans, ses boucles d'oreilles en forme de goutte.

Brusquement, elle décida que la petite robe printanière et aérienne, avec son col de dentelle, était trop frivole, trop folklorique pour la circonstance, et elle remit sa toilette habillée par laquelle avait commencé cette douloureuse séance d'essayage. Désemparée, tante Mala fit appel à oncle Staszek et même à moi, en nous suppliant de lui dire la vérité, toute la vérité et rien que la vérité, même si elle était pénible à entendre : sa mise n'était-elle pas trop sophistiquée, trop théâtrale pour une visite informelle par une chaude matinée d'été ? Ne jurait-elle pas avec sa coiffure ? En parlant de coiffure, qu'en pensions-nous ? Sincèrement ? Devait-elle enrouler ses nattes autour de la tête ou pas ? Ou valait-il mieux les défaire et laisser ses cheveux flotter librement sur l'épaule, et si oui, sur laquelle ?

La mort dans l'âme, elle finit par opter pour une jupe marron unie et une blouse à manches longues, égayée par une jolie broche turquoise et des boucles d'oreilles bleu clair en forme de goutte, assorties à ses beaux yeux. Et elle défit ses tresses et laissa ses cheveux blonds cascader sur ses épaules.

*

En chemin, son corps épais engoncé dans son lourd costume d'hiver, oncle Stav m'expliqua certaines choses de la vie liées au contraste historique entre deux différentes cultures : la famille al-Silwani, dit-il, était une famille distinguée à l'européenne dont les enfants avaient fréquenté d'excellents collèges à Beyrouth et à Liverpool et maîtrisaient parfaitement les langues occidentales. De notre côté, nous étions également des Européens à part entière, bien que dans un sens un peu différent. Par exemple, nous n'attachions aucune importance à l'apparence, mais uniquement aux valeurs spirituelles et morales. Même un génie universel tel que Tolstoï n'hésitait pas à se promener vêtu en paysan, et le grand révolutionnaire qu'était Lénine méprisait le plus souvent l'habit bourgeois au profit d'un manteau de cuir et d'une casquette d'ouvrier.

Notre visite chez les Silwani ne pouvait se comparer à Lénine chez les ouvriers ni à Tolstoï frayant avec le simple peuple, car c'était une occasion très spéciale : il fallait savoir, poursuivit oncle Staszek, que nos voisins arabes les plus aisés et les plus instruits, ayant généralement adopté une culture européenne très occidentale, nous considéraient à tort nous, les nouveaux Juifs, comme une populace primitive et bruyante, sans éducation et incapable du moindre raffinement culturel. Certains de nos dirigeants étaient également mal vus par nos voisins arabes, parce qu'ils étaient débraillés et avaient des manières trop simples et trop directes. À son travail à la poste, au guichet ou en coulisses, oncle Staszek avait souvent remarqué que le nouveau style hébraïque, sandales et short kaki, manches retroussées et col ouvert, que nous tenions pour le symbole de la démocratie et de l'égalitarisme pionniers, était considéré par les Anglais et surtout par les Arabes, comme vulgaire, l'expression d'une mesquinerie arrogante, un manque de respect pour autrui et un mépris du service public. Évidemment, cette impression était fondamentalement fausse, et il était inutile de répéter que nous croyions en une vie simple, en des principes tels que la parcimonie et la simplicité. Mais en pareille circonstance — une réception à la résidence d'une famille connue et respectée — nous devions nous comporter comme si nous étions chargés d'une mission diplomatique. Il nous fallait donc soigner notre apparence, nos manières et notre façon de parler.

Dans ce genre de réunion, par exemple, souligna oncle Staszek, les enfants et même les adolescents ne pouvaient en aucun cas se mêler à la conversation des adultes. Si, et seulement si, on leur adressait la parole, ils étaient tenus de répondre poliment et le plus brièvement possible. Au cas où on leur servirait des rafraîchissements, l'enfant ne devrait pas choisir ce qui pourrait couler ou faire des miettes. Si on l'invitait à en reprendre, il refuserait très aimablement, même s'il en mourait d'envie. Et au cours de la visite, l'enfant ferait bien de se tenir droit, de se garder d'écarquiller les yeux et, surtout, de faire des grimaces : un comportement inconvenant, notamment dans la société arabe très sensible, comme chacun sait, susceptible, vindicative et rancunière, ne serait pas seulement hautain et abusif, mais également préjudiciable à de futures relations de bon voisinage, de compréhension réciproque et de dialogue entre ces deux peuples ; ce serait verser de l'huile sur le feu de l'animosité à une époque où l'on ne parlait que du danger d'une guerre meurtrière entre les deux nations.

« Bref, conclut oncle Staszek, beaucoup de choses, des choses qui dépassent peut-être un jeune garçon de huit ans, dépendent de toi ce matin, de ton intelligence et de ta bonne conduite. À propos, toi aussi, Malenka, ma chérie, il serait préférable que tu te taises, ne dis rien, sauf les formules de courtoisie d'usage : chacun sait que, dans la culture de nos voisins, ce qui était également vrai dans celle de nos ancêtres, il est très très mal vu qu'une femme ouvre la bouche en présence des hommes. Donc, pour cette fois, tu ferais aussi bien, ma chérie, de laisser ta noblesse naturelle et ton charme féminin parler à ta place. »

*

À dix heures du matin, une petite délégation diplomatique tirée à quatre épingles et dûment chapitrée quitta donc le petit appartement des Rudnicki, à l'angle de la rue des Prophètes et de la rue Chancellor, au-dessus du *Jardin de Flore*, la boutique du fleuriste, laissant derrière elle Chopin, Schopenhauer, Alma-Mirabelle, l'oiseau dolent, et son compagnon, la pomme de pin bariolée, et s'orienta vers l'est, en direction de la villa Silwani, au nord de Sheikh Jarrah, sur la route menant au mont Scopus.

D'emblée, nous avions dépassé le mur de la maison Tabor, qui appartenait autrefois à un architecte allemand excentrique, Konrad Schick, un chrétien fervent, amoureux de Jérusalem. Le portail était surmonté d'une tourelle autour de laquelle je m'inventais des histoires de châteaux, de chevaliers et de princesses. Puis nous avions descendu la rue des Prophètes, jusqu'à l'hôpital italien qui ressemblait à un palais florentin avec son donjon crénelé et ses dômes de tuiles.

De là nous nous étions silencieusement dirigés vers le nord, la rue Saint-Georges, contournant le quartier orthodoxe de Mea Shearim, pénétrant dans un univers de cyprès, d'enceintes, de grilles, de corniches, de murs de pierre, le monde de l'autre Jérusalem que je connaissais à peine, éthiopienne, arabe, pèlerine, ottomane, missionnaire, allemande, grecque, intrigante, arménienne, américaine, monastique, italienne, russe, avec ses pinèdes touffues, inquiétante mais attirante avec ses cloches et ses enchantements ailés, défendus à cause de leur altérité, une ville voilée, dissimulant de dangereux secrets, regorgeant de croix, de tours, de mosquées, de mystères, altière et silencieuse, aux rues hantées par les sombres silhouettes des prêtres de religions étrangères dans leurs robes et leurs soutanes noires, ecclésiastiques, religieuses, cadis, muezzins, notables, fidèles, pèlerins, femmes voilées et moines encapuchonnés.

C'était un samedi matin de l'été 1947, quelques mois avant les affrontements sanglants qui avaient éclaté à Jérusalem, moins d'un an avant le départ des Anglais, avant le siège, le bombardement, la soif et la partition de la ville. Le jour où nous nous étions rendus chez les al-Silwani, à Sheikh Jarrah, un calme pesant régnait encore à la périphérie nord-est de la ville. Mais on sentait déjà une pointe d'impatience, un souffle impalpable d'hostilité contenue : qu'est-ce que ces trois Juifs, un homme, une femme et un enfant, venaient faire ici ? D'où sortaient-ils ? Mais maintenant que vous êtes là, de ce côté de la ville, vous avez intérêt à ne pas traîner et à décamper en vitesse. Tant qu'il est encore temps.

*

Une quinzaine ou une vingtaine d'invités se trouvaient dans le salon à notre arrivée — on aurait dit qu'ils flottaient dans la fumée de cigarettes — la plupart étaient assis sur les divans alignés le long des murs, les autres debout par petits groupes aux quatre coins de la pièce. Parmi eux on reconnaissait M. Cardigan ainsi que M. Kenneth Orwell Knox-Guildford, le directeur de la Poste centrale, le chef de l'oncle Staszek, qu'il salua de loin en levant légèrement son verre. Les portes du salon étaient presque toutes closes, mais, par l'entrebâillement de l'une d'elles, j'aperçus trois fillettes de mon âge en robes longues, serrées les unes contre les autres sur un petit banc, observant les invités en chuchotant.

L'oustaz Najib Mamduh al-Silwani, le maître de maison, nous présenta quelques-uns des membres de sa famille et de ses invités, hommes et femmes, parmi lesquels deux dames anglaises d'un certain âge, en costume gris d'une grande élégance, un vieux savant français et un prêtre grec en froc avec une barbe carrée et bouclée. À chacun notre amphitryon

chantait les louanges de son hôte en anglais et parfois en français, expliquant en quelques mots comment le cher M. Stav était parvenu à les soulager, sa
famille et lui, de la terrible menace qui pesait sur
leur tête durant ces longues et sombres semaines.

Quant à nous, nous serrions des mains, échangions quelques paroles, souriions et inclinions légèrement la tête en balbutiant : « How nice ! »,
« Enchanté ! » et « Good to meet you ! » Nous avions
même offert un modeste présent symbolique à la
famille al-Silwani : un album de photographies
représentant des scènes de la vie quotidienne au kibboutz : le réfectoire, des pionniers aux champs et à
l'étable, des enfants nus s'ébattant joyeusement sous
les tourniquets d'arrosage, un vieux paysan arabe
tenant le licou de son âne et contemplant un énorme
tracteur à chenilles qui le dépassait dans un nuage
de poussière. Les clichés s'accompagnaient d'une
brève légende en hébreu et en anglais.

L'oustaz al-Silwani feuilleta l'album en souriant
aimablement et en hochant la tête, comme s'il pénétrait le fond de la pensée du photographe, il remercia ses invités pour leur cadeau qu'il posa dans l'une
des niches du mur ou sur le rebord d'une fenêtre.
Dans sa cage, le perroquet se mit brusquement à
chantonner d'une voix aiguë : « Who will be my destiny ? Who will be my prince ? » et à l'autre bout de
la pièce, son compagnon à la voix éraillée lui répondit : « Kalamat, ya sheikh ! Kalamat, ya sheikh !
Kalamat ! »

Deux épées étincelantes s'entrecroisaient sur le
mur au-dessus de nos têtes, dans l'angle où nous
étions assis. Je tentai sans succès de deviner qui était
invité et qui faisait partie de la famille : les hommes
avaient généralement entre cinquante et soixante
ans, et il y avait un vieillard vêtu d'un costume mar-

ron râpé, élimé aux poignets. Il était flétri, les joues caves, la moustache blanche, jaunie de nicotine, de même que ses doigts, si crevassés qu'on les aurait dits en plâtre. Il ressemblait beaucoup à l'un des portraits accrochés au mur, prisonniers de leurs cadres dorés. Était-ce le grand-père? L'arrière-grand-père? Car à la gauche de l'oustaz al-Silwani avait surgi un second vieillard, grand et cassé, pareil à un moignon de tronc, les veines saillantes, le crâne brun hérissé de crins gris. Il était tout débraillé, avec sa chemise rayée à moitié boutonnée et son pantalon trop large. Il me rappelait le vieil Alléluiev des histoires de ma mère, qui hébergeait dans sa chaumière un vieillard encore plus chenu que lui.

Il y avait encore quelques jeunes gens en tenue de tennis blanche, et deux hommes bedonnants d'environ quarante-cinq ans qui avaient l'air de jumeaux vieillissants : assis côte à côte, ils somnolaient, les yeux mi-clos, l'un égrenant un chapelet d'ambre tandis que l'autre fumait à la chaîne, alimentant l'épais nuage de fumée grise qui stagnait dans l'air. Outre les deux dames anglaises, il y avait quelques autres femmes, assises sur les divans ou circulant dans la pièce en veillant à ne pas bousculer les serviteurs cravatés portant des plateaux de boissons fraîches, de confiseries, de verres de thé et de minuscules tasses de café. Laquelle était notre hôtesse, c'était difficile à dire : plusieurs se comportaient ici comme chez elles. Une grande femme en robe de soie fleurie de la même couleur que le vase aux plumes de paon, les bras charnus chargés de bracelets et d'anneaux d'argent qui tintaient à chaque mouvement, pérorait avec animation devant un parterre de jeunes gens en costume de tennis. Une autre, en robe de coton, imprimée d'une profusion de fruits, qui soulignait l'ampleur de son buste et de ses cuisses, tendit sa main à baiser à notre hôte qu'elle embrassa en retour trois fois sur les joues, à droite, à gauche et encore à droite. Et il y avait aussi une vieille matrone avec une moustache grise et de larges narines poilues, et quelques jolies jeunes filles à la taille fine, aux ongles laqués de rouge, qui n'arrêtaient pas de chuchoter et de blablater, avec leur coiffure impeccable et leur jupe sport. Staszek Rudnicki, dans son complet pure laine ministériel sombre qui avait immigré de Lodz avec lui une quinzaine d'années auparavant, et son épouse Mala, avec sa jupe marron uni, sa blouse à manches longues et ses boucles d'oreilles en forme de goutte, étaient sans doute les plus élégants de l'assistance (excepté les serviteurs). Même le directeur de la poste, M. Knox-Guildford, portait une simple chemise bleu clair sans cravate ni veston. Brusquement, le perroquet à la voix de fumeur impénitent se mit à crier dans sa cage, à l'autre bout de la salle : « Mais oui, mais oui, chère mademoiselle, mais oui, absolument, naturellement. » De la cage d'en face, la soprano maniérée lui répondit aussitôt : « Bas ! Bas, ya 'eini ! Bas min fadlak ! Uskut ! Bas wahalas ! »

*

De temps à autre, des serviteurs en noir, blanc et rouge se matérialisaient à travers le nuage de fumée et tentaient de nous appâter avec des coupes en verre ou en faïence remplies d'amandes, de noix, de cacahuètes, de graines de courge ou de pastèque grillées, des plateaux débordants de pâtisseries tièdes, de fruits, de tranches de pastèque, de petites tasses de café, de petits verres de thé et de grands verres givrés, pleins de jus de fruit et de jus de grenade avec des glaçons, des soucoupes de gelée, parfumée à la cannelle et saupoudrée d'amandes pilées. Je m'étais contenté de deux biscuits et d'un seul verre de jus de fruit, refusant poliment mais fermement les autres friandises car je n'oubliais pas les devoirs inhérents à mon statut de diplomate en herbe acceptant l'hospitalité d'une grande puissance qui me considérait avec défiance.

M. Silwani s'attarda quelques minutes pour converser en anglais avec tante Mala et oncle Staszek, plaisantant, souriant, complimentant sans doute tante Mala pour ses boucles d'oreilles. Et, alors qu'il s'excusait avant de se diriger vers ses autres invités, il hésita, se tourna soudain vers moi et me dit avec un gentil sourire dans un hébreu incertain :

— Monsieur, si vous voulez bien aller dans le jardin. Il y a d'autres enfants dans le jardin.

Excepté mon père qui me donnait du Son Excellence à tout bout de champ, personne ne m'avait encore jamais appelé monsieur. Extasié, je me voyais vraiment en jeune seigneur hébreu dont la valeur n'avait rien à envier à celle des jeunes princes étrangers qui musardaient dehors, dans le jardin. Lorsque l'État hébreu libre serait enfin créé, répétait papa, citant avec émotion Vladimir Jabotinsky, notre peuple rejoindra la famille des nations, « comme un lion se joignant à ses congénères ».

Comme un lion se joignant à ses congénères, je quittai donc la pièce enfumée et fis halte sur la véranda pour contempler les murailles, les tours et les dômes. Puis, lentement, glorieusement, avec une conscience nationale aiguë, je descendis les marches de pierre et gagnai la treille avant de m'enfoncer dans le verger.

## 42

Il y avait sous la tonnelle un petit groupe de cinq ou six filles d'une quinzaine d'années que j'évitai. Des garçons me dépassèrent en chahutant. Un jeune couple se promenait entre les arbres en chuchotant, sans se toucher. À l'autre bout du verger, non loin du mur, autour du tronc rugueux d'un gros mûrier, on avait aménagé une sorte de banc en planches sans pied où était assise une fillette pâle, jambes croisées : elle avait les cheveux et les cils noirs, un cou délicat, des épaules frêles, et une frange au carré tombant sur un front qui me parut illuminé de l'intérieur par une joie et une curiosité intenses. Elle portait un chemisier crème sous une longue robe bleu foncé à larges bretelles. Un bijou ornait le col de son corsage, une sorte d'épingle en ivoire qui me rappelait la broche de grand-mère Shlomit.

À première vue, je pensai qu'elle avait mon âge, mais d'après le léger renflement qui se dessinait sous sa robe et ses yeux qui n'avaient rien d'enfantin — un regard de curiosité, d'avertissement — quand ils avaient croisé les miens (en un éclair, avant que je ne les détourne), elle devait avoir onze ou douze ans : deux ou trois de plus que moi. J'eus néanmoins le temps de constater que ses sourcils étaient assez épais et se rejoignaient au milieu, ce qui contrastait avec la délicatesse de ses traits. Accroupi à ses pieds, un petit garçon frisé d'environ trois ans, qui devait être son frère, ramassait des feuilles mortes qu'il disposait ensuite en cercle.

Prenant mon courage à deux mains, j'offris d'une traite à la fillette près du quart de mon lexique en langue étrangère, glané çà et là : pas tellement comme un lion parmi les siens, mais plutôt comme les perroquets policés dans les cages du salon. Je fis machinalement une légère révérence, désireux d'établir le contact, de combattre les préjugés et de hâter la réconciliation entre nos deux peuples :

« Sabah al-khir, Miss. Ana ismi Amos. U-inti, ya bint ? Votre nom, s'il vous plaît, mademoiselle. Please your name kindly ? »

Elle me regarda sans sourire. Ses sourcils rapprochés lui donnaient un air sévère, plus vieux que son âge. Elle hocha plusieurs fois la tête comme si elle prenait une décision, en accord avec elle-même et que, réflexion faite, elle en approuvait les conclusions. Sa robe bleu foncé lui arrivait sous le genou, mais, dans l'espace visible entre le vêtement et les chaussures à boucles en forme de nœud, j'aperçus ses mollets, sa peau brune et lisse, féminine, déjà adulte, et je tournai la tête en rougissant pour regarder son petit frère qui me fixait tranquillement, sans crainte et sans sourire. Sa ressemblance avec sa sœur me frappa soudain : même visage brun et calme.

*

Tout ce que j'avais entendu dire par mes parents, les voisins, mon grand-oncle Yosef, mes professeurs, mes oncles et tantes ainsi que les rumeurs me revint instantanément. Ce qu'on racontait autour d'une tasse de thé dans la cour, le sabbat, et les soirs d'été, les tensions croissantes entre Juifs et Arabes, la méfiance et l'hostilité, les fruits amers des intrigues britanniques et les provocations des fanatiques islamiques qui nous dépeignaient sous les couleurs les plus effrayantes pour attiser la haine des Arabes. Notre mission, avait dit un jour M. Rosendorff, était de dissiper les soupçons et de leur expliquer que nous étions, au contraire, des gens positifs et même sympathiques. Bref, c'était le sens du devoir qui m'avait donné le courage de m'approcher de cette fille inconnue pour tenter d'engager la conversation : je me proposais de lui expliquer en quelques mots convaincants à quel point mes intentions étaient pures, combien le complot qui se tramait pour alimenter la discorde entre les deux parties était odieux et que la société arabe — personnifiée par cette fille aux lèvres délicates — gagnerait beaucoup à fréquenter un peu le peuple hébreu si aimable et charmant, représenté par moi-même, son éloquent et disert ambassadeur de huit ans et demi. Ou presque.

Mais je n'avais pas réfléchi à ce qu'il adviendrait après que j'eus utilisé la quasi-totalité de mon répertoire en langue étrangère dans ma première phrase. Comment éclairer cette jeune ignorante et lui faire comprendre une bonne fois le bien-fondé du retour des Juifs à Sion ? Par gestes ? En dansant ? Et par quel moyen l'amener à prendre conscience, sans parole, de notre droit sur cette terre ? Comment, sans une langue commune, lui traduire « Ô mon pays, ma patrie », de Tchernichovsky ou

*Les Arabes, les Nazaréens et nous*
*exulterons d'allégresse*

*quand les deux rives du Jourdain seront purifiées*
*par notre bannière sans tache ?*

En un mot, j'étais comme un idiot qui aurait appris à faire avancer de deux cases le pion devant le roi sans savoir le nom des pièces, ni comment, où et pourquoi les bouger.

La situation était sans issue.

Mais la fille me répondit, en hébreu, sans me regarder, les deux mains posées à plat sur le banc de chaque côté de sa robe, les yeux fixés sur son frère qui déposait soigneusement une pierre au centre de chaque feuille du cercle :

— Je m'appelle Aïcha. Et le petit garçon, c'est mon frère. Awad. Tu es le fils des invités de la poste ? ajouta-t-elle.

Je lui expliquai donc que je n'étais absolument pas le fils des invités de la poste, mais celui de leurs amis, et que mon père était un savant assez connu, un oustaz, et que l'oncle de mon père était un savant encore plus connu, de réputation internationale, et que c'était son honorable père, M. Silwani, qui m'avait personnellement suggéré de venir dans le jardin pour rencontrer les enfants de la maison.

Aïcha me reprit en précisant que l'oustaz Najib n'était pas son père mais l'oncle de sa mère : sa famille et elle n'habitaient pas à Sheikh Jarrah mais à Talbieh, elle étudiait le piano depuis trois ans avec un professeur à Rehavia et c'est avec elle et les autres élèves qu'elle avait appris à parler un peu l'hébreu. Elle trouvait cette langue très belle, et Rehavia un superbe quartier aussi. Propre. Tranquille.

Talbieh l'était également, m'empressai-je de rétorquer, pour ne pas être en reste. Voulait-elle que nous parlions un peu ?

C'était ce que nous étions en train de faire, non ? (Une ombre de sourire dansa sur ses lèvres. Elle tira des deux mains sur le bas de sa robe, décroisant et recroisant les jambes dans l'autre sens. Ses genoux fugitivement, des genoux de femme, et sa robe aussitôt rajustée. Elle regardait sur ma gauche, d'où l'on voyait un pan de mur, entre les arbres.)

J'adoptai en conséquence une expression représentative et déclarai qu'il y avait assez de place dans le pays pour deux peuples, si seulement ils avaient l'intelligence de cohabiter dans la paix et le respect mutuel. D'une certaine manière, par confusion ou arrogance, je n'usais pas de mes mots à moi mais de ceux de mon père et de ses amis : un langage solennel, léché. Tel un âne en robe de soirée et talons aiguilles : persuadé, on ne savait pourquoi, que c'était la seule façon de s'adresser aux Arabes et aux filles (avec qui je n'avais pratiquement jamais eu l'occasion de bavarder, mais présumant que, dans les deux cas, le tact s'imposait, comme si l'on parlait sur la pointe des pieds).

*

Sa connaissance de l'hébreu était peut-être limitée, ou ses opinions différentes des miennes. Quoi qu'il en soit, au lieu de relever mon défi, elle choisit une échappatoire : son grand frère, m'apprit-elle, étudiait à Londres pour devenir solicitor ou barrister, acovat ?

— Avocat, corrigeai-je, et, toujours infatué de ma mission, je lui demandai ce qu'elle voulait faire quand elle serait grande.

Elle me regarda droit dans les yeux et je pâlis au lieu de rougir. Je baissai précipitamment la tête et fixai Awad, son petit frère, qui terminait métho-

diquement d'aligner quatre petits cercles de feuilles
au pied du mûrier.

— Et toi ?

— Eh bien, tu sais, commençai-je, toujours debout
en face d'elle, en essuyant mes mains moites sur la
couture de mon pantalon, heu, alors voilà...

— Tu seras avocat aussi. Vu la façon dont tu
parles.

— Qu'est-ce qui te fait dire ça ?

— Moi, dit-elle au lieu de répondre, j'écrirai un
livre.

— Un livre ? Quel genre de livre ?

— De poésie.

— De poésie ?

— En français et en anglais.

Elle composait aussi des poèmes en arabe, mais
elle ne les avait jamais montrés à personne. L'hébreu
était une très belle langue. Écrivait-on de la poésie
en hébreu ?

Bouleversé par cette question, bouillant d'indignation et pénétré du sens du devoir, je me lançai dans
un récital poétique enflammé : Tchernichovsky.
Levin Kipnis. Rachel. Vladimir Zeev Jabotinsky. Et
un poème de ma composition. Tout ce qui me venait
à l'esprit, avec véhémence et de grands moulinets de
bras, en haussant la voix, passionnément, avec des
grimaces, en gesticulant ou parfois les yeux clos. Le
petit frère, Awad, qui avait levé sa tête bouclée pour
me regarder avec ses yeux candides et innocents,
emplis de curiosité et d'une légère inquiétude,
s'écria brusquement : « Donnez-moi le temps ! Je
n'ai pas le temps ! » Aïcha n'avait encore rien dit
quand elle me demanda à brûle-pourpoint si je
savais grimper aux arbres.

Surexcité, peut-être déjà un peu amoureux, encore
tout frissonnant de ma mission de porte-parole

national et désireux de faire ses quatre volontés, de Jabotinsky je me métamorphosai en un clin d'œil en Tarzan. J'ôtai mes sandales que, le matin, oncle Staszek avait fait briller comme un diamant noir et, sans prêter attention à mes beaux habits bien repassés, je me suspendis d'un bond à une branche basse, enlaçai le tronc noueux de mes pieds nus et, sans hésiter, j'entrepris l'ascension de l'arbre d'une fourche à l'autre jusqu'aux plus hautes branches, indifférent aux égratignures, aux écorchures, aux bleus, aux taches de mûre, à tous les obstacles, de plus en plus haut, au-dessus du mur, de la cime des autres arbres, au-delà de l'ombre, au sommet, jusqu'à ce que mon ventre heurte une branche qui s'incurva sous mon poids comme un élastique, elle se ploya même un peu, et soudain, je sentis sous mes doigts une boule métallique rouillée, assez lourde, reliée à une chaîne également rouillée, le diable seul savait ce qu'elle faisait là et comment elle avait atterri en haut du mûrier. Le petit Awad me regardait rêveusement, l'air sceptique, en répétant : « Donnez-moi le temps ! Je n'ai pas le temps ! »

C'étaient apparemment les seuls mots d'hébreu qu'il connaissait.

M'agrippant d'une main à la branche qui gémissait, je fis tournoyer à toute vitesse la sphère de métal au bout de sa chaîne en poussant des clameurs sauvages, comme si je brandissais un fruit rare destiné à la jeune femme à mes pieds. On nous avait inculqué que, depuis soixante générations, on nous prenait pour une pauvre nation de yéshivistes voûtés, de misérables phalènes effrayées par leur ombre, alwad al-mawt, les enfants de la mort, et voilà que « le judaïsme du muscle » se réalisait, la nouvelle jeunesse hébraïque, resplendissante, déployait toute sa vigueur, et ceux qui la voyaient tremblaient en l'entendant rugir : comme un lion parmi ses congénères.

Mais cet effrayant lion des arbres que j'incarnais avec tant d'ardeur pour Aïcha et son frère, ce lion couché était inconscient de l'imminence de la catastrophe tant il était aveugle, sourd et bête. Il avait des yeux, mais ne voyait pas, il avait des oreilles, mais n'entendait pas. À califourchon sur la branche instable, il faisait décrire à sa pomme de fer des cercles de plus en plus grands, comme les lassos que d'intrépides cow-boys, galopant ventre à terre, lançaient en l'air dans les westerns, au cinéma.

*

Il ne voyait, n'entendait, n'imaginait ni ne se méfiait, ce gardien de son frère enthousiaste, ce lion ailé, même si tout était en place pour la catastrophe, prêt pour le désastre à venir : la boule de fer rouillée au bout de sa chaîne rouillée se distendait au fur et à mesure, au risque de lui démettre l'épaule. Quelle prétention ! Quelle absurdité ! Le poison de la puberté. L'ivresse d'un chauvinisme vaniteux. La branche sur laquelle il faisait son numéro crissait sous son poids. La délicate, intelligente fillette aux noirs et épais sourcils, la petite poétesse le regardait avec un sourire de compassion, très loin de l'admiration ou de l'estime pour le nouvel Hébreu, avec une expression légèrement méprisante, un air de pitié amusée, comme pour dire, c'est zéro, tes efforts ne riment à rien, c'est vraiment nul, on a vu beaucoup mieux, tu ne m'impressionnes pas, si tu veux m'épater, il va falloir que tu te fatigues sept fois plus, au moins.

(Et du fond d'un puits sombre, miroita fugitivement, pour s'évanouir aussitôt, le souvenir lointain d'une forêt impénétrable, au fond d'une boutique de confection pour dames, une jungle primitive dans les profondeurs de laquelle il avait un jour poursuivi une petite fille qui, une fois qu'il l'eut rattrapée au pied des arbres éternels, s'était muée en vision d'horreur.)

Le petit frère était toujours près du mûrier où, ses mystérieux cercles de feuilles mortes soigneusement terminés, la mine grave et préoccupée, adorable avec ses boucles, son short et ses souliers rouges, il trottinait après un papillon blanc lorsque, soudain, du haut du mûrier, une voix épouvantée hurla son nom : « Awad, Awad, sauve-toi », et il eut sans doute à peine le temps de lever ses grands yeux pour voir la pomme de fer rouillée, emportée par l'élan, briser sa chaîne et foncer sur lui comme une fusée, droit sur lui, de plus en plus sombre, de plus en plus grosse et de plus en plus vite, et elle lui aurait fracassé le crâne si elle ne l'avait manqué d'un cheveu en lui frôlant le nez, pour atterrir avec un bruit sourd sur son petit pied qu'elle pulvérisa dans la minuscule chaussure rouge de poupée qui se mit instantanément à pisser le sang par les lacets, la semelle et l'empeigne. Alors un cri de douleur strident, un long hurlement déchirant s'éleva par-delà les cimes des arbres, vous transperçant le corps d'une multitude d'aiguilles glacées, et puis le silence s'abattit subitement, comme si vous étiez prisonnier d'un iceberg.

*

Je ne me rappelle pas le visage de l'enfant évanoui que sa sœur avait emporté dans ses bras, je ne me rappelle pas si elle s'était mise à crier à son tour, si elle avait appelé à l'aide ou si elle m'avait adressé la parole et je ne me rappelle pas non plus quand et comment j'étais descendu de l'arbre ou si j'en étais tombé avec la branche qui avait fini par céder, je ne me rappelle pas qui avait pansé la coupure dégoulinante de sang que j'avais au menton (j'en ai gardé la cicatrice) et je ne me rappelle pratiquement rien de ce qui s'était passé entre le cri du petit blessé et les draps blancs du grand lit d'oncle Staszek et de tante Mala dans lequel je m'étais retrouvé blotti tout tremblant avec des points de suture au menton.

Mais je me souviens encore, telles deux braises ardentes, de ses yeux sous la bordure funèbre de ses sourcils noirs qui se rejoignaient au milieu : ils ne trahissaient que dégoût, désespoir, horreur et haine brûlante, et par-derrière, il y avait une sorte de hochement de tête, triste, comme un signe d'acquiescement, pour dire : je le savais depuis le départ, j'aurais dû m'en apercevoir avant même que tu ouvres la bouche, j'aurais dû me méfier de toi, ça se sentait de loin. Comme une puanteur.

Et j'ai le vague souvenir d'un petit homme poilu avec une grosse moustache et une montre en or montée sur un bracelet très épais, probablement un invité, ou l'un des fils de notre hôte, qui me tirait brutalement par ma chemise déchirée, presque en courant. Et en chemin, près du puits au centre de la cour dallée, j'avais vu un homme, fou furieux, qui battait Aïcha, non pas du poing mais du plat de la main, il la frappait à coups redoublés, cruellement, lentement, méthodiquement, sur la tête, le dos, les épaules, le visage, pas comme s'il punissait un enfant, mais comme s'il châtiait un cheval. Ou un chameau récalcitrant.

*

Naturellement, mes parents — de même que Staszek et Mala — avaient songé à prendre des nouvelles du petit Awad pour s'enquérir de la gravité de sa blessure. Ils avaient, bien entendu, pensé au moyen d'exprimer leur tristesse et leur confusion. Peut-être avaient-ils envisagé un dédommagement. Ils tenaient probablement à ce que nos hôtes constatent que notre camp ne s'en était pas sorti indemne mais qu'il s'était blessé au menton et qu'on avait dû lui faire deux ou trois points de suture. Il se peut que mes parents et les Rudnicki aient projeté de rendre une visite de réconciliation aux Silwani et d'apporter des cadeaux au petit blessé, pendant que je m'aplatirai sur le seuil, bourrelé de remords, ou me couvrirai d'un sac et de cendres pour montrer à toute la famille al-Silwani en particulier, et au peuple arabe en général, combien nous étions désolés, navrés et honteux, mais trop nobles pour inventer des prétextes ou des circonstances atténuantes, et assez honnêtes pour supporter le poids de l'humiliation, du remords et de la culpabilité.

Mais pendant qu'ils se concertaient et délibéraient sur le bon moment et la manière, suggérant probablement qu'oncle Staszek prie son chef, M. Knox-Guildford, d'aller tâter le terrain sans formalités chez les al-Silwani pour savoir où tournait le vent, si les esprits étaient encore mal disposés à notre égard et comment nous les concilier, à quoi servirait de présenter nos excuses et accepteraient-ils que nous réparions nos torts, ils en étaient encore à élaborer leur plan d'action que les fêtes juives arrivèrent. Et avant elles, à la fin août 1947, la commission d'enquête des Nations unies avait présenté ses recommandations à l'Assemblée générale.

Et bien qu'aucune violence n'ait encore éclaté à Jérusalem, on aurait dit qu'un muscle s'était brusquement contracté. Il n'était donc guère prudent de s'aventurer dans ces quartiers.

*

Papa téléphona donc courageusement à la Silwani et fils, SARL, rue Princesse-Mary, il se présenta en anglais et en français et demanda, dans ces deux langues, s'il pouvait parler à M. al-Silwani père. Un jeune secrétaire volubile lui répondit avec une politesse glacée, il pria mon père, en anglais et en français, d'avoir l'obligeance de patienter un instant, et revint pour annoncer qu'il pouvait lui laisser un message pour M. al-Silwani. Papa lui dicta donc quelques mots, en français et en anglais, où il était question de nos sentiments, nos regrets, notre inquiétude concernant la santé du cher enfant, notre intention d'assumer l'intégralité des frais médicaux et notre sincère désir d'organiser une rencontre dans les plus brefs délais afin d'éclaircir la situation et de nous racheter? (Mon père parlait le français et l'anglais avec l'accent russe. Il disait « dzee » pour « the » et « locomotsif » pour « locomotive ».)

Les al-Silwani ne nous avaient jamais répondu, ni directement ni par l'intermédiaire de M. Knox-Guildford. Papa avait-il tenté de découvrir par d'autres moyens si les blessures du petit Awad étaient graves? Qu'avait ou non raconté Aïcha à mon sujet? En tout cas, si mon père avait effectivement appris quelque chose, il ne m'en avait rien dit. Jusqu'à la mort de ma mère et jusqu'à la sienne, papa ne m'avait plus jamais reparlé de ce fameux samedi. Pas même incidemment. Et des années plus tard, environ cinq ans après la guerre des Six-Jours, le jour anniversaire de la mort de Mala Rudnicki, le pauvre Staszek avait passé la moitié de la nuit dans son fauteuil roulant à évoquer toutes sortes de bons et de mauvais souvenirs sans jamais mentionner notre visite à la villa des al-Silwani.

Et un jour, en 1967, après la prise de la Jérusalem-Est, je m'y étais rendu seul, de très bonne heure un samedi matin d'été, par le même chemin que nous avions emprunté à l'époque. Il y avait un nouveau portail, et une limousine allemande étincelante, les fenêtres dissimulées par des rideaux gris, était garée devant la demeure. Le mur d'enceinte était hérissé de tessons de bouteille dont je ne me rappelais pas l'existence. Les arbres du verger dépassaient le mur. Sur le toit flottait le drapeau d'un consulat important dont le nom, en anglais et en hébreu, ainsi que l'emblème, étaient gravés sur une plaque de cuivre brillant, fixée sur la grille. Au gardien en civil qui avait surgi et m'examinait avec curiosité, je balbutiai une vague excuse avant de poursuivre mon chemin vers le mont Scopus.

*

L'entaille au menton cicatrisa au bout de quelques jours. Le docteur Holland, le pédiatre du dispensaire de la rue Amos, me retira délicatement les points de suture qu'on m'avait posés au service des urgences, ce samedi-là.

Depuis ce jour, un rideau opaque tomba sur l'épisode. Oncle Staszek et tante Mala participaient à la conjuration du silence. Pas un mot. Ni sur Sheikh Jarrah, ni sur les petits Arabes, ni sur les chaînes métalliques, ni sur les vergers ou les mûriers, ni même sur les cicatrices au menton. C'était tabou. Rien n'était arrivé ni n'avait jamais existé. Seule maman, à son habitude, avait bravé les murs de la censure. Un jour que nous étions à la table de la cuisine, notre lieu de prédilection, à notre heure favorite, en l'absence de papa, elle m'avait raconté un conte indien :

Il était une fois, il y a très longtemps, deux moines qui s'infligeaient toutes sortes de pénitences et de mortifications. Entre autres, ils s'étaient infligé de traverser toute l'Inde à pied, d'un bout à l'autre. Et ils avaient fait vœu de silence : ils ne devaient pas prononcer un seul mot de tout le voyage, même en dormant. Mais un jour, alors qu'ils cheminaient au bord d'un fleuve, ils avaient entendu une femme qui, emportée par le courant, se noyait et criait au secours. Le plus jeune se jeta à l'eau sans rien dire, il porta la femme sur son dos jusqu'à la rive, la déposa sur le sable en silence, et les deux ascètes poursuivirent leur chemin sans parler. Six mois ou un an plus tard, le plus jeune questionna inopinément son compagnon : « Dis-moi, crois-tu que j'ai péché en portant cette femme sur mon dos ? » À quoi son camarade répondit par une autre question : « Pourquoi, tu la portes toujours ? »

*

Papa retourna à ses chères études. À l'époque, il s'occupait des littératures du Proche-Orient ancien, Akkad, Sumer, Babylone, l'Assyrie, les découvertes des archives de Tel el-Amarna et de Hattousas, la bibliothèque légendaire du roi Assurbanipal, que les Grecs appelaient Sardanapale, l'épopée de Gilgamesh et le mythe d'Adapa. Sur son bureau s'empilaient des volumes et des index, environnés par une armée de notes et de fiches. Il s'évertuait toujours à nous faire rire, maman et moi, avec ses plaisanteries éculées : si vous pilliez un livre, c'était du plagiat. Si vous en pilliez cinq, vous étiez un spécialiste, et si vous en pilliez cinquante, vous étiez un grand savant.

De jour en jour, un muscle secret se tendait un

peu plus sous l'épiderme de Jérusalem. Des rumeurs folles, parfois terrifiantes, circulaient dans le quartier. On disait que, d'ici deux à trois semaines, le gouvernement de Londres retirerait ses troupes pour permettre aux forces régulières de la Légion arabe — qui n'était que le bras armé de l'Angleterre vêtu d'une djellaba — d'éliminer les Juifs et de conquérir le pays afin de laisser les Anglais rentrer par la porte de derrière. Certains stratèges, dans l'épicerie de M. Auster, jugeaient que Jérusalem deviendrait tôt ou tard la capitale du roi Abdullah de Transjordanie et que nous, les résidents juifs, serions embarqués sur des bateaux à destination des camps de réfugiés de Chypre. À moins qu'on ne nous répartisse dans les camps de transit de l'île Maurice ou des Seychelles.

D'autres affirmaient sans hésitation que les sanglants attentats que les mouvements clandestins juifs, l'Etsel, l'Irgoun et la Haganah, perpétraient contre les Anglais, notamment l'explosion de l'état-major britannique de l'hôtel King David, nous menaient à la catastrophe : aucun empire, au cours de l'histoire, n'avait jamais fermé les yeux sur des provocations humiliantes de ce genre, si bien que les Anglais avaient résolu de nous punir par un bain de sang. Les actes inconsidérés de nos dirigeants sionistes fanatiques nous avaient rendus si odieux à l'opinion publique britannique que Londres avait tout simplement décidé de laisser les Arabes nous exterminer tous : jusqu'à présent, les forces britanniques s'interposaient entre nous et un massacre général commis par les nations arabes, mais, dès qu'elles seraient parties, « notre sang serait sur nos têtes ».

D'autres encore croyaient savoir que certains Juifs ayant des accointances dans les hautes sphères, les riches de Rehavia, des entrepreneurs et des fournisseurs, qui entretenaient de bonnes relations avec le gouvernement anglais, de hauts fonctionnaires juifs dans l'administration mandataire, avaient été informés qu'ils avaient intérêt à fuir le pays au plus vite, ou du moins à mettre leurs familles à l'abri. On mentionnait telle ou telle famille partie pour l'Amérique, plusieurs hommes d'affaires, dont certains ne se prenaient pas pour n'importe qui, avaient quitté Jérusalem pendant la nuit pour s'installer à Tel-Aviv avec leur famille. Ils devaient certainement savoir quelque chose que nous n'imaginions même pas. Ou seulement dans nos cauchemars.

On parlait aussi de jeunes Arabes ratissant les rues la nuit, munis de pinceaux et de pots de peinture, pour marquer les maisons juives qu'ils se partageaient à l'avance. On racontait que des bandes d'Arabes armés, à la solde du mufti de Jérusalem, contrôlaient déjà les collines avoisinantes au nez et à la barbe des Anglais. On disait aussi que les forces de la Légion arabe, commandées par le général anglais Sir John Glubb, Glubb Pasha, occupaient des positions clés à travers le pays pour battre les Juifs avant même qu'ils tentent de relever la tête. Des Frères musulmans, que les Anglais avaient laissés entrer par la frontière égyptienne, s'étaient retranchés sur les hauteurs, en face du kibboutz Ramat Rahel. On espérait malgré tout que Truman, le président des États-Unis, interviendrait après le départ des Anglais. Il dépêcherait son armée en vitesse — on avait vu deux gigantesques porte-avions dans les eaux siciliennes qui faisaient route vers l'est — car il ne permettrait sûrement pas une seconde Shoah moins de trois ans après le génocide de six millions de Juifs. On ne pouvait douter que le riche et influent lobby juif américain exercerait des pressions. Ils ne resteraient pas les bras croisés.

On pensait que la conscience du monde civilisé,

l'opinion publique progressiste, le prolétariat international, la mauvaise conscience générale concernant les rescapés juifs, déjouerait « le complot
anglo-arabe de nous détruire ». En tout cas, quand
vinrent les signes avant-coureurs de cet automne
étrange et menaçant, certains de nos amis et voisins
se disaient pour se consoler que, même si les Arabes
ne voulaient pas de nous ici, la dernière chose que
désiraient les Européens, c'était que nous revenions
chez eux. Et comme l'Europe était beaucoup plus
puissante que les Arabes, il y avait une chance qu'ils
nous permettent de rester ici, après tout. Ils force-
raient les Arabes à avaler ce que l'Europe s'efforçait
de vomir.

Quoi qu'il en soit, tout le monde n'avait que la
guerre à la bouche. La fréquence de la Résistance
diffusait des chants enflammés sur ondes courtes :

*Dans les montagnes, dans les montagnes, poindra*
  *notre lumière*
*nous escaladerons la montagne*
*le passé est derrière nous*
*mais longue est la route qui mène au lendemain...*

et aussi :

*Comment conquérir le sommet*
*sans tombeau au pied de la montagne !*

*De Metulla au Neguev*
*de la mer au désert*
*chaque gars a l'arme au poing*
*et chaque fille monte la garde !*

*Tes gars ont creusé le sillon de la paix,*
*aujourd'hui, ils la font au bout de leur fusil !*

Et encore :

*Des versants du Liban à la mer Morte.*

Les céréales, l'huile, les bougies, le sucre, le lait en poudre et la farine avaient pratiquement déserté les rayons de l'épicerie de M. Auster : les gens s'étaient mis à stocker. À son tour, maman avait rempli le placard de la cuisine avec des paquets de farine de blé et de pain azyme, des biscottes, des flocons d'avoine, de l'huile, des boîtes de conserve, des olives et du sucre. Papa avait acheté deux bidons d'essence cachetés qu'il avait entreposés sous le lavabo de la salle de bains.

À sept heures et demie du matin, comme d'habitude, papa se rendait à la Bibliothèque nationale, sur le mont Scopus, par la ligne 9 qui partait de la rue Geoula et traversait Mea She'arim et Sheikh Jarrah, non loin de la villa des Silwani. Il rentrait un peu avant cinq heures de l'après-midi, sa serviette usée, bourrée à craquer de livres et de revues dont il coinçait le surplus sous son bras. Maman lui avait demandé à plusieurs reprises de ne pas s'asseoir près de la fenêtre quand il prenait le bus. Elle avait ajouté quelques mots en russe. Nous avions aussi momentanément suspendu les expéditions rituelles du samedi après-midi pour aller chez oncle Yosef et tante Tsippora.

\*

À neuf ans à peine, j'étais déjà un grand lecteur de journaux. Un consommateur de nouvelles forcené. Un critique virulent. Un expert militaire et politique dont l'opinion importait aux yeux des enfants du quartier. Un stratège en chambre, virtuose des allumettes, boutons et dominos. Je déployais mes troupes, exécutais des manœuvres tactiques, concluais des alliances avec telle ou telle grande puissance, inventais d'ingénieux arguments capables de nous concilier les cœurs britanniques les plus endurcis, prononçais des discours destinés à aider à la compréhension et à la réconciliation des Arabes qui pourraient même nous présenter leurs excuses, voire verser des larmes de sympathie devant nos souffrances et nous manifester leur profonde admiration pour notre noblesse d'esprit et notre grandeur d'âme.

En ce temps-là, je menais des pourparlers audacieux et pragmatiques avec Downing Street, la Maison Blanche, le pape, Staline et les dirigeants arabes. « Un État juif ! L'immigration libre ! » scandaient les représentants du yishouv au cours de défilés et de réunions auxquelles papa m'avait emmené une ou deux fois avec l'accord de maman. Chaque vendredi, en sortant des mosquées, des foules haineuses manifestaient : « Idbah al-Yahud ! » (Massacrer les Juifs !) et « Falastin hi arduna ual-Yahud kilbuna ! » (La Palestine est notre terre, et les Juifs sont nos chiens !) J'aurais pu aisément les convaincre si j'en avais eu les moyens, leur démontrer rationnellement que, si nos slogans et nos desiderata ne comportaient rien qui puisse les choquer, les vociférations des foules arabes surexcitées n'étaient pas jolies jolies ni civilisées, et qu'elles ne leur faisaient guère honneur non plus. À l'époque, j'étais moins un enfant qu'une somme d'arguments massue. Un petit chauvin déguisé en pacifiste. Un nationaliste hypocrite et doucereux. Un propagandiste sioniste de neuf ans : nous étions les bons, les vertueux, les innocentes victimes, David face à Goliath, une brebis parmi les loups, l'agneau du sacrifice, le che-vreau de la Haggada de Pâque, l'orgueil d'Israël, et eux — les Anglais, les Arabes et toutes les nations — c'étaient des loups, le monde mauvais, fourbe et assoiffé de notre sang — ils devraient avoir honte. (J'ai retracé cette période dans *Une panthère dans la cave* et *La colline du mauvais conseil*, la nouvelle intitulée « Nostalgie » en particulier, où il y a d'ailleurs un petit garçon qui me ressemble un peu.)

*

Lorsque le gouvernement britannique eut annoncé son intention de remettre son mandat sur la Palestine aux Nations unies, l'ONU désigna une commission spéciale (l'UNSCOP) chargée d'enquê-ter sur la Palestine et les centaines de milliers de Juifs déplacés, rescapés du génocide nazi, qui vivaient depuis environ deux ans dans des camps de transit en Europe.

Fin août 1947, l'UNSCOP exposa ses conclusions concernant la fin du mandat britannique et le par-tage du pays en deux États indépendants, arabe et juif, de taille à peu près équivalente. La frontière complexe suivait approximativement la répartition démographique de chaque population. Les deux États devaient constituer une seule unité écono-mique, avoir une monnaie commune, etc. Jérusalem formerait une entité séparée, neutre, sous tutelle internationale, administrée par un gouverneur dési-gné par l'ONU.

Ces propositions furent soumises à l'Assemblée générale pour un vote à la majorité requise des deux tiers. Les Juifs approuvèrent le plan de partage en grinçant des dents : l'État qui leur était alloué n'en-globait pas la Jérusalem juive, la Haute Galilée et sa partie occidentale. Soixante-quinze pour cent du territoire attribué aux Juifs était un désert stérile. Dans l'intervalle, les dirigeants palestiniens arabes et les nations de la Ligue arabe déclaraient immédiatement qu'ils n'accepteraient pas de compromis et qu'ils avaient l'intention « de s'opposer par la force à la réalisation de ces propositions et de noyer dans le sang toute tentative de créer une entité sioniste sur un seul pouce de terre palestinienne ». Ils considéraient que la Palestine était arabe depuis des siècles, jusqu'à l'arrivée des Anglais qui avaient encouragé des foules d'étrangers à déferler dans tout le pays, à aplanir des collines, déraciner des oliveraies centenaires, acheter par la ruse chaque lopin de terre à des propriétaires corrompus et en chasser les paysans qui la cultivaient depuis des générations. Si on ne les arrêtait pas, ces ingénieux et roublards colonialistes juifs ne feraient qu'une bouchée de ce pays, ils en effaceraient toute trace d'arabité, l'inonderaient de leurs colonies européennes aux toits rouges, le couvriraient de leurs coutumes arrogantes et licencieuses et ne tarderaient pas à contrôler les lieux saints de l'islam avant de se répandre dans les pays arabes voisins. Très vite, grâce à leur esprit retors, à leur supériorité technique et à l'aide de l'impérialisme britannique, ils accompliraient ici exactement ce que les Blancs avaient fait aux autochtones d'Amérique, d'Australie et d'ailleurs. Si on les laissait créer leur État ici, si petit soit-il, ils s'en serviraient comme tête de pont, s'abattraient ici par millions, comme des nuées de sauterelles, recouvriraient les montagnes et les vallées, effaceraient les antiques paysages arabes et engloutiraient tout avant que les Arabes ne soient sortis de leur torpeur.

À la mi-octobre, le haut commissaire anglais, le général Sir Alan Cunningham, menaça en termes voilés David Ben Gourion, alors président de l'exécutif de l'Agence juive : « Quand le pire arrivera, avait-il déclaré tristement, je crains que nous ne puissions vous protéger ni même vous aider [1]. »

\*

« Herzl était un prophète et il le savait, dit papa. Au cours du premier congrès sioniste, à Bâle, il avait affirmé que dans cinq ans, cinquante au maximum, il y aurait un État juif en Eretz-Israël. Cinquante ans ont passé et l'État s'apprête véritablement à franchir le seuil de la porte. »

Maman :

« Il ne s'apprête pas. Il n'y a pas de porte. Il n'y a que le vide. »

La remontrance paternelle claqua comme un coup de fouet. En russe, ou en polonais, pour que je ne comprenne pas.

Et moi, avec une jubilation que j'avais du mal à contenir :

« Il y aura bientôt la guerre à Jérusalem ! On va tous les battre ! »

Parfois, seul dans un coin de la cour à la nuit tombée, ou tôt, le samedi matin, quand mes parents et tout le quartier dormaient encore, je me figeais d'effroi en repensant à Aïcha, portant silencieusement l'enfant inconscient dans ses bras — la scène ressemblait à la peinture chrétienne, terrifiante, que papa m'avait montrée et expliquée à voix basse, un jour que nous visitions une église.

Je revoyais les oliviers, aperçus par les fenêtres de la maison, des arbres qui, depuis des lustres, avaient déserté le règne végétal pour rejoindre le minéral.

Donnez-moi le temps je n'ai pas le temps donnez-

1. Dov Yosef, *Kirya Ne'emana, Une cité fidèle*, éd. Schocken, Jérusalem et Tel-Aviv, 1960, p. 32.

moi le temps je n'ai pas le temps donnez le temps donnez le temps le temps le temps.

*

En novembre, une sorte de rideau semblait diviser Jérusalem. Les bus roulaient toujours d'un point à un autre, et des vendeurs de fruits des villages arabes avoisinants arpentaient encore les rues avec leur chargement de figues, d'amandes et de figues de Barbarie, mais les Juifs quittaient les quartiers arabes, et des familles arabes commençaient à abandonner l'ouest de la ville pour gagner le sud et l'est.

En pensée, je poussais quelquefois vers le prolongement nord-est de la rue Saint-Georges pour contempler, les yeux écarquillés, l'autre Jérusalem : celle des vieux pins, plus noirs que verts, des enceintes de pierre, des moucharabiehs, des corniches, des murs sombres, la Jérusalem étrangère, silencieuse, respectable et voilée, éthiopienne, musulmane, la ville de pèlerinage, ottomane, missionnaire, étrangère, indifférente, la ville des croisés et des templiers, la cité grecque, l'arménienne, l'italienne, l'intrigante, l'anglicane, l'orthodoxe, la monastique, la copte, la catholique, la luthérienne, l'écossaise, la sunnite, la shi'ite, la soufie, l'alaouite, envahie par les cloches et l'appel des muezzins, avec ses pins touffus, terrifiante mais attirante avec ses sortilèges nébuleux, ses labyrinthes de venelles interdites et hostiles dans les ténèbres, une cité secrète, maléfique, grosse de dangers, aux rues grouillantes de silhouettes sombres, enveloppées et encapuchonnées de noir, et de femmes drapées et voilées de noir, sous les murailles de pierre.

*

J'ai su, après la guerre des Six-Jours, que la famille al-Silwani au grand complet avait quitté la Jérusalem jordanienne dans les années cinquante ou au début des années soixante. Certains de ses membres avaient émigré en Suisse ou au Canada, d'autres s'étaient installés dans les Émirats arabes unis, à Londres ou en Amérique latine.

Et les perroquets? « Who will be my destiny? Who will be my prince? »

Et Aïcha? Et son petit boiteux de frère? Dans quel coin du monde joue-t-elle du piano, à supposer qu'elle en joue encore, si elle ne s'est pas flétrie et ratatinée dans une baraque poussiéreuse et suffocante d'un camp de réfugiés où les égouts à ciel ouvert dévalent les rues non pavées?

Et qui sont les Juifs chanceux qui habitent aujourd'hui la maison qui fut la sienne à Talbieh, un quartier de pierres bleu ciel et rose, tout en voûtes et en arches?

*

Ce n'était pas la guerre imminente ni une autre obscure raison qui, en cet automne de l'année 1947, m'avaient brusquement plongé dans l'angoisse avec un pincement au cœur mêlé de honte, de la certitude du châtiment futur et d'une douleur diffuse: la nostalgie illicite, coupable, humiliante, de ce verger. Du puits fermé par une plaque de métal verte, de la vasque de faïence bleue où des poissons rouges fulguraient au soleil avant de disparaître dans la forêt de nénuphars. Des coussins moelleux bordés de dentelle. Des tapis aux riches motifs dont l'un représentait des oiseaux dans un jardin paradisiaque. Des vitraux trilobés dont les jeux de lumière nimbaient chaque feuille d'une couleur différente : rouge, vert, or, violet.

Du perroquet à la voix éraillée de grand fumeur : « Mais oui, mais oui, chère mademoiselle », et de sa compagne au soprano cristallin : « *Tefadal*. S'il vous plaît. *Enjoy!* »

J'avais été un jour dans ce verger, avant d'en avoir été honteusement chassé et, du bout des doigts, j'avais vraiment effleuré...

Bas ! Bas, ya 'eini ! Bas min fadlak ! Usqut !

Réveillé par le parfum de l'aube, je distinguais, à travers les interstices des volets clos, les branches du grenadier, au fond de la cour. Chaque matin, un oiseau invisible, caché dans l'arbre, jubilait en sifflant fidèlement les cinq premières notes de *Pour Élise*.

Un imbécile beau parleur, un petit crétin bavard.

Au lieu d'aller vers elle, comme le nouvel Hébreu vers le noble peuple arabe, ou tel un lion rejoignant ses congénères, j'aurais dû l'aborder comme un garçon aborde une fille, tout simplement. Non ?

# 43

« *Nu*, tu as vu, notre petit stratège a encore envahi la maison. On ne peut plus passer dans le couloir, il y a partout des fortifications, des tours en cubes, des places fortes en dominos, des mines en bouchons de bouteilles et des frontières de mikados. Sur le tapis de sa chambre, les batailles de boutons prennent toute la place. Interdiction d'entrer. C'est un ordre. Et même dans notre chambre, il a semé des couteaux et des fourchettes dans tous les coins, sans doute pour symboliser la ligne Maginot, une flotte ou une armada de cuirassés. Encore un peu et, toi et moi, nous serons bientôt obligés d'aller vivre dans la cour. Ou dans la rue. Et dès que le journal arrive, ton fils laisse tout tomber, il doit sans doute déclarer un cessez-le-feu général, il s'allonge sur le canapé et il se jette sur le journal qu'il dévore d'un bout à l'autre, y compris les petites annonces. En ce moment, il est en train de dérouler un fil depuis son QG, derrière l'armoire, à travers la maison, jusqu'à Tel-Aviv qui se trouve apparemment au bord de la baignoire. Si je ne me trompe pas, il va s'en servir pour conférer avec Ben Gourion. Comme hier. Il va lui expliquer ce qu'il conviendrait de faire à ce stade et de quoi il faudrait nous méfier. Il a probablement déjà commencé à lui donner des ordres. »

*

Dans l'un des tiroirs du bas de mon bureau ici, à Arad, j'ai retrouvé hier soir une vieille chemise contenant les fiches rédigées quand j'écrivais *La colline du mauvais conseil*, il y a plus de vingt-cinq ans. Entre autres choses, il y a des notes éparses, prises à la bibliothèque de Tel-Aviv en 1974 ou 1975, à partir des journaux de septembre 1947. Et c'est ainsi qu'à Arad, un matin de l'été 2001, comme une mise en abyme, mes notes d'il y a vingt-sept ans m'ont remis en mémoire ce que « le petit stratège » lisait dans le journal du 9 septembre 1947 :

*Avec l'autorisation du gouverneur anglais, huit agents de la circulation juifs ont pris leurs fonctions à Tel-Aviv. Ils travailleront à tour de rôle, par groupe de quatre.*

*Une Arabe de treize ans de Hawara, dans le district de Naplouse, a été jugée par le tribunal militaire pour port d'arme illicite. Elle se promenait dans son village avec un fusil.*

*Le navire clandestin d'Exodus a été refoulé sur Hambourg. Les passagers ont annoncé qu'ils s'opposeraient par la force à leur débarquement. À Lübeck, quatorze membres de la Gestapo ont été condamnés à mort. Salomon Chmelnik de Rehovot a été agressé et kidnappé par des mouvements dissidents. Relâché, il a regagné son domicile sain et sauf.*

*L'orchestre symphonique La Voix de Jérusalem sera dirigé par Hanan Schlesinger.*

*Le mahatma Ghandi commence son deuxième jour de jeûne.*

*La chanteuse Adis de Philippe ne pourra pas exécuter son tour de chant à Jérusalem cette semaine.*

*Le théâtre Caméri fait relâche. La pièce* Vous ne l'emporterez pas au Paradis *ne pourra être donnée.*

*Un nouveau centre commercial a été inauguré avant-hier à Jérusalem dans la rue Yafo. Notamment, les magasins Mikolinski, Freimann et Bein, et le cabinet de pédicurie du Dr Scholl.*

*Selon Moussah Alami, jamais les Arabes n'accepteront le partage de la Palestine. Il a remarqué que dans le jugement du roi Salomon, il est dit que la mère qui refusera de voir couper l'enfant en deux était la véritable mère. Les Juifs devraient méditer l'enseignement de la parabole. Par ailleurs, Golda Myerson, membre de l'exécutif de l'Agence juive, a déclaré que les Juifs se battraient jusqu'au bout pour le rattachement de Jérusalem au futur État juif. Pour les Juifs, Jérusalem était synonyme du pays de leurs ancêtres.*

Quelques jours plus tard, le journal rapportait que :

*Tard dans la nuit, aux alentours du café Bernardia, situé entre Beit Hakerem et Bayit Vegan, deux jeunes Juives ont été attaquées par un Arabe. L'une d'entre elles est parvenue à se sauver. L'autre a hurlé jusqu'à ce que des voisins, alertés par ses cris, viennent lui porter secours. L'enquête menée par l'officier O'Connor a conclu que l'homme, un proche parent de la famille des Nashasibi, était un employé de la maison de la Radio. Vu la gravité de son acte, la police britannique a refusé la caution versée par sa famille pour le libérer. Pour sa défense, l'accusé a prétendu qu'il était en état d'ivresse en sortant du café et que, dans l'obscurité, il avait cru que les deux jeunes filles étaient nues et qu'elles se caressaient.*

Et un autre jour de septembre 1947 .

*Le lieutenant-colonel Adderley, président du tribunal militaire, a déclaré que le cas de Shlomo Mansour Shalom, accusé d'avoir distribué des tracts illégaux, relevait de la psychiatrie. Pour des raisons humanitaires, le juge d'instruction, M. Gardewicz, a souligné qu'il était préférable que l'accusé ne soit pas envoyé dans un asile, de crainte que son état ne se dégrade, mais soit isolé dans une clinique privée. Les fanatiques ne pourraient donc pas exploiter son internement pour les besoins de leur cause. Le lieutenant-colonel Adderley a répondu qu'il regrettait de ne pouvoir accéder à la requête de M. Gardewicz, car ce n'était pas de son ressort, et qu'il était dans l'obligation d'incarcérer le malheureux jusqu'à ce que le haut-commissaire décide, au nom de la Couronne, s'il y avait lieu ou non de réduire la peine et de faire preuve de clémence.*

*Tsilla Leibowitz donne un récital de piano à la radio. Le bulletin d'informations sera suivi d'un commentaire de M. Gordus et, pour finir, Mme Brakha Tsefira interprétera des chants folkloriques* [1].

\*

Le soir, papa expliqua à ses amis venus prendre le thé que, dès le milieu du dix-huitième siècle, longtemps avant l'apparition du sionisme moderne et sans rapport avec celui-ci, les Juifs représentaient déjà la grande majorité de la population de Jérusalem. Au début du vingtième siècle, bien avant le commencement des vagues d'immigrations sio-

1. *La colline du mauvais conseil*, trad. Jacques Pinto (révisée par Sylvie Cohen), éd. Calmann-Lévy, 1978.

nistes, Jérusalem, alors sous domination turque ottomane, était déjà la ville la plus peuplée du pays : elle comptait cinquante-cinq mille habitants, dont quelque trente-cinq mille Juifs. Et aujourd'hui, à l'automne 1947, environ cent mille Juifs vivaient à Jérusalem et à peu près soixante-cinq mille non-Juifs : Arabes musulmans, Arabes chrétiens, Arméniens, Grecs, Anglais et beaucoup d'autres nationalités.

Au nord, à l'est et au sud de la ville, il y avait de vastes quartiers arabes, dont Sheikh Jarrah, la colonie américaine, les quartiers musulman et chrétien de la vieille ville, la colonie allemande, la colonie grecque, Katamon, Bakaa et Abu Tor. Des villes arabes occupaient les collines entourant Jérusalem — Ramallah, el-Bireh, Beit Jalla, Bethléem — ainsi que plusieurs villages arabes — El Azarieh, Silwan, Abou Dis, A-Tour, Isawiya, Kalandiyah, Bir Naballah, Nebi Samuel, Bidu, Shuafat, Lifta, Beit Hanina, Beit Iksa, Kolonye, Sheikh Badr, Deir Yassin — dont plus d'une centaine d'habitants avaient été massacrés en avril 1948 par des membres de l'Etsel et de l'Irgoun — Tsouba, Ein Kerem, Beit Mazmil, Malkha, Beit Safafa, Umm Tuba et Tsour Bahir.

Des territoires arabes s'étendaient aux quatre points cardinaux autour de Jérusalem, tandis que de rares villages juifs se créaient çà et là aux environs de la ville : Atarot et Neve Ya'akov au nord, Kalyah et Beit Ha-Arava sur les rives de la mer Morte, Ramat Rahel et Goush Etsion au sud, Motsa, Kiryat Anavim et Ma'ale Hahamisha, à l'ouest. Pendant la guerre de 1948, la plupart d'entre eux, ainsi que le quartier juif de la vieille ville de Jérusalem, furent soumis par la Légion arabe. Toutes les localités juives tombées entre les mains arabes au cours de la guerre d'Indépendance furent sans exception rayées de la carte et leurs habitants tués, arrêtés ou évadés, mais les armées arabes n'autorisèrent personne à rentrer chez soi après la guerre. Dans les territoires conquis, les Arabes procédèrent à une « purification ethnique » bien plus radicale que celle que les Juifs pratiquèrent au même moment : des centaines de milliers d'Arabes prirent la fuite ou furent expulsés de l'État d'Israël, mais plus d'une centaine de milliers demeurèrent chez eux. En revanche, sur la rive occidentale du Jourdain et dans la bande de Gaza, sous domination jordanienne et égyptienne, il n'y avait plus un seul Juif. Leurs villages avaient été anéantis, les synagogues et les cimetières détruits.

*

Les pires conflits entre les individus ou entre les peuples opposent souvent des opprimés. C'est une idée romanesque largement répandue que d'imaginer que les persécutés se serrent les coudes et agissent comme un seul homme pour combattre le tyran despotique. En réalité, deux enfants martyrs ne sont pas forcément solidaires et leur destin commun ne les rapproche pas nécessairement. Souvent, ils ne se considèrent pas comme compagnons d'infortune, mais chacun voit en l'autre l'image terrifiante de leur bourreau commun.

Il en va probablement ainsi entre les Arabes et les Juifs, depuis un siècle.

L'Europe a brimé les Arabes, elle les a humiliés, asservis par l'impérialisme et le colonialisme, elle les a exploités, maltraités, et c'est encore l'Europe qui a persécuté, opprimé les Juifs et qui a autorisé, voire aidé les Allemands à les traquer aux quatre coins du monde et à les exterminer presque tous. Or les Arabes ne nous prennent pas pour une poignée de survivants à moitié hystériques, mais pour le fier rejeton de l'Europe colonialiste, sophistiquée et exploiteuse, revenue en douce au Proche-Orient — cette fois sous le masque du sionisme — pour recommencer à les exploiter, les expulser et les spolier. Nous, nous ne les prenons pas pour des victimes semblables à nous, des frères d'infortune, mais pour des cosaques fomenteurs de pogroms, des antisémites avides de sang, des nazis masqués : comme si nos persécuteurs européens ressurgissaient ici, en Terre d'Israël, avec moustache et keffieh, nos assassins de toujours, obsédés par l'idée de nous couper la gorge, juste pour le plaisir.

*

En septembre, octobre et novembre 1947, nul ne savait à Kerem Avraham s'il fallait prier pour que l'Assemblée générale de l'ONU approuve les conclusions de l'UNSCOP ou s'il valait mieux souhaiter que les Anglais ne nous abandonnent pas à notre sort, « seuls et sans défense au milieu d'une mer d'Arabes ». Beaucoup espéraient qu'un État hébreu libre serait bientôt créé, que la politique britannique de restriction de l'immigration soit assouplie et que les centaines de milliers de réfugiés juifs qui, depuis la chute d'Hitler, croupissaient dans des camps de transit et de détention à Chypre pourraient enfin entrer dans le pays que la plupart considéraient comme leur unique foyer au monde. Et pourtant, à l'insu de ces espoirs grandioses, nous redoutions (à voix basse) que le million d'Arabes indigènes, avec l'aide des armées régulières des pays de la Ligue arabe, ne massacrent en un clin d'œil six cent mille Juifs dès que les Anglais auraient tourné le dos.

À l'épicerie, dans la rue, à la pharmacie, les gens parlaient ouvertement du salut imminent, de Moshe

Shertok et d'Éliezer Kaplan, ministres pressentis dans le prochain gouvernement de Ben Gourion à Haïfa ou à Tel-Aviv, ils évoquaient (mezza voce) les fameux généraux juifs de diaspora, de l'Armée rouge, de l'armée de l'air américaine et même de la marine britannique, auxquels on allait offrir le commandement des forces armées du futur État hébreu, dès le départ des Anglais.

Mais en secret, à la maison, sous les couvertures, une fois les lumières éteintes, on chuchotait : qui sait ? Et si les Anglais n'évacuaient pas le pays ? S'ils n'avaient jamais eu l'intention de partir et que c'était une ruse de la perfide Albion pour inciter les Juifs, voyant leur extermination proche, à supplier les Anglais de ne pas les abandonner à leur triste sort ? En échange, Londres pourrait exiger d'eux qu'ils cessent leurs activités terroristes, qu'ils remettent leurs stocks d'armes illégales et livrent les chefs des mouvements clandestins aux services secrets britanniques. Peut-être qu'alors les Anglais changeraient d'avis au dernier moment et ne nous livreraient pas aux dagues arabes ? Sans doute laisseraient-ils à Jérusalem une garnison pour nous protéger d'un pogrom arabe ? Et il se pourrait aussi que Ben Gourion et ses amis, là-bas, dans leur confortable Tel-Aviv qui n'était pas cernée de tous côtés par les Arabes, reprennent leurs esprits à la dernière minute et renoncent à cette aventure d'État hébreu pour un modeste compromis avec le monde arabe et les masses islamiques ? À moins que l'ONU n'envoie des troupes de pays neutres à la place des Anglais pour protéger la Ville sainte au moins, à défaut de toute la Terre sainte, d'un éventuel bain de sang ?

*

Azam Pasha, le secrétaire général de la Ligue arabe, menaça les Juifs, « s'ils osaient essayer de créer une entité sioniste sur un seul pouce de terre arabe, de les noyer dans leur sang », et que le Moyen-Orient assisterait à des horreurs « qui feraient pâlir les atrocités des conquêtes mongoles ». Le Premier ministre irakien, Muzahim al-Bajaji, conseilla aux Juifs de Palestine « de faire leurs valises et de partir tant qu'il en était encore temps », car les Arabes avaient juré, après leur victoire, de n'épargner que les quelques Juifs qui vivaient en Palestine avant 1917, lesquels « ne pourraient trouver refuge sous l'aile de l'Islam et ne seraient tolérés sous sa bannière qu'à la condition qu'ils se désintoxiquent une bonne fois du poison sioniste et redeviennent une communauté religieuse consciente de sa place sous la protection de l'Islam dont ils obéiraient aux lois et aux coutumes ». Les Juifs, ajouta un prédicateur de la grande mosquée de Jaffa, n'étaient ni un peuple ni une vraie religion : tout le monde savait qu'Allah, le miséricordieux, les détestait et les avait condamnés à la malédiction et à la haine partout où ils seraient dispersés. Les Juifs étaient terriblement entêtés : quand le Prophète (Mahomet) leur avait tendu la main, ils avaient craché dessus, Issa (Jésus) leur avait également tendu la main, et ils l'avaient tué, et ils allaient même jusqu'à lapider les prophètes de leur propre foi méprisable. Ce n'était pas pour rien que les Européens avaient décidé de s'en délivrer une bonne fois pour toutes, et maintenant l'Europe a l'intention de nous les envoyer, mais nous ne la laisserons pas se débarrasser de leurs ordures chez nous. C'est avec nos sabres que nous, les Arabes, nous empêcherons cette machination diabolique consistant à transformer la terre sainte de Palestine en dépotoir du monde.

Et l'homme de la boutique de confection de tante

Greta ? L'Arabe charitable qui m'avait sauvé du piège obscur et porté dans ses bras quand j'avais à peine quatre ou cinq ans, celui qui avait des cernes sous les yeux, une odeur bistre et soporifique, un mètre de tailleur vert et blanc en sautoir, dont les extrémités lui battaient la poitrine, une joue tiède mangée d'une barbe poivre et sel, cet homme somnolent et gentil qui m'avait décoché un sourire timide vite dissimulé derrière sa douce moustache grise ? Avec ses lunettes carrées à monture marron qui lui descendaient sur le nez, tel un vieux menuisier bienveillant, du genre Gepetto, traînant les pieds dans l'entrelacs de vêtements. En me tirant de ma prison, il m'avait dit d'une voix rauque dont je me souviendrais toujours avec émotion : « Chut, mon petit, tout va bien, petit, tout va bien. » Alors, lui aussi ? Fourbissait-il son sabre, en aiguisait-il la lame et se préparait-il à nous massacrer tous ? Allait-il se glisser rue Amos au milieu de la nuit, un long couteau recourbé entre les dents, pour nous trancher la gorge, à moi et à mes parents, et « nous noyer tous dans le sang » ?

*

*Lève-toi, ô vent, lève-toi,*
*douces sont les nuits de Canaan*
*à l'appel du chacal de Syrie*
*répond la hyène du Nil*
*Abd-El-Kader, Spears et Khouri*
*mêlent leur fiel et leur venin.*
    ...
*Le vent d'Adar fait rage*
*et bouscule les nuages dans le ciel*
*juvénile, armée, horripilée,*
*Tel-Aviv tire la nuit.*

*Sur son rocher, Menara veille*
*le Houla ouvre l'œil* [1]...

La Jérusalem juive n'était ni jeune, ni armée, ni horripilée, mais tchékhovienne : hagarde, distraite, colportant ragots et rumeurs, impotente, en proie au désarroi et à l'angoisse. Voici ce que David Ben Gourion notait dans son journal, le 20 avril 1948, après une discussion avec David Shealtiel, le commandant de la Haganah à Jérusalem, à propos de sa vision de la Jérusalem juive :

La population de Jérusalem : 20 % de gens normaux, 20 % de l'élite (université, etc.), 60 % d'excentriques (provinciaux, moyenâgeux, etc. [2]).

(Difficile de savoir si Ben Gourion souriait ou non en écrivant ces lignes, quoi qu'il en soit, Kerem Avraham n'appartenait ni à la première ni à la seconde catégorie.)

— Je ne leur fais plus confiance, dit notre voisine, Mme Lemberg, chez le marchand de légumes, M. Babaiof. Je n'ai plus confiance en personne. C'est une vaste fumisterie.

— Vous ne devriez pas parler comme ça, rétorqua Mme Rosendorff. Pardonnez-moi de vous le faire remarquer, mais avec ce genre de propos, on ne réussit qu'à saper le moral de toute la nation. Croyez-vous que nos garçons accepteront de se battre pour vous, de risquer leur jeune vie, si vous leur dites que c'est une vaste fumisterie ?

— Je n'envie pas les Arabes, intervint M. Babaiof. Les Juifs d'Amérique vont nous donner bientôt quelques-unes de leurs bombes atomiques.

1. Nathan Alterman, « Les nuits de Canaan », in *La septième colonne* (vol. 1), éd. Am Oved, Tel-Aviv, 1950, p. 364.
2. David Ben Gourion, *Journal de la guerre 1948-1949*, éd. G. Rivlin, et Dr E. Oren, ministère de la Défense, vol. 1, 1983, p. 359.

— Les oignons n'ont pas l'air fameux et les concombres non plus, glissa maman.

Et Mme Lemberg, qui sentait toujours les œufs durs, la sueur et le savon rance :

— C'est une vaste fumisterie, croyez-moi ! Ce n'est qu'une mise en scène ! De la comédie ! Ben Gourion a accepté en secret de vendre Jérusalem au mufti, à ses milices et au roi Abdullah, et en échange les Anglais et les Arabes ont dû accepter de lui laisser ses kibboutz, Nahalal, Tel-Aviv, Solel Boneh et la Histadrout. C'est tout ce qui leur importe ! Jérusalem peut aller faifen, au diable, comme ça ils auront un peu moins de révisionnistes, de religieux et d'intellectuels dans l'État qu'ils veulent créer.

Les autres lui imposèrent silence : qu'est-ce qui vous prend ? Mme Lemberg ! Sha ! Bistu meshuge ? Es shteyt do a kind ? A farshtandiker kind ? (Chut ! Vous êtes folle ? Devant le gosse qui comprend tout !)

Le *farshtandiker kind*, le petit stratège, répéta ce qu'il avait entendu dire par son père et son grand-père :

« Quand les Anglais repartiront chez eux, la Haganah, l'Etsel et l'Irgoun s'uniront sûrement pour vaincre nos ennemis. »

Pendant ce temps, l'oiseau invisible, caché entre les branches du grenadier, suivait inflexiblement son idée : « Ti-da-di-da-da, ti-da-di-da-da » et après une pause propice à la réflexion : « Ti-da-di-da-da ! »

## 44

En septembre et octobre 1947, les journaux se perdaient en conjectures, analyses, hypothèses et suppositions : la proposition de partage serait-elle ou non votée par l'Assemblée générale de l'ONU ? Les Arabes réussiraient-ils ou pas à modifier les recommandations ou à annuler le vote ? Et si vote il y avait, comment allait-on atteindre la majorité des deux tiers ?

Le soir, après le dîner, papa s'installait à la table de la cuisine entre maman et moi. Après avoir essuyé la toile cirée, il y étalait ses fiches et, un crayon à la main, à la lumière cireuse de l'ampoule anémique, il se mettait à supputer nos chances de remporter la victoire. Avec le temps, il était de plus en plus démoralisé. À l'évidence, ses calculs indiquaient une cuisante défaite.

« Les douze États arabes et musulmans se ligueront naturellement contre nous. L'Église fait pression sur les pays catholiques pour qu'ils votent contre, car un État juif serait en totale contradiction avec le credo de la chrétienté, et tout le monde sait que le Vatican n'a pas son pareil pour tirer les ficelles en coulisses. Nous perdrons donc les vingt voix des pays d'Amérique latine ! D'autre part, Staline donnera sans aucun doute à ses satellites du bloc communiste des instructions de vote en accord avec ses positions résolument antisionistes, ce qui nous fait encore douze voix contre. Sans parler de l'Angleterre qui ne cesse d'intriguer contre nous, en particulier dans ses dominions, le Canada, l'Australie, la Nouvelle-Zélande et l'Afrique du Sud, lesquels se mobiliseront tous pour faire échouer les chances de création d'un État hébreu. Et la France ? Et les pays qui gravitent autour d'elle ? La France ne se risquera jamais à encourir la colère de ses millions de musulmans en Tunisie, en Algérie et au Maroc. La Grèce, elle, entretient des rapports commerciaux avec le monde arabe où vivent d'importantes communautés grecques. Et l'Amérique ? Pourra-t-on compter sur son soutien indéfectible ? Et que se passera-t-il si les manœuvres des géants du pétrole et de nos ennemis au sein du Département d'État réussissent à faire pencher la balance de leur côté et à ébranler les convictions du président Truman ? »

Papa calculait et recalculait le rapport des voix. Soir après soir, il tentait d'amortir le choc et faisait de l'acrobatie pour former une coalition entre les pays enclins à soutenir l'Amérique, ceux qui avaient peut-être intérêt à donner du fil à retordre aux Arabes, et les petits États intègres, tels le Danemark ou la Hollande, témoins des atrocités de la Shoah, qui auraient le courage d'agir suivant leur conscience et non selon des intérêts pétroliers.

*

Les Silwani, à Sheikh Jarrah (à seulement quarante minutes à pied d'ici), se livraient-ils au même moment aux calculs inverses sur la toile cirée de la table de la cuisine ? Appréhendaient-ils le vote grec, tout comme nous, et mâchouillaient-ils leur crayon en songeant à la décision finale des pays scandinaves ? Y avaient-ils chez eux aussi les optimistes, les pessimistes, les cyniques et les prophètes de malheur ? Tremblaient-ils également chaque nuit en imaginant que nous conspirions, manigancions et tirions sournoisement les ficelles ? Se demandaient-ils comme nous ce qui allait se passer et ce que nous réservait l'avenir ? Avaient-ils aussi peur de nous que nous avions peur d'eux ?

Et Aïcha et ses parents à Talbieh ? Dans une pièce bondée d'hommes moustachus et de femmes parées, l'air furibond, les sourcils rapprochés au-dessus du nez, toute la famille était-elle rassemblée autour de coupes remplies d'écorces d'orange confites pour comploter à voix basse de « nous noyer dans notre sang » ? Aïcha jouait-elle encore les morceaux que lui avait appris son professeur juif ? Ou le lui interdisait-on ?

Ou alors non. Ils faisaient cercle en silence autour du lit de leur petit garçon Awad. On l'avait amputé de la jambe. Par ma faute. Il se mourait d'un empoisonnement de sang. Par ma faute. Ses grands yeux de chiot étonnés, curieux et naïfs, étaient clos. Contractés par la souffrance. Son visage amaigri, pâle comme de la glace. Le front ravagé de douleur. Ses jolies boucles étalées sur le coussin blanc. Donnez-moi le temps, je n'ai pas le temps. Il grogne et tremble tant il a mal. Il gémit d'une toute petite voix de bébé. Assise à son chevet, sa sœur me déteste car tout est de ma faute, c'est de ma faute si on l'a frappée avec une telle sauvagerie, une telle cruauté, du revers de la main, méthodiquement, encore et encore, sur le dos, la tête, ses frêles épaules, pas comme si l'on corrigeait une enfant qui se serait mal conduite, mais comme si l'on battait un cheval rétif. Par ma faute.

*

Grand-père Alexandre et grand-mère Shlomit venaient quelquefois nous voir le soir, en octobre 1947, pour participer aux spéculations paternelles. Ainsi que Hannah et Haïm Toren, les Rudnicki, tante Mala et oncle Staszek, les Abramski, nos voisins, les Rosendorff, et Tocia et Gustav Krochmal. M. Krochmal possédait un réduit au bas de la rue Geoula où, un tablier de cuir noué autour de la taille et ses lunettes à monture de corne sur le nez, il passait ses journées à réparer des poupées :

RÉPARATION ARTISTIQUE DE DANTZIG,
TRAVAIL SOIGNÉ, DOCTEUR DE JOUETS.

Quand j'avais cinq ans, l'oncle Gustav Krochmal avait recollé gratuitement, dans son minuscule atelier, ma poupée danseuse rousse, Tsilli, dont le nez en bakélite, couvert de taches de rousseur, s'était cassé. M. Krochmal l'avait artistiquement réparée avec de la colle spéciale, si bien que la cicatrice était presque invisible.

M. Krochmal croyait au dialogue avec nos voisins arabes. Il pensait que les habitants de Kerem Avraham auraient intérêt à former une délégation petite mais respectable pour aller parler aux mukhtars, aux cheiks et aux autres notables des quartiers et villages avoisinants : après tout, nous avions toujours entretenu de bonnes relations avec eux, et même si le pays tout entier était tombé sur la tête, ce n'était pas une raison pour qu'ici aussi, au nord-ouest de Jérusalem, où il n'y avait jamais eu ni conflit ni différend entre les deux parties...

Aurait-il su un peu d'arabe ou d'anglais que Gustav Krochmal, lequel soignait indifféremment les jouets arabes et juifs depuis tant d'années, aurait pris son bâton de pèlerin, traversé le terrain vague qui nous séparait et serait allé frapper de porte en porte pour s'expliquer, avec des mots simples...

Le sergent Wilk, l'oncle Dudek, un bel homme qui ressemblait à un colonel anglais comme on en voit au cinéma, et servait dans la police britannique à Jérusalem, était venu nous rendre visite un soir en m'apportant une boîte de langues de chat au chocolat de la marque CD. Il avait bu une tasse de café à la chicorée et mangé deux biscuits — il me donnait le vertige dans son superbe uniforme noir empesé avec ses rangs de boutons d'argent, sa ceinture de cuir qui lui ceignait la poitrine, et son revolver noir, glissé dans un étui brillant qu'il portait sur la hanche, tel un lion endormi dans son antre (seule dépassait la crosse luisante qui me faisait secrètement frémir chaque fois que je la regardais). L'oncle Dudek resta environ un quart d'heure, et c'est sur l'insistance de mes parents et de leurs amis qu'il finit par lâcher quelques vagues allusions, glanées à travers les insinuations d'officiers de police britanniques bien informés :

« Vous perdez votre temps avec vos calculs et vos hypothèses. Il n'y aura pas de partage. Il n'y aura pas deux États, à cause que le Néguev restera entièrement aux mains des Anglais pour qu'ils puissent défendre leurs immenses bases du canal de Suez, et ils garderont aussi Haïfa, la ville et le port, les aéroports de Lod, Ekron et Ramat David et toutes leurs casernes de Sarafand. Le reste, y compris Jérusalem, reviendra aux Arabes, à cause que l'Amérique veut qu'en échange les Arabes acceptent d'abandonner aux Juifs une espèce d'enclave entre Tel-Aviv et Hadera. Les Juifs pourront y établir un canton autonome, un Vatican juif, en quelque sorte, où on laissera petit à petit entrer cent mille ou, au maximum, cent cinquante mille réfugiés, rescapés des camps. En cas de besoin, cette enclave juive sera protégée par quelques milliers de marines de la sixième flotte américaine, à partir de leurs porte-avions géants, à cause qu'ils ne pensent pas que les Juifs seront capables de se défendre dans ces conditions. »

« Mais c'est un ghetto ! s'écria M. Abramski d'une voix formidable. Une zone de résidence ! Une prison ! Un cachot ! »

Gustav Krochmal suggéra en souriant :

« Ce serait aussi bien que les Américains gardent pour eux ce pays de Lilliput qu'ils veulent nous donner entre Tel-Aviv et Hadera et qu'ils nous offrent généreusement leurs deux porte-avions à la place : nous serons plus confortablement installés et plus en sécurité. Et un peu moins à l'étroit aussi. »

Quant à Mala Rudnicki, elle pria, supplia, implora le policier comme si c'était une question de vie ou de mort :

« Et la Galilée ? La Galilée, mon cher Dudek ? Et les vallées ? Nous n'aurons pas même les vallées ? Ils pourraient au moins nous les laisser ? Pourquoi prendraient-ils la dernière brebis du pauvre ? »

Papa remarqua tristement :

« La dernière brebis du pauvre, ça n'existe pas, Mala. Le pauvre homme n'en avait qu'une et on la lui a quand même prise. »

Après un court silence, grand-père Alexandre se fâcha, le visage congestionné de colère, à croire qu'il allait exploser :

« Ce salaud de la mosquée de Jaffa avait raison ! Il avait parfaitement raison ! Nous sommes vraiment de la merde ! *Nu, chto* : c'est la fin. *Vsyo ! Khvatit !* Ça suffit ! Tous les antisémites du monde ont raison

576

Chmielnicki avait raison. Petlioura avait raison. Hitler aussi : *Nu, chto*. Nous sommes vraiment maudits quelque part ! Dieu doit vraiment nous haïr ! Et moi, gémit grand-père cramoisi, en postillonnant dans tous les sens et en tapant du poing sur la table à faire cliqueter les cuillères dans les tasses, et moi, moi, *Nu, chto, ty skazal*, je le lui rends bien ! Je hais Dieu ! Puisse-t-il mourir ! La canaille de Berlin a brûlé, mais il y a un autre Hitler là-haut ! Bien pire ! *Nu, chto !* Il se moque de nous là-haut, le salaud ! »

Grand-mère Shlomit lui prit le bras :

« Zisya ! Ça suffit ! ordonna-t-elle. *Chto ty gorovich*, comment tu parles ! *Genug !* Assez ! *Iber Genug !* il y en a plus qu'assez ! »

Il finit par se calmer. Et on lui servit un peu de cognac et quelques biscuits.

Mais, jugeant apparemment que les propos désespérés de grand-père ne devaient pas être proférés en présence de la police, oncle Dudek, le sergent Wilk, se leva, coiffa son impressionnante casquette à visière, rectifia la position de son étui sur sa hanche gauche, et de la porte il nous offrit un espoir de pardon, un rayon de lumière, comme s'il avait pitié de nous et consentait malgré tout à répondre positivement à notre appel, dans une certaine mesure du moins :

« Mais il y a un autre officier, un Irlandais, un drôle de phénomène, qui répète à qui veut l'entendre que les Juifs ont plus de cervelle que tout le monde et qu'ils savent toujours sur quel pied danser. C'est ce qu'il dit. La question est de savoir sur le pied de qui. Bonsoir, tout le monde. Je vous engage à garder ce que je vous ai dit pour vous, à cause qu'il s'agit de renseignements confidentiels. (Toute sa vie, même dans sa vieillesse, après avoir vécu soixante ans à Jérusalem, oncle Dudek s'obstinait à dire « à cause que », et trois générations de puristes ne parvinrent jamais à lui enseigner « à cause du fait que » et même les années où il servit en tant qu'officier supérieur, puis chef de la police de Jérusalem et, plus tard, directeur général adjoint du ministère du Tourisme ne servirent à rien. Il resta sur ses positions : « à cause que je suis un Juif obstiné ! ».)

# 45

Au cours du dîner, papa expliqua que l'Assemblée générale des Nations unies, qui se réunirait le 29 novembre à Lake Success, près de New York, adopterait à la majorité requise des deux tiers la résolution de l'UNSCOP, recommandant la création de deux États indépendants, arabe et juif, sur les territoires du mandat britannique. Les États du front islamique, ainsi que le gouvernement anglais, allaient faire leur possible pour empêcher la formation de cette majorité : ils voulaient que le pays tout entier devienne un État arabe sous protectorat britannique, comme d'autres pays arabes, tels que l'Égypte, la Transjordanie et l'Iraq, étaient de facto des protectorats anglais. Prenant le contre-pied de son département d'État, le président Truman, pour sa part, œuvrait pour le plan de partage.

L'Union soviétique de Staline s'était curieusement rangée aux côtés des États-Unis en soutenant à son tour la création d'un État juif à côté d'un État arabe : Staline avait probablement prévu que la partition impliquerait des années de conflit sanglant dans la région, ce qui lui permettrait de mettre un pied dans une zone d'influence britannique au Proche-Orient, non loin des puits de pétrole et du canal de Suez.

Ces calculs tordus de la part des grandes puissances recoupaient apparemment des aspirations d'ordre religieux : le Vatican espérait exercer son emprise sur Jérusalem qui, d'après le plan de partage, serait placée sous contrôle international, donc ni musulman ni juif. Des considérations d'ordre moral et affectif se mêlaient à l'égoïsme et au cynisme (certains gouvernements européens cherchaient le moyen de dédommager le peuple juif de la perte du tiers de ses membres assassinés par les nazis, et de persécutions séculaires. En même temps, il ne leur déplaisait pas de canaliser le plus loin possible de leurs territoires en particulier et de l'Europe en général le courant des centaines de milliers de malheureux Juifs d'Europe orientale qui croupissaient dans les camps de transit depuis la défaite de l'Allemagne).

Jusqu'au dernier moment il était impossible de présumer l'issue du vote : on avait usé de pressions, de manipulations, de menaces voire de pots-de-vin pour influencer trois ou quatre petites républiques d'Amérique latine et d'Extrême-Orient dont le vote pouvait s'avérer déterminant. Le gouvernement chilien, initialement en faveur du partage, céda à la pression arabe et ordonna à son représentant à l'ONU de voter contre. Haïti annonça son intention de voter contre. La délégation grecque, qui pensait s'abstenir, décida in extremis de se ranger du côté des Arabes. Le représentant des Philippines ne voulait pas se compromettre. Le Paraguay hésitait, et son délégué à l'ONU, le Dr César Acosta, se plaignit de ne pas avoir reçu d'instructions précises de son gouvernement. Un coup d'État ayant éclaté au Siam, le nouveau gouvernement avait rappelé son délégué à l'ONU sans nommer de remplaçant. Le Libéria avait promis de voter pour. Sous l'influence américaine, Haïti changea d'avis et décida de voter en faveur du partage [1]. Pendant ce temps, rue Amos, à l'épicerie de M. Auster ou dans la boutique de M. Caleko, le papetier et marchand de journaux, on parlait d'un beau diplomate arabe qui avait séduit la déléguée d'un petit pays et obtenu qu'elle vote contre le partage, alors que son gouvernement avait assuré les Juifs de son soutien. « Mais, avait raconté en jubilant M. Kolodni, le propriétaire de l'Imprimerie Kolodni, on avait immédiatement envoyé un Juif futé chez le mari de la diplomate amoureuse pour lui vendre la mèche et, en même temps, une Juive maligne chez l'épouse de notre Don Juan de diplomate, et au cas où ça n'aurait pas marché, on avait même imaginé... » (ici, ils étaient passés au yiddish pour que je ne comprenne pas).

*

Samedi matin, disait-on, les délégués de l'Assemblée générale de l'ONU se réuniraient dans un lieu appelé Lake Success où ils décideraient de notre sort. « Qui vivrait et qui mourrait ! » dit M. Abramski. Et Mme Tocia Krochmal avait ramené la rallonge de la machine à coudre électrique de la clinique de poupées de son mari pour que les Lemberg puissent brancher leur lourd poste de radio noir dehors, sur la table du balcon (c'était la seule et unique radio de la rue Amos, sinon de tout le quartier). Ils augmenteraient le son au maximum pendant que les voisins se rassembleraient chez eux, dans la cour, dans la rue, sur le balcon du dessus et celui d'en face, sur le trottoir devant la cour, de sorte que tout le monde puisse écouter le verdict en direct et savoir

1. Jorge Garcia Granados, *The Birth of Israël : The Drama as I Saw it*, New York, Alfred A. Knopf, 1948.

ce que l'avenir nous réservait (« si tant est qu'il y eût encore un avenir après ce samedi-là »).

— Lake Success, expliqua papa, signifie le lac du succès, de la victoire, c'est-à-dire le contraire de la mer des Larmes qui, chez Bialik, symbolise le destin de notre peuple. Votre Majesté, poursuivit-il, sera évidemment autorisée à prendre part à cet événement en tant que fervent lecteur de journaux et chroniqueur militaire et politique.

— Oui, mais avec un pull. Il fait froid, ajouta maman.

Or ce fameux samedi matin, il s'avéra que le débat crucial, qui devait avoir lieu l'après-midi à Lake Success, ne serait retransmis que le soir à cause du décalage horaire entre Jérusalem et New York. Ou alors parce que Jérusalem se trouvait loin de tout, par-delà les montagnes des ténèbres, au bout du monde, et que ce qui se passait sur la planète nous parvenait affaibli et avec du retard. Le vote, pensait-on, se tiendrait très tard à Jérusalem, vers minuit, à une heure où cet enfant devrait être depuis longtemps au lit parce que, demain, il y avait école.

Papa et maman échangèrent quelques phrases rapides, une brève concertation en polonais schch-phzhevska et en russe yanikachwik, au terme de laquelle maman annonça :

« Tu ferais quand même mieux d'aller te coucher ce soir comme d'habitude, pendant que nous irons dans la cour, à côté de la clôture, pour écouter la radio des Lemberg, et si le oui l'emporte, nous te réveillerons même s'il est minuit pour te le dire. C'est promis. »

\*

Je me réveillai à minuit passé, vers la fin du vote. Mon lit se trouvait sous la fenêtre donnant sur la rue, si bien qu'il me suffisait de m'agenouiller pour regarder à travers les persiennes. Je frémis.

On aurait dit un cauchemar : des multitudes d'ombres immobiles et muettes, agglutinées les unes aux autres dans la clarté glauque du réverbère, envahissaient les cours, les trottoirs, la chaussée, telle une gigantesque assemblée de fantômes dans la lumière blême. Des centaines d'hommes et de femmes se pressaient sans bruit aux balcons, des voisins, des connaissances, des inconnus, certains en vêtements de nuit, d'autres en veston et cravate, coiffés de chapeaux ou de casquettes, il y avait des femmes tête nue et d'autres en robes de chambre et fichus, des pères portaient leur enfant endormi sur leurs épaules, et, un peu à l'écart, j'aperçus une vieille femme assise sur un tabouret et un vieillard qu'on avait porté jusque-là sur une chaise.

La foule avait l'air pétrifiée dans l'hallucinant silence nocturne, à croire que ce n'étaient pas des humains de chair et de sang, mais des centaines de silhouettes opaques, peintes sur la toile des ténèbres vacillantes. On aurait dit qu'ils étaient morts debout. On n'entendait pas un mot, pas un toussotement, pas un piétinement. Pas le moindre bourdonnement de moustique. Seule la voix profonde et rauque du speaker américain qui s'échappait de la radio dont le volume, poussé à fond, faisait vibrer l'air nocturne, à moins que ce ne fût la voix du président de l'Assemblée, le Brésilien Osvaldo Aranha. Il lisait les noms des derniers pays de la liste, dans l'ordre alphabétique anglais, aussitôt suivis de la réponse de leur représentant. United Kingdom : abstains. Union of Soviet Socialist Republics : yes. United States : yes. Uruguay : pour. Venezuela . pour. Yémen : contre. Yougoslavie : abstention.

Ici, la voix s'interrompit et le silence venu d'ailleurs qui s'abattit soudainement figea la scène, un silence terrifiant, tragique, le silence de foules retenant leur respiration, un silence tel que je n'en avais jamais entendu avant cette nuit ni ne devais plus jamais entendre par la suite.

Puis la voix épaisse, un peu cassée, fit à nouveau trembler l'air tandis qu'elle résumait avec une rude sécheresse débordant d'allégresse : trente-trois pour. Treize contre. Dix abstentions et un absent. La résolution est approuvée

Sa voix fut couverte par un grondement qui s'échappa de la radio, enfla, déborda des galeries en liesse de la salle de Lake Success, et après deux ou trois secondes de saisissement, la bouche ouverte, comme assoiffée, les yeux écarquillés, un premier rugissement affreux jaillit de notre rue perdue, au fin fond de Kerem Avraham, au nord de Jérusalem, déchirant les ténèbres, les bâtiments et les arbres, une clameur stridente, rien à voir avec les acclamations de joie des spectateurs, plus près peut-être de l'horreur et de l'épouvante, un beuglement cataclysmique à ébranler les pierres, à glacer le sang, comme si les vociférations des morts passés et futurs s'immisçaient par un interstice, aussitôt refermé, pour céder la place à une multitude de beuglements d'allégresse et de cris rauques où se mêlaient « Le peuple d'Israël est vivant », l'*Hatikvah*, que l'on s'efforçait vainement d'entonner, les glapissements des femmes, les applaudissements, et « Ici, dans le pays chéri de nos ancêtres », ensuite la foule se mit à tourner lentement sur elle-même comme si elle était malaxée dans une gigantesque bétonnière, il n'y avait plus d'interdits, je sautai dans mon pantalon, négligeant chemise et pull, et déboulai dans la rue où quelqu'un, un voisin ou un inconnu, me prit dans ses bras pour que je ne me fasse pas piétiner et, passant de main en main, j'atterris sur les épaules de papa, près du portail. Mes parents étaient là, enlacés, tels deux enfants perdus dans la forêt — jamais je ne les avais vus ainsi, ni avant ni après cette nuit-là — et je m'étais retrouvé brièvement au milieu de leur étreinte puis à nouveau sur les épaules de mon père, si intelligent et si poli, qui criait à tue-tête, à voix nue, sans plus de mots ni calembours ni cris de joie, comme avant la création des mots.

À présent, les gens chantaient, la foule entonnait en chœur : « Crois-moi, un jour viendra », « Ici, dans le pays chéri de nos ancêtres », « Sion, ma parfaite », « Dans les montagnes brille notre lumière », « De Metulla au Néguev », mais mon père, qui ne savait pas chanter et ne connaissait pas les paroles des chansons, criait à perdre haleine aaahhhhh et, quand il était à bout de souffle, il inspirait comme un noyé et reprenait de plus belle, lui, qui ambitionnait et méritait d'être un grand professeur, n'était plus qu'un aaahhhh qui n'en finissait pas. Et je vis avec stupeur ma mère caresser la tête mouillée de sueur et la nuque de papa avant de sentir sa main sur ma tête et mon dos, car j'essayais sans doute inconsciemment de prêter main-forte à mon père, et ma mère continuait à nous caresser comme pour nous rassurer, ou alors non, ce n'était pas ça, mais peut-être que des profondeurs elle cherchait à faire chorus avec lui avec moi la rue le quartier la ville entière le pays tout entier, ma triste mère s'efforçait cette fois de participer (évidemment pas la ville entière mais seulement les quartiers juifs, car Sheikh Jarrah, Katamon, Bakaa et Talbieh avaient dû nous entendre, cette nuit, dans un silence de mort, pareil à celui qui planait chez nous avant que l'issue du vote ne fût connue. Chez les Silwani, à Sheikh Jarrah, chez les parents d'Aïcha, à Talbieh ou chez l'homme de la boutique de confection pour dames, Gepetto, le bien-aimé, avec ses yeux cernés et compatissants, on ne se réjouissait guère cette nuit. Ils avaient dû entendre les manifestations de joie des Juifs, et, les lèvres pincées, sans mot dire, ils avaient observé par la fenêtre les feux d'artifice zébrer le ciel obscur. Les perroquets eux-mêmes s'étaient tus. Ainsi que le jet d'eau dans la vasque du jardin. Ni Katamon, ni Talbieh, ni Bakaa ne pouvaient savoir que, cinq mois plus tard, vides et intacts, ils tomberaient aux mains des Juifs et que de nouveaux habitants viendraient occuper les maisons de pierre rose et les villas aux multiples arcs, corniches et voûtes).

*

Alors la rue Amos, Kerem Avraham et les autres quartiers juifs vibrèrent de danses et de larmes, on brandit des drapeaux, des banderoles, les klaxons résonnèrent à qui mieux mieux, et « Hissez le drapeau et l'étendard vers Sion », « Ici, dans le pays chéri de nos ancêtres », on sonna le shofar dans chaque synagogue, on sortit de l'Arche sainte les rouleaux de la Tora qui entrèrent dans la ronde, et « Dieu bâtira la Galilée »,

> *Regardez et voyez*
> *comme ce jour est grand,*

et plus tard, au petit jour, l'épicerie de M. Auster ouvrit à l'improviste, de même que les kiosques des rues Tsephaniah, Geoula, Chancellor, Jaffa et George-V et tous les bars de la ville où, jusqu'à l'aube, on servit gratuitement des sodas, des friandises, des pâtisseries, et même des boissons alcoolisées, les jus de fruit, la bière et le vin passèrent de main en main et de lèvres en lèvres, des étrangers s'embrassaient en pleurant dans les rues, et l'on entraîna dans la farandole des policiers anglais, ahuris, qu'on amadoua à grand renfort d'ale et de sherry, de joyeux fêtards grimpèrent sur les véhicules anglais en agitant le drapeau de l'État qui n'était pas encore né mais dont la création avait été votée cette nuit-là, à Lake Success. Ce qui serait chose faite cent soixante-sept jours et cent soixante-sept nuits plus tard, le vendredi 14 mai 1948, mais un pour cent de la population juive, hommes, femmes, vieillards, enfants et bébés, un pour cent de ceux qui dansaient, fêtaient, buvaient et pleuraient de joie, un pour cent du peuple qui envahissait joyeusement les rues cette nuit-là, allait mourir au cours de la guerre que déclareraient les Arabes moins de sept heures après la décision de partage, prise par l'Assemblée générale, à Lake Success, avec l'aide des forces armées régulières de la Ligue arabe, après le départ des Anglais : infanterie, blindés, artillerie, chasseurs et bombardier. Venues du sud, de l'est et du nord, les armées de cinq États arabes envahiraient le pays avec la ferme intention d'en finir avec l'État hébreu, un jour ou deux après sa proclamation.

Mais tandis que, juché sur les épaules paternelles, je naviguais parmi les danseurs et les noctambules, mon père me dit — il ne me le demandait pas, mais c'était une certitude qu'il assenait comme on enfonce un clou : « Regarde, mon garçon, regarde bien, mon fils, regarde de tous tes yeux, s'il te plaît, parce que tu n'oublieras jamais cette nuit de ta vie, et tu en parleras à tes enfants, tes petits-enfants et tes arrière-petits-enfants, bien longtemps après que nous aurons disparu. »

*

Très tard dans la nuit, à une heure où aucun enfant n'a le droit de ne pas être couché depuis belle lurette, peut-être à trois ou quatre heures du matin, je me mis au lit tout habillé dans le noir. Un peu après, mon père souleva la couverture, non pour me gronder de m'être couché tout habillé, mais pour s'allonger à côté de moi, sans même ôter ses vêtements trempés de sueur, comme les miens d'ailleurs (à la maison, il y avait pourtant une règle d'or selon laquelle on ne devait jamais, sans aucune exception, se mettre dans les draps tout habillé). Papa resta allongé près de moi sans rien dire, lui qui, d'ordinaire, détestait tellement le silence qu'il s'ingéniait à le rompre par tous les moyens. Mais cette fois il ne troubla pas le silence qui régnait entre nous, mais il s'y associa et se borna à me caresser la tête. Comme si, dans l'obscurité, il s'était métamorphosé en ma mère.

Alors il me raconta à mi-voix, sans jamais m'appeler Votre Excellence ou Votre Honneur, ce que des voyous leur avaient fait, à lui et à son frère David, à Odessa, et ce qu'il avait enduré de la part de jeunes goys au lycée polonais de Vilna — les filles s'en étaient mêlées aussi — et quand son père, grand-père Alexandre, était venu demander des comptes à l'école, ces vauriens n'avaient pas rendu le pantalon déchiré, mais devant lui ils s'en étaient pris à son père, mon grand-père, ils l'avaient jeté à terre et lui avaient enlevé son pantalon au milieu de la cour, alors que les filles se moquaient de lui et lui lançaient des obscénités, que les Juifs étaient ceci et cela, sous les yeux des professeurs qui observaient la scène sans rien dire, à moins qu'ils n'aient ri, eux aussi.

Et avec une voix de ténèbres, tandis que sa main s'égarait dans mes cheveux (il n'avait pas l'habitude de me caresser), papa déclara sous ma couverture, à l'aube du 30 novembre 1947 : « Tu seras sans doute en butte à des garnements dans la rue ou à l'école. Peut-être parce que tu me ressembleras un peu. Mais désormais, du moment que nous avons un État à nous, on ne te malmènera plus jamais parce que tu es juif et parce que les Juifs sont comme ceci et comme cela. Plus jamais, non. À partir de maintenant, c'est fini. Pour toujours. »

À moitié endormi, j'étendis le bras pour toucher son visage, juste au-dessous de son haut front, et soudain, à la place de ses lunettes, je sentis des larmes. De toute ma vie, ni avant ni après cette nuit, pas même à la mort de ma mère, je n'ai vu mon père pleurer. En fait, je ne l'avais pas vu cette nuit-là non plus. Il faisait trop sombre. Seule ma main gauche l'avait « vu ».

*

Un peu plus tard, à sept heures du matin, alors que tout le monde dormait encore, on tira à Sheikh Jarrah sur une ambulance juive qui se rendait du centre-ville à l'hôpital Hadassah, sur le mont Scopus. Dans tout le pays, des Arabes s'en prirent à des autobus juifs, tuant et blessant les passagers, et ils attaquèrent à l'arme légère et à la mitraillette les faubourgs périphériques et les villages isolés. Le Haut Comité arabe présidé par Djamal Husseini proclama la grève générale dans tout le territoire arabe, et envoya les foules dans la rue et les mosquées où les imams appelèrent au djihad contre les Juifs. Le deuxième jour, des centaines d'Arabes armés sortirent de la vieille ville en braillant des chants sanguinaires et des versets du Coran, hurlant *'idbah al-Yahoud* et tirant des rafales en l'air. La police britannique les escorta, et une automitrailleuse anglaise, à ce qu'on disait, avait pris la tête de la foule qui déferlait sur le centre commercial juif, à l'est de la rue Mamilla, saccageant et incendiant tout le quartier. Quarante boutiques brûlèrent. Des policiers et des soldats anglais érigèrent des barrages dans la rue de la Princesse-Mary, empêchant les membres de la Haganah de secourir les Juifs prisonniers du centre commercial et allant même jusqu'à saisir leurs armes et capturer seize d'entre eux. Le lendemain, en représailles, l'Irgoun brûla le cinéma Rex, qui était apparemment tombé aux mains des Arabes.

Au cours de la première semaine de troubles, on dénombra une vingtaine de victimes juives. À la fin de la deuxième semaine, il y en avait deux cents, juives et arabes confondues, dans tout le pays. De début décembre 1947 à mars 1948, l'initiative était du côté des forces arabes, les Juifs de Jérusalem et d'ailleurs se cantonnant à une défense statique car les Anglais torpillaient les tentatives de contre-offensives de la Haganah dont elle arrêtait les membres et confisquait les armes. Les forces arabes locales semi-régulières, épaulées par des centaines de volontaires armés, venus des pays arabes voisins, et de quelque deux cents soldats anglais déserteurs ayant rejoint le camp arabe, bloquèrent les routes, réduisant la présence juive à une mosaïque clairsemée de villages et d'implantations assiégés que des convois ravitaillaient en nourriture, essence et munitions.

Alors que les Anglais, toujours au pouvoir, usaient de leurs prérogatives pour soutenir la lutte arabe et ligoter les Juifs, la Jérusalem juive se retrouvait petit à petit coupée du reste du pays. Les forces arabes avaient bloqué l'unique route qui la reliait à Tel-Aviv, et les convois de ravitaillement, partis de la plaine côtière, ne pouvaient l'atteindre qu'à intervalles irréguliers et au prix de lourdes pertes. Fin décembre 1947, les quartiers juifs de la ville étaient de facto assiégés. Les forces régulières irakiennes, que l'administration britannique avait autorisées à contrôler les stations de pompage de Rosh ha-Ain, en bombardèrent les installations, privant ainsi la Jérusalem juive d'approvisionnement en eau, excepté les puits et les réservoirs. Les secteurs juifs isolés, tels que le quartier juif de la vieille ville, Yemin Moshe, Mekor Haïm et Ramat Rahel, se retrouvèrent « en état de siège dans le siège », car isolés du reste de la ville. Un « comité ad hoc » nommé par l'Agence juive supervisa le rationnement en vivres et les citernes qui circulaient dans les rues entre deux bombardements pour fournir un seau d'eau par habitant, tous les deux ou trois jours. Le pain, les légumes, le sucre, le lait, les œufs, etc. furent strictement rationnés et distribués par des tickets de rationnement jusqu'à épuisement des stocks, après quoi il n'y eut plus que de maigres rations de lait en poudre, des biscottes rassises et de la poudre d'œufs qui avait une drôle d'odeur. Les médicaments et l'équipement médical étaient quasiment introuvables. Les blessés étaient souvent opérés sans anesthésie. Comme l'électricité était rare et qu'il était presque impossible de se procurer du pétrole, nous vivions depuis des mois dans une semi-obscurité, ou à la bougie.

*

Notre sous-sol exigu se transforma en abri pour les voisins du dessus, un refuge sûr contre les bombes et les tirs. On avait ôté les vitres et barricadé les fenêtres avec des sacs de sable. De mars 1948 au mois d'août ou de septembre suivant, nous avions vécu, jour et nuit, dans la pénombre continuelle d'une grotte. Dans la profonde obscurité, l'air vicié et confiné, nous accueillions parfois vingt à vingt-cinq personnes, voisins, inconnus, connaissances, réfugiés, arrivés des quartiers en première ligne et dormant sur des matelas et des nattes. Il y avait deux très vieilles femmes qui restaient à longueur de journée assises par terre, dans le couloir, le regard vide, un vieillard à moitié fou qui se prenait pour le prophète Jérémie et pleurait continuellement sur la destruction de Jérusalem en nous menaçant tous des chambres à gaz que les Arabes avaient installées près de Ramallah, « où ils exterminaient déjà 2 100 Juifs par jour ». Sans oublier grand-père Alexandre et grand-mère Shlomit, le frère aîné de grand-père Alexandre, mon grand-oncle Yosef soi-même — le professeur Klausner — avec sa belle-sœur, la femme de son frère, Haïa Elitsedek : ils avaient réussi à s'enfuir in extremis de Talpiot, isolée et assiégée, et avaient trouvé asile chez nous. Tout habillés, avec leurs chaussures aux pieds, ils passaient leur temps à somnoler sur le carrelage de la cuisine, l'endroit le moins bruyant de l'appartement, car la pénombre était telle qu'on avait du mal à distinguer entre le jour et la nuit. (M. Agnon aussi, disait-on, avait quitté Talpiot avec sa famille et résidait chez des amis, à Rehavia.)

De sa voix de fausset, un peu geignarde, mon grand-oncle Yosef ne cessait de se lamenter sur le sort de sa bibliothèque et de ses précieux manuscrits qu'il avait laissés à Talpiot, ignorant s'il les reverrait jamais. Quant au fils unique de Haïa Elitsedek, Ariel, il s'était engagé et se battait pour la défense de Talpiot, et pendant très longtemps personne ne sut s'il était vivant ou mort, blessé ou prisonnier [1].

Les Miudovnik, dont le fils, Grisha, servait quelque part dans le Palmach, avaient fui leur maison, située sur la ligne de front, à Beit Yisrael, et logeaient également chez nous, en compagnie de quelques autres familles entassées dans la petite chambre qui était la mienne avant la guerre. Je regardais M. Miudovnik avec une crainte respectueuse car j'avais appris qu'il était l'auteur du manuel caca d'oie dont nous nous servions à l'école Takhkémoni : *L'arithmétique en classe de CE1*, de Matityahou Miudovnik. Un beau matin, M. Miudovnik sortit et ne rentra pas le soir. Pas plus que le lendemain. Sa femme se rendit donc à la morgue municipale où elle effectua des recherches et revint toute heureuse et rassurée parce qu'elle n'avait pas trouvé son mari parmi les cadavres.

M. Miudovnik n'étant toujours pas de retour le jour suivant, papa se mit à badiner, à son habitude, pour repousser le silence et bannir la tristesse : « Notre cher Matya, déclara-t-il, s'est sans doute trouvé une belle soldate en jupe kaki de qui il est devenu le compagnon d'armes » (il n'avait rien trouvé de mieux comme astuce).

Après un quart d'heure de laborieuses plaisanteries, papa se rembrunit soudain et alla à son tour à la morgue où, grâce aux chaussettes qu'il avait prêtées à Matityahou Miudovnik, il put identifier le corps

1. Ariel Elitsedek, le cousin de mon père, a raconté son expérience de la guerre d'Indépendance dans *L'épée altérée*, éd. Achiasaf, Jérusalem, [1]950

déchiqueté par une bombe que Mme Miudovnik n'avait évidemment pas reconnu, car il n'avait plus de visage.

*

Durant le siège, maman, papa et moi dormions sur un matelas, au fond du couloir, où la longue procession de ceux qui allaient aux toilettes nous enjambait toute la nuit. Les WC d'ailleurs puaient atrocement parce qu'il n'y avait pas d'eau pour tirer la chasse et que la lucarne était obstruée par des sacs de sable. À chaque explosion, la montagne tremblait, et les maisons de pierre avec elle. Parfois les cris terrifiants d'un dormeur en proie à un cauchemar me réveillaient en sursaut.

Le 1er février, une voiture piégée explosa devant le siège du journal juif d'expression anglaise, le *Palestine Post*. Le bâtiment fut entièrement détruit et les soupçons se portèrent sur des policiers britanniques qui collaboraient avec les Arabes. Le 10 février 1948, les défenseurs de Yemin Moshe parvinrent à repousser l'attaque massive des troupes arabes semi-régulières. Le dimanche 22 février, à six heures dix du matin, une organisation dénommée les « Forces fascistes britanniques » fit sauter trois camions chargés de dynamite dans la rue Ben Yehouda, au cœur de la Jérusalem juive. Des immeubles de six étages furent réduits en poussière et une bonne partie de la rue ne fut plus qu'un tas de décombres. On déplora la mort de cinquante-deux résidents juifs, et il y eut cent cinquante blessés.

Ce jour-là, mon père, qui était myope, s'en fut au poste de la garde civile situé dans un passage non loin de la rue Tsephania, et demanda à s'enrôler. Il fut bien obligé d'avouer que son expérience militaire se limitait à la rédaction de tracts illégaux, rédigés en anglais pour le compte de l'Irgoun (« Honte à la perfide Albion ! », « Trêve de l'oppression nazie britannique ! », etc.).

Le 11 mars, la voiture du consul général d'Amérique à Jérusalem, pilotée par le chauffeur arabe du consulat, pénétra dans la cour de l'Agence juive, le centre des institutions dirigeantes juives de Jérusalem et de tout le pays. Les bâtiments furent à moitié détruits et des dizaines de personnes tuées ou blessées. La troisième semaine de mars, les tentatives d'acheminer des convois de vivres et d'approvisionnement depuis la plaine côtière vers Jérusalem échouèrent : le siège s'intensifia sur la ville qui mourait de faim et de soif, sans parler du risque d'épidémie.

*

Les écoles du quartier avaient fermé dès la mi-décembre 1947. Les élèves du CE2 et du CM1, de Takhkémoni comme de l'Institution pour les enfants des travailleurs, se rassemblèrent un matin dans un appartement vide de la rue Malachie. Un jeune homme bronzé en tenue kaki décontractée qui fumait des cigarettes Matossian se présenta sous son nom de code, Garibaldi, et nous parla gravement pendant une vingtaine de minutes sur un ton sec et prosaïque, comme s'il s'adressait à des adultes. Garibaldi nous chargea de ramasser tous les sacs vides que nous trouverions dans les cours et les hangars (« nous allons y mettre du sable ») et aussi les bouteilles (« quelqu'un sait comment on les remplit d'un cocktail que l'ennemi va sûrement trouver à son goût »).

On nous apprit aussi à cueillir dans les terrains

vagues et les cours de la mauve sauvage que l'on appelait par son nom arabe, *khoubeizah*. Cette khoubeizah apaisa un peu la faim à Jérusalem. Les mères la faisaient bouillir ou frire pour en confectionner des boulettes ou de la purée, vertes comme des épinards mais pires au goût. Nous assurions la garde à tour de rôle : toutes les heures, nous devions prendre position par deux sur un toit de la rue Abdias, d'où l'on avait une vue plongeante sur la caserne Schneller, ensuite l'un d'entre nous devait courir au poste de commandement de la rue Malachie pour raconter à Garibaldi, ou à l'un de ses lieutenants, ce que fabriquaient les Tommies et s'il y avait des mouvements de troupes.

Aux plus grands, ceux de CM2 et de 6e, Garibaldi enseignait à porter des messages entre les postes de la Haganah, du bout de la rue Tsephania au tournant du quartier Boukharian. Ma mère me supplia de « faire preuve de maturité et de renoncer à ces jeux puérils », mais je ne cédai pas. J'excellai dans le ramassage des bouteilles vides : en une semaine, je réussis à en collectionner cent quarante-six que je transportais dans des caisses et des sacs au QG. Garibaldi me gratifia d'une bourrade dans le dos et d'un regard en coin. Je cite fidèlement ce qu'il me dit en se grattant la poitrine à travers le col de sa chemise : « Très bien. On entendra sûrement encore parler de toi. » Mot pour mot. Cinquante-trois ans ont passé, et je n'ai pas oublié.

## 46

Des années plus tard, je découvris qu'une femme que je connaissais depuis mon enfance, Mme Abramski, Tserta, l'épouse de Yaakov David Abramski (tous deux venaient souvent à la maison), tenait son journal à l'époque. Je me rappelle vaguement que ma mère, assise par terre dans le couloir pendant les bombardements, un cahier ouvert sur un livre fermé qui lui servait de pupitre, posé sur ses genoux, écrivait, sourde aux tirs des canons, des mortiers et des mitrailleuses, au vacarme et aux querelles des dizaines de réfugiés qui se pressaient dans notre sous-marin obscur et nauséabond, noircissant son cahier, indifférente aux lamentations apocalyptiques du prophète Jérémie, aux récriminations de l'oncle Yosef et aux gémissements perçants de bébé d'une vieille femme dont la fille muette changeait les couches mouillées devant tout le monde. Je ne saurai jamais ce que ma mère écrivait : je n'ai jamais vu un de ses cahiers. Peut-être les avait-elle brûlés avant de se suicider. Je n'ai pas une seule page écrite de sa main.

Extraits du journal de Tserta Abramski :

## 24.2.1948

Je suis lasse... si lasse... Le dépôt est plein d'effets ayant appartenu aux tués et aux blessés... Pratiquement personne ne vient les réclamer. Leurs propriétaires sont morts ou cloués sur leur lit de douleur à l'hôpital. Il est arrivé quelqu'un, atteint à la tête et à la main, mais capable de marcher. Sa femme a été tuée. Il a retrouvé ses robes, ses photos et quelques étoffes... Et dire que ces objets, acquis avec tant d'amour et de joie de vivre, ont atterri dans cette cave... Un jeune homme, G., est venu chercher ses affaires. Il avait perdu son père, sa mère, ses deux frères et sa sœur au cours de l'explosion de la rue Ben Yehouda. Il s'en était tiré car il n'avait pas dormi chez lui cette nuit-là parce qu'il était de garde... Soit dit en passant, il n'était pas tant intéressé par les objets que par les photographies. Parmi les centaines de clichés... rescapés des décombres, il s'efforçait de retrouver des photos de famille...

\*

## 14.4.1948

Ce matin, on a appris... que pour un ticket de pétrole (dans le carnet du chef de famille), on pouvait obtenir un quart de poulet par foyer. Des voisins m'ont demandé d'aller chercher leur ration puisque, de toute façon, je faisais la queue pour moi et qu'ils ne pouvaient pas s'y rendre à cause du travail. Mon fils, Yoni, m'a offert de me garder une place avant d'aller à l'école, mais je lui ai dit que j'irais moi-même. J'ai envoyé Yaïr au jardin d'enfants et je suis partie à Geoula, où se trouvait la boucherie. À huit heures moins le quart, il y avait une queue de près de six cents personnes.

On racontait que les gens étaient arrivés à trois, quatre heures du matin, parce que la nouvelle de la distribution du poulet leur était parvenue au milieu de la nuit. Je n'avais aucune envie de faire la queue, mais comme j'avais promis aux voisins de leur ramener leur part, je ne pouvais décemment pas rentrer sans et décidai de faire le pied de grue, comme les autres.

Pendant que j'attendais, j'appris que la « rumeur » qui circulait depuis hier se confirmait et que cent Juifs avaient brûlé vifs la veille, près de Sheikh Jarrah : ils se trouvaient dans un convoi qui montait vers Hadassah et l'université. Une centaine de personnes. D'éminents scientifiques, des médecins, des infirmières, des ouvriers, des étudiants, des fonctionnaires et des malades.

C'est difficile à croire. Il y a des quantités de Juifs à Jérusalem et ils n'ont pas pu sauver ces cent victimes, à peine à un kilomètre de là... On dit que les Anglais les en ont empêchés. Que vaut un quart de poulet quand de pareilles horreurs se déroulent devant vos yeux ? Pourtant les gens patientaient sans désemparer. « Les enfants maigrissent à vue d'œil... entendait-on. Ils n'ont pas mangé de viande depuis des mois... il n'y a pas de lait, ni de légumes... » C'est dur de faire la queue pendant six heures, mais ça vaut la peine, les enfants auront du bouillon... Ce qui est arrivé à Sheikh Jarrah est affreux, mais qui sait ce qui nous attend ici, à Jérusalem... Les morts sont morts, et la vie continue. La queue avance. Les « chanceux » retournent chez eux avec leur quart de poulet serré contre leur poitrine. À la fin, un enterrement est passé... À deux heures de l'après-midi, j'ai été servie, sans oublier les voisins, et je suis rentrée à la maison [1].

\*

Papa aurait dû faire partie du convoi qui montait vers le mont Scopus le 13 avril 1948, là où avaient péri, brûlés vifs, soixante-dix-sept médecins, infirmières, professeurs et étudiants : la garde civile, ou bien ses supérieurs à la Nationale, lui avaient demandé de fermer certaines sections des réserves de la Bibliothèque, puisque le mont Scopus était coupé du reste de la ville. Mais la veille au soir, il était cloué au lit avec quarante de fièvre et le docteur lui avait expressément défendu de se lever (comme il était myope et de constitution fragile, sa vue se brouillait quand il avait de la température au point qu'il en devenait presque aveugle et perdait l'équilibre).

Quatre jours après la prise du village arabe de Deir Yassin, à l'ouest de Jérusalem, et le massacre d'une grande partie de ses habitants, des Arabes en armes attaquèrent le convoi qui traversait Sheikh Jarrah, à neuf heures et demie du matin, en direction du mont Scopus. Le secrétaire britannique aux Colonies, Arthur Creech Jones, promit personnellement aux délégués de l'Agence juive que, tant que l'armée britannique serait à Jérusalem, elle garantirait le passage du convoi transportant la relève de la garde en direction de l'hôpital et de l'université (l'hôpital Hadassah servait à la population juive comme à tous les habitants de Jérusalem).

Le convoi comportait deux ambulances, trois

1. Tserta Abramski, « Extraits du journal d'une femme pendant le siège de Jérusalem, en 1948 », in *La correspondance de Yaakov-David Abramski*, éditée et annotée par Shula Abramski, Sifriat Poalim, Tel-Aviv, 1991, pp. 288-9.

autobus aux fenêtres blindées de plaques métalliques, en protection contre les tirs, plusieurs camions chargés du ravitaillement et du matériel médical et deux petites voitures. Un officier britannique, posté à l'entrée de Sheikh Jarrah, signala, comme à l'accoutumée, que la voie était libre et sûre. Au cœur du quartier arabe, pratiquement au pied de la villa du grand mufti Haj Amin al-Husseini, le chef pro-nazi exilé des Arabes palestiniens, à cent cinquante mètres environ des Silwani, le véhicule de tête sauta sur une mine. Aussitôt, des deux côtés de la route, un tir nourri de balles, de grenades et de cocktails Molotov s'abattit sur le convoi. La fusillade se prolongea toute la matinée.

L'attaque avait eu lieu à moins de deux cents mètres du poste de garde britannique dont la mission était de garantir la sécurité de la route en direction de l'hôpital. Pendant plusieurs heures, les soldats anglais observèrent l'assaut sans lever le petit doigt. (L'oustaz Najib et sa famille assistèrent-ils au massacre eux aussi ? Étaient-ils confortablement installés sur les sièges en bois capitonnés de la véranda, devant leur maison ? Ou sous la tonnelle ? Autour de grands verres de limonades sur lesquels perlaient des gouttelettes glacées ?) À 9 h 45, le général Gordon H.A. MacMillan, le commandant suprême des forces britanniques de Palestine, passa par là en voiture sans s'arrêter (il soutint ensuite sans broncher qu'il lui avait semblé que le raid avait déjà pris fin).

À une heure de l'après-midi, puis une heure plus tard, des véhicules militaires anglais circulèrent à proximité sans stopper. Lorsque l'officier de liaison de l'Agence juive contacta le commandement militaire pour demander l'autorisation d'envoyer des commandos de la Haganah pour évacuer les blessés et les mourants, on l'informa que « l'armée contrôlait la situation » et que le QG interdisait à la Haganah d'intervenir. Les forces de secours de la Haganah, se déployant simultanément depuis la ville et depuis le mont Scopus, n'en tentèrent pas moins de secourir le convoi. On les empêcha d'approcher. À 13 h 45, le président de l'université hébraïque, le professeur Judah Leib Magnes, téléphona au général MacMillan pour demander de l'aide. On lui répondit que « l'armée tentait une approche mais que la bataille faisait rage ».

Il n'y avait pas de bataille. À 15 h 00, deux bus prirent feu et presque tous les passagers, qui pour la plupart étaient blessés ou mourants, furent brûlés vifs.

Parmi les soixante-sept victimes, il y avait le directeur de l'hôpital Hadassah, le professeur Haïm Yassky, les professeurs Leonid Dolzhenski et Moshe Ben-David, deux des fondateurs de la faculté de médecine de Jérusalem, le Dr Günther Wolffsohn, le physicien, le professeur Enzo Bonaventura, directeur du département de psychologie, le Dr Avraham Haïm Freimann, expert en droit hébraïque, et Dr Benjamin Klar, le linguiste.

Par la suite, le Haut Comité arabe publia un communiqué officiel qualifiant le massacre d'acte héroïque mené « sous le commandement d'un officier irakien ». Le Comité condamnait les Anglais pour leur intervention de dernière minute et déclarait : « Si l'armée britannique ne s'en était pas mêlée, aucun passager n'aurait survécu [1]. » C'était par hasard, grâce à sa forte fièvre, et sans doute aussi parce que ma **mère** savait réfréner son zèle patrio-

1. D'après diverses sources, dont Dov Yosef, *The Faithful City : The siege of Jerusalem 1948*, New York, Simon & Schuster, 1960.

tique, que mon père n'avait pas brûlé vif avec le reste du convoi.

*

Peu de temps après, la Haganah déclencha ses premières incursions de grande envergure, menaçant de s'en prendre à l'armée britannique si elle osait intervenir. La route menant de la plaine côtière à Jérusalem fut dégagée par une vaste offensive et de nouveau perdue et reprise avant que la Jérusalem juive fût de nouveau assiégée par les troupes arabes régulières. D'avril à mi-mai, la Haganah investit de grandes villes arabes et mixtes — Haïfa, Jaffa, Tibériade et Safed — et des douzaines de villages arabes, au nord et au sud. Des centaines de milliers d'Arabes abandonnèrent alors leurs foyers pour devenir des réfugiés — certains le sont demeurés jusqu'à nos jours. Beaucoup s'enfuirent, et d'autres furent chassés de force.

Dans la Jérusalem assiégée, il ne se trouvait sans doute personne pour compatir au destin des réfugiés palestiniens : le quartier juif de la vieille ville, où il y avait toujours eu une présence juive (hormis le temps des Croisades où ils furent massacrés ou chassés, en 1099), était tombé aux mains de la Légion arabe de Transjordanie, tous les bâtiments avaient été pillés et rasés et leurs occupants expulsés ou faits prisonniers. Les implantations du Goush Etsion connurent le même sort, et les habitants massacrés ou emprisonnés. Atarot, Neve Yaakov, Kaliya et Beit Ha-Arava furent évacués et détruits. Les cent mille âmes que comptait la Jérusalem juive craignaient une fin semblable. Quand la station de radio, La Voix du défenseur, annonça la fuite des résidents arabes de Talbieh et Katamon, je ne me souviens pas d'avoir plaint Aïcha et son frère. Je m'étais borné à reculer un peu, avec l'aide de papa, les frontières d'allumettes de la carte de Jérusalem : des mois de bombardements, de famine et de peur m'avaient endurci le cœur. Où Aïcha et son petit frère étaient-ils allés? À Naplouse? Damas? Londres? Ou dans un camp de réfugiés à Dheisha? Si elle vit encore, Aïcha doit avoir soixante-cinq ans. Et son petit frère, dont j'ai peut-être cassé le pied, approche la soixantaine. Et si je me lançais à leur recherche? Je pourrais découvrir ce que sont devenues les branches de la famille Silwani à Londres, en Amérique latine et en Australie?

Mais supposons que je retrouve Aïcha, quelque part dans le monde. Ou celui qui était ce mignon petit garçon, donnez-moi-le-temps-je-n'ai-pas-le-temps, comment me présenter? Que dire? Que pourrais-je expliquer? Ou offrir?

Se souviennent-ils? Et si oui, de quoi? À moins que les atrocités qu'ils ont subies n'aient effacé l'exhibitionniste imbécile de l'arbre?

Ce n'était pas entièrement de ma faute. Après tout, je n'avais fait que parler, parler, parler. Aïcha était aussi coupable. C'était elle qui m'avait dit : « Tiens, on va voir si tu sais grimper aux arbres. » Si elle ne m'y avait pas poussé, je n'en aurais jamais eu l'idée, et son frère...

Ce qui est fait est fait. On ne peut pas revenir en arrière.

*

La protection civile de la rue Tsephania confia à mon père un très vieux fusil et le chargea des rondes de nuit dans les rues de Kerem Avraham. C'était un lourd fusil noir dont la crosse usée était couverte d'entailles, d'initiales et de mots en langue étrangère que papa essaya de déchiffrer avant de s'attaquer au fusil lui-même. C'était peut-être une arme italienne datant de la Première Guerre mondiale ou une antique carabine américaine. Papa palpa, tâtonna çà et là, il tira et poussa sans succès, posa le fusil par terre à côté de lui et se plongea dans l'examen du chargeur. Là, il remporta aussitôt une victoire éblouissante : il réussit à extraire les balles. Brandissant une poignée de balles dans une main et le chargeur vide dans l'autre, il les agita avec enthousiasme dans la direction de ma petite silhouette qui se profilait à la porte, en plaisantant sur l'aveuglement des maréchaux de Napoléon.

Mais quand il voulut remettre les balles en place, ce fut un fiasco : ayant goûté à la liberté, celles-ci refusaient obstinément de réintégrer leur prison. Les stratagèmes et les flatteries échouèrent. Il essaya de les placer à l'endroit et à l'envers, d'abord sans forcer puis en exerçant une violente pression de ses doigts délicats d'érudit, il tenta même de les aligner tête-bêche. Rien n'y fit.

Sans se décourager, papa chercha à amadouer les balles et le chargeur en déclamant quelques refrains patriotiques polonais, des élégies d'Ovide, des tirades de Pouchkine ou de Lermontov, des chants d'amour hébraïques de l'Espagne médiévale, le tout dans la langue originale avec l'accent russe. En vain. Finalement, dans un accès de fureur, il leur récita Homère en grec ancien, le chant des Nibelungen en allemand, Chaucer en anglais, et peut-être même des extraits du Kalevala, traduit par Saül Tchernichovsky, l'épopée de Gilgamesh, Énuma Elish, et que sais-je encore, dans toutes sortes de dialectes, langues et idiomes. En pure perte.

Abattu, papa reprit le chemin de la protection

civile de la rue Tsephania, avec le lourd fusil dans une main, les précieuses balles dans un petit sac brodé, originellement prévu pour les sandwichs, et dans sa poche (pourvu qu'il ne l'oublie pas), le chargeur vide.

Là, on eut pitié de lui, on lui démontra en deux temps trois mouvements la simplicité de la manipulation, mais on ne lui rendit pas l'arme ni les munitions. Ni ce jour-là ni les jours suivants. Jamais. À la place, on lui donna une torche électrique, un sifflet et un brassard impressionnant portant l'inscription « Protection civile ». Papa était fou de joie en rentrant à la maison. Il m'expliqua ce que « protection civile » voulait dire, actionna la torche et essaya le sifflet plusieurs fois, jusqu'à ce que maman lui touche l'épaule en disant : « Arrête, Arié ? S'il te plaît ? »

*

Au terme de trente années de mandat britannique, dans la nuit du 14 au 15 mai 1948, on assista à la naissance de l'État dont Ben Gourion avait proclamé la création à Tel-Aviv quelques heures plus tôt. Après un intervalle de près de mille neuf cents ans, la souveraineté juive était rétablie sur le pays, déclara mon grand-oncle Yosef.

Mais à minuit et une minute, sans déclaration de guerre préalable, les colonnes d'infanterie, l'artillerie et les blindés des armées arabes envahirent la région : l'Égypte au sud, la Transjordanie et l'Irak à l'est, le Liban et la Syrie au nord. Le samedi matin, l'aviation égyptienne bombardait Tel-Aviv. Les Anglais invitèrent la Légion arabe, l'armée à moitié britannique du royaume de Transjordanie, les troupes régulières irakiennes, ainsi que des renforts de volontaires venus de plusieurs autres pays arabes, à s'emparer de positions clés un peu partout dans le pays avant la fin officielle du mandat britannique.

L'étau se resserrait autour de nous : la Légion transjordanienne avait pris la vieille ville, établi le blocus de la route de Tel-Aviv et de la plaine côtière, elle contrôlait les quartiers arabes de la ville, elle avait posté son artillerie sur les collines autour de Jérusalem et lancé des bombardements massifs dans le but de causer de grandes pertes parmi la population civile, briser son moral et l'inciter à se rendre. Protégé par Londres, le roi Abdullah se voyait déjà régner sur Jérusalem. Les batteries de la Légion étaient d'ailleurs commandées par des officiers artilleurs anglais.

En même temps, les avant-postes de l'armée égyptienne parvenaient aux faubourgs sud de Jérusalem et attaquaient le kibboutz Ramat Rahel, qui changea de mains à deux reprises. L'aviation égyptienne largua des bombes incendiaires sur Jérusalem qui détruisirent, entre autres, la maison de retraite de Romema, non loin de chez nous. Les canons égyptiens et l'artillerie transjordanienne bombardèrent la population civile. D'une colline proche du monastère de Mar Élias, les Égyptiens pilonnèrent Jérusalem avec des obus de 105 mm. Des bombes s'abattaient sur les quartiers juifs toutes les deux minutes et les mitrailleuses tiraient dans les rues sans répit. Un beau matin, Greta Gat, ma nounou et professeur de piano, qui sentait continuellement la laine mouillée et le gros savon, tante Greta, qui me traînait dans les boutiques de confection pour dames et pour qui papa composait des vers de mirliton (« Bavarder un peu avec Grete, en vérité, ce n'est pas un péché ! »), étendait sa lessive sur son balcon. La balle d'un sniper jordanien, dit-on, pénétra dans une oreille pour ressortir par l'œil. Tsippora Yannaï, Piri, la timide amie de ma mère, fut tuée sur le coup par un tir d'obus alors qu'elle sortait dans la cour pour chercher une serpillière et un seau.

\*

J'avais une petite tortue. À Pâque 1947, environ six mois avant le début de la guerre, papa participa à une journée d'excursion organisée par l'université hébraïque à Jerash, l'antique Gerasa, en Transjordanie. Il partit de bonne heure le matin, muni de sandwiches et d'une authentique gourde militaire qu'il portait fièrement à sa taille. Il rentra le soir, la tête pleine d'anecdotes, émerveillé par la splendeur du théâtre romain, avec une petite tortue trouvée au pied d'« une magnifique arche de pierre romaine », dont il me fit cadeau.

Bien que n'ayant aucun sens de l'humour ni la moindre idée de ce que cela signifiait, mon père aimait les plaisanteries, les calembours et les jeux de mots, et son visage s'illuminait d'un modeste orgueil lorsqu'il parvenait à faire sourire son interlocuteur. Il décida donc de donner à ma tortue le nom comique d'Abdullah-Gershon, en l'honneur du roi de Transjordanie et de la cité de Gerasa. Quand nous avions de la visite, il ne manquait jamais de donner à la tortue son nom complet, tel un chambellan annonçant l'arrivée d'un duc ou d'un ambassadeur, étonné que personne ne s'écroule de rire. Il se sentait donc obligé d'expliquer le pourquoi et le comment, espérant sans doute que, si on ne l'avait pas jugée drôle avant ses éclaircissements, on trouverait l'allusion désopilante après coup. Souvent, par enthousiasme ou distraction, il la resservait à ceux qui la connaissaient déjà par cœur.

J'adorais ma petite tortue qui, chaque matin, rampait vers ma cachette, sous le grenadier, où elle dévorait avec voracité, dans ma main, les feuilles de laitue et les pelures de concombre que je lui préparais. Elle n'avait pas peur de moi, elle ne se rétractait pas dans sa carapace, et en mangeant elle bougeait drôlement la tête, comme si elle approuvait ce que je lui disais. Elle ressemblait à un professeur chauve de Rehavia qui branlait vigoureusement du chef pendant que vous lui parliez et continuait à le faire tout en réduisant vos arguments à néant dès que vous aviez terminé votre exposé.

Je lui caressais la tête du bout du doigt pendant qu'elle mangeait, troublé par la similitude entre les orifices de son nez et de ses oreilles. Secrètement, derrière le dos de papa, je l'appelais Mimi au lieu d'Abdullah-Gershon.

Pendant les bombardements, il n'y avait plus de concombre ni de salade et je n'avais plus le droit de sortir dans la cour non plus, alors j'ouvrais la porte pour jeter des restes à Mimi. Je l'apercevais parfois de loin, mais il lui arrivait de disparaître des journées entières.

*

Ma tortue Mimi mourut le même jour que Greta Gat et Piri Yannaï, l'amie de ma mère : un éclat d'obus, tombé dans la cour, l'avait coupée en deux. Quand je demandai à papa en sanglotant de me laisser au moins l'enterrer sous le grenadier et lui élever une tombe en souvenir, il m'expliqua que c'était impossible, surtout pour des raisons d'hygiène. Il s'était déjà débarrassé du cadavre. Il refusa de me dire ce qu'il en avait fait, mais il saisit l'occasion pour m'enseigner ce que l'« ironie » voulait dire ·

notre Abdullah-Gershon était une immigrée du royaume transjordanien et, comble de l'ironie, l'éclat d'obus qui l'avait tuée provenait de l'un des canons du roi Abdullah de Transjordanie.

Impossible de m'endormir, cette nuit-là. Je restais allongé sur le matelas, à l'extrémité du couloir, environné par les ronflements, les marmonnements et les gémissements hachés des vieillards — un chœur d'une vingtaine d'étrangers au sommeil agité qui dormaient par terre, dans tous les coins de l'appartement aux fenêtres obturées par des sacs de sable. J'étais couché entre papa et maman, en nage, quand à la lueur de l'unique bougie qui vacillait dans la salle de bains, dans l'atmosphère viciée, je crus soudain voir la forme d'une tortue, ce n'était pas Mimi, ma petite tortue que j'aimais tant caresser du bout du doigt (un chat ou un chiot, c'était hors de question ! Ne discute pas ! C'est non !), mais un animal terrifiant, gigantesque, monstrueux, infect, dégoulinant de sang, un salmigondis d'os flottant dans l'air qu'il fouissait de ses pattes aux griffes acérées et ricanant au-dessus des dormeurs. Une balle entrée par un œil et ressortie là où même les tortues ont une sorte de minuscule orifice lui avait horriblement écrabouillé la figure. J'avais vainement essayé de réveiller mon père : il était étendu sur le dos, immobile, la respiration profonde et régulière, comme un bébé repu. Mais maman m'avait saisi la tête qu'elle avait pressée sur sa poitrine. Comme nous tous, elle dormait tout habillée, et les boutons de son chemisier m'avaient légèrement meurtri la joue. Maman m'avait serré contre elle de toutes ses forces, mais sans tenter de me réconforter : au contraire, elle avait pleuré avec moi en balbutiant Piri, Piroshka, Piriii, avec des sanglots étouffés pour qu'on ne l'entende pas. Je ne pouvais que lui caresser les cheveux et les joues et l'embrasser, comme si c'était moi l'adulte et elle mon enfant, en murmurant : « Chut, chut, maman, je suis là. »

Ensuite, nous avions chuchoté un peu, elle et moi. Sans pouvoir retenir nos larmes. Et un peu plus tard, alors que la bougie qui brûlait au bout du couloir s'était éteinte et que seul le sifflement des bombes rompait le silence en ébranlant la colline, de l'autre côté du mur, maman avait posé sa tête humide de pleurs sur ma poitrine. Cette nuit-là, pour la première fois, je compris que je mourrais moi aussi. Que tout le monde allait mourir. Que rien au monde, pas même ma mère, ne pourrait me protéger. Et que je ne pourrais pas la sauver moi non plus. Mimi avait une carapace où, à la moindre alerte, elle se rétractait des pattes à la tête. Ça ne l'avait pas sauvée.

*

Un samedi matin de septembre, au cours de la trêve imposée à Jérusalem, nous avions eu la visite de grand-père et grand-mère, des Abramski et de quelques autres. Ils prirent le thé dans la cour en parlant des victoires de Tsahal dans le Néguev et du terrible danger inhérent au plan de paix, proposé par le médiateur de l'ONU, le comte suédois Bernadotte, soutenu par les Anglais avec l'intention manifeste d'écraser notre tout jeune État. Quelqu'un avait apporté de Tel-Aviv une pièce de monnaie, relativement grande et plutôt moche, mais c'était la première pièce hébraïque qui nous passait par les mains et que chacun contempla avec beaucoup d'émotion. C'était une pièce de vingt-cinq centimes, frappée d'une grappe de raisin au-dessus de laquelle figurait clairement la légende en hébreu : ISRAËL

Pour plus de sûreté, elle était inscrite également en anglais et en arabe.

« Si seulement nos chers parents, que Dieu ait leur âme, les parents de nos parents et toutes les générations avaient pu voir et toucher cette pièce, une pièce juive... », dit Tserta Abramski.

Elle s'étrangla.

« Il convient de réciter une bénédiction, ajouta M. Abramski : Béni sois-Tu Éternel, notre Dieu, roi de l'univers, qui nous a fait vivre, subsister et arriver jusqu'à ce moment. »

Grand-père Alexandre, cet hédoniste, ce Don Juan, porta la grande pièce de nickel à ses lèvres sans mot dire et l'embrassa deux fois, doucement, les yeux embués de larmes, avant de la passer à quelqu'un d'autre. Au même moment, on entendit hurler la sirène d'une ambulance qui se dirigeait vers la rue Tsephania et s'en retournait une dizaine de minutes plus tard, et papa avait dû prendre ce prétexte pour faire une mauvaise plaisanterie sur la trompette du jugement dernier ou quelque chose de ce style. Après une demi-heure de conversation et peut-être une autre tasse de thé, les Abramski prirent congé avec leurs meilleurs souhaits, et M. Abramski, qui aimait la rhétorique, avait dû nous servir quelques phrases ampoulées avant de partir. Ils étaient à la porte lorsqu'un voisin les appela et, dans sa hâte, tante Tserta oublia son sac. Un quart d'heure plus tard, les Lemberg, bouleversés, vinrent nous annoncer que Yonathan Abramski, le petit Yoni âgé de douze ans, était en train de jouer dans la cour de chez lui, rue Jérémie, quand un tireur jordanien, posté sur le toit de l'Académie de police, l'avait atteint d'une balle en plein front. L'enfant avait agonisé pendant cinq minutes en vomissant et, le temps que l'ambulance arrive, il était déjà mort.

*

Journal de Tserta Abramski :

23.9.48

Le samedi 18 septembre, à dix heures et quart du matin, mon Yoni, mon enfant, ma vie, a été tué... Un sniper arabe l'a abattu, mon petit chérubin, il n'a eu que le temps de dire « maman », il a couru quelques mètres (mon merveilleux petit garçon, mon trésor, se trouvait à quelques pas de la maison) avant de tomber... Je n'ai pas entendu ses dernières paroles et je n'ai pas répondu quand il m'a appelée. À mon retour, mon tendre, mon doux amour, avait cessé de vivre. Je suis allée le voir à la morgue. Il était si merveilleusement beau, on aurait dit qu'il dormait. Je l'ai serré dans mes bras, je l'ai embrassé. On avait placé une pierre sous sa tête. La pierre a bougé, et sa tête, sa tête d'ange, a remué un peu. Mon cœur m'a soufflé qu'il n'était pas mort, mon fils, puisqu'il bougeait... Ses yeux étaient mi-clos. Et puis « ils » sont arrivés — les employés de la morgue — et ils se sont jetés sur moi, ils m'ont rudoyée et durement chapitrée : je n'avais pas le droit de le prendre dans mes bras ni de l'embrasser... Je suis partie.

Je suis revenue quelques heures plus tard. Il y avait le « couvre-feu » (on recherchait les assassins de Bernadotte). Des policiers m'arrêtaient à chaque pas... Ils me demandaient mon laissez-passer pour circuler dans les rues pendant le couvre-feu. Mon seul laissez-passer, c'était lui, mon fils assassiné. Les policiers m'ont permis d'entrer dans la morgue. J'avais apporté un coussin avec moi. J'ai enlevé la pierre et l'ai mise de côté : je ne supportais pas de voir sa tête adorable, si merveilleuse, posée sur une pierre. Et après, « ils » sont revenus et ont encore essayé de me chasser. Ils m'ont dit que je ne devais pas le toucher. J'ai refusé d'obéir. Je continuais à le serrer contre moi et à l'embrasser, mon trésor. Ils ont menacé de verrouiller la porte et de m'enfermer avec lui, la lumière de ma vie. Je ne demandais que ça. Alors ils m'ont avertie qu'ils allaient appeler les soldats. Je ne me suis pas inquiétée... Je suis repartie. Non sans l'avoir étreint et embrassé encore une fois. Le lendemain matin, je suis revenue voir mon enfant... Je l'ai encore embrassé et embrassé. J'ai imploré la vengeance divine pour mon bébé, et puis on m'a de nouveau refoulée... Quand je suis revenue, mon merveilleux petit garçon, mon ange, était dans un cercueil, mais je me rappelle son visage, je me rappelle les moindres détails de sa personne, je me souviens de tout, de tout [1].

1. Tserta Abramski, « Extraits du journal d'une femme pendant le siège de Jérusalem, en 1948 », in *La correspondance de Yaakov-David Abramski*, éditée et annotée par Shula Abramski, Sifriat Poalim, Tel-Aviv, 1991, pp. 310-311.

# 47

Deux missionnaires finlandaises logeaient dans un petit appartement de la rue Ha-Turim, à Mekor Baruch, Aili Havas et Rauha Moisio. Tante Aili et tante Rauha. Même pour commenter la pénurie de légumes, elles parlaient un hébreu biblique pompeux, parce qu'elles n'en connaissaient pas d'autre. Si je frappais chez elles pour leur demander poliment du bois pour les feux de Lag Baomer, tante Aili déclarait avec un sourire circonspect en me tendant une vieille cagette : « L'éclat d'un feu flamboyant la nuit ! » Si elles débarquaient chez nous pour prendre le thé et engager une discussion savante pendant que je me battais avec mon huile de foie de morue, tante Rauha citait : « Ils trembleront devant Lui, les poissons de la mer ! »

Parfois nous venions les voir tous les trois dans leur chambre spartiate qui ressemblait au dortoir d'un austère pensionnat pour jeunes filles du dix-neuvième siècle : deux lits de fer se faisaient face, de part et d'autre d'une table de bois rectangulaire, recouverte d'une nappe bleue et flanquée de trois chaises en bois non rembourrées. À la tête de chaque lit, il y avait une table de chevet supportant une lampe, un verre d'eau et quelques livres saints reliés de noir. Deux paires de pantoufles identiques dépassaient sous les lits. Au centre de la table trônait en permanence un vase d'immortelles, cueillies dans les champs voisins. Un crucifix en bois d'olivier était accroché au mur, entre les lits, au pied desquels se trouvait une commode dont le bois massif et brillant était inconnu à Jérusalem — maman m'apprit que c'était du chêne et elle m'encouragea à l'effleurer du doigt et à y passer la main. Elle soutenait qu'il ne suffisait pas de connaître les noms des objets mais qu'il fallait aussi les sentir, les toucher du bout de la langue, les caresser, pour en éprouver la chaleur, la consistance, l'odeur, la rugosité, la dureté, le son qu'ils rendaient lorsqu'on tapait dessus, toutes choses que ma mère appelait leur « réponse » ou leur « résistance » : chaque matière, affirmait-elle, chaque étoffe, meuble, ustensile ou aliment, chaque objet possédait différents degrés de réponse ou de résistance, qui n'étaient pas immuables mais pouvaient se modifier en fonction des saisons, du jour ou de la nuit, de celui qui les touchait ou les respirait, de la lumière, de l'ombre et même de mystérieuses inclinations que nous étions incapables de comprendre. Ce n'était pas par hasard si l'hébreu désignait un objet et le désir par le même mot. Nous n'étions pas les seuls à désirer ou non telle ou telle chose, le monde minéral et le végétal possédaient eux aussi une sorte de sens intérieur du désir ou du non-désir qui leur était propre, distinct du nôtre, et seul celui qui savait toucher, écouter, goûter et sentir de manière désintéressée pouvait parfois le concevoir.

Là-dessus papa remarqua, non sans ironie :

« Notre maman va même plus loin que le roi Salomon. La légende raconte qu'il comprenait le langage des oiseaux et des animaux, mais notre maman possède aussi la langue des serviettes, des casseroles et des brosses. »

Et d'ajouter, rayonnant de malice :

« Il lui suffit de toucher les arbres et les pierres pour les faire parler : "Touche les montagnes et qu'elles fument", comme dit le Psaume. »

« Ou en citant le prophète Joël : "Les montagnes dégoutteront de vin nouveau, les collines ruisselleront de lait", ou le psaume 29 : "La voix de Dieu fait trembler les chênes" », renchérit la tante Rauha.

Et papa :

« Mais venant de quelqu'un qui n'est pas poète, ces choses-là peuvent sembler un peu, comment dire, affectées. Comme si on voulait paraître très profond. Très mystique. Hylozoïste. Comme si on tentait de faire trembler les chênes. Je vais tout de suite expliquer les mots difficiles, mystique et hylozoïste. Derrière chacun se cache la volonté affirmée, plutôt morbide, d'altérer la réalité, d'obscurcir la lumière de la raison, d'embrouiller les définitions et de confondre les domaines. »

« Arié ? » fit maman.

Et papa, sur un ton conciliant (car s'il adorait la taquiner, l'asticoter un peu, voire se moquer, il aimait encore plus se rétracter, s'excuser et déborder de bonnes intentions, tout comme son père, grand-père Alexandre) :

« *Nu*, ça y est, Fanitchka. J'ai fini. Je voulais juste plaisanter un peu. »

\*

Animées par un profond sentiment du devoir, les deux missionnaires n'avaient pas quitté Jérusalem pendant le siège. On aurait dit que le Sauveur lui-même leur avait ordonné de réconforter les assiégés et de soigner bénévolement les blessés à l'hôpital Shaarei Tsedek. Elles croyaient que chaque chrétien devait s'efforcer de réparer, en actes et non en paroles, ce qu'Hitler avait fait aux Juifs. À leurs yeux, la création de l'État d'Israël était le doigt de Dieu. Comme l'exprimait la tante Rauha dans son hébreu biblique avec son accent rocailleux et son étrange intonation : « On dirait l'arc-en-ciel après le déluge. » Et la tante Aili de compléter avec un petit sourire, une légère crispation aux commissures des lèvres : « Car Dieu se repentit de tout ce mal, et Il ne voulut plus les anéantir. »

Entre deux bombardements, elles faisaient le tour du quartier, en godillots et leur châle sur la tête, un grand sac de toile grise à la main, offrant à qui voulait un bocal de cornichons, une moitié d'oignon, un morceau de savon, une paire de chaussettes de laine, une botte de radis et du poivre noir. Qui sait comment elles obtenaient ces trésors ? Les ultra-orthodoxes repoussaient ces présents d'un air dégoûté, d'autres les chassaient sans ménagement, d'autres encore les acceptaient mais s'empressaient de cracher par terre dès qu'elles avaient le dos tourné.

Elles ne s'en formalisaient pas. Elles citaient à tout bout de champ des paroles de consolation tirées des Prophètes qui sonnaient bizarrement dans leur bouche à cause de leur fort accent finlandais — on aurait dit le piétinement de leurs grosses bottines sur le gravier. « Je protégerai cette ville et la sauverai. » « L'ennemi n'y entrera pas et n'effraiera pas les portes de cette cité. » « Qu'ils sont beaux, sur les montagnes, les pieds du messager qui annonce la paix... car Bélial désormais ne passera plus chez toi... » Et encore : « Sois sans crainte, mon serviteur Jacob, oracle de l'Éternel, car je suis avec toi : je ferai l'extermination de toutes les nations où je t'ai dispersé. »

De temps en temps, l'une des deux femmes offrait de faire à notre place la queue interminable qui s'étirait devant le camion-citerne assurant la distribution d'eau, un demi-seau par famille, les jours impairs de la semaine, à condition qu'un obus n'ait pas endommagé le camion pendant le trajet. L'une ou l'autre effectuait la tournée de notre sous-sol exigu aux fenêtres barricadées pour offrir aux assiégés la moitié d'une tablette multivitaminée. Les enfants recevaient une tablette entière. Où les deux missionnaires se procuraient-elles ces merveilleux présents? Comment réapprovisionnaient-elles leur grand sac de jute? Là-dessus les opinions divergeaient, et certains me mettaient en garde de ne rien accepter d'elles parce que leur seul but était « de profiter de notre détresse pour nous convertir à leur Jésus ».

Un jour, je pris mon courage à deux mains et, même si je connaissais la réponse, je demandai à tante Aili qui était Jésus. Ses lèvres tremblèrent un peu quand elle me répondit en hésitant qu'il ne fallait pas dire « était » mais « est », car il était toujours vivant et nous aimait tous, surtout ceux qui le méprisaient et le raillaient, et si j'emplissais mon cœur d'amour, il en prendrait possession et m'apporterait une souffrance et en même temps une immense joie qui transcenderait la souffrance.

Ces paroles me parurent si étranges et contradictoires que je sentis le besoin d'interroger également mon père. Il me prit par la main et me conduisit dans la cuisine, à côté du matelas de mon grand-oncle Yosef, son refuge, et il pria le célèbre auteur de *Jésus de Nazareth* de m'expliquer succinctement qui était Jésus.

Étendu par terre, adossé au mur noirci de la cuisine, mon grand-oncle Yosef avait l'air épuisé, triste et pâle, ses lunettes remontées sur le front. Sa réponse était très différente de celle de tante Aili : pour lui, Jésus de Nazareth était « l'une des plus grandes figures juives de tous les temps, un moraliste hors pair qui n'avait que dégoût pour les cœurs incirconcis et avait bataillé pour rendre au judaïsme sa simplicité originelle et le détacher des rabbins coupeurs de cheveux en quatre ».

J'ignorais qui étaient les cœurs incirconcis et les coupeurs de cheveux en quatre. Je ne savais pas davantage comment réconcilier le Jésus de l'oncle Yosef, l'homme dégoûté et batailleur, et celui de tante Aili, qui n'était ni dégoûté ni batailleur, mais qui, au contraire, aimait les pécheurs, ses contempteurs en particulier.

*

J'ai retrouvé dans une vieille chemise une lettre que m'avait adressée la tante Rauha d'Helsinki en 1979, en son nom et en celui de tante Aili. Elle m'écrivait en hébreu et disait, entre autres choses :

« ... Nous avons été également ravies que vous ayez gagné le concours de l'Euro-Viseo (*sic* !). Et quelle chanson !

« Les fidèles ici étaient très contents d'entendre vous autres d'Israël chanter Alleluia ! Il n'est pas de chant plus approprié... J'ai pu aussi voir le film "Holocauste" qui a arraché des larmes et donné mauvaise conscience aux pays coupables de telles persécutions, sans aucune raison. Les peuples chrétiens doivent grandement demander pardon aux Juifs. Ton père avait dit un jour qu'il ne comprenait

pas pourquoi Dieu avait laissé faire de telles atrocités... Je lui répétais que le secret de Dieu réside dans
le ciel. Jésus partage les souffrances du peuple
d'Israël. Les croyants doivent partager les souffrances de Jésus dont il leur a donné leur part... La
passion du Christ sur sa croix rachète tous les
péchés du monde, de l'humanité tout entière. Mais
cela, on ne pourra jamais le comprendre intellec-
tuellement... Certains nazis ont eu des remords et ils
se sont repentis avant de mourir. Mais leur repentir
n'a pas ressuscité les Juifs qui sont morts. Nous
avons tous quotidiennement besoin de l'expiation et
de la bonté. Jésus a dit : "Ne craignez pas ceux qui
tuent le corps, car ils ne peuvent tuer l'âme." Je
t'envoie cette lettre de ma part et de celle de tante
Aili. Je me suis fait très mal au dos en tombant dans
l'autobus, il y a six semaines, et tante Aili ne voit
plus très bien. Affectueusement, Rauha Moisio. »

Lors d'une visite à Helsinki (pour la promotion
d'un de mes livres qui venait de paraître en finnois),
toutes deux surgirent dans la cafétéria de mon hôtel,
la tête et les épaules enveloppées d'un châle qui leur
donnait l'air de vieilles paysannes. La tante Rauha,
qui s'appuyait sur une canne, tenait légèrement la
main de tante Aili, devenue presque aveugle, qu'elle
guida vers une table d'angle. Elles tinrent à
m'embrasser sur les deux joues et à me bénir. J'eus
le plus grand mal à leur faire accepter une tasse de
thé, « mais sans rien d'autre, s'il te plaît ! ».

La tante Aili esquissa un sourire, ou plutôt un
léger frémissement aux commissures des lèvres, elle
ouvrit la bouche, se ravisa, elle referma sa main
gauche sur son poing droit, comme pour langer un
bébé, remua plusieurs fois la tête, telle une éplorée,
et finit par dire :

« Béni soit le Seigneur du haut des Cieux qui nous a donné de te voir ici, dans notre pays, mais je ne comprends pas pourquoi il n'a pas été accordé à tes chers parents de rester en vie. Mais qui suis-je pour comprendre ? Les voies de Dieu sont impénétrables. Nous ne pouvons que nous étonner. Aurais-tu la gentillesse de me laisser toucher ton cher visage, s'il te plaît ? C'est que ma vue a baissé. »

« C'était le meilleur des hommes, bénie soit sa mémoire ! dit la tante Rauha au sujet de mon père. Quel noble esprit ! Si humain ! » Et sur ma mère : « Une âme torturée, puisse-t-elle reposer en paix ! Elle était très tourmentée parce qu'elle sondait les cœurs, et ce qu'elle voyait n'était pas très facile à supporter. Comme dit le prophète Jérémie : "Le cœur est rusé plus que tout, et pervers, qui peut le pénétrer ?" »

\*

Dehors, à Helsinki, il tombait une pluie mêlée de grésil. La lumière était glauque et la neige grise ne tenait pas au sol. Les deux vieilles femmes portaient des robes sombres quasi identiques et d'épais bas de laine, telles les pensionnaires d'un modeste internat. En les embrassant, je sentis une odeur de savon noir, de pain bis et de literie. Un petit homme chargé de l'entretien passa en hâte devant nous avec toute une panoplie de stylos et de crayons dans la poche de sa salopette. Tante Rauha me tendit un petit paquet marron qu'elle prit dans le sac posé sous la table. Brusquement je le reconnus : c'était la sacoche de jute gris d'où elles tiraient des savonnettes, des bas de laine, des biscottes, des allumettes, des bougies, une botte de radis et un précieux paquet de lait en poudre, pendant le siège de Jérusalem, trente ans plus tôt.

J'ouvris le paquet qui contenait une Bible bilingue hébreu-finnois, imprimée à Jérusalem, une minuscule boîte à musique en bois peint avec un couvercle en cuivre, et un bouquet de fleurs séchées finlandaises dont la mort n'avait pas altéré la beauté — je n'en avais jamais vu de semblables et j'en ignorais le nom.

« Nous aimions beaucoup tes chers parents, dit tante Aili, ses yeux privés de vue cherchant les miens. Leur vie sur cette terre n'a pas été facile, et ils ne se sont pas toujours prodigué beaucoup de bonté l'un à l'autre, il y avait souvent de l'ombre entre eux. Mais maintenant que tes parents se trouvent enfin dans le secret du Très-Haut, sous la protection des ailes du Seigneur, la bonté et la vérité règnent certainement entre eux, comme deux enfants innocents qui ne nourrissent pas une seule pensée inique, il n'y a entre eux que lumière, amour et compassion à jamais, "son bras gauche est sous sa tête et sa droite l'étreint", et l'ombre s'est depuis longtemps dissipée entre eux. »

*

Quand je voulus leur offrir deux exemplaires de mon livre en finnois, tante Rauha refusa : « Un livre en hébreu, un livre sur Jérusalem, écrit dans la ville de Jérusalem, nous devons, s'il te plaît, le lire en hébreu et dans nulle autre langue ! alléguat-t-elle. En outre, tante Aili ne peut plus rien lire car le Seigneur a repris ce qui restait de lumière de ses yeux, ajouta-t-elle avec un sourire d'excuse. Je lui lis, matin et soir, l'Ancien et le Nouveau Testament, notre rituel de prières et des livres d'hagiographie, mais mes yeux s'obscurcissent à leur tour et nous serons bientôt toutes deux aveugles. »

« Et quand je ne lui fais pas la lecture, nous nous asseyons côte à côte à la fenêtre pour regarder les arbres, les oiseaux, la neige, le vent, le matin, le soir, la lumière du jour et la clarté de la nuit, et nous remercions très humblement le bon Dieu pour tous Ses bienfaits et Ses miracles : que Sa volonté soit faite sur la terre comme au ciel. Ne vois-tu pas toi aussi, lorsque tu es en repos, que le ciel et la terre, les arbres et les pierres, les champs et les forêts, sont remplis de grands prodiges ? Tous éclairent et rayonnent et manifestent, comme un millier de témoins, la grandeur glorieuse de la grâce. »

## 48

L'hiver de 1948 à 1949 vit la fin des combats. Israël signa un armistice avec les pays arabes voisins, d'abord l'Égypte, puis la Transjordanie et, en dernier lieu, la Syrie et le Liban. L'Irak rappela ses forces expéditionnaires sans signer le moindre document. Malgré ces accords, les pays arabes proclamaient toujours qu'il y aurait un « deuxième round », que les hostilités reprendraient pour mettre fin à un État qu'ils ne reconnaissaient pas, ils déclaraient que son existence même représentait une agression permanente et l'appelaient l'« État artificiel », al-dawla al-maz'uma.

À Jérusalem, le commandant transjordanien, le colonel Abdullah al-Tall, et son homologue israélien, le lieutenant-colonel Moshe Dayan, se rencontrèrent à plusieurs reprises pour tracer une ligne de démarcation entre les deux secteurs de la ville et parvenir à un accord concernant la circulation des convois vers l'université du mont Scopus, qui demeurait une enclave israélienne en territoire jordanien. Un mur de béton s'éleva le long de cette frontière, coupant en deux les rues dont une partie se trouvait dans la Jérusalem israélienne et l'autre dans la ville arabe. Ici et là on érigea des barrières de tôle pour protéger les passants de la Jérusalem ouest des tireurs postés sur les toits de la ville orientale. Des barbelés, des champs de mines, des postes de tir et de guet encerclaient la ville israélienne au nord, à l'est et au sud. L'unique passage se situait à l'ouest et une seule route escarpée reliait Jérusalem à Tel-Aviv et au reste du nouvel État. Mais une partie de cette route se trouvant toujours aux mains de la Légion arabe, il fallut construire une déviation, « la route de Birmanie », le long de laquelle passait une nouvelle conduite d'eau pour remplacer l'ancienne canalisation britannique, partiellement détruite, et les stations de pompage sous contrôle arabe. Une ou deux années plus tard fut édifiée une nouvelle voie de contournement, appelée la « route de l'héroïsme ».

À l'époque, tout, dans le nouvel État, renvoyait aux soldats tombés au front d'honneur, aux actes d'héroïsme, au combat, à l'immigration illégale et à la réalisation du projet sioniste. Les Israéliens étaient très fiers de leur victoire, sûrs de leur bon droit et de leur supériorité morale. En ce temps-là, on ne se préoccupait guère du sort des centaines de milliers de réfugiés palestiniens et de personnes déplacées que l'avance de l'armée israélienne avait fait fuir ou chassé de leurs villes et de leurs villages.

La guerre était bien sûr une terrible chose qui générait d'atroces souffrances, disait-on, mais personne n'avait obligé les Arabes de la déclarer. Après tout, nous avions accepté la proposition de partage de l'ONU, et c'étaient les Arabes qui avaient refusé un compromis et tenté de nous massacrer. En plus, chacun savait que la guerre était dévastatrice, que des millions de réfugiés de la Deuxième Guerre mondiale erraient encore en Europe, qu'il y avait eu des déplacements de populations, le Pakistan et l'Inde, États nouvellement indépendants, avaient échangé des millions d'habitants, de même que la Grèce et la Turquie. Et puis nous avions perdu le quartier juif de la vieille ville de Jérusalem, le Gush Etsion, Kfar Darom, Atarot, Qaliya et Neve Yaakov, tout comme ils avaient perdu Jaffa, Ramla, Lifta, Malha et Ein Kerem. Des centaines de milliers de réfugiés juifs chassés des pays arabes avaient remplacé les centaines de milliers d'Arabes déplacés. On veillait à ne pas parler d'« expulsion ». On attribuait le massacre de Deir Yassin à des « éléments extrémistes irresponsables ».

Un mur en béton nous séparait de Sheikh Jarrah et des autres quartiers arabes de Jérusalem.

Du toit, j'apercevais les minarets de Shuafat, Biddu et Ramallah, la tour solitaire au sommet de Nabi Shemu'el, l'Académie de police (d'où un tireur jordanien avait abattu Yoni Abramski qui jouait dans la cour de chez lui), l'enclave du mont Scopus, le mont des Oliviers, aux mains de la Légion arabe, Sheikh Jarrah et la colonie américaine.

Je croyais reconnaître, parmi les cimes touffues, un bout du toit des Silwani. Je me disais que leur sort était bien plus enviable que le nôtre : ils n'avaient pas été bombardés pendant des mois, ils n'avaient pas connu la faim ni la soif et ils n'avaient pas couché sur des matelas, dans des sous-sols fétides. Je leur parlais souvent en moi-même. Comme M. Gustav Krochmal, le réparateur de poupées de la rue Geoula, je rêvais de me mettre sur mon trente et un et d'aller les voir à la tête d'une délégation de paix et de réconciliation pour établir notre bonne foi, nous excuser et recevoir leurs excuses, goûter à leurs pâtisseries et aux écorces d'oranges confites, leur démontrer notre mansuétude et notre grandeur d'âme, signer avec eux un accord de paix, d'amitié et de respect mutuel, et peut-être même prouver à Aïcha, à son frère et à toute la famille Silwani que l'accident n'était pas entièrement de ma faute, ou pas seulement.

Nous étions souvent réveillés très tôt le matin par des rafales de mitrailleuse en provenance de la ligne d'armistice, à un kilomètre et demi environ de chez nous, ou par l'appel du muezzin au-delà des nouvelles frontières : on aurait dit une plainte déchirante, un hululement à faire dresser les cheveux sur la tête qui s'immisçait dans notre sommeil.

*

Les réfugiés désertèrent notre appartement. Les Rosendorff rentrèrent chez eux, à l'étage au-dessus. La vieille au regard vague et sa fille plièrent bagage et disparurent. De même que Gita Miudovnik, la veuve de l'auteur de notre livre de mathématiques dont papa avait identifié le corps atrocement mutilé grâce aux chaussettes qu'il lui avait prêtées le matin de sa mort. Mon grand-oncle Yosef et sa belle-sœur, Haïa Elitsedek, repartirent à Talpiot, dans la maison qui portait l'inscription « Judaïsme et humanisme » gravée en lettres de cuivre au-dessus de la porte. Ils devaient entreprendre des travaux car la villa avait été endommagée pendant les combats. Pendant des semaines, le vieux professeur s'était lamenté sur les milliers de livres qu'on avait flanqués par terre ou qui avaient servi à barricader et fortifier les fenêtres de sa maison, transformées en postes de combat. Quant au fils prodigue, Ariel Elitsedek, retrouvé sain et sauf après la guerre, il ne décolérait pas et n'avait pas de mots assez durs contre Ben Gourion, ce misérable qui aurait pu libérer la vieille ville et le mont du Temple et ne l'avait pas fait, qui aurait pu refouler les Arabes vers les pays arabes et ne l'avait pas fait, tout ça parce que lui et ses amis rouges qui assumaient la conduite de notre cher État étaient complètement obnubilés par le socialisme pacifique et le végétarisme tolstoïen. Bientôt, il en était convaincu, nous aurions une autre direction, fièrement nationaliste, et notre armée libérerait enfin notre patrie du joug arabe.

Mais la majorité des Hiérosolymitains ne voulaient pas d'une autre guerre et ne se souciaient guère du sort du mur Occidental ou du tombeau de Rachel, qui avaient disparu derrière le rideau de béton et les champs de mines. La ville rompue pansait ses blessures. Au cours de l'hiver, du printemps et de l'été suivants, de longues queues grises se formaient devant les épiceries, les marchands de fruits et légumes et les boucheries. C'était la période des restrictions. On faisait la queue devant la voiture du marchand de glace et devant celle du marchand de pétrole. La distribution de nourriture fonctionnait suivant un système de tickets. Les œufs et la volaille, en petites quantités, étaient réservés aux enfants et aux malades détenteurs d'un certificat médical. Le lait était rationné. Les fruits et les légumes étaient pratiquement introuvables à Jérusalem. L'huile, le sucre, le gruau d'avoine et la farine apparaissaient de loin en loin, une fois par mois ou tous les quinze jours. Si on voulait se procurer des vêtements tout simples, des chaussures ou un meuble, il fallait utiliser les précieux coupons du carnet qui s'amenuisait à vue d'œil. Les chaussures, en simili-cuir, avaient des semelles fines comme du carton. Les meubles étaient de médiocre qualité. On buvait de l'ersatz de café ou de la chicorée, et on utilisait de la poudre d'œufs et de lait. Et on finissait par haïr les filets de morue congelés qui figuraient tous les jours au menu, parce que le nouveau gouvernement avait acheté pour trois fois rien les excédents de la production norvégienne.

Au cours des mois suivants la guerre, il fallait même l'autorisation spéciale des autorités compétentes pour quitter Jérusalem et se rendre à Tel-Aviv ou dans le reste du pays. Mais les débrouillards, les arrivistes, ceux qui avaient de l'argent, trafiquaient au marché noir et avaient des accointances dans la nouvelle administration, ne manquaient pratiquement de rien. Et il y avait ceux qui se débrouillaient pour faire main basse sur des appartements et des maisons dans les quartiers arabes aisés dont les habitants avaient fui ou avaient été chassés, ou dans les zones réservées où vivaient les familles des militaires et fonctionnaires britanniques : Katamon, Talbieh, Bakaa, Abou Tor et la colonie allemande. Les Arabes miséreux de Musrara, Lifta et Malha furent remplacés par des juifs pauvres, chassés des pays arabes. D'immenses camps de transit en tôle ondulée, sans électricité, sans égouts ni eau courante, furent érigés à Talpiot, au camp Allenby et à Beit Mamzil. L'hiver, les allées se transformaient en bouillasse épaisse et le froid vous transperçait les os. Des comptables immigrés d'Irak, des orfèvres yéménites, des vendeurs ambulants et des boutiquiers marocains, ainsi que des horlogers de Bucarest s'entassaient dans ces baraquements et étaient employés par le gouvernement pour un maigre salaire dans l'épierrage et la plantation d'arbres sur les collines de Jérusalem.

Fini les « années héroïques », le temps de la Deuxième Guerre mondiale, du génocide du judaïsme européen, des partisans, de la mobilisation de masse dans les rangs de l'armée britannique et dans la Brigade juive que l'Angleterre avait créée pour combattre le nazisme, de la lutte contre les

Anglais, des mouvements clandestins, de l'immigration illégale, de l'opération de création de villages « Tour et palissade », de la guerre à mort contre les Palestiniens et les armées régulières de cinq États arabes.

Une fois l'euphorie passée, c'étaient les « lendemains qui déchantent » : gris, déprimants, humides, avares et mesquins (j'ai tenté de décrire cette atmosphère dans *Mon Michaël*). Les années des lames de rasoir émoussées Okava, de l'insipide dentifrice Shenhav, des cigarettes Knesset qui sentaient mauvais, des vociférations des commentateurs sportifs à la radio Nehemia Ben-Avraham et Alexander Alexandroni, de l'huile de foie de morue, des tickets de rationnement, des jeux radiophoniques de Shmulik Rozen, des commentaires politiques de Moshe Medzini, de l'hébraïsation des patronymes, de la pénurie alimentaire, des travaux d'intérêt public, des queues interminables devant les épiceries, des garde-manger installés dans les cuisines, des sardines bon marché, de la viande en conserve Inkoda, du Comité d'armistice mixte israélo-jordanien, des infiltrations arabes à travers les lignes d'armistice, des compagnies théâtrales — Ohel, Habima, Doré-mi, Chisbatron —, des acteurs yiddish Djigan et Schumacher, de la porte Mandelbaum, des raids de représailles, des frictions au pétrole pour tuer les poux qui infestaient les têtes des enfants, de l'« Aide aux camps de transit », des « Biens sans propriétaire », du Fonds de défense, du no man's land et de « Notre sang ne sera plus versé impunément ».

\*

Et je retournai chaque matin à l'école religieuse de garçons Takhkémoni, dans la rue du même nom.

Les élèves étaient des enfants pauvres, habitués aux coups, dont les parents étaient artisans, ouvriers et petits commerçants ; ils venaient de familles de huit ou dix enfants, certains lorgnaient avec envie mes sandwichs, d'autres avaient le crâne rasé, et nous portions tous un béret noir posé en biais sur la tête. Ils m'aspergeaient aux robinets, dans la cour, car ils avaient très vite découvert que j'étais un enfant unique, faible, susceptible, prenant la mouche à la moindre bousculade ou vexation. Quand ils s'ingéniaient à inventer de nouvelles humiliations, je me retrouvais au milieu du cercle de mes bourreaux ricanants, hors d'haleine, contusionné, couvert de poussière, un agneau parmi des loups, et brusquement, à la stupeur de mes ennemis, je me mettais à me frapper, à me griffer comme un malade, à me mordre le bras si fort qu'une marque sanguinolente apparaissait sur la peau. Comme j'avais vu ma mère, hystérique, le faire à deux ou trois reprises.

Mais il m'arrivait aussi d'inventer des histoires à suspense, des aventures à couper le souffle, dans l'esprit des films que l'on voyait au cinéma Edison. Je n'hésitais pas à mettre en scène Tarzan, Flash Gordon, Nick Carter ou Sherlock Holmes, à faire cohabiter les Indiens et les cow-boys de Karl May et Mayne Reid avec Ben Hur, les mystères de l'espace et les gangs des faubourgs de New York. Je leur racontais un épisode à chaque récréation, telle Schéhérazade exploitant ses contes pour repousser son destin, m'interrompant au moment le plus palpitant, quand on croyait que le héros était définitivement perdu et qu'il n'y avait plus d'espoir, différant sans ménagement la suite (que je n'avais pas encore imaginée) au lendemain.

Ainsi, tel rabbi Nahman qui partait dans les champs avec un troupeau de disciples buvant ses enseignements, je me promenais dans la cour de l'école, escorté par une foule soucieuse de ne pas perdre un mot, y compris souvent mes persécuteurs les plus acharnés, que, magnanime, j'invitais dans le cercle des intimes en leur révélant parfois un précieux indice concernant un tournant de l'intrigue, ou une anecdote à donner le frisson du prochain épisode, accordant par là au bénéficiaire le privilège de révéler ou non, à son gré, cette inestimable information.

Mes premières histoires étaient peuplées de grottes, de labyrinthes, de catacombes, de forêts vierges, de gouffres abyssaux, de cachots, de champs de bataille, de galaxies grouillantes de monstres, de policiers courageux, de soldats intrépides, de complots et d'effroyables trahisons mais aussi d'une admirable générosité chevaleresque, d'aventures picaresques, d'un dévouement extraordinaire, d'actes émouvants d'abnégation et de pardon. Autant que je me rappelle, les personnages de mes premiers récits étaient autant des héros que des vauriens. Et il y avait aussi des criminels repentis qui se rachetaient par le sacrifice héroïque de leur vie. On y trouvait également des sadiques sanguinaires, des scélérats, de vils escrocs et de petites gens qui donnaient leur vie avec un sourire. Les femmes, en revanche, étaient nobles sans exception : elles aimaient et pardonnaient en dépit des souffrances qu'elles enduraient. Elles avaient beau être torturées, voire humiliées, elles n'en étaient pas moins fières et pures. Elles payaient le prix de la folie des hommes qu'elles excusaient avec une grandeur d'âme inégalable.

Mais si je tirais trop sur la corde, ou pas assez, après quelques épisodes, ou à la fin de l'histoire, au moment où le mal était vaincu et la bonté enfin récompensée, c'était alors que la pauvre Schéhérazade était précipitée dans la fosse aux lions ou rouée de coups. Pourquoi ne pouvait-il jamais tenir sa langue ?

\*

Takhkémoni était une école de garçons. Les professeurs étaient tous des hommes. Excepté l'infirmière, il n'y avait pas une seule femme. Les garçons les plus hardis grimpaient sur le mur de séparation entre Takhkémoni et l'école de filles Laemel pour regarder comment ça se passait de l'autre côté du rideau de fer. Les filles en longues jupes bleues et chemisiers à manches courtes bouffantes, racontait-on, se promenaient deux par deux dans la cour pendant la récréation, elles jouaient à la marelle, se nattaient mutuellement les cheveux, et s'aspergeaient quelquefois au robinet, exactement comme nous.

À part moi, la plupart des élèves de Takhkémoni avaient des sœurs aînées, des belles-sœurs et des cousines, et j'étais donc le dernier informé sur ce que les filles avaient et que nous n'avions pas, et vice versa, et sur ce que les grands frères faisaient avec leurs petites amies dans le noir.

Chez nous, on n'en parlait pas. Jamais. Sauf, peut-être, quand un invité se laissait aller à plaisanter sur la vie de bohême ou sur les Bar-Yitzhar-Itzelevitch qui prenaient au pied de la lettre le commandement « croissez et multipliez », alors tout le monde le réprimandait : « Chto s toboï ?! Vidich maltchik ryadom s nami !! » (Tu ne vois pas que le gosse est là !)

Le gosse était peut-être là, mais il ne comprenait rien. Quand ses camarades lui jetaient à la figure le mot arabe désignant ce que les filles avaient, s'ils

634

s'attroupaient pour se passer la photo d'une dame légèrement vêtue, ou si quelqu'un apportait un stylo-bille où l'on voyait en transparence une fille en tenue de tennis dont les vêtements se volatilisaient si on le retournait, tout le monde hennissait de joie et se bourrait les côtes de coups de coude, en s'évertuant à ressembler aux grands frères. Mais moi, j'étais paniqué, comme si un vague malheur se profilait à l'horizon. Il n'était pas encore là, il ne s'abattait pas encore sur ma tête, mais il me glaçait d'effroi comme un feu de forêt embrasant le sommet des collines de tous les côtés, dans le lointain. Personne ne s'en sortirait indemne. Rien ne serait plus comme avant.

Quand ils faisaient des messes basses en pouffant de rire, dans la cour, à propos d'une certaine Rochalé, à moitié demeurée, qui poireautait dans la forêt et se donnait à qui voulait pour un gros paquet, ou de la grosse veuve de la quincaillerie qui entraî-nait des élèves de 4$^e$ dans le dépôt, derrière sa bou-tique, pour leur montrer ce qu'elle avait et les regarder se masturber en échange, j'éprouvais un coup au cœur, comme si quelque chose d'atroce menaçait le monde, hommes et femmes confondus, une abomination patiente, qui prenait son temps, une monstruosité rampante tissant autour de moi une toile glaireuse diaphane qui me contaminait à mon insu.

Nous étions en 6$^e$ ou en 5$^e$ quand l'infirmière de l'école, un vrai grenadier, fit irruption dans la classe. Pendant deux heures, elle affronta héroïquement trente-huit garçons abasourdis à qui elle révéla les choses de la vie. Impassible, elle détailla les organes et leurs fonctions et traça au tableau, à la craie de couleur, les diagrammes des tuyauteries. Elle ne nous épargna rien, des spermatozoïdes aux ovules, en passant par les glandes, le vagin et les trompes. Puis elle arriva au musée des horreurs : elle nous terrorisa par d'épouvantables descriptions des deux monstres tapis à l'entrée, Frankenstein et le loup-garou du sexe, les deux calamités représentées par la grossesse et la contamination.

Nous étions sortis de cette leçon, hébétés et confus, pour retrouver un monde qui me parut être un gigantesque champ de mines ou une planète pestiférée. L'enfant que j'étais avait vaguement saisi ce qui devait pénétrer où et ce qui devait recueillir quoi, mais sans parvenir à comprendre pourquoi un homme, ou une femme, sain d'esprit se fourvoierait délibérément dans l'antre labyrinthique de cette hydre. La brave infirmière qui ne nous avait rien caché, des hormones aux règles élémentaires d'hygiène, avait omis de signaler, fût-ce par allusion, que ces processus complexes et dangereux pouvaient procurer également du plaisir, soit pour nous protéger ou parce qu'elle l'ignorait purement et simplement.

*

À Takhkémoni, les maîtres portaient généralement des complets gris ou marron, un peu élimés, ou des vestons fatigués, et ils exigeaient de nous crainte et respect : M. Monzon, M. Avisar, M. Neimann père et M. Neimann fils, M. Alkalai, M. Duvshani, M. Ophir, M. Michaeli, M. Ilan, le despotique directeur dans son éternel costume trois-pièces, et son frère, l'autre M. Ilan qui, lui, ne portait jamais de gilet.

Nous nous levions respectueusement à l'entrée du professeur dans la classe et attendions pour nous rasseoir qu'il daigne nous en prier. Nous lui donnions du « maître » et ne lui parlions qu'à la troisième personne : « Le maître m'a demandé de lui apporter un mot des parents, mais mes parents sont à Haïfa. Est-ce que je pourrais le lui apporter dimanche à la place ? » Ou : « Pardon, mais le maître ne pense-t-il pas qu'il exagère un peu ici ? » (le second « il » de la phrase ne se rapportait évidemment pas au professeur — personne n'aurait osé l'accuser d'exagérer — mais au prophète Jérémie, ou à Bialik, le poète, dont nous étions justement en train d'étudier *Le débordement d'une ardente fureur*).

Quant à nous, les élèves, nous oubliions nos prénoms une fois franchie la porte de l'école : les maîtres ne nous appelaient plus que Bozo, Saragosti, Valero, Ribatski, Alfasi, Klausner, Hadjadj, Schleifer, De La Mar, Danon, Bennaim, Cordovero ou Axelrod.

Et ils avaient tout un arsenal de punitions : ils nous giflaient, nous donnaient des coups de règle sur le bout des doigts, ils nous secouaient comme un prunier, nous mettaient au piquet dans la cour, convoquaient les parents, nous infligeaient une mauvaise note dans le carnet, nous obligeaient à recopier vingt fois un chapitre de la Bible, ou à écrire cinq cents lignes de : « Je ne dois pas parler en classe » ou « Je dois faire mes devoirs à temps ». Quiconque écrivait mal devait calligraphier des pages et des pages à la maison dans une écriture « aussi pure qu'un torrent ». Qui se faisait pincer avec des ongles trop longs, des oreilles sales ou un col de chemise douteux était honteusement renvoyé chez lui, non sans avoir récité au préalable devant toute la classe, à haute et intelligible voix : « Être sale est un péché, si je ne me lave pas comme il faut, je finirai dans le fumier. »

Le matin, la première leçon à Takhkémoni commençait par un cantique d'action de grâces :

*Je te remercie, ô roi, vivant, éternel,*
*d'avoir restitué mon âme avec compassion;*
*tu es de grande confiance.*

Après quoi, nous modulions d'une voix flûtée, avec ferveur :

*Seigneur du monde, tu régnais avant qu'aucune créa-*
*ture ne fût créée !...*
*Et quand tout sera terminé lui seul régnera, redou-*
*table.*

Une fois les chants et la prière du matin (abrégée) achevés, nos maîtres nous enjoignaient d'ouvrir nos livres et nos cahiers, de sortir nos crayons, et ils commençaient d'emblée par une longue dictée ennuyeuse qui se prolongeait jusqu'à la cloche libératrice, et quelquefois même au-delà. À la maison, il fallait apprendre par cœur des passages de la Bible, des poésies entières et des adages rabbiniques. Aujourd'hui encore, je suis capable de me réveiller au milieu de la nuit et de réciter la réponse du prophète au grand échanson, l'envoyé du roi d'Assyrie :

*Elle te méprise, elle te raille,*
*la vierge, fille de Sion.*
*Elle hoche la tête après toi, la fille de Jérusalem,*
*Qui donc as-tu insulté, blasphémé ?*
*Contre qui as-tu parlé haut ?...*
*je passerai mon anneau à ta narine*
*et mon mors à tes lèvres,*
*je te ramènerai sur la route*
*par laquelle tu es venu.*

Ou les Maximes des Pères : « Trois principes

régissent le monde... Parle peu et agis bien... Rien n'est plus bénéfique pour le corps que le silence... Sache ce qui est au-dessus de toi... Ne te sépare pas de la communauté, ne te fie pas à toi-même jusqu'au jour de ta mort, et ne juge pas ton prochain jusqu'à ce que tu sois à sa place... et là où il n'y a pas d'hommes, tâche d'en être un. »

*

C'est à Takhkémoni que j'ai appris l'hébreu. Comme une foreuse ayant atteint un riche filon, entrevu pour la première fois dans la classe et le jardin de maîtresse Zelda. J'étais fasciné par les tournures emphatiques, les mots tombés en désuétude, la syntaxe curieuse, les contrées éloignées du langage que personne ou presque n'avait foulées depuis des siècles, la poignante beauté de la langue hébraïque : « Le matin arriva, et voilà que c'était Léa », « avant qu'aucune créature ne fût créée », « le cœur incirconcis », « la mesure des souffrances », ou « Réchauffe-toi à la lumière des sages, mais prends garde à ne pas te brûler à leurs braises, car leur morsure est comme celle d'un renard, leur piqûre, celle d'un scorpion... et leurs paroles sont comme des braises ardentes. »

C'est là que j'ai étudié le Pentateuque avec l'exégèse subtile, aérienne de Rachi. C'est là aussi que je me suis imprégné de la sagesse rabbinique, des textes homilétiques et juridiques, des prières, de la poésie liturgique, des commentaires et des commentaires des commentaires, du rituel des prières du sabbat et des fêtes, et du code de lois, le Shoulkhan Aroukh. C'est là encore que j'ai rencontré de vieilles connaissances familiales, les guerres des Maccabées, par exemple, la révolte de Bar Kochba, l'histoire des communautés juives de la Diaspora, les vies des grands rabbins, des contes hassidiques édifiants à la morale bien ficelée. Sans oublier quelques rudiments de la jurisprudence rabbinique, de la poésie hébraïque espagnole, de Bialik, et de temps en temps, grâce aux leçons de musique de M. Ophir, des chants des pionniers de Galilée et de la Vallée, aussi déplacés à Takhkémoni qu'un chameau dans les neiges de Sibérie.

M. Avisar, notre professeur de géographie, nous entraînait dans de folles équipées en Galilée, dans le Néguev, en Transjordanie, en Mésopotamie, au pied des pyramides et dans les jardins suspendus de Babylone, au moyen de grandes cartes murales et, quelquefois, d'images projetées avec une vieille lanterne magique. M. Neimann fils s'abandonnait au courroux des visions prophétiques, telles des coulées de lave incandescentes qu'apaisaient ensuite les eaux calmes des visions consolatrices. M. Monzon, le professeur d'anglais, nous assenait la différence éternelle existant entre « I do », « I did », « I have done », « I have been doing », « I would have done », « I should have done » et « I should have been doing » : « Même le roi d'Angleterre en personne, tonnait-il — on aurait dit l'Éternel fulminant sur le mont Sinaï — même Churchill, Shakespeare, Gary Cooper, tous obéissent à ces règles sans discuter. Et il n'y a que vous, cher monsieur, mister Aboulafia, à être apparemment au-dessus des lois ! Quoi, seriez-vous au-dessus de Churchill ?! De Shakespeare ?! Du roi d'Angleterre ?! Shame on you ! Disgrace ! Maintenant faites bien attention, tout le monde, et notez bien dans vos cahiers, sans faire de fautes : « It is a shame, but you, the Right Honourable Master Aboulafia, you are a disgrace !!! »

Mais mon maître préféré était M. Michaeli, Mordechaï Michaeli, qui avait des mains douces et parfumées de danseuse et l'air embarrassé, comme s'il était éternellement coupable de quelque chose : il s'asseyait, ôtait son chapeau qu'il posait devant lui, sur son bureau, rajustait sa petite kippa, et au lieu de nous bombarder de connaissances, il nous racontait des histoires pendant des heures : du Talmud, il arrivait aux fables ukrainiennes avant de plonger sans transition dans la mythologie grecque, les légendes bédouines, le comique yiddish, en passant par les contes de Grimm et d'Andersen pour finir par ses propres récits qu'il inventait au fur et à mesure, comme moi.

La plupart des élèves profitaient du bon caractère et de la distraction de M. Michaeli pour piquer un petit somme pendant ses cours, la tête sur les bras, étalés sur la table. D'autres se passaient des mots ou se lançaient des boulettes de papier entre les tables : M. Michaeli ne remarquait rien, ou il ne s'en souciait guère.

Et moi non plus, du reste. Il me fixait de son bon regard triste, comme si ses histoires étaient destinées à moi seul. Ou aux trois ou quatre d'entre nous qui buvions ses paroles. On aurait dit que ses lèvres pouvaient créer sous nos yeux des mondes dans lesquels nous étions invités à pénétrer.

## 49

Voisins et amis revinrent chez nous, les soirs d'été, pour parler politique ou échanger des idées autour d'une tasse de thé et d'une pâtisserie. Mala et Staszek Rudnicki, Haïm et Hannah Toren, les Krochmal, qui avaient rouvert leur petite boutique de la rue Geoula où ils réparaient les poupées et soignaient la calvitie des ours. Tserta et Yaakov-David Abramski se joignaient généralement à eux (ils s'étaient bien décatis depuis la mort de leur fils Yoni. M. Abramski était plus loquace que jamais, tandis que sa femme se murait dans le silence). Mes grands-parents paternels, grand-père Alexandre et grand-mère Shlomit, venaient assez souvent également, aussi élégants et gonflés de leur importance qu'au bon vieux temps, à Odessa. Si grand-père Alexandre rejetait d'un brusque *nu*, *chto* et d'un geste méprisant les propos de son fils, il n'osait jamais contredire grand-mère Shlomit en quoi que ce fût. Grand-mère me plantait deux baisers mouillés sur les joues avant de s'essuyer les lèvres avec un mouchoir en papier et mes joues avec un autre, fronçant le nez devant les rafraîchissements servis par ma mère, les serviettes qui n'étaient pas pliées comme il se devait ou le veston de son fils qu'elle trouvait trop voyant, à la limite du mauvais goût oriental : « Vraiment, Lonya, c'est tellement ordinaire ! Où as-tu déniché cette guenille ? À Jaffa ? Chez les Arabes ? » Et sans même accorder à ma mère l'aumône d'un regard, elle ajoutait tristement : « Au fin fond du shtetl, où on n'avait jamais entendu parler de culture, on en voyait habillés comme ça ! »

Ils s'installaient autour du chariot à thé noir, qui faisait office de table de jardin, en se félicitant de la brise fraîche du soir, et entre deux bouchées ou gorgées de thé, ils commentaient les manœuvres tortueuses de Staline et la détermination du président Truman ou débattaient du déclin de l'empire britannique et de la partition de l'Inde, mais c'était au moment où ils abordaient la politique du jeune État que les esprits commençaient à s'échauffer. Staszek Rudnicki élevait la voix pendant que M. Abramski se moquait de lui avec de grands moulinets de bras, dans un hébreu savant et châtié. Staszek croyait aveuglément au kibboutz et aux villages collectifs, et il affirmait que le gouvernement devait y expédier en masse les nouveaux immigrants à peine débarqués, de gré ou de force, pour les guérir définitivement de leurs maladies diasporiques et de leurs complexes de persécution : le nouvel Hébreu se formerait là-bas, grâce aux travaux des champs.

Mon père était amer envers le despotisme bolchevique des caciques de la Histadrout qui refusaient de donner du travail à ceux qui ne possédaient pas leur carte syndicale. M. Gustav Krochmal allégua timidement que Ben Gourion, en dépit de ses défauts, était le héros de notre temps : c'était l'homme providentiel, à un moment où des dirigeants bornés, effrayés par l'ampleur du risque, auraient pu laisser passer l'occasion de créer l'État. « C'est notre jeunesse ! braila grand-père Alexandre, c'est notre merveilleuse jeunesse qui nous a donné la victoire et ce miracle ! Il n'y a pas de Ben Gourion qui tienne ! C'est notre jeunesse ! » Là-dessus, grand-père se pencha et me caressa distraitement la tête, comme pour récompenser la jeune génération d'avoir gagné la guerre.

Les femmes ne participaient guère à la discussion. À l'époque, il était d'usage de complimenter une femme qui savait « merveilleusement écouter », réussir un gâteau ou créer une ambiance chaleureuse, mais pas parce qu'elle entretenait la conversation. Mala Rudnicki, par exemple, hochait aimablement la tête quand son mari parlait et la secouait en signe de dénégation si on lui coupait la parole. Tserta Abramski étreignait ses épaules de ses mains, à croire qu'elle avait froid. Depuis la mort de son fils, Yoni, même s'il faisait chaud, elle restait assise la tête inclinée, comme si elle contemplait le sommet des pins de la cour voisine. Grand-mère Shlomit, une maîtresse femme péremptoire, intervenait parfois de sa voix de contralto un peu voilée : « C'est bien vrai ! » Ou : « C'est encore pire que ce que vous dites, Staszek, bien pire ! » Ou bien : « N-on ! Qu'est-ce que vous dites, M. Abramski ! Ce n'est pas possible ! »

*

Seule ma mère transgressait parfois cette règle Profitant d'un temps mort, elle émettait une remarque, une opinion, une sorte de parenthèse qui, si incongrue et déplacée qu'elle parût être à première vue, imprimait sans en avoir l'air une autre direction à la conversation : elle ne changeait pas de sujet et ne contredisait personne, mais c'était comme si elle ouvrait une porte dans le mur du fond qui, jusque-là, paraissait lisse.

Après quoi elle se taisait et souriait affablement avec un regard de triomphe qui n'était destiné ni aux invités ni à papa, mais à moi, curieusement. Ensuite, la discussion semblait retomber sur ses pieds. Un peu plus tard, un sourire délicat, un peu sceptique et perspicace errant encore sur ses lèvres, maman se levait et proposait à ses invités une autre tasse de thé : « Léger ou fort ? Encore un peu de gâteau ? »

L'enfant que j'étais trouvait la brève intrusion de ma mère dans la conversation des hommes plutôt inopportune, peut-être parce que je décelais un invisible frémissement d'embarras chez nos hôtes, un mouvement de recul quasi imperceptible, comme s'ils craignaient confusément de dire ou de faire à leur insu quelque chose qui provoquât chez elle un léger rictus, sans que personne ne sût exactement de quoi il s'agissait. Sans doute sa beauté radieuse et réservée embarrassait-elle ces hommes inhibés qui craignaient de lui déplaire ou de lui répugner.

Chez les femmes, les interventions de ma mère suscitaient un curieux mélange d'appréhension et d'espoir de la voir un jour faire un faux pas, avec probablement aussi une certaine satisfaction devant la débâcle des hommes.

Haïm Toren, l'écrivain et syndicaliste, pouvait déclarer, par exemple :

« Tout le monde comprend, bien sûr, qu'un État ne se gère pas comme une épicerie. Ou comme le conseil municipal d'un bled perdu. »

Papa :

« Il est sans doute trop tôt pour juger, mon cher Haïm, mais quiconque a des yeux pour voir peut constater que les raisons de déchanter ne manquent pas dans notre jeune État. »

M. Krochmal, le docteur des poupées, ajoutait humblement :

« Et en plus, ils ne refont même pas les trottoirs. Nous avons écrit deux lettres à monsieur le maire sans recevoir de réponse. Je ne dis pas cela pour désavouer les paroles de M. Klausner, bien au contraire, je vais dans le même sens. »

Papa glissa un de ses jeux de mots favoris :

« Les seules choses qui roulent dans ce pays, ce sont les voitures. »

« "Le sang versé succède au sang versé, intervint M. Abramski en citant le prophète Osée, voilà pourquoi le pays est en deuil." Le reste du peuple d'Israël est venu rétablir le royaume de David et de Salomon et poser les fondations du Troisième Temple, et nous sommes tombés entre les mains moites de trésoriers de kibboutz bouffis et de peu de foi et autres politicards rougeauds au cœur incirconcis, « dont le monde est aussi restreint que celui d'une fourmi ». Des princes rebelles, complices de voleurs, se partagent chaque arpent de ce malheureux bout de patrie que les nations nous ont concédé. C'est à eux que songeait le prophète Ézéchiel : "En entendant le cri de tes matelots, les rivages trembleront." »

Et maman, un sourire errant sur ses lèvres qu'il effleurait à peine :

« Peut-être commenceront-ils à refaire les trottoirs quand ils auront fini de se partager chaque arpent de terre ? Et peut-être qu'ils referont même le tronçon devant le magasin de M. Krochmal ? »

*

Aujourd'hui, cinquante ans après sa mort, j'imagine déceler dans sa voix, pendant qu'elle prononce ces mots ou d'autres, une combinaison convulsive de sobriété, de scepticisme, de subtile dérision et d'une tristesse omniprésente.

À cette époque, quelque chose déjà la rongeait. Ses gestes révélaient une certaine lenteur, ou du moins une sorte d'absence. Elle ne donnait plus de cours particuliers de littérature et d'histoire. Parfois, pour un maigre salaire, elle retravaillait un article scientifique, rédigé par quelque professeur de Rehavia dans un hébreu mâtiné d'allemand. Elle assumait toujours efficacement les travaux ménagers : elle passait la matinée à faire la cuisine, des gâteaux, les courses, frire, émincer, touiller, sécher, astiquer, lessiver, étendre, repasser, plier, jusqu'à ce que la maison brille comme un sou neuf, et après le déjeuner, elle s'installait dans un fauteuil pour lire.

Elle avait une drôle de posture en lisant : le livre sur ses genoux, le dos et la nuque inclinés. On aurait dit une petite fille baissant timidement les yeux sur ses pieds. Elle se plantait souvent devant la fenêtre pour contempler la rue paisible. Ou alors, elle ôtait ses chaussures et s'allongeait tout habillée sur le couvre-lit, les yeux fixés au plafond. Parfois, elle se relevait d'un bond, se changeait fébrilement, elle m'assurait de revenir dans un quart d'heure, tirait sur sa jupe, lissait ses cheveux sans se regarder dans le miroir, elle passait son sac de paille à l'épaule et se hâtait de sortir, comme si elle craignait de manquer quelque chose. Quand je lui demandais si je pouvais l'accompagner et où elle allait, elle me répondait :

« J'ai besoin d'être un peu seule. Tu n'as qu'à rester seul toi aussi. Je reviens dans un quart d'heure », répétait-elle.

Elle tenait toujours parole : elle ne tardait pas à rentrer, les yeux brillants, les joues rosies, à croire qu'elle avait été dehors par un froid glacial. Ou comme si elle avait couru tout le temps. Ou qu'il lui était arrivé quelque chose d'excitant. Elle était plus jolie au retour que lorsqu'elle était partie.

Un jour, je l'avais suivie sans qu'elle me voie. Je l'avais filée de loin en rasant les clôtures et les haies, comme je l'avais appris dans Sherlock Holmes et au cinéma. Il ne faisait pas particulièrement froid et ma mère ne courait pas non plus, mais elle marchait d'un pas vif, comme si elle avait peur d'être en retard. Au bout de la rue Tsephania, elle tourna à gauche et, ses chaussures blanches martelant l'asphalte, elle arriva à l'angle de la rue Malachie. Là, elle fit halte devant la boîte aux lettres et hésita un instant. Dévoré de curiosité et frissonnant d'une vague angoisse, le petit détective qui marchait sur ses talons en conclut donc qu'elle sortait pour poster des lettres en secret. Mais ma mère n'en fit rien. Elle resta immobile un petit moment, absorbée dans ses pensées, elle porta brusquement une main à son front et rebroussa chemin. (Des années plus tard, cette boîte postale rouge, frappée des initiales GR, pour le roi George V, est toujours là, scellée dans un mur de béton.) Je me précipitai donc dans une cour puis dans une autre, un raccourci jusqu'à la maison où j'arrivai une ou deux minutes avant elle, légèrement essoufflée, les joues rouges comme si elle était sortie dans la neige, une étincelle de malice affectueuse au fond de ses yeux bruns et pénétrants. En cet instant, elle ressemblait beaucoup à son père, grand-père-papa. Elle saisit ma tête qu'elle pressa doucement sur son ventre, et déclara à peu près ceci :

« De tous mes enfants, tu es mon préféré. Tu pourrais me dire enfin ce qu'il y a chez toi qui fait que je t'aime autant ? »

Et aussi :

« C'est surtout ta naïveté. Je n'ai jamais vu pareille naïveté de ma vie. Tu ne changeras pas même quand tu seras très vieux et que tu auras vécu quantité d'expériences. Jamais. Tu resteras toujours un grand naïf. »

Et encore :

« Il y a des femmes qui ne font qu'une bouchée des naïfs et il y a les autres, dont je fais partie, qui les aiment et éprouvent un profond désir de les protéger. »

Et aussi :

« Je pense que, lorsque tu seras grand, tu deviendras une espèce de petit chien affectueux et tapageur, comme ton père, et aussi un homme calme, plein et fermé comme un puits au milieu d'un village déserté par ses habitants. Comme moi. Ou peut-être les deux à la fois. Oui. Je crois que c'est possible. Tu veux jouer à inventer des histoires ? Un chapitre chacun ? Je commence ? Il était une fois un village que ses habitants avaient déserté. Même les chats et les chiens étaient partis. Et les oiseaux aussi. Le village resta silencieux et abandonné pendant des années. La pluie et le vent fouettaient les toits de chaume des maisonnettes, la grêle et la neige en avaient dévasté les murs, les potagers étaient à l'abandon et seuls les arbres et les arbustes poussaient encore, mais sans personne pour les tailler, ils étaient de plus en plus denses. Un soir d'automne, un voyageur égaré arriva dans ce village. Il frappa prudemment à la porte de la première maison, et... tu continues ? »

*

C'est à ce moment-là, pendant l'hiver 1949-50, deux ans avant sa mort, qu'elle commença à souffrir de fréquents maux de tête. Elle attrapait souvent la grippe ou une angine mais, une fois guérie, les migraines ne disparaissaient pas pour autant. Assise sur une chaise près de la fenêtre, enveloppée dans une robe de chambre de flanelle bleue, elle regardait tomber la pluie pendant des heures en tambourinant du bout des doigts sur la couverture de son livre, qu'elle ne lisait pas, posé à l'envers sur ses genoux. Elle restait là, toute raide, une heure ou deux, à fixer la pluie ou un oiseau trempé, sans cesser de pianoter sur son livre. On aurait dit qu'elle répétait inlassablement le même morceau.

Le ménage commença à en pâtir. Elle remettait encore chaque chose à sa place, recueillait et jetait le moindre bout de papier ou miette de pain qui traînaient par terre. Chaque matin, elle balayait le sol qu'elle lessivait tous les deux ou trois jours. Mais elle ne préparait plus de plats compliqués et se contentait de menus simples : pommes de terre bouillies, œufs sur le plat, crudités. Parfois, des morceaux de poulet flottant dans du bouillon. Ou du riz avec du thon en boîte. Elle ne se plaignait pratiquement jamais des maux de tête lancinants qui ne lui accordaient souvent aucun répit pendant plusieurs jours. C'était mon père qui s'en était chargé. Il m'en parla à voix basse, hors de sa présence, dans une sorte de conversation d'homme à homme. Il m'entoura les épaules de son bras et me dit qu'il fallait dorénavant baisser la voix quand maman était à la maison. Ne pas crier ni faire de bruit. Et surtout ne jamais claquer les portes, les fenêtres ou les volets. Je devais veiller à ne pas faire tomber les casseroles ou les couvercles par terre. Ni à taper dans mes mains à la maison.

Je promis et tins parole. Il m'appelait « son garçon intelligent », et à une ou deux reprises, il me donna du « jeune homme ».

Maman me souriait affectueusement, mais c'était un sourire sans sourire. Cet hiver-là, de fines rides se creusèrent au coin de ses yeux.

Les invités se faisaient plus rares. Lilenka, Lilia Kalish, Léa Bar-Samkha, l'institutrice qui avait publié deux ouvrages indispensables sur la psychologie de l'enfant, venait de temps à autre : elle s'asseyait en face de ma mère et toutes deux se mettaient à discuter en russe ou en polonais. J'avais l'impression qu'elles parlaient de Rovno, de leurs camarades et de leurs professeurs que les Allemands avaient tués dans la forêt de Sosenki, car elles mentionnaient quelquefois le nom d'Issachar Reiss, le charismatique directeur dont toutes les filles de « Tarbout » étaient follement amoureuses, et celui d'autres professeurs, Buslik, Berkowski, Fanka Seidman, et aussi des noms de rues et de parcs de leur jeunesse.

Lorsque grand-mère Shlomit faisait une apparition, elle inspectait la glacière et le garde-manger, grimaçait et chuchotait un moment avec papa au fond du couloir, près de la porte de la salle d'eau où se trouvaient également les WC. Ensuite elle risquait un œil dans la chambre où se reposait maman et lui demandait d'une voix mielleuse :

— As-tu besoin de quelque chose, ma chérie ?

— Non, merci.

— Pourquoi ne t'allonges-tu pas ?

— Ça va bien comme ça, merci.

— Tu n'as pas froid ? Veux-tu que j'allume le poêle ?

— Non, merci, je n'ai pas froid. Merci.

— Et le médecin ? Quand est-il venu ?

— Je n'ai pas besoin de médecin.

— Vraiment ? *Nu*, et comment sais-tu que tu n'en as pas besoin ?

Papa dit timidement à sa mère quelque chose en russe, avant de leur présenter ses excuses à toutes les deux.

— Tais-toi, Lonya, le tança grand-mère. Ne t'en mêle pas. C'est à elle que je parle, pas à toi. Quel exemple, excuse-moi, tu donnes au petit ?

Le petit se hâta de s'éloigner, mais un jour il avait entendu grand-mère chuchoter à l'oreille de son père qui la raccompagnait à la porte :

« Oui. De la comédie. Comme s'il fallait lui décrocher la lune. Ne discute pas. On dirait qu'elle seule mène une existence difficile ici et qu'à part elle tout le monde nage dans le luxe. Tu devrais ouvrir la fenêtre de sa chambre. On étouffe littéralement. »

*

On avait malgré tout appelé le médecin. Qui était revenu peu après. Ma mère subit des examens médicaux au dispensaire et elle passa même deux nuits dans les locaux provisoires de l'hôpital Hadassah, place Davidka. On ne trouva rien. Quinze jours après son retour de l'hôpital, elle était pâle et défaite, on rappela le docteur. Une fois, il était même venu en pleine nuit, et j'avais été réveillé par sa voix aimable, épaisse et âpre comme de la colle forte, plaisantant avec papa. Au chevet du canapé, transformé pour la nuit en un lit double étroit, s'entassaient, du côté de maman, toutes sortes de flacons, des boîtes de vitamines, d'aspirine, de cachets appelés APC et des fioles. Maman refusait de s'aliter. Elle restait assise des heures sur sa chaise, près de la fenêtre, et semblait parfois de très bonne humeur. Cet hiver-là, elle s'adressait à papa avec une extrême gentillesse et beaucoup de chaleur, comme si c'était lui le malade qui tressaillait si on élevait le ton. Elle lui parlait comme à un enfant, avec douceur, employant des petits noms affectueux, voire un langage de bébé. Moi, elle me traitait en confident :

« Ne sois pas fâché contre moi, Amos, disait-elle en me transperçant l'âme du regard. Ce n'est pas très facile pour moi, en ce moment. Tu te rends compte que je fais beaucoup d'efforts pour que tout aille bien. »

Je me levais tôt pour balayer à sa place avant d'aller à l'école. Deux fois par semaine, je lessivais par terre et je passais ensuite une serpillière sèche. J'appris à préparer une salade, couper du pain et confectionner une omelette pour le dîner, car le soir maman avait souvent la nausée.

Quant à papa, sans raison apparente, il débordait soudain d'un entrain qu'il s'efforçait de réprimer. Il fredonnait, il éclatait de rire et un jour, croyant que je ne le voyais pas, il s'était mis à gambader et à sautiller dans la cour comme si une mouche l'avait piqué. Il sortait souvent le soir et j'étais au lit quand il rentrait. Il n'avait pas le choix, disait-il, car, dans ma chambre, il y avait extinction des feux à neuf heures, et dans la leur maman ne supportait pas la lumière. Le soir, elle se postait à la fenêtre dans le noir. Il avait essayé de lui tenir compagnie, en silence, comme pour partager sa souffrance, mais, de tempérament gai et impatient, il était incapable de rester immobile plus de trois ou quatre minutes.

## 50

Au début, papa se réfugiait dans la cuisine, le soir. Il s'efforçait de lire ou d'étaler ses livres et ses fiches sur la vieille toile cirée pour travailler un peu. Mais l'endroit était trop petit et confiné, et il étouffait. C'était un homme sociable, qui adorait discuter et plaisanter et aimait la lumière ; aussi, à force de passer ses soirées tout seul, dans cette cuisine déprimante, sans pouvoir jouer sur les mots ni débattre d'histoire ou de politique, ses yeux s'embuaient et il se mettait à bouder comme un enfant.

Maman éclata de rire :

— Va donc jouer un peu dehors.

Et elle ajouta :

— Mais fais attention. Tu ne sais pas sur qui tu peux tomber. Elles ne sont pas toutes gentilles et honnêtes comme toi.

— Chto ty ponimaech ?! explosa papa. Ty ne normal'naya ? Vidich maltchik !!

— Excuse-moi.

Il lui demandait toujours la permission de sortir. Et il ne se l'autorisait qu'une fois les tâches ménagères accomplies : les courses rangées, la vaisselle faite, la lessive étendue et rentrée. Ensuite, il cirait ses chaussures, prenait une douche, s'aspergeait de la nouvelle lotion qu'il s'était achetée, changeait de chemise, choisissait soigneusement une cravate assortie et, son veston à la main, il se penchait sur elle :

— Tu ne vois vraiment pas d'inconvénient à ce que j'aille retrouver mes amis ? On va parler un peu politique. Ou boutique. Dis-moi la vérité.

Maman n'y voyait aucune objection. Mais elle refusait de savoir où il allait.

— Tâche de ne pas faire de bruit en rentrant, Arié.

— Je ferai attention.

— Bonsoir. Pars maintenant.

— Ça ne te dérange vraiment pas si je sors, tu es sûre ? Je ne rentrerai pas tard.

— Ça ne me dérange vraiment pas. Et tu peux rentrer quand tu veux.

— As-tu besoin de quelque chose ?

— Je n'ai besoin de rien, merci. Amos s'occupera de moi.

— Je ne rentrerai pas tard.

Et après un bref silence embarrassé :

— Bon, alors ça va ? Je m'en vais ? Au revoir. J'espère que tu iras mieux. Essaie de dormir dans le lit, pas sur la chaise.

— J'essaierai.

— Bonne nuit alors. Au revoir. Je te promets de ne pas faire de bruit au retour, je ne rentrerai pas tard.

— Va-t'en.

Il lissait son veston, rectifiait sa cravate et sortait. Tandis qu'il traversait la cour sous ma fenêtre, j'entendais sa voix chaude fredonner atrocement faux : « La route est longue, si longue, le chemin serpente à l'infini, j'avance, mais tu t'éloignes, et plus proche est la lune... » Ou encore : « Qu'expriment donc tes yeux, tes yeux qui ne disent rien ? »

*

Puis vinrent les insomnies. Le médecin lui prescrivit des somnifères et des tranquillisants, qui s'avérèrent inefficaces. Redoutant de se coucher dans le lit, elle passait la nuit sur une chaise, emmitouflée dans une couverture, un coussin sous la tête et un autre sur le visage, peut-être était-ce sa façon d'essayer de dormir ? Elle sursautait au moindre bruit : les feulements de chats en chaleur, des tirs lointains en provenance de Sheikh Jarrah ou d'Isawiya, la plainte du muezzin à l'aube, du haut d'une mosquée de la Jérusalem arabe, de l'autre côté de la frontière. Elle avait peur du noir lorsque papa éteignait la lumière. S'il la laissait allumée dans le couloir, sa migraine empirait. Quand il rentrait un peu avant minuit, plein d'ardeur et de honte, il la retrouvait éveillée sur sa chaise, les yeux secs, rivés sur la fenêtre sombre. Il lui proposait du thé ou une tasse de lait chaud, insistait pour qu'elle s'allonge sur le lit et lui offrait de prendre sa place sur la chaise, si cela pouvait l'aider à dormir enfin. Il se sentait parfois tellement coupable qu'il s'agenouillait pour lui passer de grosses chaussettes de laine de crainte qu'elle eût froid aux pieds.

À son retour, au milieu de la nuit, il prenait sans doute une longue douche en chantonnant joyeusement, effrontément faux : « J'ai un jardin, et un puits aussi », il se reprenait au milieu du refrain et s'interrompait brusquement, au comble de la confusion, il se déshabillait dans un silence coupable, enfilait son pyjama rayé et revenait lui proposer gentiment du thé, du lait ou un jus de fruit, il tentait peut-être encore de la convaincre de s'étendre à côté de lui, ou à sa place. Il la suppliait de chasser ses idées tristes et de songer à des choses gaies. Pendant qu'il se mettait au lit et se pelotonnait sous la couverture, il lui suggérait une longue liste de pensées si agréables qu'il s'endormait comme un bébé. Mais je présume qu'en homme responsable il se réveillait à deux ou trois reprises pendant la nuit pour s'assurer de l'état de la malade sur sa chaise, face à la fenêtre, lui apporter un cachet et un verre d'eau, et arranger sa couverture avant de se rendormir.

*

À la fin de l'hiver, elle ne s'alimentait presque plus. Elle trempait parfois une biscotte dans une tasse de thé en affirmant que c'était suffisant, qu'elle avait un peu mal au cœur et n'avait pas faim. Ne t'inquiète pas, Arié, je ne bouge pratiquement plus, si je mangeais, je serais aussi grosse que ma mère. Ne t'en fais pas.

« Maman est malade et les médecins ne savent pas ce qu'elle a, me dit tristement papa. Je voulais en consulter d'autres, mais elle s'y oppose catégoriquement. »

Et un autre jour :

« Ta mère se mortifie. C'est juste pour me punir. »

Et grand-père Alexandre :

« *Nu, chto*. Un état d'âme. La mélancolie. Les caprices. Ça prouve que le cœur reste jeune. »

« Ce n'est évidemment pas facile pour toi non plus, me dit tante Lilenka. Toi qui es si intelligent, si sensible, ta mère affirme que tu es son rayon de soleil. Et c'est vrai. Pas comme certain, si égoïste et infantile qu'il se permet d'aller cueillir des fleurs en un pareil moment sans se rendre compte qu'il ne fait qu'aggraver les choses. Mais ça n'a pas d'importance. Je me parlais à moi-même. Tu es un enfant solitaire, et tu dois l'être plus que jamais en ce moment, alors si tu sens le besoin de me parler à cœur ouvert, n'hésite pas, rappelle-toi que Lilia n'est pas seulement l'amie de ta mère mais, si tu veux bien, elle peut être la tienne aussi. Une amie qui ne te considère pas seulement comme les adultes considèrent les enfants, mais une âme sœur. »

J'avais sûrement compris par « aller cueillir des fleurs » que tante Lilia faisait allusion à papa qui sortait souvent le soir rendre visite à ses amis, mais je ne voyais pas quelles fleurs pouvaient pousser dans l'appartement exigu des Rudnicki, avec leur oiseau chauve, son compagnon en pomme de pin, et la horde d'animaux en raphia derrière les vitrines du buffet. Ou chez les Abramski, qui vivaient chichement dans leur pauvre appartement qu'ils laissaient pratiquement à l'abandon depuis qu'ils étaient en deuil. Ou peut-être entrevoyais-je dans les fleurs de tante Lilia quelque chose d'impossible, que je me refusais à comprendre ni à rapprocher des chaussures étincelantes de papa ou de son nouvel après-rasage.

\*

Ma mémoire m'abuse. Je me rappelle un incident qui s'était effacé dès qu'il s'était produit. Je m'en suis souvenu quand j'avais environ seize ans pour l'oublier aussitôt. Ce matin, je me remémore non l'événement lui-même, mais ce premier souvenir, vieux de plus de quarante ans, comme si une vieille lune se réfléchissait sur la vitre d'une fenêtre avant de ricocher sur un lac où la mémoire repêche non pas le reflet, depuis longtemps disparu, mais ses ossements blanchis.

Voici : à Arad, à six heures en ce matin d'automne, je me revois avec mon ami Lolik, rue Yafo, près de la place de Sion, vers midi, un jour où le ciel était couvert, en hiver 1950 ou 1951 : Lolik m'avait donné une légère bourrade dans les côtes en murmurant, regarde, ce n'est pas ton père qui est assis à l'intérieur, par hasard ? Tirons-nous vite avant qu'il s'aperçoive qu'on a séché le cours d'Avisar ! On avait détalé à toutes jambes, mais à travers la baie vitrée du café Sichel, j'avais eu le temps d'apercevoir mon père, assis près de la fenêtre en compagnie d'une femme qui me tournait le dos, dont il baisait en souriant la main au poignet orné d'un bracelet, et je m'étais sauvé en courant, loin de là, loin de Lolik, et je crois bien que je cours toujours.

Grand-père Alexandre baisait toujours la main des dames. Papa s'y prêtait occasionnellement, sinon il se contentait de leur prendre la main et de s'incliner pour examiner leur montre et la comparer avec la sienne, il n'y manquait jamais, avec tout le monde, il avait la passion des montres. Il faut préciser aussi que j'avais séché le cours pour aller voir le tank égyptien à moitié calciné, exposé sur l'esplanade russe, et que cela avait été la première et la dernière fois. Depuis, je n'ai plus jamais fait l'école buissonnière. Jamais.

*

Je le maudissais. Pendant deux jours au moins. J'avais tellement honte. Ensuite, je m'étais mis à haïr ma mère, avec ses migraines, ses simagrées, le sit-in qu'elle nous faisait à longueur de journée sur sa chaise, devant la fenêtre, c'était de sa faute, car c'était elle qui le poussait à aller chercher des signes de vie ailleurs. Et puis je m'étais détesté moi-même pour avoir laissé Lolik me persuader, comme le renard et le chat de Pinocchio, de sécher le cours de M. Avisar. N'avais-je donc pas de caractère? Étais-je si influençable? Une semaine plus tard, j'avais oublié toute l'histoire, et je ne m'en étais souvenu que vers l'âge de seize ans, après une nuit de cauchemar au kibboutz Houlda. J'avais rayé de ma mémoire la scène du café Sichel de même que le matin où, tôt revenu de l'école, j'avais retrouvé ma mère tranquillement assise dans sa robe de chambre de flanelle, non pas devant la fenêtre, mais sur une chaise longue, dehors, dans la cour, sous le grenadier dépouillé de ses feuilles, avec sur les lèvres quelque chose qui ressemblait à un sourire mais qui n'en était pas un, son livre retourné comme d'habitude à l'envers sur ses genoux, sous une pluie torrentielle et glacée — elle devait être là depuis une heure ou deux car, lorsque je l'avais relevée et traînée à la maison, elle était trempée et frigorifiée comme un oiseau mouillé qui ne volerait jamais plus. Je l'avais conduite dans la salle de bains, j'étais allé lui chercher des vêtements secs dans l'armoire, je l'avais grondée comme un adulte et je lui avais dit ce qu'elle devait faire à travers la porte de la salle de bains; elle ne m'avait pas répondu, mais elle m'avait scrupuleusement obéi sans cesser de sourire, de ce sourire qui n'en était pas un. Je n'avais rien dit à papa, parce que, du regard, elle m'avait prié de garder le secret. Et j'avais simplement confié à tante Lilia :

« Tu te trompes complètement, tante Lilia. Je ne serai certainement pas un écrivain ou un poète, ni même un savant, parce que je ne suis pas sentimental. Les sentiments me dégoûtent. Je serai fermier. Je vivrai au kibboutz. Ou alors je serai empoisonneur de chiens. Avec une seringue remplie d'arsenic. »

Au printemps, elle allait un peu mieux. Le matin de la fête de Tou bi-Chevat, le jour où Chaim Weizmann, le président du conseil d'État provisoire, avait ouvert la session de l'Assemblée constituante qui allait devenir la première Knesset, maman mit sa robe bleue et nous proposa, à papa et à moi, d'aller faire un petit tour dans le bois de Tel Arza. Je trouvais qu'elle avait un port de reine et qu'elle était très jolie dans cette robe, et quand nous avions enfin émergé de notre cave à livres dans la lumière printanière, je remarquai une chaude lueur d'affection brillant dans ses yeux. Papa passa son bras sous le sien et je fis exprès de courir devant eux, comme un petit chien, pour qu'ils puissent se parler, ou simplement parce que j'étais fou de joie.

Maman avait confectionné des sandwiches au fromage et à la tomate ainsi qu'aux œufs durs, au poivron rouge et aux anchois, et papa avait préparé une thermos de jus d'orange tiède qu'il avait pressé lui-même. Étendus sur une bâche étalée sous les arbres, nous respirions le parfum des pins saturés de pluie. Des pentes rocailleuses duvetées de vert se profilaient à travers les cimes. On apercevait les maisons du village arabe de Shuafat, de l'autre côté de la frontière, et le minaret fuselé de Nebi Samuel. Papa remarqua la similitude existant en hébreu entre le mot « bois » et les mots « silence », « étouffé », « labour » et « industrie », ce qui lui donna l'occasion de pontifier sur la magie de la langue. Maman était de si bonne humeur qu'elle compléta l'exposé par une liste d'autres mots de même racine.

Après quoi, elle nous parla d'un voisin ukrainien, un homme agile et séduisant, qui pouvait dire avec précision quel matin apparaîtraient les premières pousses de seigle et les premières racines de betteraves. Ce garçon, Stephan, Stepasha ou Stiopa, comme on l'appelait, toutes les filles goys en étaient folles, mais il était éperdument amoureux d'une enseignante juive du lycée Tarbout et, un jour, il essaya même de se noyer dans un tourbillon du fleuve, mais, étant un excellent nageur, il s'en sortit et échoua dans un domaine, sur la rive. La maîtresse des lieux le séduisit et, quelques mois plus tard, elle lui fit cadeau d'une auberge où il doit vivre encore, enlaidi et hébété par l'alcool et la fornication.

Pour une fois, papa oublia de la faire taire à cause du mot « fornication » et, contrairement à son habitude, il ne lui cria pas *vidich maltchik!* Il posa la tête sur l'un de ses genoux et s'allongea en mâchonnant un brin d'herbe. Je l'imitai : la tête sur l'autre genou, je m'étendis à mon tour, un brin d'herbe à la bouche, respirant à pleins poumons l'air tiède, étourdissant, délicieux, regorgeant de frais parfums et du bourdonnement d'insectes ivres de printemps, lavé par la pluie et le vent d'hiver. Comme j'aimerais arrêter le temps et m'arrêter d'écrire là, deux ans avant sa mort, sur ce tableau de nous trois, en ce jour de fête, dans le bois de Tel Arza : maman, si jolie dans sa robe bleue, un foulard de soie rouge gracieusement noué autour du cou, assise bien droite, le dos contre l'arbre, la tête de mon père sur un genou et la mienne sur l'autre, nous caressant le visage et les cheveux de sa main fraîche, et des multitudes d'oiseaux piaillant interminablement au-dessus de nos têtes, au sommet des pins nettoyés par la pluie.

*

Ce printemps-là, elle allait vraiment beaucoup mieux. Elle ne passait plus ses journées et ses nuits sur sa chaise, en face de la fenêtre, la lumière électrique ne la dégoûtait plus et elle ne sursautait plus au moindre bruit. Elle ne négligeait plus le ménage et ses chères lectures. Les migraines s'espaçaient, et elle avait presque retrouvé l'appétit. Cinq petites minutes devant le miroir, un soupçon de poudre, une touche de rouge à lèvres et de fard à paupières, un coup de brosse, et deux autres minutes passées devant l'armoire lui suffisaient pour surgir mystérieusement belle et radieuse. Les habitués de la maison reparurent, les Bar-Yitzhar-Itzelevitch, les Abramski, révisionnistes acharnés qui haïssaient le gouvernement travailliste, Hannah et Haïm Toren, les Rudnicki, Toschia et Gustav Krochmal, originaires de Dantzig, qui avaient ouvert une clinique de poupées, rue Geoula. Les hommes lançaient parfois à maman un coup d'œil embarrassé avant de détourner la tête.

Le vendredi soir, nous allions de nouveau allumer les bougies du sabbat et manger du poisson farci ou des cous de poulet farcis, recousus avec du fil, à la table ronde de grand-mère Shlomit et de grand-père Alexandre. Le samedi matin, nous rendions de temps en temps visite aux Rudnicki, et après le déjeuner nous traversions Jérusalem du nord au sud pour accomplir notre pèlerinage hebdomadaire chez l'oncle Yosef, à Talpiot.

Un soir, pendant le dîner, maman nous parla soudain d'une lampe à pied, placé à côté du fauteuil dans le meublé qu'elle occupait à Prague, quand elle y étudiait l'histoire et la philosophie. Le lendemain, en rentrant du travail, papa s'arrêta dans deux magasins de meubles, rue George-V, et dans une boutique de luminaires, rue Ben Yehouda : il compara, retourna dans la première boutique et revint avec la plus jolie lampe qu'il avait pu trouver. Elle lui avait coûté presque le quart de son salaire. Maman nous embrassa tous les deux sur le front en promettant avec son étrange sourire que la nouvelle lampe nous éclairerait longtemps après qu'elle serait partie. Grisé par sa victoire, papa n'entendit pas ses paroles parce qu'il n'écoutait jamais et qu'un torrent d'énergie verbale l'entraînait déjà ailleurs, vers la racine proto-sémitique *nwr*, qui signifie « lumière », la forme araméenne, *menarta*, et la version arabe, *manar*.

J'avais entendu, mais sans comprendre. Ou j'avais compris mais sans en saisir la portée.

La pluie se remit à tomber. Et papa redemanda de temps en temps à maman la permission de « sortir voir des gens », une fois que j'étais au lit. Il promettait de ne pas rentrer trop tard et de ne pas faire de bruit, il lui apportait une tasse de lait chaud et s'en allait avec ses chaussures rutilantes, une pochette blanche dépassant de son veston, comme son père, dans un sillage de lotion après-rasage. Quand il passait sous ma fenêtre, j'entendais le déclic de son parapluie qui s'ouvrait et le refrain qu'il chantait horriblement faux :

*Sa main est si délicate*
*que nul n'ose la tou-ou-oucher,*

ou :

*Ses yeux étaient comme l'étoile polaire*
*mais son cœur, torride comme le vent du dé-é-é-sert.*

*

Maman et moi en profitions dès qu'il avait le dos tourné. Il avait beau exiger avec la dernière énergie que j'éteigne la lumière « à neuf heures précises et pas une minute de plus », dès que ses pas s'éloignaient au bout de la rue mouillée, je bondissais de mon lit et courais retrouver ma mère pour écouter d'autres histoires. Elle s'asseyait sur sa chaise, dans la pièce aux murs tapissés de livres qui s'empilaient même sur le sol, et je m'allongeais en pyjama à ses pieds, la tête posée sur ses cuisses tièdes, les yeux clos et les oreilles grandes ouvertes. Toutes les lumières étaient éteintes, excepté la nouvelle lampe posée à côté de la chaise. Le vent et la pluie cinglaient les volets. Parfois le tonnerre grondait au-dessus de la ville. Papa était parti en me laissant avec maman et ses histoires. Un jour, elle m'avait parlé de l'appartement vide au-dessus de la chambre qu'elle louait à Prague, quand elle était étudiante. Personne n'y habitait depuis deux ans sauf, à ce que disaient les voisins, les fantômes de deux petites filles mortes. La maison avait brûlé et l'on n'avait pas pu sauver les deux fillettes, Émilia et Jana. Après le drame, les parents étaient partis à l'étranger. L'appartement aux murs calcinés était cadenassé et les volets fermés. Il n'avait pas été rénové ni reloué. Parfois, murmurait-on, on percevait des rires, des galopades assourdies, ou des sanglots et des cris au milieu de la nuit. « Moi, dit maman, je n'ai jamais rien entendu de tel, mais souvent j'étais presque certaine qu'on ouvrait les robinets, la nuit, qu'on déplaçait des meubles ou que des pieds nus marchaient sur le parquet. Peut-être se servait-on de cet endroit pour des intrigues amoureuses secrètes ou pour d'autres obscurs desseins. Quand tu seras grand, tu découvriras qu'à peu près tout ce que tes oreilles discernent la nuit peut être interprété de plus d'une façon. En fait, ce n'est pas que la nuit et pas seulement les oreilles. Ce que tes yeux voient aussi, même en plein jour, peut presque toujours être interprété de différentes manières. »

Les autres nuits, elle me parla d'Eurydice, d'Hadès et d'Orphée. Elle me raconta l'histoire de la petite fille d'un célèbre nazi, âgée de huit ans, un assassin sanguinaire, pendu au procès de Nuremberg, après la guerre, qu'on avait envoyée dans un établissement pour jeunes délinquants parce qu'on l'avait surprise en train de fleurir la photo de son père. Et l'histoire d'un jeune marchand de bois qui habitait un village près de Rovno : il s'était perdu dans la forêt, un jour de tempête, l'hiver, et on ne l'avait plus revu, mais six ans plus tard quelqu'un s'était introduit la nuit chez sa veuve et avait déposé au pied du lit les bottes de son époux, usées jusqu'à la corde. Et elle m'avait parlé aussi de Tolstoï qui avait quitté sa maison à la fin de sa vie pour mourir dans la chaumière du garde-barrière, dans une gare de province appelée Astapovo.

En ces nuits d'hiver, maman et moi ressemblions à Peer Gynt et Ase, sa mère :

*Nous étions unis dans tous les malheurs...*
*Nous demeurions assis chez nous, Petit-Peer et moi,*
*on voudrait bien secouer ses chagrins...*
*Nous, ah ! nous, c'était les aventures des princes qu'il*
*    nous fallait,*
*les trolls, les bêtes sauvages, sans compter les fiancées*
*    enlevées.*
*Mais qui pourrait penser que ces histoires de fous lui*
*    monteraient à la tête* [1] *?*

Nous jouions aussi aux cadavres exquis . elle commençait, je continuais, elle reprenait le fil du récit, puis c'était mon tour, et ainsi de suite. Papa

1. Henrik Ibsen, *Peer Gynt*, acte II, scène 2, trad. François Regnault, éd. Beba, 1981.

rentrait un peu avant ou un peu après minuit, et dès que nous entendions ses pas, nous éteignions immédiatement la lumière et nous mettions au lit comme deux petits diables feignant de dormir du sommeil du juste. À demi assoupi, je l'entendais remuer, il se déshabillait, buvait un peu de lait à même la bouteille, il entrait dans la salle de bains, ouvrait et refermait un robinet, tirait la chasse, ouvrait et refermait à nouveau le robinet tout en fredonnant à mi-voix une vieille chanson d'amour, il repartait boire quelques gorgées de lait et se glissait pieds nus dans la chambre aux livres puis dans le canapé ouvert pour la nuit, aux côtés de maman qui faisait semblant de dormir, chantonnait encore une ou deux minutes en lui-même, et s'endormait comme un bébé jusqu'au lendemain matin. À six heures, il se réveillait le premier, il se rasait, s'habillait, il passait le tablier de maman pour presser des oranges dont il tiédissait le jus au bain-marie avant de nous l'apporter au lit, car il est bien connu qu'on risque de s'enrhumer en buvant glacé.

*

Une nuit, ses insomnies la reprirent. Comme maman détestait rester éveillée à côté de papa qui dormait comme un loir, ses lunettes sommeillant tranquillement sur l'étagère, près de lui, elle se leva et, au lieu de s'installer sur la chaise, face à la fenêtre, ou dans la sinistre cuisine, elle alla me rejoindre dans mon lit, se pelotonna contre moi et m'embrassa jusqu'à ce que je me réveille. Alors elle me demanda à l'oreille si j'acceptais que nous discutions un peu cette nuit-là tous les deux. « Pardon si je t'ai réveillé, mais j'avais vraiment besoin de te parler. » Cette fois, dans le noir, je perçus dans sa voix un vrai sourire, pas un simulacre.

Lorsque Zeus découvrit que Prométhée avait réussi à dérober pour la rendre aux mortels une étincelle du feu que lui, Zeus, leur avait refusée en punition, il faillit exploser de rage. Les dieux l'avaient très rarement vu aussi furieux. Il tonna pendant des jours sans que personne n'ose l'approcher. Bouillant de colère, le vieillard décida d'envoyer aux hommes un grand fléau déguisé en présent inestimable. Il ordonna donc à Héphaïstos, le dieu forgeron, de façonner une superbe femme avec de l'argile. La déesse Athéna lui enseigna à coudre et à tisser, et elle la para de somptueux vêtements. La déesse Aphrodite lui fit don de charmes capables d'éblouir les hommes et d'enflammer leurs désirs. Hermès, le dieu des marchands et des voleurs, lui apprit à mentir sans battre un cil et lui enseigna la ruse et la fourberie. Le nom de cette séduisante créature était Pandore, qui signifie « celle qui possède tous les dons ». Alors, assoiffé de vengeance, Zeus ordonna qu'elle épouse le frère dément de Prométhée. C'est en vain que ce dernier tenta de mettre son frère en garde. En voyant cette superbe beauté, son frère sauta de joie, d'autant qu'elle lui apportait en dot une jarre contenant les cadeaux des dieux de l'Olympe. Un jour, Pandore souleva le couvercle de la jarre d'où s'échappèrent les maladies, la solitude, l'injustice, la cruauté et la mort. C'est ainsi que tous les maux se répandirent sur la terre. Si tu ne dors pas encore, je te dirai qu'à mon avis ils existaient déjà. Il y avait les maux de Prométhée et de Zeus, et ceux de Pandore, sans parler des gens simples comme toi et moi. Les maux ne venaient pas de la jarre de Pandore, c'est l'inverse, on a inventé la jarre à cause des maux. Et c'est à cause de ça aussi qu'on l'a ouverte. Tu iras chez le coiffeur demain, après l'école ? Tu as vu comme tu as les cheveux longs !

## 51

Mes parents m'emmenaient quelquefois avec eux « en ville », c'est-à-dire rue George-V ou rue Ben Yehouda, dans l'un des trois ou quatre cafés qui rappelaient un peu ceux des villes d'Europe centrale de l'entre-deux-guerres. Là, les clients trouvaient des journaux emmanchés d'une longue baguette en hébreu et en d'autres langues, ainsi que des hebdomadaires et des mensuels en différentes langues. Sous les lustres de cuivre et de cristal, un discret murmure étranger se mêlait à la fumée gris-bleu des cigarettes et au parfum d'autres mondes où l'existence, vouée à l'étude et à la camaraderie, s'écoulait paisiblement.

Les tables étaient occupées par des dames très élégantes et des messieurs distingués qui conversaient paisiblement. Des serveurs et des serveuses en vestes blanches, un linge immaculé plié sur le bras, glissaient au milieu des convives auxquels ils servaient du café brûlant surmonté de purs anges bouclés en chantilly, du thé de Ceylan dont le concentré était servi à part dans des petits pots de faïence, des pâtisseries fourrées à la liqueur, des croissants, des strudels à la crème, des gâteaux au chocolat avec un glaçage à la vanille, du vin chaud, l'hiver, et des petits verres de cognac et de sherry. (En 1949 et 1950, on ne trouvait que du succédané de café et, probablement aussi, des ersatz de chocolat et de crème.)

Là, mes parents retrouvaient des gens très différents des voisins réparateurs de poupées, comme les Krochmal, ou de postiers ergoteurs — Staszek Rudnicki par exemple — qui constituaient leur cercle habituel. Ici, on s'entretenait avec d'éminentes personnalités, tels M. Pfeffermann, le supérieur de papa aux périodiques de la Nationale, Joshua Czeczik, l'éditeur, qui venait de temps à autre à Jérusalem pour affaires, un jeune et brillant philologue, ou historien, de l'âge de mes parents, qui se destinait à une carrière universitaire, des chercheurs ou des assistants dont la carrière semblait toute tracée. On rencontrait parfois des écrivains que papa se glorifiait de connaître : Dov Kimhe, Shraga Kadari, Yitzhak Shenhar, Yehuda Yaari. Aujourd'hui, ils sont pratiquement oubliés, et la plupart de leurs lecteurs ont disparu, mais c'étaient des célébrités à l'époque.

Papa se préparait méticuleusement en vue de ces réunions : il se lavait les cheveux, piquait une jolie épingle en argent dans sa cravate à rayures grises et blanches, sa préférée, il me rabâchait les règles du savoir-vivre, insistant sur le fait que je devais répondre aux éventuelles questions avec tact et concision. Il lui arrivait aussi de se raser avant de partir, même s'il l'avait déjà fait le matin. Pour l'occasion, maman mettait son collier de corail qui rehaussait son teint mat et conférait une touche exotique à sa discrète beauté — on aurait dit qu'elle était italienne ou grecque.

*

Savants et écrivains étaient impressionnés par l'acuité et l'érudition de mon père. Ils savaient qu'ils pouvaient compter sur ses vastes connaissances quand les dictionnaires et autres ouvrages de référence venaient à montrer leurs limites. Mais ils se réjouissaient davantage encore de la présence de ma mère : devant son écoute attentive, inspiratrice, ils devenaient diserts. Quelque chose dans son attitude rêveuse, ses questions imprévisibles, son regard, ses commentaires qui jetaient parfois un nouvel éclairage, inattendu, sur le sujet, les poussaient, comme sous l'effet de l'ivresse, à parler sans relâche de leurs travaux, des affres de la création, de leurs objectifs et de leurs succès. De temps en temps, maman glissait avec à-propos une citation tirée des propres écrits de son interlocuteur, relevant une certaine similitude avec la pensée de Tolstoï, une résonance stoïcienne, ou observant avec un léger signe de tête — sa voix prenait alors une sombre couleur vineuse — qu'ici, elle détectait dans l'œuvre de l'auteur une tonalité quasi scandinave, un écho d'Hamsun, de Strindberg ou des pages mystiques d'Emmanuel Swedenborg. Là-dessus, elle se remettait à écouter en silence, pareille à un réceptacle transparent, tandis qu'ils déversaient en elle tout ce qui leur passait par la tête pour attirer son attention.

Un jour que j'étais tombé par hasard sur deux d'entre eux, des années plus tard, ils m'avaient confié que ma mère était une femme charmante et une lectrice inspirée, la lectrice idéale dont n'importe quel écrivain rêvait au cours de ses nuits harassantes, confiné dans son bureau. Dommage qu'elle n'eût pas laissé d'écrit : qui sait si sa mort prématurée ne nous avait pas privés d'un auteur de talent, à une époque où les femmes écrivains dans la littérature hébraïque se comptaient sur les doigts de la main.

Lorsque ces sommités croisaient mon père à la bibliothèque ou dans la rue, ils parlaient quelques instants de la lettre adressée par le ministre de l'Éducation, Ben-Tsion Dinur, aux administrateurs de l'université, de Zalman Shneour qui, dans sa vieillesse, se prenait pour Walt Whitman, ou ils spéculaient pour savoir qui hériterait de la chaire de littérature hébraïque quand le professeur Klausner aurait pris sa retraite, et puis les yeux brillants, la mine radieuse, ils lui tapaient sur l'épaule en le priant de transmettre « nos plus cordiales salutations à madame votre épouse, une femme si merveilleuse, si cultivée, au jugement si sûr, une artiste ! ».

Ils étaient tout miel, mais dans leur for intérieur, peut-être lui enviaient-ils sa femme en se demandant ce qu'elle pouvait bien trouver à cet homme pédant bien que d'une prodigieuse érudition, il était sans doute travailleur et honnête, c'était un chercheur non dénué de consistance, « mais, entre nous, il était plutôt scolaire et manquait totalement d'inspiration ».

*

Moi aussi j'avais mon rôle à jouer au café. Primo, je devais répondre poliment et intelligemment, comme un grand, aux questions ardues telles que « quel âge as-tu », « dans quelle classe es-tu », est-ce que je collectionnais les timbres et les vignettes, et que nous enseignait-on aujourd'hui en histoire et géographie de notre pays, et en hébreu ?. Est-ce que j'étais sage ? Qu'avais-je lu de Dov Kimhe (ou de Yaari, Kadari, Even-Zahav ou Shenhar ?). Est-ce que j'aimais mes professeurs ? Et aussi : est-ce que je commençais à m'intéresser aux jeunes filles ? Pas encore ? Est-ce que je voulais être professeur à mon tour quand je serais grand ? Pionnier ? Ou maréchal dans les armées d'Israël ? (En ce temps-là, j'étais intimement persuadé que les écrivains étaient drôlement faux jetons et plutôt ridicules.)

Secundo, ne pas déranger.

Être inexistant. Transparent.

Ils pouvaient palabrer pendant soixante-dix heures au moins, une éternité, et moi, pendant ce temps, je devais faire encore moins de bruit que le ventilateur bourdonnant au plafond.

Ma punition pour avoir failli à ma promesse pouvait consister aux arrêts forcés à la maison, lesquels entraient en vigueur dès mon retour de l'école, deux semaines durant, ou la défense de jouer avec mes camarades ou encore l'interdiction de lire au lit pendant les vingt prochains soirs.

La récompense pour cent heures de solitude était une glace. Ou un épi de maïs.

Je ne mangeais presque jamais de glace parce que c'était mauvais pour la gorge et qu'on risquait de s'enrhumer. Quant au maïs, vendu au coin de la rue dans une marmite qui bouillait sur un réchaud, cet épi brûlant et parfumé que l'homme mal rasé enveloppait dans une feuille verte et saupoudrait de gros sel, j'y avais très rarement droit car l'homme avait l'air vraiment sale et que l'eau de la marmite devait grouiller de microbes. « Mais si, cette fois, Votre Altesse se comporte de façon irréprochable au café Atara, en rentrant à la maison, tu auras généreusement le choix entre un épi de maïs et une glace, comme il te plaira. »

C'est peut-être dans les cafés, pendant que mes parents et leurs amis discutaient interminablement de politique, d'histoire, de philosophie, de littérature, des luttes de pouvoir entre universitaires et des intrigues entre rédacteurs et éditeurs, conversations où je ne comprenais goutte, que j'ai fait mon apprentissage d'espion.

J'avais inventé un jeu qui pouvait durer des heures, sans bouger ni parler, et sans le moindre accessoire, pas même un crayon et du papier. En observant les gens assis dans le café, leurs vêtements, leurs gestes, le journal qu'ils étaient en train de lire ou les consommations qu'ils commandaient, je tentais de deviner qui ils étaient, d'où ils venaient, quelle était leur profession, ce qu'ils avaient fait juste avant de venir et où ils iraient en partant. Cette femme, là-bas, qui avait souri deux fois, j'essayais d'imaginer d'après son expression à quoi elle pouvait penser. À quoi pouvait songer le garçon maigre à la casquette qui fixait obstinément la porte d'un air déçu chaque fois que quelqu'un entrait ? À quoi ressemblait la personne qu'il attendait ? Je tendais l'oreille pour saisir des bribes de phrases. Je me penchais pour mieux voir qui lisait quoi, qui était pressé et qui prenait son temps.

En fonction de quelques vagues indices, j'inventais à chacun des histoires compliquées et terrifiantes. Par exemple, cette femme au rictus amer et au décolleté profond, assise à une table d'angle, environnée d'un épais nuage de fumée : elle s'était levée trois fois en une heure — à en croire la grosse horloge murale, derrière le comptoir — pour aller aux toilettes, et elle était revenue s'asseoir devant sa tasse vide, fumant à la chaîne avec un fume-cigarette marron et jetant de temps à autre un coup d'œil à la silhouette bronzée en pardessus, assise à la table devant le portemanteau. À un moment donné, elle s'était même levée et dirigée vers l'individu en pardessus, elle s'était penchée pour lui dire quelques mots auxquels il avait répondu par un léger hochement de tête, et elle était allée se rasseoir avec sa

cigarette. Les possibilités étaient infinies. Le kaléi-
doscope des intrigues et des histoires que l'on pouvait tirer de ces fragments était d'une richesse
étourdissante! Mais peut-être s'était-elle contentée
de lui demander si elle pouvait avoir son journal
quand il l'aurait terminé?

J'essayais vainement de détourner les yeux de la
généreuse poitrine de la femme, mais quand je les
fermais, on aurait dit qu'elle se rapprochait, je sentais sa chaleur, comme si j'étais cerné de tous les
côtés. Mes genoux se mirent à trembler. Cette
femme attendait son amant, qui avait promis puis
oublié de venir, c'était pour ça qu'elle fumait comme
un pompier et buvait café sur café, afin de faire passer la boule qui lui nouait la gorge. Et elle disparaissait de temps à autre dans les toilettes des dames
pour se repoudrer et effacer les traces de larmes.
Quant à l'homme au pardessus, il venait de
commander un petit verre d'alcool pour noyer son
chagrin, parce que sa femme s'était enfuie avec un
plus jeune que lui. En ce moment même, d'ailleurs,
tous deux devaient naviguer sur un luxueux transa-
tlantique, dansant joue contre joue au bal du capitaine, sur le pont, au clair de lune qui se reflétait sur
l'océan, aux accents de la musique douce du cinéma
Edison, en route pour l'un de ces lieux de villégiature extravagants et dissolus : Saint-Moritz, Saint-
Marin, San Francisco, Sao Paulo, Sans Souci.

À partir de là je continuais à tisser ma toile. Le
jeune amoureux, que je me figurais sous les traits du
marin, fier et viril, qui figurait sur les paquets de
cigarettes Nelson navy-cut, n'était autre que celui
qui avait promis à la fumeuse de la retrouver au café
ce soir-là, sauf qu'il se trouvait aux antipodes maintenant. Elle pouvait l'attendre longtemps. « Vous
a-t-on abandonné vous aussi, monsieur? Êtes-vous

livré à vous-même et seul au monde, comme moi ? »
C'était sans doute la question qu'elle avait posée à
l'homme au pardessus — dans le style fleuri des
livres fleur bleue que je lisais à cette époque —
quand elle s'était penchée sur sa table, tout à l'heure,
et à laquelle il avait répondu d'un mouvement de
tête. Les deux laissés-pour-compte allaient bientôt
quitter le café ensemble et, une fois dehors, ils se
prendraient la main sans avoir besoin d'échanger
une parole.

Où iraient-ils ainsi ?

J'imaginais des boulevards et des parcs, un banc
au clair de lune, un sentier menant à une maisonnette entourée d'un mur, la lueur d'une bougie,
les volets clos, de la musique, et là, l'histoire s'était
faite si douce et si terrible qu'elle en était devenue
inracontable, insupportable, et que je m'étais
empressé de m'en séparer. À la place, je jetais mon
dévolu sur deux hommes d'un certain âge, assis à la
table voisine de la nôtre, qui jouaient aux échecs en
parlant un mélange d'hébreu et d'allemand. L'un
d'eux suçait et triturait une pipe éteinte en bois rou-
geâtre, et l'autre s'essuyait souvent le front, où perlaient des gouttes de sueur invisibles, avec un
mouchoir à carreaux. Une serveuse s'approcha et
chuchota quelque chose à l'oreille de l'homme à la
pipe, qui s'excusa auprès de son compagnon et de la
serveuse, dans son hébreu mâtiné d'allemand, et se
dirigea vers le téléphone, à côté du passe-plat. Une
fois la conversation terminée, il raccrocha, immobile, l'air désemparé, retourna en chancelant à sa
table, réitéra apparemment ses excuses à son partenaire à qui il expliqua quelque chose, en allemand
cette fois, il posa à la hâte de la monnaie sur un coin
de la table et tourna les talons tandis que son camarade, furieux, tentait presque de force de remettre

l'argent dans la poche de l'homme à la pipe, qui résistait, quand soudain les pièces tombèrent par terre et roulèrent sous les tables, et nos deux hommes de cesser de se chamailler et de se mettre à quatre pattes pour les ramasser.

Trop tard : j'avais déjà décidé qu'ils étaient cousins, seuls rescapés d'une famille exterminée par les Allemands. Et j'avais mis du piment à l'histoire en y ajoutant un héritage colossal et une clause farfelue aux termes de laquelle le vainqueur de la partie d'échecs recevrait les deux tiers du legs dont le perdant devrait se contenter du tiers restant. Ensuite, j'introduisis une petite orpheline de mon âge, envoyée d'Europe avec d'autres jeunes dans un kibboutz ou un quelconque établissement scolaire, qui était la véritable héritière, pas les deux joueurs d'échecs. À ce stade, je m'immisçais dans le récit dans le rôle du chevalier défenseur des orphelines avec pour mission de récupérer le legs pour le remettre à la légitime héritière, non pas gratuitement mais en échange de son amour. À ce point, mes yeux se refermèrent et il devint urgent de couper court à l'histoire et d'aller espionner une autre table. Ou bien la serveuse qui boitait et avait de profonds yeux noirs. Voilà, apparemment, comment a débuté ma vocation d'écrivain : au café, en attendant une glace ou un épi de maïs.

*

Je continue toujours à jouer les pickpockets. Surtout avec des inconnus. Notamment dans des lieux publics bondés. En faisant la queue au centre médical par exemple. Ou dans la salle d'attente d'un bureau quelconque, à la gare ou à l'aéroport. Ou même en voiture quand, coincé dans les embouteillages, j'observe discrètement les occupants des véhicules voisins. Un coup d'œil et j'invente une histoire. Un nouveau coup d'œil, et c'est une autre histoire. D'où vient-elle, celle-là, d'après sa tenue, son expression, ses gestes, tandis qu'elle retouche son maquillage? À quoi ressemble sa maison? Son compagnon? Et ce garçon, là-bas, avec ses rouflaquettes démodées, qui tient son portable de la main gauche pendant qu'il gesticule de la droite, traçant des points d'exclamation, des signes de détresse? Pour quelle raison, d'ailleurs, se rend-il à Londres le lendemain? De quel genre d'affaires s'occupe-t-il? Qui l'attend là-bas? À quoi ressemblent ses parents? D'où viennent-ils? De quoi avait-il l'air, enfant? Et quels sont ses projets pour la soirée et la nuit, une fois qu'il aura atterri à Londres? (Aujourd'hui, je ne m'immobilise plus, terrifié, à la porte de la chambre à coucher, mais je me glisse à l'intérieur, invisible.)

Si les gens surprennent mon regard insistant, j'esquisse distraitement un sourire d'excuse, et je détourne la tête. Pas question de les mettre mal à l'aise. J'ai peur d'être surpris en flagrant délit d'espionnage et que mes victimes me demandent des comptes. Quoi qu'il en soit, au bout d'une ou deux minutes, je n'ai plus besoin d'observer mes héros occasionnels : j'en ai assez vu. Quelques secondes me suffisent pour les capturer dans ma caméra invisible de paparazzi.

Au supermarché, par exemple, dans la queue qui s'étire à la caisse : devant moi, il y a une femme de petite taille, dans les quarante-cinq ans, bien en chair, très séduisante car quelque chose dans son maintien, sa physionomie, suggère qu'elle est revenue de tout, que plus rien ne peut la choquer, et que même les expériences les plus bizarres n'éveilleront en elle qu'une curiosité amusée. Derrière moi, un jeune soldat mélancolique, d'une vingtaine d'années, dévore la femme avertie. Je me pousse un peu pour ne pas le gêner et m'en vais leur préparer une chambre avec une épaisse moquette, je ferme les volets et m'adosse contre la porte, à l'intérieur, le spectacle bat son plein, avec tous les détails, y compris le comique — notre jeune amoureux transi — et le pathétique — la compassion et la générosité de sa partenaire. La caissière est obligée d'élever la voix : « Suivant, s'il vous plaît ! » Elle n'a pas exactement l'accent russe, peut-être vient-elle de l'une des républiques asiatiques ? Et me voilà à Samarkand, dans la splendeur de Boukhara : des chameaux d'Asie, des mosquées de pierre rose, des salles de prière circulaires, aux dômes sensuels, jonchées de moelleux tapis, m'accompagnent dans la rue avec mes paquets.

*

Après mon service militaire, en 1961, le secrétariat du kibboutz Houlda m'envoya étudier à l'université hébraïque de Jérusalem pendant deux ans. Je m'inscrivis en littérature, parce que le kibboutz avait un urgent besoin d'un professeur dans cette discipline, et en philosophie, parce que j'avais insisté. Tous les dimanches, de quatre à six heures de l'après-midi, une centaine d'étudiants se massaient dans l'amphithéâtre du bâtiment Meiser pour assister au cours du professeur Samuel Hugo Bergman sur « La philosophie dialectique, de Kierkegaard à Martin Buber ». Fania, ma mère, qui avait été également son élève dans les années trente, sur le mont Scopus, avant son mariage, en avait gardé un souvenir attendri. En 1961, Bergman était un vieux professeur émérite, mais il nous fascinait par sa pensée claire et pénétrante. J'étais sidéré à l'idée que l'homme qui se tenait devant nous avait été le condisciple de Kafka, à Prague, et que durant deux ans, nous avait-il confié un jour, il était assis sur le même banc, en classe, jusqu'au jour où Max Brod avait pris sa place.

Cet hiver-là, Bergman conviait cinq ou six de ses étudiants, parmi ceux qu'il préférait ou jugeait les plus intéressants, à venir chez lui deux heures après le cours. Le dimanche soir, à huit heures, je prenais la ligne 5 devant le nouveau campus de Givat Ram pour gagner le modeste appartement du professeur, à Rehavia. Un léger parfum de vieux livres, de pain frais et de géraniums flottait en permanence dans la pièce. Nous prenions place sur le canapé ou sur le tapis, au pied du maître, l'ami d'enfance de Kafka et de Martin Buber et l'auteur des essais où nous apprenions l'histoire de l'épistémologie et les principes de la logique, et attendions en silence qu'il prenne la parole. Samuel Hugo Bergman était encore corpulent pour un homme de son âge. Avec sa crinière blanche, ses rides ironiques au coin des yeux, son regard perçant, sceptique et innocent, comme celui d'un enfant curieux, il ressemblait étrangement aux photos d'Albert Einstein vieux. Avec son accent d'Europe centrale, il n'était pas à l'aise dans la langue hébraïque où il évoluait avec une sorte de jubilation, tel un amoureux ravi que sa bien-aimée soit enfin consentante, et décidé à se surpasser pour lui prouver qu'elle ne s'est pas trompée.

L'unique sujet, ou presque, qui occupait alors notre professeur était l'immortalité de l'âme, ou l'éventualité, si tant est qu'il y en eût une, de la survie après la mort. Voilà de quoi il nous entretenait le dimanche soir, pendant que la pluie frappait les fenêtres et que le vent soufflait dans le jardin. Il nous demandait souvent notre avis, auquel il prêtait une oreille attentive, non comme un professeur guidant patiemment les pas de ses élèves, mais comme s'il écoutait un morceau particulièrement difficile pour y déceler une note spécifique, sur le mode mineur, afin de définir si elle était juste ou fausse. « Rien ne disparaît jamais », nous affirmait-il, et je m'en souviens si bien que je pourrais citer mot pour mot ce qu'il nous avait dit ce soir-là. « Ce terme même implique que l'univers est apparemment fini et qu'il est possible d'en sortir. Mais ri-en (il accentuait délibérément le mot) ne peut jamais sortir de l'univers. Ni y entrer. Un grain de poussière ne pourrait pas même être ajouté ou retranché. La matière se transforme en énergie et l'énergie en matière, les atomes s'assemblent et se dispersent, tout change et se transforme, mais ri-en ne peut jamais passer de l'être au néant. Pas même le plus fin duvet au bout du filament d'un virus. Le concept de l'infini reste donc ouvert, ouvert à l'infini, mais en même temps il est hermétiquement clos. Rien n'en sort et rien n'y entre. »

Une pause. Un sourire rusé et candide se déploie, tel un soleil levant, sur le paysage raviné, d'une captivante richesse, de son visage : « Alors quelqu'un pourrait-il m'expliquer pourquoi on s'obstine à me dire que la seule et unique exception à la règle, la seule et unique chose qui irait au diable, qui retournerait au néant, la seule et unique chose vouée à disparaître dans tout l'univers où même un atome ne peut être anéanti, est ma pauvre âme, justement ? Un grain de poussière, une goutte d'eau pourraient exister éternellement, bien que sous une autre forme, sauf mon âme ?

— Oui, mais personne n'a jamais vu l'âme, balbutia un brillant petit génie du fond de la pièce.

— Non, acquiesça aussitôt Bergman. Mais les lois physiques et mathématiques ne se rencontrent pas davantage au café. Pas plus que la sagesse, la bêtise, le désir ou la peur. Personne n'a encore testé un petit échantillon de joie ou de nostalgie dans une éprouvette. Mais, mon jeune ami, qui vous parle en ce moment ? Les humeurs de Bergman ? Sa rate ? Son gros intestin serait-il en train de philosopher ? Et qui, excusez-moi, vient de plaquer ce sourire pas joli joli sur vos lèvres ? Votre âme ? Vos cartilages ? Vos sucs gastriques ? »

Et un autre jour :

« Qu'est-ce qui nous attend après la mort ? Personne ne le sait. En tout cas, pas au point de prouver ou de démontrer quelque chose. Si je vous racontais, ce soir, que j'entends parfois la voix des morts plus clairement et intelligiblement que celles des vivants, vous diriez que le vieux devient gaga. Que l'approche de sa mort lui fait si peur qu'il en perd la boule. Je ne vous parlerai donc pas de voix, mais de mathématiques : étant donné que personne ne sait s'il y a ou non quelque chose de l'autre côté de la mort, on peut déduire de cette totale ignorance qu'il y a autant de chances pour qu'il y ait quelque chose que pour qu'il n'y ait rien. Cinquante pour cent pour le néant et cinquante pour cent pour l'immortalité. Pour un Juif comme moi, un Juif d'Europe centrale de la génération de la Shoah, les statistiques en faveur de la seconde hypothèse sont loin d'être négligeables. »

Gershom Scholem, l'ami et le rival de Bergman, était tout aussi fasciné et tourmenté par la question de la vie après la mort. Le matin où la radio avait annoncé la mort de Scholem, j'ai écrit :

« Gershom Scholem est mort cette nuit. Maintenant, il sait. »

Bergman le sait aussi. Ainsi que Kafka. Mon père

et ma mère. Leurs amis, leurs connaissances, la plupart des hommes et des femmes qui fréquentaient les cafés et dont je me servais pour me raconter des histoires, et ceux qu'on a totalement oubliés. Ils le savent tous maintenant. Un jour, nous le saurons également. D'ici là, nous continuerons à recueillir quantité de détails. Au cas où.

## 52

En 1949, quelques mois après la fin de la guerre et
le début du siège de la Jérusalem juive, j'avais
accompagné mon père et Yaakov-David Abramski
chez Yehoshua Heschel Yevin, l'écrivain. Nous y
avions rencontré le fougueux poète Uri Tsvi Greenberg que j'avais déjà vu chez mon grand-oncle Yosef.
Il y avait peut-être aussi l'auteur-journaliste Abba
Achiméir. Uri Tsvi descendit en flammes ces misérables rouges qui avaient abandonné le mont du
Temple pour les délices du kibboutz Degania et
renoncé à la tombe de Rachel pour les veaux gras,
élevés dans les étables de Mizra et de Merhavia.
M. Abramski renchérit en traitant Ben Gourion de
« vilain nain » et Moshe Shertok de « maquereau
diasporique » qui courtisait les goys et essayait de les
embobiner par des arguties et sophismes talmu-
diques. Abba Achimeir déclara en me désignant que
la nouvelle génération née dans le pays, les lionceaux
de Juda (dans la double acception du terme), se lève-
rait et libérerait le processus de la rédemption sioniste de l'emprise corrompue du vermisseau de
Jacob. Ce n'est que lorsque nous en serons affranchis
que le seront aussi les contrées de notre patrie qui
nous ont été ravies, Sion, Éphraïm, le mont Hébron,

Jéricho, le Basan, le Golan, le mont Sinaï, Galaad, Moab, « Vaheb en Supha et les torrents de l'Arnon ». Et il y avait aussi un homme avec une barbichette, le professeur Strauss-Achtor qui proposa avec emportement d'« envoyer Golda Myerson et sa clique de vaches de Basan laver leur linge sale au kibboutz et réchauffer les lits de la commune », mais on lui imposa aussitôt silence. Même mon père, apparemment plus modéré que les autres, fut contraint de se taire quand il ouvrit la bouche pour remarquer qu'au fond il fallait bien admettre que ceux des kibboutz s'étaient héroïquement battus pendant la guerre d'Indépendance et que, naturellement, le Palmach...

Mais le poète Uri Tsvi ne voulut rien entendre. Il repoussa son thé d'un air dégoûté et affirma d'une voix lugubre :

« Ils ne veulent tout simplement pas du mont du Temple ! Ils ne veulent pas d'Anatot et de Siloé ! Ils auraient pu les libérer, mais ils ne l'ont pas fait ! Ils disposaient de la fiole d'huile, ils pouvaient purifier le Temple, mais ils ne l'ont pas fait, ils n'ont pas allumé la flamme de l'Éternel ! Le miracle était à portée de leur main, juste derrière le mur, mais ils n'en ont pas voulu. Donnez-leur une commune, pas un royaume ! Une colonie de fourmis, pas une nation ! Des fauteuils de ministre, pas la rédemption ! » Il enfouit son visage dans ses mains et sanglota : « C'est perdu ! C'est perdu ! Tout est perdu ! D'en haut, on nous a offert le troisième royaume d'Israël, baignant dans son sang, pas à la sauce diplomatique, par le feu et non par la mansuétude des nations, mais nous avons une nouvelle fois préféré le veau d'or aux étincelles de la royauté... »

*

En CM1 et en CM2 à Takhkémoni, j'étais un fervent nationaliste. J'avais écrit un feuilleton historique à épisodes intitulé « La fin du royaume de Juda », et plusieurs poèmes célébrant la conquête, les Maccabées, Bar Kokhba et la grandeur de la nation, dans la veine des strophes patriotiques de grand-père Alexandre, en pastichant les chants nationalistes de Vladimir Zeev Jabotinsky, tel l'hymne du Betar :

*... Brandis la torche; qu'importe !*
*Le silence est fange,*
*sacrifie sang et âme*
*pour la splendeur cachée !...*

J'étais également influencé par les chants des partisans juifs polonais et des révoltés du ghetto :

*... Qu'importe si nous versons notre sang ?*
*Notre bravoure se nourrira d'héroïques exploits !...*

et de la poésie de Saül Tchernichovsky que papa déclamait avec des trémolos dans la voix : « ... un chœur de feu et de sang ! Va à la montagne et rase les pâturages, de tout ce que tu verras, tu t'empareras ! » Mais par-dessus tout j'étais transporté par le noir lyrisme des *Guerriers anonymes* d'Avraham Stern, « Yaïr », le chef du Lehi. Je le récitais à mi-voix, la nuit dans mon lit, une fois la lumière éteinte :

*Anonymes nous sommes, sans uniforme,*
*cernés par de funestes ténèbres,*
*engagés pour la vie,*
*nous combattrons jusqu'à la mort...*
*les jours sanglants où notre sang coule à gros bouil-*
*lons,*

*et les nuits de sombre affliction,*
*sur les villages et les cités notre drapeau hisserons,*
*et pour lui nous résisterons et vaincrons!*

Je m'enivrais de déluges de sang, de la terre, du feu
et du fer. Je me voyais tomber au champ d'honneur,
j'imaginais le chagrin et la fierté de mes parents, et en
même temps, sans contradiction aucune, après ma
mort héroïque, après avoir savouré, les larmes aux
yeux, les vibrantes oraisons funèbres prononcées par
Ben Gourion, Begin, et Uri Tsvi Greenberg, après
m'être apitoyé sur moi-même et avoir contemplé, la
gorge nouée, le monument de marbre et écouté les
chants de gloire composés en ma mémoire, je ressus-
citais comme si de rien n'était après ma mort temporaire, en extase devant ma personne, je m'auto-
proclamais chef suprême des forces armées d'Israël
et, à la tête de mes légions, je libérais par le sang et le
feu tout ce que ces misérables vermisseaux de la diaspora n'avaient pas osé arracher à l'ennemi.

*

Menahem Begin, le chef légendaire de la résistance,
était alors mon idole. La dernière année du mandat
britannique, le commandant anonyme de la clandes-
tinité enflammait déjà mon imagination. Je me le
représentais pareil à une apparition nimbée d'une
aura biblique, dans son QG secret aménagé dans les
crevasses inaccessibles du désert de Judée, pieds nus,
bardé d'un ceinturon de cuir, lançant des éclairs, tel le
prophète Élie au milieu des rochers du mont Carmel,
donnant des ordres du fin fond de sa grotte par l'intermédiaire de jeunes gens à l'air candide. Nuit après
nuit, son bras se propulsait jusqu'à la puissance mandataire britannique, dynamitant les postes de

commandement, les installations militaires, les murailles et les dépôts de munitions, et répandant sa colère sur les bastions de l'ennemi, surnommé, dans les tracts rédigés par mon père, « l'ennemi anglo-nazi », ou « Amalec », « la perfide Albion » (« Amalec ou pas, avait dit maman à propos des Anglais, qui sait si nous n'allons pas bientôt les regretter »).

Après la création de l'État d'Israël, le commandant suprême des forces clandestines juives sortit enfin de l'ombre tandis que sa photo et son nom faisaient la une des journaux : rien à voir avec Ari Ben-Shimshon ou Ivriahu Ben-Kedumim, mais Mena-hem Begin. Je n'en revenais pas : ce nom convenait mieux à un mercier parlant yiddish de la rue Tse-phania ou à un perruquier ou un bonnetier aux dents d'or de la rue Geoula. Et, comble de la décep-tion, sur la photo du journal, mon héros se révélait être un homme malingre et pâle, avec de grosses lunettes qui lui mangeaient la moitié du visage. Seule sa moustache révélait ses pouvoirs cachés, mais, quelques mois plus tard, elle avait disparu. Sa silhouette, sa voix, son accent et son élocution ne m'évoquaient pas les conquérants de Canaan ni Juda Maccabée, mais mes frêles professeurs de Takh-kémoni ardents nationalistes, eux aussi, animés d'une juste colère, dont l'héroïsme laissait transpa-raître parfois une sorte d'autosatisfaction vertueuse non dénuée d'aigreur.

Mais un jour, grâce à Menahem Begin, j'avais brusquement perdu l'envie de

*sacrifier mon sang et mon âme*
*pour la splendeur cachée.*

Et je ne considérais plus que « le silence est fange ». Un peu plus tard, j'avais carrément tourné casaque.

À onze heures, le samedi matin, la moitié de Jérusalem assistait régulièrement aux réunions du Herout pour écouter les discours enflammés de Menahem Begin au cinéma Edison, la plus grande salle de la ville, dont la façade était couverte d'affiches annonçant le prochain concert de l'opéra d'Israël sous la direction de Fordhaus Ben-Zisi. Pour l'occasion, grand-père Alexandre revêtait son magnifique habit noir orné d'une cravate de satin bleu ciel. Une pochette blanche dépassait de son veston, tel un flocon de neige un jour de canicule. En entrant dans la salle avec une demi-heure d'avance, il soulevait son chapeau tous azimuts en guise de salut collectif et inclinait légèrement la tête à l'adresse de ses amis. La coiffure impeccable, avec ma chemise blanche et mes souliers luisants, je marchais gravement à ses côtés vers le deuxième ou le troisième rang dont les places d'honneur étaient réservées aux notabilités comme grand-père Alexandre, membres du comité hiérosolymitain du Herout, mouvement issu de l'Etsel, l'organisation militaire nationale. Nous nous asseyions entre le professeur Yosef Yoël Riveline et M. Eliahu Meridor, ou entre le Dr Israël Sheib-Eldad et M. Hanoch Kalaï ou près de M. Isak Remba, le directeur du journal *Herout*.

La salle était remplie à craquer des partisans de l'Etsel et des admirateurs de l'illustre Menahem Begin, en grande majorité des hommes, parmi lesquels les pères de plusieurs de mes camarades d'école. Mais il y avait une sorte de frontière invisible entre les trois ou quatre premiers rangs, destinés aux personnalités de l'intelligentsia, aux vétérans du Betar, aux membres du mouvement révisionniste, aux anciens chefs de l'Etsel, originaires pour la plupart de Pologne, Lituanie, Russie blanche et Ukraine, et les séfarades, Boukharians, Yéménites, Kurdes et Aleppins qui peuplaient le reste de la salle. Une multitude enthousiaste envahissait les galeries et les travées et se pressait contre les murs, refluant même dans l'entrée et sur la place, devant le cinéma. Les premières rangées tenaient des propos révolutionnaires avec un net penchant pour les victoires glorieuses, ils citaient Nietzsche et Mazzini, le tout flottant dans une atmosphère de distinction petite-bourgeoise : couvre-chefs, costumes, cravates, bonnes manières et un certain formalisme de salon qui, au début des années cinquante, sentait déjà la naphtaline et le moisi.

Derrière ce cercle étroit s'étendait l'océan tumultueux et enthousiaste des vrais croyants : une foule fervente d'artisans, de marchands des quatre-saisons, d'ouvriers — dont beaucoup portaient la kippa et venaient directement de la synagogue pour écouter M. Begin, leur héros et leur leader — des travailleurs pauvrement vêtus, vibrants d'idéalisme, généreux, irascibles, prompts à s'enflammer et à s'époumoner.

On commençait par entonner des chants du Betar et on finissait par l'hymne du mouvement et l'*Hatikva*. L'estrade croulait sous quantité de drapeaux d'Israël, un portrait géant de Vladimir Zeev Jabotinsky, deux rangs tirés au cordeau de jeunes du Betar, magnifiques avec leurs uniformes et leurs cravates noires — je rêvais d'en faire partie quand je serais plus grand — et des slogans fracassants comme : « Jotapata, Massada, Bethar ! » « Si je t'oublie, Jérusalem, que ma droite se dessèche ! », et « Dans le sang et le feu, la Judée est tombée, dans le sang et le feu, elle se relèvera ! »

Après deux ou trois discours de responsables du comité de la section de Jérusalem destinés à chauffer la salle, la tribune fut brusquement désertée. Les jeunes du Betar en descendirent au pas de charge. Un silence religieux plana dans la salle, tel un froissement d'ailes étouffé. Tous les regards étaient rivés sur la scène vide et les cœurs palpitaient. Après cette longue expectative, quelque chose bougea au fond de la scène, les rideaux de velours s'écartèrent imperceptiblement et un petit homme sec s'avança prudemment vers le micro et se tint devant le public en inclinant modestement la tête, comme s'il avait honte. Après quelques secondes de surprise, il y eut quelques applaudissements épars : on aurait dit que l'assistance avait du mal à en croire ses yeux, qu'elle était à chaque fois stupéfaite de découvrir que Begin n'était pas un géant crachant du feu mais une créature fluette et délicate. On entendit alors un tonnerre d'applaudissements qui se muèrent en rugissements d'affection rythmant le discours de Begin presque sans interruption.

L'homme resta quelques secondes immobile, la tête penchée, les épaules tombantes, comme pour dire : « Je ne mérite pas cette ovation », ou « Mon âme ploie jusqu'à terre sous le poids de votre amour ». Et il écarta les bras comme pour bénir la foule, sourit timidement, rétablit le silence et commença en hésitant, tel un acteur débutant mort de trac.

« Bon sabbat à tous et à toutes, mes chers frères et sœurs, enfants du peuple juif, fils et filles de Jérusalem, notre ville sainte et éternelle. »

Il se tut, avant de reprendre d'une voix calme et triste :

« Mes chers frères et sœurs, notre jeune État bien-aimé va connaître des temps difficiles. Exceptionnellement pénibles. Des jours terribles pour nous tous. »

Peu à peu il surmonta sa tristesse, reprit courage et poursuivit, toujours sur le même ton mais avec une force contenue, comme si, derrière ce masque de sérénité, se cachait un avertissement réprimé mais très grave :

« Nos ennemis grincent encore des dents dans l'ombre et songent à se venger de l'écrasante défaite que nous leur avons infligée. Les grandes puissances trament encore quelques manigances dont elles ont le secret. Il n'y a rien de nouveau. À chaque génération, on a tenté de nous exterminer. Mais nous, mes chers frères et sœurs, nous triompherons à nouveau. Comme nous l'avons fait non pas à une ou deux reprises, mais de multiples fois dans le passé. Nous vaincrons avec courage et dévotion. La tête haute. Jamais, jamais ils ne verront cette nation à genoux. Jamais ! Jusqu'à la fin des temps ! »

À ces mots, « jamais, jamais », sa voix s'enfla en un vibrant cri de détresse. Cette fois, la foule ne cria pas, elle beugla de rage et de souffrance.

« La Gloire d'Israël, reprit l'orateur avec calme et autorité, comme s'il revenait à l'instant d'une séance opérationnelle au QG de la Gloire d'Israël, le Rocher d'Israël se lèvera pour déjouer et réduire en mo-o-orceaux les machinations de nos ennemis ! »

À présent, le public était submergé de reconnaissance et de tendresse qu'il exprima en scandant « Begin ! Begin ! ». Je sautai sur mes pieds et je me mis à hurler à l'unisson, d'une voix qui muait.

« À une condition », précisa sévèrement, presque durement Begin en levant la main, avant de s'interrompre comme s'il examinait la nature de cette condition et se demandait s'il fallait l'exposer à l'auditoire. Un silence de mort régnait dans la salle. « Une seule et unique condition, une condition cruciale, vitale et fatale. » Nouvelle pause. Sa tête s'inclina. On aurait dit qu'elle ployait sous l'énorme poids de la condition. L'assemblée était si concentrée que j'entendais le bourdonnement des ventilateurs, accrochés au plafond.

« À condition que notre direction, mes chers frères et sœurs, soit une direction nationale et non pas une bande de Juifs du ghetto paniqués au point d'avoir peur de leurs ombres ! À condition que Ben Gourion et son gouvernement faible, défaillant, défait, défaitiste et méprisable laisse sur-le-champ la place à un gouvernement hébreu fier et audacieux, un gouvernement d'urgence capable de semer la terreur parmi nos ennemis, à l'image de notre glorieuse armée, l'armée d'Israël, dont le seul nom terrifie et terrorise tous les ennemis d'Israël, où qu'ils soient ! »

Ce fut alors comme un raz-de-marée. « Le gouvernement défaitiste de Ben Gourion » fut salué par des grognements de haine et de mépris. « Mort aux traîtres ! », le cri rauque fusa de l'une des galeries, tandis qu'à l'autre bout dans la salle on reprenait en chœur « Begin, Begin au pouvoir, Ben Gourion va te faire voir ! »

Mais l'orateur les fit taire et déclara lentement, posément, tel un professeur sermonnant sévèrement ses élèves :

« Non, mes chers frères et sœurs. Pas de cette façon. Pas par les cris et la violence, mais par un vote démocratique, dans le calme et la dignité. Pas par les méthodes détestables et brutales de ces rouges, mais à la manière honnête et noble de notre mentor, Vladimir Zeev Jabotinsky. Ce n'est pas en déchaînant la haine fratricide et les émeutes, mais par un froid mépris que nous les renverrons bientôt chez eux. Tous. Ceux qui ont vendu la terre de notre patrie et ceux qui se sont vendus à Staline. Les intrigants bedonnants du kibboutz, les tyrans arrogants et prétentieux de la Histadrout bolchevique, tous ces petits Jdanov et leur bande de voleurs. À la maison! Ils n'ont que le travail manuel et l'assèchement des marais à la bouche. Eh bien, on va les envoyer trè-ès respectueusement travailler de leurs mains. Ils ont oublié depuis belle lurette ce que travailler veut dire. Il sera intéressant de voir s'ils sont capables de manier une bêche! Nous, mes chers frères et sœurs, nous passerons maîtres dans l'assainissement des marais — bientôt, mes chers frères et sœurs, très bientôt, un peu de patience — nous assainirons une fois pour toutes le marécage de ce gouvernement travailliste! Définitivement, mes chers frères et sœurs! Irréversiblement! Maintenant, répétez après moi, comme un seul homme, solennellement : "Une fois pour toutes!!! Une fois pour toutes!!! Une fois pour toutes!!! Définitivement!!! Définitivement!!! Définitivement!!!" »

Un vent de folie souffla sur la salle. Et sur moi aussi. À croire que nous étions devenus les cellules d'un seul corps, gigantesque, écumant de rage et bouillant d'indignation.

*

Et c'est arrivé à ce moment-là. Ma déconfiture. L'exil du paradis. M. Begin abordait l'imminence de la guerre et la course à l'armement qui gagnait tout le Moyen-Orient. Mais M. Begin parlait un hébreu archaïque, sans savoir que l'usage avait changé. Une frontière floue séparait les moins de vingt-cinq ans, nés en Israël, de leurs aînés, ou de ceux qui avaient de l'hébreu une connaissance livresque. Donc le mot qu'employait M. Begin, comme ceux de sa génération, tous partis confondus, pour signifier « arme » ou « armement » ne signifiait pour nous que le membre viril, et quand il employait (les journaux aussi) le verbe « armer », nous entendions naturellement « baiser » !

M. Begin absorba quelques gorgées d'eau, il examina l'assistance, hocha plusieurs fois la tête comme s'il marquait son assentiment, ou se lamentait, et d'une voix amère et accusatrice, tel un procureur revêche assenant une série d'accusations irréfutables, il énonça :

« Le président Eisenhower arme le régime de Nasser !

Bulganin arme Nasser !

Guy Mollet et Anthony Eden arment Nasser !

Le monde entier arme nos ennemis arabes jour et nuit !!! »

Une pause. Sa voix trahissait le dédain et le dégoût :

« Et qui arme le gouvernement de Ben Gourion ? »

Un silence stupéfait envahit la salle. Mais M. Begin ne semblait pas le remarquer. Il haussa le ton et annonça triomphalement :

« Si j'étais Premier ministre, tout le monde, tout le monde nous armerait ! To-out le monde !!! »

Quelques timides applaudissements éclatèrent parmi les personnes âgées, dans les rangs ashkénazes. Le public semblait hésiter, comme s'il n'en croyait pas ses oreilles, ou qu'il était sous le choc. Et là, dans le silence embarrassé, un petit nationaliste, un enfant d'une douzaine d'années, politisé jusqu'à la moelle, un « béginiste » inconditionnel, en chemise blanche et souliers cirés, éclata de rire.

Il avait pourtant fait son possible pour se retenir

et il aurait voulu disparaître sous terre, mais son rire terrifiant, hystérique était incoercible : c'était un rire étranglé, un rire aux larmes, un rire rauque, ponctué de hoquets stridents, un rire à mi-chemin entre les sanglots et l'asphyxie.

Des regards horrifiés et incrédules se braquèrent sur lui. Des centaines de doigts se posèrent sur des centaines de lèvres, et des chuts fusèrent de toutes parts pour le faire taire. Quelle honte ! Quel scandale ! Toutes les personnalités se retournèrent d'un air exaspéré vers grand-père Alexandre, statufié d'horreur. L'enfant avait l'impression qu'un rire anarchique, puis un autre, faisaient écho au sien au fond de la salle. Mais ces rires, si rires il y avait, avaient jailli dans les lointaines banlieues de la nation, alors que le sien avait éclaté au beau milieu du troisième rang, parmi les vétérans du Betar et les dignitaires du Herout, le gratin !

L'orateur qui l'avait remarqué s'était interrompu et patientait, un sourire indulgent et plein de tact aux lèvres, pendant que grand-père Alexandre, écarlate, abasourdi et furieux, comme si tout basculait autour de lui, saisissait l'enfant par l'oreille, le forçait à se lever et l'entraînait en cet équipage devant le troisième rang et la foule des patriotes de Jérusalem en braillant désespérément tandis qu'il le remorquait vers la sortie. (C'était probablement ainsi que la redoutable grand-mère Shlomit avait conduit grand-père chez le rabbin de New York quand, après leurs fiançailles, il s'était amouraché d'une autre, sur le pont du navire qui les emmenait en Amérique.)

Et une fois tous les trois dehors, le traîneur, fulminant de colère, le traîné, s'étranglant et hoquetant de rire, et la pauvre oreille, rouge comme une betterave, grand-père leva la main droite et m'administra une formidable raclée sur la joue droite, puis, animé par la haine féroce qu'il vouait à la gauche, il leva la main gauche et m'administra le même traitement sur l'autre joue, mais étant très à droite et refusant que la gauche ait le dernier mot, il m'en donna encore une autre sur la joue droite, pas une gifle exilée, faiblarde et conciliante, dans l'esprit du vermisseau de Jacob, mais une claque formidable, nationaliste, belliqueuse, orgueilleuse, magnifique et enragée.

*

Jotapata, Massada et la Bethar assiégée étaient vaincues : elles pouvaient peut-être se relever avec éclat et splendeur, mais sans moi. Tandis que le Herout et le Likoud avaient perdu ce matin quelqu'un qui aurait pu devenir un jour un dauphin, un orateur enflammé, un député de la Knesset, un rhéteur hors pair, voire un ministre sans portefeuille.

Plus jamais je ne me suis joyeusement mêlé à une foule extatique, ni n'ai fusionné, telle une molécule aveugle, avec un corps démesuré, surhumain. Au contraire : je suis devenu agoraphobe. La formule « Le silence est fange » me semble aujourd'hui le symptôme d'une dangereuse maladie très répandue. Quant au « feu et le sang », l'expression a un goût de sang et une odeur de chair humaine brûlée. Comme sur les plateaux du nord du Sinaï pendant la guerre des Six-Jours ou au milieu des tanks calcinés sur le Golan, lors de la guerre de Kippour.

L'autobiographie du professeur Klausner, mon grand-oncle Yosef, dont je me suis largement inspiré pour raconter l'histoire de la famille Klausner, s'intitule *La voie de la résurrection et de la rédemption*. C'est à partir de ce fameux samedi, alors que mon brave grand-père Alexandre, le frère de l'oncle Yosef, me traînait dehors par l'oreille avec des hoquets épouvantés et déments, que je me suis mis à fuir la résurrection et la rédemption. Je n'ai jamais cessé depuis.

Mais il y avait plus : je fuyais l'existence étouffante que je menais dans cette cave entre mon père, ma mère et tous ces livres, les ambitions, la nostalgie contenue, censurée, de Rovno et Vilna, de cette Europe personnifiée par le chariot à thé noir, les petites serviettes en mousseline blanche, la vie ratée de l'un et la cuisante déconvenue de l'autre, échecs dont j'avais tacitement endossé la responsabilité de les transformer un jour en victoire, tout cela m'oppressait si fort que je voulais m'en évader. En d'autres temps, les jeunes ont quitté la maison pour se retrouver, ou se perdre, à Eilat ou dans le désert du Sinaï. Par la suite, ils sont partis à New York ou Paris, et plus tard encore, dans les ashrams indiens, les jungles sud-américaines ou en Himalaya, comme Rico, le fils unique de *Seule la mer*, après la mort de sa mère. Mais au début des années cinquante, l'anti-pode de l'étouffement familial était le kibboutz. Là, loin de Jérusalem, « au-delà des montagnes obs-cures », en Galilée, dans le Sharon, le Néguev ou les vallées — c'était en tout cas ce qui nous semblait à Jérusalem, à l'époque — se constituait une nouvelle race, farouche, de pionniers, forts, graves mais pas compliqués, taciturnes, secrets, aimant autant les danses endiablées que la solitude et la réflexion, la vie dans les champs et sous la tente : des jeunes gens et des jeunes filles robustes, ne rechignant pas à la tâche, possédant une vie culturelle et intellectuelle féconde mais avares de sentiments. Je voulais leur ressembler pour ne pas être comme mon père, ma mère ou les savants, rescapés à la triste figure, dont

Jérusalem était peuplée. Quelque temps plus tard, je m'inscrivais aux scouts dont, à la fin de leur scolarité, les membres faisaient ensuite partie du Nahal, la jeunesse pionnière combattante qui joua un grand rôle dans la création de nouveaux kibboutz frontaliers, associant « la formation agricole, le service militaire et le kibboutz ». Mon père n'était pas spécialement content, mais, comme il se targuait d'être un vrai libéral, il se borna à ce triste constat : « Les scouts. Bon. D'accord. Pourquoi pas. Mais le kibboutz ? Le kibboutz, c'est pour les gens simples et forts, et tu n'es ni l'un ni l'autre. Tu es quelqu'un de doué. Un individualiste. Tu ferais mieux de servir notre État bien-aimé avec tes talents, pas avec tes muscles. Qui ne sont pas particulièrement développés. »

Ma mère était ailleurs. Elle nous avait tourné le dos.

J'étais de l'avis de mon père. Du coup, je décidai de manger deux fois plus et de fortifier mes muscles débiles par la course et la gymnastique.

*

Trois ou quatre ans plus tard, après la mort de ma mère et le remariage de mon père, au kibboutz Houlda, à quatre heures du matin, un samedi, je racontais à Éphraïm Avneri l'histoire de Begin et des armes. Nous nous étions levés à l'aube car nous étions de corvée de cueillette, dans le verger. J'avais quinze ou seize ans. Éphraïm Avneri, comme les autres membres fondateurs de Houlda, avait la quarantaine, mais tout le monde les appelait — et même eux-mêmes — « les vieux ».

Éphraïm m'écouta en souriant, mais on aurait dit qu'il avait du mal à comprendre ce qu'il y avait de drôle car il appartenait aussi à la génération pour qui l'« armement » ne signifiait rien d'autre que des tanks et des canons. « Ah oui, je vois, finit-il par dire, Begin parlait d'armement et pour toi, c'était de l'argot. Effectivement, c'est assez amusant. Mais écoute, mon jeune ami (nous parlions en travaillant, perchés sur des échelles de part et d'autre d'un pommier dont le feuillage faisait écran entre nous), je crois que tu as raté l'essentiel. Ce qui était comique chez eux, Begin et sa clique de braillards, ce n'était pas l'emploi du mot "arme" mais l'usage qu'ils faisaient du langage en général. Ils faisaient toujours un distinguo entre "le juif de diaspora obséquieux" et "l'Hébreu viril". Ils ne voyaient pas à quel point la distinction en soi était typiquement diasporique. Cette obsession infantile pour les parades militaires, le machisme creux et les armes venaient directement du ghetto. »

Et, à ma grande surprise, il ajouta :

« Au fond, c'est un brave homme, Begin. C'est un démagogue, c'est sûr, mais il n'est ni fasciste ni sanguinaire. Pas du tout. Au contraire : c'est un tendre. Mille fois plus que Ben Gourion. Ben Gourion est taillé dans le roc, mais Menahem Begin est fait de carton-pâte. Il est démodé, Begin. Anachronique. Une espèce de séminariste défroqué qui croit que si, nous, les Juifs nous nous mettions à hurler de toutes nos forces, nous ne serions plus les mêmes Juifs qu'avant, des moutons qu'on mène à l'abattoir, de pâles mauviettes, mais exactement le contraire, nous sommes dangereux maintenant, des loups terrifiants, et donc, si nous nous égosillons comme ça, les bêtes sauvages, les vraies, prendront peur et nous donneront ce que nous voudrons, ils nous laisseront prendre le pays en entier et les lieux saints, avaler la Transjordanie et gagner le respect et l'admiration du monde civilisé. Begin et ses copains se gargarisent du mot pouvoir sans avoir l'ombre d'une idée de ce que ça signifie, en quoi ça consiste, quelles en sont les faiblesses. Le pouvoir est dangereux et peut se retourner contre ceux qui l'exercent. Ce salaud de Staline a dit que la religion est l'opium du peuple ? *Ey bien*, écoute voir : moi qui ne suis rien du tout, je te dis que le pouvoir est l'opium des puissants. Et pas seulement des puissants. Le pouvoir est l'opium de l'humanité tout entière. Je dirais même que le pouvoir est la tentation du diable, si je croyais au diable. En fait, j'y crois un peu. *Ey bien*, où en étions-nous ? (Éphraïm et ses amis prononçaient *"ey bien"* avec l'accent galicien.) Nous en étions à Begin et ton fou rire. Le jour de ce meeting révisionniste, mon jeune ami, tu n'as pas ri à bon escient. Tu as ri à cause d'un mot qu'on peut comprendre à double sens. Bon. *Ey bien*, tu sais pourquoi tu aurais dû rire ? T'écrouler par terre, même ? Je vais te le dire. Parce que apparemment Begin croyait que, s'il était Premier ministre, le monde entier aurait abandonné les Arabes pour prendre son parti. Pourquoi l'auraient-ils fait ? En quel honneur ? Pour ses beaux yeux ? Son langage châtié ? En mémoire de Jabotinsky, peut-être ? Tu aurais dû te tordre de rire car c'était exactement la politique que préconisaient ces tire-au-flanc du shtetl qui passaient leur temps à ratiociner, près du poêle, dans la maison d'études. Ils décrivaient des circonvolutions avec leur pouce, à la manière des professeurs de Talmud : "Primo, on envoie une délégation au tsar Nicolas, une importante délégation, qui lui tiendra un beau discours et lui promettra ce que la Russie désire par-dessus tout, un accès à la Méditerranée. Secundo, on demande au tsar, en échange, d'intercéder pour nous auprès de son ami, le Kaiser Wilhelm, afin que celui-ci obtienne de son autre ami, le sultan de Turquie, qu'il donne aux Juifs, immédiatement et sans discussion, toute la Palestine, de l'Euphrate jusqu'au Nil. Et ce n'est que lorsque nous aurons assuré notre salut une fois pour toutes que nous pourrons décider si Ponya (c'est le surnom que nous donnions au tsar Nicolas) mérite ou non que nous tenions notre promesse de lui ménager un passage vers la Méditerranée. Si tu as fini, *ey bien*, on va vider les paniers dans le container avant d'attaquer l'arbre suivant. En chemin, on demandera à Alec ou à Alyoshka s'ils ont pensé à apporter de l'eau ou si nous devons aller nous plaindre au tsar Nicolas. »

*

Une à deux années plus tard, les élèves de ma classe (nous étions en seconde) participaient déjà aux rondes de nuit, à Houlda : on nous avait appris le maniement des armes à l'entraînement paramilitaire. C'était l'époque des attentats fedayins et des représailles avant la campagne du Sinaï, en 1956. Presque chaque nuit, les fedayins attaquaient un village, un kibboutz ou un quartier de banlieue, dynamitant des maisons avec leurs occupants, tirant ou lançant des grenades par les fenêtres et minant le terrain derrière eux.

Tous les dix jours, je surveillais la clôture du kibboutz qui n'était qu'à cinq kilomètres de la ligne d'armistice israélo-jordanienne de Latroun. Toutes les heures, j'enfreignais les consignes et me glissais dans la salle de réunion vide pour écouter le bulletin d'informations à la radio. La rhétorique bien-pensante et héroïque d'une société assiégée était prédominante, y compris dans l'éducation dispensée au kibboutz :

*Ceignons d'une couronne la faucille et l'épée*

*Entonnons un chant à la gloire de nos soldats ano-*
  *nymes,*

*Une nouvelle jeune victime*
*a échu aux monts d'Éphraïm,*

*L'épée ennemie acérée est aux aguets*

chantions-nous dans ces années-là. Personne alors
ne parlait de « Palestiniens » : on les appelait « terroristes », « fedayin », « l'ennemi » ou les « réfugiés
arabes avides de revanche ».

Une nuit d'hiver, je m'étais retrouvé de garde en
compagnie d'Éphraïm Avneri. Avec nos gros godillots, nos parkas fatiguées et nos bonnets de laine
rêche, nous longions la clôture en pataugeant dans
la boue derrière les hangars et les étables. D'âcres
remugles de fermentation des pelures d'oranges servant à former du compost se mêlaient à diverses
odeurs agricoles : fumier, paille humide, buée tiède
provenant de la bergerie, plumes de poulets. Je
demandai à Éphraïm si, pendant la guerre d'Indépendance ou les émeutes des années trente, il lui
était arrivé de tirer et tuer un de ces assassins.

Je ne distinguais pas son visage dans le noir, mais
je décelai une pointe d'ironie séditieuse, une
curieuse tristesse sardonique dans sa voix quand il
répondit, après un bref moment de réflexion :

— Des assassins ? Mais qu'aurais-tu voulu qu'ils
fassent ? De leur point de vue, nous sommes des
extraterrestres qui avons envahi leur pays et le gri-
gnotons petit à petit, et tout en leur assurant que
nous sommes venus leur prodiguer des bienfaits, les

guérir de la teigne ou du trachome, et les affranchir de l'arriération, l'ignorance et la féodalité, nous usurpons sournoisement leur terre. *Ey bien*, qu'est-ce que tu croyais? Qu'ils allaient nous remercier? Qu'ils nous accueilleraient en fanfare? Qu'ils nous remettraient respectueusement les clés du pays sous prétexte que nos ancêtres y vivaient autrefois? En quoi est-ce extraordinaire qu'ils aient pris les armes contre nous? Et maintenant que nous les avons battus à plate couture et que des centaines de milliers d'entre eux vivent dans des camps, penses-tu vraiment qu'ils vont se réjouir avec nous et nous souhaiter bonne chance?

J'étais sidéré. Bien qu'ayant pris mes distances avec l'idéologie du Herout et de la famille Klausner, je n'en demeurais pas moins un pur produit de l'éducation sioniste. J'étais effaré et exaspéré par ce discours. À cette époque, cette manière de penser était considérée comme une trahison. De stupeur, je lui posai une question sarcastique :

— Dans ce cas, que fais-tu ici avec cette arme? Pourquoi est-ce que tu ne quittes pas le pays? Tu pourrais aussi prendre ton fusil et aller te battre avec eux?

Je perçus son sourire triste dans l'obscurité :

— Avec eux? Mais ils ne veulent pas de moi. Personne au monde ne veut de moi, nulle part. La question est là. Il y a trop de gens comme moi dans tous les pays. C'est l'unique raison pour laquelle je suis ici. C'est l'unique raison pour laquelle je porte une arme, pour qu'ils ne me chassent pas d'ici aussi. Mais je ne traiterai jamais d'« assassins » les Arabes qui ont perdu leurs villages. En tout cas, je ne le ferai pas à la légère. Les nazis, oui. Staline, aussi. Et ceux qui s'approprient la terre d'autrui.

— Est-ce que ça s'applique à nous aussi? Mais on

vivait ici il y a deux mille ans, n'est-ce pas ? Et on nous a chassés de force, non ?

— C'est très simple. Où se trouve la terre du peuple juif sinon ici ? Sous les mers ? Sur la lune ? À moins que les Juifs soient les seuls au monde qui ne puissent avoir une petite patrie ?

— Et ce qu'on leur a pris ?

— *Ey bien*, tu as peut-être oublié qu'en 48 ils ont essayé de nous tuer tous ? En 48 il y a eu une guerre terrible, et ils se sont débrouillés pour que ce soit eux ou nous, et on a gagné et on le leur a pris. Il n'y a pas de quoi être fier ! Mais si c'étaient eux qui avaient gagné en 48, il y aurait encore moins de quoi être fier : ils n'auraient pas laissé un seul Juif vivant. Et d'ailleurs, il n'y a pas un seul Juif qui vive dans leur territoire aujourd'hui. La question est là : c'est parce que nous leur avons pris ce que nous leur avons pris en 48 que nous avons ce que nous avons aujourd'hui. Et c'est parce que nous avons quelque chose maintenant que nous ne devons rien leur prendre de plus. C'est tout. Voilà la différence entre ton M. Begin et moi : si nous leur en prenons plus un jour, maintenant que nous avons quelque chose, nous commettrons un très grave péché.

— Et si les fedayins débarquaient maintenant ?

— Dans ce cas, soupira Éphraïm, *ey bien*, il faudra nous aplatir dans la boue et tirer. Et on aura intérêt à tirer mieux et plus vite. Pas parce que ce sont des assassins, mais pour la simple raison que nous avons également le droit de vivre et d'avoir un pays à nous. Il n'y a pas qu'eux. Voilà que je me prends pour Ben Gourion à présent, à cause de toi. Bon, tu m'excuseras mais je vais en griller une dans l'étable pendant que tu montes la garde. Surveille bien, et pour nous deux, d'accord ?

## 53

Quelques années après cette conversation nocturne, huit ou neuf ans après le fameux matin où
Menahem Begin et son camp m'avaient définitivement perdu au cinéma Edison, j'avais fait la
connaissance de David Ben Gourion. Il était à
l'époque Premier ministre et ministre de la Défense,
mais tous voyaient en lui le « grand homme », le fondateur de l'État, le vainqueur de la guerre d'Indépendance et de la campagne du Sinaï. Ses ennemis le
haïssaient et se moquaient du culte de la personnalité qu'on lui vouait, tandis que, pour ses admirateurs, il était le « Père de la Nation » : un miraculeux
amalgame du roi David, Juda Macchabée, George
Washington, Garibaldi, un Churchill juif, voire le
messie du Tout-Puissant.

Ben Gourion ne se prenait pas seulement pour un
homme politique mais aussi — et peut-être même
surtout — pour un penseur et un guide spirituel. Il
avait appris le grec ancien en autodidacte pour lire
Platon dans le texte, parcouru Hegel et Marx, il
s'était intéressé au bouddhisme et aux doctrines
orientales et avait étudié Spinoza à fond, de sorte
qu'il se considérait comme un spécialiste du spino-
zisme. (Le philosophe Isaiah Berlin, un esprit

aiguisé que Ben Gourion, alors Premier ministre, entraînait dans ses virées chez les bouquinistes d'Oxford pour dénicher des ouvrages de philosophie, me confia un jour : « Ben Gourion s'acharnait à passer pour un intellectuel. Il commettait deux erreurs. La première était de croire, à tort, que Haïm Weizmann était un intellectuel. La seconde, de penser que Jabotinsky l'était aussi. » Voilà comment Isaiah Berlin les avait mis sans ménagement tous les trois dans le même sac.)

De temps en temps, le Premier ministre Ben Gourion publiait dans le supplément du week-end de *Davar* de longues réflexions théoriques sur des sujets philosophiques. Un jour, en janvier 1961, il rédigea un article où il affirmait que l'égalité entre les hommes était impossible, mais que, dans une certaine mesure, on pouvait parler de solidarité.

Me faisant l'apôtre des valeurs du kibboutz, je pondis une brève réponse où je soutenais, poliment et en toute humilité, que le camarade Ben Gourion se trompait [1]. Mon papier provoqua l'ire de Houlda. Mon impertinence scandalisa tout le monde : « Comment oses-tu contredire Ben Gourion ? »

Quatre jours plus tard, les portes du ciel s'ouvrirent devant moi : le Père de la Nation descendit de ses hauteurs et, sur plusieurs colonnes, il daigna réfuter courtoisement mes objections en défendant les positions du « grand homme » contre les critiques du ver de terre [2].

Au comble du bonheur, les membres du kibboutz qui, la veille encore, m'auraient volontiers expédié dans une maison de rééducation à cause de mon insolence, se bousculaient pour me serrer la main

1. David Ben Gourion, « Réflexions », *Davar*, 27.1.1961 ; Amos Oz, « La solidarité ne remplace pas l'égalité », *Davar*, 20.2.1961.
2. David Ben Gourion, « Nouvelles réflexions », *Davar*, 24.2.1961.

ou me taper sur le dos : « *Ey bien*, tu as décroché la timbale ! Tu vas passer à la postérité ! Un jour, ton nom figurera dans l'index des Œuvres complètes de Ben Gourion ! Et celui de Houlda aussi, grâce à toi ! »

*

Mais l'ère des miracles ne faisait que commencer. On téléphona quelques jours plus tard.

Pas à moi — nous n'avions pas encore le téléphone dans nos chambrettes — mais au secrétariat du kibboutz. Bella P., un de nos anciens membres qui se trouvait dans le bureau à ce moment-là, courut me chercher, pâle et tremblant comme une feuille, bouleversée comme si elle avait vu le char divin environné de flammes, et elle m'annonça — on aurait dit qu'elle était à l'agonie — que la secrétaire du Premier-ministre-et-du-ministre-de-la-Défense me priait de me présenter le lendemain matin, à six heures et demie précises, au bureau du ministre de la Défense, à Tel-Aviv, pour un entretien en tête-à-tête avec le Premier-ministre-et-ministre-de-la-Défense, à l'invitation personnelle de David Ben Gourion. Elle articulait le Premier-ministre-et-ministre-de-la-Défense comme s'il s'agissait du Saint béni soit-Il.

Ce fut à mon tour de blêmir. Primo, j'étais encore sous les drapeaux (avec le grade de sergent-chef), et je craignais d'avoir enfreint un quelconque règlement en engageant une controverse idéologique, par journal interposé, avec le chef suprême des armées. Secundo, en dehors de mes gros godillots cloutés, je ne possédais pas une seule paire de chaussures. Comment me montrerais-je devant le Premier-ministre-et-ministre-de-la-Défense ? En sandales ? Tertio, je n'avais aucun moyen de me rendre à Tel-

Aviv à six heures et demie du matin, vu que le premier car partait de Houlda à sept heures et n'arrivait pas à la gare routière de Tel-Aviv avant huit heures et demie, dans le meilleur des cas.

Je passais donc la nuit à prier en silence pour qu'il arrive une catastrophe : une guerre, un tremblement de terre, une crise cardiaque — à lui ou à moi, aucune importance.

Et à quatre heures et demie, après les avoir cirés pour la troisième fois, je mis mes lourds godillots militaires cloutés, enfilai un pantalon civil kaki impeccablement repassé, une chemise blanche, un pull-over et un blouson et me mis en route. Par je ne sais quel miracle, une voiture me prit en stop et, à moitié groggy, je parvins au bureau du ministre de la Défense qui ne se trouvait pas dans le monstrueux bâtiment, hérissé d'antennes du ministère, mais dans la cour arrière, dans une charmante petite ferme bavaroise, une maisonnette de deux étages au toit de tuiles rouges, enfouie sous le lierre, construite au dix-neuvième siècle par des Templiers allemands qui avaient édifié une paisible colonie agricole dans les dunes, au nord de Jaffa, et avaient été chassés du pays par les Anglais au début de la Deuxième Guerre mondiale.

*

Ignorant mes tremblements et ma gorge nouée, l'aimable secrétaire me donna ses instructions avec une cordialité quasi intime, comme si nous complotions tous les deux derrière le dos de la divinité qui se trouvait dans la pièce voisine :

« "Le vieux", commença-t-il, usant du surnom affectueux dont on avait commencé à affubler Ben Gourion dès la cinquantaine, a... tu comprends, comment dire, il a tendance dernièrement à se lancer dans de grandes conversations philosophiques. Mais son temps, tu peux l'imaginer, est plus précieux que l'or. Il s'occupe encore personnellement de tous les dossiers, depuis les préparatifs de la guerre et les relations avec les grandes puissances jusqu'à la grève de la poste. Tu auras, j'en suis sûr, la délicatesse de te retirer dans vingt minutes, pour que nous puissions respecter son emploi du temps dans la mesure du possible. »

« Me retirer dans vingt minutes » était ce que je désirais le plus au monde, et même tout de suite, si j'avais pu. Immédiatement. À l'idée que le Tout-Puissant se tenait ici, en personne, derrière cette porte grise et que, dans une minute, j'allais être à sa merci, une crainte révérencielle me saisit et j'étais à deux doigts de m'évanouir.

Au point que le secrétaire se vit contraint de me propulser d'une légère bourrade dans le saint des saints.

La porte se referma et je restai pétrifié, adossé au battant, les genoux en capilotade  Le cabinet du roi David était ordinaire, austère, à peine plus grand qu'un modeste salon au kibboutz. Devant moi, une fenêtre masquée par un rideau champêtre laissait filtrer le jour, outre la lumière électrique. Deux classeurs métalliques l'encadraient. Trônant au milieu de la pièce dont elle occupait un bon quart de l'espace, il y avait une vaste table de travail avec un dessus de verre où s'empilaient des livres, des revues, des journaux, divers papiers et classeurs, certains ouverts et d'autres fermés. De part et d'autre du bureau se faisaient face deux chaises en métal gris, semblables à celles qu'on pouvait voir, à l'époque, dans toutes les administrations civiles ou militaires et sous lesquelles se lisait l'inscription

« Propriété de l'État d'Israël ». Il n'y avait pas d'autre chaise. Une immense carte du bassin méditerranéen et du Moyen-Orient, du détroit de Gibraltar au golfe Persique, recouvrait entièrement un mur, de bout en bout et du sol au plafond. De la taille d'un timbre-poste, Israël était souligné en gras. Des livres s'entassaient pêle-mêle sur trois étagères fixées sur un autre mur, à croire que quelqu'un avait été brusquement pris d'une boulimie de lecture irrépressible.

Un homme arpentait fiévreusement cette pièce spartiate, les mains derrière le dos, les yeux baissés, la tête projetée en avant, comme prête à charger. L'homme ressemblait à Ben Gourion comme deux gouttes d'eau, mais ce ne pouvait être lui : dès le jardin d'enfants, tout le monde en Israël savait de quoi il avait l'air et aurait pu le reconnaître les yeux fermés. Mais comme il n'y avait pas encore la télévision, il me paraissait évident que le Père de la Nation était un géant dont la tête atteignait les nuages, tandis que cet imposteur était courtaud et rondouillard — on aurait dit une femme enceinte — de moins d'un mètre soixante.

J'étais stupéfait. Presque vexé.

Pourtant, pendant les deux ou trois minutes de silence qui me parurent une éternité, le dos toujours contre la porte, je dévisageais ce curieux petit bonhomme magnétique, puissamment charpenté, tenant à la fois du patriarche montagnard coriace et du vieux nain énergique, faisant nerveusement les cent pas, les mains croisées dans le dos, sa grosse tête en avant comme s'il se préparait à enfoncer une muraille invisible d'un coup de bélier, perdu dans ses pensées, très loin, ne prenant même pas la peine de signaler qu'il savait que quelqu'un, quelque chose, un infime grain de poussière, avait atterri dans son bureau. David Ben Gourion avait soixante quinze ans à cette époque, et moi, une vingtaine d'années.

*

Une crinière argentée entourait son crâne chauve, tel un amphithéâtre. D'épais sourcils broussailleux s'arquaient au bas de son grand front, au-dessus de deux petits yeux gris-bleu, acérés comme une lame de rasoir. Il avait un nez large, épais, d'une laideur obscène, pornographique, comme sur les caricatures antisémites. Ses lèvres, en revanche, étaient minces et rentrées, mais il avait la mâchoire saillante, agressive, d'un vieux loup de mer. Sa peau était rouge et rêche, on aurait dit de la viande crue. Il avait de larges et puissantes épaules, un menton court et un torse massif. Sa chemise ouverte dévoilait une touffe de poils de la largeur d'une main. Son ventre scandaleusement proéminent, pareil à la bosse d'une baleine, semblait dur comme du béton. Mais toute cette splendeur se terminait, à ma stupéfaction, par des jambes miniatures que, si ce n'était un sacrilège, on aurait presque pu qualifier de ridicules.

Je retenais ma respiration. Je crois bien que j'enviais Gregor Samsa qui avait réussi à se transformer en cafard dans *La métamorphose* de Kafka. De tous côtés, mon sang reflua vers le foie.

Les premiers mots qui rompirent le silence émanaient de la voix de tête, perçante et métallique que nous entendions pratiquement chaque jour à la radio, et même en rêve. Le Tout-Puissant me jeta un regard furieux :

« *Nu !* Qu'est-ce que tu attends pour t'asseoir ! Assieds-toi donc ! »

Je me précipitai comme une flèche sur la chaise

face au bureau et me posai à l'extrême bord, raide comme un piquet.

Silence. Le Père de la Nation allait et venait à petits pas pressés, on aurait dit un lion en cage ou un homme déterminé à ne pas être en retard. Après la moitié d'une éternité, il lâcha abruptement :

« Spinoza ! »

Et il se tut, gagna la fenêtre, pivota sur lui-même et déclara :

« Tu as lu Spinoza ? Oui ? Mais tu ne l'as peut-être pas compris ? Peu de gens comprennent Spinoza. Très peu. »

Alors, sans cesser ses va-et-vient de la fenêtre à la porte, il se lança dans une longue conférence matinale sur la pensée de Spinoza.

Au milieu de son discours, une main hésitante entrebâilla la porte, le secrétaire passa humblement la tête par l'ouverture, il sourit et tenta de bredouiller quelque chose, mais il en fut empêché par le rugissement déchaîné d'un lion blessé :

« Dehors ! Va-t'en ! Tu ne vois pas que c'est la conversation la plus intéressante que j'aie eue depuis bien longtemps ? Allez, ouste ! »

Le pauvre garçon s'évanouit comme par enchantement.

Ben Gourion adorait apparemment disserter sur Spinoza avant sept heures du matin, car il continua de la sorte encore plusieurs minutes sans discontinuer.

Soudain il s'interrompit au milieu d'une phrase et il se planta dans mon dos. Je pouvais presque sentir son haleine sur ma nuque paralysée de terreur, mais je n'osais pas me retourner. J'étais pétrifié sur ma chaise, les genoux à angle droit, serrés l'un contre l'autre, et mes cuisses perpendiculaires à mon dos noué. Et sans le moindre accent interrogatif, il m'assena :

« Tu n'as pas pris ton petit déjeuner ! »

Il n'attendit pas la réponse. Je ne proférai pas un mot.

Ben Gourion plongea brusquement derrière son bureau. On aurait dit qu'il avait coulé comme une pierre. On ne voyait même plus sa crinière argentée.

Au bout d'un instant, il remonta à la surface avec deux verres dans une main et une bouteille de jus de fruit ordinaire dans l'autre. Il se servit impétueusement, remplit mon verre et ordonna :

« Bois ça ! »

Je bus d'une seule traite. Jusqu'à la dernière goutte.

Ben Gourion avala bruyamment deux ou trois gorgées, comme un paysan assoiffé, avant de reprendre sa leçon.

« En tant que spinoziste, je t'affirme sans l'ombre d'un doute que l'essentiel de la théorie de Spinoza peut se résumer ainsi : il faut toujours garder son sang-froid ! Ne jamais perdre son calme ! Le reste n'est que commentaires, ratiocinations et paraphrases. L'équanimité ! La sérénité en toute situation ! Le reste, c'est de la foutaise ! » (avec son accent si particulier, Ben Gourion appuyait sur la dernière syllabe dans ce qui ressemblait à un rugissement).

Là, je ne pouvais pas laisser ternir la réputation de Spinoza plus longtemps. Impossible de me taire sans trahir mon philosophe bien-aimé. Je pris donc mon courage à deux mains, clignai des yeux, osai miraculeusement ouvrir la bouche devant le Maître de la Création, et je parvins même à couiner faiblement :

« Il est vrai que Spinoza mentionne le sang-froid et le calme, mais peut-être n'est-il pas tout à fait exact de dire que c'est l'essentiel de sa pensée ? Il y a sûrement aussi... »

Alors le feu, le soufre et des coulées de lave jaillirent du cratère incandescent du volcan :

« J'ai été spinoziste toute ma vie ! Je l'étais déjà quand j'étais un jeune homme ! L'équanimité ! Le sang-froid ! Voilà la quintessence de la pensée de Spinoza ! Sa substantifique moelle ! La sérénité ! Dans le bien ou le mal, la victoire ou la défaite, l'homme ne doit jamais perdre sa tranquillité d'esprit ! Jamais ! »

Ses deux poings puissants de vieux bûcheron s'abattirent brutalement sur la table où les deux verres tressautèrent et s'entrechoquèrent de frayeur.

« L'homme ne doit jamais perdre la tête, tonna-t-il, telle la foudre du jugement dernier. Jamais. Et si tu ne vois pas ça, tu ne peux pas t'estimer spinoziste ! »

*

Il se calma instantanément et son visage s'éclaira.

Il s'assit en face de moi et écarta les bras sur son bureau comme s'il voulait étreindre tout ce qui se trouvait dessus sur sa poitrine. Ses yeux brillaient d'un éclat chaleureux et attendrissant quand il me sourit avec une simplicité joyeuse, on aurait dit que non seulement son visage et ses yeux souriaient mais que son corps, crispé comme un poing, se détendait et souriait à son tour, et la pièce avec, et peut-être Spinoza lui-même. Le regard de Ben Gourion, qui avait viré du gris nuageux à l'azur, me scrutait intensément sans la moindre pudeur, comme s'il me palpait avec ses doigts. Il y avait du vif-argent en lui, quelque chose de fébrile, de tourmenté. Ses arguments ressemblaient à des coups de massue. Pourtant, quand il se rasérénait tout à coup, d'un dieu vengeur, il se métamorphosait en un adorable grand-père, vigoureux, resplendissant de santé et de satisfaction. Il émanait alors de lui une cordialité charmante dont il jouait quelque temps, comme un gamin, un coquin effronté à l'insatiable curiosité.

« Et toi ? Tu es poète ? C'est vrai ? »

Il me fit un clin d'œil malicieux. Comme s'il m'avait tendu un petit piège sympathique et qu'il avait gagné la partie.

J'étais sidéré. Je n'avais publié que deux ou trois mauvais poèmes dans quelques minables bulletins du mouvement kibboutznique (j'espère qu'ils sont tombés en poussière depuis longtemps, et mes pauvres vers avec).

Mais Ben Gourion avait dû les parcourir. Il avait l'habitude, à ce qu'on disait, de lire tout ce qui se publiait : des revues de jardinage, de géographie et d'échecs. Des travaux d'agronomie, des études statistiques. Il était d'une curiosité insatiable.

Il avait également une mémoire phénoménale, n'oubliant jamais ce qu'il avait vu une fois.

Je bafouillai je ne sais quoi.

Mais le Premier ministre et ministre de la Défense ne m'écoutait pas. Son esprit en perpétuelle ébullition était déjà ailleurs. Maintenant qu'il avait définitivement expliqué, avec fracas, tout ce qui était encore obscur dans la philosophie de Spinoza, il aborda d'autres sujets avec enthousiasme : les jeunes qui manquaient de motivation pour le sionisme, la poésie hébraïque moderne qui se lançait dans de curieuses expérimentations au lieu d'ouvrir les yeux et de célébrer le miracle qui se renouvelait tous les jours devant nos yeux — la résurrection de la nation, la résurgence de notre langue, la renaissance du désert du Néguev !

Et voilà que brusquement, en plein monologue, quasiment au milieu d'une phrase, il en eut assez.

Il se leva comme un boulet de canon, je l'imitai, et en me poussant vers la porte — il me poussait littéralement, exactement comme l'avait fait son secrétaire trois quarts d'heure auparavant — il m'assura chaleureusement :

« C'est agréable de bavarder. Très agréable. Et qu'est-ce que tu as lu dernièrement ? Que lisent les jeunes d'aujourd'hui ? Viens donc me voir si tu passes par là. Viens, viens, n'aie pas peur ! »

Et tout en me mettant dehors, avec mes godillots cloutés et ma chemise blanche du sabbat, il répéta joyeusement sur le pas de la porte :

« Viens quand tu veux ! Ma porte est toujours ouverte ! »

*

Plus de quarante ans ont passé depuis ce matin spinoziste dans le bureau ascétique de Ben Gourion. Depuis, j'ai rencontré des gens célèbres, des leaders politiques, des personnalités fascinantes, parfois dotés d'immensément de charme. Mais personne ne m'a jamais fait une aussi forte impression que Ben Gourion, avec son charisme, cette volonté électrisante. Il possédait, ce matin-là en tout cas, une énergie hypnotique.

L'observation d'Isaiah Berlin était cruelle, mais juste : Ben Gourion, malgré Platon et Spinoza, n'était pas un intellectuel. Loin de là. À mon sens, c'était un paysan visionnaire. Il y avait chez lui quelque chose de primitif, d'un autre âge. Une spontanéité biblique, une volonté pareille à un rayon laser.

Dans sa jeunesse, à Plonsk, en Pologne orientale, il était mû par deux idées fixes : les Juifs devaient rétablir leur patrie sur la terre d'Israël, et il était celui qui devait les guider. Il n'en a jamais dévié. Il y a subordonné toute chose.

C'était un homme honnête et féroce, et comme la plupart des idéalistes, le prix à payer lui importait peu. Ou peut-être avait-il à cette question une réponse toute prête : ça coûtera ce que ça coûtera.

Enfant, élevé parmi les Klausner et les anti-gauchistes de Kerem Avraham, on me rabâchait que Ben Gourion était responsable des malheurs du peuple juif, qu'il était le méchant, l'incarnation de tous les maux provoqués par le gouvernement de gauche.

À l'âge adulte, je le désavouais depuis le camp adverse, celui de la gauche. Comme beaucoup d'intellectuels israéliens de ma génération, je tenais Ben Gourion — depuis l'affaire Lavon — pour un despote qui avait eu la main lourde envers les Arabes au cours de la guerre d'Indépendance et des raids de représailles, d'une manière proprement révoltante. Ce n'est que récemment que j'ai commencé à me documenter à son sujet et à me demander si j'avais raison.

Les choses ne sont jamais aussi simples qu'elles en ont l'air.

Et voilà qu'en écrivant « la main lourde », je revois nettement sa main velue saisissant le verre de jus de fruit qu'il s'était versé avant de me servir. Il agrippait le verre, un verre épais, très ordinaire, de ses gros doigts courts comme si c'était une grenade. J'avais peur de dire quelque chose qui le mette en colère et que, de rage, il m'en jette le contenu à la figure, qu'il fracasse le verre contre le mur ou qu'il le brise entre ses doigts. Voilà de quelle effrayante façon il tenait ce verre. Et puis il s'était rasséréné, il m'avait appris qu'il n'ignorait rien de mes velléités poétiques et il avait souri de plaisir devant mon étonnement : on aurait dit un clown farceur tout heureux d'avoir réussi un bon tour et se demandant ce qu'il pourrait bien inventer encore.

# 54

En l'automne 1951, l'état de ma mère se dégrada. Les migraines l'avaient reprise, de même que les insomnies. Elle se postait toute la journée sur une chaise, à la fenêtre, et comptait les oiseaux ou les nuages. Elle y passait aussi la nuit, les yeux grands ouverts.

Papa et moi nous partagions les tâches ménagères. J'épluchais les légumes qu'il éminçait pour la salade. Il coupait du pain que je tartinais de margarine et de fromage, ou de margarine et de confiture. Je balayais et lessivais par terre et j'ôtais la poussière pendant que papa vidait la poubelle et achetait le tiers d'une barre de glace pour mettre dans la glacière, tous les deux ou trois jours. Je me chargeais des courses chez l'épicier et le marchand de légumes, tandis que papa allait chez le boucher ou à la pharmacie. Chacun complétait, le cas échéant, la liste des achats que nous inscrivions sur l'une des fiches de papa, punaisée sur la porte de la cuisine, et que nous tenions à jour au fur et à mesure. Chaque samedi soir, nous en commencions une nouvelle :

Tomates. Concombres. Oignons.
Pommes de terre. Radis.

Pain. Œufs. Fromage. Confiture. Sucre.
Vérifier si on trouve déjà des clémentines et quand
commence la saison des oranges.
Allumettes. Huile.
Bougies en cas de coupure d'électricité.
Liquide vaisselle. Lessive en poudre.
Dentifrice Shenhav.
Pétrole.
Ampoule de 40 watts. Donner le fer à réparer.
Piles.
Changer le joint du lavabo.
Réparer le robinet qui fuit.
Yoghourts. Margarine. Olives.
Acheter des chaussettes de laine pour maman.

À cette époque, j'écrivais de plus en plus comme
mon père, de sorte qu'il était presque impossible de
savoir qui avait noté « pétrole » et qui avait ajouté
« acheter une nouvelle serpillière ». J'ai aujourd'hui
encore l'écriture énergique, pas toujours lisible mais
décidée, pointue et appuyée de mon père, très différente des lettres paisibles en forme de perles de ma
mère, un peu penchées, précises et agréables à l'œil,
tracées d'une main légère et disciplinée, aussi par-
faites et régulières que ses dents.
Nous étions très proches l'un de l'autre en ce
temps-là, papa et moi : on aurait dit deux brancardiers transportant un blessé en haut d'une pente
raide. Nous lui apportions un verre d'eau pour lui
administrer les tranquillisants prescrits par deux
docteurs. Là encore, nous nous servions des fiches
de papa : nous y inscrivions le nom des médicaments et le moment où elle devait les prendre, nous
cochions ceux qu'elle avait acceptés et marquions
d'une croix ceux qu'elle avait refusés d'avaler ou
qu'elle avait recrachés. La plupart du temps, elle se

soumettait docilement, même lorsqu'elle avait la nausée. Parfois elle nous adressait un sourire forcé, plus douloureux encore que sa pâleur ou ses yeux cernés, parce qu'il était vide et n'avait rien en commun avec elle. Et elle nous faisait signe de nous pencher pour nous caresser les cheveux, d'un seul geste circulaire. Cela durait longtemps, jusqu'à ce que papa retire sa main et la repose sur ses genoux. Je l'imitais.

*

Le soir, à l'heure du dîner, papa et moi tenions une sorte de conseil dans la cuisine pour récapituler les événements du jour et établir le programme du lendemain. Je lui racontais ce que j'avais fait à l'école et il me parlait un peu de son travail, à la Bibliothèque nationale, ou bien d'un article qu'il devait terminer pour le prochain numéro de *Tarbiz* ou de *Metsudah*.

On discutait de politique, de l'assassinat du roi Abdullah, de Begin ou de Ben Gourion. Il me traitait en égal. Et mon cœur se gonflait d'amour pour cet homme fatigué qui concluait gravement :

« Il semble que d'importantes divergences de vues subsistent encore entre nous. Pour le moment, chacun devra donc rester sur ses positions. »

Nous abordions ensuite les questions domestiques. Nous consignions sur l'une de ses fiches ce qui restait à faire et biffions ce qui était réglé. Il me consultait même sur des problèmes financiers : il reste quinze jours avant la fin du mois, et nous avons déjà dépensé telle ou telle somme. Chaque soir, il me demandait si j'avais fini mes devoirs et je lui montrais mes cahiers pour qu'il vérifie. Il les regardait parfois et me faisait des remarques pertinentes, car dans presque toutes les matières il en savait plus que mes professeurs, voire que les auteurs des manuels.

« Je n'ai pas besoin de contrôler. Je sais que je peux avoir entièrement confiance en toi, » déclarait-il généralement.

Une bouffée de fierté mêlée de reconnaissance me submergeait alors. Et je ressentais souvent aussi une grande pitié.

Pour lui. Pas pour ma mère. Je ne la plaignais vraiment pas à cette époque : elle ne représentait qu'une longue suite de corvées et de contraintes. Sans parler de la confusion, la honte et le chagrin : car il fallait expliquer à mes camarades pourquoi ils ne pouvaient jamais venir à la maison, et répondre aux voisins qui me demandaient gentiment, chez l'épicier, pourquoi on ne la voyait plus. Que se passait-il ? Papa et moi n'étions pas tout à fait sincères avec les oncles, les tantes, grand-père et grand-mère : nous dédramatisions. Nous prétextions qu'elle avait une méchante grippe alors que ce n'était pas vrai. Ou bien nous alléguions la migraine, une trop grande sensibilité à la lumière, une grosse fatigue. On tâchait de dire la vérité, mais pas toute la vérité.

En fait, nous ne la connaissions pas. Mais, sans nous donner le mot, nous étions conscients de ne révéler qu'une partie de ce que nous savions, de divulguer un ou deux détails seulement. Papa et moi n'avions jamais abordé l'état de maman. Nous nous contentions d'évoquer les obligations du lendemain, la répartition des tâches quotidiennes et les besoins du ménage. Jamais nous n'avions parlé de ce qui n'allait pas, sauf la rengaine de papa : « Ces docteurs, ils ne savent rien. Rien du tout. » Nous n'en avions pas discuté davantage après sa mort. De la mort de ma mère jusqu'à la mort de mon père, lui et moi n'en avions plus reparlé. Pas un mot. À croire qu'elle n'avait jamais existé. Comme si sa vie était une page censurée dans une encyclopédie soviétique. Ou que, telle Athéna, j'étais né du crâne de Zeus. J'étais une sorte de Jésus inversé : un homme vierge m'avait engendré par l'esprit d'un fantôme. Le matin, aux premières lueurs de l'aube, j'étais réveillé par un oiseau, niché dans les branches du grenadier, dans la cour. Il accueillait le jour par les cinq premières notes de *Pour Élise* de Beethoven : « Ti-da-di-da-di ! » Et il recommençait aussitôt, avec encore plus d'ardeur : « Ti-da-di-da-di ! » Et moi, sous la couverture, de compléter avec enthousiasme : « da-di-da-da ! ». L'oiseau, je l'avais appelé Élise.

*

J'étais désolé pour mon père. Comme s'il était l'innocente victime de mauvais traitements. Comme si maman le brutalisait délibérément. Il était las, et triste, même s'il ne se départait pas de sa verve intarissable. Il haïssait les silences et se sentait coupable quand un ange passait. Il avait les yeux cernés, comme ma mère.

Il quittait souvent son bureau pour accompagner maman chez le médecin. Elle avait subi tous les contrôles imaginables : cœur, poumons, électro-encéphalogrammes, digestion, hormones, nerfs, troubles féminins et circulation. Sans résultat. Papa n'avait pas regardé à la dépense : il avait vu plusieurs médecins, consulté des spécialistes, il avait peut-être même dû emprunter à ses parents, bien qu'il eût horreur des dettes et plus encore de la jubilation de grand-mère Shlomit, tout heureuse d'avoir son mot à dire et de se mêler de son mariage.

Papa se levait à l'aube pour nettoyer la cuisine, trier le linge, préparer un jus de fruit qu'il nous apportait à température ambiante pour nous fortifier, maman et moi et, avant de partir, il prenait même le temps de répondre à quelques lettres d'éditeurs et de chercheurs. Puis il fonçait prendre l'autobus, un filet à provisions vide, plié dans sa serviette avachie, pour ne pas être en retard à Terra Sancta où avait été transféré le département des périodiques de la Bibliothèque nationale quand l'université du mont Scopus avait été coupée du reste de la ville pendant la guerre d'Indépendance.

Il rentrait à cinq heures, après s'être arrêté en chemin chez l'épicier, l'électricien ou le pharmacien, et il se précipitait pour voir maman, espérant qu'elle allait mieux et avait dormi un peu pendant son absence. Il essayait de la forcer à avaler quelques cuillerées de purée ou de riz à l'eau que nous avions à peu près appris à préparer. Il verrouillait ensuite la porte de l'intérieur pour l'aider à se changer, tout en engageant la conversation. Pour la distraire, il lui répétait les blagues qu'il avait lues dans le journal ou des plaisanteries entendues au travail. Avant la tombée de la nuit, sans prendre le temps de souffler, il ressortait faire quelques courses, mettait de l'ordre, étudiait la notice des médicaments et tentait d'intéresser maman à l'avenir des Balkans.

Il venait ensuite dans ma chambre pour m'aider à changer les draps ou déposer de la naphtaline dans l'armoire en prévision de l'hiver, en fredonnant criminellement faux une quelconque chanson sentimentale ou en m'entraînant à mon tour dans un débat sur la question des Balkans.

*

Le soir, nous recevions quelquefois la visite de tante Lilenka, tante Léa Kalish Bar-Samkha, la meilleure amie de maman, originaire comme elle de Rovno et sa condisciple au lycée Tarbout — elle avait publié deux essais sur la psychologie infantile.

Tante Lilia apportait des fruits et une tarte aux prunes. Papa servait le thé avec des biscuits et la tarte, je lavais les fruits que je disposais sur une assiette avec un couteau, et nous les laissions seules. Tante Lilia s'enfermait avec maman une heure ou deux et, en sortant, elle avait les yeux rouges. Ma mère restait imperturbable. Surmontant la légère répugnance que lui inspirait cette femme, papa l'invitait poliment à rester dîner. Non ? Laissez-nous vous gâter un peu. Fania sera contente. Mais elle s'excusait, l'air gêné, comme si on lui demandait de commettre une inconvenance. Elle ne voulait pour rien au monde nous déranger, et puis on l'attendait à la maison et on allait s'inquiéter.

Grand-père et grand-mère vinrent à leur tour — on aurait dit qu'ils se rendaient au bal. Avec ses hauts talons, sa robe de velours noir et son collier de perles, grand-mère inspecta la cuisine avant de s'asseoir près de maman. Elle examina les boîtes et les flacons, attira papa vers elle pour vérifier le col de sa chemise et grimaça de dégoût en voyant l'état de mes ongles. Elle jugea bon de remarquer avec chagrin que la médecine actuelle estimait que la plupart des maladies, sinon toutes, se passaient dans la tête et pas dans le corps. Grand-père Alexandre, charmant et remuant comme un chiot joueur, baisa la main de maman et la complimenta sur sa beauté, « même malade, et à plus forte raison, quand tu seras tout à fait rétablie, demain, sinon ce soir. *Nu, chto !* **Tu** es resplendissante ! Ravissante ! *Krasavitsa !* »

Papa était intraitable sur l'heure à laquelle je
devais éteindre la lumière : neuf heures précises. Il
entrait sur la pointe des pieds dans l'autre pièce, la
chambre aux livres, le-salon-bureau-chambre-à-cou-
cher, il jetait un châle sur les épaules de maman
parce que l'automne était proche et les nuits plus
fraîches, il s'asseyait à ses côtés, prenait sa main glacée dans la sienne, toujours chaude, et s'évertuait à
engager la conversation. Tel le prince charmant du
conte, papa tentait de réveiller la Belle au bois dormant. Mais même avec un baiser, il n'y parvenait
pas : impossible de briser le sortilège de la pomme.
Peut-être ne l'embrassait-il pas convenablement ou
qu'elle ne rêvait pas exactement d'un moulin à
paroles binoclard, une encyclopédie ambulante, un
plaisantin soucieux de l'avenir des Balkans, mais
d'un prince d'un tout autre genre.

Il restait dans le noir parce qu'elle ne supportait
plus la lumière. Le matin, avant de partir, papa au
travail et moi à l'école, nous devions fermer les
volets et tirer les rideaux, comme si maman était
devenue la pauvre recluse du grenier, dans *Jane
Eyre*. Il tenait la main de ma mère en silence, sans
bouger dans l'obscurité. Ou peut-être lui étreignait-il
les deux mains.

Mais il ne pouvait pas se tenir immobile plus de
trois ou quatre minutes à côté de la malade, ou
n'importe où d'ailleurs, sauf à son bureau, en
compagnie de ses fiches : c'était un homme vivant,
toujours en mouvement, un agité, un émotif qui se
démenait beaucoup, un bavard intarissable.

Quand il en avait assez des ténèbres et du silence,
papa transportait ses livres et ses innombrables

fiches dans la cuisine, il débarrassait un coin de la table et s'installait sur un tabouret pour travailler un peu  Mais il était bien vite démoralisé par la solitude de ce cachot fuligineux. Une ou deux fois par semaine, donc, il se levait en soupirant, se changeait, se peignait, se brossait longuement les dents, s'aspergeait d'eau de toilette et venait vérifier si je dormais bien (je faisais semblant pour lui faire plaisir). Il allait ensuite voir ma mère, il lui disait je ne sais quoi, lui promettait quelque chose, et elle lui caressait les cheveux et l'encourageait : « Va, Arié, va donc jouer dehors, ce ne sont pas toutes des bouts de bois, comme moi. »

En sortant, son chapeau à la Humphrey Bogart sur la tête et un parapluie au bras, au cas où, papa traversait la cour sous ma fenêtre en chantonnant atrocement faux avec un accent ashkénaze à couper au couteau :

*... Ton giron pour ma tête un refuge*
*un nid pour mes prières,*

ou :

*Tes yeux sont comme deux colombes*
*et ta voix comme le son argentin d'u-n-e clo-che-t-t-te !*

Je ne savais pas où il allait tout en ie sachant sans le savoir et sans vouloir le savoir tout en lui pardonnant. J'espérais qu'au moins il s'amusait un peu. Je n'avais pas la moindre envie d'imaginer ce qui se passait là-bas, dans son « là-bas » à lui, mais ce que je ne voulais pas envisager me rattrapait la nuit, m'emportait dans un tourbillon et m'empêchait de dormir. J'avais douze ans. Mon corps était devenu mon pire ennemi.

728

*

J'avais parfois l'impression que le matin, une fois la maison vide, maman se mettait au lit et dormait toute la journée. De temps à autre, elle se levait et déambulait çà et là, toujours pieds nus, malgré les supplications de papa qui lui tendait ses pantoufles : maman dérivait de long en large dans le couloir qui nous avait servi d'abri durant la guerre et qui, croulant aujourd'hui sous les livres et les cartes murales, faisait office de salle d'opérations d'où papa et moi assurions la protection d'Israël et la défense du monde libre.

Si l'on n'allumait pas la lumière, il y faisait noir comme dans un four, même en plein jour. Maman déambulait de long en large, nu-pieds, immuablement, pendant une heure ou deux, comme une détenue dans la cour d'une prison. Et elle se mettait aussi à chanter, à croire qu'elle voulait rivaliser avec papa, mais avec beaucoup moins de fausses notes. Elle avait une voix chaude et profonde, pareille au goût du vin chaud par une nuit d'hiver. Elle ne chantait pas en hébreu mais en russe, si doux à l'oreille, dans un polonais rêveur et plus rarement en yiddish, comme si elle retenait ses larmes.

Quand il sortait le soir, papa tenait sa promesse et rentrait toujours un peu avant minuit. Il se déshabillait, se préparait du thé en slip et maillot de corps, il s'asseyait sur un tabouret en fredonnant doucement et trempait un biscuit dans son thé déjà sucré. Ensuite il prenait une douche froide (pour l'eau chaude, il fallait chauffer la chaudière pendant trois quarts d'heure avec du petit bois préalablement aspergé de pétrole). Après quoi il entrait dans ma chambre sur la pointe des pieds pour vérifier que je dormais et me border. Et puis il se glissait dans leur chambre. Je les entendais parler à voix basse et je finissais par m'endormir. Parfois il régnait là-bas un profond silence, comme s'il n'y avait pas âme qui vive.

Papa se mit à soupçonner qu'il était responsable des insomnies de ma mère, parce qu'il dormait dans le grand lit. Il insista pour qu'elle couche sur le canapé qui se transformait en lit, la nuit (quand j'étais petit, on l'appelait « le canapé qui aboie » car, en s'ouvrant, il ressemblait à la gueule d'un chien hargneux), tandis qu'il s'installerait sur sa chaise à elle. Il affirmait que c'était la meilleure solution pour tout le monde, puisqu'il pouvait dormir comme une souche n'importe où, même sur une poêle brûlante. Et puis il dormirait beaucoup mieux sur la chaise, sachant qu'elle sommeillait dans le lit, que si c'était l'inverse, lui dans le lit et elle sur la chaise où elle restait éveillée pendant des heures.

*

Vers minuit, la porte de ma chambre s'ouvrit sans bruit et la silhouette de papa se pencha sur moi dans le noir. Je me dépêchai de faire semblant de dormir. Mais, au lieu de me border, il souleva les draps et s'allongea à côté de moi. Comme le 29 novembre, après le vote de la création de l'État, quand j'avais senti ses larmes du bout des doigts. Horrifié, je me hâtai de ramener les genoux sur mon ventre en priant qu'il ne voie pas ce qui m'empêchait de dormir : sinon, que je sois foudroyé sur-le-champ ! Mon sang se figea quand papa se coucha près de moi, et j'avais si peur de me faire prendre avec mon vice qu'il me fallut un certain temps avant de réaliser, comme dans un cauchemar, que la silhouette étendue à mes côtés n'était pas celle de mon père.

Elle tira le drap sur nos deux têtes et se serra contre moi en murmurant : « Dors ! »

Au matin, elle n'était plus là. Elle revint la nuit suivante, avec l'un des deux matelas du « canapé qui aboie » et elle dormit par terre, au pied de mon lit. La nuit d'après, j'insistai — en imitant de mon mieux les manières autoritaires et raisonnables de papa — pour qu'elle dorme dans mon lit et moi sur le matelas.

On aurait dit qu'on se livrait à une variante des chaises musicales, appelée les lits musicaux. Première séquence, normale : mes parents dans leur lit et moi dans le mien. Séquence suivante : maman sur sa chaise, papa sur le canapé, et moi toujours dans mon lit. Dans la troisième : maman et moi dans mon petit lit et papa seul, dans le grand. Quatrième séquence : papa sans changement, moi de nouveau seul dans mon lit, et maman sur le matelas, par terre. Ensuite, elle et moi permutions, elle montait et je descendais, et papa restait où il était.

Mais ce n'était pas fini.

Quelque temps plus tard, au beau milieu de la nuit, je fus réveillé en sursaut par des hoquets qui ne ressemblaient pas vraiment à des quintes de toux. Et puis elle se calma et se rendormit. Mais une ou deux nuits plus tard, cette toux qui n'en était pas une me réveilla de nouveau. Je me levai, les yeux collés de sommeil, et traversant le couloir, emmitouflé dans ma couverture, je m'allongeai et me rendormis aussitôt à côté de papa. Et je continuai les nuits suivantes.

Pratiquement jusqu'à la fin, maman dormit dans ma chambre, dans mon lit, et moi, avec papa. Deux ou trois jours plus tard, les boîtes de médicaments, les flacons, les tranquillisants, les somnifères et les cachets contre la migraine déménagèrent à leur tour.

Aucune parole n'avait été échangée au sujet de ces nouvelles dispositions. Personne n'y avait fait allusion. Comme si cela s'était produit spontanément.

Et c'était le cas. Sans concertation. Sans un mot.

Mais l'avant-dernière semaine de sa vie, maman se remit à la fenêtre, sur sa chaise qu'elle avait transportée de notre chambre — celle de papa et moi — dans la mienne qui était devenue la sienne.

Quand tout fut fini, je refusai de réintégrer mon ancienne chambre. Je voulais rester avec mon père. Et lorsque je me décidai à y retourner, je n'arrivais pas à dormir : comme si elle était encore là. Me souriant sans sourire. Toussant sans tousser. À moins qu'elle ne m'eût transmis ses insomnies qui l'avaient poursuivie jusqu'à sa mort et qui me poursuivaient à mon tour. La première nuit où je dormis dans mon lit fut une telle épreuve que, par la suite, papa fut contraint de traîner un des matelas du « canapé qui aboie » dans ma chambre et de dormir avec moi Pendant une semaine ou deux, il passa ses nuits par terre, au pied de mon lit. Puis il retourna dans son lit où elle, ou ses insomnies, le suivirent.

On aurait dit qu'un gigantesque tourbillon nous emportait tous les trois, nous catapultant ici et là, nous rapprochant ou nous séparant, nous soulevant et nous ballottant dans tous les sens avant de nous abandonner chacun sur un rivage étranger. Nous étions si fatigués que nous nous laissions faire sans résister. Car nous étions exténués. J'avais constaté, en me regardant dans la glace, que mes parents n'étaient pas les seuls à avoir les yeux cernés, moi aussi.

Nous étions soudés les uns aux autres, cet automne-là, comme trois prisonniers partageant la même cellule. Chacun restait pourtant sur son quant-à-soi : que savaient-ils de mes nuits sordides ?

De mon vice qui ne me laissait pas de répit ? Comment mes parents pouvaient-ils soupçonner que, serrant les dents de honte, je ne cessais de me répéter : attention, si tu continues, si tu n'arrêtes pas cette nuit, je te jure que j'avalerai tous les comprimés de maman et que ce sera terminé.

Ils ne se doutaient de rien. Ils étaient à mille années-lumière de moi. Pas à des années-lumière, à des années de ténèbres plutôt.

Mais comment pouvais-je imaginer ce qu'ils vivaient ?

Et eux ? Que savait papa du supplice qu'elle endurait ? Que comprenait maman à ce qu'il souffrait ?

Nous étions à mille années de ténèbres les uns des autres. Comme trois prisonniers dans leur cellule. Et même ce samedi matin, dans le bois de Tel Arza, quand maman s'était assise contre un arbre et que papa et moi avions posé la tête sur ses genoux, le plus beau jour de mon enfance, nous étions à mille années de ténèbres les uns des autres.

## 55

Dans le recueil de poèmes de Jabotinsky, après « Par le sang et la sueur naîtra une race... », « Les deux rives du Jourdain », et

> *Du jour où j'ai entrevu le miracle*
> *de Beitar, Sion et le Sinaï,*

se trouvaient ses traductions si musicales de la poésie universelle, dont *Le corbeau* et *Annabel Lee* d'Edgar Allan Poe, *La princesse lointaine*, d'Edmond Rostand, et la poignante *Chanson d'automne* de Verlaine.

Je les connaissais par cœur et je m'enivrais de l'angoisse romantique et des affres funestes qui s'en exhalaient.

Outre les poèmes patriotiques et militaristes que je composais sur le splendide carnet noir offert par mon grand-oncle Yosef, j'écrivais des strophes pleines de spleen, au cœur des tempêtes, des forêts et des mers. Et des poèmes d'amour aussi, sans savoir de quoi je parlais. C'est-à-dire que je tentais vainement de rapprocher les westerns où la jolie fille était dévolue à qui avait tué le plus grand nombre d'Indiens des déchirants serments d'amour qu'échangeaient Annabel Lee et son amant par-delà la tombe. Il était très difficile de les concilier, et plus encore d'y rattacher le dédale des trompes, des vagins et des ovules de l'infirmière de l'école. Sans parler de mon vice qui, la nuit, me plongeait dans de tels tourments que j'aurais voulu mourir. Ou redevenir comme j'étais avant de tomber entre les griffes de ces striges ricanantes : nuit après nuit, j'étais déterminé à les exterminer une bonne fois pour toutes, et nuit après nuit, ces enchanteresses me révélaient des péripéties si mouvementées que je passais la journée à attendre l'heure de retourner au lit. Parfois j'étais si impatient que je m'enfermais dans les toilettes nauséabondes de la cour de l'école ou à la maison, dans la salle de bains d'où je ressortais quelques minutes plus tard, la queue entre les jambes, mortifié et lamentable — une loque.

L'amour et ce qui en découlait était pour moi une tragédie, un monstrueux guet-apens : comme dans un rêve, on commençait à glisser dans un palais de cristal enchanté pour se réveiller au fond d'un infâme cloaque.

Je courais me réfugier derrière les remparts raisonnables des histoires à énigmes, des romans d'aventures et de guerre : Jules Verne, Karl May, Fenimore Cooper, Mayne Reid, Sherlock Holmes, *Les trois mousquetaires*, *Les aventures du capitaine Hatteras*, *Vers les montagnes de la lune*, *La fille de Montézuma*, *Le prisonnier de Zenda*, *Par le fer et le feu*, *Le livre cœur* d'Edmondo de Amicis, *L'île mystérieuse*, *Vingt mille lieues sous les mers*, *Dans le désert et la jungle*, *L'or de Cajamalca*, *L'île au trésor*, *Le comte de Monte-Cristo*, *Le dernier des Mohicans*, *Les enfants du capitaine Grant*, le fin fond de l'Afrique noire, des boucaniers et des Indiens, des malfrats, des cavaliers, des voleurs de troupeaux, des brigands, des cow-boys, des pirates, des archipels, des hordes d'indigènes assoiffés de sang qui se coiffaient de plumes et se peinturluraient le corps, des cris de guerre à faire dresser les cheveux sur la tête, des sortilèges, des hussards, des Sarrasins armés de cimeterres, des monstres, des magiciens, des empereurs, des escrocs, des spectres, des va-nu-pieds et surtout de jeunes garçons pâles, destinés à accomplir de grandes choses du jour où ils auraient triomphé de la misère. J'aurais voulu leur ressembler et pouvoir écrire comme ceux qui les avaient imaginés. Je ne voyais sans doute pas encore la différence entre écrire et gagner.

*

Michel Strogoff m'a laissé un souvenir impérissable. Le tsar de Russie lui confia la mission secrète de transmettre un message d'une extrême importance aux forces russes assiégées, aux confins de la Sibérie. En chemin, il lui fallait traverser des régions envahies par les Tartares. Il fut capturé par des sentinelles qui le conduisirent à leur chef, le grand khan, lequel ordonna de passer devant ses yeux un sabre chauffé à blanc pour qu'il ne puisse continuer sa route jusqu'en Sibérie. Strogoff avait appris le message par cœur, mais comment allait-il poursuivre son voyage s'il était aveugle ? Après que le sabre ardent lui eut brûlé les yeux, le fidèle messager n'en continua pas moins à cheminer vers l'est, jusqu'à ce que le lecteur apprenne que Michel n'avait jamais été atteint de cécité. Car, au moment crucial, il avait songé à sa famille qu'il ne reverrait plus jamais. À cette pensée, il n'avait pu se retenir de pleurer, de sorte que « la couche de vapeur formée par ses larmes, s'interposant entre le sabre ardent et ses prunelles, avait suffi à annihiler l'action de la chaleur », lui sauvant la vue en même temps que sa mission et assurant ainsi la victoire de sa patrie sur ses ennemis.

Ce sont donc les larmes de Strogoff qui l'ont sauvé, lui et la Russie tout entière. Mais, chez nous, les hommes ne devaient pas pleurer. Pleurer était dégradant ! C'était réservé aux femmes et aux enfants. Même à cinq ans, j'avais honte de pleurer, et à huit ou neuf ans, j'avais appris à me dominer pour compter parmi les hommes. Voilà pourquoi, la nuit du 29 novembre, j'avais été si troublé de toucher les joues humides de mon père. Et c'était aussi la raison pour laquelle je n'en avais jamais parlé, ni à lui ni à personne. Et voilà que Michel Strogoff, ce héros intrépide, cet homme de fer infatigable, capable d'endurer toutes les tortures, ne pouvait retenir ses larmes en songeant à l'amour. Ce n'était pas la peur ni la douleur qui les faisaient couler, c'était l'intensité de ses sentiments.

De plus, loin de le ravaler au rang de pauvre diable, de femme ou d'épave, les larmes de Michel Strogoff étaient tolérées tant par Jules Verne que par ses lecteurs. Qui plus est, elles les sauvaient, lui et la Russie. De sorte que le plus viril des hommes triomphait de tous ses ennemis grâce à son « côté féminin », émergeant des replis de son âme au moment décisif sans qu'il ne compromette ni n'affaiblisse « le côté viril » (comme l'on disait à cette époque où nous étions victimes d'un vrai lavage de cerveau) : au contraire, ils se complétaient et se réconciliaient. Peut-être y avait-il un moyen honorable de sortir du cruel dilemme où j'étais enfermé : les sentiments ou la virilité. (Une douzaine d'années plus tard, Hannah, l'héroïne de *Mon Michaël*, sera fascinée à son tour par le personnage de Michel Strogoff.)

Il y avait aussi le capitaine Nemo de *Vingt mille lieues sous les mers*, le fier et courageux Indien qui détestait les régimes exploiteurs et que révoltait l'oppression des peuples et des individus par des tyrans sans cœur et des puissances égoïstes. Il éprouvait un dégoût à la Edward Saïd ou une haine à la Franz Fanon envers l'arrogante condescendance du monde nord-occidental, et c'était ce qui l'avait poussé à faire retraite pour fonder sa propre Utopie au fond de l'océan.

C'était sans doute lui qui, entre autres choses, avait exacerbé ma sensibilité sioniste. Le monde nous persécutait et nous traitait avec injustice : c'était pour cela que nous nous étions mis à l'écart pour créer notre petite bulle indépendante où nous pourrions mener « une vie pure et libre », loin de nos cruels persécuteurs. Comme le capitaine Nemo, nous ne serions plus des victimes sans défense, mais, grâce à notre génie créateur, nous armerions le *Nautilus* de rayons de mort sophistiqués. Personne n'oserait plus comploter contre nous. En cas de besoin, il nous suffirait d'allonger le bras pour frapper le bout du monde.

\*

Dans *L'île mystérieuse*, une poignée de naufragés parvient à édifier une parcelle de civilisation sur une île déserte. Les survivants sont tous européens, de sexe masculin, des hommes rationnels, généreux, de bonne volonté, adeptes de la technologie, courageux et pleins de ressources : ils sont le reflet et l'image de la manière dont le dix-neuvième siècle imaginait l'avenir : sensé, éclairé, viril, capable de résoudre n'importe quel problème par le pouvoir de la raison et les dogmes de la nouvelle religion du progrès. (La cruauté, les mauvais instincts et le mal étaient apparemment refoulés ailleurs, dans une autre île qui apparaîtrait plus tard : celle de *Sa Majesté des Mouches* de William Golding.)

Grâce au travail, au bon sens et à un enthousiasme pionnier, le groupe réussit à survivre et même à recréer une ferme florissante. J'étais aux anges, moi qui baignais dans l'esprit du sionisme pionnier inculqué par mon père : laïque, éclairé, fervent, rationaliste, idéaliste, militant, optimiste et progressiste.

Pourtant, chaque fois que les colons de *L'île mystérieuse* sont menacés par les forces de la nature, acculés au mur et que leur intelligence ne leur sert plus à rien, une puissance mystérieuse intervient toujours à point nommé, une providence miraculeuse, omnipotente, qui semble veiller sur eux. « S'il est une justice, qu'aujourd'hui elle paraisse », dit Bialik. Dans *L'île mystérieuse*, il y a une justice qui se manifeste sur-le-champ, comme un coup de tonnerre, quand il n'y a plus d'espoir.

Au fond, l'autre idéologie, antinomique au rationalisme de papa, n'était pas très différente. C'était le raisonnement des histoires que ma mère me racontait la nuit, des récits de démons, de miracles, la légende du vieil homme qui hébergeait un vieillard encore plus chenu que lui, le mal, le mystère, la bonté, la boîte de Pandore qui, une fois tous les maux répandus sur la terre, contenait encore l'espérance au fond du désespoir. Telle était également la dialectique miraculeuse des légendes hassidiques auxquelles maîtresse Zelda m'avait initié avant que mon professeur de l'école Takhkémoni, Mordekhaï Michaeli, qui était intarissable sur ce sujet, ne prît le relais.

On aurait dit que, dans *L'île mystérieuse*, s'opérait

une sorte de réconciliation entre les deux premières fenêtres, l'une vis-à-vis de l'autre, par lesquelles le monde m'avait été révélé au début de ma vie : celle de mon père, rationnelle et optimiste, et celle de ma mère, donnant sur de tristes paysages animés d'étranges pouvoirs surnaturels — les forces du mal, de la pitié et de la bonté.

À la fin de *L'île mystérieuse*, il s'avère que la main providentielle qui ne manque jamais de secourir « l'entreprise sioniste » des rescapés, chaque fois qu'elle est en danger, est celle du capitaine Nemo, le capitaine au regard furibond de *Vingt mille lieues sous les mers*. Mais cela ne diminuait en rien la joie pacificatrice que me procurait le livre : je n'étais plus déchiré entre la fascination infantile qu'exerçait sur moi le sionisme et celle, non moins infantile, que j'éprouvais pour le gothique.

C'était comme si mon père et ma mère, enfin réconciliés, vivaient dans la bonne entente. Bien sûr, c'était sur une île déserte, pas à Jérusalem. Mais ils avaient quand même réussi à faire la paix.

\*

M. Marcus, l'affable libraire qui vendait des livres neufs et d'occasion rue Yona, presque à l'angle de la rue Geoula, et faisait aussi bibliothèque de prêt, avait finalement accepté que j'échange un livre, parfois deux, tous les jours. Au début, il ne voulait pas croire que je les lisais en entier et, quand je les rapportais quelques heures à peine après les avoir empruntés, il me posait un tas de questions pièges pour vérifier. Petit à petit, sa méfiance se mua en étonnement puis en dévotion : il pensait qu'avec une si prodigieuse mémoire et une telle capacité d'assimilation, surtout si j'apprenais des langues étrangères, je deviendrais un jour le secrétaire particulier idéal de l'un de nos dirigeants : celui de Ben Gourion, ou de Moshe Sharett, qui sait ? Il décida donc que j'étais un bon placement, « lance ton pain sur l'eau, à la longue, tu le retrouveras », comme dit l'Ecclésiaste. Il aurait peut-être besoin un jour d'une autorisation, d'un passe-droit ou de piston pour l'entreprise éditoriale dans laquelle il projetait d'investir, et alors, il aurait intérêt à compter le secrétaire particulier d'un grand manitou parmi ses relations.

Souvent, M. Marcus montrait avec fierté à ses clients ma carte de lecteur pleine à ras bord, comme s'il se réjouissait du bon grain qu'il avait semé. « Voyez-moi ça ! Un vrai rat de bibliothèque ! Un phénomène ! Ce ne sont pas des bouquins qu'il dévore, cet enfant, ce sont des étagères entières, tous les mois ! »

M. Marcus me donnait donc la permission de faire comme chez moi dans sa bibliothèque. Je pouvais emprunter quatre livres à la fois pour ne pas être en manque les jours fériés, quand il était fermé. Il me laissait aussi feuilleter (avec précaution !) les livres qui sentaient encore l'encre, ceux qui étaient destinés à la vente et qu'on ne pouvait pas emprunter. Et j'avais même le droit de parcourir ceux qui n'étaient pas de mon âge, les romans de Somerset Maugham, par exemple, ou d'O. Henry, Stefan Zweig et même les récits un peu lestes de Maupassant.

L'hiver, sous les trombes d'eau et les rafales de vent, je me précipitais à la boutique de M. Marcus pour arriver avant la fermeture, à six heures. En ce temps-là, il faisait très froid à Jérusalem, un froid mordant, pénétrant, et, en cette fin décembre, des ours polaires venus de Sibérie arpentaient les rues de Kerem Avraham, la nuit. N'ayant pas de manteau, mon pull trempé exhalait pendant toute la soirée une odeur déprimante, un âcre relent de laine mouillée.

Le samedi, ayant épuisé mon stock de livres dès dix heures du matin, il m'arrivait souvent de me retrouver sans rien à me mettre sous la dent avec une longue journée vide en perspective. Je me précipitais donc dans la bibliothèque de papa où je prenais fébrilement tout ce qui me tombait sous la main : *Till Eulenspiegel*, traduit par Shlonski, *Les mille et une nuits*, dans la traduction de Rivlin, des romans d'Israël Zarchi, Mendele Mokher Sefarim, Shalom Aleikhem, Kafka, Berditchevsky, les poèmes de Rahel, Balzac, Hamsun, Yigal Mossinsohn, Feuerberg, Nathan Shaham, Gnessin, Brenner, Hazaz, et même M. Agnon. Je ne comprenais pratiquement rien, sauf peut-être ce que je voyais à travers les lunettes de mon père, à savoir que le shtetl était méprisable, répugnant et même ridicule. Dans ma stupidité, je n'étais pas vraiment surpris par la terrible fin qu'il avait connue.

Papa possédait les œuvres majeures de la littérature mondiale dans l'original, de sorte que je ne pouvais même pas m'en approcher. Mais si je n'avais pas vraiment lu tout ce qui était en hébreu, je l'avais du moins reniflé. J'avais retourné chaque pierre.

*

Bien sûr, je lisais aussi le *Davar* junior et les livres pour la jeunesse qui faisaient les délices de tout un chacun : les poèmes de Léa Goldberg et Fania Bergstein, *L'île des enfants*, de Mira Lobeh, ou les récits de Nahum Guttmann. *Lobengoulou, roi des Zoulous*, *Béatrice à Paris*, Tel-Aviv ceinturée par les dunes, les vergers et la mer représentèrent mes premiers tours du monde hédonistes. Je considérais que la différence entre Jérusalem et Tel-Aviv-reliée-au-vaste-monde figurait celle existant entre notre existence hivernale en noir et blanc et la vie l'été, avec une multitude de couleurs et la lumière.

L'un des livres qui m'avaient le plus captivé était *Sur les ruines*, de Tsvi Liebermann-Livne, que j'avais lu et relu. Il était une fois, à l'époque du Second Temple, un village juif perdu au milieu des collines, des vallées et des vignes. Un jour, les légions romaines survinrent, elles tuèrent tous les habitants, hommes, femmes et vieillards, elles pillèrent leurs biens, mirent le feu aux maisons et passèrent leur chemin. Mais, avant le massacre, les villageois avaient eu le temps de cacher dans une grotte, au milieu des collines, les enfants qui n'avaient pas douze ans et ne pouvaient assurer la défense du village.

Quand tout fut fini, les enfants sortirent de leur cachette, ils constatèrent le désastre et, au lieu de se lamenter, ils décidèrent après délibération, comme à l'assemblée générale d'un kibboutz, que la vie devait continuer et qu'il fallait reconstruire le village en ruine. Ils désignèrent donc des comités, dont les filles faisaient aussi partie, car ces enfants étaient non seulement courageux et travailleurs, mais aussi étonnamment progressistes et éclairés. Petit à petit, telles des fourmis, ils parvinrent à rassembler ce qui restait des troupeaux, à réparer les bergeries et les étables, restaurer les maisons incendiées, reprendre les travaux des champs et édifier une société enfantine modèle, une sorte de kibboutz idéal : une communauté de Robinson Crusoé sans Vendredi.

Pas un seul nuage ne venait obscurcir la vie de partage et d'égalité de ces enfants du rêve : il n'y avait pas de conflits de pouvoir, de rivalités, de jalousies, ni les vices du sexe ou les fantômes de leurs parents morts. C'était exactement l'expérience inverse de celle des enfants de *Sa Majesté des Mouches*. Tsvi Livne voulait probablement transmettre aux petits Israéliens une allégorie enthousiaste du sionisme : la génération du désert a fait place à la génération du pays, une génération hardie et décidée qui, à la force du poignet, se hisse au-dessus du désastre pour atteindre l'héroïsme et monter des ténèbres vers la pleine lumière. Dans ma version à moi, le feuilleton que j'avais imaginé dans ma tête, les enfants ne se contentaient pas de traire les vaches et de cueillir les olives et le raisin, ils découvraient une cache d'armes ou, mieux, ils fabriquaient des mitrailleuses, des mortiers et des blindés. Ou encore, c'était le Palmach qui, cent générations plus tôt, avait réussi à faire passer ces armes aux enfants de *Sur les ruines*. Armés de pied en cap, les enfants de Tsvi Livne (et les miens) se précipitaient à Massada où ils arrivaient à la dernière minute. S'abritant derrière un incroyable rempart de feu, de longues rafales ciblées et de tirs de mortier meurtriers, ils encerclaient les légions romaines, celles qui avaient tué leurs parents et se lançaient à l'assaut de Massada par une rampe d'accès. Tandis qu'Éléazar ben Yaïr s'apprêtait à terminer son inoubliable discours d'adieu et que les derniers défenseurs de Massada allaient se jeter sur leur épée pour ne pas tomber aux mains des Romains, mes hommes et moi arrivions au sommet de la montagne, juste à temps pour les soustraire à la mort et éviter à notre peuple une ignominieuse défaite.

Ensuite, nous portions la guerre en territoire ennemi : nous visions les sept collines de Rome avec nos mortiers, pulvérisions l'arc de Titus et mettions l'empereur à genoux.

*

Et peut-être y avait-il tapi, là, un autre plaisir interdit et malsain que Tsvi Livne n'avait évidemment pas soupçonné en écrivant son livre, une sombre volupté œdipienne. Car les enfants avaient enterré leurs parents. Tous. Pas un seul adulte n'avait survécu. Ni père, ni mère, ni maître, ni voisin, ni tante, ni grand-père ni grand-mère, pas de M. Krochmal, ni d'oncle Yosef, ni d'Abramski, ni de Bar-Yizhar, ni de tante Lilia, ni de Begin ni de Ben Gourion. Ainsi, le vœu soigneusement refoulé de l'ethos sioniste, et de l'enfant que j'étais, était miraculeusement exaucé : qu'ils meurent. Quels boulets c'étaient! Ils étaient la génération du désert. Ils appartenaient à la diaspora. Ils avaient de ces exigences et ils ne vous laissaient pas respirer! Ce n'est qu'après leur mort que nous pourrons enfin leur montrer de quoi nous sommes capables. Tout ce qu'ils veulent que nous fassions, ce qu'ils attendent de nous, nous l'accomplirons magnifiquement : nous labourerons, moissonnerons, construirons, combattrons, vaincrons, mais sans eux : parce que le nouveau peuple hébreu doit se séparer d'eux. Parce que tout ici a été délibérément créé pour la santé, la jeunesse et la force, alors qu'ils sont vieux, épuisés, compliqués, un peu répugnants même, et plus qu'un peu grotesques.

Dans *Sur les ruines*, donc, la génération du désert s'était entièrement évaporée en abandonnant de joyeux orphelins agiles, libres comme un vol d'oiseaux dans le ciel bleu. Il n'y avait plus personne pour les harceler avec l'accent de là-bas, discourir, leur imposer une politesse rance, leur gâcher la vie avec leurs dépressions, leurs traumatismes, leurs directives et leurs ambitions. Il n'y avait plus personne pour nous faire la morale à longueur de journée, nous dire ce qui était permis, ce qui ne l'était pas, ce qui était sale. Il n'y avait plus que nous. Nous étions seuls au monde.

La mort des adultes possédait un puissant charme magique. Et à l'âge de quatorze ans et demi, deux ans après la mort de ma mère, je tuai mon père et tout Jérusalem, changeai de nom et partis au kibboutz Houlda vivre sur les ruines.

## 56

Je l'avais tué surtout en changeant de nom. Pendant des années, mon père avait vécu à l'ombre de son illustre parent, « un savant mondialement célèbre » (il prononçait ces mots en baissant religieusement la voix). Pendant des années, Yehouda Arié Klausner avait rêvé de suivre les traces du professeur Yosef Gedaliahou Klausner, l'auteur de *Jésus de Nazareth*, *De Jésus à Paul*, d'une *Histoire du Second Temple*, d'une *Histoire de la littérature hébraïque* et de *Quand un peuple combat pour la liberté*. Il avait peut-être même cru succéder un jour à son oncle, puisque celui-ci n'avait pas d'enfant. C'est pourquoi il avait appris autant de langues et passait la moitié de la nuit à noircir des piles de fiches. Et lorsqu'il commença à désespérer, il se figura que je reprendrais le flambeau, en priant qu'il serait encore là pour le voir.

Mon père se comparait à Mendelssohn, Abraham Mendelssohn, l'insignifiant banquier dont le sort avait fait qu'il fût le fils du célèbre philosophe Moses Mendelssohn et le père du grand compositeur, Félix Mendelssohn-Bartholdy. (« Au début, j'étais le fils de mon père, et ensuite, le père de mon fils », badinait Abraham Mendelssohn.)

Pour rire ou se moquer de moi et par affection contenue, papa s'obstina, dès mon plus jeune âge, à m'appeler : « Votre Honneur », ou « Votre Altesse ». Bien des années plus tard, la nuit suivant sa mort, il m'était brusquement venu à l'idée qu'à travers cette plaisanterie éculée, crispante, parfois exaspérante, transparaissaient ses ambitions déçues, le besoin de se réconcilier avec sa médiocrité ainsi que le désir secret de me voir poursuivre à sa place, le moment venu, les objectifs qu'il n'avait pu atteindre.

Ma mère solitaire et déprimée me racontait dans la cuisine des histoires de prodiges, d'horreurs et de fantômes, semblables à celles qu'Ase narrait au petit Peer Gynt, les nuits d'hiver. D'une certaine manière, mon père incarnait Jon Gynt, le père de Peer, et ma mère était la veuve Ase, sa mère :

> Peer Gynt, tu viens de la grandeur
> Peer Gynt, un jour tu seras grand ! [1]

« Le kibboutz, dit tristement papa, est peut-être un phénomène non négligeable, mais il n'exige qu'une grande force physique et une intelligence moyenne. Or tu sais parfaitement que ce n'est pas ton cas. Je ne veux pas dénigrer le kibboutz, les kibboutz ont un mérite indéniable dans l'histoire de l'État, mais tu ne pourras jamais t'épanouir là-bas. Par conséquent, je m'y oppose. Catégoriquement. Un point c'est tout. Fin de la discussion. »

\*

Avec mon père, après la mort de ma mère et son remariage environ une année plus tard, nos conver-

1. Henrik Ibsen, *Peer Gynt*, acte II, scène 4, trad. François Regnault, éd. Beba, 1981.

sations se limitaient aux tâches quotidiennes, à la politique, aux découvertes scientifiques, à des principes moraux ou idéologiques. (Nous avions déménagé au 28 avenue Ben-Maïmon, à Rehavia, le quartier où il avait toujours rêvé vivre.) L'âge ingrat, son remariage, ses sentiments, les miens, les derniers jours de ma mère, sa mort, son absence étaient autant de sujets tabous. Nous étions souvent à couteaux tirés — sans jamais manquer de civilité mais avec une farouche hostilité — à propos de Bialik, Napoléon, le socialisme, qui commençait à me fasciner mais que mon père considérait comme une « épidémie rouge », et un jour nous avions eu une violente dispute à cause de Kafka. Mais nous nous comportions généralement comme les colocataires d'un minuscule appartement : la salle de bains est libre. Il n'y a plus de margarine ni de papier toilette. Il commence à faire froid, veux-tu que je mette le chauffage ?

Quand, le samedi et les jours de fête, j'allais chez les sœurs de ma mère, Haïa et Sonia, à Tel-Aviv, ou chez grand-père *papa*, à Kiryat Motskin, mon père me donnait toujours un peu plus que l'argent du voyage « pour que tu n'aies rien à demander à personne là-bas ». « Et n'oublie pas de leur dire que tu ne dois pas manger de friture. » Ou : « Rappelle-toi s'il te plaît de voir s'ils veulent que tu leur apportes la prochaine fois une enveloppe avec ce qu'il y avait dans son tiroir. »

Les mots « elle », « son » recouvraient la mémoire de ma mère comme une dalle funéraire sans inscription. « Ils », « leur » ou « là-bas » signifiaient la rupture entre la famille de ma mère et lui, liens qui ne s'étaient jamais rétablis. Pour eux, il était coupable. Ses liaisons, pensaient mes tantes, avaient assombri la vie de leur sœur. Sans parler des nuits qu'il passait à son bureau, le dos tourné, accaparé par ses recherches et ses fiches. Mon père avait été très ébranlé et piqué au vif par ces accusations. Il considérait mes visites à Tel-Aviv et à Haïfa un peu comme les voyages de personnalités neutres en Israël, vus par les États arabes de l'époque : nous ne pouvons pas vous empêcher d'y aller, faites ce que bon vous semble, mais soyez gentils de ne pas prononcer ce nom en notre présence et, à votre retour, nous ne voulons pas en entendre parler. Ni en bien ni en mal. Ne mentionnez pas non plus notre nom là-bas. Nous ne voulons rien entendre et ne souhaitons rien savoir. Et veillez à ce qu'il n'y ait pas de tampon indésirable sur votre passeport.

Le jour de ma bar-mitsva tomba environ trois mois après le suicide de ma mère. Il n'y eut pas de fête Je me contentai d'ânonner la section hebdomadaire du Pentateuque, un samedi matin, à la synagogue de Takhkémoni. La famille Mussman au grand complet était venue de Tel-Aviv et de Kiryat Motskin, mais ils s'assirent à l'autre bout de la synagogue, le plus loin possible des Klausner. Pas un mot ne fut échangé entre les deux camps. Seuls Tsvi et Buma, les maris de mes tantes, esquissèrent peut-être un imperceptible signe de tête. Moi, je passai mon temps à courir frénétiquement entre les deux clans comme un petit chien, m'évertuant à jouer les gamins enjoués et boute-en-train, parlant à tort et à travers en singeant mon père qui détestait le silence dont il s'estimait responsable et qu'il n'avait de cesse qu'il ne l'ait comblé.

Seul grand-père Alexandre franchit sans hésiter le rideau de fer, il embrassa ma grand-mère de Haïfa et mes deux tantes sur les joues, trois fois, à droite, à gauche et encore à droite, à la russe, et il me serra contre lui en s'écriant d'un air ravi ‹ *Nu, chto !* Un enfant merveilleux, n'est-ce pas ? Un garçon *molo-dyets* ! Et si doué ! Très très doué ! Très ! »

\*

Quelque temps après le remariage de mon père, mes résultats scolaires étaient si catastrophiques que je fus menacé de renvoi (l'année suivant la mort de ma mère, j'avais quitté Takhkémoni et fréquentais le lycée de Rehavia). Papa le prit très mal et ne fut pas en reste. Il commençait à soupçonner que c'était la guérilla que j'avais inventée pour l'obliger à me laisser partir au kibboutz. Il contre-attaqua : il sortait sans un mot de la cuisine quand j'y entrais. Mais un vendredi, il prit la peine de m'accompagner à l'ancienne gare routière d'Egged, au milieu de la rue Yafo, et avant que je monte dans le car, il m'annonça tout à trac :

« Si tu veux, demande-leur là-bas, s'il te plaît, ce qu'ils pensent de ton idée de kibboutz. Ce n'est pas que leur opinion soit essentielle ni qu'elle m'intéresse outre mesure, mais pour une fois je n'ai pas d'objection à entendre comment ils voient la chose. »

Avant la mort de ma mère, au début de sa maladie et peut-être même bien avant, mes tantes de Tel-Aviv tenaient mon père pour un homme égoïste et autoritaire : elles étaient convaincues que, depuis la disparition de leur sœur, mon père me tyrannisait et que ma belle-mère me maltraitait. Pour ma part, je m'acharnais, comme pour les faire enrager, à chanter les louanges de mon père et de sa femme qui veillaient avec tant de dévouement à ce que je ne manque de rien. Mes tantes ne voulaient rien savoir : elles étaient surprises, furieuses et blessées par mon attitude, comme si j'encensais le régime de Nasser

751

ou prenais la cause des fedayins. Elles refusaient d'écouter dès que je commençais à faire l'éloge de mon père.

« Ça suffit ! Arrête ! disait tante Haïa. Je suis outrée de t'entendre parler comme ça. C'est un véritable bourrage de crâne qu'ils te font là-bas. »

Tante Sonia, elle, ne me reprochait rien : elle se mettait à pleurer.

Rien n'échappait à leur regard inquisiteur, et d'ailleurs la vérité parlait d'elle-même : elles me trouvaient maigre comme un clou, pâle, nerveux et malpropre. On me négligeait là-bas, ou pire encore, c'était évident. Et cette blessure à la joue ? On ne t'a pas emmené voir un médecin ? Ton pull-over est en loques, tu n'en as pas d'autre ? Et tes sous-vêtements, depuis quand on ne t'en a pas acheté de neufs ? As-tu l'argent du retour ? On a sûrement oublié de te le donner. Non ? Pourquoi es-tu si obstiné ? Tu ne veux pas prendre un ou deux billets, on ne sait jamais ?

J'étais à peine arrivé qu'avec force claquements de langue désapprobateurs mes tantes sortaient de mon sac la chemise, le pyjama, les chaussettes, les sous-vêtements et même le mouchoir supplémentaire que j'avais fourrés dans mon sac, elles les mettaient directement à bouillir dans la machine à laver, ou elles les étendaient une heure ou deux sur le balcon pour les aérer avant de les repasser énergiquement, si elles ne les détruisaient pas purement et simplement : on aurait dit une procédure de décontamination dans les règles ou un camp de rééducation. Je devais d'abord me doucher et, ensuite « va prendre le soleil une demi-heure sur le balcon, tu es blanc comme de la craie, et mange un peu de raisin. Tu préfères une pomme ? Une carotte ? Après, nous irons t'acheter des sous-vêtements. Ou une chemise correcte. Peut-être aussi des chaussettes. Elles s'ingéniaient à me gaver de foies de volaille, d'huile de foie de morue, de jus de fruit et de quantités de crudités. Comme si je sortais tout droit du ghetto.

Sur la question du kibboutz, tante Haïa trancha immédiatement :

« Bien sûr que oui. Il faut que tu prennes du recul. Au kibboutz, tu vas grandir, te remplumer et te rétablir peu à peu. »

« Va au kibboutz, oui, dit tristement tante Sonia en m'entourant les épaules de son bras. Et si tu ne te sens pas mieux là-bas, tu n'auras qu'à venir vivre chez nous. »

*

Vers la fin de la classe de 3ᵉ (qui correspondait à la 5ᵉ au lycée de Rehavia), je cessai de fréquenter les scouts et n'allais presque plus à l'école. Je restais allongé sur mon lit à longueur de journée, en slip et tricot de peau, dévorant livre sur livre et des montagnes de bonbons, dont je me nourrissais presque exclusivement à l'époque. Et j'étais désespérément amoureux, sans avoir l'ombre d'une chance, de l'une des reines de ma classe : ce n'était pas un amour de jeunesse doux-amer, comme dans mes livres, où l'âme, éperdue, s'exalte et s'épanouit, mais on aurait dit que l'on m'avait assommé avec une barre de fer sur la tête. Et pour ne rien arranger, mon corps me tourmentait nuit et jour avec son vice insatiable. J'aurais voulu m'échapper, me libérer une bonne fois de mes deux ennemis, le corps et l'âme. J'aurais aimé être un nuage. Une pierre à la surface de la lune.

Le soir, j'errais dans les rues pendant deux ou

trois heures, ou je poussais jusqu'aux terrains vagues, en dehors de la ville. J'étais irrésistiblement attiré par les barbelés et les champs de mines qui divisaient Jérusalem, et une nuit où j'avais dû pénétrer par mégarde dans le no man's land, j'avais trébuché bruyamment sur une boîte de conserves — on aurait dit un éboulement — et en entendant deux coups de feu retentir dans le noir, tout près, j'avais pris mes jambes à mon cou. J'y retournai néanmoins le lendemain soir, le surlendemain et les jours suivants, comme si je voulais en finir. Je descendais aussi dans des wadis inaccessibles d'où je ne voyais plus les lumières de Jérusalem mais seulement le contour sombre des montagnes, le ciel constellé d'étoiles, l'odeur des figuiers, des oliviers et de la terre craquelée par la chaleur de l'été. Je rentrais à dix ou onze heures, parfois minuit, je refusais de dire d'où je venais, méprisant l'extinction des feux que papa avait généreusement repoussée à dix heures, ignorant ses reproches, ne réagissant pas à ses timides efforts pour combler le silence avec ses plaisanteries éculées :

« Et, si nous pouvons nous permettre de poser la question, où donc Votre Excellence a-t-elle passé la soirée jusqu'à près de minuit ? Avais-tu un rendez-vous ? Avec une belle jeune fille ? Ou bien Son Altesse était-elle invitée à une orgie au palais de la reine de Saba ? »

Mon silence l'effrayait davantage que les épines accrochées à mes vêtements ou mes études interrompues. Voyant que sa colère et les punitions restaient sans effet, il passa aux sarcasmes. Il marmonnait en hochant la tête : « Si c'est ce que Sa Grâce désire, c'est ce qu'Elle aura. » Ou : « Quand j'avais ton âge, j'avais presque fini le lycée. Pas un lycée de pacotille comme le tien ! Le lycée classique !

Avec une discipline de fer! On apprenait le grec et le latin! Je lisais Euripide, Ovide et Sénèque dans le texte! Et toi? Tu passes ton temps vautré sur ton lit à avaler des bêtises! Des bandes dessinées! Des cochonneries! Des horreurs tout justes bonnes pour la lie de l'humanité! Et dire que le petit-neveu du professeur Klausner va devenir un bon à rien! Un voyou! »

La dérision se changea bientôt en chagrin. À la table du petit déjeuner, il me regardait avec des yeux de chien battu, replongeant aussitôt dans son journal pour ne pas croiser les miens. Comme si c'était lui qui s'était détourné du droit chemin et devait avoir honte.

Finalement, le cœur lourd, mon père proposa un compromis : des amis du kibboutz Sde Nehemia, en Haute Galilée, étaient disposés à me recevoir pendant l'été : je participerais aux travaux des champs et verrais si la vie avec des jeunes de mon âge, y compris les dortoirs communs, me convenait. Et s'il s'avérait que l'expérience de cet été était suffisante, je m'engageais à retourner au lycée et à me remettre sérieusement aux études. Mais si je n'étais pas revenu à la raison à la fin des vacances, il nous faudrait reprendre une discussion d'homme à homme afin de trouver une solution satisfaisante pour tous les deux.

Apprenant mon désolant projet de partir au kibboutz, mon grand-oncle Yosef, le vieux professeur dont le Herout avait proposé la candidature à la présidence de l'État face à Haïm Weizmann, le candidat du centre gauche, fut très inquiet. À ses yeux, les kibboutz étaient une menace pour le sentiment national, sinon l'annexe de Staline. L'oncle Yosef me convoqua donc chez lui pour une conversation entre quat'z-yeux, non pas au cours de l'un de nos pèlerinages sabbatiques, mais, pour la première fois de ma vie, un jour de semaine. Je m'étais soigneusement préparé à cette entrevue, jetant même quelques arguments sur un bout de papier. J'avais l'intention de rappeler à l'oncle Yosef ce qu'il avait toujours clamé haut et fort : la nécessité de nager à contre-courant. L'individu devait agir selon sa conscience contre vents et marées, quitte à s'opposer à ceux qui lui étaient chers. Mais mon grand-oncle Yosef avait dû annuler son invitation à cause d'un empêchement de dernière minute.

C'est donc sans sa bénédiction que je me levai à cinq heures du matin, le premier jour des grandes vacances, pour prendre le car à la gare routière de la rue Yafo. Papa s'était réveillé une demi-heure plus tôt pour me préparer deux gros sandwiches au fromage et à la tomate, et deux autres à la tomate et à l'œuf, un concombre épluché, une pomme et une tranche de saucisson, le tout emballé dans du papier sulfurisé, avec une bouteille d'eau soigneusement bouchée pour qu'elle ne risque pas de couler pendant le trajet. Comme il s'était coupé avec le couteau à pain et saignait, je lui avais mis un pansement avant de partir. À la porte, il me serra timidement contre lui, puis une seconde fois plus fort.

« Je te demande pardon si je t'ai blessé d'une quelconque manière ces temps derniers, déclara-t-il en baissant la tête. Ce n'est pas facile pour moi non plus. »

Soudain il noua hâtivement une cravate, enfila sa veste et décida de m'accompagner au car. À travers les rues désertes à cette heure matinale, nous avions porté ensemble le sac qui contenait mes maigres possessions. Papa n'arrêtait pas de plaisanter et de faire des jeux de mots. Il évoqua les sources hassidiques du mot « kibboutz », « collectivité », et le rapprochement intéressant entre l'idéologie kibboutznique et l'idée de *koinonia*, « communauté », qui vient du grec *koinos*, « commun ». Et il précisa que *koinonia* avait donné *kenounia*, « complicité », en hébreu, et probablement aussi « canon » en musique. Il monta avec moi dans le car de Haïfa, ergota sur la place que je devais choisir, me dit encore une fois au revoir, et oubliant sans doute que je n'allais pas rendre visite à mes tantes à Tel-Aviv, comme tous les samedis, il me souhaita un bon sabbat, même si l'on était lundi. Avant de descendre, il trouva le moyen de plaisanter avec le machiniste qu'il pria de redoubler de prudence, car il transportait un grand trésor. Et il courut acheter le journal, s'arrêta sur le quai, il me chercha des yeux et fit tristement un signe de la main en direction d'un autre car.

## 57

À la fin de l'été, je changeai de nom et quittai Sde Nehemia pour Houlda. Au début, j'étais pensionnaire au lycée local (qui s'appelait modestement « classes suivantes »). À la fin du lycée, juste avant mon service militaire, j'étais devenu membre du kibboutz. J'ai vécu à Houlda de 1954 à 1985.

Papa s'était remarié environ un an après la mort de ma mère, et une année plus tard, après mon départ au kibboutz, il s'installa avec sa femme à Londres. Il y resta près de cinq ans. C'est à Londres que sont nés ma demi-sœur Margatina et mon demi-frère David, c'est là que mon père décida enfin d'apprendre à conduire non sans difficulté et qu'il obtint son doctorat sur : « Un manuscrit inédit de I. L. Peretz ». Nous nous envoyions régulièrement des cartes postales. Il m'expédiait des tirés à part de ses articles et, de temps à autre, des livres et de menus objets destinés à me rappeler avec tact mon vrai destin : des stylos, des porte-plumes, de jolis cahiers et un coupe-papier décoratif.

Chaque été, il venait seul me rendre visite pour voir comment j'allais, si je me sentais bien au kibboutz, et il profitait de l'occasion pour vérifier l'état de son appartement et de sa bibliothèque, à Jérusalem. Dans une lettre circonstanciée, au début de l'été 1956, mon père m'annonçait que :

« J'ai l'intention de venir te voir à Houlda, mercredi de la semaine prochaine, si ça ne te dérange pas trop. J'ai découvert qu'il y a un car qui part quotidiennement de la gare routière de Tel-Aviv à midi et arrive à Houlda vers treize heures vingt. J'ai quelques questions : 1. Pourrais-tu venir me chercher à l'arrêt ? (mais si cela te pose problème, si tu es occupé, par exemple, je pourrais facilement demander où tu es et te trouver par mes propres moyens). 2. Devrais-je manger quelque chose avant de prendre le car à Tel-Aviv, ou serait-il possible de déjeuner ensemble à mon arrivée ? À condition que tu n'y voies pas d'inconvénient. 3. Renseignements pris, il se trouve qu'il n'y a qu'un seul car l'après-midi de Houlda à Rehovot, d'où je peux prendre la correspondance pour Tel-Aviv, puis un troisième car pour Jérusalem. Mais, dans ce cas, nous n'aurons que deux heures et demie devant nous : cela sera-t-il suffisant ? 4. L'autre possibilité serait que je passe la nuit et reparte le lendemain par le car de sept heures. Mais à trois conditions : a) que tu puisses me loger sans problème (un lit tout simple ou même un matelas ferait l'affaire) ; b) qu'ils ne le voient pas d'un mauvais œil au kibboutz ; et c) qu'une aussi longue visite (relativement) ne t'indispose pas. Fais-moi vite savoir ce qu'il en est, s'il te plaît. 5. Que dois-je emporter, en dehors de mes effets personnels ? (Serviette ? Draps ? C'est la première fois que je mettrai les pieds dans un kibboutz !) Naturellement, je te donnerai les dernières nouvelles (il n'y en a pas tellement) quand nous nous verrons. Je te ferai part de mes projets, si ça t'intéresse. Et si tu veux bien, tu me parleras un peu des tiens. J'espère que tu es en bonne santé et que tu as bon moral (les deux sont évidemment liés!). Pour le reste, nous en parlerons de vive voix très bientôt. Affectueusement, papa. »

*

À la fin des cours, ce mercredi, à une heure, je demandai à être dispensé des deux heures de travail que l'on devait effectuer l'après-midi (j'étais alors de corvée au poulailler). Je n'en courus pas moins enfiler ma salopette et mes godillots, ensuite je me précipitai au hangar où je découvris les clés du Massey-Ferguson, cachées sous le siège, je démarrai rapidement le tracteur et, dans un nuage de poussière, galopai jusqu'à l'arrêt où j'arrivai deux minutes après le car de Tel-Aviv. Mon père, que je n'avais pas vu depuis plus d'un an, m'attendait en mettant sa main en visière pour voir qui viendrait à sa rescousse. À ma grande surprise, il portait un pantalon kaki, une chemise bleu clair à manches courtes et un bob, sans le moindre veston ou cravate. De loin, il ressemblait à l'un de nos « anciens ». Il avait dû mûrement réfléchir avant de s'habiller de la sorte, par égard sans doute pour une civilisation qu'il estimait même si elle n'était pas conforme à sa mentalité et à ses valeurs. Il tenait d'une main son porte-documents avachi et de l'autre un mouchoir avec lequel il s'essuyait le front. Je fonçai vers lui, freinai presque sous son nez et, me penchant, une main sur le volant et l'autre posée d'un geste possessif sur l'aile, je m'écriai : « Shalom ! » Il leva vers moi des yeux d'enfant effrayé, grossis par ses lunettes, et me salua à son tour sans être tout à fait sûr de m'avoir reconnu. Ou peut-être que si, mais il était trop abasourdi.

— C'est toi ? dit-il après un temps d'arrêt.

Et un peu plus tard :

— Comme tu as grandi ! Et tu t'es étoffé !

Et une fois remis de ses émotions :

— Permets-moi de te faire remarquer que ce n'était pas très prudent de conduire si vite : tu as failli m'écraser.

Je le priai de m'attendre à l'ombre et ramenai le tracteur au hangar — il avait joué son rôle. Je conduisis ensuite mon père à la salle à manger où, découvrant soudain que nous avions à présent la même taille, il déguisa sa gêne sous une plaisanterie. Il palpa mes muscles avec curiosité, comme s'il se demandait s'il allait m'acheter, et me taquina à propos de mon teint foncé, comparé à la pâleur du sien : « Sambo, le petit Noir ! Un vrai Yéménite ! »

Toutes les tables du réfectoire avaient été débarrassées sauf une, et je servis à mon père du poulet aux carottes et aux pommes de terre avec un bol de bouillon aux vermicelles. Il mangeait poliment, avec précaution, ignorant mes façons délibérément bruyantes de paysan. Tout en sirotant son thé dans un gobelet en plastique, il engagea la conversation avec Tsvi Butnik, l'un des vétérans de Houlda, assis à notre table. Mon père prenait soin de ne pas aborder des sujets qui auraient pu dégénérer en dispute idéologique. Il lui demanda de quel pays il était originaire et, apprenant que Tsvi venait de Roumanie, son visage s'illumina et il se mit à parler en roumain, que Tsvi semblait avoir quelque difficulté à comprendre. Puis il s'extasia sur la beauté de la plaine de Shefela avant d'évoquer la prophétesse Houlda et les portes du Temple du même nom, domaines totalement inoffensifs, pensait-il. Mais avant de prendre congé de Tsvi, il ne put s'empêcher de lui demander s'ils étaient contents de son fils. Réussissait-il à s'acclimater ?

Tsvi Butnik, qui n'en avait pas la moindre idée, affirma :

— Quelle question ! Très bien !

À quoi papa répondit :

— Je vous suis vraiment très reconnaissant, à tous.

En sortant de la salle à manger, il ajouta impitoyablement, comme s'il venait chercher son chien dans un chenil :

— Il n'allait pas très bien, à tous points de vue, quand il est arrivé, mais maintenant, il m'a l'air en pleine forme.

*

Je lui fis visiter Houlda en long et en large. Sans me soucier de lui demander s'il préférait se reposer un peu, se rafraîchir ou s'il avait besoin des toilettes. Tel un sergent-major dans une base de jeunes recrues, j'emmenai mon pauvre père écarlate, suant et soufflant, s'épongeant sans arrêt avec son mouchoir, dans une course infernale qui nous mena de la bergerie au poulailler et à l'étable, puis à la menuiserie, la serrurerie, à l'huilerie, au sommet de la colline, sans cesser de palabrer sur les principes de la collectivité, l'économie agricole, les avantages du socialisme et la contribution du kibboutz aux victoires militaires. Je ne lui épargnai pas un seul détail. J'étais possédé par une sorte de zèle didactique et vindicatif irrésistible. Je ne le laissais pas placer un mot ni poser une seule question : je parlais, parlais, parlais.

Du quartier des enfants, il se traîna, à bout de forces, au logement des « anciens », au dispensaire, à l'école, et enfin à la maison de la culture et à la bibliothèque où se trouvait Sheftel, le bibliothécaire, le père de Nilli, qui deviendrait ma femme quelques années plus tard. Assis en bleu de travail devant sa machine à écrire, aimable et souriant, Sheftel tapait un stencil avec deux doigts en fredonnant une mélodie hassidique. Tel un poisson moribond retrouvant miraculeusement l'eau, in extremis, mon père, qui était sur le point de s'évanouir, suffoqué par la chaleur, la poussière, les odeurs de fumier et de foin, ressuscita à la vue des livres et du bibliothécaire et se remit aussitôt à exprimer son opinion.

Les deux futurs beaux-pères discutèrent environ dix minutes de ce dont les bibliothécaires ont l'habitude de parler. Et puis la timidité de Sheftel reprit le dessus et mon père l'abandonna pour inspecter les rayonnages de fond en comble, comme un attaché militaire observant d'un œil d'expert les manœuvres d'une armée étrangère.

Après quoi, papa et moi étions repartis nous promener encore un peu avant d'aller prendre un café et du gâteau chez Hanka et Oizer Houldaï, mes parents adoptifs au kibboutz. Là, papa exhiba son savoir en matière de littérature polonaise, et après avoir examiné le contenu de leur bibliothèque, il les entraîna dans une discussion animée en polonais : papa cita Julian Tuwin et Hanka riposta par Slowacki, il mentionna Mickiewicz et ils lui répondirent par Iwaszkiewicz, il évoqua Reymont et ils lui rétorquèrent Wyspianski. On aurait dit que mon père marchait sur des œufs, qu'il faisait très attention de ne pas lâcher une énorme bourde aux conséquences irrémédiables. Il parlait avec tact, comme s'il tenait le socialisme pour une maladie incurable dont ceux qui en souffraient ne soupçonnaient pas la gravité, mais dont lui, le visiteur étranger, était conscient et devait éviter de les en instruire par une allusion intempestive.

Il s'évertua donc à exprimer son émerveillement pour ce qu'il voyait, il manifesta un intérêt bienveillant, posa quelques questions (sur les récoltes et les bêtes), et réitéra son admiration. Il ne fit pas étalage de son érudition et s'abstint du moindre calembour. Il se contrôla. Peut-être pour ne pas me faire de tort.

*

Mais à la tombée du soir, il sombra dans la mélancolie, à croire que ses bons mots étaient épuisés et que la fontaine de ses anecdotes était tarie. Il me proposa de m'installer près de lui sur un banc ombragé, derrière la maison de la culture, pour assister au coucher du soleil. Nous étions assis côte à côte, en silence. Mon bras hâlé, couvert d'un duvet blond, reposait sur le dossier du banc, non loin de son bras blafard, hérissé d'une toison noire. Cette fois, il ne m'appela pas Votre Honneur ni Votre Majesté, et il ne se comporta pas non plus comme s'il devait absolument combler le silence. Il avait l'air si désorienté, si triste que je faillis lui effleurer l'épaule. Mais je me retins. Je croyais qu'il essayait de me dire quelque chose, quelque chose d'important et d'urgent, et qu'il n'arrivait pas à se décider. Pour la première fois de sa vie, mon père semblait avoir peur de moi. J'aurais voulu l'aider, prendre l'initiative, mais j'étais aussi coincé que lui.

— Alors voilà, finit-il par articuler.

— Voilà ! répétai-je.

Le silence retomba. Brusquement, je me rappelai le potager que nous nous étions évertués à planter dans la cour en béton de Kerem Avraham. Je me souvins du coupe-papier et du marteau qui lui avaient servi d'outils agricoles. Des semences qu'il avait ramenées de la Maison des femmes pionnières ou de la Ferme des travailleuses et plantées à mon insu pour me consoler de notre échec.

\*

Mon père m'avait offert deux de ses livres. Sur la page de garde de *La nouvelle dans la littérature hébraïque*, il avait écrit cette dédicace : « À mon aviculteur de fils, de la part de son (ex-) bibliothécaire de père », tandis que celle d'*Une histoire générale de la littérature* exprimait un reproche voilé trahissant sa déception : « À mon fils, Amos, dans l'espoir qu'il se fera une place dans notre littérature. »

Nous avions dormi dans deux lits d'enfant, dans un dortoir vide avec une caisse masquée d'un rideau en guise de penderie. Nous nous étions déshabillés dans le noir, et dans le noir aussi nous avions parlé pendant une dizaine de minutes de l'OTAN et de la guerre froide. Et puis nous nous étions souhaité bonne nuit et tourné le dos. Mon père avait probablement du mal à trouver le sommeil, comme moi. Il y avait des années que nous n'avions pas partagé la même chambre. On aurait dit qu'il haletait, comme s'il manquait d'air ou qu'il respirait en serrant les dents. Nous n'avions pas dormi ensemble depuis la mort de ma mère : lorsque, les derniers temps, elle était venue coucher dans ma chambre et que je m'étais enfui pour aller dormir dans le grand lit, avec papa, et les premières nuits suivant sa mort, quand il installait son matelas au pied de mon lit, parce que j'avais trop peur.

Cette fois aussi, j'eus une grande frayeur. Je me réveillai en sursaut à deux ou trois heures du matin, croyant, au clair de lune, que le lit de mon père était vide et que, sans faire de bruit, il avait approché une chaise de la fenêtre où il avait passé la nuit, silencieux, immobile, les yeux grands ouverts, à contempler la lune ou à compter les nuages. Mon sang se glaça dans mes veines.

En réalité, il dormait paisiblement dans le lit que je lui avais préparé, et ce que j'avais pris pour une forme assise sur la chaise devant la fenêtre en train d'observer le clair de lune n'était pas mon père, ni un fantôme, mais ses vêtements, le pantalon kaki et la chemise bleue qu'il avait choisis avec beaucoup de soin pour ne pas avoir l'air prétentieux ni choquer personne, à Dieu ne plaise !

\*

Au début des années 1960, mon père retourna à Jérusalem avec sa femme et ses enfants. Ils s'installèrent à Beit Hakerem. Mon père reprit son travail à la Bibliothèque nationale, non aux périodiques, mais au service des catalogues qui venait d'être créé. Maintenant qu'il avait enfin décroché son doctorat à l'université de Londres et qu'une jolie carte de visite l'attestait discrètement, il réessaya d'obtenir un poste, sinon à l'université hébraïque de Jérusalem, le fief de feu son oncle, mais peut-être dans l'une des nouvelles facultés, à Tel-Aviv, Haïfa ou Beersheba. Il tenta même sa chance à l'université orthodoxe Bar Ilan, bien qu'il fût farouchement anticlérical.

En vain.

À cinquante ans passés, il était trop vieux pour devenir assistant ou maître de conférences et, n'ayant pas la considération de ses pairs, il ne pouvait espérer non plus accéder au titre de professeur. Il était partout indésirable. À cette époque, la réputation du professeur Klausner n'était plus ce qu'elle était. Les travaux de l'oncle Yosef sur la littérature hébraïque commençaient à dater. Voici ce qu'écrit Agnon dans la nouvelle intitulée « Pour toujours » :

*Durant vingt ans, Adiel Amzeh s'était éreiné à percer les secrets de Gumlidatha qui fut une grande cité, l'orgueil des puissantes nations, jusqu'à sa prise par des hordes de Goths qui la transformèrent en tas de cendres et réduisirent sa population en esclavage... Pendant toutes ces années de dur labeur, il ne s'était pas montré aux distingués savants de l'université, pas plus qu'à leurs épouses ni à leurs enfants, et maintenant qu'il venait solliciter une faveur, il vit briller dans leurs yeux une colère froide qui fit étinceler leurs lunettes, et ils lui tinrent à peu près ce discours : « Qui êtes-vous, monsieur ? Nous ne vous connaissons pas. » Ses épaules s'affaissèrent et il s'en alla, très chagriné. Néanmoins, l'expérience n'avait pas été inutile, car il avait appris que, pour être reconnu, il fallait cultiver ses relations. Mais il ne savait pas comment s'y prendre* [1]...

Mon père n'avait jamais su « cultiver ses relations », mais ce n'était pas faute d'avoir essayé, par ses plaisanteries et ses calembours, son dévouement, l'étalage de son érudition et ses jeux de mots. Il n'avait jamais appris la flatterie ni su s'affilier à un clan ou une chapelle, il n'avait jamais été à la botte de personne et n'avait jamais écrit d'éloges qu'à titre posthume.

Il avait apparemment fini par se résigner. Et il passa une dizaine d'années de plus dans un réduit sans fenêtres, au bureau des catalogues de la nouvelle Bibliothèque nationale, à Givat Ram, à compiler des références. En rentrant, il s'enfermait dans

1. S. J. Agnon, « Pour toujours », in *Le feu et le bois*, in *Œuvres complètes d'Agnon*, vol. 8, Jérusalem/Tel-Aviv, 1962, pp. 315-334.

son bureau pour rédiger des articles destinés à l'Encyclopédie hébraïque sur la littérature polonaise et lituanienne notamment. *Yad Lakoré* et *Kiryat Sefer* éditèrent certains chapitres de sa thèse sur I. L. Peretz dont un ou deux parurent même dans la *Revue des études slaves*. Parmi les tirés à part que je conserve chez moi, à Arad, j'ai trouvé des articles sur Saül Tchernichovsky (« Le poète dans sa patrie »), Emmanuel de Rome, *Daphnis et Chloé* de Longus, et un « Essai sur Mendele », dédié

« À la mémoire de mon épouse, une femme pleine de sensibilité et de goût, qui m'a quitté le 8 Teveth 5712-1952. »

*

Mon père eut sa première crise cardiaque en 1960, quelques jours avant mon mariage avec Nilli, et il ne put donc assister à la cérémonie qui eut lieu à Houlda, sous un dais soutenu par quatre fourches (il était de tradition au kibboutz de tendre le dais nuptial sur deux fusils et deux fourches, symbolisant l'union du travail, de la défense et de la collectivité). Nilli et moi avions failli provoquer un scandale en refusant de nous marier à l'ombre des armes. À l'assemblée du kibboutz, Zalman P. me traita d'« âme sensible » et Tsvi K. me demanda ironiquement si, à l'armée, j'allais patrouiller avec une fourche ou un balai.

Mon père se rétablit deux ou trois semaines après le mariage, mais il n'était plus que l'ombre de lui-même, les traits gris et tirés. À soixante et quelques années, il n'avait plus d'allant. Il se levait encore très tôt le matin, débordant d'énergie, mais dans l'après-midi, sa tête ployait de fatigue et, en début de soirée, il devait s'étendre et se reposer. Ensuite, ses forces commencèrent à décliner dès midi. À la fin, il n'était d'attaque que deux ou trois heures dans la matinée, après quoi son teint devenait terreux, exsangue.

Il aimait toujours autant les plaisanteries et les mots d'esprit, et il s'amusait encore à expliquer que le mot *berez*, « robinet », venait du grec moderne, *vrisi*, que *makhsan*, « hangar », ainsi que « magasin », étaient empruntés à l'arabe, *makhzan* « entrepôt », qui dérivait d'une racine sémitique, hsn, « fort ». Quant à *balagan*, « désordre », « pagaille », que tout le monde prenait pour du russe, il provenait en réalité du persan, *balakan*, une arrière-cour servant de débarras, d'où venait le mot « balcon ».

Il se répétait tout le temps. En dépit de son excellente mémoire, il refaisait la même blague ou la même explication deux fois au cours de la conversation. Il était las et renfermé, et il avait du mal à se concentrer. En 1968, quand parut mon livre *Mon Michaël*, il le lut en quelques jours et me téléphona à Houlda pour me dire que « certaines descriptions étaient convaincantes, mais qu'au fond il manquait une étincelle d'inspiration, une idée centrale ». Et quand je lui envoyai *Un amour tardif*, il m'écrivit une lettre où il exprimait sa joie que

« ... vos filles sont très douées, et l'essentiel est que nous allons nous revoir bientôt... Ta nouvelle n'est pas mal. Sauf le protagoniste principal, les autres ne sont que des caricatures, à mon humble avis, mais le personnage principal, si déplaisant et ridicule soit-il, est assez vivant. Quelques remarques : 1. p. 3 : le fleuve puissant des galaxies. Galaxie vient du grec *gala*, "lait", de là, la voie lactée. Le singulier est préférable ! Je ne vois aucune raison d'employer le pluriel. 2. p. 3 (et ailleurs) : Liouba Kaganovska, c'est en polonais, en russe, il faut dire Kaganovskaïa. 3. p. 7 : tu as écrit *viazhma* au lieu de *viazma* (z, pas zh !).

Il y avait 23 remarques, et il ne lui restait qu'un demi-centimètre, au bas de la page, pour ajouter : « Bonjour de la part de nous tous, papa. »

Mais quelques années plus tard, Haïm Toren m'avait confié : « Ton père courait dans tous les bureaux de la Nationale pour nous montrer avec un sourire radieux ce qu'avait écrit Gershom Shaked sur *Les terres du chacal*, et la critique élogieuse d'*Ailleurs peut-être* d'Avraham Shaanan. Un jour, il s'était emporté contre le professeur Kurzweil qui était assez borné pour dénigrer *Mon Michaël*. Je pense qu'il avait même téléphoné à Agnon pour se plaindre de l'article de Kurzweil. Ton père était fier de toi à sa manière, mais il n'osait pas te le dire, de peur aussi que tu attrapes la grosse tête. »

*

La dernière année de sa vie, ses épaules s'affaissèrent. Il était sujet à des accès de rage troubles où il s'emportait contre tout le monde et s'enfermait dans son bureau en claquant la porte. Mais cinq ou dix minutes plus tard, il ressortait et s'excusait de son éclat qu'il mettait sur le compte de sa mauvaise santé, la fatigue, les nerfs, en nous priant d'un air contrit de nous pardonner d'avoir dit des choses injustes et iniques.

Il n'avait que les mots « juste et équitable » à la bouche, de même que « vraiment », « certes », « sans nul doute », « décidément », et « à divers points de vue ».

À l'époque où mon père allait si mal, grand-père Alexandre, à quatre-vingt-dix ans, jouissait, lui, d'une santé florissante et nageait dans le romantisme. Rose comme un bébé et frais comme un gardon, il allait et venait à longueur de journée en ronchonnant ou s'exclamant : « *Nu, chto!* ou *Pas-kudniaks!* des vauriens! *Zhuliks!* Des escrocs! ou encore *Nu, davai*, en avant, marche! *Khorocho!* Bien! Assez! Les femmes lui tournaient autour. Il s'offrait très souvent, même le matin, « une petite goutte de cognac », et son visage rose devenait rouge brique. Quand mon père et mon grand-père parlaient dans le jardin, ou discutaient en arpentant le trottoir, devant la maison, physiquement parlant du moins, grand-père Alexandre avait l'air beaucoup plus jeune que son fils cadet. Il survécut quarante ans à son aîné, David, et à son premier petit-fils, Daniel Klausner, assassinés par les Allemands à Vilna, vingt ans à sa femme, et sept ans au fils qui lui restait.

*

Un jour, le 11 octobre 1970, environ quatre mois après son soixantième anniversaire, mon père se leva tôt, comme d'habitude, bien avant tout le monde, il se rasa, s'aspergea d'eau de toilette, il humecta ses cheveux pour les coiffer en brosse, il mangea un petit pain beurré et but deux tasses de thé, il parcourut le journal, soupira, consulta son carnet qu'il gardait toujours ouvert sur son bureau afin de cocher ce qui était fait au fur et à mesure, il noua sa cravate et enfila son veston, il prépara une petite liste de courses et se rendit en voiture place du Danemark, à l'angle de la rue de Beit Hakerem et de l'avenue Herzl, pour acheter quelques articles à la petite papeterie située au sous-sol, où il se fournissait habituellement. Il se gara, verrouilla la voiture, descendit la demi-douzaine de marches et fit la queue, cédant même gracieusement sa place à une dame âgée, il acheta tout ce qui figurait sur sa liste, plaisanta avec la propriétaire de la boutique sur le double sens du mot « trombone » qui signifiait un instrument à vent et une agrafe, il ajouta aussi quelque chose à propos de la négligence de la mairie, il paya, recompta soigneusement sa monnaie, il prit le sac que lui tendait la propriétaire, la remercia chaleureusement en la priant de ne pas oublier de transmettre le bonjour à son cher mari, il prit congé en lui souhaitant une bonne journée et en saluant les deux clients suivants, il tourna les talons, se dirigea vers la porte et s'effondra, terrassé par un infarctus. Il donna son corps à la science et j'héritai de son bureau. Sur lequel je rédige ces pages, sans verser de larmes car mon père était formellement contre, surtout de la part d'un homme.

Voici ce qui était inscrit dans son agenda : « Papeterie : 1. Papier à lettres. 2. Cahier à spirales. 3. Enveloppes. 4. Trombones. 5. Demander des chemises cartonnées. » Ces fournitures, y compris les chemises, se trouvaient dans le sac qu'il n'avait pas lâché. En arrivant chez lui, à Jérusalem, une heure ou une heure et demie plus tard, je cochai la liste au crayon, comme mon père avait l'habitude de le faire après s'être acquitté d'une tâche.

## 58

En quittant la maison pour aller vivre au kibboutz, vers quinze ans, j'avais mis par écrit certaines
résolutions auxquelles je ne pouvais pas faillir. Si
j'étais vraiment capable de tourner la page, je devais
commencer par être aussi bronzé que les autres — je
me donnais deux semaines pour ce résultat —, cesser de rêvasser, changer de nom, prendre une
douche froide deux ou trois fois par jour, me forcer
à arrêter ces turpitudes, la nuit, ne plus composer de
poèmes, ne plus bavarder à tort et à travers, ne plus
inventer d'histoires et me faire passer pour un garçon taciturne.

Ensuite je détruisis la liste. Les quatre ou cinq premiers jours, je résistai à mon vice et m'abstins de
parler. Quand on me demanda, par exemple, si une
couverture me suffisait ou si je ne voyais pas
d'objection à m'asseoir en classe à côté de la fenêtre,
je hochai la tête, sans un mot. À la question de savoir
si je m'intéressais à la politique et si je désirais participer à un groupe de lecture de la presse, je lâchai
un : « hem » laconique. Si on m'interrogeait sur ma
vie à Jérusalem, je ménageai une pause avant de
répondre par monosyllabes, pour qu'on sache que
j'étais quelqu'un de réservé, dissimulé, possédant

son jardin secret. J'avais même réussi à prendre des douches froides en me forçant à me déshabiller dans le vestiaire des garçons. J'avais apparemment même cessé d'écrire, les premières semaines.

Mais pas de lire.

Chaque jour, après le travail et l'école, les enfants du kibboutz allaient voir leurs parents pendant que les pensionnaires se retrouvaient au club ou sur le terrain de basket. Le soir, ils dansaient ou chantaient, mais je ne m'en mêlais pas, par peur du ridicule. Une fois tout le monde parti, je m'allongeais torse nu sur la pelouse pour lire et prendre un bain de soleil jusqu'à la tombée de la nuit. (J'évitais soigneusement de me coucher sur mon lit dans le dortoir vide où mon vice me guettait, prêt à lâcher sur moi son harem des *Mille et une nuits*.)

\*

Une ou deux fois par semaine, le soir, j'examinais mon hâle en enfilant ma chemise devant la glace et, rassemblant mon courage, j'allais ensuite prendre un jus de fruit et une tranche de gâteau chez Ozer et Hanka Houldaï, ma famille adoptive. Ce couple de professeurs, originaires de Lodz, en Pologne, étaient responsables depuis des années de la vie culturelle et scolaire de Houlda. Une aura de dévouement et de fumée de cigarettes flottait perpétuellement autour d'Hanka : c'était une femme replète, énergique et tendue comme un ressort. Elle assumait l'organisation des fêtes, des mariages et autres cérémonies, montait des spectacles et élaborait une tradition locale, rurale et prolétarienne. Cette tradition, d'après Hanka, devait marier la saveur du Cantique des cantiques, et les hébraïsmes nourris d'olives et de caroubes des laboureurs bibliques, aux mélodies hassidiques d'Europe orientale et aux usages rudes mais chaleureux d'authentiques paysans polonais et d'autres enfants de la nature, puisant leur innocence, leur pureté spirituelle et leur joie de vivre mystique aux *Fruits de la terre* hamsuniens, cette terre qu'ils foulaient de leurs pieds nus.

Quant à Ozer Houldaï, que tout le monde appelait Oizer, le directeur du lycée, c'était un homme dur, guindé, au visage sillonné de rides de souffrance et d'une perspicacité ironique. Parfois un éclair de malice, d'espièglerie anarchique brillait dans ses traits ravagés. Il était sec, anguleux, de petite taille, et possédait un irrésistible regard d'acier et une présence magnétique. Il avait la langue bien pendue et le sarcasme radioactif. Il émanait de sa personne une cordialité capable de subjuguer n'importe qui, mais il était aussi capable de colères volcaniques qui inspiraient une terreur de fin du monde à son entourage.

Il alliait la finesse et l'érudition d'un talmudiste lituanien à l'extase dithyrambique hassidique, et il fallait le voir fermer les yeux et se mettre à chanter avec des transports tels qu'on aurait cru qu'il allait se dépouiller de son enveloppe charnelle. En d'autres temps et lieux, Oizer Houldaï aurait pu devenir un « rabbi » hassidique vénéré, un « faiseur de miracles » charismatique, entouré d'une cour de disciples envoûtés. Il aurait pu aller très loin s'il avait embrassé une carrière politique, devenir un tribun populaire laissant derrière lui un sillage bouillonnant d'admiration profonde et de haine non moins profonde. Mais il avait choisi d'être professeur au kibboutz. C'était un homme intransigeant, à cheval sur les principes, chicaneur, autoritaire, tyrannique même. Il nous enseignait avec une compétence et une passion quasi érotique, tel un prêcheur itinérant du shtetl, la Bible, la biologie, la musique baroque, l'art de la Renaissance, la pensée rabbinique, les principes du socialisme, l'ornithologie, la botanique, la flûte et des sujets tels que « Le rôle historique de Napoléon et son empreinte dans la littérature et l'art dans l'Europe du dix-neuvième siècle ».

\*

Le cœur battant, j'entrais dans le bungalow d'une pièce et demie dont la petite véranda donnait sur une allée de pins, à l'extrémité nord du quartier des anciens. Des reproductions de Modigliani, Paul Klee et le dessin minutieux d'un amandier en fleurs — on aurait dit une estampe japonaise — ornaient les murs. Placée entre deux fauteuils plutôt quelconques, une table basse supportait un grand vase contenant presque toujours une composition de branchages arrangée avec goût. Les fenêtres étaient tendues de rideaux champêtres de couleur claire, brodés à la main d'un discret motif oriental rappelant les chants folkloriques composés par des Juifs allemands cherchant à transposer dans leurs œuvres l'âme du Levant arabe et biblique.

Quand il n'arpentait pas fiévreusement l'allée devant la maison, les mains derrière le dos et son menton pointu fendant l'air devant lui, Oizer lisait dans un coin en fumant et en fredonnant. Ou il réparait un cadre. Ou bien étudiait une page de Guemara. À moins qu'il n'examinât une plante avec une loupe en feuilletant son guide de botanique, tandis qu'Hanka évoluait dans la pièce comme un ouragan, la bouche pincée, arrangeant un napperon, vidant et essuyant un cendrier, rectifiant l'angle du couvre-lit ou confectionnant des frises de papier multicolores.

Dolly m'accueillait en aboyant avant qu'Oizer ne la rabroue d'un tonitruant : « Tu n'as pas honte, Dolly ! Tu as vu après qui tu aboies ! Regarde après qui tu en as ! » Ou encore : « Vraiment, Dolly ! Je suis consterné ! Indigné ! Comment as-tu pu faire ça ? Et ta voix n'a même pas tremblé ?! Ta conduite est inadmissible, honte à toi ! »

La chienne se recroquevillait devant ce déchaînement de fureur prophétique, elle se dégonflait comme une baudruche en cherchant désespérément où cacher sa vilenie avant de s'aplatir sous le lit.

Hanka m'accueillait avec un sourire radieux en s'adressant à un auditoire invisible : « Regardez ! Voyez un peu qui est là ! Tu veux une tasse de café ? Du gâteau ? Un fruit, peut-être ? » Elle n'avait pas fini de parler que, d'un coup de baguette magique, le café, le gâteau et la corbeille de fruits atterrissaient sur la table. Docilement et secrètement enchanté, je buvais mon café, me contentais d'un fruit ou deux et discutais un quart d'heure avec Hanka et Oizer sur des sujets aussi brûlants que la peine de mort, la question de savoir si la nature humaine était foncièrement bonne et corrompue par la société ou si, au contraire, nos instincts étaient mauvais par nature et amendables par la seule éducation, dans certaines conditions. Des mots tels que « corruption », « raffinement », « caractère », « valeurs », « perfectionnement » et « dépassement » emplissaient cette pièce harmonieuse avec ses rayonnages blancs, très différente de celle de mes parents, à Jérusalem, car ici il y avait partout des photographies, des statuettes, une collection de fossiles, des compositions de fleurs séchées, des plantes en pot admirablement soignées et, dans un coin, un gramophone et une pile de disques.

Parfois les sanglots du violon ou le chevrotement

de la flûte accompagnaient nos conversations sur le raffinement, la corruption, les valeurs, la libération et l'oppression : c'était Shaï qui jouait en nous tournant le dos, avec sa tête frisée. Ou Ron [1] qui raclait du violon : Ronny, le maigrichon, que sa mère appelait toujours « le petit » et auquel mieux valait ne pas adresser la parole, pas même un banal « bonjour, comment ça va », car il se retranchait en souriant dans une timidité maladive et ne lâchait que très rarement un « bien » lapidaire, ou une longue phrase telle que « sans problème ». Un peu comme Dolly qui se terrait sous le lit en attendant que l'orage passe.

Parfois, en arrivant, je trouvais les trois hommes de la maison, Oizer, Shaï et Ronny, assis sur la pelouse ou sur les marches de la véranda, tel un groupe klezmer du shtetl, tirant dans l'air du soir de longs accords de flûte déchirants qui éveillaient en moi une douce émotion, empreinte de tristesse, à l'idée de mon néant, de ma singularité, du fait que nul hâle au monde ne me ferait jamais leur ressembler : je serais toujours un mendiant à leur table, un étranger, un avorton hystérique de Jérusalem, voire un minable imposteur. (J'ai insufflé à Azaria Gitline, l'un des protagonistes d'*Un juste repos*, des sentiments similaires.)

*

À la tombée de la nuit, j'emportais un livre à la maison Herzl, le centre culturel qui se trouvait à l'extrémité du kibboutz. Il y avait une salle de lecture où se retrouvaient chaque soir quelques vieux célibataires qui épluchaient les quotidiens et les hebdomadaires et se lançaient dans des discussions

---

1. Ronny Houldaï est l'actuel maire de Tel-Aviv.

épiques, analogues aux empoignades entre Staszek Rudnicki, M. Abramski, M. Krochmal, M. Bar-Yizhar et M. Lemberg, à Kerem Avraham. (L'année de mon arrivée, les « vieux célibataires du kibboutz » avaient la quarantaine.)

Derrière, il y avait une autre pièce, appelée « salle d'étude », généralement déserte à ces heures, où se tenaient les réunions du comité et diverses autres activités ou ateliers. Dans la bibliothèque vitrée s'empilaient des rangées poussiéreuses et ennuyeuses de numéros fatigués du *Jeune Travailleur*, *Le Mensuel de la femme au travail*, *Le Champ*, *L'Horloge* et l'*Annuaire du Davar*.

Je m'y installais pour lire presque jusqu'à minuit, quand mes yeux se fermaient d'eux-mêmes. Et c'était là que j'avais recommencé à écrire, loin des regards indiscrets, avec un sentiment de honte, d'indignité et de dégoût : je n'étais quand même pas venu au kibboutz pour rédiger des poèmes et des histoires, mais pour renaître, tourner le dos aux montagnes de mots, bronzer jusqu'aux os et devenir agriculteur, un travailleur de la terre.

*

Je m'étais vite rendu compte qu'à Houlda même les derniers des agriculteurs lisaient des livres, la nuit, et en discutaient tout le jour. En cueillant les olives, ils débattaient frénétiquement sur Tolstoï, Plekhanov et Bakounine, sur la révolution permanente par opposition à la révolution territoriale, sur la social-démocratie de Gustav Landauer et l'éternel tiraillement entre les valeurs d'égalité et de liberté et entre ces dernières et l'aspiration à la fraternité. En triant les œufs, au poulailler, ils délibéraient sur la question de savoir comment redonner une couleur locale aux anciennes fêtes juives. Et ils se querellaient à propos de l'art moderne en taillant la vigne.

Certains rédigeaient même de modestes articles, sans y voir aucune contradiction avec leur attachement à l'agriculture et leur totale dévotion au travail manuel, sur les mêmes sujets dont ils parlaient à longueur de journée. Mais dans les écrits publiés tous les quinze jours dans le bulletin local, ils développaient avec lyrisme tel argument décisif et telle objection non moins déterminante.

Exactement comme à la maison.

Et moi qui voulais fuir le monde de l'érudition et des sempiternelles palabres où j'avais grandi, je tombais de Charybde en Scylla : « Tel est l'homme qui fuit devant un lion et rencontre un ours. » Il faut reconnaître qu'ici les contradicteurs étaient bien plus bronzés que ceux qui fréquentaient la table d'oncle Yosef et de tante Tsippora, avec leurs casquettes, leurs vêtements frustes et leurs gros godillots. Et ils ne parlaient pas un hébreu pompeux avec l'accent russe, mais une langue spirituelle qui avait le bon goût du yiddish de Galicie ou de Bessarabie.

Comme M. Marcus, le propriétaire de la librairie-bibliothèque de prêt de la rue Yona, Sheftel, le bibliothécaire, eut pitié de ma boulimie de lecture. Il me permit donc d'emprunter autant de livres que je voulais, bien plus que ne l'autorisait le règlement de la bibliothèque qu'il avait lui-même rédigé, tapé en caractères gras sur la machine à écrire du kibboutz et placardé en différents lieux stratégiques de son royaume dont la vague odeur de poussière, de colle et d'algue m'attirait comme le miel les mouches.

Que n'ai-je lu à Houlda en ces années-là ? Kafka, Yigal Mossensohn, Camus, Tolstoï, Moshe Shamir, Tchekhov, Nathan Shaham, Brenner, Faulkner,

Pablo Neruda, Haïm Gouri, Alterman, Amir Gilboa, Léa Goldberg, Shlonsky, O. Hillel, Yizhar, Tourgueniev, Thomas Mann, Jacob Wassermann, Hemingway, *Moi, Claude*, les *Mémoires de guerre*, de Winston Churchill, les ouvrages de Bernard Lewis sur les Arabes et l'Islam, ceux d'Isaac Deutscher sur l'Union soviétique, Pearl Buck, *Le procès de Nuremberg*, *La vie de Trotski*, Stefan Zweig, l'histoire de l'implantation sioniste en Terre d'Israël, les origines de la saga scandinave, Mark Twain, Knut Hamsun, la mythologie grecque, *Les mémoires d'Hadrien* et Uri Avneri. Tout. Sauf les romans que Sheftel m'interdisait, en dépit de mes supplications : *Les nus et les morts*, par exemple (je pense que, même après mon mariage, il hésitait encore à me laisser lire Norman Mailer et Henry Miller).

*L'arc de triomphe*, un roman pacifiste d'Erich Maria Remarque, dont l'action se déroule dans les années 30, s'ouvre sur une femme, accoudée au parapet d'un pont désert, la nuit, sur le point de sauter dans le fleuve pour mettre fin à ses jours. Au dernier moment, un inconnu qui se trouvait là s'arrête, lui dit quelques mots, lui prend le bras, lui sauve la vie et passe une folle nuit d'amour avec elle. Je fantasmais de trouver l'amour de la même façon. Elle se tenait sur un pont désert par une nuit d'orage, je lui sauvais la vie in extremis et je tuais le dragon — pas un dragon de chair et de sang, comme ceux que je pourfendais à tour de bras quand j'étais petit, mais le dragon intérieur du désespoir.

J'exterminais le dragon intérieur de ma bienaimée, j'obtenais ma récompense et, à partir de là, mon fantasme prenait une direction terriblement douce, insupportable. Il ne me venait pas à l'esprit que la femme désespérée sur le pont était ma mère disparue. Avec son désespoir. Elle et son dragon.

À cette époque, j'avais lu cinq ou six fois *Pour qui sonne le glas* d'Hemingway, un roman peuplé de femmes fatales et d'hommes taciturnes, coriaces, qui cachaient une âme de poète derrière une apparence rude. Je rêvais de leur ressembler un jour : un homme bourru, viril, avec un physique de toréador et une expression méprisante et triste, un peu comme Hemingway lui-même dont j'avais vu la photo. Et si je n'y parvenais pas, je pourrais au moins mettre en scène ces hommes courageux, prompts à la raillerie et au dédain, capables d'assommer quelqu'un d'un coup de poing, le cas échéant, sachant exactement ce qu'il fallait commander dans un bar et dire à une femme, à un rival ou à un compagnon d'armes, tireurs émérites et merveilleux amants. Et de nobles femmes aussi, vulnérables, séductrices, inaccessibles, énigmatiques, mystérieuses, prodiguant généreusement leurs faveurs à quelques ·rares élus, des hommes prompts à la raillerie et au dédain, amateurs de whisky, capables de décocher un bon uppercut, etc.

Les films qu'on passait, le mercredi, à la maison Herzl ou sur un écran installé sur la pelouse devant la salle à manger, démontraient à l'évidence que le vaste monde était essentiellement peuplé d'hommes et de femmes tout droit sortis des pages d'Hemingway ou de Knut Hamsun. Le même tableau ressortait des récits des bérets rouges, venus passer leur permission au kibboutz après un raid de représailles de la célèbre unité 101 : c'étaient des hommes athlétiques, secrets, avec leurs glorieux uniformes de parachutistes et leurs Uzi, « avec leurs vêtements frustes, leurs ceinturons et leurs gros godillots, ruis-

selant de la rosée de la jeunesse hébraïque », comme
dit le poète.

*

Je commençais à désespérer, car pour écrire
comme Remarque ou Hemingway, il fallait parcourir le vrai monde, là où les hommes étaient virils
comme le poing et les femmes tendres comme la
nuit, où les ponts enjambaient de larges fleuves et
les cabarets étincelaient de mille feux, le soir, là où
l'on vivait pour de vrai. Qui n'avait pas l'expérience
du monde ne pouvait prétendre obtenir la moitié
d'une licence provisoire d'écriture. La place d'un
authentique écrivain n'était pas ici, mais là-bas,
dans le vaste monde. Et tant que je ne vivrais pas
dans cet ailleurs réel, je ne pourrais rien écrire.
Un ailleurs réel : Paris, Madrid, New York, Monte-
Carlo, les déserts africains ou les forêts scandinaves.
À la rigueur, on pouvait écrire sur une ville de province russe pittoresque ou sur le shtetl juif, en Galicie. Mais ici, au kibboutz, où il n'y avait en tout et
pour tout qu'un poulailler, une étable, des maisons
d'enfants, des comités, des permanences, un magasin d'articles de consommation courante ? Des
hommes et des femmes exténués qui se levaient à
l'aube, travaillaient, discouraient, se douchaient,
buvaient du thé et lisaient un peu, le soir, dans leur
lit, avant de s'écrouler avant dix heures ? Même à
Kerem Avraham, je ne voyais rien qui vaille la peine
d'être raconté : il n'y avait là que des gens ternes qui
menaient une existence grise, minable. Comme à
Houlda. J'avais même raté la guerre d'Indépendance : j'étais né trop tard et je n'avais récolté que
des miettes — remplir des sacs de sable, ramasser
les bouteilles vides, courir porter des messages du

QG de la Défense civile au poste d'observation sur le toit des Slonimsky, et vice versa.

À la bibliothèque, j'avais quand même déniché deux ou trois romanciers virils qui avaient réussi à écrire des récits à la Hemingway sur le kibboutz . Nathan Shaham, Yigal Mossensohn, Moshe Shamir. Mais ils appartenaient à la génération de l'immigration clandestine, ils avaient dynamité les QG britanniques et repoussé les armées arabes ; leurs histoires étaient noyées dans les vapeurs du cognac, la fumée des cigarettes et l'odeur de la poudre. Et ils vivaient à Tel-Aviv, qui était plus ou moins reliée au monde réel avec ses cafés où de jeunes artistes se retrouvaient autour d'un verre, ses cabarets, ses scandales, ses théâtres, sa vie de bohème, ses amours interdites et ses passions impossibles. Rien à voir avec Jérusalem ou Houlda.

Avait-on jamais bu du cognac à Houlda ? Ou entendu parler de femmes provocantes et de sublimes amours ?

Pour écrire comme ces gens-là, je devais d'abord partir à Londres ou à Milan. Mais comment ? De simples kibboutzniks ne s'en allaient pas comme ça chercher l'inspiration à Londres ou à Milan. Si je voulais avoir une chance de me rendre à Paris ou à Rome, je devais d'abord être connu, donc écrire un best-seller, comme l'un de ces auteurs. Mais pour pouvoir l'écrire, je devais d'abord aller vivre à Londres ou à New York. C'était un cercle vicieux.

*

C'est Sherwood Anderson qui m'aida à sortir de ce cercle infernal en libérant mes velléités d'écriture. Je lui en serais éternellement reconnaissant.

En septembre 1959, les éditions Am Oved

publièrent *Winesburg-en-Ohio*, traduit par Aharon Amir. Avant de le lire, je ne soupçonnais même pas l'existence de Winesburg et n'avais jamais non plus entendu parler de l'Ohio. Sauf, peut-être, les vagues souvenirs qui me restaient de *Tom Sawyer* et *Huckleberry Finn*. Ce petit livre m'émut jusqu'au tréfonds : par une nuit d'été, j'arpentai les allées du kibboutz jusqu'à trois heures et demie du matin, ivre, parlant tout seul, tremblant comme un amoureux transi, chantant et gambadant, pleurant d'émotion, de joie et d'extase : eurêka !

À trois heures et demie du matin, j'enfilai ma salopette et mes godillots et fonçai à la remise d'où l'on partait en tracteur désherber les champs de coton, en un lieu appelé Mansura. Brandissant une houe, je galopai entre les rangées de coton devant tout le monde, comme si j'avais des ailes, euphorique, bondissant et sarclant et m'égosillant, bondissant et sarclant et discourant pour moi-même, les collines et le vent, sarclant avec des serments plein la bouche, bondissant, surexcité, en larmes.

*Winesburg-en-Ohio* est un recueil de nouvelles imbriquées les unes dans les autres, dont l'action se déroule dans une modeste ville de province pauvre, oubliée de Dieu. Le livre est peuplé de petites gens : un vieux menuisier, un jeune homme ahuri, un certain propriétaire d'hôtel et une domestique. Autre point commun : les protagonistes passent d'une histoire à l'autre, les personnages principaux de l'une réapparaissant au second plan dans une autre.

Les récits de *Winesburg-en-Ohio* s'articulent autour de banals incidents quotidiens, fondés sur des ragots et des chimères. Un vieux menuisier et un vieil écrivain parlent de surélever un lit, tandis qu'un jeune homme rêveur du nom de George Willard, un jeune reporter dans la feuille de chou locale, les écoute en pensant à autre chose. Et il y a Biddle-baum, un vieil original surnommé « Wing Biddle-baum ». Et une grande femme brune qui épouse on ne sait pourquoi un certain docteur Reefy et meurt un an plus tard. Abner Groff, le boulanger, et le docteur Parcival — « un homme corpulent, aux lèvres tombantes couvertes de moustaches jaunes. Il portait toujours un gilet blanc sale dont les poches laissaient sortir un certain nombre de ces cigares noirs, appelés "stogies [1]" », et d'autres quidams du même tonneau qui, à mon avis, jusqu'à cette nuit du moins, n'avaient rien à faire dans la littérature, sauf peut-être comme personnages secondaires suscitant tout au plus chez le lecteur quelques minutes de moquerie et de pitié. Et là, dans *Winesburg-en-Ohio*, des événements et des individus qui, j'en avais la certitude, étaient indignes de la littérature, au-delà du seuil de tolérance, occupaient le devant de la scène. Les femmes, chez Sherwood Anderson, n'étaient pas provocantes, séductrices ou énigmatiques. Et les hommes n'étaient pas vigoureux, pensifs, taciturnes, environnés de fumée de tabac ou plongés dans une virile mélancolie.

*

Les nouvelles de Sherwood Anderson me rendirent ce que j'avais abandonné en quittant Jérusalem, ou plutôt la terre que j'avais foulée dans mon enfance sans jamais me donner la peine de me baisser pour la toucher. La vie étriquée de mes parents. La légère odeur de colle de pâte et de harengs saurs qui flottait perpétuellement autour des Krochmal, les réparateurs de poupées et de jouets cassés.

1. Sherwood Anderson, *Winesburg-en-Ohio*, traduit de l'anglais par Marguerite Gay, éd. Gallimard, 1975.

L'appartement marron et sombre de maîtresse Zelda avec le buffet en contreplaqué écaillé. M. Zarchi, l'écrivain, qui était malade du cœur et dont la femme souffrait de constantes migraines. La cuisine noire de suie de Tserta Abramski et les deux oiseaux que Staszek et Mala Rudnicki gardaient en cage, le vieux chauve et son compagnon en pomme de pin. La maison pleine de chats de maîtressisabella Nakhalieli, et son mari, Getsel, le caissier bouche bée de la coopérative. Stakh, le vieux chien de chiffons de grand-mère Shlomit, avec ses yeux tristes en boutons de bottine qu'on gavait de naphtaline à cause des mites et battait sans pitié pour le débarrasser de la poussière, jusqu'au jour où, n'en voulant plus, on le jeta à la poubelle, enveloppé dans du papier journal.

Je comprenais enfin d'où je venais : d'un morne écheveau de chagrin et de faux-semblants, de nostalgie, d'absurde, de misère et de suffisance provinciale, d'éducation sentimentale et d'idéaux anachroniques, de peurs rentrées, de résignation et de désespoir. Un désespoir du genre acerbe, domestique, où de minables imposteurs se prenaient pour de dangereux terroristes et d'héroïques défenseurs de la liberté, où des relieurs malheureux inventaient des formules pour le salut universel, des dentistes parlaient en confidence à leurs voisins de leur correspondance suivie avec Staline, des professeurs de piano, des jardinières d'enfants et des ménagères se tournaient et se retournaient la nuit dans leur lit, pleurant la perte d'une vie artistique, palpitante d'émotion, des lecteurs s'acharnaient à envoyer des lettres de protestation à la rédaction du *Davar*, de vieux boulangers voyaient en rêve Maïmonide et le Baal Shem Tov, des apparatchiks du syndicat, crispés et imbus de soi, gardaient leurs voisins à l'œil, et des caissiers de cinémas ou de coopératives composaient, la nuit, des poèmes ou des pamphlets.

À Houlda aussi, il y avait un vacher spécialiste du mouvement anarchiste russe, un professeur qui, jadis, se trouvait au quarante-huitième rang de la liste des candidats du Mapaï aux élections de la deuxième Knesset, une jolie couturière, passionnée de musique classique, qui passait ses soirées à dessiner de mémoire son village natal, en Bessarabie, avant sa destruction. Il y avait également un célibataire endurci qui aimait s'installer sur un banc, tout seul, à la fraîche, pour regarder les petites filles, un tractoriste qui possédait une belle voix de baryton et rêvait secrètement de devenir chanteur d'opéra, deux idéologues passionnés qui, depuis vingt-cinq ans, s'accablaient de leur mépris, oralement et par écrit, une femme qui, dans sa jeunesse, avait été la reine de beauté de sa classe, en Pologne, et avait même joué dans un film muet, et qui, aujourd'hui, assise sur un méchant tabouret derrière l'épicerie, un tablier sale noué autour de sa taille épaisse, négligée, le visage cramoisi, épluchait des montagnes de légumes à longueur de journée en s'essuyant de temps en temps la figure dans son tablier : une larme, la sueur, ou les deux.

\*

*Winesburg-en-Ohio* me révéla le monde de Tchekhov bien avant que j'en apprenne l'existence : il n'était plus question de Dostoïevski, Kafka, Knut Hamsun, Hemingway ou Yigal Mossensohn. Plus de femmes mystérieuses sur des ponts ou d'hommes au col relevé, dans des bars remplis de fumée.

Ce livre me fit l'effet d'une révolution de Copernic inversée. Alors que, contrairement à la croyance de l'époque, Copernic avait découvert que notre monde n'était pas le centre de l'univers, mais l'une des planètes du système solaire, Sherwood Anderson m'ouvrit les yeux et me poussa à écrire sur ce qui m'entourait. Grâce à lui, je compris brusquement que le monde de l'écrit ne tournait pas autour de Milan ou de Londres, mais autour de la main qui écrivait, là où elle était : le centre de l'univers est là où vous vous trouvez.

Je jetais donc mon dévolu sur une table d'angle, dans la salle d'études déserte du kibboutz, et chaque soir j'ouvrais un cahier d'écolier marron où étaient inscrits « brouillon » et « quarante pages ». Je posais à côté un stylo de la marque Globus, un crayon gomme, gravé du nom de la centrale d'achat, et un gobelet en plastique beige rempli d'eau du robinet.

C'était le centre du monde.

*

Dans la salle de lecture, de l'autre côté de la mince cloison, Moishe Kalker, Aliosha et Alec sont plongés dans un débat passionné à propos du discours de Moshe Dayan qui a « lancé une pierre sur la fenêtre du cinquième étage » de l'immeuble de la Histadrout où se tiennent les réunions du comité central — trois hommes, pas très jeunes ni très beaux, argumentant de la voix chantante des étudiants de yeshiva. Alec, un homme robuste et énergique, s'efforce de paraître un chic type ayant son franc-parler. Il est marié à Zushka, une femme de santé délicate, mais il passe presque toutes ses soirées en compagnie des deux autres, les célibataires. Il tente vainement d'interrompre Alioshka et Moishe Kalker : « Une minute, vous vous fourvoyez tous les deux » ou : « Laissez-moi vous dire quelque chose qui va vous réconcilier. »

Alioshka et Moishe Kalker sont célibataires et ne sont jamais d'accord sur rien, mais ils sont inséparables : ils dînent ensemble au réfectoire, vont ensuite se promener ensemble et se rendent ensemble à la salle de lecture. Alioshka, timide comme un enfant, est un homme modeste, jovial, à la figure ronde et souriante, le regard inquiet, toujours baissé, à croire que la vie est quelque chose de honteux et dégradant. Mais, dans le feu de la discussion, il s'échauffe, s'excite, et ses yeux exorbités jettent des éclairs. À ce moment-là, ses traits enfantins reflètent moins la colère que l'anxiété et l'humiliation, comme s'il se sentait offensé par ses propres opinions.

Moishe Kalker, l'électricien, est un homme mince, pince-sans-rire et caustique qui, lorsqu'il est lancé, fait des grimaces et cligne de l'œil d'un air lubrique en souriant avec un malin plaisir, et puis il vous décoche un nouveau clin d'œil empreint d'une joie diabolique, comme s'il avait enfin découvert ce qu'il cherchait depuis très longtemps, le cadavre dans le placard que vous vous ingéniez à dissimuler au monde mais que vous ne pouvez pas lui cacher, car il vous a percé à jour et jubile de vous voir patauger dans la boue : on vous prend pour quelqu'un de raisonnable et respectable, un esprit positif, mais vous et moi connaissons l'abjecte vérité que vous vous évertuez à camoufler sous soixante-dix-sept voiles. Je vois tout, mon vieux, même votre vile nature, rien ne m'échappe, et je me délecte.

Alec tente d'apaiser les esprits, mais les deux adversaires se liguent contre lui et lui reprochent de ne rien comprendre.

— Excuse-moi, Alec, dit Alioshka, mais nous ne sommes pas sur la même longueur d'onde, toi et nous.

— Alec, renchérit Moishe Kalker, quand tout le monde mange du bortsch, toi, tu chantes l'hymne national, et quand on célèbre Tish'a be-Av, tu fêtes Pourim.

Vexé, Alec se lève pour partir, mais les deux autres, comme d'habitude, insistent pour le raccompagner et poursuivre la discussion, et lui, comme à l'accoutumée, il les invitera à entrer. Allez, Zushka sera ravie et on se réchauffera avec un bon thé, mais ils refuseront poliment. Ils refusent toujours. Il y a des années qu'il les invite à boire un thé après la salle de lecture, entrez, entrez quelques minutes, nous prendrons le thé, allez, Zushka sera ravie, mais ils refusent toujours poliment. Jusqu'au jour où...

Voilà comment j'écrirai des histoires.

Et parce qu'il fait nuit et que des chacals hurlent de faim tout près de la clôture, je vais les inclure dans l'intrigue. Pourquoi pas. Ils gémiront un peu sous les fenêtres. Et le gardien qui a perdu son fils dans un raid de représailles aussi. Et la veuve mauvaise langue qu'on surnomme dans son dos la veuve noire. Et les aboiements des chiens, et le frémissement des cyprès agités par le vent, dans le noir : on dirait un rang de fidèles priant à mi-voix.

*

Tel est le trésor que j'ai reçu de Sherwood Anderson. Un jour, d'ailleurs, j'ai pu rembourser quelques sous de ma dette. En Amérique, ce merveilleux Sherwood Anderson, qui fut le contemporain et l'ami de Faulkner, sombrait dans l'oubli et ses récits n'émouvaient plus qu'un petit nombre de départements d'anglais. Il y a quelques années, je reçus une lettre des éditions Norton, m'informant qu'elles rééditaient un des recueils de Sherwood, *La mort dans les bois et autres histoires*, et qu'ils avaient entendu dire que j'étais l'un de ses fervents admirateurs : accepterais-je d'écrire quelques lignes pour la quatrième de couverture ?

Je me sentais un peu comme un violoneux ambulant à qui on aurait demandé la permission d'utiliser son nom pour promouvoir la musique de Bach.

## 59

Il y avait à Houlda une jardinière d'enfants ou une institutrice que j'appellerai Orna : elle était salariée par le kibboutz et logeait dans le dernier des vieux bungalows. Chaque jeudi, elle partait retrouver son mari et revenait de très bonne heure, le dimanche matin. Un soir, elle m'invita chez elle avec deux filles de ma classe pour parler du recueil de poèmes de Nathan Alterman, *Les étoiles dehors*, en écoutant le concerto pour violon de Mendelssohn et l'octuor de Schubert Le pick-up se trouvait sur un tabouret en osier dans un coin de la pièce, meublée d'un lit, une table, une cafetière électrique, une penderie masquée par un rideau fleuri et, en guise de vase, une douille d'obus remplie de chardons mauves

Deux reproductions des vahinés à demi nues, plantureuses et indolentes de Gauguin, et des croquis qu'elle avait dessinés et encadrés elle-même étaient accrochés au mur. S'inspirant sans doute de Gauguin, elle avait représenté des femmes nues, épanouies, à croupetons ou étendues. Toutes les femmes, celles de Gauguin comme celles d'Orna, avaient l'air alanguies et comblées. Pourtant leurs poses lascives suggéraient qu'elles étaient prêtes à satisfaire qui en redemanderait.

Sur l'étagère fixée au chevet du lit d'Orna, je trouvai des robaïates d'Umar Khayyam, *La peste* de Camus, Peer Gynt, Hemingway, Kafka, des poèmes d'Alterman, Rahel, Shlonsky, Léa Goldberg, Haïm Gouri, Nathan Yonathan et Zeroubavel Gilead, des nouvelles d'Yizhar, *Manières d'homme* d'Yigal Mossensohn, *Poèmes du petit matin* d'Amir Gilboa, *Le pays de midi* d'O. Hillel, *L'offrande lyrique* et *La jeune lune* de Rabindranath Tagore. (Quelques semaines plus tard, je lui avais offert les *Lucioles* avec mon argent de poche et, sur la page de garde, j'avais rédigé une dédicace sentimentale où j'avais écrit le mot « ébloui ».)

Orna avait les yeux verts, un cou gracile, une voix caressante, mélodieuse, de petites mains aux doigts délicats, mais des seins pleins et fermes et de fortes cuisses. Ses traits habituellement sérieux et calmes se métamorphosaient quand elle souriait : elle avait un sourire enchanteur, un peu canaille, on aurait dit une œillade, comme si elle sondait le tréfonds de votre âme et vous pardonnait. Ses aisselles étaient irrégulièrement épilées, à croire qu'elle les ombrait au crayon. Quand elle était debout, elle s'appuyait de tout son poids sur la jambe gauche, arquant inconsciemment la cuisse droite. Elle aimait exposer ses opinions sur l'art et l'inspiration, et elle trouvait en moi une oreille fervente.

*

Quelques jours plus tard, je pris mon courage à deux mains et, muni des *Feuilles d'herbe* de Walt Whitman, dans la traduction d'Halkin (dont je lui avais parlé la première fois), j'allai frapper à sa porte un soir, seul. Dix ans plus tôt, je courais de la même façon dans la rue Tsephaniah pour aller chez maîtresse Zelda. Orna portait une robe longue, fermée devant par de gros boutons. La robe était de couleur crème, mais la lumière de la lampe, tamisée par un abat-jour en raphia orange, lui donnait des reflets pourpres. Elle était debout entre la lampe et moi, et je voyais ses jambes et sa culotte par transparence. Elle mit *Peer Gynt* de Grieg sur le plateau du tourne-disque et, assise près de moi sur le lit recouvert d'un jeté oriental, elle m'expliqua les sentiments qu'exprimait chaque mouvement. De mon côté, je lui lus quelques pages des *Feuilles d'herbe* et avançai l'hypothèse de l'influence de Walt Whitman sur l'œuvre d'O. Hillel. Orna éplucha des mandarines et m'offrit de l'eau fraîche qu'elle conservait dans une cruche garnie de mousseline, puis elle posa la main sur mon genou pour me faire taire et me lut un poème sombre d'Uri Tsvi Greenberg, non pas tiré des *Voies du fleuve*, que mon père aimait me réciter, mais d'un opuscule inconnu au nom curieux *Anacréon au pôle de la tristesse*. Elle me pria ensuite de lui parler un peu de moi, mais, ne sachant que dire, je me lançai dans un discours embrouillé sur l'idée de beauté. Finalement, elle mit sa main sur ma nuque en disant : ça suffit, on arrête de parler un peu ? À dix heures et demie je me levai, lui souhaitai une bonne nuit et sortis me promener sous les étoiles au milieu des hangars et des poulaillers, tout heureux parce qu'elle m'avait invité à revenir un soir, le surlendemain ou même le lendemain.

Une ou deux semaines plus tard, tout le monde savait que j'étais le « nouveau taurillon d'Orna ». Elle avait, au kibboutz, de nombreux soupirants ou des partenaires de discussion, mais personne qui eût à peine seize ans et sût par cœur des poèmes de Nathan Alterman ou de Léa Goldberg, comme moi. À une ou deux reprises, caché au milieu des eucalyptus, dans le noir, l'un d'eux attendit que je sorte de chez elle. Dévoré par la jalousie, je m'attardais à la clôture pour le voir entrer dans la pièce où elle m'avait offert un café corsé en me qualifiant de garçon « étonnant », et même une cigarette, alors que je n'étais qu'un blanc-bec bavard en classe de première. J'étais resté là environ un quart d'heure, ombre parmi les ombres, jusqu'à ce qu'ils éteignent la lumière.

*

Cet automne, j'étais allé chez Orna à huit heures du soir, mais elle n'était pas chez elle. Voyant la faible lueur orange de la lampe filtrer à travers les rideaux tirés, et la porte n'étant pas verrouillée, j'entrai et m'allongeai sur la natte pour l'attendre. J'attendis très longtemps, jusqu'à ce que le brouhaha des voix s'éteigne sur les balcons, remplacé par les bruits de la nuit, la plainte des chacals, l'aboiement des chiens, le meuglement des vaches au loin, le chuintement des tourniquets d'arrosage et les chœurs des grenouilles et des criquets. Deux phalènes se débattaient entre l'ampoule et l'abat-jour rouge orangé. Les chardons dans leur vase-douille projetaient une ombre brisée sur le carrelage et la natte. Sur les murs, les Tahitiennes de Gauguin et les nus d'Orna me firent penser à son corps dévêtu sous la douche, et aussi la nuit, après mon départ sur son lit qu'elle partageait peut-être avec Yoav ou Mendi, même si elle avait quelque part un mari officier de carrière.

Sans bouger de ma place, je soulevai le rideau de la penderie où j'aperçus des sous-vêtements blancs et de couleur et une chemise de nuit en nylon rose pêche quasiment transparente. Allongé sur le dos, par terre, je tendis une main pour toucher cette rose pêche tandis que l'autre se dirigeait vers la bosse de mon pantalon, et je fermai les yeux en sachant que je devais arrêter, il fallait absolument que j'arrête, mais pas tout de suite, encore un peu. Finalement, je m'arrêtai in extremis et, mes doigts toujours entortillés dans la pêche et ma main sur la protubérance de mon pantalon, j'ouvris les yeux pour découvrir qu'Orna était rentrée sans que je m'en aperçoive et qu'elle me regardait, à l'autre bout de la natte, pesant de tout son poids sur sa jambe gauche, la hanche droite légèrement soulevée, une main posée sur cette hanche, et l'autre sur son épaule qu'elle caressait légèrement, sous ses cheveux dénoués. Elle m'observait avec son chaud sourire malicieux et ses yeux verts rieurs qui semblaient dire, je sais, je sais que tu voudrais rentrer immédiatement sous terre et que tu serais moins terrifié si un voleur te visait en ce moment avec une mitraillette. Je devine que tu es malheureux comme les pierres à cause de moi, mais pourquoi ? Regarde-moi, je ne suis pas du tout choquée par ce que j'ai vu tout à l'heure, alors arrête d'être malheureux.

J'étais si épouvanté et désespéré que je fermai les yeux et feignis de dormir pour lui faire croire qu'il ne s'était rien passé, ou que cela s'était produit en rêve, de sorte que, même si j'étais coupable et répugnant, je l'étais beaucoup moins que si j'avais été éveillé.

« Je t'ai interrompu, fit Orna sans rire. Je suis désolée. » Et elle ondula gaiement des hanches en précisant que non, elle n'était pas vraiment désolée, qu'elle avait aimé me regarder parce qu'on aurait dit que mon visage souffrait et s'illuminait en même temps. Et elle ne dit plus rien et se mit à déboutonner sa robe jusqu'à la taille, et elle resta là, immobile, pour que je continue en la regardant. Mais comment? Je fermai les yeux très fort, battis des paupières et louchai vers elle dont le sourire joyeux m'exhortait à ne pas avoir peur, qu'y a-t-il, tout va bien, ses seins fermes semblaient m'encourager eux aussi, et elle s'agenouilla sur le tapis à ma droite, substitua sa main à la mienne sur la bosse de mon pantalon qu'elle ouvrit, elle l'extirpa, et une traînée d'étoiles acérées, telle une pluie de météorites, me parcourut le corps, je refermai les yeux non sans avoir eu le temps de la voir se baisser, elle s'étendit sur moi, s'inclina, elle me prit les mains qu'elle guida ici et là tandis que ses lèvres m'effleuraient le front et les paupières, elle le saisit et l'enfonça entièrement, et aussitôt des coups de tonnerre étouffés résonnèrent tout au fond de moi, suivis par un éclair fulgurant, et à cause de la mince cloison, elle plaqua sa main sur ma bouche jusqu'au moment où, croyant que c'était fini, elle l'ôta pour me laisser respirer et se hâta de la replacer en voyant qu'elle s'était trompée. Elle éclata de rire en me caressant comme un bébé, et elle m'embrassa de nouveau sur le front, m'enveloppa la tête de ses cheveux, pendant que, les larmes aux yeux, éperdu de reconnaissance, je couvrais son visage, ses cheveux et le dos de sa main de timides baisers, et quand je voulus dire quelque chose, elle m'en empêcha en me bâillonnant une nouvelle fois jusqu'à ce que je renonce.

Une ou deux heures plus tard, elle me réveilla, mais mon corps en réclamait encore, j'étais mort de honte, mais elle ne lésina pas en murmurant dans un sourire, viens, viens, et encore, voyez-moi ce petit sauvage, ses jambes étaient hâlées et dorées, et un fin duvet ambré, presque invisible, recouvrait ses cuisses, et après avoir étouffé mes beuglements de la main, elle me releva, m'aida à me reboutonner, elle m'offrit un verre d'eau fraîche, puisée à la cruche voilée de mousseline blanche, elle me caressa la tête, la pressa sur sa poitrine, m'embrassa une dernière fois sur le bout du nez et me renvoya dans le froid et le silence, à trois heures, en ce petit matin d'automne. Mais quand je revins le lendemain pour lui demander pardon, ou solliciter une répétition du miracle, elle dit : « Regardez-le, il est blanc comme un linge, qu'est-ce que tu as, tiens, bois un peu d'eau. » Elle me fit asseoir et déclara à peu près ceci : « Écoute, il n'y a pas de quoi en faire un drame, mais, à partir de maintenant, je veux que tout redevienne comme avant-hier, d'accord ? »

J'avais beaucoup de mal à lui obéir et elle dut s'en rendre compte, de sorte que nos veillées musicales accompagnées par Schubert, Grieg ou Brahms se ternirent et finirent par cesser. Son sourire se posait sur moi quand nous nous croisions par hasard, un sourire enjoué, fier et tendre : non pas celui d'une bienfaitrice à son protégé, mais d'une artiste contemplant une de ses toiles et qui, bien qu'étant depuis passée à autre chose, est satisfaite de son œuvre, contente de se la rappeler et comblée de la revoir de loin.

\*

Depuis lors, je me sens bien en compagnie des femmes. Comme grand-père Alexandre. Et même si, au cours des années, j'ai appris deux ou trois choses et me suis mordu les doigts, je crois toujours — comme ce soir-là, dans la chambre d'Orna — que les femmes détiennent les clés du plaisir. Je trouve l'expression « accorder ses faveurs » plus juste et pertinente que n'importe quelle autre. Les faveurs des femmes suscitent en moi, outre le désir et l'émerveillement, une gratitude enfantine et l'envie de m'incliner : je ne suis pas digne de ces merveilles, je serais reconnaissant pour une seule goutte de rosée, alors que dire de tout l'océan... Et je me sens comme un mendiant à la porte : la femme est tellement plus grande que moi, car c'est elle qui décide de donner ou non.

Et j'éprouve peut-être aussi une certaine jalousie pour la sexualité féminine, tellement plus riche, délicate et subtile, comme le violon comparé au tambour. Et il y a sans doute là un lointain écho des premiers jours de ma vie : un sein contre un couteau. Dès ma venue au monde, une femme m'attendait, à qui j'avais causé de grandes souffrances et qui, en retour, m'avait offert son amour et donné le sein. Le genre masculin, en revanche, me guettait à l'entrée, le couteau du circonciseur à la main.

*

Orna avait dans les trente-cinq ans, plus du double de mon âge, cette nuit-là. Elle répandit un torrent de pourpre, de carmin et d'azur et des monceaux de perles devant un petit pourceau qui s'en empiffra si bien qu'il faillit s'étouffer. Elle quitta le kibboutz quelques mois plus tard. J'ignorais où elle était partie. Des années après, j'appris qu'elle avait divorcé, s'était remariée et avait une chronique dans un magazine féminin. Il y a peu, en Amérique, après une conférence et juste avant le cocktail qui devait suivre, Orna se matérialisa au milieu de l'auditoire : le regard vert, radieuse, à peine plus âgée qu'elle ne l'était quand j'étais adolescent, vêtue d'une robe claire boutonnée devant, les yeux brillant de ce sourire omniscient, séducteur et compatissant, le sourire de cette nuit, et moi, comme ensorcelé, je m'interrompis au milieu d'une phrase et me frayai un chemin au milieu de la foule, bousculant ceux qui me barraient le passage, écartant même la vieille dame au visage inexpressif qu'Orna poussait dans un fauteuil roulant, et je la pris dans mes bras, la serrai contre moi en répétant son nom et l'embrassai passionnément sur la bouche. Elle se dégagea doucement et, sans se départir de ce sourire magnanime qui me faisait rougir comme un gamin, elle désigna le fauteuil : « C'est Orna, dit-elle en anglais. Je suis juste sa fille. Malheureusement, ma mère ne parle plus. Et elle ne reconnaît pratiquement personne. »

## 60

Une semaine environ avant sa mort, ma mère se sentit soudain beaucoup mieux. Du jour au lendemain, le somnifère prescrit par le nouveau médecin avait accompli des miracles. Le soir, elle prit deux cachets, elle s'endormit tout habillée sur mon lit qui était devenu le sien à sept heures et demie, et elle fit pratiquement le tour du cadran jusqu'au lendemain après-midi, à cinq heures et demie. Là, elle se leva, se doucha, but un thé et reprit probablement une ou deux pilules car elle se rendormit jusqu'au lendemain matin, et quand papa se leva, se rasa, pressa et fit tiédir deux verres de jus d'orange, elle se leva à son tour, enfila une robe de chambre et un tablier, elle se coiffa et nous prépara un vrai petit déjeuner, comme avant sa maladie, des œufs frits des deux côtés, de la salade, des yoghourts et des tartines, beaucoup plus fines que celles de papa, « les rondins de bois » comme elle les surnommait affectueusement.

À sept heures du matin, nous étions tous les trois assis sur des tabourets en osier autour de la table de la cuisine avec sa toile cirée fleurie, quand maman nous raconta l'histoire d'un riche marchand de fourrures de sa ville natale, Rovno, un Juif habile qu'on venait voir de Paris et de Rome pour sa marchandise — des fourrures rares de renard argenté, brillantes comme du givre au clair de lune.

Un jour, le négociant renonça définitivement à la viande et devint végétarien. Il confia son commerce, et ses nombreuses ramifications, à son beau-père et associé. Quelque temps plus tard, il quitta tout et partit vivre dans une petite cabane qu'il s'était fabriquée dans la forêt, car il se reprochait les milliers de renards que ses trappeurs avaient tués pour lui. Et puis il disparut sans laisser de traces et on ne le revit jamais. Et quand mes sœurs et moi voulions nous faire peur, nous nous allongions par terre, dans le noir, et chacune à son tour nous nous racontions toutes les péripéties : que l'ex-riche fourreur errait, nu, dans la forêt, qu'il avait probablement attrapé la rage, qu'il glapissait comme un renard dans les sous-bois et que les cheveux de ceux qui avaient le malheur de rencontrer l'homme-renard blanchissaient immédiatement de peur.

Papa, qui détestait ces histoires, fit la grimace en demandant : « Pardon, mais c'est quoi au juste ? Une allégorie ? Une superstition ? Un conte à dormir debout ? » Mais il était si heureux que maman aille mieux qu'il ajouta avec un geste désinvolte :

— Peu importe.

Maman nous pressa de ne pas nous mettre en retard. À la porte, tandis que papa chaussait ses caoutchoucs et que je m'escrimais avec mes bottes, je lâchai un glapissement de renard effrayant qui le fit sursauter, il se ressaisit et s'apprêtait à me gifler quand maman s'interposa, elle me serra contre sa poitrine et nous calma en disant : « C'est à cause de moi. Excusez-moi. » C'était la dernière fois qu'elle me prenait dans ses bras.

Nous avions quitté la maison à sept heures et

demie, papa et moi, sans échanger un mot parce qu'il était toujours en colère à cause de mon hurlement de rage. Au portail, il tourna à gauche en direction de Terra Sancta et je pris à droite, vers l'école Takhkémoni.

*

En rentrant, je trouvai ma mère vêtue d'une jupe claire ornée de deux rangs de boutons et d'un chandail bleu marine. Je la trouvais rajeunie et très jolie. Elle avait bonne mine aussi, et les stigmates de sa maladie semblaient avoir disparu comme par enchantement. Elle me dit de poser mon cartable et de garder mon manteau, et elle enfila le sien : elle me réservait une surprise :

— Aujourd'hui, on ne déjeune pas à la maison. J'ai décidé d'inviter les deux hommes de ma vie au restaurant. Ton père n'en sait rien. On va lui faire la surprise. On va se promener en ville, toi et moi, et après, on ira à Terra Sancta et on l'enlèvera de force, comme une mite myope hors d'un tas de poussière livresque, et nous irons manger tous les trois quelque part, je ne te dis pas où, pour cultiver le suspense.

Je ne reconnaissais pas ma mère. Sa voix avait changé, elle était solennelle et sonore, comme si elle récitait son texte au spectacle de l'école, avec des inflexions chaudes et lumineuses quand elle avait suggéré « on va se promener toi et moi », et un léger tremblement dans « une mite myope » et « poussière livresque ». Mon cœur se serra d'une vague crainte qui s'évanouit aussitôt tant j'étais content de ce plaisir imprévu, de sa bonne humeur et de son retour parmi nous.

Mes parents n'allaient presque jamais au restaurant, mais ils retrouvaient de loin en loin des amis au café, rue Yafo ou rue George-V.

En 1950 ou 1951 — nous étions en visite chez mes tantes, à Tel-Aviv — le dernier jour, juste avant de rentrer à Jérusalem, contrairement à son habitude, papa avait décidé de jouer les « barons de Rothschild pour une journée », et avait invité tout le monde, les sœurs de ma mère, leurs maris et mes deux cousins, à déjeuner au restaurant Hamozeg, rue Ben Yehouda, à l'angle de la rue Shalom Aleik hem. Papa présidait la table, mise pour neuf, entre ses deux belles-sœurs, et il avait veillé à ce qu'aucune de mes tantes ne soit assise à côté de son mari et aucun enfant entre ses parents : on aurait dit qu'il avait décidé de redistribuer les cartes. Oncle Tsvi et oncle Buma, qui ne voyaient pas où il voulait en venir et se méfiaient un peu, refusèrent de partager une bière avec lui, n'ayant pas l'habitude de boire. Ils prirent le parti de se taire et de laisser le devant de la scène à papa qui, apparemment, avait jugé que la question du jour était les rouleaux de la mer Morte, découverts dans le désert de Judée. Il se lança donc dans un exposé exhaustif, qui se prolongea du potage au plat de résistance, sur la signification des rouleaux, trouvés dans une grotte de Qumran, et sur l'éventualité que d'autres trésors inestimables attendaient qu'on les déterre dans les anfractuosités du désert. Maman, assise entre l'oncle Tsvi et l'oncle Burma, finit par suggérer gentiment :

« Arié, maintenant ça suffit, non ? »

Papa comprit et se tut. Pendant le reste du repas, la conversation se transforma en apartés. Mon cousin, Yigael, qui était l'aîné, demanda la permission d'emmener le petit Éphraïm à la plage toute proche. Quelques minutes plus tard, décidant que la compagnie des adultes commençait à me peser, je quittai le restaurant à mon tour pour aller à la plage.

*

Mais qui eût cru que maman déciderait de nous emmener au restaurant ? Elle qui ne quittait plus sa chaise, face à la fenêtre ? Et dire qu'à peine quelques jours plus tôt je lui avais cédé ma chambre pour fuir son silence et dormir sur le canapé, avec papa. Elle était si belle et élégante avec son cardigan bleu marine, sa jupe claire, ses bas nylon à couture apparente et ses chaussures à talons que les hommes se retournaient sur son passage dans la rue. Elle portait son manteau sur un bras et elle me donnait l'autre :

— Aujourd'hui, tu seras mon cavalier.

Et comme si elle jouait le rôle de papa, elle ajouta :

— Cavalier vient du français « cheval » et signifie un homme qui monte à cheval, un chevalier, ou encore l'homme qui accompagne une dame.

Et aussi :

— Beaucoup de femmes sont attirées par des hommes tyranniques. Comme des papillons à une flamme, la nuit. Et il y en a aussi qui ne veulent pas d'un héros ni d'un amant passionné, mais d'un ami. Ne l'oublie pas quand tu seras grand. Fuis les femmes amoureuses des tyrans et trouve celles qui recherchent un ami, pas parce qu'elles sont vides mais parce qu'elles ont envie de te combler aussi. Et rappelle-toi que l'amitié entre un homme et une femme est inestimable, plus rare que l'amour : au fond, l'amour est quelque chose de grossier et de maladroit comparé à l'amitié. L'amitié comporte une dimension de sensibilité, d'attention, de générosité et de sens de la mesure.

— D'accord, dis-je, pour qu'elle arrête de parler de choses qui ne me concernaient pas et change de sujet. (On ne s'était pas adressé la parole depuis des semaines et je trouvais dommage de gaspiller ces précieux instants de complicité.)

Nous approchions du centre-ville quand elle me demanda brusquement avec un petit rire :

— Tu voudrais un petit frère ? Ou une petite sœur ?

Et sans attendre la réponse, elle ajouta avec une tristesse amusée, souriante plutôt, voilée d'un sourire invisible mais perceptible dans sa voix :

— Un jour, quand tu te marieras et fonderas une famille, j'espère vraiment que tu ne suivras pas l'exemple de tes parents.

Je ne transpose pas ces paroles comme je l'ai fait une dizaine de lignes plus haut à propos de l'amour et de l'amitié, parce que cette phrase sur l'exemple de mes parents à ne pas suivre, je me la rappelle exactement comme elle l'avait prononcée, mot pour mot, avec ce sourire dans la voix. Bras dessus bras dessous, nous avions doublé le bâtiment appelé Talitha koumi, rue George-V, et nous dirigions vers Terra Sancta pour arracher papa à son travail. Il était une heure et demie. Un vent d'ouest glacé, mêlé d'une pluie drue, soufflait en rafales, si fort que les passants devaient fermer leurs parapluies de peur qu'ils ne se retournent. Nous n'avions même pas essayé d'ouvrir le nôtre. Enlacés, maman et moi avions dépassé Talitha koumi, puis l'immeuble Frumin, qu'occupaient provisoirement les locaux de la Knesset, et Beit Hamaalot, la « maison à étages ». C'était le début de la première semaine de janvier 1952. Quatre ou cinq jours avant sa mort.

Et comme la pluie redoublait, elle proposa d'une voix presque gaie :

— On va s'abriter dans un café. Notre papa ne va pas se sauver.

Nous étions restés à peu près une demi-heure dans un café *yeke*, à la limite de Rehavia, rue Keren Kayemet, en face de l'Agence juive où se trouvait alors le bureau du Premier ministre. En attendant que la pluie cesse. Dans l'intervalle, maman avait tiré de son sac un poudrier, muni d'un petit miroir rond, et un peigne, pour remettre un peu d'ordre dans ses cheveux et rectifier son maquillage. J'éprouvais des sentiments mélangés : j'étais fier de sa beauté, heureux de la voir guérie et je me croyais responsable de la protéger et la préserver d'une ombre dont je ne pouvais que deviner l'existence. En fait, je ne la devinais pas, mais je sentais une sorte d'étrange malaise, à fleur de peau. À la manière d'un enfant qui perçoit confusément des choses qui le dépassent, il les ressent et s'effraie sans trop savoir pourquoi :

— Ça va, maman ?

Elle commanda un café noir pour elle et, pour moi, un café au lait, que l'on m'avait toujours expressément interdit, « le-café-n'est-pas-pour-les-enfants », et aussi une glace au chocolat, alors que tout le monde savait que ça donnait mal à la gorge, surtout en hiver. Et avant le déjeuner par-dessus le marché. Mon sens des responsabilités me dicta de me limiter à deux ou trois cuillerées et de demander à maman si elle n'avait pas froid. Si elle était fatiguée. Ou si elle avait le vertige. Elle se relevait à peine de maladie. Et tu feras attention si tu vas aux toilettes, c'est très sombre et il y a deux marches. L'orgueil, le sérieux et l'inquiétude me faisaient battre le cœur. C'était comme si, tant qu'elle et moi étions assis au café Rosh Rehavia, elle était la petite fille sans défense qui avait besoin d'un ami généreux, et moi j'étais son cavalier. Ou son père peut-être.

— Ça va, maman ?

*

En arrivant à Terra Sancta, où plusieurs départements de l'université hébraïque avaient été transférés depuis la fermeture de la route du mont Scopus, après la guerre d'Indépendance, nous avions demandé les périodiques et étions montés au deuxième étage. Par une journée d'hiver semblable, c'est dans cet escalier que trébucha Hannah, dans *Mon Michaël*, elle se foula probablement la cheville et Michaël Gonen la rattrapa par le bras en lui disant qu'il aimait le mot « cheville ». Maman et moi les avions peut-être croisés sans les voir. Treize années séparent le jour d'hiver où ma mère et moi nous étions rendus à Terra Sancta et l'hiver où j'ai commencé à écrire *Mon Michaël*.

La première personne que nous avions vue en entrant dans le bureau des périodiques fut le directeur, l'aimable M. Pfeffermann qui, levant les yeux de la pile de papiers qui s'étalaient sur son bureau, nous fit signe d'entrer des deux mains. Mon père nous tournait le dos. Il nous fallut un moment pour le reconnaître car il portait une blouse grise par-dessus ses vêtements pour les protéger de la poussière. Juché sur un petit escabeau, il attrapait sur une étagère de grands cartons qu'il consultait les uns après les autres, sans trouver apparemment ce qu'il cherchait.

M. Pfeffermann ne soufflait mot. Carré dans son fauteuil, derrière son vaste bureau, un large sourire aux lèvres, il avait l'air de beaucoup s'amuser. Deux ou trois personnes s'étaient arrêtées de travailler et observaient la scène en riant sous cape, comme si elles rentraient dans le jeu du directeur : quand mon père finirait-il par remarquer la présence de ses visiteurs, la jolie femme et le jeune garçon qu'elle tenait par l'épaule, attendant patiemment qu'il se retourne ?

Du haut de son perchoir, papa pivota vers le directeur du département : « Excusez-moi, Dr Pfeffermann, dit-il, je crois bien qu'il y a... » Il s'interrompit en notant la mine réjouie de son chef, dont la raison lui échappait, et, suivant son regard, il nous découvrit à la porte et blêmit, je crois. Il remit le grand carton qu'il tenait à deux mains à sa place, descendit prudemment de l'escabeau, regarda autour de lui et, constatant que ses collègues souriaient, il se souvint de le faire à son tour, comme s'il n'avait pas le choix, et il s'exclama : « Pour une surprise, c'est une surprise ! » et, plus bas, il demanda si tout allait bien, s'il était arrivé quelque chose, le ciel nous en préserve.

Il avait l'air crispé et inquiet, comme un gamin qui vient de rouler une pelle à une fille pendant la fête de l'école, et, levant les yeux, aperçoit ses parents qui le regardent sévèrement à l'entrée de la salle, et se demande depuis combien de temps ils sont là et ce qu'ils ont vu au juste.

Dans son trouble, il essaya d'abord de nous pousser doucement des deux mains dans le couloir et, regardant derrière lui, il lança à la cantonade, à l'adresse du Dr Pfeffermann, notamment : « Veuillez m'excuser quelques instants. »

Pour changer aussitôt d'avis et nous ramener dans

le bureau où il commençait les présentations quand la mémoire lui revint : « Dr Pfeffermann, vous connaissez déjà ma femme et mon fils. » Là-dessus, il nous fit pivoter sur nous-mêmes et nous introduisit dans les formes à ses collègues en disant : « Permettez-moi de vous présenter mon épouse, Fania, et mon fils, Amos. Il est au collège. Il a douze ans et demi. »

Une fois dans le couloir, papa s'enquit avec inquiétude, sur un ton de reproche voilé :

— Que se passe-t-il ? Mes parents vont bien ? Et les tiens ? Tout le monde va bien ?

Maman le tranquillisa. Mais l'idée du restaurant ne lui plaisait qu'à moitié : ce n'était l'anniversaire de personne aujourd'hui. Il hésita, faillit dire quelque chose, se ravisa et finit par déclarer :

— Certainement. Certainement. Pourquoi pas ? Nous allons fêter ta guérison, Fania, ou en tout cas l'amélioration subite de ton état. Oui. Il faut vraiment que nous fêtions ça.

Mais il avait l'air plus soucieux que radieux.

Brusquement, son visage s'éclaira et, débordant d'enthousiasme, il nous prit tous les deux par les épaules, demanda au Dr Pfeffermann l'autorisation de partir un peu plus tôt, il salua tout le monde, ôta sa blouse de travail et nous fit faire le tour du propriétaire dans plusieurs départements de la bibliothèque jusqu'au sous-sol, en passant par les manuscrits rares et même la nouvelle photocopieuse dont il nous montra le fonctionnement, sans oublier de nous présenter fièrement à quiconque passait par là — on aurait dit un gosse surexcité, le jour où ses célèbres parents vont faire la connaissance de la direction de l'école.

*

Le restaurant était une salle agréable et presque vide, située au fond d'une ruelle, entre la rue Ben Yehouda et la rue Shammaï ou la rue Hillel. Il s'était remis à pleuvoir juste au moment où nous étions arrivés, ce que papa prit pour un bon signe, comme si la pluie nous avait attendus ou que le ciel nous souriait.

Il se reprit aussitôt :

— Je veux dire que c'est ce que j'aurais dit si je croyais aux signes, ou si je pensais que le ciel se soucie de nous. Mais le ciel est indifférent. L'Homo sapiens excepté, l'univers tout entier est indifférent. La plupart des gens le sont aussi, en fait. Je pense que l'indifférence est la caractéristique essentielle de la réalité.

Il rectifia encore une fois :

— De toute façon, comment pourrais-je dire que le ciel nous sourit alors qu'il est gris et sombre et qu'il pleut des cordes ?

— Non, c'est vous qui commandez les premiers, parce que c'est moi qui régale, dit maman. Et n'hésitez pas à choisir les plats les plus chers.

Mais la carte était modeste, ce qui était normal en cette période de restrictions et d'austérité. Papa et moi avions commandé un potage de légumes et des croquettes de poulet avec de la purée de pommes de terre. Tel un conspirateur, je m'abstins de dire à papa qu'en venant à Terra Sancta j'avais eu le droit de boire du café pour la première fois de ma vie. Et de manger une glace avant le déjeuner, même si on était en hiver.

Maman étudia longuement le menu avant de le reposer à l'envers sur la table, et papa dut insister pour qu'elle se décide à commander un bol de riz nature. Papa s'excusa aimablement auprès de la serveuse à qui il expliqua ceci et cela et que maman n'était pas encore complètement rétablie. Tandis que papa et moi mangions de bon appétit, maman picorait son riz du bout des lèvres, elle en laissa la moitié et commanda un café noir.

— Ça va, maman ?

La serveuse apporta une tasse de café pour maman, du thé pour papa et, pour moi, une coupe remplie de gelée jaune tremblotante. Papa se hâta de tirer son portefeuille de la poche intérieure de sa veste, mais maman s'obstina : range ça, s'il te plaît. Aujourd'hui, c'est moi qui vous invite. Papa obéit non sans faire une plaisanterie douteuse sur les puits de pétrole secrets dont elle avait apparemment hérité, ce qui expliquait sans nul doute sa nouvelle fortune et ses largesses. Nous attendions que la pluie cesse. Papa et moi étions en face des cuisines, et maman, assise en vis-à-vis, fixait au-dessus de nos têtes la pluie qui tambourinait sur la fenêtre. Je ne me souviens pas de ce dont nous avons parlé, mais je suppose que papa s'était évertué à combler le silence. Peut-être avait-il péroré sur les relations entre l'église et le peuple juif, ou nous avait-il servi l'histoire du violent conflit qui opposa, au milieu du dix-huitième siècle, le rabbin Jacob Emdem, connu également sous le nom de Yavets, aux disciples de Sabbataï Tsvi, en particulier le rabbin Yonathan Eybeschütz qu'il suspectait de sympathies sabba-téennes.

*

A part nous, les seuls clients du restaurant, en cet après-midi pluvieux, étaient deux vieilles dames qui parlaient allemand d'une voix basse et distinguée. On aurait dit des jumelles, avec leurs cheveux gris fer et leur face d'oiseau, dont la ressemblance avec ce volatile était accentuée par une pomme d'Adam proéminente. La plus âgée devait avoir dans les quatre-vingts ans et, à la réflexion, je pensai qu'elle devait être la mère de l'autre. Je décidai intérieurement que la mère et la fille étaient veuves et qu'elles habitaient ensemble car elles n'avaient plus personne au monde. Je les nommai in petto Mme Gertrude et Mme Magda, et essayai d'imaginer leur minuscule intérieur, reluisant de propreté, quelque part dans les environs, en face de l'hôtel Éden, par exemple.

Soudain Mme Magda, la plus jeune, haussa le ton et hurla un mot en allemand à la vieille dame assise devant elle. C'était une clameur féroce, venimeuse — on aurait dit un vautour s'abattant sur sa proie — et elle lança sa tasse contre le mur.

Des larmes se mirent à ruisseler sur le visage sillonné de rides de la plus âgée, celle que j'appelais Gertrude. Elle pleurait sans bruit, sans grimace. Le visage impassible. La serveuse se baissa et ramassa les débris sans rien dire. Cela fait, elle s'en alla. Pas un mot n'avait été prononcé. Les deux femmes étaient assises l'une en face de l'autre, en silence. Elles étaient très maigres et avaient les mêmes cheveux gris et bouclés, plantés haut sur le front, comme un homme qui se dégarnit. Le visage dénué d'expression, l'aînée des veuves versait toujours des larmes silencieuses qui dégoulinaient sur son menton pointu avant de dégoutter le long de sa poitrine, telles des stalactites dans une grotte. Elle n'essayait pas de les retenir ni de les sécher, bien que, l'air mauvais, sa fille lui tendît un mouchoir blanc impeccablement repassé. Si c'était bien sa fille. Gertrude, la plus vieille, ne retira pas sa main, à plat sur la table, devant elle, avec le mouchoir blanc empesé posé dessus. La scène semblait figée, comme si la mère et la fille n'étaient qu'une vieille photo sépia décolorée, dans un album poussiéreux.

— Ça va, maman? questionnai-je soudain.

C'était parce que maman, dédaignant les bonnes manières, avait légèrement déplacé sa chaise et regardait fixement les deux femmes. J'avais l'impression qu'elle avait pâli, comme lorsqu'elle était malade. Peu après elle nous demanda pardon et annonça qu'elle se sentait un peu fatiguée et voulait rentrer. Papa hocha la tête, il se leva, demanda à la serveuse où se trouvait la cabine la plus proche et sortit téléphoner à un taxi. En partant, maman s'appuya légèrement sur le bras et l'épaule de papa pendant que je tenais la porte, en leur disant de prendre garde à la marche, et ouvrais la portière de la voiture. Après avoir installé maman sur la banquette arrière, papa retourna au restaurant pour payer la note. Elle était assise très droite, ses yeux bruns grands ouverts, écarquillés.

*

Le soir, papa appela le nouveau médecin et, après son départ, il fit venir l'ancien docteur aussi. Tous deux étaient d'accord : il lui fallait un repos complet. Papa proposa donc à maman de s'allonger sur mon lit, devenu le sien, il lui apporta une tasse de lait tiède sucré au miel, il la pressa de prendre en même temps ses nouveaux somnifères et lui demanda si elle voulait qu'il laisse la lumière allumée. Un quart d'heure plus tard, il m'envoya regarder par la fente de la porte, et je vis qu'elle s'était endormie. Elle dormit jusqu'au lendemain, se réveilla tôt et participa aux diverses tâches matinales. Elle fit frire les œufs pendant que je mettais la table et que papa éminçait des légumes pour la salade. Au moment de partir, papa pour Terra Sancta et moi pour l'école, elle décida de m'accompagner parce que sa meilleure amie, Lilenka, Lilia Bar-Samkha, habitait à côté de Takhkémoni.

Plus tard, nous avions appris que, Lilenka étant absente, maman était allée chez Fania Weissmann, une de ses anciennes condisciples du lycée Tarbout de Rovno. De là, elle avait marché jusqu'à la gare routière de la rue Yafo où elle était montée dans le car de Tel-Aviv pour aller voir ses sœurs, à moins qu'elle n'ait eu l'intention de prendre la correspondance pour Haïfa et Kiryat Motskin où vivaient ses parents. Mais, une fois arrivée à Tel-Aviv, elle avait apparemment changé d'avis, elle avait bu un café et était rentrée à Jérusalem en début de soirée.

De retour à la maison, elle se plaignit d'être très fatiguée. Elle reprit deux ou trois nouveaux somnifères. Ou peut-être était-elle revenue aux anciens. Quoi qu'il en soit, elle n'arrivait pas à dormir, elle avait la migraine et passa une partie de la nuit, tout habillée, sur sa chaise, devant la fenêtre. À deux heures du matin, maman décida de faire du repassage. Elle alluma la lumière dans ma chambre qui était devenue la sienne, elle installa la table à repasser et remplit une bouteille d'eau pour humidifier le linge qu'elle repassa pendant des heures, jusqu'à l'aube. Quand il ne resta plus de vêtements, elle sortit les draps de l'armoire et les repassa encore une fois. Cela fait, elle repassa aussi mon couvre-lit, mais elle était si fatiguée qu'elle le brûla : l'odeur réveilla papa qui me réveilla à mon tour, et quelle ne fut notre stupéfaction en constatant qu'elle avait repassé toutes les chaussettes, les mouchoirs, les petites serviettes et les nappes de la maison. Nous avons vite éteint le couvre-lit en feu dans la salle de bains, installé maman sur sa chaise, et nous nous étions agenouillés pour lui ôter une chaussure chacun. Ensuite papa me pria de sortir quelques minutes et de fermer la porte. J'obéis, mais cette fois je collai l'oreille au battant pour entendre parce que je m'inquiétais pour elle. Ils discutèrent en russe pendant près d'une demi-heure. Ensuite papa me demanda de m'occuper de maman le temps qu'il aille à la pharmacie où il acheta un médicament, ou du sirop, et en profita pour téléphoner à oncle Tsvi, à l'hôpital Tsahalon de Jaffa, ainsi qu'à oncle Buma, à la clinique Zamenhof, à Tel-Aviv. Après quoi papa et maman convinrent qu'elle irait le jour même — nous étions jeudi — chez l'une de ses sœurs pour se reposer, changer d'air et d'atmosphère. Elle pourrait y rester le temps qu'elle voulait, jusqu'à dimanche ou même lundi matin, parce que Lilia Bar-Samkha avait réussi à lui obtenir un rendez-vous à l'hôpital Hadassah, rue des Prophètes, le lundi après-midi — sans les relations de tante Lilenka, il aurait fallu attendre des mois pour l'obtenir, ce rendez-vous.

Et comme maman se sentait très faible et avait des vertiges, papa insista cette fois pour partir avec elle à Tel-Aviv, chez tante Haïa et oncle Tsvi où il pourrait d'ailleurs passer la nuit : en prenant le premier car pour Jérusalem le lendemain matin, vendredi, il aurait le temps d'aller travailler quelques heures au moins. Il ignora les protestations de maman qui affirmait que c'était dommage qu'il perde une journée de travail pour l'accompagner. Elle était parfaitement capable de prendre le car pour Tel-Aviv et d'aller chez sa sœur toute seule. Elle ne s'égarerait pas.

Mais papa ne voulut rien entendre. Il avait le teint cireux et n'en démordait pas. Je lui promis d'aller directement après l'école chez grand-mère Shlomit et grand-père Alexandre, rue de Prague, de leur expliquer ce qui se passait et d'y rester jusqu'au lendemain matin. Ne les embête pas, surtout, et aide-les du mieux que tu peux, tu débarrasseras la table après le dîner et tu offriras de sortir la poubelle. Et fais bien tous tes devoirs, ne laisse rien pour le week-end. Il m'appela son fils raisonnable. Il me donna peut-être même du jeune homme. Dehors, Élise nous accueillit en poussant son trille matinal bee-thovenien qu'elle répéta à trois ou quatre reprises avec une joie pure, éclatante : « Ti-da-di-da-di... » L'oiseau chantait avec émerveillement, vénération, gratitude et exaltation, comme si la nuit finissait pour la première fois et que ce matin-là était le premier matin de l'univers dont la miraculeuse lumière n'avait encore jamais percé l'immensité des ténèbres.

## 61

J'avais une quinzaine d'années en arrivant à Houlda, deux ans et demi après la mort de ma mère : un Visage pâle parmi les bronzés, une demi-portion parmi des géants costauds, un moulin à paroles infatigable parmi les taciturnes, un rimailleur parmi les agriculteurs. Mes nouveaux condisciples avaient un esprit sain dans un corps sain, quand moi, j'avais un esprit rêveur dans un corps presque diaphane. Pire encore : on m'avait surpris à faire de l'aquarelle dans un coin du kibboutz. Ou à gribouiller, tapi dans la salle d'études, au rez-de-chaussée de la maison Herzl. Il se répandit vite la rumeur maccarthyste que j'avais des accointances avec le Herout et que je venais d'un milieu révisionniste. On me suspectait de cultiver des relations troubles avec le détestable démagogue Menahem Begin, l'ennemi numéro un du mouvement travailliste. Bref : une éducation tordue et des gènes irrémédiablement foutus.

Que je sois venu à Houlda parce que je m'étais rebellé contre mon père et sa famille ne plaidait pas en ma faveur. Je n'avais aucun mérite d'avoir renié le Herout et d'avoir eu le fou rire pendant le discours de Begin au cinéma Edison : c'était justement le courageux enfant des *Habits neufs de l'empereur* que l'on soupçonnait d'être à la solde des tailleurs véreux.

C'était bien la peine que je m'échine à être le premier en travaux des champs et le dernier à l'école. C'était bien la peine aussi que je grille au soleil pour être aussi noir qu'eux. C'était bien la peine enfin que, lors des réunions du club de discussion, je me montre plus socialiste que les plus socialistes de Houlda, sinon de la classe ouvrière tout entière. C'était inutile : pour mes camarades, j'étais un extra-terrestre et ils me harcelaient sans pitié pour que je cesse une bonne fois mes excentricités et sois comme tout le monde. Une nuit, ils me firent courir à l'étable, sans lumière, pour vérifier s'il n'y avait pas une vache en chaleur qui aurait besoin séance tenante des attentions d'un taureau. Une autre fois, ils m'inscrivirent sur la liste des préposés au récurage des toilettes. Et ils m'envoyèrent également déterminer le sexe des poussins à la ferme des enfants : pour que je n'oublie jamais d'où je venais et qu'il n'y ait aucun malentendu sur l'endroit où j'avais atterri.

*

Moi, je courbais le dos, sachant que le processus d'éradication de Jérusalem, les douleurs de ma renaissance ne se feraient évidemment pas sans mal. Je considérais que les farces et les humiliations étaient justifiées, non parce que je souffrais d'un complexe d'infériorité mais parce que j'étais réellement inférieur. Eux, ces garçons solidement bâtis, brûlés par la poussière et le soleil, et ces filles à la démarche fière étaient le sel de la terre, les seigneurs de la création. Beaux comme des anges, splendides comme les nuits de Canaan, « nous bâtirons notre terre, notre patrie, nous serons tous des pionniers et des pionnières... »

Sauf moi.

Nul n'était dupe . tout le monde savait — et moi aussi — que même quand ma peau aurait bruni par le hâle, je resterais pâle à l'intérieur. J'aurais beau apprendre à poser des tuyaux d'irrigation dans les champs, conduire un tracteur, atteindre la cible avec un vieux fusil tchèque, je ne pourrais jamais changer de peau : derrière tous mes camouflages surgirait toujours l'enfant de la ville, frêle, tendre, sensible, bavard, inventant des histoires fantaisistes qui n'avaient jamais existé et n'intéressaient personne.

Eux, en revanche, ils étaient sublimes : ces grands gaillards capables de marquer un but du pied gauche à vingt mètres, de tordre le cou à un poulet sans ciller, de faire une razzia à l'épicerie pour chaparder des provisions destinées à un pique-nique nocturne, et ces filles hardies qui, après avoir parcouru trente kilomètres avec trente kilos sur le dos, avaient encore la force de danser jusqu'au milieu de la nuit, leurs jupes bleues tourbillonnant autour d'elles comme si la force de gravité ne les concernait pas, puis de faire cercle avec nous pour entonner en canon, jusqu'au matin, sous le ciel étoilé, des mélodies déchirantes, chantant dos contre dos, rayonnantes d'une sensualité innocente qui vous transportait tant elle était innocente, céleste et pure comme un chœur angélique.

*

Bien sûr que je savais rester à ma place. Ne pas avoir la grosse tête. Ne pas avoir les yeux plus grands que le ventre. Ne pas fourrer son nez dans ce qui vous dépasse. D'accord, tous sont nés égaux, le principe de base du kibboutz, mais le champ de l'amour relève du royaume de la nature, pas du comité pour l'égalitarisme. Et le champ de l'amour est réservé aux grands cèdres, pas aux mauvaises herbes.

Mais, comme on dit, un chien regarde bien un évêque. Je les regardais donc à longueur de journée et aussi dans mon lit, la nuit, quand je fermais les yeux, je n'arrêtais pas de regarder ces beaux jeunes gens ébouriffés. Surtout les filles. Je leur jetais des regards enfiévrés. Même en dormant, je leur faisais des yeux de merlan frit. Je n'avais pourtant aucune illusion : je savais qu'elles n'étaient pas pour moi. Ces garçons étaient des cerfs magnifiques, et moi, un misérable ver de terre. Les filles étaient comme les gazelles et les biches des champs, et moi, un chacal hurlant derrière la clôture. Et parmi elles, le battant de la cloche, il y avait Nilli.

Elles étaient belles comme le jour. Toutes. Mais Nilli... une aura de joie vibrait autour d'elle. Nilli chantait constamment en marchant, dans les allées, sur la pelouse, dans le bois, au milieu des parterres de fleurs, elle chantait pour elle-même. Mais qu'est-ce qu'elle a, me demandais-je, dans les affres de mes seize ans, pourquoi chante-t-elle tout le temps comme ça? Qu'y a-t-il de si beau dans le monde? Comment

*d'un si cruel destin*
*de la détresse et du chagrin*
*de l'hier incertain*
*et du sombre lendemain,*

pouvait-on puiser une si grande joie de vivre? Un bonheur si radieux? Une telle allégresse? Ne savait-elle pas que

*Les monts d'Éphraïm*
*ont reçu une nouvelle victime..*
*et comme toi nous offrirons*
*nos vies à la nation... ?*

N'avait-elle pas idée que

*nous avons perdu ce que nous avions de plus cher*
*et qui ne nous reviendra jamais.. ⁷*

C'était incroyable. C'était à la fois exaspérant et fascinant : comme une luciole.

\*

Le kibboutz était environné de vastes ténèbres. Chaque nuit, un abîme obscur commençait à deux mètres des cercles de lumière jaune des réverbères, le long de la clôture, et s'étirait jusqu'au bout de la nuit, jusqu'aux lointaines étoiles, dans le ciel. Au-delà des barbelés étaient embusqués des champs vides, des vergers déserts, des collines sans vie, des jardins battus par le vent de la nuit, des villages arabes en ruine — pas comme aujourd'hui où des essaims de lumières sont visibles de partout. Dans les années cinquante, la nuit était totalement vide autour de Houlda. Et c'est dans ce néant immense que s'infiltraient les fedayins, au cœur de la nuit. Et dans ce néant immense, dans le bois sur la colline, au milieu des oliveraies, des plantations, erraient des chacals au mufle blanchi d'écume dont les hurlements fous, terrifiants, s'immisçaient la nuit dans notre sommeil et nous glaçaient d'effroi (ce sont eux que j'ai introduits dans *Les terres du chacal* quelques années plus tard, même si, depuis, on ne les entend plus. Pendant des années, les chacals ont disparu de la région côtière où ils n'ont fait leur réapparition que récemment).

L'enceinte close et protégée du kibboutz n'était pas très bien éclairée non plus, la nuit. Çà et là, un lampadaire dispensait une flaque de lumière jaunâtre, et puis les ténèbres se refermaient jusqu'au lampadaire suivant. Des gardiens de nuit emmitouflés effectuaient leur ronde entre les poulaillers et les étables, et toutes les demi-heures ou toutes les heures, la puéricultrice de garde abandonnait son tricot dans la kitchenette de la pouponnière pour s'assurer que tout allait bien dans les dortoirs des plus grands.

Le soir, il fallait faire du bruit pour ne pas tomber dans le néant et la tristesse. Chaque soir, nous nous déchaînions, parfois jusqu'à minuit, pour empêcher les ténèbres de pénétrer dans nos chambres et dans nos os et nous étreindre l'âme. On chantait, on criait, on s'empiffrait, on discutait, on disait des gros mots, on cancanait, on plaisantait pour repousser l'obscurité, le silence et les glapissements des chacals. À l'époque, la télévision, les DVD, la stéréo, Internet ou les jeux vidéo n'existaient pas, pas plus que les boîtes, les pubs ou la musique disco : on avait juste un film par semaine, le mercredi, à la maison Herzl ou dehors, sur la pelouse.

Le soir, tout le monde se mobilisait pour inventer la lumière et les distractions.

La flamme intérieure des plus âgés — ceux qu'on surnommait « les anciens », même si la plupart avaient à peine la quarantaine — déclinait à cause des obligations, des engagements, des désillusions, du labeur, des réunions, des comités, de la cueillette, des discussions, des permanences, des journées d'études, des tâches urgentes, du culturalisme et de l'usure du temps. Beaucoup étaient éteints. À neuf heures et demie ou dix heures moins le quart, les faibles lumières qui brillaient aux fenêtres des petits logements des « anciens » disparaissaient les unes après les autres : demain, il fallait encore se lever à quatre heures et demie du matin pour la cueillette, la traite, les travaux des champs ou les corvées de cuisine.

Et Nilli était une luciole. Plus que ça : un générateur, une centrale électrique à elle seule.

\*

Nilli respirait la joie de vivre, une joie exubérante, effrénée, sans rime ni raison, sans fondement ni mobile, sans rien qui explique un tel débordement d'allégresse. Bien sûr, je l'avais souvent vue triste, sanglotant parce qu'elle pensait à tort ou non qu'on l'avait maltraitée ou offensée, ou quand un film ou un livre bouleversants lui arrachaient des larmes. Mais son chagrin se cantonnait toujours entre les parenthèses d'une formidable joie de vivre, pareille à une source chaude que la neige ou la glace n'auraient pu refroidir car elle jaillissait du noyau de la terre.

C'était sans doute de famille. Riva, par exemple, la mère de Nilli, pouvait entendre de la musique dans sa tête même quand il n'y en avait pas. Et Sheftel, le bibliothécaire, chantait en arpentant le kibboutz en tricot de peau gris, il chantait en jardinant, en transportant de gros sacs sur le dos, et quand il vous disait « ça s'arrangera », il y croyait de toute son âme : ne vous inquiétez pas, ça s'arrangera, bientôt.

Le pensionnaire de quinze ou seize ans que j'étais considérait cette joie rayonnante comme l'on admire la pleine lune : lointaine, inaccessible, mais fascinante et rafraîchissante

De loin, bien entendu : je n'en étais pas digne. Une si vive lumière, les gens comme moi ne pouvaient que la contempler. Pendant les deux dernières années de lycée et mon service militaire, j'avais une amie hors de Houlda, tandis que Nilli évoluait au milieu d'une cour brillante de princes charmants, autour de laquelle gravitaient un deuxième cercle d'amoureux groggy et hypnotisés, un troisième de fans humbles et muets et un quatrième d'admirateurs à distance, j'appartenais au cinquième ou au sixième cercle, un infime brin d'herbe touché de loin en loin par la grâce d'un rayon inconscient de la portée de son acte.

*

Lorsqu'on m'avait surpris en train de griffonner des vers dans la salle d'études vétuste de la maison de la culture de Houlda, tout le monde avait compris qu'il n'y avait rien à attendre de moi. Mais puisque entre deux maux il faut choisir le moindre, on me bombarda versificateur attitré pour toutes sortes d'occasions : réjouissances, festivités, mariages, fêtes et, le cas échéant, oraisons funèbres et plaquettes commémoratives. Mes poèmes sentimentaux, je réussissais à les cacher (dans un vieux matelas de crin), mais, quand je n'y tenais plus, je les montrais à Nilli.

Mais pourquoi elle ?

Peut-être parce que je voulais voir ce qui subsisterait de ma poésie ténébreuse, une fois qu'elle serait exposée au soleil. Aujourd'hui encore, Nilli est ma première lectrice. Voici ce qu'elle me dit en lisant le brouillon, si elle tombe sur un passage raté : ça ne fonctionne pas. Barre ça. Réécris-le. Ou bien : tu te répètes. Tu l'as déjà dit ailleurs. Mais quand elle aime quelque chose, elle lève la tête, me regarde d'une certaine façon et la pièce paraît soudain plus grande. Si c'est triste, elle me dit : j'ai envie de pleurer. Et si c'est drôle, elle ne dit rien mais éclate de rire. Ensuite, je le donne à lire à mes filles et à mon fils qui ont l'œil perçant et une bonne oreille. Un peu plus tard, ce sera le tour de quelques amis, puis des lecteurs, des spécialistes, des savants, des critiques et du peloton d'exécution. Mais alors moi, je ne suis plus là.

*

En ces années-là, Nilli sortait avec le sel de la terre, et moi, je n'avais pas la folie des grandeurs : quand la princesse, environnée d'une nuée de soupirants, passait devant la cahute d'un serf, ce dernier se contentait de lever les yeux sur elle, ébloui, et de se féliciter de sa bonne fortune. La nouvelle avait donc fait sensation, à Houlda et dans les environs, quand on apprit que le soleil éclairait soudain la face cachée de la lune. Ce jour-là, à Houlda, les vaches pondirent des œufs, du vin jaillit des mamelles des brebis et les eucalyptus sécrétèrent du lait et du miel. Des ours polaires surgirent derrière la bergerie, on vit l'empereur du Japon déclamer du A.D. Gordon près de la buanderie et « les montagnes suintaient du jus de raisin et toutes les collines se liquéfiaient ». Le soleil brilla soixante-dix-sept heures au-dessus des cyprès et refusa de se coucher. Et moi, je m'enfermai dans les douches désertes des garçons, me plantai devant la glace et questionnai tout haut : miroir, miroir, dis-moi, comment est-ce arrivé ? Qu'ai-je fait pour mériter ça ?

## 62

Ma mère mourut à trente-huit ans. Aujourd'hui, j'ai l'âge d'être son père.

Après les obsèques, papa et moi étions restés quelques jours à la maison. Il n'alla pas travailler et je n'allai pas à l'école non plus. La porte restait constamment ouverte. Les visites se succédaient à longueur de journée. Des voisines obligeantes servaient boissons, café, thé et gâteaux. Elles insistèrent pour que j'aille manger quelque chose de chaud chez elles. J'avalais poliment une cuillerée de soupe, grignotais la moitié d'une boulette et repartais au galop pour ne pas laisser papa seul. En fait, il était loin de l'être : du matin jusqu'à dix heures ou dix heures et demie du soir, la maison ne désemplissait pas. On avait disposé des chaises le long des murs de la bibliothèque. Des manteaux inconnus s'entassaient sur le lit des parents.

À la demande de mon père qui ne les supportait plus, grand-père et grand-mère étaient relégués dans l'autre pièce une grande partie de la journée. Grand-père Alexandre éclatait soudain en sanglots bruyants ponctués de hoquets, à la russe, pendant que grand-mère Shlomit faisait la navette entre la cuisine et les visiteurs à qui elle arrachait littéralement des mains leurs tasses et leurs assiettes qu'elle récurait, rinçait et séchait méticuleusement avant de les ranger dans le placard. Une petite cuillère non lavée immédiatement après usage était, à ses yeux, un dangereux agent des forces responsables de la tragédie.

Grand-père et grand-mère restaient donc confinés dans l'autre pièce où, après avoir passé quelque temps avec papa et moi, les visiteurs venaient leur tenir un peu compagnie. Grand-père Alexandre, qui avait beaucoup aimé sa belle-fille dont la mélancolie l'avait toujours inquiété, arpentait la chambre en hochant la tête avec une sorte d'ironie furieuse en gémissant :

— Pourquoi ?! Mais pourquoi ?! Elle qui était si jolie ! Si douée ! Si brillante ! Pourquoi ?! Qui peut me dire pourquoi ?!

— Arrête, Zussia ! grondait grand-mère. Ça suffit. Lonya et le petit n'en peuvent plus. Contrôle-toi ! Vraiment ! Prends exemple sur Lonya et le petit ! Vraiment !

Grand-père obtempérait aussitôt, il se rasseyait et se cachait le visage dans les mains. Mais un quart d'heure plus tard, il se remettait à beugler :

— Si jeune ! Si belle ! Un ange ! Si jeune ! Si douée ! Pourquoi ? Dites-moi pourquoi ?!

*

Les amis de ma mère vinrent à leur tour : Lilia Bar-Samkha, Ruchele Engel, Esterka Weiner, Fania Weissmann et quelques autres — ses anciennes condisciples du lycée Tarbout. Elles parlèrent de leur école en prenant le thé, évoquant la jeunesse de ma mère, leur charismatique directeur, Issachar Reiss, dont toutes les filles étaient secrètement amoureuses et dont le mariage n'était pas heureux.

Elles mentionnèrent encore d'autres professeurs Après réflexion, tante Lilenka demanda avec délicatesse à papa si ces propos et ces souvenirs le dérangeaient. Préférait-il qu'elles changent de sujet ?

Mais papa qui, très abattu et non rasé, restait toute la journée assis sur la chaise où ma mère passait ses nuits d'insomnie, se contenta de hocher la tête avec indifférence et lui fit signe de continuer

J'eus beau tenter poliment de me dérober, tante Lilia, le Dr Bar-Samkha, insista pour que nous ayons elle et moi une conversation à cœur ouvert. Comme l'autre pièce était occupée par grand-père, grand-mère et d'autres membres de ma famille paternelle, et que la cuisine était investie par nos bonnes voisines, sans parler de grand-mère Shlomit qui n'arrêtait pas de faire le va-et-vient pour fourbir chaque soucoupe et petite cuillère, tante Lilia me prit par la main et me conduisit à la salle de bains dont elle verrouilla la porte. C'était étrange et assez déplaisant de me retrouver enfermé dans la salle de bains avec cette femme. Il n'y avait que dans mes pires fantasmes que je vivais ce genre d'expériences. Mais tante Lilia m'adressa un grand sourire, elle s'installa sur le couvercle des WC et me fit asseoir en face d'elle, sur le rebord de la baignoire. Elle me considéra une minute ou deux en silence, avec compassion, les yeux pleins de larmes, et elle se mit à parler non pas de ma mère et du lycée de Rovno, mais de la force de l'art et du rapport entre l'art et la vie intérieure de l'âme. J'étais dans mes petits souliers.

Ensuite sa voix prit une autre inflexion quand elle aborda ma nouvelle responsabilité d'adulte — dorénavant, je devais m'occuper de mon père, illuminer sa sombre vie et lui procurer un peu de réconfort, en travaillant très bien à l'école, par exemple. À partir de là, elle en vint à mes sentiments : elle voulait savoir à quoi j'avais pensé quand j'avais appris ce grand malheur. Ce que j'avais ressenti. Et ce que j'éprouvais maintenant. Pour m'aider, elle se mit à énumérer différents noms de sentiments, comme pour m'inviter à choisir ou à biffer la mention inutile. Tristesse ? Peur ? Angoisse ? Regrets ? De la colère peut-être ? De la surprise ? Ou de la culpabilité ? Parce que tu as certainement entendu ou lu qu'un sentiment de culpabilité peut survenir en pareil cas. Non ? Et l'incrédulité ? La peine ? Ou le refus d'accepter la réalité ?

Je m'excusai courtoisement et me levai. J'étais paniqué à l'idée qu'en verrouillant la porte elle avait peut-être caché la clé dans sa poche et que je ne pourrais pas sortir avant d'avoir répondu à toutes ses questions, sans exception. Mais la clé était toujours dans la serrure. En sortant, j'entendis sa voix inquiète dans mon dos :

— Cette conversation était peut-être prématurée. Mais quand tu te sentiras prêt, n'hésite pas à venir me parler. Je crois que Fania, ta pauvre mère, aurait voulu que nous restions en contact, toi et moi.

Je m'enfuis.

*

Trois ou quatre dirigeants du Herout, section de Jérusalem, se trouvaient dans le salon avec mon père : des gens importants qui, telle une petite délégation, s'étaient donné rendez-vous avec leurs femmes dans un café pour présenter ensemble leurs condoléances à mon père. Ils avaient décidé de lui changer les idées en parlant politique : à l'époque, la Knesset s'apprêtait à débattre des « réparations » dont Ben Gourion avait signé l'accord avec le chancelier Adenauer, accord que le Herout considérait comme une honte et une abomination, une insulte à la mémoire des victimes du nazisme et une tache indélébile sur la conscience du jeune État. Certains, parmi nos visiteurs, étaient d'avis qu'il fallait s'insurger contre cet accord, même dans un bain de sang.

Mon père participa à peine à la conversation, il se borna à hocher deux ou trois fois la tête, mais je me pris au jeu et osai énoncer quelques phrases, pour me nettoyer, en quelque sorte, du désarroi où m'avait plongé la discussion de la salle de bains : les paroles de tante Lilia crissaient encore dans ma chair comme la craie sur le tableau. J'avais une grimace involontaire en y repensant, des années plus tard. Aujourd'hui encore, c'est un peu comme si je mordais dans un fruit pourri.

Ensuite, les responsables du Herout passèrent dans l'autre pièce pour réconforter grand-père Alexandre en l'associant au scandale des « réparations ». Je les suivis car je voulais assister à la discussion portant sur la tentative de coup d'État qui briserait ce pacte abominable avec nos meurtriers et finirait par renverser le gouvernement rouge de Ben Gourion. Mais il y avait une autre raison : tante Lilia était sortie de la salle de bains et conseillait à papa de prendre l'excellent sédatif qu'elle lui avait apporté et qui lui ferait beaucoup de bien. Papa refusa avec une moue. Et pour une fois, il oublia même de la remercier.

*

Et vinrent aussi les Toren, les Lemberg, les Rosendorff, les Bar-Yizhar, Getsel et Isabella Nakhlieli du « Royaume des enfants », et quantité d'autres amis et voisins de Kerem Avraham, oncle Dudek, le chef de la police, avec Tocia, sa charmante épouse, le Dr Pfeffermann, accompagné de ses collègues des périodiques et d'autres départements de la Bibliothèque nationale. Et aussi Staszek et Mala Rudnicki, des savants, des hommes de lettres et des libraires, M. Joshua Czeczik, l'éditeur de mon père, venu de Tel-Aviv. Mon grand-oncle Yosef, le professeur Klausner, survint même un soir, bouleversé, et versa des larmes séniles sur l'épaule de papa en balbutiant : « Une perte irrémédiable ! » Vinrent également les habitués des cafés, les écrivains Yehuda Yaari, Shraga Kadari, Dov Kimche et Yitzhak Shenhar, le professeur Halkin et sa femme, le professeur Bennet, un spécialiste de l'Islam, et le professeur Yitzhak (Fritz) Baer, versé dans l'histoire des Juifs de l'Espagne chrétienne. Trois ou quatre jeunes assistants, les étoiles montantes de l'université. Et deux professeurs de Takhkémoni, quelques camarades de classe, les Krochmal, Tocia et Gustav, les réparateurs de jouets, qui avaient rebaptisé leur atelier « Hôpital de poupées ». Tserta et Yaakov-David Abramski, dont le fils aîné, Yonathan, avait été abattu par un tireur jordanien de la fenêtre de l'Académie de police, par-delà la frontière, à la fin de la guerre d'Indépendance. La balle l'avait atteint en plein front alors qu'il jouait dans la cour, un samedi matin. Au même moment, ses parents buvaient du thé et mangeaient du gâteau avec nous, et lorsque l'ambulance s'engagea dans la rue, toutes sirènes hurlantes, pour le conduire à l'hôpital, maman remarqua que l'on passait son temps à faire des projets pendant que quelqu'un se moquait de nous, dans le noir. « C'est la vie, c'est vrai, approuva Tserta Abramski, mais les gens continuent quand même à le faire pour ne pas sombrer dans le désespoir. » Une dizaine de minutes plus tard, un voisin vint les chercher et eut le tact de ne pas leur révéler toute la vérité mais, dans sa hâte, tante Tserta en oublia son sac avec son portefeuille et ses papiers. En venant leur présenter ses condoléances, le lendemain, papa le lui rendit en silence après les avoir embrassés, elle et M. Abramski. Aujourd'hui, c'était à leur tour de nous embrasser en sanglotant, papa et moi, mais sans nous rapporter de sac.

Papa ravalait ses larmes. De toute façon, il n'avait jamais pleuré en ma présence. Il était convaincu que les larmes étaient bonnes pour les femmes, pas pour les hommes. Les joues dévorées par sa barbe de deuil qu'il ne rasait pas depuis plusieurs jours, il ne quittait plus la chaise de maman d'où il accueillait les visiteurs d'un signe de tête qu'il réitérait au moment de leur départ. C'était à peine s'il ouvrait la bouche, comme si la mort de ma mère l'avait guéri de cette habitude qu'il avait de rompre coûte que coûte le silence. Il restait assis sans rien dire, laissant les autres parler de ma mère, de livres et de littérature ou des vicissitudes de la politique. Je tâchais de rester dans les parages pour ne jamais le perdre de vue. Et quand je passais près de lui, il m'effleurait le bras ou le dos. À part ça, nous n'échangions pas un seul mot.

*

Les parents et les sœurs de ma mère ne se montrèrent ni pendant la semaine de deuil ni les jours suivants : ils avaient pris le deuil de leur côté, chez tante Haïa, à Tel-Aviv, parce qu'ils tenaient mon père pour responsable et ne voulaient plus le voir. Et on m'avait dit que chaque camp avait assisté aux obsèques sans se parler : mon père et ses parents d'un côté et mes tantes et leurs parents de l'autre

Je n'étais pas allé à l'enterrement : tante Lilia, Léa Kalish-Bar-Samkha, l'experte en sentiments et en pédagogie, craignait que je sois traumatisé. Depuis, les Mussman n'avaient plus remis les pieds chez nous, à Jérusalem, et papa, piqué au vif par ces accusations, n'avait pas essayé non plus de renouer le contact. J'avais joué les intermédiaires pendant des années. Les premiers temps, j'étais même chargé de messages indirects concernant les affaires personnelles de ma mère, qu'il m'était même arrivé d'apporter moi-même. Par la suite, quand mes tantes me questionnaient avec circonspection sur ce qui se passait à la maison, comment allaient mon père et mes grands-parents, sur la nouvelle femme de mon père et même sur l'état de nos finances, elles n'écoutaient qu'à moitié mes réponses et me coupaient la parole : « Ça ne nous intéresse pas. » Ou « Ça suffit. On en a assez entendu. »

Parfois, papa lui aussi m'interrogeait sans en avoir l'air sur mes tantes, leurs familles ou mes grands-parents de Kiryat Motskin, mais à peine avais-je commencé à répondre que, pâle de chagrin, il me faisait signe de me taire et de ne pas aller plus loin. À la mort de ma grand-mère Shlomit, en 1958, mes tantes me chargèrent de présenter leurs condoléances à grand-père Alexandre, le seul de la famille Klausner qui eût bon cœur, pensaient-elles. Quinze ans plus tard, quand j'informai grand-père Alexandre de la mort de mon grand-père maternel, il frappa dans ses mains, se boucha les oreilles et lança un tonitruant « *Bozhé moï!* », plus indigné qu'affligé. « Il était encore jeune, s'écria-t-il. C'était un homme simple, mais intéressant. Profond! Dis-leur que le cœur me saigne! Répète-leur exactement ce que je te dis : la mort prématurée de notre cher M. Hertz Mussman fait saigner le cœur d'Alexandre Klausner! »

Même après la fin du deuil, une fois tout le monde parti et la porte refermée, nous nous parlions à peine. Sauf pour l'indispensable. La porte de la cuisine est coincée. Il n'y a pas eu de courrier aujourd'hui. La salle de bains est libre, mais il n'y a plus de papier toilette. Nous évitions de nous regarder, comme si nous avions honte d'avoir fait tous les deux quelque chose que nous n'aurions pas dû faire, ou que, du moins, il aurait été préférable de regretter tranquillement, sans la présence d'un complice qui savait de vous tout ce que vous saviez de lui.

Nous ne parlions jamais de ma mère. Pas un mot. Ni de nous-mêmes. Ni de rien d'affectif. Nous évoquions la guerre froide. Nous discutions de l'assassinat du roi Abdullah et de la menace d'une reprise des hostilités. Papa me fit la distinction entre un symbole, une parabole et une allégorie, ainsi qu'entre une saga et une légende. Et il me donna une explication claire et détaillée de la différence entre le libéralisme et la social-démocratie. Chaque matin, à l'aube, même dans la grisaille humide et brumeuse de janvier, montait invariablement des branches nues et détrempées le gazouillis pitoyable d'Élise, l'oiseau frigorifié : « Ti-da-di-da-di... » qu'au cœur de l'hiver il ne répétait pas plusieurs fois, comme en été, mais une seule. Et puis il se taisait. Jusqu'à maintenant, au moment où j'écris ces pages, je n'avais pratiquement jamais parlé de ma mère. Ni avec mon père, ni avec ma femme, mes enfants ou qui que ce soit. Après la mort de mon père, je n'ai quasiment plus parlé de lui non plus. Comme si j'étais un enfant trouvé.

*

Les premières semaines suivant le drame, la maison allait à vau-l'eau. Papa et moi ne nettoyions plus la table après les repas et nous ne touchions pas à la vaisselle, noyée dans l'eau trouble de l'évier : quand il n'y avait plus rien de propre, il fallait repêcher deux assiettes et autant de couteaux et de fourchettes, les laver à grande eau et les remettre, après usage, sur la pile qui commençait à sentir mauvais. La poubelle débordait et empestait car personne ne prenait la peine de la vider. Nous posions nos vêtements pêle-mêle sur une chaise et, quand nous avions besoin de nous asseoir, nous jetions purement et simplement tout ce qui l'encombrait par terre. Le sol était jonché de papiers, de livres, de pelures de fruit, de mouchoirs et de journaux jaunis. Des moutons gris se promenaient partout. Même quand les toilettes se bouchèrent, personne ne remua le petit doigt. Le linge sale débordait de la salle de bains jusque dans le couloir, où il allait rejoindre un fouillis de bouteilles vides, de cartons, de vieilles enveloppes et de sacs en papier (c'est approximativement ainsi que j'ai décrit l'appartement de Fima dans *La troisième sphère*).

Pourtant, au milieu de ce chaos, une profonde considération mutuelle régnait dans notre maison silencieuse. Mon père finit par renoncer à m'imposer l'extinction des feux et me laissa libre d'en décider. En rentrant de l'école dans l'appartement vide et négligé, je me préparais un repas sommaire : un œuf dur, du fromage, du pain, quelques légumes et des sardines ou du thon en boîte. Et je confectionnais aussi pour mon père un sandwich à la tomate et à l'œuf, même s'il avait généralement mangé un morceau à la cafétéria de Terra Sancta.

Le silence et la honte ne nous empêchaient pas d'être très proches l'un de l'autre, comme l'hiver précédent, une année et un mois auparavant, quand l'état de ma mère avait empiré et que mon père et moi ressemblions à des brancardiers transportant un blessé en haut d'une pente raide.

Cette fois, nous nous transportions l'un l'autre.

Nous n'avions pas ouvert une fenêtre de tout l'hiver. Comme si nous redoutions d'évacuer la puanteur. Comme si nous nous vautrions dans nos odeurs corporelles, même lorsqu'elles devenaient lourdes et suffocantes. Mon père avait des cernes sous les yeux, comme ma mère quand elle souffrait d'insomnies. Je me réveillais parfois en sursaut et j'allais voir s'il était assis sur sa chaise, les yeux perdus dans le vide. Mais mon père ne passait pas ses nuits à contempler les nuages ou la lune. Il avait acheté un petit transistor Philips avec un œil vert, qu'il avait posé sur sa table de chevet, et, étendu dans le noir, il écoutait tout : à minuit, quand les programmes de la Voix d'Israël s'interrompaient, remplacés par un long sifflement déprimant, il tendait la main pour chercher la BBC.

*

Un jour, en fin d'après-midi, grand-mère Shlomit apporta deux plats qu'elle nous avait préparés. Quand je lui ouvris la porte, horrifiée par le spectacle ou l'odeur, elle tourna les talons, sans mot dire ou presque, et s'enfuit au galop. À sept heures, le lendemain matin, elle reparut avec deux domestiques et un arsenal de produits détergents et désinfectants. Elle établit son PC sur un banc de la cour, face à la porte, d'où elle dirigea les opérations qui se poursuivirent trois jours durant.

Dès lors que tout était rentré dans l'ordre, papa et moi n'avions plus jamais négligé les tâches ménagères. Une femme de ménage venait d'ailleurs deux fois par semaine. La maison fut aérée et nettoyée, et deux ou trois mois plus tard, nous avions même décidé de refaire les peintures.

Mais après ces semaines cataclysmiques, je fus pris d'un goût immodéré de l'ordre, manie dont je ne me suis jamais départi, au grand dam de mon entourage. Le plus petit bout de papier qui traîne, un journal ouvert, une tasse sale menacent ma tranquillité d'esprit, sinon ma raison. Aujourd'hui encore, tel un agent du KGB, Frankenstein ou un obsédé de la propreté et de l'ordre, à la façon de grand-mère Shlomit, je ratisse la maison à longueur de journée, déportant aux confins de la Sibérie le misérable objet qui a le malheur de se trouver sur mon chemin, enfouissant au fond d'un tiroir une lettre ou un prospectus que l'on aurait posés sur la table le temps de répondre au téléphone, vidant, rinçant et plaçant dans le lave-vaisselle une tasse de café que l'une de mes victimes aurait laissé refroidir, ramassant sans pitié clés, lunettes, feuillet, médicaments ou un biscuit inconsidérément oublié sur une soucoupe : tout tombe dans la gueule de ce monstre avide et destructeur pour remettre enfin un peu d'ordre dans cette pagaille. Pour que rien ne rappelle le temps où mon père et moi étions tacitement convenus de nous « installer parmi les cendres et de prendre un tesson pour nous gratter », juste pour qu'elle sache.

\*

Et un jour mon père s'attaqua rageusement aux tiroirs de ma mère et à sa moitié de garde-robe : seules en réchappèrent les quelques babioles que ses sœurs et ses parents avaient réclamées en souvenir, par mon intermédiaire, et que je leur avais apportées dans un carton attaché avec de la ficelle au cours de l'une de mes visites à Tel-Aviv. Le reste, ses robes, ses jupes, ses chaussures, ses sous-vêtements, ses cahiers, ses chaussettes, ses foulards et même les enveloppes qui contenaient ses photos d'enfance, il les fourra dans des sacs étanches qu'il avait rapportés de la Bibliothèque nationale. Je le suivais de pièce en pièce comme un petit chien et le regardais se démener sans l'aider ni le déranger. Sans mot dire, je vis mon père s'attaquer au tiroir de la table de chevet dont il vida le contenu — quelques bijoux de pacotille, des cahiers, des boîtes de médicaments, un livre, un mouchoir, un masque pour la nuit et de la petite monnaie — dans l'un des sacs. Je ne dis rien. Et son poudrier, sa brosse à cheveux, ses objets de toilette et sa brosse à dents. Tout. Sans voix, hébété, adossé au montant de la porte, j'observais mon père arrachant, avec un grand bruit de déchirure, sa robe de chambre bleue accrochée au mur de la salle de bains avant de la fourrer dans le sac. Était-ce ainsi que leurs voisins chrétiens contemplaient, interdits, tiraillés par des sentiments contradictoires, les Juifs que l'on raflait et entassait dans des wagons à bestiaux ? Où mon père emporta-t-il les sacs ? Les donna-t-il aux nouveaux immigrants ou aux victimes des inondations de l'hiver, il ne me l'a jamais dit. Le soir, il ne restait plus rien d'elle. Une année plus tard, quand la nouvelle femme de mon père s'installa, surgit de nulle part un paquet de six épingles à cheveux qui était parvenu à se cacher pendant un an dans l'interstice entre la table de chevet et l'angle de l'armoire. Mon père pinça les lèvres et le jeta à la poubelle.

Quelques semaines après la venue des femmes de ménage et le nettoyage en grand de l'appartement, papa et moi avions progressivement repris la consultation du soir, dans la cuisine. Je commençais en lui racontant brièvement ma journée à l'école. Il me rapportait la conversation intéressante qu'il avait eue ce jour-là, entre deux portes, avec le professeur Goitein ou le docteur Rotenstreich. Nous évoquions la situation politique : Begin, Ben Gourion ou le coup d'État militaire du général Néguib, en Égypte. Nous punaisions de nouveau un bristol où nous notions, de nos écritures qui ne se ressemblaient plus, la liste des achats à l'épicerie ou chez le marchand de fruits et légumes, le rendez-vous chez le coiffeur lundi après-midi, le cadeau à acheter pour fêter le nouveau diplôme de tante Lilenka ou l'anniversaire de grand-mère Shlomit, dont l'âge était un secret jalousement gardé.

*

Au bout de quelques mois, mon père reprit l'habitude de cirer ses chaussures jusqu'à ce qu'elles brillent de mille feux, il se douchait à sept heures du soir, mettait une chemise amidonnée et une cravate en soie, s'humectait les cheveux qu'il coiffait en brosse, s'aspergeait d'eau de toilette et partait « bavarder un peu avec des amis » ou « parler boutique ».

Resté seul, je lisais, rêvais, écrivais, raturais et recommençais. Ou j'allais vagabonder dans les wadis pour examiner de près le no man's land et les champs de mines, le long de la ligne de cessez-le-feu qui partageait Jérusalem, entre Israël et la Jordanie.

Je marchais dans le noir en fredonnant silencieuse
ment ti-da-di-da-di. Je ne désirais plus « mourir ou
conquérir la montagne ». Je voulais que tout cesse.
Ou du moins, quitter définitivement la maison et
Jérusalem et partir vivre au kibboutz : abandonner
les livres et les sentiments pour mener une existence
simple, à la campagne, une vie de fraternité et
d'effort physique.

# 63

Ma mère mit fin à ses jours à Tel-Aviv, chez sa sœur Haïa, rue Ben Yehouda, dans la nuit du samedi au dimanche 6 janvier 1952. À cette époque, Israël était en pleine hystérie quant à la question de savoir s'il fallait ou non exiger et accepter les réparations allemandes des possessions dont les Juifs avaient été spoliés pendant le nazisme. Certains étaient d'accord avec Ben Gourion pour dire que les assassins ne devaient pas hériter des biens dont ils avaient dépouillé les Juifs et dont la contrepartie financière devait être intégralement versée à Israël pour contribuer à l'intégration des survivants. D'autres, le chef de l'opposition Menahem Begin en tête, soutenaient avec chagrin et colère que c'était un crime et un sacrilège à la mémoire des morts que l'État des victimes donne si facilement l'absolution aux Allemands en échange d'un argent sale.

Des pluies torrentielles s'étaient abattues sans discontinuer sur le pays durant l'hiver 1951-1952. L'Ayalon, le wadi Musrara, déborda et submergea le quartier de Montefiore à Tel-Aviv, menaçant également d'autres secteurs. Les inondations causèrent de grands dégâts dans les camps de tentes et les baraquements en tôle ou en bois qui abritaient des centaines de milliers de réfugiés démunis, qui avaient fui les pays arabes, et les rescapés d'Hitler venus d'Europe orientale et des Balkans. L'eau en avait isolé quelques-uns où l'on craignait la famine et les épidémies. L'État d'Israël n'avait pas encore quatre ans et un peu plus d'un million d'habitants, dont le tiers était des réfugiés sans le sou. En raison du coût élevé de la défense nationale, de l'intégration des nouveaux immigrants, d'une bureaucratie hyperbolique et d'une mauvaise gestion, les caisses de l'État étaient vides, de sorte que l'éducation, la santé et l'assistance sociale étaient au bord de la faillite. Au début de la semaine, David Horowitz, le chef de cabinet du ministre des Finances, s'était envolé d'urgence pour l'Amérique dans l'espoir d'obtenir, en un jour ou deux, un prêt à court terme de dix millions de dollars afin d'éviter la banqueroute. Papa et moi en avions parlé à son retour de Tel-Aviv. Il avait accompagné ma mère chez tante Haïa et oncle Tsvi le jeudi, il y avait passé la nuit et, en rentrant le vendredi matin, il avait appris que j'avais probablement pris froid mais que j'avais tenu à aller à l'école. Grand-mère Shlomit insista pour que l'on passe le sabbat avec eux : elle avait l'impression que nous couvions tous les deux quelque chose. Mais nous avions préféré rentrer à la maison. Pendant le trajet, papa m'informa gravement, d'homme à homme, que, sitôt arrivée chez sa sœur, maman avait paru aller mieux : le soir, tous les quatre s'étaient attablés dans un petit café à deux pas de là, à l'angle de la rue Dizengoff et de la rue Jabotinsky. Ils avaient parlé de choses et d'autres et ils y étaient finalement restés jusqu'à la fermeture. Tsvi avait raconté un tas d'anecdotes intéressantes sur l'hôpital, et maman, qui avait l'air d'excellente humeur, avait participé à la conversation. La nuit, elle avait pu dormir quelques heures, mais, réveillée à l'aube, elle s'était installée à la cuisine pour ne déranger personne. Quand papa l'avait quittée de très bon matin pour rentrer travailler à Jérusalem, elle lui avait dit de ne pas s'inquiéter, que le pire était passé, et elle lui avait demandé de prendre bien soin du petit : en partant, la veille, il lui avait semblé qu'il s'était enrhumé.

— Ta mère avait raison à propos du rhume, commenta papa, espérons qu'elle aura également raison à propos du reste.

— Quand j'aurai fini mes devoirs, est-ce que tu pourras m'aider à coller les nouveaux timbres ?

Samedi, il plut à verse toute la journée. Sans interruption. Papa et moi avions passé des heures sur la collection de timbres. Parfois nos têtes se touchaient par inadvertance. Après avoir comparé chaque nouveau timbre avec sa reproduction dans le gros catalogue anglais, papa le classait dans l'album, soit dans une rangée déjà commencée soit dans une nouvelle page. L'après-midi, nous avions fait la sieste, papa sur son lit et moi dans ma chambre, sur le lit qui était devenu récemment celui de ma mère. Après, nous étions de nouveau invités chez grand-père et grand-mère pour manger du *gefilte fish* noyé dans une sauce dorée et cerné de rondelles de carottes cuites. Mais comme nous avions chacun tous les symptômes du rhume — nez qui coule, toux et yeux larmoyants — et qu'il tombait toujours une pluie diluvienne dans un ciel chargé de nuages, nous avions décidé de rester à la maison. Il faisait si sombre qu'il fallut allumer la lumière à quatre heures. Penché sur ses livres et ses fiches, ses lunettes glissant sans cesse sur son nez, papa consacra deux ou trois heures à rédiger un article dont, par deux fois, il n'avait pas respecté le délai. Pendant ce temps je lisais, allongé sur la carpette, à ses pieds.

Plus tard, nous avions joué aux dames : papa gagna une partie, je gagnai la deuxième, et à la troisième nous étions à égalité. Je ne sais pas s'il l'avait fait exprès ou si c'était par hasard. Nous avions dîné légèrement, bu du thé et avalé deux comprimés d'aspirine prélevés dans la panoplie de ma mère. Pour nous aider à combattre le refroidissement. Et puis j'étais allé me coucher et je m'étais réveillé à six heures ; et à sept, Tsipi, la fille du pharmacien, vint nous annoncer qu'on nous avait téléphoné de Tel-Aviv, qu'on rappellerait dans dix minutes, que M. Klausner devait aller immédiatement à la pharmacie et que son père lui avait dit de préciser que c'était urgent, s'il vous plaît.

*

Oncle Tsvi, le directeur administratif de l'hôpital Tsahalon, fit venir, vendredi, un spécialiste de l'hôpital qui avait accepté de voir ma mère après ses consultations, me raconta tante Haïa. Ce médecin l'examina longuement, sans se presser, en prenant le temps de lui parler avant de poursuivre ses investigations. Il conclut finalement qu'elle était épuisée, tendue et physiquement à bout. En dehors des insomnies, il ne semblait pas y avoir de problème particulier. Le mental était souvent le pire ennemi de notre corps : il l'empêchait de vivre, il ne le laissait pas s'amuser quand il en avait envie et se détendre s'il en avait besoin. Si l'on pouvait s'en débarrasser, comme on opère les amygdales ou l'appendicite, on vivrait en bonne santé et heureux jusqu'à mille ans. Il pensait que la visite à Hadassah, le lundi suivant, était inutile, mais que ça ne pourrait pas lui faire de mal. Il recommandait le repos complet et pas d'agitation. Il était fondamental, ajouta-t-il, que la patiente sorte au moins une à deux heures par jour, elle n'aurait qu'à bien se couvrir, prendre un parapluie et marcher dans les rues en regardant les vitrines des magasins ou, si elle préférait, les beaux jeunes gens, peu importait, l'essentiel était de prendre l'air. Et il lui prescrivit aussi de nouveaux somnifères, plus puissants que ceux que le médecin de Jérusalem lui avait donnés. Oncle Tsvi se dépêcha d'aller les chercher à la pharmacie de garde de la rue Bograshov, parce qu'on était vendredi après-midi et que les autres officines étaient déjà fermées pour le sabbat.

Le soir, tante Sonia et oncle Buma arrivèrent avec une gamelle en aluminium, munie d'une anse, contenant de la soupe et de la compote pour le dessert. Les trois sœurs passèrent plus d'une heure dans la kitchenette pour préparer le dîner. Tante Sonia invita ma mère chez elle, rue Weisel, pour soulager Haïa, mais tante Haïa ne voulut pas en entendre parler et reprocha même à sa sœur cadette cette idée saugrenue. Tante Sonia le prit mal, mais ne dit rien. Au dîner, l'atmosphère était un peu lourde. Ma mère, qui semblait vouloir jouer le rôle habituellement dévolu à papa, s'efforçait d'alimenter la conversation. À la fin de la soirée, elle était très fatiguée et s'excusa de ne pas avoir le courage d'aider à débarrasser la table et à faire la vaisselle. Elle avala les somnifères prescrits par le spécialiste de Tel-Aviv et, pour plus de sûreté, elle prit aussi ceux du médecin de Jérusalem. À dix heures, elle dormait à poings fermés mais, deux heures plus tard, elle se réveilla et alla se faire du café dans la cuisine où elle passa le reste de la nuit, assise sur un tabouret. À la veille de la guerre d'Indépendance, la chambre de ma mère était louée au chef des renseignements de la Haganah, Yigael Yadin qui, après la création de l'État, était devenu le général Yigael Yadin, commandant en second et chef des opérations de la toute jeune armée d'Israël, mais logeait toujours dans cette chambre. La cuisine où ma mère s'était installée cette nuit-là et la nuit précédente était historique, car il s'y était tenu plusieurs réunions qui avaient joué un rôle primordial dans la suite des événements. Il est impossible de savoir si ma mère y avait songé au cours de la nuit, entre deux tasses de café, et, l'eût-elle fait, que je doute qu'elle y eût trouvé un quelconque intérêt.

*

Le samedi matin, elle dit à Haïa et à Tsvi qu'elle avait décidé de suivre les prescriptions du docteur et partait marcher une heure, en espérant trouver les beaux jeunes hommes. Elle emprunta un parapluie et des bottes fourrées à sa sœur et s'en alla sous la pluie. Il ne devait pas y avoir foule dans les rues du nord de la ville, avec cette pluie et ce vent. Le 5 janvier 1952 au matin, il ne faisait pas plus de cinq ou six degrés à Tel-Aviv. Ma mère quitta l'appartement de sa sœur, au 175 de la rue Ben Yehouda, vers huit heures ou huit heures et demie. Elle traversa probablement la rue Ben Yehouda et tourna à gauche, en direction du nord, vers le boulevard Nordau. Elle ne vit sans doute pas beaucoup de vitrines de magasins sur son chemin, sauf celle, obscure, de la laiterie de la Tnouva à l'intérieur de laquelle était fixée par quatre bouts de scotch marron une affiche verte où l'on voyait une petite paysanne potelée, sur fond de prairies verdoyantes. Au-dessus de sa tête, dans le ciel bleu, une légende proclamait gaiement : « Un verre de lait matin et soir, c'est joie et santé assurées. » Cet hiver-là, rue Ben Yehouda, il y avait encore de nombreux terrains vagues, vestiges des anciennes dunes, envahis par les ronces et les scilles desséchées où s'agglutinaient des myriades d'escargots blancs, de la ferraille et des ordures saturées d'eau. Ma mère aperçut les maisons blanches qui, trois ou quatre ans à peine après leur construction, montraient des signes de décrépitude : la peinture écaillée, le plâtre effrité et couvert de moisissures verdâtres, les balustrades oxydées par l'air salin, les balcons clos par des lattes et du contreplaqué, comme dans un camp de réfugiés, les enseignes à moitié arrachées, les arbres dépérissant par manque d'amour au fond des jardins, les hangars délabrés, fabriqués avec de vieilles planches, de la tôle et de la toile goudronnée, au milieu des immeubles. Les rangées de poubelles dont certaines avaient été renversées par les chats qui en avaient répandu le contenu sur les dalles de béton grises. Les cordes à linge tendues entre les balcons, de part et d'autre de la rue. Çà et là, des sous-vêtements blancs et de couleur, trempés par la pluie, tournoyaient dans le vent. Ma mère était épuisée, elle avait la tête lourde à cause du manque de sommeil, de la faim, des litres de café et des somnifères qu'elle avait ingurgités, et elle marchait lentement, comme une somnambule. Peut-être quitta-t-elle la rue Ben Yehouda avant d'arriver au boulevard Nordau et tourna-t-elle à droite, dans l'impasse Bellevue qui, en fait de vue, offrait des maisons basses en crépi — des blocs de béton aux balcons rouillés — pour déboucher avenue Motskin, qui était en réalité une petite rue large et déserte, en cours de construction, non goudronnée et à moitié pavée, de là, ses pieds fourbus la menèrent dans la rue Tahon et ensuite rue Dizengoff, où il se mit à pleuvoir à verse, mais, oubliant le parapluie accroché à son bras, elle allait tête nue avec son joli sac en bandoulière, elle traversa la rue Dizengoff sans savoir où elle allait, probablement vers la rue Zangwill, puis du passage Zangwill, elle était complètement perdue, elle n'avait pas la moindre idée de la direction à prendre pour rentrer chez sa sœur, et elle ne savait pas non plus pourquoi elle devait y retourner ni ce qu'elle faisait là, sauf qu'elle devait suivre les recommandations du docteur qui lui avait dit de marcher dans les rues à la recherche de beaux jeunes gens. Mais il n'y avait pas de beaux jeunes gens en ce samedi matin pluvieux, ni rue Zangwill, ni passage Zangwill, pas plus que dans la rue Sokolov qui donnait dans la rue de Bâle, ni nulle part ailleurs. Pensait-elle au verger qui s'étendait derrière la maison de ses parents, à Rovno? Ou à Ira Stiletskaïa, la femme de l'ingénieur qui s'était immolée par le feu dans la cabane abandonnée d'Anton, le fils de Philippe, le cocher? Ou bien au lycée Tarbout, au fleuve et à la forêt? Ou encore aux ruelles du vieux Prague, au temps où elle y fréquentait l'université, et à quelqu'un d'autre dont elle n'avait jamais parlé, ni à nous, ni à ses sœurs, ni à sa meilleure amie, Lilenka. De temps en temps, elle croisait un piéton qui se hâtait afin de se protéger de la pluie. De temps à autre elle rencontrait un chat qu'elle appelait, elle voulait lui dire quelque chose, lui exposer ses vues, ses sentiments, ou lui demander un bon tuyau félin, mais tous les chats qu'elle abordait détalaient en vitesse, comme si, de loin, ils sentaient qu'elle était condamnée.

*

Vers midi, elle rentra chez sa sœur qui frémit en la voyant frigorifiée, trempée, regrettant par plaisanterie de ne pas avoir vu de beaux jeunes gens dans la

850

rue : si elle en avait rencontré, elle aurait évidemment essayé de les séduire, vu que les hommes lui
jetaient toujours des regards concupiscents, et que
bientôt, très bientôt, il n'y aurait plus rien à convoi-
ter. Haïa se hâta de lui faire couler un bain chaud
que ma mère prit, mais elle refusa d'avaler quoi que
ce soit, prétextant que manger lui donnait la nausée, elle dormit deux ou trois heures et, en fin
d'après-midi, elle se rhabilla, remit son pardessus et
ses bottes encore trempées, et elle ressortit pour
obéir au médecin qui lui avait prescrit de chercher
de beaux jeunes gens dans les rues de Tel-Aviv.
Cette fois, comme la pluie s'était un peu calmée, les
rues n'étaient pas complètement désertes et ma
mère n'erra pas au hasard, elle trouva la rue Dizengoff, à l'angle du boulevard Keren Kayemet, et de là,
elle traversa les rues Gordon et Frishman, avec son
joli sac noir en bandoulière, elle contempla les
belles vitrines et les cafés, et elle eut un aperçu de ce
que l'on pensait être la bohème de Tel-Aviv, spectacle qui lui parut éculé, usé et triste, une pâle imitation de quelque chose de pathétique et misérable.
C'était pitoyable, mais elle n'avait plus de pitié. Elle
rentra dans la soirée, elle ne voulut toujours rien
avaler, elle but deux tasses de café, s'installa avec un
livre qui tomba par terre quand ses yeux se fer-
mèrent et, pendant une dizaine de minutes, oncle
Tsvi et tante Haïa crurent l'entendre ronfler légèrement, par intermittence. Elle se réveilla et annonça
qu'elle avait sommeil, que le docteur avait eu raison
de lui conseiller de marcher plusieurs heures par
jour et qu'elle sentait qu'elle allait enfin pouvoir se
coucher tôt, ce soir-là, et dormir d'un sommeil de
plomb. À huit heures et demie, sa sœur refit son lit
au fond duquel elle glissa une bouillotte, sous la
couette, car il faisait très froid, la nuit, et la pluie

recommençait à battre les volets. Ma mère décida de se mettre au lit tout habillée, et pour s'assurer que, cette fois, elle ne se réveillerait pas pour passer une autre nuit épouvantable dans la cuisine, elle se versa une tasse de thé de la thermos que sa sœur avait posée sur la table de chevet et, quand il eut refroidi, elle prit ses somnifères. Si j'avais été à côté d'elle, dans la chambre donnant sur la cour arrière, chez oncle Tsvi et tante Haïa, à huit heures et demie ou neuf heures moins le quart du soir, ce samedi-là, je me serais bien sûr évertué à lui expliquer pourquoi il ne fallait pas. Et si je n'y étais pas arrivé, j'aurais fait mon possible pour l'attendrir, pour qu'elle ait pitié de son fils unique. J'aurais pleuré, je l'aurais suppliée à genoux, sans aucune honte, j'aurais peut-être même feint de m'évanouir et je me serais frappé et griffé jusqu'au sang comme je l'avais vue faire dans un accès de désespoir. Je me serais jeté sur elle comme un assassin, je n'aurais pas hésité à lui lancer un vase à la tête. Ou à l'assommer avec le fer qui se trouvait sur une étagère, dans un coin de la chambre. J'aurais profité de sa faiblesse pour la maîtriser et lui attacher les mains derrière le dos, et puis j'aurais détruit toutes ses pilules, ses cachets, ses comprimés, ses solutions, ses potions et ses sirops. Mais on ne m'avait pas permis d'être là. Je n'ai même pas pu assister à son enterrement. Ma mère dormit cette fois sans cauchemars ni insomnies ; au matin elle vomit et se rendormit tout habillée, et parce que Tsvi et Haïa se doutaient de quelque chose, ils appelèrent une ambulance au petit jour, deux brancardiers l'emmenèrent avec précaution pour ne pas troubler son sommeil, et à l'hôpital elle n'écouta personne, et malgré tous les efforts pour la tirer de son profond sommeil, elle ne prêta attention à quiconque, pas même au spécialiste qui lui avait dit que le mental était le pire ennemi de notre corps, et elle ne se réveilla pas au matin, ni même quand le ciel pâlit et que, dans les branches du ficus du jardin de l'hôpital, Élise, l'oiseau, poussa un trille de stupeur, il l'appela encore et encore, en vain, il s'acharna de plus belle et il essaie encore quelquefois.

*Arad, décembre 2001*

Je remercie l'auteur, Nicholas de Lange, son traducteur anglais, Joshua Kenaz, son ami, Jean Mattern, son éditeur, ainsi que Semyon Mirsky, Ariane Bendavid, Edna Degon, Malka Kenisgsberg et Marta Teitelbaum, sans oublier le Centre national du livre pour son concours.

SYLVIE COHEN

Les remerciements de l'éditeur vont à Gilles Rozier

# DU MÊME AUTEUR

*Aux Éditions Gallimard*

SEULE LA MER (Folio n° 4185).

AIDEZ-NOUS À DIVORCER ! Israël Palestine : deux États maintenant *suivi d'un post-scriptum aux « Accords de Genève » (décembre 2003).*

UNE HISTOIRE D'AMOUR ET DE TÉNÈBRES. Prix France Culture 2004 (Folio n° 4265).

COMMENT GUÉRIR UN FANATIQUE.

SOUDAIN DANS LA FORÊT PROFONDE (Folio n° 4701).

VIE ET MORT EN QUATRE RIMES (Folio n° 4947).

SCÈNES DE VIE VILLAGEOISE. Prix Méditerranée étranger 2010 (Folio n° 5311).

ENTRE AMIS, 2013.

JEWS AND WORDS, avec Fania Salzburger, 2014.

*Aux Éditions Calmann-Lévy*

AILLEURS PEUT-ÊTRE (Folio n° 4422).

MON MICHAËL (Folio n° 2756).

JUSQU'À LA MORT.

TOUCHER L'EAU, TOUCHER LE VENT (Folio n° 2951).

LA COLLINE DU MAUVAIS CONSEIL.

LES VOIX D'ISRAËL.

UN JUSTE REPOS (Folio n° 2802).

LA BOÎTE NOIRE. Prix Femina étranger 1988.

CONNAÎTRE UNE FEMME.

LA TROISIÈME SPHÈRE (Folio n° 5542).

LES DEUX MORTS DE MA GRAND-MÈRE (Folio n° 4031).

NE DIS PAS LA NUIT.

UNE PANTHÈRE DANS LA CAVE (Folio n° 4032).

L'HISTOIRE COMMENCE.

*Aux Éditions Stock*

MON VÉLO ET AUTRES AVENTURES.

LES TERRES DU CHACAL.